LA RONDE DES SOUPÇONS

Marie-Bernadette Dupuy est née et vit en Charente. Écrivaine aux multiples talents, elle aborde avec un immense succès les genres les plus variés : biographies historiques, grandes sagas familiales, policiers, romances. Son œuvre, traduite jusqu'en Russie, lui a permis de conquérir le cœur de très nombreux lecteurs et de devenir la reine française de la saga.

MARIE-BERNADETTE DUPUY

La Ronde des soupçons

Lara *

CALMANN-LÉVY

ISBN : 978-2-253-24200-0 – 1re publication LGF

Prologue

Soir de brume

Morbihan, bois d'Erdeven,
mercredi 9 novembre 1927

Le sous-bois était silencieux, baigné d'une brume bleuâtre qui stagnait au-dessus du sol tapissé de feuilles mortes. La pleine lune, dissimulée derrière un voile de nuages, jetait sur la cime des arbres une étrange luminosité.

Brusquement, surgi on ne sait d'où, un cri rauque s'éleva et mit en fuite une chouette dont le battement d'ailes précéda une autre plainte insolite, en ce lieu, à cette heure-là du soir. Les pleurs d'un bébé firent écho au cri, au ululement inquiet de l'oiseau de nuit.

Une forme grise se faufila entre les troncs d'arbres, parmi le fouillis des fougères fanées. Il s'agissait peut-être d'un grand chien, les oreilles droites, le poil épais. La bête s'immobilisa à prudente distance du dolmen de Mané-Croc'h, qui avait servi de sépulture aux hommes des temps anciens.

Les lourdes pierres dressées, alignées sur sept mètres environ, supportaient trois dalles de granit. Les vagissements s'élevaient de cette masse rocheuse, assemblée des siècles auparavant.

Des pas plus pesants que ceux de l'animal se rapprochaient. Depuis la branche d'un chêne, un chat sauvage observa une silhouette indistincte, vêtue d'une pèlerine à capuche et portant des bottes en caoutchouc. Une femme, un homme, aucun témoin s'il s'en était trouvé un n'aurait pu le déterminer.

La grande bête grise détala dès que l'humain aux allures de maraudeur se pencha pour regarder à l'intérieur du dolmen. L'enfant avait été déposé là, enveloppé d'un châle en laine, à l'abri de la brume perlée d'humidité et du vent froid de l'automne.

Il poussa une petite plainte de surprise quand on le souleva d'un geste habile et qu'il se retrouva niché dans l'arrondi d'un bras charitable.

Un léger mouvement, celui d'une tentative maladroite pour le bercer, acheva de le réconforter. Il se mit à sucer son minuscule poing fermé, peut-être dans l'attente d'une providentielle tétée.

— Là, là, lui murmura-t-on.

Une soudaine bourrasque chassa les nuages. La lune dispensa sa clarté fantomatique, sans parvenir à dissiper la brume de plus en plus dense. Les grosses pierres du dolmen de Mané-Croc'h semblaient moins imposantes, comme prêtes à disparaître à jamais de la clairière où on les avait érigées jadis.

Le mystérieux personnage s'éloigna cependant d'un pas décidé, son précieux fardeau serré contre le tissu rêche de sa pèlerine. Ce fut de nouveau le plus profond silence dans le sous-bois de la commune d'Erdeven, située près des côtes du Morbihan, où l'océan venait souvent déchaîner sa fureur.

DIX-NEUF ANS PLUS TARD

1

Une macabre découverte

Pointe de Kerpenhir, mardi 10 septembre 1946

Lara Fleury observait attentivement la jeune fille qui gisait sur les rochers, presque à ses pieds. Plus elle la regardait, plus elle éprouvait une troublante sensation de familiarité devant son corps mince et musclé, ses traits harmonieux, ses longs cheveux noirs. Mais elle s'étonnait de voir du sang sur le bloc de pierre qui tenait lieu de repose-tête à la belle endormie.

« Qu'elle est pâle, songeait-elle. Son corsage est déchiré, et elle a perdu une chaussure. »

La marée montait. Des vagues se brisaient sur la grève sablonneuse. Leur flux écumeux glissait parfois jusqu'au corps inanimé, au grand désarroi de Lara. Une intense pitié lui vint envers cette inconnue qui présentait toute l'apparence d'une morte.

Elle se demanda soudain pourquoi ce visage livide lui évoquait un souvenir confus. En quelques secondes, la vérité s'imposa.

« C'est moi, je ne m'étais jamais vue ainsi, pourtant, oui, c'est moi. »

L'étroit miroir suspendu à côté de l'évier, entre le calendrier des Postes 1946 et un crucifix, lui renvoyait chaque matin le reflet de ce même visage. Saisie d'un terrible vertige, Lara ferma les yeux. Elle eut la sensation fugace de perdre une bienfaisante légèreté en réintégrant sa propre enveloppe charnelle. Une douleur aiguë lui vrilla l'arrière du crâne, une autre brûla sa poitrine.

« J'ai mal, tellement mal, pensa-t-elle, avant de sombrer, comme attirée au fond d'un gouffre effrayant. Mon Dieu, je suis perdue. »

Après avoir traversé des ténèbres oppressantes, Lara aperçut un cercle lumineux, au bout d'une sorte de tunnel. De toute son âme, elle aspira à l'atteindre. C'était une merveilleuse lumière, très blanche mais irisée de nuances dorées. Là-bas, sûrement, elle ne souffrirait plus, elle serait à jamais en sécurité.

Un instant, la pensée de sa mère et de sa sœur la fit hésiter. Que deviendraient-elles sans son aide à elle, qui luttait depuis de longs mois pour leur subsistance ?

« Tant pis, se dit-elle, je ne peux pas résister, je me sens si bien, maintenant. »

Lara se retrouva au seuil de la magnifique clarté. On l'attendait. Elle reconnut sa grand-mère, la douce Henriette, qui avait mis au monde Louis, son père disparu.

— Mamie, tu es là !

La jeune fille avait cru crier, pourtant aucun son n'était sorti de sa bouche entrouverte. Henriette Fleury lui tendait les bras, avec son bon sourire attendri.

— N'aie pas peur, Lara !

Ces mots avaient résonné dans son esprit, mais, elle en était certaine, quelqu'un d'autre que son aïeule les avait prononcés. Lara vit tout à coup un vieil homme, coiffé du traditionnel chapeau rond des Bretons. Il arborait une moustache et une barbe grise. Ses yeux d'un bleu intense la fixaient gentiment. Il lui fit signe d'avancer encore.

« Je l'ai vu sur une photographie, pensa Lara. C'est mon arrière-grand-père, Loïc Guillemot ! »

Sans chercher à comprendre ce qui se passait, elle céda à l'envie de rejoindre les deux vieillards. Elle se souvenait des gestes affectueux d'Henriette, l'épouse de Pierre Fleury, venus tous deux de leur Touraine natale s'établir dans le Morbihan, alors qu'ils étaient jeunes mariés. Quant à Loïc Guillemot, sa mère lui en parlait souvent, en l'appelant *tad-kozh*[1], et en vantant ses qualités de marin-pêcheur.

1. Équivalent de « papi » en breton. (*Toutes les notes sont de l'autrice.*)

Lara s'abandonna. Son cœur s'apaisait déjà, ce cœur où se cachait un lourd secret d'amour.

— Pardon, Olivier, je suis désolée, articula-t-elle du bout des lèvres. Je te dis adieu.

Elle doutait un peu de l'existence d'Olivier, celui dont les baisers l'avaient grisée, dont les mains caressantes s'égaraient sur ses seins, entre ses cuisses... Ils avaient partagé la joie délirante du plaisir, unis comme un seul être, une seule âme.

Tout cela s'achevait, balayé par le vent âpre de l'océan que Lara ne sentait même plus. Elle voulut répondre au sourire de sa grand-mère, quand une femme s'interposa. On ne distinguait pas son visage, voilé par une étrange brume rouge, mais les lignes du corps, la taille fine, la poitrine arrogante trahissaient son sexe.

— Tu ne dois pas partir, disait-elle d'une voix nette. Il faut vivre, entends-tu. On a besoin de toi, oui, de toi.

La fantasque apparition continua à parler, d'un ton grave qui renforçait chacun de ses mots. Lara écoutait, prise de vertige, ne sachant plus que faire. Puis un cri lui échappa, pareil à un râle d'agonie.

Bois d'Erdeven, même jour, dans l'après-midi

Tiphaine Jouannic et John Russel s'étaient baignés à marée haute, maintenant ils se promenaient, étroitement enlacés, sous le couvert des arbres. Ils avaient quitté la plage main dans la main, sans vraiment se soucier d'être vus ensemble.

— Tu es une coquine, toi, nota l'Américain en se penchant vers sa compagne d'escapade. On aurait pu te voir avec moi.

Le soldat s'exprimait dans un français correct, acquis pendant les deux ans où il avait séjourné dans une base proche de Vannes.

— Personne ne m'aurait reconnue, par ici, protesta Tiphaine en riant. Les parents sont loin, à une heure de bus, je n'ai pas de souci à me faire. Et ce soir, tu me ramènes dans ta Jeep ! Alors vive la liberté !

Elle l'obligea à s'arrêter et l'embrassa, en se hissant un peu sur la pointe des pieds. Il la serra très fort, en proie au désir. Leurs jeux dans les vagues, ponctués d'étreintes et de baisers, l'avaient excité au plus haut point.

— Tu étais belle, en maillot, chuchota-t-il à son oreille. Tu l'as gardé sous ta robe, n'est-ce pas ? Le tissu est mouillé.

Très sensuelle, Tiphaine ferma ses yeux noisette. Elle revoyait John en short, torse nu, sa peau hâlée, son sourire de vedette de cinéma.

Avant de le rencontrer, elle économisait le moindre sou pour s'acheter des revues où figuraient les portraits des acteurs en vogue, qu'elle découpait et accrochait au-dessus de son lit. Gary

Cooper, Henry Fonda, Clark Gable hantaient ses rêves.

— Tu as raison, dit-elle, le souffle court. Je ferais mieux de me changer, j'ai ma culotte et mon soutien-gorge dans mon sac.

D'un geste puéril, elle fit tournoyer un cabas en toile rayée, tout en provoquant John d'un regard lascif. Ses cheveux châtain clair, bouclés, coupés à hauteur des épaules, captèrent l'éclat du soleil, à la faveur d'un rayon qui perçait le feuillage d'un gros chêne.

Ils s'embrassèrent de nouveau. John parcourait à pleines mains les formes rondes de Tiphaine. La première fois qu'il l'avait allongée sur le sable froid, à l'abri d'un blockhaus, elle était vierge. Depuis, il prenait son plaisir et lui en donnait.

— Viens, on va trouver un coin tranquille, marmonna-t-il d'une voix enrouée.

Elle approuva en silence, éperdue de bonheur. Elle l'aimait de tout son jeune cœur crédule. Il l'entraîna à l'écart de la clairière, en direction d'un amas de grosses pierres.

— Dis, tu devrais bientôt faire ta demande, suggéra Tiphaine sans réelle conviction. Si par malheur tu embarquais plus tôt que prévu.

— Ne t'inquiète pas, poupée, on a le temps.

— Et tu es sûr que je pourrai te suivre, si on est mariés ?

— Oui, il n'y aura pas de problème, affirma-t-il, gêné par cet interrogatoire qui se répétait au fil de leurs rendezvous. Chérie, nous en parlerons plus tard.

Tiphaine était confiante. Après lui avoir offert des chewing-gums, des cigarettes, John la comblait de promesses. Elle cessa de se poser des questions. Il s'immobilisa à quelques mètres du dolmen de Mané-Bras et lui fit enlever sa robe.

— Il ne faut pas la salir, susurra-t-il.

Vite, il la reprit dans ses bras, en plaquant son sexe durci contre elle.

— Je t'aime, chérie, lâcha-t-il par habitude. Si on se glissait à l'abri des rochers ? Quelqu'un peut nous voir, si on reste là. Je veux que tu sois toute nue.

John Russel la mordilla au creux du cou. Il se moquait un peu des caresses, pressé de toucher au but, en l'occurrence se repaître de sa chair blanche, la posséder à grands coups de reins pour savourer égoïstement sa propre jouissance.

— J'ai failli mourir le jour du débarquement, expliquait-il à ses camarades de la base américaine, lorsqu'il avait abusé du whisky. J'estime avoir tous les droits dans ce pays.

Au fond, Tiphaine pensait la même chose. John appartenait à la masse glorieuse de leurs sauveurs, ceux qui avaient traversé l'océan pour libérer la France. Il était son héros.

Elle se faufila la première dans le dolmen, et le soldat apprécia la vision charmante de ses fesses rondes, moulées par le coton bleu foncé du maillot de bain. Mais leur insouciance fut de courte durée. Tiphaine poussa un cri de terreur, auquel fit écho une exclamation de son amant.

— *My God !* jeta-t-il dans sa langue natale.

Une jeune femme gisait sous l'assemblage millénaire de granit sombre. Son corps, revêtu d'une tunique blanche, était d'une pâleur cadavérique. On lui avait tranché le cou, comme en attestait la flaque de sang qui maculait la terre desséchée.

— Seigneur, elle a été égorgée ! s'affola Tiphaine. John, il faut prévenir la police.

— Oui, je sais. Ne touche à rien, surtout !

— Comme si j'en avais l'idée, gémit-elle. Tu dois vite aller à la gendarmerie d'Erdeven ! Moi, j'ai promis de rentrer avant le dîner. Je préfère prendre le bus pour Sainte-Anne-d'Auray, il passe dans moins d'une heure près de la plage. Si je t'accompagne, je serai obligée de faire une déposition. Mes parents sauront que je leur ai menti.

— OK, on fait comme ça, concéda-t-il. Je raconterai que je me baladais, en « touriste » !

Ils s'étaient écartés du dolmen, cependant ils ne pouvaient pas s'empêcher de jeter des coups d'œil vers le couloir sombre où était étendu le cadavre. Tiphaine remit sa robe, en lissa les plis d'un geste nerveux.

— Partons d'ici, je t'en prie, John. C'est affreux. Et si l'assassin rôdait encore dans le coin ?

L'Américain scruta les environs d'un air méfiant. Il alluma une cigarette, la tendit à Tiphaine, puis il en alluma une deuxième pour lui.

— N'aie pas peur, ça a dû arriver pendant la nuit, dit-il d'un ton catégorique. On ne te fera pas de mal tant que je suis avec toi.

Elle lui dédia un regard vibrant d'adoration. Il la prit par la taille et l'entraîna vers l'orée du bois.

— Notre journée est gâchée, se plaignit-elle. Nous n'avons pas pu…, enfin tu me comprends ?

— Comment tu peux penser à ça ? lui reprocha-t-il, les mâchoires crispées, les traits durcis.

Tiphaine marmonna une vague excuse. Elle se sentait prête à pleurer, à la perspective de l'avoir contrarié. John lui semblait le plus bel homme de la terre, grand, athlétique. Il avait les cheveux très courts, d'un blond pâle, et de sublimes yeux bleus.

— Je suis désolée, plaida-t-elle tout bas. C'est horrible, une chose pareille. En plus, le criminel a caché le corps dans un dolmen, je me demande pourquoi.

Le soldat haussa ses larges épaules, sans daigner répondre. Il marchait à longues enjambées, en direction du chemin où il avait garé la Jeep qu'il empruntait souvent. Tiphaine, obsédée par l'image de la morte, avançait d'un pas moins rapide.

— *Damned !* murmura soudain son amant.

Deux gendarmes tournaient autour du véhicule de l'armée américaine. Ils aperçurent les jeunes gens et l'un d'eux leur fit signe.

— Je suis fichue, se lamenta Tiphaine. Qu'est-ce qu'ils font là ?

John demeura silencieux jusqu'au moment où il se présenta aux gendarmes.

— Major Russel, et voici Mlle Jouannic. Nous nous rendions justement en ville, messieurs. Vous nous faites gagner du temps.

— Pourquoi donc ? interrogea sèchement le plus gradé.

— Nous avons trouvé une femme, la gorge tranchée, là-bas, précisa John en indiquant le bois. Son corps était caché dans un dolmen.

— Lequel ? Celui de Mané-Bras ou celui de Mané-Croc'h ?

— Je l'ignore, on se promenait par ici, ma fiancée me faisait visiter la région, décréta froidement le soldat.

Un soupir de satisfaction échappa à Tiphaine, heureuse de s'entendre dénommer ainsi. Elle en oublia son retour compromis à Sainte-Anne-d'Auray.

« J'inventerai une explication, se dit-elle. Et peut-être que je ne serai pas trop en retard, si John me raccompagne en voiture. »

Les gendarmes discutèrent à voix basse. Ils demandèrent ensuite au major Russel de les guider vers le lieu du crime.

— Est-ce que je peux attendre ici ? s'enquit Tiphaine. Je n'ai pas envie d'y retourner.

— Non, mademoiselle, vous venez aussi, rétorqua le gradé, la main sur son arme de service.

Dolmen de Mané-Bras, deux heures plus tard

Tiphaine se tenait à l'écart, observant les allées et venues des gendarmes qui avaient été rejoints par la brigade d'Auray. John, lui, faisait les cent pas, en fumant cigarette sur cigarette.

Le cadavre de la jeune femme reposait sur une civière. On allait l'emporter à la morgue de Vannes, la préfecture du département. Plusieurs policiers avaient foulé le sol sablonneux autour du dolmen, qui avait été inspecté sommairement.

— On n'a jamais vu ça dans le pays, constata un homme d'une cinquantaine d'années, attiré là par l'arrivée des deux fourgons de la gendarmerie et de l'ambulance. Si ce n'est pas malheureux !

Averti de façon énigmatique, un journaliste de *Ouest-France*[1] prenait des photographies, malgré les injonctions d'un brigadier qui le priait de quitter les lieux.

---

1. Quotidien fondé en août 1944, succédant à *L'Ouest-Éclair.*

— John, je suis très en retard, mon père sera furieux, murmura Tiphaine au soldat dès qu'il se rapprocha d'elle.

— Tu devras dire la vérité à tes parents, bougonna-t-il. On serait déjà partis si tu n'avais pas reconnu la victime. Il fallait te taire, si tu étais tellement pressée.

Elle se mit à pleurer, blessée par son ton acerbe et par le regard dur qu'il lui avait adressé.

— Je n'y peux rien, il fallait que je le leur dise, sanglota-t-elle. Quand ils l'ont sortie du dolmen, j'ai mieux vu son visage et je me suis souvenue d'elle. On était dans la même classe, au lycée.

— J'ai compris, j'ai écouté ta déposition, répliqua-t-il, morose.

— Grâce à moi, ils ont pu prévenir sa mère ! La pauvre, c'est terrible pour elle. Madalen était une gentille camarade. Tu te rends compte, John, nous avons le même âge, et on l'a tuée.

Il approuva d'un mouvement de tête un peu las. Un gendarme les rejoignit, un carnet dans les mains.

— Vous pouvez partir, major Russel, votre fiancée et vous. Le commissariat de Vannes va envoyer un inspecteur. Vous serez sûrement convoqués chez nous, à Auray.

— Merci, répliqua l'Américain. Sale histoire, n'est-ce pas ?

— Oui, ça va faire du bruit. Beaucoup de bruit, car le père de la victime était un résistant estimé. Il est décédé à la fin de l'année dernière, une maladie de cœur.

— Je ne le savais pas, c'est triste, déplora Tiphaine.

Le couple s'éloigna, sous le regard perplexe du gendarme. Ce n'était pas la première fois qu'il rencontrait une fille du pays flirtant avec un des GI encore cantonnés en Bretagne. Les familles avaient beau veiller au grain, des relations amoureuses se nouaient à la faveur d'un bal, d'une sortie en ville.

— Ils ne s'ennuient pas, ces Ricains, lui dit un de ses collègues. Elle est plutôt jolie, la demoiselle, et pas du genre sérieux, si tu veux mon avis.

Sainte-Anne-d'Auray, même soir

Goulven Jouannic déambulait dans la grande cuisine de la maison qui abritait sa famille depuis un siècle. De taille moyenne, trapu, musculeux, il portait une casquette sur ses cheveux roux, et un bleu de travail maculé de cambouis. Il tenait un garage en ville et se vantait d'avoir deux apprentis.

— Qu'est-ce qu'elle fabrique, la gamine ? enragea-t-il pour la troisième fois. Il fait nuit, on l'attend pour souper. L'heure, c'est l'heure. Je vais lui serrer la vis, vous pouvez m'croire !

Il jeta un coup d'œil furibond aux deux femmes qui se trouvaient dans la pièce. Paule, son épouse, baissa la tête, prête à subir de nouveaux reproches. Mais Loïza, sa sœur, le défia de son regard gris-vert. C'était une belle femme de trente-cinq ans. Sa chevelure, d'un roux plus sombre que celle de son frère, était relevée en chignon.

— Tiphaine est en âge de s'amuser, Goulven ! décréta-t-elle de sa voix grave, bien timbrée. Elle est allée à Auray à vélo, peut-être qu'un des pneus a crevé. Je t'avais averti, ils sont en piteux état.

Cette intervention acheva d'irriter l'homme. Il fronça les sourcils, passa un doigt à l'ongle noir le long de son nez court et large. C'était un tic chez lui, qui trahissait l'imminence d'un éclat de violence.

— Vas-tu faire la loi ici, Loïza ?

Il avait hurlé en tapant d'un poing énergique le bois de la table. Paule étouffa une plainte navrée.

— Je cherche des explications au retard de ma nièce, rien d'autre, répondit Loïza, en s'asseyant près de la fenêtre. Je ne veux pas faire la loi, mais j'ai le droit de donner mon avis. Et arrête de grimacer, tu fais peur à Luc. Même s'il n'entend rien, il te voit, Goulven.

Loïza caressa la joue d'un garçon de onze ans, installé sur un tabouret bas. Il était occupé à polir un bâton en noisetier, à l'aide d'un carré de papier émeri. Il frotta son front contre la main douce qui le rassurait. Sourd et muet, très brun, Luc était un petit-cousin de Paule, recueilli au décès de ses parents.

— Tiens, la voilà, grogna le mécanicien.

Il avait aperçu sa fille par la porte vitrée. Tiphaine venait de ranger son vélo sous le hangar. Elle entra dans la cuisine en prenant une expression affligée.

— Je suis désolée, papa, dit-elle aussitôt. Mais je…

Goulven Jouannic, d'un tempérament sanguin, avait coutume de frapper d'abord et de discuter ensuite. Il gifla Tiphaine sans lui laisser l'occasion de justifier son retard.

— Oh non, geignit son épouse. Tu ne sais même pas ce qui s'est passé !

— Eh bien, elle va m'le dire ! vociféra-t-il.

Tiphaine, le visage meurtri, considérait son père avec colère. Elle était terrifiée à l'idée de parler de John, de leur escapade, pourtant elle n'avait pas le choix.

— Oui, je vais te le dire ! s'exclama-t-elle, affolée. Je suis fiancée au major John Russel et, aujourd'hui, il m'a emmenée jusqu'à Erdeven, en promenade, dans une Jeep de sa base. Voilà !

— Quoi ?

Son père leva la main, mais la jeune fille recula prestement pour se réfugier à l'autre bout de la pièce. Les doigts crispés sur le dossier de la chaise qui la protégeait, elle ajouta, au bord des larmes :

— J'en ai assez de la vie que je mène ici ! John et moi, on va se marier. J'irai habiter aux États-Unis, avec lui. Là-bas, j'aurai une machine à laver, un aspirateur, une maison rien qu'à moi, dans le New Jersey.

Les paroles de Tiphaine sidérèrent Goulven. Il resta un court moment ébahi avant de réagir.

— *Ma Doué*[1], maugréa-t-il. Avoue donc que tu couches avec ce gars ! J'vais te flanquer une rossée, tu t'en souviendras !

— Je t'en prie, écoute-moi, papa, il y a autre chose, s'empressa de débiter sa fille. On a découvert un cadavre, dans le dolmen de Mané-Bras, et c'était Madalen Le Goff, une de mes camarades du lycée. Elle a été égorgée.

Paule Jouannic poussa une plainte horrifiée en se signant. Toute tremblante, elle ouvrit ses bras à Tiphaine.

— Les gendarmes m'ont retenue, je devais faire une déposition, donner le nom de sa mère, précisa très vite celle-ci. Si vous aviez vu la pauvre Madalen, baignant dans son sang !

Livide, Loïza se signa à son tour. Comme sa belle-sœur, elle était très pieuse, et toutes deux ne manquaient jamais la messe dominicale.

— Madalen Le Goff, répéta Goulven, j'ai déjà entendu ce nom-là. Et tu ne me racontes pas des sottises ?

---

1. « Mon Dieu », en breton.

— Enfin, papa, tu me prends pour qui ? protesta Tiphaine. Tu n'auras qu'à acheter le journal, demain matin, tu verras bien.

Paule tenait sa fille contre elle, en lui tapotant l'épaule pour la consoler.

— En tout cas, ce crime me donne une bonne raison de t'interdire les sorties ! tempêta encore le mécanicien. Tu n'iras plus courir à droite et à gauche toute la journée. Terminé ! Et que ton Ricain ne vienne pas se pointer chez nous !

Il avait insisté avec mépris sur le surnom dont beaucoup de Français affublaient les GI depuis la Libération.

— Papa, il va faire sa demande en mariage, sûrement à la fin de la semaine.

— Même si ton major Russel est sérieux, il est hors de question que tu t'en ailles vivre aux États-Unis. S'il t'aime vraiment, il n'a qu'à s'établir en Bretagne.

Tiphaine émit un « peut-être » à mi-voix. Elle respirait mieux, car son père s'était calmé. La discussion reprit, mais au sujet du sauvage assassinat de Madalen.

— Je ne pensais même plus au repas, constata Paule en nouant un tablier autour de sa taille. La soupe est prête.

Loïza mit le couvert, tandis que Tiphaine courait dans sa chambre, pour se changer. Une fois seule, elle ôta sa robe et son maillot de bain, toujours humide. Un instant, les yeux fermés, elle se remémora la plage ensoleillée, les vagues écumeuses, le sourire de John, les caresses audacieuses qu'il s'autorisait, quand ils étaient dans l'eau.

— Mon chéri, dit-elle en soupirant.

Elle disposait d'un petit lavabo personnel et se rinça de la tête aux pieds, en aspergeant le parquet.

— Bientôt, j'aurai une vraie salle de bains, chuchota-t-elle, égayée par la perspective de sa future existence auprès de John.

Le soldat lui avait promis tant de merveilleuses choses. Il disait avoir hâte de la présenter à ses parents, avec qui il correspondait régulièrement depuis la fin de la guerre.

On gratta à sa porte. Tiphaine mit une culotte, enfila une jupe et un corsage. Elle ouvrit prudemment.

— Ah, c'est toi, tata !

Loïza entra, un petit pot en verre à la main. Luc la suivait, son regard d'un brun doré plein de tristesse.

— Mon frère a tort d'être aussi violent, mais au fond il n'est pas méchant. Il était très inquiet. Je t'ai apporté mon baume à la consoude, tu as des marques sur les joues, lui dit sa tante.

— Bah, je ne sens plus rien. Je te remercie, tata. Je me demande ce qu'on aurait fait sans toi pendant l'Occupation. Papa te malmène souvent, il devrait se rappeler tous les efforts que tu as faits :

le potager, les chèvres cachées au fond du jardin. Et le poulailler. Grâce à toi, nous n'avons pas souffert de la faim.

— Tiphaine, excuse-moi d'être indiscrète. Je m'inquiète pour toi. As-tu couché avec cet homme, l'Américain ? Est-ce qu'il t'a vraiment parlé de fiançailles ? Il devrait t'offrir une bague et faire notre connaissance, si ses sentiments sont sincères.

— Il le fera, j'en suis sûre, et, sois tranquille, je ne lui ai pas cédé, mentit-elle d'un ton ferme.

Soudain elle se jeta au cou de sa tante et l'embrassa, la gorge nouée par l'émotion.

— Tu me manqueras autant que maman, ma jolie tata, quand je serai loin, avoua-t-elle à son oreille. Je vous écrirai souvent. Toi aussi, Luc, tu me manqueras !

Elle donna un petit baiser au garçon, qui eut un sourire étonné. Tiphaine, d'habitude, ne se souciait guère de lui.

Un quart d'heure plus tard, la famille était réunie sous la lampe qui éclairait la table. Une soupière, d'où s'élevait l'odeur caractéristique du chou bouilli, fumait. Paule servit chacun en maniant une louche en aluminium. L'épouse de Goulven Jouannic avait du mal à dominer son anxiété.

« Notre fils a décidé de partir travailler à Paris, il prétend ne pas avoir le temps de nous rendre visite, songeait-elle. Et notre fille compte épouser un Américain. Elle ne reviendra jamais, si le mariage se fait. Je serai privée des deux enfants que Dieu m'a accordés. »

Elle lança un regard désespéré vers Tiphaine, qui n'en vit rien. Seule Loïza s'en aperçut. Sa belle-sœur lui faisait pitié, et ça ne datait pas de ce soir de septembre. Paule, de constitution fragile, avait déjà, à quarante-trois ans, les cheveux gris, des traits émaciés et le teint blafard.

— Quand même, dit soudain Goulven, je me demande quel est le salaud qui a tué cette pauvre gosse. Il y en a eu, des choses pas reluisantes, commises à la fin de la guerre, mais là, c'est bien pire. Tu dis que ta camarade a été égorgée ?

— Oui, papa, mais je préfère ne pas en parler, je t'assure que c'était horrible. Au début, évidemment, je n'ai pas reconnu Madalen, puis les gendarmes l'ont mise sur une civière, et…

Un sanglot sec la fit taire. Elle posa sa cuillère à soupe pour enfouir son visage entre ses mains. Luc commença à renifler, sensible au chagrin de la jeune fille.

— Tu avais besoin de remettre ça sur le tapis, devant le gamin ? lui reprocha Paule.

— Il n'entend rien, ronchonna son mari.

— Ce n'est pas une excuse, Goulven, je crois que Luc peut parfois lire sur nos lèvres, insista Loïza.

— Dans ce cas, parle-nous de ton fiancé, Tiphaine, ironisa le mécanicien. Je parie que tu n'auras plus envie de pleurer. *Ma Doué*, un Ricain, tu ne pouvais pas t'amouracher d'un gars de chez nous ?

Goulven observa sa fille. Il déplorait sa manie de porter du vernis à ongles rouge, de farder ses yeux, mais il la laissait faire, en pensant qu'elle serait moins coquette une fois mariée et mère de famille. L'idée de la perdre le révolta. Il l'aimait de tout son cœur de père et refusait de l'imaginer de l'autre côté de l'océan.

— Papa, je n'y peux rien, entre John et moi, c'était un vrai coup de foudre, répondit enfin Tiphaine.

Elle avait lu l'expression dans une revue de cinéma, à propos d'un couple d'acteurs.

— On verra ça, trancha Goulven. Maintenant, finis ta soupe.

Auray, hôpital Saint-Julien, samedi 14 septembre 1946, quatre jours plus tard

Lara ouvrit grand les yeux. Son regard noir se posa d'abord sur le mur vert pâle qui lui faisait face, puis se leva vers le plafond blanc. L'espace de quelques secondes, elle songea qu'elle n'imaginait pas ainsi l'au-delà. Très vite, cependant, la voix de sa mère la ramena à la réalité.

— Merci, Seigneur ! Tu te réveilles, *ma merc'h*[1] !

Une profonde émotion, un infini soulagement vibraient dans les mots que venait de prononcer Armeline Fleury, née Guillemot.

— J'ai eu tellement peur. Tu as failli mourir, Lara. Le docteur qui t'a soignée, quand on t'a conduite ici mardi, me l'a dit. Je n'ai fait que prier pour toi.

— Quel jour sommes-nous, maman ?

— Samedi, il est presque midi. Je dois appeler l'infirmière, ne t'agite pas.

Le doux visage de sa mère parut changé à Lara, comme terni, flétri par l'épreuve qu'elle venait d'endurer.

— Je me souviens, maman, dit-elle en respirant avec peine. J'étais si malheureuse, tellement en colère, parce que tu avais vendu le bateau de papa. Je suis partie à vélo, je pleurais. J'ai roulé jusqu'à la pointe de Kerpenhir et, là, ma roue avant a heurté une grosse pierre. C'est flou, mais je crois que j'ai été projetée sur les rochers, près du rempart.

La jeune rescapée porta une main tremblante à sa tête bandée. Tout de suite, Armeline se leva pour l'empêcher de toucher au pansement.

— Oui, Erwan t'a trouvée en bas de la rotonde en pierre. Il y avait du sang sous ta tête. Sans lui, tu serais morte, à l'heure qu'il est. Dieu soit loué,

1. « Ma fille », en breton.

ce brave garçon veille sur toi. Il t'avait vue passer devant chez lui, il t'a suivie.

— Je voulais aller relever mes casiers à homards quand tu m'as annoncé que le maire avait acheté notre barque, le seul bien qui me reste de papa, plaida Lara. Je ne pourrai plus partir en mer ! Maman, je gagnais un peu d'argent. Le restaurateur du port achetait mes crabes et mes homards un bon prix.

— Ce n'est pas le moment de penser à tout ça, ma pauvre petite, lui répondit Armeline. J'avais grand besoin de cette somme.

Lara lança un regard de reproche à sa mère.

— Ou alors tu n'as pas trouvé d'autre moyen pour m'empêcher d'aller à la pêche.

— Tu te trompes, déplora Armeline.

Mais Lara ferma les yeux, en contenant ses larmes. Des images lui revinrent de son lien secret avec l'océan.

« J'étais si heureuse en mer, sur le bateau de papa. Je me sentais libre, forte, et je connaissais aussi bien que les autres pêcheurs de Locmariaquer les pièges de la navigation dans le golfe », songea-t-elle, en proie à un amer chagrin.

Armeline lui caressa la joue. Au fond, elle savait que sa fille avait deviné une partie de la vérité. De nature anxieuse, elle était rassurée d'être débarrassée de la grosse barque à voile de son mari. Elle avait cessé d'espérer le retour de Louis Fleury, déporté en Allemagne trois ans auparavant et sans doute mort, selon le ministère de la Guerre à qui elle avait écrit au début de l'année.

— Maman, si tu m'avais parlé de tes soucis, j'aurais cherché du travail. N'importe où, s'il le fallait, insista Lara.

— N'y pense plus. Repose-toi, je dois avertir l'infirmière que tu es réveillée. Le docteur viendra t'examiner.

Armeline sortit, frêle silhouette vêtue de noir, sa chevelure d'un blond très clair rassemblée en un chignon natté. Lara tenta de se redresser, mais fut tout de suite arrêtée par une douleur aiguë dans le dos. Son crâne la faisait souffrir également.

— Mais pourquoi ? s'exaspéra-t-elle. J'aurais mieux fait de mourir, si je ne suis plus bonne à rien.

Pour apaiser sa nervosité, elle se remémora ces instants étranges où elle avait approché le seuil d'un autre monde. C'était comme se souvenir d'un rêve, de façon plus nette, plus évidente.

« La lumière blanche, blanche ou dorée... C'était magnifique, je voulais me fondre dans cette lumière. J'ai revu grand-mère Henriette, qui m'aimait tant, et il y avait Loïc Guillemot, mon arrière-grand-père du côté de maman. Mon Dieu, je me sentais si légère, si sereine, et la femme est apparue. »

Perdue dans ses pensées, Lara prêta à peine attention au médecin qui entrait, escorté d'une religieuse en blouse d'infirmière sur sa tenue grise de sœur.

— Bonjour, mademoiselle, dit bien haut le docteur avec un grand sourire. Vous revenez de loin, savez-vous ?

— Bonjour, répliqua tout bas Lara.

— Nous allons vous garder encore une semaine, le temps de vous remettre sur pied. Les radiographies font état d'un grave traumatisme à l'arrière de la boîte crânienne, et vous avez deux côtes cassées.

— Mais qu'est-ce qui aurait pu me tuer ? interrogea la jeune femme. J'ai failli mourir, vous l'avez dit à ma mère, et je le sais aussi.

Le docteur, âgé d'une cinquantaine d'années, approuva d'un air perplexe.

— Un hématome sous-dural, mademoiselle. Il pouvait causer votre décès, par bonheur il s'est résorbé. Votre état nécessite du repos, encore du repos, et aucun effort, afin de favoriser la consolidation de vos côtes. Grâce à Dieu, vous êtes dotée d'une solide constitution, tout ira bien.

Il sortit en affichant le même sourire amical. L'infirmière le suivit. Armeline, de nouveau assise à son chevet, retint un gros soupir. Lara devina sans peine ce qui l'affligeait.

— Maman, comment allons-nous payer les frais d'hôpital ? Je suis vraiment désolée, tout ça est ma faute.

— J'ai rendez-vous avec le directeur de l'hôpital. peut-être que la Sécurité sociale prendra une partie des frais en charge, mais je ne peux pas avancer les sommes qu'on m'a annoncées. Si j'étais veuve de guerre, on m'aiderait davantage.

Lara tendit la main vers sa mère, en réprimant un gémissement. On frappa deux coups discrets contre la porte entrebâillée. Erwan Cadoret se faufila dans la chambre. Il était grand, les cheveux blonds et raides, avec des yeux étroits. Lara nota que son ami d'enfance avait fait des efforts de toilette. Il arborait une chemise et un gilet à manches longues.

— Je te préfère en marin, voulut-elle plaisanter.

Il eut un petit rire gêné, tandis qu'une fillette de douze ans le bousculait pour se ruer au pied du lit.

— J'ai eu si peur que tu meures, Lara ! s'écria-t-elle. Je voulais vite te revoir, alors Erwan m'a emmenée. Sa mère me garde, pendant que maman reste là avec toi.

— Ma Fantou, viens vite m'embrasser !

Lara reçut le baiser de sa petite sœur comme une bénédiction. C'était son trésor sur la terre, la merveilleuse enfant qu'elle s'était juré de protéger en l'absence de leur père et même sa vie durant.

— Je suis sauvée, enfin, Erwan m'a sauvée, Fantou. Non, ne pleure pas, *babig*[1] !

1. « Bébé », en breton.

— Dis donc, je ne suis plus un bébé ! protesta celle-ci. Quand maman m'a expliqué que tu étais à l'hôpital, j'ai prié la Sainte Vierge.

Erwan Cadoret, embarrassé par sa haute stature et par l'étroitesse de la pièce, tournait sa casquette entre ses doigts. Il avait du mal à être enfermé, néanmoins il était disposé à bien des sacrifices, dès qu'il s'agissait de Lara.

— Lara doit rester ici une semaine, lui précisa Armeline d'un ton accablé.

— Ah, c'est mieux comme ça, ils la soigneront bien, madame Fleury, répliqua-t-il.

Il pinça les lèvres, inquiet. La pauvreté des femmes Fleury, ainsi les surnommait-on à Locmariaquer, n'était un secret pour personne.

— Si vous avez besoin de quoi que ce soit, au retour de Lara, vous pouvez compter sur nous, ajouta-t-il à mi-voix. La pêche est bonne, en cette saison, je vous donnerai du poisson.

Pendant ce temps, Fantou montrait à sa grande sœur un petit bouquet de renoncules blanches et d'asters mauves qu'elle avait cueillis dans leur jardin.

— Tes fleurs me font très plaisir, affirma Lara. Elles me feront penser à notre maison. Tu devrais aller chercher un vase.

— Oui, bonne idée, je vais demander à une des religieuses, j'en ai croisé dans le couloir. Plus tard, je ferai la même chose, je prendrai le voile, mais je serai infirmière aussi.

Fantou était aussi blonde que Lara était d'un brun intense. La fillette tenait de leur mère cette teinte de cheveux très claire, et un regard bleu limpide.

— Madame Fleury, avez-vous raconté à Lara ce qui est arrivé à Erdeven ? s'enquit Erwan Cadoret dès que Fantou s'éclipsa.

— Non, mon garçon, concéda Armeline. Elle a repris ses esprits tout à l'heure, avant elle était comateuse. Ce ne sont pas des choses à dire dans les circonstances présentes.

— De quoi parles-tu, Erwan ? demanda immédiatement Lara. Il y a eu un accident en mer, un naufrage ?

— Ces malheurs, on y est habitués dans le pays, dit-il assez bas. Mais ça, les gens de chez nous n'en reviennent pas.

Erwan s'approcha du lit. Son visage tanné par le grand air, aux larges mâchoires, refléta un instant le sentiment d'horreur et d'incompréhension qu'il éprouvait.

— Mardi, le jour où tu as fait cette mauvaise chute, une fille de ton âge a été découverte égorgée, murmura-t-il. L'assassin avait caché son corps dans le dolmen de Mané-Bras. Le journal publie un article sur le crime chaque matin, une demi-page au moins. Un inspecteur de Vannes est chargé de l'enquête. Tu la connaissais peut-être, Lara, puisque tu es allée au lycée d'Auray. Madalen Le Goff, ça ne te dit rien ?

— Non, il y avait des élèves qui portaient ce nom-là, mais pas ce prénom, répondit Lara faiblement. On l'a égorgée ? Mon Dieu, la malheureuse ! Oh, je suis fatiguée, je voudrais dormir !

Lara était devenue d'une pâleur de craie. Elle respirait par saccades, en clignant des paupières, incapable de répondre aux appels de sa mère.

Lorsque la ravissante Fantou se présenta sur le seuil de la chambre, son bouquet dans un vase en porcelaine, un docteur et deux infirmières s'affairaient autour du lit. Erwan lui barra le passage.

— Viens, on va se promener dans le jardin de l'hôpital, Lara est très fatiguée, lui dit-il.

— Erwan, elle ne va pas mourir, hein ? Promets-le !

— Mais non, Dieu n'oserait pas nous la prendre. Allez, n'aie pas peur, Fantou.

2

Le venin de la peur

Erdeven, lundi 16 septembre 1946

L'inspecteur Nicolas Renan avait pris pension dans un hôtel-restaurant de la ville d'Erdeven, qui comptait alors presque deux mille habitants. C'était la première enquête importante dont il avait la charge depuis son arrivée en Bretagne et elle venait à point, car il commençait à s'ennuyer. Né à Rouen trente-huit ans plus tôt, il avait d'abord été nommé dans un commissariat du XIe arrondissement de Paris.

Quelques mois avant le crime atroce qui troublait les esprits de cette partie du Morbihan, il était entré en fonction à Vannes, la préfecture du département.

— Monsieur prendra un café ?

La serveuse, tout sourires, attendit sa réponse, en débarrassant sa table de la corbeille à pain et d'une cruche de cidre que le policier avait vidée au cours de son repas.

— Oui, un café bien serré, mademoiselle.

— Entendu. Dites, j'espère que vous allez arrêter l'assassin, dit-elle très bas, avec un regard anxieux. Je rentre chez moi à vélo, le soir, alors je ne suis pas rassurée.

— La gendarmerie et moi, nous ferons l'impossible, mademoiselle, répliqua-t-il sobrement.

On lui avait tenu le même genre de propos une bonne vingtaine de fois en trois jours. Il la suivit des yeux tandis qu'elle s'éloignait vers le comptoir. Une fille plaisante à regarder, au pas rapide, au corps souple. L'inspecteur détourna la tête. Une autre vision s'imposa à lui, celle de Madalen Le Goff, étendue sur une table en fer, sous la lumière glauque de la morgue.

« Pauvre gosse, songea-t-il. Enfin, d'après le légiste, elle n'a pas souffert. On lui a tranché la gorge après l'avoir droguée, mais elle n'a pas été violée. »

Le front plissé par la concentration, le policier sortit son carnet et relut ses notes de la veille. Il avait déjà interrogé le major John Russel, à la base américaine. Les gendarmes, quant à eux, s'étaient occupés de chercher d'éventuels témoins, dans les environs du dolmen de Mané-Bras.

— Je n'ai plus qu'à rencontrer la mère de la victime et Tiphaine Jouannic, étant donné que la demoiselle n'a pas répondu à la convocation du brigadier, marmonna-t-il pour lui-même en quittant la salle de restaurant, un peu écœuré par le café, âcre et tiède.

Pluneret, même jour, un quart d'heure plus tard

L'inspecteur Renan frappa à la porte des Le Goff en jetant un coup d'œil désabusé au jeune gendarme qui l'avait accompagné. Ils se trouvaient sur le seuil d'une maison basse, aux volets peints en bleu pâle. Des géraniums rouges ornaient l'appui d'une des fenêtres.

— Vous m'avez bien dit que Mme Le Goff est la veuve d'un résistant, s'enquit le policier à voix basse.

— Oui, inspecteur, Charles Le Goff a vaillamment lutté contre l'occupant. C'est un coup dur pour sa veuve. Perdre sa fille de cette façon.

Il se tut, car le battant en bois sombre s'entrebâillait sur un visage de femme décomposé par le chagrin.

— Madame Annick Le Goff, je suis l'inspecteur Renan. Je vous présente toutes mes condoléances. Je suis navré de vous déranger, mais j'aurais des questions à vous poser sur votre fille.

— Entrez, monsieur l'inspecteur.

La malheureuse mère semblait prête à se briser sur place. Menue et très petite, elle tenait un mouchoir dans sa main gauche. Vite, elle alla s'asseoir dans un fauteuil, au coin d'une cheminée qui abritait un poêle.

— Madame, est-ce que votre fille avait un « petit ami », selon le terme qu'emploient les jeunes, de nos jours ?

— Non, inspecteur, Madalen était sérieuse, elle étudiait. L'an prochain, elle aurait obtenu un poste d'institutrice ici, à Pluneret.

— Connaissiez-vous vraiment ceux ou celles qu'elle pouvait fréquenter ?

Annick Le Goff adressa un regard désespéré au policier. Elle étouffa un sanglot avant de répondre.

— Je vous ai dit que ma fille était sérieuse. On ne la voyait pas au bal, ni traîner le soir. Elle n'avait guère de fréquentations.

— Pourtant, elle était dans le bois d'Erdeven, dans la nuit du lundi 9 au mardi 10, puisqu'on l'a découverte là-bas. Donc, elle est sortie ce soir-là, et vous devez être au courant. Quel prétexte vous a-t-elle donné ?

Renan toisait d'un air apitoyé la veuve qui tremblait de tout son corps.

— On m'a déjà interrogée à ce sujet, se plaignit-elle. Je ne veux plus qu'une chose, enterrer mon enfant et prier pour elle.

— C'est vrai, inspecteur, Mme Le Goff a fait sa déposition, mais la brigade d'Auray a gardé le document, intervint le jeune gendarme. Sinon, je vous l'aurais montré ce matin.

Agacé, Nicolas Renan hocha la tête, sans renoncer à faire parler Annick Le Goff.

— Je vous écoute, madame, insista-t-il d'un ton sec.

— Eh bien, lundi soir, Madalen m'a dit qu'elle passerait la nuit chez une camarade de l'École normale, qui habite Ploemel. Je lui ai recommandé d'être prudente sur la route, il y a environ dix kilomètres, ça m'inquiétait.

— Elle est partie à vélo ?

— Oui, inspecteur, Madalen se déplaçait avec la bicyclette de son père.

— Le nom de cette camarade ?

— Viviane Lerain, sa famille vient de Vendée, ça aussi je l'ai dit au brigadier d'Auray.

— Ils ont déjà dû lui rendre visite, inspecteur, hasarda le gendarme.

— Qui ça, bon sang ? Comment travailler dans ces conditions ? s'impatienta Renan. On aurait dû me transmettre le dossier à Erdeven.

— D'après ce qu'on m'en a dit, Madalen n'est jamais arrivée chez sa camarade, murmura Annick Le Goff, avant de se mettre à pleurer sans bruit. Seigneur, ma pauvre enfant !

— Madame, votre fille allait-elle souvent passer la nuit chez Viviane Lerain ? demanda encore l'inspecteur.

— De temps en temps seulement. Je vous en prie, trouvez son assassin, qu'il paie pour son crime !

Les traits soudain durcis, la veuve se redressa en fixant la statuette de la Vierge qui était disposée sur le buffet.

— Si mon mari était encore de ce monde, il ferait justice, mais on me l'a pris, lui aussi.

Nicolas Renan quitta la maison basse des Le Goff de mauvaise humeur. Le gendarme le constata, aussi évita-t-il de lui parler.

— On n'en a rien tiré, maugréa l'inspecteur. Cela dit, je n'ai pas eu le cœur de harceler cette femme. Passons à Tiphaine Jouannic, à présent. Sainte-Anne-d'Auray n'est pas loin de Pluneret, si j'en crois ma carte routière.

— Je vous indiquerai le chemin, lui dit son acolyte. Vous êtes nouveau en Bretagne, c'est ça ?

— Exactement, et j'ai la ferme intention de mettre le meurtrier sous les verrous avant la fin du mois, affirma Renan.

Sainte-Anne-d'Auray, un peu plus tard

Le policier ne franchit pas tout de suite le portillon d'un vert délavé qui donnait sur un jardin d'agrément au fond duquel se dressait la maison de la famille Jouannic. En fait, il était surpris par son allure de logis ancien, au toit d'ardoise, aux murs de granit brun. Il supposa que c'était une demeure ayant au moins un siècle.

— Ce sont des gens aisés, dirait-on.

— Ne vous fiez pas aux apparences, inspecteur, rétorqua le gendarme. Je suis de Sainte-Anne, et je vous assure que Goulven Jouannic ne roule pas sur l'or. Quand on sera sur le pas de la porte, vous verrez que c'est un peu décrépit, tout ça.

Renan se décida à entrer. Il longeait une haie de buis, assez basse, lorsqu'il entendit fredonner. Une femme chantonnait, sa voix lui parut toute proche.

— Messieurs ? En quoi puis-je vous être utile ?

Loïza Jouannic s'était relevée prestement et les regardait, de l'autre côté de la haie. Elle tenait un sécateur à la main. Son corsage blanc, échancré, laissait deviner la naissance de ses seins.

— Bonjour, madame, inspecteur Renan.

— Vous venez voir ma nièce, Tiphaine, supposa-t-elle d'une voix basse et sensuelle. Je vous accompagne. Je suis Loïza, la sœur de Goulven Jouannic. Mon frère tient un garage à Auray, qui fait station-service et mécanique générale. Il est absent la journée.

L'inspecteur fut frappé par la beauté de Loïza. Elle ôta un petit tablier et leur indiqua la maison d'un geste paisible.

— Votre nièce n'a pas daigné répondre à la convocation de la gendarmerie d'Erdeven, madame, dit-il sèchement.

— Nous ne l'avons pas reçue, monsieur.

— Ce serait surprenant. Elle a été postée vendredi.

— Elle arrivera sans doute demain, déclara-t-elle d'un ton poli. Tiphaine est encore bouleversée, d'autant plus qu'elle était au lycée avec Madalen Le Goff.

Ils la suivirent à l'intérieur, dans la grande cuisine où il faisait frais. L'ordre et la propreté régnaient, ainsi qu'une délicieuse odeur de pâtisserie.

— Il n'y a pas grand monde, leur dit Loïza. Ma belle-sœur est partie prier à la basilique, elle a emmené notre petit-cousin Luc. Je vais chercher ma nièce.

Tiphaine se présenta à eux en robe de chambre, des bigoudis sur la tête, maintenus par une résille rose. Son joli visage offrait un aspect lamentable, car elle ne faisait que pleurer.

— Excusez ma tenue, dit-elle. J'ai la migraine, je dois rester couchée dans le noir.

Elle se tourna alors vers le jeune gendarme.

— Malo Guégan, s'étonna-t-elle. Tu es dans la police ?

— Eh oui, que veux-tu, le métier me tentait !

— Nous nous connaissons depuis longtemps, expliqua Tiphaine à l'inspecteur. C'est un ami de mon grand frère, Gaël.

— Et où vit-il, ce frère ? s'intéressa Renan.

— Il travaille dans l'administration des Postes, à Paris. Je lui ai écrit hier, pour raconter ce qui s'est passé.

— Pourquoi ? Il connaissait Madalen Le Goff ?

— Oui et non, balbutia Tiphaine.

— Dis la vérité, petite, recommanda Loïza, ses yeux gris étudiant la physionomie de Nicolas Renan.

— Je vous le conseille, renchérit ce dernier. Inutile de vous rappeler, mademoiselle, qu'une fille de votre âge a été tuée d'une manière atroce, assortie d'une mise en scène ridicule. La longue chemise blanche, le corps à l'abri du dolmen, on veut nous faire croire à je ne sais quoi.

Le policier se reprocha aussitôt d'avoir dévoilé le fond de sa pensée. Malo Guégan, lui, tournait son képi entre ses doigts, sans quitter Tiphaine du regard. Elle lui plaisait beaucoup, avec sa chair laiteuse, sa bouche charnue, d'un rouge vif.

— Reprenons, ordonna l'inspecteur. Oui ou non, votre frère a-t-il été en relation avec la victime, mademoiselle Jouannic ?

— Ils ont eu une histoire, juste après la Libération, mais la mère de Madalen n'est pas au courant, murmura Tiphaine.

— Et, bien évidemment, vous n'avez pas cru bon de le signaler dans votre déposition, mardi soir. Que voulez-vous dire par « une histoire » ? C'était une amourette ou une liaison ?

— Au début, ils flirtaient, ensuite c'est devenu plus sérieux.

— Oui, sérieux, je vois, ronchonna Renan. D'après sa mère, Madalen était très sérieuse, justement. Un mot employé à tort et à travers, il me semble.

Impassible, Loïza écoutait l'inspecteur. Elle le jaugeait. Il avait des traits un peu lourds, des yeux bruns étroits, d'épais sourcils en broussaille et un nez aquilin. Mais il était élégant, en costume trois-pièces, chemise claire, cravate et chapeau.

L'homme qu'elle voyait le plus souvent était son frère, or Goulven quittait rarement son bleu de travail et ne se préoccupait pas de ses ongles noirs de cambouis.

— Désirez-vous du café, inspecteur ? Et toi, Malo ?

— Je n'apprécie guère la familiarité avec un représentant de l'ordre, madame, lui reprocha Renan, irrité sans vraiment savoir pourquoi.

— Mais j'ai connu Malo gamin, plaida Loïza. Ses parents étaient nos voisins, à l'époque.

— Malo venait jouer dans notre pré, derrière la maison, ajouta Tiphaine.

— Mademoiselle, j'enquête sur un crime particulièrement atroce, je souhaite entendre votre récit, et je veux des détails sur votre amitié avec la victime. Il est évident que vous la fréquentiez même après le lycée, en raison de sa relation avec votre frère.

Résignée, Tiphaine s'assit à la table, l'esprit ailleurs. Elle n'avait pas vu John depuis quatre jours et il lui manquait. Autre chose la tourmentait : le beau GI n'était pas venu, malgré sa promesse, discuter de leurs fiançailles et du mariage avec son père.

Erdeven, Hôtel des Voyageurs, plus tard

La cabine téléphonique de l'établissement était située au fond de la salle de restaurant, déserte en cette fin d'après-midi. L'inspecteur Renan obtint rapidement la communication avec le commissariat de Vannes. On le fit attendre quelques instants, puis la voix éraillée de son supérieur, le commissaire Urvois, résonna dans l'écouteur.

— Où en êtes-vous, Renan ? Les journaux s'en donnent à cœur joie, à cause de cette affaire peu ordinaire. La peur va s'installer, on nous traitera d'incapables si cela traîne. Il faut arrêter le coupable, et vite.

— Je n'ai pas beaucoup avancé, commissaire, mais je tiens une piste. Le frère de Tiphaine Jouannic aurait eu une relation, il y a un an, avec la victime. On m'a adjoint un jeune gendarme, je lui ai demandé de contacter l'administration des Postes, à Paris, le type en question y travaillerait.

— Un crime passionnel, ça ne colle pas vraiment, Renan ! Un journaliste a carrément écrit qu'il s'agissait d'un meurtre rituel, à cause de la mise en scène dans le dolmen.

Agacé, l'inspecteur fixa un tableau indiquant les tarifs des services téléphoniques, accroché en face de lui.

— Je sais, les gens sont inquiets, ici. J'espère ne pas avoir un autre cadavre sur les bras les jours qui viennent. Commissaire, vous avez exigé un rapport précis, je le fais. Après avoir interrogé de nouveau Mme Le Goff, je suis allé chez les Jouannic, à Sainte-Anne-d'Auray, et j'ai ensuite rendu visite à la gendarmerie d'Auray, pour récupérer le dossier. Je l'ai étudié soigneusement et certains points m'ont intrigué.

— Lesquels ? Je vous écoute, répondit Urvois d'un ton dur.

— Madalen Le Goff a été retrouvée vêtue d'une longue chemise blanche, un genre de chemise de nuit ancienne, pourtant sa mère dit dans son témoignage que sa fille est partie à vélo, vêtue d'une robe jaune à pois blancs, avec un gilet de laine et un foulard sur les cheveux. Or les vêtements et le vélo ont disparu.

Le commissaire se contenta d'émettre un grognement plein de perplexité.

— A-t-on relevé des empreintes digitales ? s'enquit-il.

— Aucune. S'il y en avait sur les pierres, les gars de la police scientifique n'ont pas pu les relever. Et nous n'avons pas non plus trouvé l'arme du crime. Le légiste pense à un rasoir, un « coupe-choux », ce sont ses mots.

— Sale histoire, Renan, faites au mieux. Rappelez-moi demain à la même heure.

L'inspecteur perçut un déclic. Urvois avait raccroché. Il alluma une cigarette et sortit. La rue était vide, hormis un petit chien noir qui déambulait en reniflant chaque pan de mur.

— Il faudrait fouiller plus minutieusement autour du dolmen, dans le bois et aux environs, se dit Renan tout bas. Les habits et le vélo sont forcément quelque part.

Il décida de retourner à la gendarmerie à pied, désireux de s'imprégner de l'atmosphère de la petite ville. L'air vif lui fit du bien. Il se promit d'aller marcher sur la plage de Kerouriec, le lendemain ; Tiphaine Jouannic lui avait confié que le major Russel et elle s'étaient baignés là-bas, près du blockhaus de la Roche-Sèche.

« Ils ont dû prendre la Jeep, pour aller du bord de mer jusqu'au sous-bois, songea-t-il. Le GI n'a pas été bavard, et il prétendait qu'ils faisaient juste une promenade. Je suis certain du contraire, ils cherchaient surtout un coin tranquille. »

Malgré sa volonté de penser en priorité à l'enquête en cours, l'esprit de Nicolas Renan s'égara et il revit la belle Loïza Jouannic, quand elle se tenait debout près de sa nièce, prête à la défendre farouchement. Célibataire endurci, il avait eu quelques aventures, mais il n'avait encore jamais été autant séduit par une femme.

Le brigadier-chef Huet, d'Erdeven, proche de la retraite, le reçut avec déférence. Il lui confirma rapidement qu'un climat de peur s'instaurait dans le pays.

— On en a vu, des choses, durant la guerre et à la Libération, inspecteur, là c'est différent. Les pères de famille redoublent de vigilance, ils défendent à leurs filles de sortir dès qu'il commence à faire sombre.

— Une précaution estimable, même si le criminel est peut-être déjà loin, répliqua Renan. Dans le cas de Madalen Le Goff, il faut tenir compte du fait qu'elle avait dix kilomètres à parcourir à vélo, au crépuscule, de Pluneret à Ploemel. Viviane Lerain affirme dans sa déposition qu'elle a guetté l'arrivée de son amie, depuis le seuil de sa maison, sans rien avoir noté de bizarre dans les alentours.

— La pauvre gosse aura fait une mauvaise rencontre, déplora le brigadier-chef. Sait-on l'heure exacte du décès, inspecteur ?

— Oui, ce serait vers minuit, donc la victime a dû être arrêtée pendant le trajet, car elle a quitté Pluneret à 19 heures. Nous avons un possible suspect, Gaël Jouannic, qui a eu une relation amoureuse avec Madalen Le Goff. Il me faut la preuve qu'il était à Paris la nuit du meurtre. En train, il aurait pu venir ici et repartir sans être vu.

— D'accord, inspecteur, on s'en occupera demain matin.

— Non, tout de suite, le temps presse, trancha Renan.

Malo Guégan et un autre gendarme assistaient à l'entretien. Ils se gardaient de poser la moindre question. Tous deux avaient vu le corps sans vie de Madalen, ses cheveux blonds souillés par son propre sang, et ils étaient déterminés à seconder au mieux leurs supérieurs.

— C'est qu'il y a un souci, ajouta alors le brigadier-chef.

— Dites-moi, s'étonna l'inspecteur.

— Les gens commencent à soupçonner un GI de la base d'être l'assassin. Un type que le major Russel aurait amené ici, il y a plus d'une semaine, en Jeep. Un Noir qui aurait abordé une jeune femme sur la plage de Kerhillio, la plus au sud, la plus fréquentée aussi.

— Et alors, les gens de chez vous n'ont jamais croisé de Noirs ? Il y en a parmi les GI. De toute évidence, il ne l'a pas violée ni tuée, cette femme !

— Ne vous fâchez pas, inspecteur Renan, protesta le vieux gendarme. Au début, après le débarquement et à la Libération, les soldats américains étaient considérés comme des héros, ils étaient reçus à bras ouverts, les filles se laissaient séduire. Mais les esprits ont changé peu à peu, à cause de certains problèmes, des pillages, des viols.

— Je suis au courant de ces rumeurs ! s'exaspéra le policier.

— Qui n'en sont peut-être pas, rétorqua le brigadier. Russel et son ami noir feraient bien de ne pas traîner dans le coin, c'est tout ce que j'en dis.

— Très bien, je retournerai à la base américaine demain soir, pour vérifier l'alibi de ce GI à la peau trop foncée pour vos concitoyens, déclara Renan. Si ça peut vous rassurer ! Mais ne vous faites pas trop de bile, j'ai appris d'un certain colonel Howard que le major Russel devait embarquer au Havre jeudi. Apparemment, il n'a pas jugé utile d'en avertir sa prétendue fiancée, Tiphaine Jouannic.

— Et vous non plus, inspecteur ! s'indigna Malo Guégan.

— Elle le saura bien assez tôt, soupira celui-ci.

Locmariaquer, samedi 21 septembre 1946

Lara se sentit apaisée dès qu'elle entra dans la maison où elle était née, où elle avait grandi. Fantou la tenait par la main, toute joyeuse à l'idée d'être de nouveau avec sa sœur.

— Ce n'était pas gai, ici, sans toi, Lara, murmura-t-elle.

— Comment le sais-tu ? Tu as passé ces derniers jours chez Mme Cadoret, lui répliqua celle-ci pour la taquiner.

— Je venais quand même, maman m'avait confié la clef.

Armeline considéra ses deux filles avec tendresse. Elle avait le cœur lourd, mais, afin de s'exhorter au courage, elle se répétait que Lara aurait pu mourir.

«Mon Dieu, je n'ai pas le droit de me plaindre, se reprocha-t-elle. Mes enfants chéries sont là.»

Un gros chat noir sauta sur la table dès qu'il entendit la voix de Lara. Elle le caressa sur la tête, ravie de l'entendre ronronner aussitôt.

— Je suis si contente d'être chez nous, dit-elle en souriant. Mais… maman, où est le lit clos ?

Elle ne s'était pas aperçue immédiatement de la disparition du beau lit clos des Guillemot, dont sa mère avait hérité et qui se dressait depuis des années près de la cheminée. Il était remplacé par le modeste vaisselier de la famille Fleury.

— Je l'ai vendu à monsieur le maire, pour son manoir, expliqua Armeline d'une voix altérée par l'embarras. Il l'a payé cher, comprends-tu, en me disant que c'était une magnifique antiquité.

— En effet, il avait plus de cent ans, maman, comme notre maison, se désola la jeune femme. Il ne fallait pas t'en séparer, en plus Fantou l'adorait. Elle y couchait depuis ses sept ans !

— Je n'ai pas pu faire autrement, Lara, nous n'avions plus un sou, plaida sa mère, les larmes aux yeux.

— D'abord le bateau, maintenant le lit clos ? Qu'est-ce qu'il va nous prendre encore, cet homme ? Maman, ce meuble avait été fabriqué par ton arrière-grand-père, le père de Loïc Guillemot. Il l'avait décoré lui-même. Quand j'étais petite, tu me montrais souvent les motifs sculptés dans le bois. Comment as-tu pu le céder à ce requin ?

Fantou écoutait, la mine grave. Elle avait accepté le sacrifice du lit clos, à l'instar d'un imparable coup du sort.

— Ne te fâche pas, Lara, dit-elle de sa voix fluette. Maman avait besoin de beaucoup d'argent, à cause de l'hôpital.

— Je le sais, mais le maire en a profité. Je déteste cet homme, un vrai charognard. Il tire profit du malheur des autres.

Armeline retint un soupir. Éric Malherbe dissimulait à peine l'intérêt qu'il portait à Lara. Elle se doutait qu'il n'aurait jamais proposé un tel prix pour le lit clos s'il n'avait pas espéré ainsi rendre sa fille et elle redevables de sa générosité.

— Maman, il est venu me voir à l'hôpital, comme par hasard lorsque tu n'étais pas là, le lendemain de mon malaise.

— Seigneur, j'ai cru te perdre ce jour-là, tu as même eu des convulsions. Fantou et Erwan ont eu très peur eux aussi.

— Mais Erwan m'a dit que Dieu ne pouvait pas t'enlever à nous ! s'écria Fantou. Moi, j'en suis sûre, Lara.

— Et tu as raison, je suis pratiquement rétablie. Si tu allais cueillir un bouquet pour la table ?

Le vase de mamie Henriette est vide, c'est un peu triste.

— J'y vais, comme ça maman et toi vous pourrez parler des choses que je suis trop jeune pour entendre, répliqua sa petite sœur avec malice.

Elle se rua dans le jardin, un morceau de lande clôturé de barrières en piteux état, jadis peintes en blanc. Un pin maritime côtoyait un cyprès courbé par le vent du large. Des hortensias et des rhododendrons égayaient les murs sombres de la vieille maison basse.

— Maman, reprit Lara à mi-voix, le maire s'est comporté d'une manière gênante, à l'hôpital. Il m'a embrassé les mains, caressé les avant-bras. Si tu avais vu la gerbe de roses rouges qu'il m'a offerte ! J'ai donné les fleurs pour la chapelle dès qu'il est parti. Les religieuses étaient enchantées.

— Est-ce si grave ? demanda Armeline. Ton père aurait agi de la même façon s'il était encore parmi nous. M. Malherbe m'a bien dit qu'il t'appréciait beaucoup, un peu comme si tu étais sa fille.

Lara leva les yeux au ciel, désemparée. La disparition du lit clos, succédant à la vente du bateau, lui causait du chagrin et une froide colère.

— Tu ne peux pas être aussi naïve, maman, insinua-t-elle. Je te rappelle que M. Malherbe est marié et a deux enfants, des garçons. Tout le monde te dira, à Locmariaquer, qu'il trompe son épouse à la première occasion. Je ne tomberai pas dans ses filets.

Très lasse, Armeline Fleury s'assit sur un des bancs disposés de chaque côté de la longue table où tant de repas animés s'étaient déroulés, depuis ses noces avec Louis et jusqu'à la guerre.

— Je suis désolée si tu es contrariée, Lara. Je n'en peux plus de la misère. Ma plus grande crainte, c'est d'être forcée de vendre notre maison un jour. Là, je serai tranquille pendant quelques semaines si nous sommes économes.

— Pardonne-moi, maman, je ne devrais pas t'accabler, lui dit tout bas Lara.

Fantou réapparut, en brandissant un maigre assemblage de bruyères et de chardons roses. Sa chevelure d'un blond lunaire, raide et brillante, était perlée d'humidité.

— Il pleut, la pluie fine qu'on adore, Lara, annonça-t-elle. J'ai dû revenir.

Petite pour ses douze ans, Fantou arborait un visage mince, d'une rare délicatesse. Lara la comparait aux créatures féeriques des anciennes légendes bretonnes.

— Viens me voir, joli korrigan[1], dit-elle en lui tendant les bras. Tant pis pour le lit clos, puisque toi, tu es là. Tu coucheras dans ma chambre, si tu veux.

---

1. Créature des légendes bretonnes, comparable à un elfe, bon ou mauvais.

— Comme quand je suis malade, oui, je suis d'accord, se réjouit Fantou.

— La marée monte, on entend les vagues d'ici, murmura Lara qui cajolait sa sœur. Demain, nous irons nous promener sur la plage.

— Et quand tu seras vraiment guérie, intervint Armeline, tu pourras travailler dans les parcs à huîtres, le maire me l'a dit. Il jouera de son influence pour que tu sois embauchée dans un des bassins.

Sa mère semblait tombée sous l'emprise d'Éric Malherbe. Lara évita de lui répondre.

« "Son influence", encore des paroles stupides, se dit-elle. Il est peut-être propriétaire de la plus grande entreprise ostréicole, mais je n'irai pas trimer pour lui. »

Elle contourna la table et s'arrêta devant la cheminée, dans l'intention d'allumer un feu. Son regard fut attiré par un journal, posé sur une pile de branchettes. Le portrait en noir et blanc de Madalen Le Goff figurait sur la première page, comme si on avait plié exprès le quotidien pour laisser en évidence l'image de la malheureuse victime. Le titre en gras indiquait : « La morte du dolmen ». En caractères moins épais, on lisait : « L'assassin court toujours. »

— Je me suis trompée, je la connaissais, maman, constata Lara, effarée. Mon Dieu, quelle horreur !

Fantou scrutait le visage de sa sœur, où elle lut de l'angoisse et une grande tristesse. Affligée à son tour, elle la rejoignit et appuya son front pur contre sa poitrine. Une certitude agitait son jeune cœur, Lara n'était plus tout à fait la même.

Sainte-Anne-d'Auray,
dimanche 22 septembre 1946

Tiphaine avait assisté à la messe célébrée dans la basilique Sainte-Anne en compagnie de sa mère, de sa tante et de Luc. Son père était venu lui aussi, ce qui était assez exceptionnel. Sur le chemin du retour, Goulven Jouannic se montra plus bavard que d'ordinaire.

— Les pèlerins viennent de plus en plus nombreux, dit-il. C'est une chance pour mon affaire. D'ici quelques années, j'aurai des sous de côté.

— Pourtant tu te plains souvent de ne pas avoir beaucoup de clients, fit remarquer Loïza.

— Bah, je ne suis jamais content, tu me connais. Et toi, ma fille, as-tu des nouvelles de ton GI ? On attend toujours sa visite. Il aurait pu venir aujourd'hui.

— Sûrement qu'il n'a pas pu se libérer, papa, répondit Tiphaine tout bas.

— Dommage, j'avais envie de faire sa connaissance.

— Ne la tourmente pas, reprocha Paule à son mari. Tu sais bien que le meurtre de Madalen cause des remous dans le pays. Des rumeurs accusent un des soldats américains, un Noir qui aurait agressé une femme, à Erdeven, justement. Une voisine me l'a confié, jeudi, pendant les obsèques de cette pauvre petite.

— C'est faux ! s'insurgea Tiphaine. On soupçonne Warren parce qu'il est noir, rien d'autre. John me l'a présenté. Je les avais retrouvés un jour sur la plage.

— *Ma Doué*, encore une escapade à la sauvette, sans ma permission ! s'emporta Goulven.

— Tu n'es jamais à la maison, papa, et à mon âge, j'ai le droit de m'amuser, de sortir, au moins la journée.

Son père haussa les épaules. Il ne pouvait pas enfermer sa fille à double tour. Au fond, il lui faisait confiance.

— Je ne t'ai pas mise en cage, Tiphaine, admets-le, dit-il.

— Oui, papa, je te remercie.

Elle avait la gorge nouée, le cœur brisé, mais elle faisait de gros efforts afin de ne pas le montrer. John était parti, sur le même bateau que Warren. Ils avaient embarqué au Havre, ce que lui avait précisé l'inspecteur Renan, quand elle avait réussi à le joindre par téléphone, la veille, du bureau de poste d'Auray.

« Je voulais défendre Warren, parce que c'était l'ami de John, se remémora-t-elle. Mais cet appel à la gendarmerie d'Erdeven ne m'aura apporté que du malheur. »

Des larmes d'amertume, d'incompréhension, lui piquèrent les yeux. Elle avait déjà pleuré de longues heures, la veille, dans sa chambre, humiliée, cruellement blessée. L'homme qu'elle aimait, qu'elle adorait, n'avait pas essayé de la revoir. Il ne lui avait même pas écrit pour annoncer son départ.

« Peut-être que je vais recevoir une lettre demain, se dit-elle. Peut-être qu'il reviendra vite, pour m'emmener, cette fois. »

L'inspecteur Renan avait été poli, mais froid. Tiphaine n'avait pas osé lui poser de questions. Maintenant, afin d'atténuer son chagrin, elle échafaudait des théories qui excusaient la conduite de John.

« Il devait partir à cause de Warren, on les aura accusés tous les deux, alors leur colonel leur a ordonné de rentrer aux États-Unis. Ou bien il ne pouvait pas encore m'épouser, il lui fallait des documents de son pays. Je suis sûre qu'il va tout m'expliquer dans un courrier. »

Loïza lui prit le bras, en l'observant d'un air inquiet. Quand elle demandait à sa nièce pourquoi elle était aussi triste, Tiphaine prétendait avoir de la peine pour Madalen.

La famille apercevait la solide maison de granit au fond du jardin lorsqu'il se mit à pleuvoir. Prévoyante, Paule ouvrit le parapluie qu'elle avait emporté.

— C'est l'automne, demain, dit-elle à son mari. Le temps va changer.

Luc, soulagé de rentrer au bercail, franchit le premier le portillon et s'élança dans la petite allée bordée de buis. Tout de suite, Paule revint sur le crime qui avait semé le venin de la peur dans une grande partie du Morbihan.

— C'est plus fort que moi, je n'en parle pas devant Luc, au cas où il lirait sur mes lèvres, comme tu l'as supposé, Loïza. J'ai vu dans le journal que l'enquête piétinait. Cet inspecteur de Vannes n'a aucune piste. Ils n'ont pas encore retrouvé le vélo ni les habits de Madalen.

— Paule, autant te le dire, la police s'est renseignée sur Gaël, avoua soudain Goulven.

— Sur notre fils ! Seigneur, mais Gaël vit à Paris ! En voilà, des sottises !

— C'est ce que j'ai répondu à l'inspecteur, quand il est passé au garage m'annoncer que mon fils avait un solide alibi. *Ma Doué*, ils l'ont cru suspect le temps de vérifier son emploi du temps la nuit du meurtre !

— Et tu ne nous as pas averties ! s'offusqua Loïza. Comment osent-ils s'en prendre à Gaël, un si gentil garçon ?

— Je parie que notre fille pourrait t'expliquer pourquoi, ironisa-t-il. Dis-leur, Tiphaine.

— Mais je n'ai rien fait de mal. Tata, tu étais là quand l'inspecteur nous a rendu visite, avec Malo qui est devenu gendarme. Je leur ai dit, pour Madalen et Gaël. Ce n'était pas si grave. Et puis vous m'ennuyez, tous, j'en ai ras le bol !

Prête à éclater en sanglots, Tiphaine courut vers la maison. Sa mère, outrée par l'expression qu'elle venait d'entendre, poussa un soupir exagéré.

— Elle a hérité de mon mauvais caractère, se moqua Goulven. Allez, rentrons. Tu nous feras des crêpes, cet après-midi, Loïza.

— Bien sûr, comme la plupart des dimanches, répliqua sa sœur. Même pendant la guerre, j'ai réussi à vous en préparer.

Elle adressa un sourire amusé à son frère. On vantait souvent le dévouement de Loïza envers les siens, à Sainte-Anne-d'Auray. De notoriété publique, cette belle femme d'humeur égale était une bénédiction pour les Jouannic et même pour leurs voisins. Une seule chose intriguait, elle avait décliné toutes les demandes en mariage.

«Je préfère vivre près de ma famille. En plus, Paule, ma belle-sœur, n'a pas une bonne santé», répondait-elle si on l'interrogeait.

Tiphaine refusa de manger des crêpes ce dimanche-là. Elle se cloîtra dans sa chambre, pour pleurer encore. Elle ignorait jusqu'à présent la douleur insidieuse que provoquait la perte d'un être aimé. Certes, John Russel n'était pas mort, mais pour sa jeune maîtresse, folle amoureuse, cela revenait au même.

Quand sa mère, inquiète, vint frapper à sa porte, elle la pria de la laisser en paix.

— Je ne le reverrai pas avant longtemps, si je le revois un jour, chuchota-t-elle en reniflant, un mouchoir détrempé sous le nez. On nous a séparés, j'en suis sûre, jamais John ne m'aurait quittée comme ça. Il m'aimait.

Cependant, elle prit conscience que ces trois derniers mots sonnaient faux. John n'était pas particulièrement tendre, ni prodigue en douces paroles. Tiphaine s'en souciait peu, comblée dans sa chair neuve par leurs étreintes exaltées, parfois très brèves, ce qu'elle regrettait ensuite, encore vibrante de volupté.

Tout devint confus pour elle. Des images se mêlaient, le visage exsangue de Madalen, le torse hâlé de John, son sourire d'un blanc éclatant. Secouée de gros sanglots, elle fit l'effort de se rappeler sa voix, les promesses qu'il lui soufflait à l'oreille, avec son accent si séduisant.

« Mais oui, tu seras ma jolie petite femme, serinait-il au tout début de leur relation, lorsqu'elle refusait d'aller au-delà des caresses et des baisers. Là-bas, chez moi, les maisons sont très grandes, modernes, tu auras une machine à laver, j'achèterai un aspirateur. Je veux que tu sois toujours coquette, les ongles vernis, et maquillée. »

Elle poussa un gémissement en se souvenant de la façon dont John prononçait le terme « coquette ».

— Est-ce que je peux entrer ? lui demanda soudain Loïza, depuis le couloir.

— Oui, tata !

Si une personne avait le droit de connaître le chagrin secret qui la dévorait, c'était bien sa tante. Loïza prit place au bord du lit, en ayant soin de lui tapoter gentiment la joue.

— Si tu me disais ce qui te fait autant pleurer, ma petite ?

— J'ai menti à papa tout à l'heure. John a embarqué jeudi, au Havre, avec ce soldat noir, Warren. Je l'ai su par l'inspecteur.

— Comment ça ? Le policier n'est pas revenu ici.

— Maman m'a donné la permission de sortir à vélo, hier, alors j'ai téléphoné à la gendarmerie d'Erdeven.

— Ainsi ce jeune homme est parti sans chercher à te revoir ! Dans ce cas, il n'en valait pas la peine. Sèche tes larmes, tu rencontreras bientôt un garçon plus sérieux.

— Je ne veux que lui, mon John. Tata, je t'ai menti à toi aussi, je lui ai cédé, un après-midi du mois d'août. Nous nous étions baignés, il m'a emmenée dans le blockhaus de la Roche-Sèche, sur la plage de Kerouriec. Son ami Warren faisait le guet, pour qu'on ne nous dérange pas.

— Je suppose que c'était ta première fois, s'enquit Loïza, en apparence impassible.

— Oui, mais je n'ai pas eu mal. On a recommencé le lendemain, et plusieurs fois ensuite. Tu comprends pourquoi je l'aime aussi fort. Je ne pourrai pas me passer de lui, tata.

— Alors je prierai pour son retour, Tiphaine. Tu dois m'écouter : si tu continues à t'enfermer, à pleurer, tes parents se douteront de quelque chose. Sois courageuse, ma belle, nous trouverons un moyen d'obtenir l'adresse de John Russel. Tu lui écriras. Es-tu décidée à faire un effort ? N'oublie pas que tu es engagée dans le salon de coiffure de Mme Vérins, à Auray. Tu étais tellement contente d'avoir ce travail. Elle ne voudra pas d'une apprentie au teint brouillé, aux boucles ternes.

— Tu as raison, tata, comme toujours, concéda Tiphaine.

Une heure plus tard, elle venait à table, la mine chiffonnée, mais un faible sourire sur les lèvres. Paule et Goulven en furent rassurés, mais Loïza se tourmentait en silence pour sa nièce.

« Et si elle est enceinte, que faire ? se demandait-elle. Mon frère ne lui pardonnera pas, je le crains. »

Dans un bois proche de Ploemel, même soir

Nicolas Renan jubilait, sous l'œil attentif des deux gendarmes qui l'accompagnaient, dont le jeune Malo Guégan.

— Le vélo, enfin ! s'était écrié l'inspecteur un instant plus tôt, en apercevant un éclat métallique parmi le fouillis végétal d'une haie de clématites et de ronces. On n'y touche pas, l'assassin a peut-être laissé des empreintes. C'est le bon, il y a le nom de famille des Le Goff sur la plaque en aluminium.

— Mais il faudrait l'emporter à la gendarmerie, inspecteur, hasarda Guégan. Il fera vite nuit.

— Oui, exact, pourtant je ne veux prendre aucun risque. Savez-vous combien d'ignobles criminels ont échappé à la justice, avant la mise au point de l'identification d'un individu par le biais de ses empreintes digitales ? Le meurtrier a forcément manipulé cet engin, puisqu'il l'a dissimulé ici. Allez, on cherche dans les environs, peut-être que les vêtements de la victime ne sont pas loin.

Les gendarmes et Renan explorèrent d'autres buissons, un bosquet de chênes tout proche, en vain. L'inspecteur mit fin aux recherches, le soleil ayant disparu derrière la ligne d'horizon.

— Bon, je me représente la scène qui a pu se produire lundi soir, dit-il à haute voix, l'air songeur. Madalen Le Goff pédale sur la route. On la voit bien, depuis l'abri de la haie. L'assassin se précipite, l'oblige à s'arrêter. Il la force à descendre de son vélo, sans doute sous la menace d'une arme. Il la conduit jusque-là où nous sommes. Elle est terrifiée et lui obéit. Une fois le vélo dissimulé dans les broussailles, le type la fait avancer encore, vers un autre endroit de la route, car il est en voiture. La suite coule de source. Il la drogue et l'emmène à Erdeven, près du dolmen, où il l'allonge sous les pierres et l'égorge. La police scientifique est formelle, Madalen a eu la gorge tranchée à l'intérieur du dolmen, sinon on aurait trouvé des traces de sang alentour.

— Mais pourquoi ? s'étonna Malo. Il n'y a pas eu viol. Ce serait plus logique, si ce salaud avait abusé d'elle.

— En effet, Guégan, il n'y a pas eu viol. Quand j'étais à Paris, je peux vous dire que j'ai enquêté sur de nombreux crimes, notamment des femmes tuées sauvagement, sans qu'il y ait eu abus sexuel. Il s'agissait souvent d'exécutions programmées par des proxénètes, ou bien du geste furieux d'un mari trompé.

L'inspecteur Renan hocha longuement la tête, avant d'allumer une cigarette.

— Tant pis, on prend le vélo, dit-il ensuite. Je m'en charge, je vais le tenir par le cadre, sans toucher au guidon. On identifiera mes empreintes, mais ça n'empêchera pas d'en révéler d'autres.

Les gendarmes approuvèrent. Malo Guégan, lui, pensait à la jolie Tiphaine, qui pourrait être la prochaine victime. Très pieux, comme la plupart des Bretons, il pria Dieu et sainte Anne d'épargner celle qu'il aimait depuis l'enfance.

Locmariaquer, même soir, même heure

Lara, assise au coin de la cheminée où vivotait un petit feu, regardait la page du journal qu'elle avait découpée et où figurait la malheureuse Madalen Le Goff. Fantou était déjà couchée, leur mère reprisait un torchon, sous la lampe qui éclairait la grande table de cuisine.

— Pourquoi as-tu gardé la photographie de cette jeune fille ? lui demanda Armeline, après l'avoir observée un instant.

— Je te l'ai dit, maman, je la connaissais, même si j'ignorais son nom. Je la croisais dans la cour du lycée, à Auray. Elle me souriait gentiment. Elle paraissait très douce, très sage. Si je n'avais pas été aussi fatiguée, je serais allée à son enterrement.

— Le docteur t'a recommandé le repos, le calme. Tu aurais pu faire un malaise, au cimetière.

— Inutile d'en discuter davantage. Ce n'est pas ça qui me gêne le plus.

— Quoi donc, alors, Lara ? Fantou dit vrai, tu as changé depuis ton accident. Si seulement tu devenais raisonnable, aussi, se lamenta sa mère. Tu refuses le soutien de M. Malherbe, je ne te le reproche pas, mais il y a une autre solution.

— Laquelle ?

— Accepte d'épouser Erwan. Ce garçon fera un bon mari, loyal, travailleur. Il t'aime, tout le monde le sait à Locmariaquer. Nous serions voisines.

— Maman, pour moi, c'est un grand frère, un ami fidèle. Je ne veux pas le faire souffrir. On se marie par amour.

Armeline soupira. Elle se pencha de nouveau sur son ouvrage, malgré sa vue qui baissait.

— Il me faudrait des lunettes, dit-elle d'un ton morose.

D'un geste lent, Lara rangea la coupure de presse à l'intérieur d'un vieux livre d'école. Son esprit lui imposait l'image étrange d'une silhouette féminine, aux traits voilés par une insolite brume rougeâtre. Elle se répéta les paroles encore plus étranges que lui avait dites le mystérieux personnage. Un frisson d'angoisse la parcourut, comme à l'approche d'une tempête.

« Fantou se plaint, parce que je suis moins gaie, pensa-t-elle avec amertume. Ma petite sœur adorée, je voudrais tant être comme avant. Hélas, je ne peux pas. »

3

Les secrets de Lara

Port de Locmariaquer, vendredi 11 octobre 1946

Le vent soufflait fort sur le port de Locmariaquer. Les mâts des bateaux de pêche s'agitaient, tandis que les coques en bois se heurtaient parfois, au gré des vagues qui déferlaient dans la rade. Les Cadoret s'apprêtaient cependant à partir en mer. Erwan vit le premier une jeune femme accourir, en pantalon et ciré, un bonnet sur ses cheveux bruns.

— Attends, papa, c'est Lara ! s'écria-t-il.

Yohann Cadoret, grand et costaud, avait cinquante-trois ans. Il renonça à remonter l'ancre. Il savait les sentiments que son fils aîné vouait à Lara. Mais le cadet, baptisé Denis, se moquait des histoires d'amour de son frère, du haut de ses quinze ans, beaucoup plus intéressé par la pêche.

— Il faut y aller, papa ! protesta-t-il.

— Pour cinq minutes de plus ou de moins ! trancha Cadoret. Louis Fleury était mon ami, un homme de valeur. Si Lara a des soucis, je tiens à être au courant.

Erwan avait déjà sauté sur le quai. Il eut un large sourire devant le ravissant visage qui se levait vers lui.

— Je suis venue vous demander de m'emmener, expliqua Lara sans chercher à tergiverser.

Elle était d'une nature franche et spontanée. Son regard noir implorait.

— On ne peut pas, répliqua Erwan. Ta mère nous a bien dit de ne pas t'écouter quand tu aurais cette idée en tête.

— Mais la mer me manque, plaida-t-elle. Je t'en prie, parle à ton père, ou je le fais. Je m'ennuie tellement à la maison.

Du bateau, Yohann Cadoret n'entendait pas les propos de Lara à cause du vent. Il devina pourtant ce qu'elle désirait.

— Un autre jour, Lara ! hurla-t-il. Aujourd'hui, il y aura une grosse houle, et on va au large. Rentre chez toi, petite.

— Papa a raison, insista Erwan. Ce n'serait pas prudent. J'ai croisé Fantou qui allait à l'école, elle prétend que tu es encore fatiguée, que tu as des maux de tête.

— Oui, parce que je reste enfermée du matin au soir depuis un mois, Erwan. J'étouffe, seule avec ma mère. Souviens-toi, papa, lui, il était heureux que je l'accompagne en mer.

Denis siffla entre ses doigts, exaspéré par le temps précieux qu'ils perdaient. Yohann Cadoret appela lui aussi.

— Je suis désolé, Lara, je viendrai te voir demain, dit Erwan en résistant à l'envie de la prendre dans ses bras, tant elle semblait perdue, désespérée.

— Maman voudrait qu'on se marie, lui jeta-t-elle d'un ton dur. Je n'épouserai pas un homme qui me laisse à terre.

Furieuse, elle lui tourna le dos et s'éloigna d'un pas rapide. Les secrets qui grondaient au fond de son cœur, de son âme, lui devenaient intolérables.

« Je ne peux me confier à personne, songeait-elle. Fantou est trop jeune, maman serait épouvantée. Au moins, si j'avais pu me retrouver au large, comme du temps de papa, je serais moins triste. »

La maison des Guillemot, dont avait hérité Armeline, était située à l'écart de Locmariaquer. Lara reprit le vélo de sa mère, qu'elle avait rangé sous un des hangars du port. Il y faisait sombre, le ciel étant couvert de nuages. Derrière les caisses et les barques légères remisées là, elle eut la certitude d'avoir aperçu un corps en mouvement, comme si quelqu'un se cachait.

— Qui est là ? interrogea-t-elle.

Soudain, Lara imagina qu'Olivier était de retour. Il l'avait peut-être suivie, mais il hésitait à se montrer, à courir le risque de la rejoindre.

— Olivier ? appela-t-elle à mi-voix.

Elle avait envie d'y croire, de connaître de nouveau le bonheur fou de le toucher, de l'entendre parler. Ce serait si bon, ses baisers, son sourire, après des semaines de séparation. Son cœur cognait à grands coups, le sang battait à ses tempes. Elle lutta contre le malaise qui l'oppressait.

— Olivier, il n'y a personne, viens, dit-elle plus fort.

Une forme humaine lui apparut, si fugace que Lara aurait pu la confondre avec un pan de toile fouetté par le vent, pourtant elle la reconnut. C'était la femme sans visage qui l'avait mise en garde, sur le seuil de la mort.

Un grand calme l'envahit, proche de la résignation. Comment avait-elle pu envisager qu'Olivier fût là, tout près d'elle… Poussant la bicyclette, elle vérifia quand même que le voilier du jeune homme n'était pas au port.

— Que je suis sotte, murmura-t-elle. Je l'ai déçu, il ne reviendra pas.

Lara pédala sans hâte vers la lande, en réfléchissant aux phénomènes troublants dont elle souffrait désormais. Une idée lui vint, presque une évidence.

« J'ai été gravement blessée à la tête. On n'a pas pu me soigner vraiment, à l'hôpital. Je suis en train de devenir folle, voilà. »

Ses nerfs lui jouaient des tours, depuis sa chute. Elle peinait à s'endormir mais, quand elle sombrait enfin dans le sommeil, il lui était difficile de se réveiller. Surtout, elle souffrait d'hallucinations.

— Hé, mademoiselle Fleury !

Le facteur la hélait, debout au milieu du chemin sablonneux qui longeait un pan de dune hérissé d'ajoncs.

— Vous avez une lettre, ajouta-t-il. Je vous la remets tout de suite, ça m'évitera d'aller jusque chez vous.

— Pour ma mère ou pour moi ?

— C'est pour vous, ou je ne sais plus lire, plaisanta-t-il en lui tendant une enveloppe bleue.

— Merci, monsieur Quinet.

L'homme la salua. Lara parcourut une vingtaine de mètres avant de s'arrêter. C'était l'écriture d'Olivier. Il avait tracé d'une plume élégante son prénom et son nom de famille. Elle éprouva un merveilleux soulagement. Il ne l'oubliait pas. Transportée de joie, elle dissimula la précieuse missive dans la poche de son ciré.

— Quelle chance, murmura-t-elle. Si M. Cadoret avait accepté de m'emmener en mer, maman aurait vu la lettre.

Elle se représenta Armeline confrontée à un courrier adressé uniquement à sa fille aînée, sans doute tentée de le lire, et, l'ayant lu, pressée de jeter l'indésirable correspondance au feu.

— Merci saint Pierre[1], chuchota Lara en levant ses yeux noirs vers le ciel. Finalement, tu veilles quand même sur moi.

Gendarmerie d'Erdeven, même jour,
une heure plus tard

L'inspecteur Nicolas Renan rentrait à Vannes, appelé par le commissaire Urvois sur une autre affaire, un cambriolage qui avait fait un mort. Son enquête sur le crime du dolmen, comme le dénommaient les journaux, n'aboutissait pas.

— Je suis navré de vous quitter, messieurs, déclara-t-il d'un air grave aux gendarmes qui encadraient leur brigadier-chef. Nous piétinons depuis un mois sans résultat. Oui, il y a un mois jour pour jour, le corps de Madalen Le Goff était retrouvé et, hormis son vélo, nous n'avons rien. Son meurtrier court toujours, c'est le cas de le dire.

— Et si nous découvrons quelque chose ? hasarda Malo Guégan.

— Vous me contactez et je reviendrai, sauf si le commissaire décide de se rendre lui-même sur le terrain.

1. Saint patron des pêcheurs et des marins.

— J'ai acquis la conviction que le type que nous cherchons est déjà loin, avoua le brigadier. Ou alors, c'est quelqu'un de la région, diablement malin. On a interrogé tant de gens, comment savoir qui ment ou qui est de bonne foi ?

— C'est là toute la difficulté de notre métier, admit Renan. Bon, tenez-moi au courant. Je récupère ma valise à l'hôtel, ensuite je prends la route.

Il sortit sans leur accorder un sourire. Son orgueil était mis à mal. En dépit de l'étude des archives criminelles du Morbihan, des nuits blanches passées sur le dossier « Le Goff », l'inspecteur devait déclarer forfait.

— Un malin, oui, marmonna-t-il en se mettant au volant de sa Rosengart[1] noire.

La voiture n'était pas de première jeunesse, mais il lui vouait un attachement dont se moquaient ses collègues.

— J'ai pourtant fait de mon mieux, se dit-il encore. Mais le salaud qui a égorgé cette gamine n'a laissé aucune trace, aucun indice. Rien de rien.

Cédant à une brusque pulsion, Renan démarra et se dirigea vers le bois qui abritait le dolmen de Mané-Bras. Il longea le vaste pré où une pluie fine tombait sur les alignements de Kerzérho.

1. Ancienne marque de voiture française, vendue de 1928 à 1955.

La vue des multiples pierres grises, sous un ciel aussi gris, le plongea dans une profonde mélancolie. Les mégalithes, de plusieurs tailles, certains debout, d'autres couchés sur l'herbe de la lande, le firent songer à une armée figée pour l'éternité, surgie d'un passé dont le commun des mortels ignorait tout.

— Bon sang, pourquoi avoir tué Madalen à l'intérieur d'un dolmen ? se demanda-t-il à mi-voix. Des journalistes y voient la preuve d'un crime rituel, d'un sacrifice. Balivernes ! À mon avis c'est fait exprès, pour semer la peur, le trouble. Les superstitions sont tenaces en Bretagne, d'après le commissaire.

Il se gara bientôt à l'orée du bois, composé de quelques pins, de cyprès, de chênes. Immédiatement, il remarqua un vélo de femme, appuyé contre un tronc d'arbre. Le modèle était assez récent, avec un cadre rouge et noir. Un panier était fixé sur le porte-bagages.

— Sûrement une petite curieuse, qui veut voir le lieu du crime, maugréa-t-il.

Au bout d'une trentaine de mètres, il aperçut effectivement une jeune femme, coiffée d'un foulard. Assise sur une souche en face du dolmen, il la voyait de dos. Le policier toussota afin de l'avertir de sa présence. Elle se tourna vers lui.

— Ah, c'est vous, mademoiselle, s'étonna-t-il en reconnaissant Tiphaine Jouannic.

Il remarqua ses traits défaits, ses paupières rougies. Elle serrait un petit sac à main sur ses genoux.

— Qu'est-ce que vous faites ici ? Ce n'est pas prudent de traîner dans ce coin. Vous avez envie d'être la prochaine victime ?

— Pourquoi pas, rétorqua-t-elle. Je m'en fiche, de mourir.

Renan fut sensible à l'accent pathétique de sa voix, à son regard embué de larmes.

— Enfin, vous n'avez pas vingt ans, mademoiselle. Si j'avais une fille, je serais furieux de l'entendre dire une bêtise pareille. Vous devriez rentrer chez vous.

— Non, je veux rester là, je priais pour Madalen. Je la revois en chemise blanche, la gorge tranchée. Elle aurait pu devenir ma belle-sœur.

— Et ça n'a pas été le cas, votre frère a choisi de s'exiler à Paris.

— Gaël nous a écrit. Bien sûr, il est triste pour Madalen, il dit comme tout le monde que c'est un crime affreux.

— D'après les déclarations de votre père, votre frère n'aimait pas suffisamment Madalen pour l'épouser. Quant à Mme Le Goff, elle était affirmative. Sa fille était soulagée quand ils ont rompu. Qu'en pensez-vous, mademoiselle Jouannic ?

Tiphaine haussa les épaules. L'arrivée de l'inspecteur l'irritait. Il était la dernière personne qu'elle souhaitait revoir.

— Je pense que beaucoup d'hommes ont une pierre à la place du cœur. Vous aussi. Malo m'a parlé, répondit-elle d'un ton haineux. C'est votre faute si John Russel a dû embarquer bien plus tôt que prévu. Vous tirez vos sales ficelles de flic, sans vous soucier de faire souffrir des gens.

Outré, Renan fit les cent pas autour de la jeune femme. Elle le suivit des yeux, avec une mimique méprisante.

— Mes sales ficelles, dites-vous ? s'enflamma-t-il. J'ai évité une autre tragédie. Pendant que vous pleurnichiez à Sainte-Anne, ici je devais raisonner une foule de types avides de venger la mort de votre amie. Les gars d'Erdeven avaient l'intention de faire payer un innocent, le soldat Warren, le camarade de Russel. Ils avaient prévu de se rendre à la base américaine et de se défouler sur le premier GI noir qu'ils verraient sortir du camp. Alors oui, j'ai alerté le colonel Howard, qui a pris les mesures nécessaires de toute urgence.

— Les gens sont des abrutis ! s'exclama Tiphaine. J'étais avec John à la gendarmerie, quand nous avons témoigné. Warren et lui étaient à la base la nuit du meurtre, avec une trentaine d'autres soldats. Comment peut-on accuser des innocents ? Je ne supporte plus de vivre, surtout dans ce pays, je vous assure.

Radouci, Renan lui proposa une cigarette. Il la sentait sur une corde raide, disposée à n'importe quel acte qui la mettrait en danger. Une fugue, ou pire encore.

— Les hommes ont souvent besoin de se battre, de blesser, et même de tuer, s'ils estiment leur violence justifiée, prêcha-t-il. Ce pauvre Warren, à cause de la couleur de sa peau, aurait pu être lynché, comme ça se produit fréquemment aux États-Unis. Avez-vous déjà oublié les horreurs commises après la Libération, pendant ce qu'on nomme l'épuration ? Chacun s'empressait de régler ses comptes, sans se soucier de justice, de vérité.

— Je sais, ils ont tondu deux filles, à Auray. Il y en a une qui s'est suicidée, le lendemain.

Le policier nota alors le tremblement de ses mains aux ongles vernis de rouge, qu'elle tenait crispées sur le fermoir en cuivre de son sac.

— Je ferais mieux de vous ramener à Sainte-Anne-d'Auray, lui dit-il. Vous êtes venue à vélo, n'est-ce pas ?

— Oui, mais je suis capable de rentrer seule à la maison. Mes parents ne m'attendent pas avant demain matin, je dors chez une camarade. Ils me laissent aller où je veux maintenant, puisque John est parti.

D'instinct, Renan sut qu'elle mentait. Il hésita un court instant, puis il la saisit par un coude et l'obligea à se lever. Tiphaine se débattit, folle de rage et de chagrin.

— Que comptiez-vous faire ? ajouta-t-il.

— Rien du tout, laissez-moi tranquille ! s'égosilla-t-elle. Vous n'avez pas le droit de me tenir comme ça, vous n'êtes pas mon père !

Soudain elle éclata en sanglots, sans plus chercher à se libérer. L'inspecteur, embarrassé, la lâcha.

— Je suis d'accord, je n'ai pas à me préoccuper de vous en tant que policier, mais si je vois quelqu'un se noyer, je vais plonger pour le sauver. Allons, mademoiselle Jouannic, soyez un peu raisonnable. Je vais mettre votre vélo dans la malle arrière et je vous ramène chez vous. Je suis prêt à parier qu'il y a de quoi mettre fin à vos jours, dans ce sac.

Hébétée, Tiphaine acquiesça d'un signe de tête.

— J'ai consulté un docteur à Auray, précisa-t-elle. Je lui ai dit que j'avais des insomnies, il m'a prescrit des cachets pour dormir. Je voulais avaler tout le tube et me coucher à l'endroit où était Madalen. J'ai regardé sous les pierres du dolmen, la terre a bu son sang, le sol est tout sec.

Troublé, Nicolas Renan songea qu'il était venu là par hasard, ou bien de façon inconsciente, afin d'étudier une dernière fois le lieu où avait été tuée Madalen Le Goff. Il remercia en silence la providence.

— Et vous l'auriez vraiment fait ? s'alarma-t-il. Mourir pour un type qui vous a séduite, histoire de prendre du bon temps ? Et vos parents, votre tante ? Ils auraient terriblement souffert si vous aviez réussi à mettre fin à vos jours, car les somnifères, ça ne marche pas à tous les coups.

Tiphaine essuya ses joues humides du dos de sa main droite.

— Vous êtes une jolie fille, murmura-t-il. Vous ne manquerez pas de prétendants, à l'avenir.

Elle le précéda sans dire un mot en direction de la voiture. Le pic de son désespoir était passé. L'idée de sa propre mort lui faisait peur, à présent. Il la rejoignit.

— J'ai guetté le facteur tous les matins, débita-t-elle d'un ton morose. John ne m'a pas écrit, même pas un télégramme. C'est sûr, il se moquait de moi. J'ai cru à ses promesses.

— Oubliez-le, votre Ricain, ironisa-t-il.

— Ah ça, j'aurai du mal à le faire, rétorqua Tiphaine.

Sainte-Anne-d'Auray, chez les Jouannic,
une demi-heure plus tard

L'inspecteur Renan regardait Tiphaine pousser son vélo dans l'allée du jardin. Il s'était garé devant le portillon, afin d'être certain qu'elle rentrerait bien dans la maison. Il vit la porte principale s'ouvrir sur le couloir éclairé. Loïza attira sa nièce dans ses bras. Il devina qu'elle lui posait des questions.

— Bon, Mlle Jouannic est entre de bonnes mains, soupira-t-il. La tante me semble plus affectueuse que la mère.

Il regagnerait Vannes avec cette vision à l'esprit, deux femmes enlacées, auréolées de la clarté dorée d'un plafonnier.

Loïza, quant à elle, observa la voiture qui s'éloignait. Tiphaine demeurait blottie contre sa poitrine.

— Tu as de la chance, ton père n'est pas encore là, lui dit-elle d'une voix caressante. Où étais-tu ? Il va faire nuit. Pourquoi ce policier t'a-t-il raccompagnée ?

— Chut, pas la peine que maman le sache. Viens dans ma chambre, tata.

La pièce était située au rez-de-chaussée. Paule les entendit discuter, puis elle perçut le déclic caractéristique d'un verrou. Elle ne se formalisa guère, accoutumée aux caprices de Tiphaine.

« Elle doit encore pleurer », songea-t-elle.

Depuis le départ du major Russel, qu'elle avait fini par apprendre, Paule ne craignait plus de perdre sa fille, et si Dieu et sainte Anne exauçaient ses prières, peut-être que Gaël reviendrait un jour en Bretagne.

Tiphaine dénoua son foulard, secoua ses cheveux bouclés. La coiffeuse qui l'avait prise en apprentissage lui avait proposé une décoloration.

— Demain soir, je serai blonde, décréta-t-elle.

— Ton père a refusé, lui rappela Loïza.

— Je m'en fiche, tata. Tiens, range-les dans ton placard, au cas où ça me reprendrait.

Elle ouvrit son sac et lui lança le tube de cachets. Sa tante, surprise, ne fit pas un geste pour l'attraper, mais elle le ramassa.

— Qu'est-ce que c'est ?

— Je suis allée à Erdeven, j'avais prévu de les avaler pour en finir. J'étais trop malheureuse, tata. Je n'en pouvais plus.

— Mon Dieu, tu aurais osé ?

Loïza était effarée. Elle enfouit vite les médicaments dans la poche de son tablier.

— John va peut-être t'écrire, Tiphaine. Il a embarqué le jeudi 19 septembre, il n'y a pas un mois. Le bateau a pu faire halte en Angleterre. Ensuite tu comptes le temps de la traversée, celui de rentrer dans sa famille. On ne sait pas combien de jours il faut aux courriers venant des États-Unis pour arriver en France.

Sourde à ces arguments, sa nièce s'assit au bord de son lit, les mains jointes sur les genoux.

— Même si je reçois une lettre, ça n'arrangera rien, tata. Je n'ai pas été indisposée depuis la fin août. Hier matin, j'avais la nausée en me levant. Papa va me jeter dehors, s'il ne me tue pas.

— Mon Dieu, je m'en doutais ! Ne crains rien, aucun père ne ferait ça, pas le tien en tout cas. Je te protégerai, pauvre petite. Attendons un peu avant de lui annoncer que tu es enceinte, si tu l'es. Tu as été tellement bouleversée par ce que tu as vécu ces dernières semaines que ton cycle menstruel en a peut-être été perturbé.

— Mon cycle menstruel ?

— Les docteurs emploient ce terme. Je lis beaucoup de revues modernes, c'est instructif.

— Tu aurais dû devenir institutrice, tata. Pourquoi as-tu gâché ta jeunesse pour nous ?

— La réponse est simple, parce que je vous aime. Je n'avais pas envie, non plus, de quitter cette maison où je suis née. Elle m'appartient pour moitié, comme le pré, le potager et le jardin sur la route. Je me sens en sécurité ici.

Tiphaine poussa un long soupir en s'étendant sur son lit, les bras derrière la tête.

— Je préférerais ne pas garder le bébé, tata, dit-elle enfin, d'une voix timide.

Le visage de Loïza eut une expression indignée. Elle se signa en murmurant une courte prière.

— Je ne veux plus jamais entendre ça, Tiphaine. Un enfant est un don de Dieu, le plus précieux, à mon avis. Je l'élèverai si tu refuses de t'en occuper. Change-toi et viens dîner.

Sa tante sortit sans même refermer la porte derrière elle.

Locmariaquer, maison des Fleury, même soir

Lara avait prétexté une migraine pour s'accorder une heure seule dans sa chambre, qu'elle partageait désormais avec Fantou. Sa sœur et sa mère préparaient le repas du soir. Leurs voix lui parvenaient de la pièce voisine, tandis qu'elle relisait pour la troisième fois la lettre d'Olivier.

Lara,

Je t'ai attendue une demi-journée sur notre petite île, où nous avons été tellement heureux tous les deux. Tu n'es pas venue à notre rendez-vous, j'ignorerai longtemps pourquoi, car je n'ai pas d'adresse à te donner. Tu savais pourtant que c'était sans doute le dernier de l'année.

J'ai dû m'en aller, je ne t'oublierai pas, Lara. Je t'aimerai tant que j'aurai un souffle de vie. Ton regard, ton sourire, ton beau corps, nos longues discussions auront été autant de cadeaux dans ma vie.

Sois heureuse, ma petite fée de l'océan, nous nous reverrons un jour, si le destin en décide ainsi.

Les mots versaient du miel sur le cœur meurtri de Lara, mais aussi du fiel. Olivier lui faisait ses adieux, et elle prenait sa décision comme une punition.

« Seigneur, si seulement maman n'avait pas vendu le bateau, et si je n'étais pas tombée de vélo, se disait-elle. J'en ai fait, des chutes, pourtant, mais sans me blesser à ce point. J'aurais emprunté le canot à moteur d'Erwan, comme ça je serais allée à notre rendez-vous. »

Malgré sa volonté d'être forte et courageuse, Lara pleura en silence. Fantou, qui était entrée sans bruit, la découvrit allongée à plat ventre sur son lit, le visage enfoui au creux de son oreiller.

— Qu'est-ce que tu as encore ? demanda-t-elle en se couchant près de sa sœur.

— Pourquoi dis-tu « encore » ?

— Avant, tu riais tout le temps, même si papa avait disparu. Tu mettais ton joli corsage, tu jouais avec moi dans le jardin. Mais maintenant, souvent tu es dans tes pensées, tu ne fais pas attention à moi, ou tu as des yeux tristes.

Lara se retourna et dévisagea Fantou, qui aurait treize ans dans quelques mois.

— Pourrais-tu garder un secret ? Tu répètes qu'à présent tu es une grande fille. Es-tu capable de ne rien dire à maman ?

— Je te le promets, Lara, répondit Fantou d'un ton un peu trop solennel, en prenant un air inspiré.

— Ce n'est pas un jeu, protesta celle-ci. J'ai eu tort de te poser la question.

— Mais non, je t'en prie, je te le promets en vrai. Je ferai tout pour que tu sois contente.

Fantou aperçut la lettre dépliée, à moitié cachée par les longs cheveux bruns de Lara.

— Erwan t'a écrit ? Je sais qu'il veut se marier avec toi.

— Ce n'est pas Erwan, mais un garçon que j'aime, le seul que je voudrais épouser.

Elle cédait à l'envie obsédante de révéler à une personne au moins l'existence d'Olivier, l'importance qu'il avait prise dans sa vie, depuis quelques mois.

— Comment s'appelle-t-il, je le connais ? s'enquit Fantou, tout de suite passionnée à l'idée de partager ce fameux secret avec sa sœur.

— Olivier, mais je ne dois pas te dire son nom de famille. Il me dépasse d'une tête, il a les cheveux épais, avec des crans, aussi bruns que les miens, et des yeux bleus, un bleu rare, sombre, comme doit l'être l'eau des profondeurs. Je le trouve beau. Je devais le rejoindre sur notre île, le jour où j'ai eu mon accident.

— Mais maman t'avait interdit d'aller là-bas, car c'est très loin ! Et tu lui mentais, tu n'allais pas pêcher des homards.

— Si, bien sûr, et Olivier m'aidait. C'est un marin, aussi doué que l'était papa. Il possède un petit voilier. Je l'ai rencontré dans le port, ici, à Locmariaquer, au mois de mars. Nous nous sommes croisés, sur le quai, et soudain plus rien d'autre ne comptait, comme si nous étions au centre d'un cercle magique. Quand il m'a souri, j'ai su que c'était lui.

Fantou retenait son souffle. Elle comprenait enfin ce qui tourmentait sa sœur.

— Tu as su que c'était lui, répéta-t-elle, fascinée. Mais si tu l'aimes et qu'il t'aime, pourquoi tu pleurais ?

— Parce que je ne le reverrai peut-être jamais. Il est reparti depuis longtemps, sa lettre date du 15 septembre. Il me souhaite d'être heureuse, il prétend qu'il ne m'oubliera pas, mais comment savoir si c'est vrai ? Il y a de quoi pleurer, non ?

Armeline les appela, de la cuisine, sans songer à venir jusqu'à leur chambre.

— On arrive, maman ! cria Fantou.

Lara la contempla en souriant. Plus tard, sa sœur serait une vraie beauté, avec sa blondeur pâle, ses prunelles bleues, son teint de porcelaine.

Le dîner frugal d'Armeline et de ses filles était terminé. Elles avaient l'habitude de se contenter de peu. Ce soir-là, elles avaient mangé une soupe et chacune une sardine cuite sur les braises.

— Allez vite vous coucher, mes enfants, déclara leur mère. Le vent se lève, il fait froid. Je suis désolée de vous imposer autant de privations.

— Ne t'inquiète pas, maman, nous ne sommes pas à plaindre, répondit Lara. Comme disait papa, l'essentiel est d'avoir un toit, un bon lit, et d'être ensemble.

— Tu te souviens de ça ? s'étonna Armeline. Nous étions plus à l'aise qu'aujourd'hui, pourtant, quand Louis était là.

Fantou espérait toujours le retour de son père. Très pieuse, elle priait beaucoup pour obtenir un miracle, celui de le revoir, de se pendre à son cou et de l'embrasser.

— Papa reviendra, maman, affirma-t-elle. Ceux qu'on aime très fort reviennent toujours, j'en suis sûre. Sauf s'ils sont morts.

Lara lui fit les gros yeux, ayant saisi l'allusion, mais Armeline, qui débarrassait la table, avait à peine prêté attention aux propos de Fantou. Une rafale plus forte que les précédentes siffla dans le conduit de la cheminée.

— J'entends la mer, il y a sans doute de grosses vagues, dit Lara. Une tempête arrive.

— On dirait que ça te fait plaisir, s'insurgea sa mère. Ce serait plus agréable d'habiter dans une ville comme Auray, à une distance raisonnable de la plage.

— Maman, tu n'as plus que ce mot à la bouche, en ce moment, « raisonnable », précisa Lara avec véhémence. Je devrais faire risette à monsieur le maire, épouser un homme que je n'aime pas, tout ça pour être raisonnable. J'en ai assez, j'étouffe !

— Lara, reste ici ! ordonna Armeline, en voyant sa fille se lever et courir vers la porte.

— Non, je sors, je n'en peux plus !

Un souffle humide, au parfum iodé, s'engouffra dans la pièce dès que Lara ouvrit. Le furieux concert du vent et de l'océan ne l'arrêta pas. L'instant suivant, le lourd battant en bois se refermait.

Lara avait franchi la dune pour dévaler la pente douce vers la plage de sable, parsemée de galets. Dans la pénombre grise, elle distinguait l'ourlet blanc des hautes vagues qui s'abattaient en grondant sur le rivage, dans un déferlement rapide, incessant.

— Olivier, reviens, Olivier ! criait-elle.

Sa voix était étouffée par le sifflement du vent. Elle s'en moquait, l'essentiel était de pouvoir hurler ce prénom, de libérer son cœur soumis à trop de contraintes.

— Olivier, ne m'abandonne pas, tu devais m'emmener, un jour, c'est quand, ce jour ?

Transie, échevelée, Lara approcha plus près de la mer, avide de la respirer, de la sentir à ses pieds. Un flux mousseux trempa ses chaussures, ses chevilles. Elle recula, une expression éperdue sur le visage, puis avança un peu plus. Cette fois une vague enveloppa ses mollets, ses genoux, le bas de sa jupe.

— Olivier, j'aurais tellement voulu être au rendez-vous ! cria-t-elle encore. Ce n'est pas ma faute, alors reviens, j'ai failli mourir, comprends-tu ! Est-ce que tu comprends ?

Elle poussa une plainte désespérée. Au même instant, deux bras vigoureux la ceinturèrent, pour l'emmener en arrière. Lara en éprouva une joie indicible, certaine que c'était Olivier. Il n'était pas reparti, il la cherchait.

— Es-tu folle, Lara ?

Erwan Cadoret avait hurlé pour se faire entendre. Il la serrait toujours contre lui, l'entraînant vers l'étendue de sable sec.

— Lâche-moi, Erwan ! ordonna-t-elle, exaspérée, car il l'avait arrachée à son délire amoureux.

— Non, pas question, répondit-il à son oreille.

— Tu deviens pire qu'un chien de garde, toujours sur mes talons ! Un sale chien de garde !

— Insulte-moi si tu veux, je m'en fiche ! Qui c'est, Olivier ? Il ne vaut pas grand-chose, ce type, puisqu'il te rend folle.

— Je ne suis pas folle du tout, et ma vie ne te regarde pas ! Vas-tu me lâcher ?

Mais Erwan continuait à la tenir, grisé par le contact de son jeune corps souple qui, maintenant, essayait de lui échapper.

— Ah ça non, je ne te lâche plus ! Je t'aime, Lara, je t'aime à en crever. Toi, tu me traites de haut, tu répètes que je suis ton frère, ton meilleur ami ! Ce n'est pas ce que je veux.

Soudain il plaqua ses larges mains sur ses seins, les palpa, les malmena, en l'embrassant dans le cou, sur la bouche. Révoltée, elle réussit à s'écarter suffisamment pour le mordre à la joue. Sous le coup de la douleur, il relâcha son étreinte.

— Imbécile, tu as tout gâché entre nous ! lui reprocha Lara en s'éloignant un peu. Je t'aimais, Erwan, oui, comme un frère. C'est terminé, là je te méprise, et si tu recommences, je vais te haïr !

— Pardonne-moi, implora-t-il. Je t'en prie, j'ai perdu la tête !

La scène avait tout d'un cauchemar. Il faisait très sombre, la mer grondait, chuintait, se déchaînait, comme hargneuse. Un pan de nuages, chassés par la bourrasque, dévoila la pleine lune. Sous sa clarté fantomatique, les jeunes gens se regardèrent, le souffle court, pareils à des ennemis prêts à se battre.

— Pardonne-moi, insista Erwan, hébété.

— Je n'aurai plus jamais confiance en toi ! hurla-t-elle en guise de réponse. Et je te préviens, ne parle pas d'Olivier à ma mère, ni à tes parents, sinon je te maudirai, je te le ferai payer !

La menace eut le don d'apitoyer Erwan, tant elle lui parut dérisoire. Livide, sa longue chevelure sombre dansant au vent, Lara lui parut fragile et démunie. Il se sentit tout-puissant, le seul même à pouvoir la protéger.

— Tu dis des sottises, Lara ! Qui es-tu pour maudire quelqu'un, hein ? Et tu me le feras payer comment ? Tu es encore une gosse, une pauvre gosse sans le sou, et ce saligaud a dû en profiter.

— Ne l'insulte pas, il vaut dix fois mieux que toi ! jeta-t-elle d'un ton exalté.

Elle tremblait de tout son corps, de froid, de nervosité. Erwan achevait de la blesser, en la traitant de « pauvre gosse sans le sou », car ses parents et lui venaient souvent en aide à Armeline.

— Va-t'en ! cria-t-elle, la gorge nouée.

— Non, je te ramène chez toi. Je vais te prêter ma vareuse, tu prendras froid, sinon.

Il souhaitait sincèrement lui prouver son repentir, redevenir l'ami, le grand frère. Lara voulut s'enfuir, mais ses jambes la trahirent. Vacillante, elle trébucha. Erwan la saisit par la taille.

— Tu n'en peux plus, murmura-t-il. N'aie pas peur, je garderai ton secret. Ta mère a bien assez de soucis. Sais-tu qu'elle a accepté de faire des ménages au manoir, chez le maire ?

Lara, stupéfaite, fit non de la tête. Il l'enveloppa de ses bras, en la berçant contre lui.

— Tu lui épargnerais ça, si on se mariait, dit-il à son oreille.

La respiration d'Erwan s'accéléra. Il jouait le tout pour le tout, l'esprit aiguisé par la fièvre de possession qui s'était de nouveau emparée de lui. L'idée que Lara s'était peut-être donnée à un autre homme ravivait la jalousie dont il souffrait depuis leur adolescence. Dès qu'il la voyait parler à un garçon, sur le port ou dans les rues de Locmariaquer, un feu amer lui brûlait le cœur.

— Laisse-moi, dit-elle simplement, très lasse. Tu ne comptes plus. J'ai perdu le bateau de papa, je ne peux plus aller en mer, et, bientôt, maman m'annoncera qu'elle vend notre maison. Mais, quoiqu'il arrive, je ne serai jamais ta femme.

Elle tenta de le repousser, consciente de s'être abandonnée un moment à sa tendresse passionnée. Mais il perdit la tête.

— Qu'est-ce qu'il a de mieux que moi, ton Olivier ? demanda-t-il en cherchant ses lèvres.

D'un geste brusque, implacable, il la fit tomber en arrière sur le sable. Des visions enflammaient son ventre d'homme, celles de Lara, la jupe relevée pour patauger à marée basse, en quête de crevettes et de crabes, ou bien en corsage d'été, les bras nus, la naissance de ses seins exhibée par le léger vêtement entrouvert.

— Je te veux, haleta-t-il, couché sur elle.

Il s'empara de sa bouche, pour un simulacre fébrile d'acte sexuel, d'une langue dure, impérieuse. Suffoquée, Lara lança des regards affolés autour d'elle. Terrassée par la vigueur athlétique du jeune marin, elle parvint quand même à tourner la tête.

— Arrête tout de suite ! cracha-t-elle. Tu empestes le poisson, le varech, tu me dégoûtes. Quelle fille voudrait de toi, Erwan ?

Humilié, il se redressa sur un coude. Lara griffa la joue qu'elle avait mordue, si bien qu'il poussa une exclamation de douleur et de rage.

— Olivier sentait bon, lui, insista-t-elle. Il était doux, il ne m'aurait jamais forcée comme tu le fais. Il m'a eue toute neuve, entends-tu ? Alors pour moi, c'est mon mari, le seul que j'aurai pour l'éternité.

Loin de décourager Erwan, égaré par l'âpreté de son désir, ces derniers mots le rendirent à moitié fou. Il retroussa la robe de Lara, pesa sur elle, en la faisant taire d'un autre baiser.

Des cris stridents retentirent alors, qui dominèrent la rumeur grondeuse de la mer, les sifflements du vent. Debout en haut de la dune, Fantou hurlait de terreur, sans oser courir au secours de sa sœur.

— *Ma Doué*, c'est la petite ! marmonna Erwan qui se rejeta en arrière pour bondir sur ses pieds.

Il partit au pas de course, dans la direction opposée à Fantou. Lara demeura étendue, les bras en croix. Les yeux fermés, elle remercia Dieu d'avoir été épargnée. Une nouvelle hallucination se dessina, derrière le refuge de ses paupières closes. La femme de haute taille, aux traits dissimulés par une brume rouge, levait les bras au ciel, drapée dans un linge noir, comme pour signifier son indignation, ou célébrer un rite mystérieux.

— Lara ! appela Fantou qui dévalait la pente sablonneuse. Lara !

Armeline la suivait. Alertée par les clameurs horrifiées de sa fille cadette, elle s'était ruée hors de leur maison. Elles tombèrent ensemble à genoux auprès de Lara, encore incapable de faire le moindre geste.

— Qui était cet homme ? interrogea sa mère qui s'empressa de rabattre sa robe pour cacher les jolies jambes dénudées, d'une blancheur nacrée. Il t'a fait du mal ?

Fantou sanglotait, car elle était certaine d'avoir reconnu Erwan, malgré la distance et la pénombre.

— Tu n'aurais pas dû sortir, ma pauvre petite, surtout après ce qui s'est passé à Erdeven, se lamenta Armeline. Tu veux finir égorgée, comme Madalen Le Goff ?

Elle aida Lara à s'asseoir, avant de lui caresser le visage. Cette dernière, bouleversée, lui prit les mains.

— Maman, c'était Erwan, avoua-t-elle. Il a été odieux, brutal, mais ce n'est pas un criminel. Tu devines ce qu'il me voulait…

Un sanglot de révolte l'empêcha d'en dire plus. Sa mère avait compris, de toute façon.

— Erwan ! Lui qui est si brave, si généreux ! s'effraya-t-elle. Seigneur, comment a-t-il osé s'en prendre à toi, son amie de toujours ?

— Peut-être parce qu'il est sûr de m'épouser. Ses parents et toi, vous le laissez espérer un mariage entre nous, même si je dis et redis que ça ne m'intéresse pas. Je n'ai aucune envie de mener une vie ordinaire, de tenir un ménage, d'élever des enfants près d'un homme que je n'aime pas. Je le hais maintenant.

Consternée, Armeline ne sut quoi répondre. Fantou, calmée, étreignit sa sœur.

— Rentrons à la maison, maman, conseilla-t-elle. Lara a froid, elle claque des dents. Mais pourquoi il a fait ça, Erwan ?

La fillette se remémora la scène inquiétante, terrifiante, dont elle avait été témoin, du haut de la dune. Un couple couché sur la plage, agité de mouvements confus, qui lui avait tout de suite inspiré de la répulsion, de la gêne.

— Je le déteste, Erwan, déclara-t-elle d'une petite voix. Je ne lui parlerai plus jamais.

— Tu feras bien, prêcha Armeline. Moi qui lui aurais donné le bon Dieu sans confession !

L'expression familière irrita Lara. Elle savait une chose que sa mère ignorait. Pendant les jours épouvantables de l'épuration, Erwan avait presque battu à mort un homme de Quiberon, soupçonné à tort d'être un collaborateur.

« Et si c'était lui, l'assassin de Madalen ? songea-t-elle. Je ne l'aurais jamais cru capable de faire ce qu'il a fait ce soir, essayer de me prendre de force, de me violer. Il connaît bien le pays ; cet été, il a fait visiter les alignements de Carnac à des touristes. Et il va souvent à Erdeven. »

Un doute abominable s'insinua dans l'esprit troublé de Lara. Elle se posa des questions qui lui étreignirent le cœur, et qui seraient lourdes de conséquences, dans un avenir proche.

« Pourquoi ai-je encore vu cette femme ? Au seuil de la mort, ce matin sous le hangar, et elle m'apparaît aussi lorsque je m'endors. Là, elle semblait en colère. Et cette phrase qu'elle a dite, le jour de l'accident, elle signifie peut-être que je ne me trompe pas au sujet d'Erwan. »

Elle se leva, appuyée sur l'épaule de sa mère. Fantou lui tenait le bras. Ni Armeline, ni Lara n'eurent conscience de la profonde détresse qui altérait sa joyeuse innocence.

Chez les Cadoret, même soir,
une heure plus tard

Erwan, honteux de son coup de folie, marcha longtemps avant de rentrer chez lui. Il n'y avait plus de lumière derrière les contrevents coffrés, selon la manie de sa belle-mère, Jeanne, originaire de Normandie.

Il trouva la porte principale fermée à clef. Surpris, il revint sur ses pas pour entrer par le hangar où l'on garait la camionnette familiale.

— Il n'est pas si tard, ronchonna-t-il entre ses dents en allumant son briquet pour s'éclairer.

Un cri de frayeur lui échappa, lorsqu'il vit surgir de l'obscurité une large figure au teint vif, celle de son père.

— Ah, te voilà ! gronda Yohann Cadoret, une lueur de dédain au fond de ses prunelles d'un bleu limpide.

— Papa, tu m'attendais ?

— Pour te dire ça, fils !

Le coup de poing partit, puis un deuxième, un troisième. Sonné, Erwan alla heurter le mur.

— Oh, je n'ai rien fait, moi ! Tu as bu, ce soir ?

— Non, je n'ai pas bu une goutte, mais quand tu es sorti en trombe, je suis monté dans ta chambre. De là-haut, sous les combles, on voit bien la maison des Fleury, et la dune, la plage. D'abord, j'ai pensé que tu avais rendez-vous avec Lara, et j'étais content, car je voudrais vous voir mariés devant Dieu. Mais j'ai vite déchanté en te voyant t'en prendre à elle, la malheureuse.

— Tu as une sacrée bonne vue, à ton âge, papa, ironisa Erwan. On s'embrassait, on s'amusait, rien d'autre.

Son père brandit alors la longue-vue en cuivre et bois verni, qui représentait son bien le plus précieux.

— Ce genre d'instrument rend service, Erwan. Mon gars, je t'ai durement sermonné, pour la lourde erreur que tu as commise pendant que chacun réglait ses comptes, tous aussi cruels que des sauvages. Mais là, tu as fait pire. Armeline et la petite Fantou ont retrouvé Lara, sur la plage. Ces pauvres femmes vont te détester, et moi j'aurai perdu leur amitié alors que j'avais promis à Louis de veiller sur elles, de les aider jusqu'à son retour.

— Je suis désolé, papa, j'ai le sang vif. J'aime tellement Lara, et elle s'est moquée de moi, elle m'a insultée. Tu ne sais pas tout, un type l'a séduite, un étranger.

— Qu'est-ce que tu racontes ?

— Elle me l'a dit, et, à mon avis, il y a quelque chose de louche là-dessous. Il s'appelle Olivier.

— Olivier, répéta Yohann Cadoret. *Ma Doué*, si c'est celui que je crois, il va vite décamper, cette petite ordure !

4

Faux témoignages

Locmariaquer, dimanche 13 octobre 1946

Yohann Cadoret, un peu à l'écart du parvis de Notre-Dame-de-Kerdro, observait les paroissiens qui venaient d'assister à la messe. Persuadé de voir parmi eux le doux visage d'Armeline Fleury, il patientait, mal à l'aise dans le costume noir qu'il portait pour les grandes occasions, les fêtes, les noces et les obsèques.

— Ah, la voilà, se dit-il, saisi d'une sourde angoisse.

Le marin-pêcheur se proclamait l'ami fidèle de Louis Fleury, cependant, vingt ans auparavant, il avait eu le cœur bien lourd, quand la jolie Armeline aux cheveux d'or pâle s'était mariée à ce bel homme brun dont la famille venait de Touraine.

— Bonjour, dit-il en l'abordant. Je voudrais te parler. Tes filles ne sont pas là ?

— Et ça t'étonne, Yohann ? rétorqua-t-elle.

— Je sais, je sais, Erwan a joué les crétins. *Ma Doué*, j'ai tout vu de loin, et je l'ai cogné dur.

Armeline, d'elle-même, s'écarta de la foule. L'initiative du père d'Erwan lui évitait la démarche pénible qu'elle avait prévu de faire, après le déjeuner.

— J'avais l'intention de te rendre visite, précisa-t-elle. Mais si tu comptes plaider la cause de ton fils, tu peux t'en aller. Lara ne se sent pas bien du tout. Hier, elle est restée couchée. Si tu l'avais entendue pleurer ! Ma petite Fantou ne vaut pas mieux.

— Je suis navré, Armeline, vraiment navré. La petite n'avait pas besoin de voir une chose pareille.

Ils allèrent s'isoler sous un des arbres plantés de l'autre côté du muret qui bordait le tour de l'église, car une pluie fine tombait sur la petite ville.

— Tu es un homme bon et généreux, Yohann, répondit-elle. Je te dois beaucoup. Tu me fais porter deux fois par semaine du poisson, des pommes de terre, tu as réparé notre toiture l'an dernier, hélas, rien ne peut excuser la conduite de ton fils. Il m'a vraiment déçue, moi qui avais confiance en lui. Sans doute, il aime Lara, mais ça ne lui permet pas de se comporter en rustre, en brute. C'est honteux !

Très embarrassé, Yohann Cadoret ôta son chapeau afin de le faire tourner entre ses doigts, ce qui lui donnait une contenance.

— Erwan réparera ses torts s'il épouse Lara, marmonna-t-il.

— Ma fille refusait ce mariage avant, alors maintenant, c'est encore pire, ça se comprend.

— Armeline, dans ton intérêt, encourage Lara à accepter. Tu la mettras à l'abri de terribles ennuis, car elle file un mauvais coton. Je voulais te prévenir sans tarder.

D'un air indifférent, elle ajusta le foulard noir qui dissimulait ses cheveux blonds, parsemés de fils d'argent sur les tempes.

— J'aurais dû prendre mon parapluie, déplora-t-elle. Je m'en vais, Yohann, avant de t'écouter me tenir un vilain discours sur Lara. Il y a un mois, j'ai failli la perdre. Dieu soit loué, elle a survécu, aussi je lui pardonne son caractère épineux et les sottises qu'elle a pu faire.

Malgré son apparente détermination, Armeline redoutait les révélations de son voisin et ami. Il semblait sincèrement inquiet. Elle se demanda avec anxiété si Lara n'avait pas cédé à Erwan quelques semaines plus tôt, pour le repousser ensuite, ce qui aurait expliqué le comportement du jeune homme.

— Des sottises, ironisa Cadoret. C'est plus grave cette fois. Ta fille s'est vantée d'avoir eu un amant, et pas n'importe lequel. Tu connais ce nom-là, Olivier Hamon ? C'est lui qui a séduit Lara. Même qu'elle le considère comme son mari.

— Seigneur, tu mens ! Oui, tu n'es qu'un menteur.

Armeline sentit son cœur cogner à grands coups sourds dans sa poitrine. Elle était d'une pâleur affreuse.

— Non, ça ne peut pas être lui, dit-elle à voix basse. Es-tu sûr que c'est le même Olivier Hamon ?

— Sûr, au printemps, il y avait un voilier amarré dans le port. Personne ne savait à qui il appartenait. Ce petit fumier devait prendre ses précautions, ne pas se montrer. Tu peux me croire, les autres gars et moi, on l'a vite fait déguerpir dès qu'on l'a reconnu. Si je n'étais pas bon catholique, j'aurais laissé mes collègues le réduire en miettes. Par chance, à cette période, Erwan était parti à Saint-Malo, travailler sur les chantiers de reconstruction. S'il avait appris ce qu'on lui reprochait, à Hamon, il aurait été un des premiers à s'en prendre à lui. Mon fils a le sang chaud, que veux-tu ?

— Ce n'est pas en son honneur, Yohann. Au revoir, je dois rentrer. Je vais interroger Lara, elle n'a pas pu s'amouracher de ce garçon. Je prie pour que ce soit faux.

Elle s'éloigna le plus vite possible, afin de fuir le regard bleu de Cadoret, où se lisaient tendresse et pitié.

Sainte-Anne-d'Auray, même jour, même heure

Tiphaine referma son missel avec un soupir de lassitude. Paule et Loïza Jouannic, la tête couverte d'un foulard, lui firent signe de rejoindre l'allée centrale du sanctuaire.

Elles avaient assisté à l'office célébré dans la basilique Sainte-Anne, dédiée à la vénérable mère de Marie. Bien des rumeurs couraient depuis des siècles sur les miracles qui s'étaient produits ici. Les pèlerins affluaient toujours, de Bretagne et d'ailleurs, conférant à la ville une animation appréciée des commerçants.

— Viens, Tiphaine, insista Loïza. Est-ce que ça va ?

La jeune femme répondit d'un sourire distrait, en hochant à peine la tête. Elle se croyait perdue, bannie du sein de l'église, car elle avait prié pour ne pas être enceinte, et, si c'était malgré tout le cas, pour perdre l'enfant.

— Je suis une pécheresse, confia-t-elle à sa tante, tandis que Paule les devançait.

— Tu as aimé de tout ton être un homme, ce n'est pas un péché si grave, répliqua Loïza à son oreille.

— Il n'y a pas que ça, tata. Je viens d'implorer sainte Anne de me délivrer du bébé, s'il existe, s'il grandit en moi.

— La peur et le chagrin te brouillent l'esprit, ma petite. Attends une minute.

Elle rattrapa sa belle-sœur d'une démarche souple. Tiphaine les vit discuter un court moment. Paule Jouannic acquiesça d'un air soucieux, puis elle sortit de la basilique.

— Nous allons prier toutes les deux, annonça Loïza à sa nièce dès qu'elle fut de retour à ses côtés. Sainte Anne saura que tu lui demandes pardon pour ta faute et tes pensées coupables.

Tiphaine consentit, effrayée par le fiel qui ravageait son cœur encore plein du souvenir de John Russel. La haute voûte de l'église, aux colonnes monumentales, lui donnait l'impression d'être faible et menacée.

— Mettons-nous à genoux près de l'autel, les gens sont partis, conseilla sa tante.

Le curé de la paroisse accompagnait les enfants de chœur dans la sacristie, où les jeunes servants ôteraient leur chasuble brodée. L'odeur des cierges qui brûlaient encore, celle plus ténue de l'encens rappelèrent à Tiphaine tant de dimanches passés, où elle se sentait pure, sous l'aile de Dieu.

« J'ai fait ma communion solennelle ici, se disait-elle. Maman était fière de me voir dans ma belle robe blanche, papa aussi. Je voudrais revenir en arrière, être de nouveau la fillette de jadis. »

Soudain elle se revit à moitié nue, livrée aux assauts virils de John. Il l'avait initiée à la volupté, au plaisir fulgurant. Sous ses baisers, elle était en extase, le corps en fête.

— Partons, tata, gémit-elle. J'ai la nausée.

Loïza, paupières closes, les mains jointes, priait de toute son âme. Elle sursauta en entendant la voix de sa nièce.

— Tu es malade ? D'accord, partons. Mais il faut dire la vérité à ton père aujourd'hui, après le déjeuner. Ne crains rien, je saurai le raisonner s'il devient violent. Ta mère en a peur, pas moi.

Locmariaquer, même jour, une heure plus tard

Malgré la pluie battante, Armeline Fleury faisait les cent pas devant sa maison, qu'elle avait reçue en dot. C'était son unique bien personnel sur terre : un solide assemblage de grosses pierres en granit, de la chaux, du bon bois de chêne pour la charpente, des arbres coupés dans la forêt de Paimpont, et jadis du chaume sur le toit pentu où pointait la cheminée.

— Rentre à l'abri, maman, supplia Fantou, qui avait entrebâillé la fenêtre. Si tu prends froid, tu ne pourras pas aller travailler demain. Lara va revenir bientôt.

— Ou jamais ! s'exclama sa mère d'un ton tragique. Ta sœur s'est moquée de moi, de nous tous, et même de votre père. Où qu'il soit, s'il savait ce que j'ai appris, il serait aussi malheureux que je le suis.

Fantou se mordilla la lèvre inférieure. Du bout des doigts, elle effleura la fine croix en argent qu'elle portait au cou, au bout d'une chaînette de métal.

« Très Sainte Vierge, mère de Jésus notre Sauveur, ramenez la paix dans ma famille, veillez sur ma sœur chérie. »

Elle avait prié en silence, mais avec ferveur. Armeline, trempée, fit irruption dans la pièce.

— Les pommes de terre sont presque cuites, maman, dit tout bas Fantou, en désignant une marmite en terre posée sur un lit de braises.

— Si je pouvais les jeter à la mer, les pommes de terre des Cadoret ! s'égosilla sa mère, les yeux embués de larmes. Je t'assure que ces gens ne nous feront plus la charité. Je me tuerai à la tâche s'il le faut, mais je ne mangerai rien venant de chez eux.

Lara entrebâilla la porte à cet instant précis. Elle fut témoin des grimaces pathétiques d'Armeline, qui, un poing noué sur la bouche, contenait d'autres paroles vindicatives.

— Maman, qu'est-ce que tu as ? demanda-t-elle aussitôt, en ôtant son ciré et ses bottes en caoutchouc.

— Ah, te voilà, toi ! Tu laisses Fantou faire la cuisine, pour courir je ne sais où, pendant que je suis à la messe. Seigneur, tu es une fille perdue, Lara ! Tu salis le nom de ton père. Suis-moi.

Jamais encore les deux sœurs n'avaient vu leur mère dans un tel état, entre fureur et désespoir. Elle saisit Lara par le coude et l'entraîna vers l'étroite remise où était stocké du bois. Louis Fleury y faisait un peu de cidre, avant la guerre.

— Toi, Fantou, va dans la chambre ! hurla-t-elle.

Il faisait sombre et humide entre les murs du réduit qui dégageait une senteur tenace de pommes fermentées.

— Yohann Cadoret me guettait près de l'église, tout à l'heure, cracha Armeline. Tu as eu tort de vanter tes prouesses à Erwan, hier soir. Il s'est fait une joie de les répéter. Alors, il paraît que tu as un amant, toi ! Tu prétendais te garder neuve pour ton futur époux, celui qui échangerait les serments sacrés avec toi, sous l'œil de Dieu ! C'est fini, tu es déshonorée. Je suis bien sotte, j'avais conservé mon voile de noce, du joli tulle.

— Maman, j'ai raconté cette histoire à Erwan pour qu'il me laisse en paix, mentit Lara, prise de panique.

— Ah non, pas de ça ! Sois honnête, si tu en es capable. Allons, du cran, dis-moi le nom de ton amant !

Soudain sa mère la cramponna par les épaules, en plantant ses ongles dans sa chair, à travers la laine du gilet. Lara retint un cri de révolte.

— Olivier, il s'appelle Olivier, maman. Et, oui, je lui ai cédé, mais par amour, un vrai, un grand amour. Je suis désolée si tu es déçue, je ne pouvais pas faire autrement. Il y avait comme de la magie entre nous deux. Nous nous sommes promis l'un à l'autre.

— Où le rencontrais-tu ? Je veux le savoir.

— Pourquoi, maman ? Tu es suffisamment en colère.

Cependant Armeline se mit à pleurer, le visage crispé par le chagrin. Apitoyée, Lara voulut la prendre dans ses bras.

— Ne me touche pas ! ordonna sa mère en reculant d'un pas. Tu me dégoûtes, tu n'es plus ma petite fille. Celui qui t'a salie, ce type, ton Olivier, a-t-il osé t'avouer son nom de famille ?

— Oui, mais il m'a recommandé de ne pas l'ébruiter.

— Dans ce cas, il aurait dû se faire appeler autrement, je souffrirais moins si j'ignorais qui tu as fréquenté, avec qui tu t'es roulée dans la fange. Olivier Hamon, ce démon !

Lara était sidérée. Ces propos haineux lui semblaient abusifs, sans cause réelle.

— Tu connais Olivier, maman ? hasarda-t-elle, incrédule.

— J'aurais du mal à ne pas connaître ce voyou. Il était dans la milice, très fier de son rôle, de son uniforme noir. Et c'est lui, Lara, lui qui a fait arrêter ton père et ton oncle, mon frère Patrick. Il les a dénoncés, il les a accusés à tort d'être des résistants. Ils ont été arrêtés, torturés sûrement, puis déportés.

Armeline se tut, pour fixer sa fille d'un air égaré. Lara osait à peine respirer.

— C'est impossible, tu te trompes, maman, affirma-t-elle enfin. Olivier m'a dit avoir vingt ans, il ne pouvait pas être milicien à l'époque.

— Il n'y a pas d'âge quand on est avide de nuire, rétorqua sa mère.

— Et si tu dis la vérité, pourquoi je n'ai jamais entendu parler de ça, ni par Yohann Cadoret, ni par Erwan ? Je sais aussi que les miliciens ont été jugés à la Libération, alors pourquoi pas Olivier ?

— On se le demande. Il est passé entre les mailles du filet, ou ses parents l'ont tiré d'affaire, mais ici, à Locmariaquer, ceux qui savent n'oublieront pas. S'il revient rôder autour de toi, il lui arrivera malheur, menaça Armeline, défigurée par la hargne.

Lara se rua hors de la remise. Ce qu'elle venait d'apprendre la dévastait, réduisait à néant tous ses rêves. Un cri lui échappa :

— Non, non ! Ce sont des mensonges !

Fantou s'était assise au coin de la cheminée, trop inquiète pour obéir à leur mère. Elle se leva et se jeta au cou de sa sœur.

— Reste avec moi, Lara, pitié, ne pars pas. Maman parlait si fort, j'ai presque tout entendu. Je t'en prie, viens dans notre chambre.

Le délicat visage de Fantou semblait éclairé de l'intérieur. Très pâle, elle tentait de sourire.

— Si tu l'aimes tant, il ne peut pas être mauvais, chuchota-t-elle avec ferveur.

— Je ne sais plus, mon petit ange. Il faisait des mystères, parfois, il refusait de venir chez nous. Pendant tout l'été, il a laissé son voilier ancré près de notre île et il ne voulait pas approcher du port. Ce serait vraiment épouvantable qu'il soit responsable de l'arrestation de papa et d'oncle Patrick. Je préférerais mourir que le revoir un jour.

Sainte-Anne-d'Auray, chez les Jouannic,
même jour

Le déjeuner s'achevait. De bonne humeur, Goulven sirotait son verre de cidre après avoir dégusté deux parts de far aux pruneaux. Son épouse en servait chaque dimanche au dessert, une tradition familiale que les restrictions, pendant la guerre, avaient à peine perturbée.

— Tu n'as pas perdu la main, Paule, commenta-t-il. Je me suis régalé. Je vais m'accorder une petite sieste.

Luc était déjà sorti de table, avec la permission de Loïza qui communiquait avec l'enfant par des signes et des mimiques. Il avait repris sa place habituelle, sur le rebord de la fenêtre, d'où il observait le pré derrière la maison. Deux chèvres et un mouton y déambulaient, sous la pluie d'octobre.

— Dis donc, Tiphaine, tu en fais, une mine ! s'esclaffa tout à coup Goulven. Je parie que tu penses encore à ton Ricain !

— Ne la taquine pas, protesta Paule. Elle est un peu triste, ça se comprend.

— Oui, ta fille est fatiguée, elle ne se sentait pas bien à la fin de la messe, renchérit Loïza, dans le but d'amener la discussion où elle le souhaitait.

— Fatiguée de quoi ? s'écria le garagiste. De laver des tignasses, ou de se balader à vélo à la nuit tombée, comme hier soir ? De mon temps, les filles de son âge étaient plus courageuses, elles trimaient aux champs et elles savaient tenir un foyer. Quand celle-ci se mariera, on la verra à l'œuvre ! Mademoiselle est plus habile à se vernir les ongles qu'à faire la cuisine ou repasser.

D'ordinaire, Tiphaine aurait répondu à son père pour se défendre, mais elle étouffa un sanglot et courut vers sa chambre.

— Es-tu content ? déplora Paule. Elle a un chagrin d'amour, ce n'est pas malin de la tourmenter.

— Oh, je blaguais, expliqua-t-il sans conviction.

— Si Tiphaine n'avait qu'un chagrin d'amour, ce serait un moindre mal, ajouta alors Loïza de sa voix grave. Paule, tu ne te doutes de rien ? Et toi, Goulven, tu n'as rien remarqué non plus ?

— Remarqué quoi ? s'étonna-t-il. Notre gamine est toujours de mauvais poil, ça oui. Elle tient de moi.

— Que veux-tu dire, Loïza ? s'alarma Paule. Seigneur, quel malheur !

Elle avait lu la réponse dans le regard explicite de sa belle-sœur. D'instinct, elle baissa la tête, courbant le dos, comme pour mieux affronter la fureur de son mari.

— Ah, ça y est, j'y suis, déclara-t-il entre ses dents. Tiphaine est grosse, hein, ce salopard de Ricain lui a flanqué un mioche !

Dès qu'il était irrité, Goulven Jouannic devenait grossier. Il repoussa sa chaise, le teint cramoisi et, en prenant appui sur le bord de la table, il se leva pesamment.

— *Gast ar c'hast*[1] *!* vociféra-t-il en breton.

Tiphaine l'entendit de sa chambre. Tenaillée par une peur viscérale, elle se réfugia dans un coin de la pièce, entre l'armoire et le mur, sans même songer à tourner le verrou de la porte. Son père entra, le haut du corps penché en avant, les yeux fous, les mâchoires saillantes sous l'effet d'un affreux rictus.

— Pardon, papa, je te demande pardon, gémit-elle.

La rage rendait le garagiste muet. Il s'en prit d'abord à la coiffeuse de sa fille, un joli meuble en osier qui était orné d'un tissu rose et équipé d'un miroir. Ses flacons d'eau de Cologne, que

1. Injure équivalente à « Putain de putain ».

Tiphaine collectionnait, furent jetés par terre, avec son poudrier et son coffret en coquillages où étaient rangés ses bijoux de pacotille.

— *Gast ar c'hast!* hurla-t-il de nouveau en cognant du poing un des battants de l'armoire.

Il l'ouvrit ensuite et la vida à grands gestes saccadés. Les robes volèrent vers le lit, les gilets, la lingerie en satin, les foulards. Tiphaine sanglotait éperdument.

— Arrête, Goulven ! intervint Loïza.

Son frère lui lança une pile de mouchoirs en guise de réponse. Il s'attaqua au tiroir fixé à l'une des étagères, dont le contenu se répandit sur le parquet, notamment des lettres pliées en quatre et deux photographies.

Goulven les ramassa aussitôt, soudain calmé. Il émit un autre juron en découvrant les images de sa fille en maillot de bain. Elle n'était pas la seule à poser. John Russel semblait défier le père outragé, de son large sourire étincelant.

— Fumier de Ricain ! gronda-t-il.

Il voyait Tiphaine sur les genoux du GI, qui la serrait de près, une main possessive plaquée contre le ventre de sa conquête. Un autre cliché montrait le couple enlacé, assis dans le sable. Russel torse nu, la jeune femme nichée dans ses bras, un sourire comblé sur le visage.

— Tu t'es bien fichue de moi ! clama-t-il en allant déloger Tiphaine de son dérisoire refuge. Regarde ce que j'en fais, de tes photographies.

Goulven les déchira en menus morceaux, avec un air féroce. Enfin, déterminé, il dégrafa sa ceinture en cuir pour la faire claquer comme un fouet.

— Non, tu ne la frapperas pas ! s'indigna Loïza en se jetant sur son frère. Est-ce sa faute si elle a cédé à un beau parleur, plus âgé qu'elle, qui a profité de son prestige ? Les soldats américains attirent les jeunes filles comme le miel attrape les mouches ! Et puis réfléchis un peu, c'est dangereux pour le bébé !

Sa ceinture à la main, Goulven observa Tiphaine d'un œil perplexe. Elle protégeait son visage de son avant-bras replié, et il put lire une réelle terreur au fond de ses yeux noisette.

— Le bébé, marmonna-t-il.

Dans sa colère, il avait d'abord pensé au déshonneur qui allait salir le nom des Jouannic, au fait évident qu'un homme avait couché avec sa fille de dix-neuf ans, mais sa sœur venait de jeter ce mot de « bébé » sur sa rage vengeresse.

— *Ma Doué*, l'enfant est de mon sang, aussi, constata-t-il d'un air hébété.

— Oui, et il est innocent des fautes de ses parents, il a le droit de vivre, insista Loïza.

Posément, le garagiste remit sa ceinture. Tiphaine continuait à le regarder, mais elle avait baissé son bras. Il étudia son joli visage, puis son ventre encore plat.

— Tu l'as échappé belle, remercie ta tante, dit-il. Sans elle, je t'aurais écharpé le dos. Je vais aviser de la chose, personne ne pourra médire sur notre famille.

— Merci, papa, je regrette, tu sais, je regrette de tout mon cœur de te causer du tort, de te décevoir. J'avais tellement peur de te le dire, je croyais que tu me jetterais dehors.

Tiphaine osa espérer un mouvement de tendresse de la part de son père, mais il secoua la tête et lui assena deux gifles à la volée.

— Tiens, ça ne peut pas faire de mal au bébé, et ça me démangeait les doigts, décréta-t-il en sortant à reculons.

Loïza commençait à remettre de l'ordre dans la chambre. Elle rangea les vêtements, la lingerie.

— Quand il a vidé ton armoire, j'ai cru que ton père voulait te mettre à la porte de chez nous, je me trompais. Je te l'ai déjà dit, il hurle et cogne, mais il n'est pas méchant. Il est orgueilleux, ce n'est pas toujours un défaut. Allons, fais-moi un sourire, nous serons occupées cet hiver, il faudra préparer le trousseau de ton petit, ou de ta petite ! Qu'est-ce que tu voudrais, toi ?

— Une fille, répondit Tiphaine d'un ton morne.

— J'achèterai de la laine blanche, pour les brassières, et je ferai des jours dans le tricot, pour passer des rubans roses ou bleus, comme ta mère quand elle attendait Gaël.

— Pourquoi es-tu si gentille avec moi, tata ?

— Vas-tu me poser la question tous les jours ? Tu connais la réponse. Allonge-toi un peu, tu as la mine chiffonnée, c'est l'émotion. Tes parents sont au courant, tu as reçu deux claques, mais c'était le prix à payer.

Tiphaine l'écoutait à peine. Elle ramassait les morceaux de photographies qui gisaient toujours sur le parquet. Goulven les avait déchirées en quatre.

— Je voudrais les recoller, tata, gémit-elle. Je n'ai pas d'autre souvenir de John, le père de mon enfant. Il me les avait données.

— Il y a du ruban adhésif dans le tiroir du buffet de la cuisine, je t'en apporterai tout à l'heure, c'est promis, dit Loïza.

— Si j'avais son adresse aux États-Unis, je lui écrirais pour lui dire ce qui m'arrive. Il reviendrait peut-être. Tata chérie, tu pourrais te renseigner, en allant à la base américaine ?

Loïza prit le temps de réfléchir, tout en disposant les flacons et les brosses de sa nièce sur la coiffeuse.

— Ton poudrier est cassé, déplora-t-elle. Je t'en offrirai un autre, et c'est d'accord, j'essaierai d'obtenir l'adresse de John.

— Il était si beau, tata, je n'avais jamais vu un homme aussi beau. Je voudrais tant le revoir.

Accablée de chagrin, Tiphaine s'étendit sur son lit. Elle se mit à rêver d'une fin merveilleuse à son histoire d'amour. John serait ébloui et fier de devenir père, il traverserait l'océan le cœur en fête. De retour en Bretagne, il se précipiterait ici, à Sainte-Anne-d'Auray, pour l'épouser et l'emmener enfin.

Locmariaquer, chez les Cadoret,
même jour, le soir

Jeanne Cadoret servait la soupe à ses trois hommes, comme elle surnommait son mari, Yohann, leur fils Denis et son beau-fils Erwan. Le benjamin de la famille était cependant l'objet de tous ses soins.

— Denis, je te donne le bout de petit salé. Pardi, tu n'as pas fini ta croissance, tu grandis encore.

— Il engraisse, surtout, se moqua Erwan, accoutumé à être lésé au profit de son demi-frère, né du second mariage de Yohann. Tu te souviens, papa, à son âge, j'étais tout en muscles et j'avais du poil au menton !

Yohann Cadoret demeura silencieux, penché sur son assiette. Indifférent aux siens, ce soir-là il pensait à Armeline, à Lara. Il avait des remords, ce qui lui pesait.

— Denis aura bientôt de la barbe, Erwan, riposta Jeanne, une femme de quarante-deux ans, potelée, coiffée sagement d'un chignon sur la nuque.

Ses traits poupins s'ornaient de taches de son, assorties à sa chevelure d'un châtain roux.

— Moi, au moins, je n'ai pas failli tuer un type innocent, dit bien fort l'adolescent. Et je ne m'en prends pas à Lara.

— Ferme-la, *amprevan*[1] ! s'enflamma Erwan. Sinon…

— *Ma Doué*, taisez-vous donc ! ordonna leur père. On se croirait dans un poulailler, avec deux jeunes coqs qui se chamaillent. Toi, Denis, plus un mot sur la conduite de ton frère. Nous allons arranger ça. J'ai revu Armeline cet après-midi, elle est d'accord pour convaincre Lara d'épouser Erwan. Une fois qu'ils seront mariés, il n'y aura plus de souci.

— C'est ce que je te disais hier, papa. Au fond, je n'ai rien fait de mal, plaida le jeune homme, qui se réjouissait à la perspective de ce mariage. Lara était souvent à se pendre à mon bras, à m'embrasser sur les deux joues, alors je pensais qu'elle m'aimait.

Jeanne s'était assise, l'appétit coupé. Yohann avait accordé beaucoup de temps à leur voisine, ce dimanche, or chacun savait, à Locmariaquer, les sentiments tenaces que son mari vouait à Armeline Fleury. Elle jalousait en secret cette petite femme très blonde, qui, de son côté, la prenait pour une amie.

1. Insulte qui signifie « vermine », « scélérat », en breton.

— Fantou souhaite aussi que la noce se fasse, précisa-t-elle. Pendant la semaine où je l'ai gardée, la gamine s'est confiée à moi. Elle rêvait de t'avoir comme beau-frère, Erwan.

— Ah, la brave gosse, je l'adore, répliqua celui-ci, flatté.

— Vous habiterez la maison de pépé Sylvestre, sur le port, annonça Yohann. Les locataires me doivent trois mois de loyer, j'aurai vite fait de les déloger.

— Et si Olivier Hamon revenait ? hasarda Denis. Que ferais-tu, Erwan ?

Furibond, Yohann décocha à son épouse un regard lourd de reproches. Jeanne n'avait pas pu tenir sa langue, malgré ses recommandations.

— Toi aussi, tu es au courant, à présent ! fulmina-t-il. Alors écoute bien, Denis, ne va pas raconter ce que tu sais, ou je te ferai passer le goût de parler à tort et à travers. Hamon ne courra pas le risque de revenir ici. Je ne veux plus rien entendre là-dessus. La soupe refroidit.

Le reste du repas se déroula dans le calme, même si des pensées passionnées agitaient l'esprit des Cadoret. Erwan jubilait d'avoir le soutien de son père dans son projet obstiné d'épouser Lara. Jeanne tentait d'imaginer Yohann seul avec Armeline, en se demandant s'il n'avait pas l'idée de la séduire, en dépit des années écoulées. Quant à Denis, il évoquait le sourire angélique de Fantou. Il la comparait aux fées des anciennes légendes de leur pays et se promettait d'être son amoureux, plus tard, quand elle aurait l'âge de répondre à ses avances.

Locmariaquer, chez Armeline Fleury, même soir

Lara tenait tête à sa mère, au fil d'une âpre discussion qui les blessait toutes les deux. Lassée de les voir se déchirer ainsi, Fantou était allée se coucher, ayant seulement mangé une tranche de pain.

— Olivier est innocent, maman, j'en aurai la preuve. D'abord, j'ai souffert mille morts, presque certaine qu'il était coupable et s'était amusé avec moi. Mais j'ai réfléchi, ça ne peut pas être lui. On l'a accusé pour le perdre.

— Dans ce cas, il est très malin, puisque le tribunal de l'épuration l'a acquitté.

— J'ignore pourquoi, mais ça montre bien qu'il était accusé à tort, affirma Lara.

— C'est ce qu'il t'a dit quand tu l'as revu aujourd'hui, avoue-le donc. Ma fille, tu as disparu tout l'après-midi. Je ne suis pas sotte, tu es allée le retrouver. Je n'irai pas au lit tant que tu prétendras le contraire.

— Nous ferons une nuit blanche, alors, et demain matin, tu seras épuisée, ironisa la jeune femme. N'oublie pas que tu vas faire le ménage chez monsieur le maire.

Armeline tapota le bois de la table du plat de la main. Elle n'en pouvait plus.

— Maman, j'ai mal agi et j'implore ton pardon, dit encore Lara. Je n'ai pas vu Olivier. Il est parti depuis des semaines. Tu sais toute la vérité. Je le rejoignais sur notre île, mon île, car papa avait l'intention de faire de moi la propriétaire officielle de ce morceau de terre et de rochers. J'étais si heureuse, cet été, je t'assure que je comptais te parler de lui, de notre amour.

— Jure sur le Livre saint qu'il est parti !

— C'est inutile de sortir notre Évangile, je te le jure. Maman, ma petite maman, j'ai un aveu à te faire.

De sa voix douce, Lara raconta à sa mère l'étrange expérience qu'elle avait vécue, après sa chute.

— J'étais sûrement en train de mourir, dit-elle à la fin de son récit.

— Mon Dieu, comment est-ce possible ? Tu as vu mon grand-père, Loïc Guillemot, et Henriette, ma belle-mère ?

— Oui, ils me faisaient signe d'approcher, avec un bon sourire. Et il y avait cette lumière magnifique, que je ne peux pas décrire. Ni celle de l'aurore, ni le feu du couchant, une clarté sublime. J'avais envie d'avancer, de m'y engouffrer, mais la femme m'en a empêchée.

Très impressionnée, Armeline se signa, en observant Lara d'un air anxieux.

— Cette femme, pourquoi son visage était-il comme voilé de rouge ? s'enquit-elle. Tu n'as vraiment pas pu voir à quoi elle ressemblait ? Le rouge ne se rapporte à rien de bon, c'est la couleur du sang, de la violence.

— Ou bien celle de la vie, de la passion, maman, répliqua Lara. Peu importe, les paroles qu'elle a prononcées m'obsèdent. Je les comprends mieux, à présent. Il était question de justice, de rendre justice, ça signifie sans doute que je dois innocenter Olivier.

— Tu dois oublier ce voyou, Lara, trancha sa mère. La première chose à faire, c'est de te confesser, pour le salut de ton âme. Notre curé saura t'aider à suivre le droit chemin et il aura sûrement une explication, à propos des visions que tu as. Je suis effrayée, Lara, par ce que tu m'as dit, et par ta conduite honteuse. Je voulais tant te préparer un avenir respectable, te savoir en sécurité, si je n'étais plus là.

— Mais tu ne vas pas disparaître, maman, tu es encore jeune, protesta Lara.

— Tu as eu la preuve qu'un accident fatal peut se produire au moment où on s'y attend le moins. Je t'en prie, écoute-moi bien. Je suis prête à te pardonner, à condition que tu épouses Erwan. Il t'a malmenée, mais, comme dit son père, ce garçon a perdu la tête, parce qu'il t'aime trop. Et puis il est le seul qui acceptera de te prendre pour femme alors que tu t'es compromise avec un autre homme.

— Non, c'est non, maman ! Garde ton pardon, jamais je ne deviendrai la femme d'Erwan. Si tu savais à quel point il m'a déçue ! Pendant des années, il a joué les grands frères, il était mon ami, un véritable ami. Fantou et moi, on pensait souvent qu'il veillerait sur nous toute notre vie.

— Ce sera le cas si vous êtes mariés, insista sa mère. Reconnais quand même sa gentillesse, son dévouement envers nous. Erwan n'a pas changé d'un coup.

Lara devint songeuse. Son regard noir fixa un point invisible sur le mur, derrière Armeline.

— Le changement a dû se faire peu à peu, maman, et j'en suis triste, répondit-elle. J'ai été la première surprise en découvrant toute la violence qui couvait chez Erwan. Tu devrais interroger son père, ce n'est pas à moi de ternir l'image de celui dont tu rêves comme gendre. Je te rappelle aussi une chose. Hier soir, tu le maudissais, lui et sa famille, mais aujourd'hui, tu t'es bien vite réconciliée avec Yohann. Mon Dieu, si j'avais encore le bateau de papa, je partirais en mer, avec l'espoir de rejoindre Olivier. Lui, j'en suis certaine, il n'a fait de mal à personne.

Église de Locmariaquer, lundi 14 octobre 1946

Le vieux prêtre exerçait son sacerdoce à Locmariaquer depuis trente ans. Il avait baptisé un grand nombre de nouveau-nés et célébré bien des mariages et des enterrements.

Ce matin-là, il fut très surpris de voir Lara Fleury se glisser dans l'église, en vêtement de pluie, un foulard noué sur ses cheveux, car elle n'assistait plus jamais à la messe dominicale. Le père Antoine ne lui en tenait pas rigueur. Il savait combien la guerre avait éprouvé la jeune fille en la privant du soutien et de l'amour de son père.

Lorsqu'elle lui demanda de l'entendre en confession, il demeura impassible, en dissimulant son soulagement.

Maintenant, dans la pénombre du confessionnal, elle hésitait à parler. Elle se décida brusquement, sans user des formules rituelles de son enfance, comme « Pardonnez-moi, mon père, car j'ai péché ».

— Ce sont vos conseils, votre avis sur un trouble dont je souffre, que je viens chercher, père Antoine, dit-elle d'un trait. Pourtant, si j'en crois maman, j'ai commis un grave péché. Mais je ne m'en repens pas, aussi vous n'aurez pas à m'absoudre.

Désorienté par cette entrée en matière directe, ce qui était dans les habitudes de Lara, le curé se souvint qu'elle était une fort bonne élève, au lycée. Louis Fleury la voyait bachelière, mais les aléas de l'Occupation avaient mis fin à ces projets.

— Je me préoccuperai d'abord de ta santé, physique et morale, répliqua-t-il gentiment. Es-tu remise de ton accident ?

— C'est là le problème, père Antoine, ajouta-t-elle. J'ai été grièvement blessée à la tête. Je crains d'avoir des séquelles, ou bien il s'agit d'autre chose. Je me suis confiée à maman hier soir, c'est elle qui m'a dit de vous en parler.

Une fois encore, Lara raconta ce qu'elle avait vécu, pendant le temps indéterminé où son corps et son âme erraient entre la vie et la mort. Le prêtre eut soin de ne pas l'interrompre.

— Tu n'es pas la première personne à connaître ce phénomène, si on peut le dénommer ainsi, dit-il quand elle se tut. Je veille sur les paroissiens de Locmariaquer depuis des décennies, j'ai écouté des histoires souvent très singulières. Sans trahir le secret de la confession, je peux te dire qu'une expérience semblable à la tienne a effrayé trois bons catholiques parmi mes ouailles. Ils ont parlé d'une clarté éblouissante, de proches disparus qui paraissaient les accueillir.

Derrière les fins croisillons en bois, Lara devina l'expression du vieil homme. Il souriait.

— J'y vois pourtant un signe de l'extrême bonté de notre Seigneur, déclara-t-il. Il retient certaines de ses brebis égarées sur le seuil de son domaine, où nos âmes sont éternelles. Ce n'était pas ton heure, Lara, et tu es revenue chez les vivants pour le grand bonheur de ta mère, de ta sœur.

— Mais cette femme, père Antoine ? Si c'était un messager divin, pourquoi ses traits étaient-ils dissimulés ?

— Peut-être a-t-elle la beauté des anges, qu'un simple mortel n'est pas toujours autorisé à contempler !

— Maman semblait croire à la manifestation d'un esprit mauvais, même si elle ne l'a pas avoué. Et un ange ne serait pas voilé d'un halo rougeâtre !

— Qu'en savons-nous, Lara ? Néanmoins, tu m'as dit craindre aussi d'être victime d'hallucinations. C'est une éventualité. Tu devrais consulter le nouveau médecin, celui qui a succédé à notre brave docteur Le Quennec.

— Je ne crois plus à des hallucinations, puisque d'autres gens ont vu cette belle lumière et des défunts de leur famille. Père Antoine, ça ne peut pas être un hasard.

La bonté et l'écoute bienveillante du vieux curé, qu'elle savait tolérant et instruit, l'encouragèrent à confesser son secret d'amour.

Une heure plus tard, Lara quittait l'église, le cœur partagé entre de nouveaux doutes et une légère sensation d'apaisement.

Locmariaquer, manoir des Bruyères, même jour

Armeline Fleury admirait timidement le décor somptueux où l'épouse du maire, Donatienne

Malherbe, évoluait à son aise, en lui donnant des conseils sur la façon de nettoyer les bibelots du salon, d'épousseter le mobilier de prix.

— Aujourd'hui, vous laverez surtout le carrelage du hall et celui de la cuisine, dit-elle ensuite à sa nouvelle employée, dont l'allure générale la satisfaisait.

— Bien, Madame.

— Nous avons une cuisinière, Irène, une vraie perle, et un jardinier. Vous seconderez Martha, la bonne qui est à notre service depuis bientôt dix ans. Elle vous indiquera le plus gros du travail. Il y a plus de huit chambres, et, au rez-de-chaussée, le salon, le bureau de mon mari, la bibliothèque et le fumoir, attenant à la salle à manger. Il faut veiller à l'ordre et à la propreté chaque jour sans relâche.

— Je ferai de mon mieux, assura Armeline en souriant le plus aimablement possible. J'ai apporté un tablier.

— Gardez-le pour chez vous, j'ai ce qu'il faut. Mes employées de maison portent uniquement du blanc.

Donatienne Malherbe, issue d'une riche famille de bourgeois parisiens, trompait son ennui d'être exilée dans le Morbihan par la passion de son intérieur. Elle avait cédé à la volonté d'Éric qui, en époux autoritaire, imbu de ses fonctions administratives, lui imposait souvent de nouveaux domestiques sans la consulter.

— Venez, je vous accompagne à l'office, dit-elle d'un ton gentil.

Elle n'était ni fière ni hautaine. Dotée d'un bon fond, elle s'intéressa tout de suite à Armeline.

— Éric m'a juste dit que vous aviez absolument besoin de ce travail, sans m'expliquer pourquoi.

— C'est simple, j'ai mes deux filles à charge, et Louis, mon mari, a été porté disparu. J'ai perdu tout espoir.

— Il a péri en mer ? s'enquit Donatienne.

— Non, on l'a arrêté à la fin de la guerre à cause d'un faux témoignage. On l'aurait déporté en Allemagne, dans un camp. J'ignore s'il est encore vivant.

— Mon Dieu, l'incertitude, il n'y a rien de pire ! Je vous plains de tout mon cœur, madame Fleury. Ce matin, nous faisons connaissance, mais, à l'avenir, je vous appellerai Armeline, c'est d'accord ? J'espère que nous allons bien nous entendre, je déteste les conflits.

Gênée par la spontanéité de cette jolie femme de trente-huit ans, Armeline approuva, la bouche pincée. Le luxe qui l'entourait la rendait amère. Aucun meuble du grand salon n'était de style breton et elle ne put retenir une question :

— Je suis peut-être très indiscrète, madame Malherbe, mais où avez-vous installé le beau lit clos que votre mari m'a acheté ? Mon arrière-grand-père l'avait fabriqué, il était habile menuisier. M. Malherbe l'a payé au prix fort.

Stupéfaite, Donatienne fit entrer Armeline dans l'office, en l'occurrence une vaste cuisine dont le moindre élément semblait neuf. Des ustensiles en cuivre rose étaient suspendus le long des murs, si étincelants qu'ils ne devaient jamais servir.

— Ah, un lit clos, peut-être, marmonna-t-elle. Que je suis bête, le jardinier et son fils l'ont stocké dans l'ancienne écurie. Nous n'en aurons pas l'usage. Encore une toquade de mon cher époux. Non, j'ai tort de le critiquer. Il est si généreux. C'était pour vous dépanner, je crois. Vous deviez payer de gros frais à l'hôpital ?

— Oui, à cause de l'accident de ma fille aînée, Lara, précisa Armeline, mortifiée.

— Bon, je vous empêche de faire votre ouvrage, coupa soudain Donatienne. J'aperçois Martha sur la terrasse. Elle vous fournira le nécessaire, un tablier blanc, le matériel pour laver le hall. À plus tard.

Armeline, muette d'embarras et de déception, resta figée sur place, tandis que Mme Malherbe sortait de la pièce sur ses talons hauts, en laissant derrière elle un sillage de parfum.

« Je faisais le ménage des écoles, toute jeune, songea-t-elle. Mais c'étaient des salles de classe, ça me plaisait, l'odeur de la craie, du savon noir, et les rires des petits quand ils arrivaient le matin. Ici, on se croirait dans un château. Je viens de me ridiculiser. Monsieur le maire se fichait du lit clos des Guillemot. Et le bateau de Louis, qu'en a-t-il fait ? Peut-être l'a-t-il revendu une bouchée de pain. Lara avait raison d'être en colère. »

Un immense découragement la prit. Si tout le monde mentait dans ce pays, où se cachait la vérité ? Elle méditait sur cette question lorsque la dénommée Martha l'apostropha, en se plantant devant elle, les poings sur les hanches :

— Hé, la nouvelle, tu bayes aux corneilles ?

— Pas du tout, je vous attendais.

— Tiens, ouvre le placard, prends un tablier. Faut que ça brille, avec Madame. Alors le carrelage d'ici et celui du hall, fais-moi reluire tout ça. La cuisinière est partie au marché, commence par là, elle est maniaque, pire que la patronne.

Jusqu'à 4 heures de l'après-midi, Armeline se plia aux ordres de Martha, qui s'était radoucie.

— Mme Malherbe m'avait dit de m'en aller à cette heure-ci, expliqua-t-elle à la bonne, occupée à ranger la vaisselle. Ma fille, la plus jeune, sort de l'école. Avec ce crime abominable qui a eu lieu le mois dernier du côté d'Erdeven, je tiens à la raccompagner chez nous. Notre maison est sur la lande, un peu à l'écart de la ville.

— Pardi, tu fais bien, la police n'a pas trouvé l'assassin, concéda Martha. C'était sûrement un sale type de passage dans le coin, ou un fou, enfui d'un asile. Quel âge a-t-elle, ta petite ?

— Douze ans, elle prépare le certificat d'études.

Armeline enfila son imperméable, le dos rompu, les mains rougies par l'eau froide additionnée de cristaux de soude.

— Eh bien, à demain, lui dit Irène, la cuisinière, une forte femme d'un tempérament jovial. Martha, si tu lui donnais de la brioche pour ses gamines ? Ni vu ni connu, les placards sont pleins, le cellier aussi.

— Ah çà, le patron n'a pas manqué de tickets de rationnement, pendant la guerre, précisa la bonne.

— Vous êtes gentilles, mais je ne peux pas accepter, décréta Armeline. Je tiens à cette place, alors je ne prendrai rien dans le dos de Madame et de Monsieur.

— Bah, ça ne les priverait guère, répliqua Irène. Au moins, vous êtes honnête, je ne vais pas vous le reprocher.

Cinq minutes plus tard, Armeline pédalait sur la route qui longeait la côte. Le chant grondeur des vagues, les sifflements du vent iodé s'accordaient à ses sombres pensées. Malgré ce qu'elle avait prétendu un peu plus tôt, elle aurait voulu ne jamais revenir entre les murs du manoir des Bruyères.

5

Renoncements

Locmariaquer, chez Armeline Fleury,
vendredi 18 octobre 1946

Lara était assise au coin de la cheminée, l'esprit en déroute, le cœur lourd. Sa mère et sa sœur venaient de partir, sous une pluie fine et froide. Armeline emmenait Fantou jusqu'à l'école communale sur le porte-bagages de son vélo avant d'aller effectuer sa cinquième journée de travail au manoir des Bruyères.

— Pauvre maman, je l'ai entendue qui pleurait dans sa chambre, hier soir, déplora-t-elle tout bas.

D'un geste nerveux, elle tisonna les bûches dans l'âtre, afin de contempler les étincelles d'un orange doré qui en jaillissaient et que l'air chaud faisait s'élever vers le haut du conduit.

— C'est tellement beau, murmura Lara. Fantou me disait qu'il y avait des fées dans le feu, quand elle était toute petite.

La veille, avant de se coucher, Armeline lui avait demandé de préparer le repas du soir.

— Tu mettras les haricots à cuire, je les fais tremper cette nuit, avait-elle dit d'une voix lasse. Et enferme-toi à clef, demain. Je n'aime pas te laisser seule à la maison.

Cette recommandation trottait encore dans la tête de Lara, qui continuait à s'en étonner, comme du baiser sur le front que sa mère lui avait donné ce matin.

« Peut-être qu'elle m'a pardonné, songea-t-elle. Ou bien elle m'aime trop pour m'en vouloir. Peut-être a-t-elle dit vrai au sujet d'Olivier ? Il serait coupable, il aurait détruit notre famille. Non, je ne peux pas croire ça de lui. »

Elle déplora de nouveau la perte de son bateau, s'imaginant en mer, en quête du voilier blanc du jeune homme. Explorer tout le golfe du Morbihan ne l'effrayait pas, si par bonheur elle pouvait le retrouver et s'expliquer avec lui.

On frappa peu après, sans qu'il y ait eu de bruit de pas, encore moins de grondement de moteur. Lara sursauta. Elle n'avait pas revu Erwan, mais Yohann Cadoret avait affirmé à Armeline que son fils était malade de remords.

« Je suis sûre que c'est lui, il vient me présenter ses excuses, dans l'espoir de ce mariage insensé dont je ne veux pas, se dit-elle. Je n'ouvrirai pas. »

Les coups contre la porte se firent plus virulents. Le visiteur devait perdre patience. Exaspérée par son insistance, Lara se leva et tendit l'oreille. Soudain elle prit peur, à cause de l'affreux soupçon qu'elle avait conçu et qui faisait d'Erwan un meurtrier.

— Va-t'en ! hurla-t-elle. Je refuse de te voir, de te parler ! Je n'ai plus confiance en toi.

— Lara, ma chère Lara, fit la voix du maire en réponse. Que craignez-vous ? Ouvrez, c'est M. Malherbe. Je ne vous veux aucun mal.

La jeune femme, désemparée, hésita un moment. Elle revit cet homme d'une quarantaine d'années, penché sur son lit d'hôpital, le regard avide, les gestes caressants.

— Je suis encore souffrante, monsieur, déclara-t-elle. Et je ne peux pas vous recevoir seule, ce ne serait pas correct.

— Allons, ne craignez rien, Lara, je vous ai apporté des fleurs pour égayer votre convalescence.

— Je vous remercie, mais déposez le bouquet sur la pierre du seuil, je le prendrai plus tard. Maman m'a bien conseillé d'être prudente, de m'enfermer, à cause du crime qui a eu lieu le mois dernier.

Lara s'adossa au mur. Elle comprenait mieux le plan du maire. Il s'était d'abord montré prodigue en argent puis, afin d'éloigner Armeline de chez elle, il lui avait proposé du travail au manoir.

— Voyons, je ne suis pas un assassin, vous le savez, Lara.

— Non, sans doute, mais vous êtes un manipulateur, doublé d'un sale menteur, d'un hypocrite.

— Je ne mérite pas d'être traité de la sorte ! se rebiffa-t-il. Et ce n'est guère courageux de votre part, de m'insulter depuis l'intérieur de votre maison, bien à l'abri. Dites-le-moi en face !

Vexée d'être taxée de lâcheté, Lara tira le loquet en acier et ouvrit en grand. Éric Malherbe lui apparut, vêtu d'un élégant trench-coat et d'un chapeau en cuir sur ses cheveux châtains, toujours peignés en arrière. D'une main, il tenait un parapluie, de l'autre, un bouquet de roses blanches veinées de rouge.

— Bonjour, chère Lara. Puis-je entrer à présent ? demanda-t-il poliment. J'avais très envie de vous revoir.

— Eh bien, c'est chose faite !

Il la dévorait du regard, sans toutefois oser avancer. C'était déjà un plaisir pour lui d'admirer son visage harmonieux, dépourvu du moindre défaut, son teint blanc et mat, d'une extrême pureté, sa bouche charnue, d'un pourpre velouté. Il savourait même l'éclat méprisant de ses yeux noirs aux longs cils.

— Vous êtes d'une rare beauté, Lara, soupira-t-il. Quand je vous ai rendu visite à l'hôpital, j'ai essayé de vous prouver combien vous m'êtes précieuse. Les sentiments que vous m'inspirez sont sincères.

— Très bien, dans ce cas, divorcez et épousez-moi, monsieur le maire, rétorqua-t-elle d'un ton acerbe.

— Nous n'en sommes pas là, mais…

— Je plaisantais, bien sûr, dit-elle. Vous avez suffisamment de maîtresses, ici et ailleurs, je ne ferai pas partie de votre tableau de chasse. En fait, vous venez peut-être marchander mes faveurs, après avoir dépouillé ma mère du lit clos et du bateau de papa !

Excédé, l'homme se rua à l'intérieur, en la bousculant au passage. Il jeta les fleurs sur la table.

— Expliquons-nous, Lara, lança-t-il d'une voix moins douce. Yohann Cadoret est venu à la mairie pour me confier les gros soucis d'argent de votre mère, à cause des frais de votre hospitalisation. Ce brave homme m'a supplié de faire un geste, or je ne pouvais pas offrir la somme nécessaire. La chose se serait vite sue, et j'aurais dû faire face à une nuée de pauvres gens espérant eux aussi un don conséquent.

L'argument se tenait. Lara, les bras croisés sur sa poitrine, attendit la suite.

— J'ai estimé plus judicieux de procéder à ces achats, ajouta-t-il. Dans la plus grande discrétion, bien sûr.

— Et en profitant de mon absence, répliqua-t-elle. Monsieur, cet été, j'ai eu la sottise de sympathiser avec vous, pendant la fête sur le port. Nous avons beaucoup discuté, alors vous saviez combien j'aimais sortir en mer, et surtout à quel point je tenais au bateau de mon père.

— Ce n'était qu'une grosse barque à voile, et vous vous mettiez en danger, Cadoret m'en a informé.

— Lequel, le père ou le fils ?

— Le père, que j'apprécie pour son honnêteté. Erwan est un bon marin, mais depuis l'incident tragique de l'épuration, il s'est forgé une réputation de violence. On le dit porté sur la boisson, ce qui n'arrange rien. Pardonnez ma franchise, vous êtes très amis, tous les deux.

— Nous étions des amis d'enfance, mais il a changé, je vous l'accorde.

Lara recula à petits pas vers la cheminée, car Malherbe s'était rapproché, irrésistiblement attiré par son corps, dont il pouvait deviner les formes sous le lainage de sa robe.

— Restez où vous êtes ! ordonna-t-elle, consciente du trouble qu'il éprouvait. Moi aussi je serai franche. J'ai une question à vous poser.

— Je vous écoute.

— Vous n'avez sans doute pas oublié que mon père a été arrêté par la milice pendant la guerre, pour faits de résistance. C'était totalement faux, mais quelqu'un l'a dénoncé, dans quel but, maman et moi nous l'ignorons toujours. J'ai appris récemment qu'il s'agirait d'un jeune milicien, Olivier Hamon.

— Peut-être, dit-il à mi-voix. Je suis désolé, Lara, ce nom ne me dit rien. J'avais d'autres soucis à l'époque, je vous assure. À quoi bon vous torturer l'esprit ? Il faut oublier tout cela et songer à l'avenir. Vous pourriez vivre de façon plus agréable si vous m'accordiez un peu de temps et d'amitié, car je serais prêt à vous combler de cadeaux.

— J'avais raison, vous êtes surtout prêt à m'acheter. Je vous prie de sortir, et emportez vos roses, je n'en veux pas !

Malherbe, vexé par son attitude hostile, la saisit par la taille et l'enlaça.

— Non, pas sans être dédommagé, dit-il tout bas, avant de lui imposer un bref baiser passionné.

Il la lâcha aussitôt et recula en souriant.

— Au revoir, Lara, à bientôt.

Elle demeura muette d'indignation, tandis qu'il s'inclinait légèrement pour la saluer. Il eut soin de laisser le bouquet de fleurs sur la table. La porte se referma sans bruit. Furieuse, Lara effleura sa bouche du bout de l'index. Elle avait la pénible impression d'avoir été vaincue.

— Il a osé m'embrasser, ce goujat ! enragea-t-elle tout bas. En plus, il a soigneusement évité de répondre à ma question.

Elle en tira la même conclusion que sa mère, deux jours plus tôt. Un tissu de mensonges entourait la disparition de Louis Fleury et les accusations qui pesaient sur Olivier.

Le soir, au retour de l'école, Fantou ramassa le bouquet que sa sœur avait jeté derrière la maison. Charmée par la beauté des fleurs et leur délicat parfum, la fillette les apporta en cachette dans leur chambre et les mit dans un vase en terre cuite, sur le rebord de la fenêtre.

— Petit korrigan, viens faire tes devoirs ! lui cria Lara du seuil de la pièce.

— Attends un peu, je contemple mes roses, répliqua Fantou d'un ton malicieux. Même si tu détestes celui qui te les a offertes, c'était dommage de t'en débarrasser.

— Oh, tu les as récupérées ! Eh bien, tant pis, gardons-les. J'étais en train de raconter à maman la visite du maire, c'est lui qui me les a apportées.

Un sourire espiègle sur ses lèvres pâles, Fantou tendit alors une petite carte à Lara.

— Il y avait ça, dans le papier d'emballage. Tu devrais lire.

— Non, sans façon, et toi non plus, tu n'aurais pas dû.

Lara s'empara de la carte, prête à la déchirer. Elle déchiffra malgré tout les quelques mots qui y figuraient :

Allez voir de ma part Odilon Bart, un ancien mareyeur de Quiberon. Il habite maintenant route du Guilvin.
Éric

— Encore des sottises, murmura-t-elle en haussant les épaules. Viens donc, Fantou. Tu dois réviser ta leçon d'histoire sur les rois de France.

Armeline, assise près du feu, se réchauffait les mains. Elle était très lasse, après ses heures de ménage au manoir.

— Mes enfants, je ferais mieux d'aller tout de suite au lit, dit-elle en voyant ses filles s'installer à table, sous la lampe. Je me croyais plus solide. J'ai dû passer la paille de fer sur les parquets de la bibliothèque, et les cirer ensuite. Je me demande ce qui est le plus dur, les tâches qu'on me donne ou de voir tout ce luxe. Aujourd'hui, Mme Malherbe recevait des amies. Si vous aviez vu les bonnes choses que la cuisinière avait préparées pour le thé !

— Maman, n'y retourne plus, rétorqua Lara. Je t'en prie. Tu as pu payer les frais de l'hôpital, il te reste un peu d'argent. C'est à moi d'aller travailler. Tu pourras rester ici, te reposer. Tu sais pourquoi le maire t'a proposé de faire des ménages, je te l'ai dit. Sa femme trouvera quelqu'un d'autre.

Sa mère demeura silencieuse, ce qui pouvait passer pour un accord.

— Demain matin, j'emmènerai Fantou à l'école avec ton vélo, ensuite j'irai chez M. Tardivel, qui était un camarade de papa. Je suis sûre qu'il m'embauchera.

— Oui, peut-être, concéda Armeline. Mais tu seras au triage des huîtres, tu n'iras pas sur les parcs, si tu comptais te retrouver en mer.

— J'accepterai n'importe quoi, maman, insista Lara. Je t'ai causé tellement d'ennuis ces derniers temps, et du chagrin aussi.

Fantou feignait de s'intéresser à la page de son livre d'histoire, où de petites images représentaient les rois de France. Elle posa son index sur le visage de l'un d'eux, qui ressemblait un peu à Erwan Cadoret.

« Papa ne revient pas, et lui, Erwan, il est devenu méchant. Maman pleure souvent, Lara aussi, songea-t-elle. Pourquoi ? »

La fillette revit encore une fois la scène qui la hantait, sa sœur se débattant sous le corps massif de leur soi-disant ami. Elle savait confusément ce que voulait faire Erwan et en éprouvait une terreur instinctive. Comme Lara, elle assimila cet acte de violence aveugle au crime commis à Erdeven.

Plus que jamais, Fantou envisagea de toute sa jeune âme une vie religieuse, entre les murs rassurants d'un couvent, d'où s'élèveraient ses prières pour sa mère et Lara, pour toutes les victimes d'un destin cruel. L'an prochain, au mois de mai, elle ferait sa communion solennelle. Cette perspective lui redonna du courage.

« Je porterai la robe de maman, elle m'a promis de la laver, de la blanchir et de la repasser, se réjouissait-elle. Comme je serai heureuse ce jour-là ! »

Locmariaquer, samedi 19 octobre 1946

Le vent soufflait si fort que Lara faisait de gros efforts pour pédaler. L'étroite route du Guilvin longeait la côte rocheuse, battue par les grandes vagues écumeuses de la marée montante. Mais rien n'aurait fait reculer la jeune femme, toute contente de son entretien avec Paul Tardivel. L'ostréiculteur avait tout de suite accepté de l'engager, car il manquait de personnel.

« Au moins, je ne travaillerai pas sur les parcs à huîtres du maire », se disait-elle.

La seule idée de savoir sa mère bien à l'abri dans leur maison, en compagnie de Fantou, la faisait sourire. Souvent, elle jetait sur la mer un regard amical, charmée de la voir grise, puissante, houleuse, sous un ciel nuageux.

— Tu ne me feras jamais peur ! cria-t-elle soudain, par défi.

Lara, cependant, avait toujours été très prudente quand elle naviguait, suivant en cela les leçons de son père, un excellent marin.

— Il y en a qui prennent des risques, murmura-t-elle en distinguant au loin un chalutier à la coque peinte en bleu et blanc.

Le bateau rentrait au port et, bien que ballotté par les vagues, il allait à bonne allure. Lara retint un soupir d'envie avant de freiner. Elle était arrivée devant un portail rouillé, ouvert sur une cour sablonneuse au fond de laquelle se dressait une bâtisse en planches, à droite d'une villa moderne aux volets bleu foncé.

Un gros chien blanc aboya lorsqu'elle descendit de vélo. Il tirait sur sa chaîne, en montrant des crocs jaunes. Une voix de femme, en provenance de la baraque, lui ordonna de se taire.

— Madame ! appela Lara. C'est bien ici, chez M. Odilon Bart ?

— Oui, à côté ! Il faut monter le perron et sonner plusieurs fois. Mon frère devient un peu sourd.

— Merci, madame.

Contre toute attente, la femme ne sortit pas au grand jour pour saluer la visiteuse. Lara, gênée, grimpa vite les marches en ciment.

« Qu'est-ce que je suis venue faire ici ? s'interrogea-t-elle. Je suis trop curieuse. Et si Éric Malherbe m'attendait, pour obtenir ce qu'il désire tant ? »

Mais elle sonna avec insistance, afin de se prouver que rien ne l'effrayait vraiment, ni l'océan ni certains hommes. Des pas lourds résonnèrent à l'intérieur, puis la porte s'entrebâilla sur un pittoresque personnage, vêtu d'un costume de velours côtelé fort défraîchi, sur une chemise rayée. L'homme, aux cheveux blancs et raides, devait avoir la soixantaine. Son regard brun était gai, très jeune, ce qui contrastait avec les rides profondes sillonnant son visage hâlé.

— Bonjour, mademoiselle. Lara Fleury, sans doute ?

— Oui, tout à fait. Bonjour, monsieur. Je viens de la part du maire.

— Je sais, je sais, entrez donc.

Elle le suivit dans une pièce à peine meublée dont la baie vitrée donnait sur la mer.

— Asseyez-vous, mademoiselle, proposa Odilon Bart.

Il était chaussé de bottes en caoutchouc. Lara resta debout, de plus en plus intriguée.

— Un drôle d'énergumène, votre maire, dit-il avec un rire muet. J'ai emménagé ici au mois d'août, je ne suis pas encore bien installé. Mais j'avais besoin d'une grosse barque, alors j'en ai acheté une en priorité. Je ne m'en sers pas beaucoup.

— Vous l'avez achetée à M. Malherbe, c'est ça ?

— Eh oui, parbleu ! Lui, il ne montera jamais en bateau.

— Si j'ai tout compris, vous êtes le nouveau propriétaire de la barque de mon père, dit Lara d'une voix nette. Je n'y peux rien et je ne comprends pas pourquoi le maire m'a envoyée chez vous.

— Moi, quand je vous regarde, je comprends mieux, ma petite demoiselle. Cet individu sans scrupule, un vrai forban, en pince pour vous, d'où l'arrangement qu'il m'a proposé. Ses sous, je n'en ai pas voulu, mais vous rendre service, ça, je n'étais pas contre. Il paraît que vous êtes une fine navigatrice, et il faut l'être sur une barque à voile. Ne vous en déplaise, j'ai équipé notre embarcation d'un moteur, c'est si pratique.

Stupéfaite, Lara eut une mimique d'incompréhension. Odilon Bart s'esclaffa :

— Quand vous aurez envie d'une balade en mer, ou la nécessité d'en faire une, je vous prêterai votre ancien bien, celui de votre père ! J'étais mareyeur à Quiberon, je connais un peu tout le monde dans le pays. Les Cadoret, Louis Fleury et votre grand-père, quand j'ai débuté, me vendaient de beaux lots de poissons[1].

Réconfortée, Lara n'avait entendu qu'une chose : elle pourrait de nouveau partir naviguer sur les eaux du golfe.

— Vraiment, vous feriez ça ? s'étonna-t-elle. Je vous remercie de tout cœur, monsieur Bart.

1. Un mareyeur est un grossiste, qui achète directement du poisson et des crustacés aux pêcheurs, pour les revendre ensuite.

— Attention, un jour pareil, je vous défendrai bien de sortir, la houle est mauvaise.

— Je ne ferai pas une telle erreur, affirma-t-elle, égayée. Mais si vous avez refusé l'argent du maire, je devrais peut-être vous payer.

— Dire que c'est moi le dur d'oreille ! selon ma sœur, blagua le sexagénaire. J'ai parlé de vous prêter la barque, il me semble. M. Malherbe est au courant de ma décision. C'est un bavard. D'après lui, vous auriez eu un grave accident de vélo parce que votre mère lui avait vendu votre bateau, et que vous étiez en colère.

— Oui, c'est la vérité, mais je me demande comment il est aussi bien renseigné.

— Par votre mère, bien sûr. Alors, sommes-nous d'accord, jolie demoiselle ?

Les larmes aux yeux, Lara serra la main qu'Odilon Bart lui tendait. Elle ne parvenait pas à réaliser sa chance.

— Merci encore, dit-elle d'une voix tremblante. Nous nous reverrons bientôt.

— J'y compte bien, répliqua-t-il. Surtout, ne vous inquiétez pas si ma sœur ne sort pas vous dire au revoir. Quand elle trafique des remèdes dans sa cabane, elle n'aime pas être dérangée.

— Pourtant elle m'a répondu, quand j'ai appelé.

— Bah, Rozenn est polie, enfin, ça dépend des jours. Je vous dis à bientôt, mademoiselle, j'ai le repas à préparer.

Elle sortit en contenant une envie de crier de joie. Depuis ses dix ans, elle accompagnait son père à la pêche. Louis Fleury l'emmenait souvent jusqu'à la petite île qu'il possédait. Là-bas, ils mangeaient des coquillages cuits à la braise, assis sur les rochers. Là-bas aussi, Olivier et Lara s'étaient aimés jusqu'au délire, infiniment heureux d'être seuls au monde et libérés de toute contrainte.

Dès qu'elle s'engagea dans la cour, le chien se remit à aboyer. Lara lui parla en vain, pour le calmer.

— Tais-toi, Nérée, ordonna Rozenn Bart, en poussant la porte en planches de la cabane. Tu vois bien que c'est une gentille fille, la demoiselle.

La femme se tenait dans le clair-obscur, mais Lara pouvait distinguer sa silhouette, son corps maigre vêtu de noir. Elle eut un choc au cœur, car la sœur du mareyeur avait le visage d'un rouge carmin, du front au menton, ce qui faisait paraître plus clairs ses yeux verts.

Saisie de panique, Lara fut incapable de lui adresser la parole. Elle prit la fuite.

Lara fit demi-tour au bout de cent mètres, honteuse de sa réaction. Elle regrettait d'avoir cédé à une frayeur insensée.

— Je dois présenter mes excuses à cette pauvre dame, qui a dû me prendre pour une idiote, se dit-elle tout bas.

Elle savait que des bébés pouvaient naître marqués de taches rouges ou de la couleur du café, en différents endroits du corps. Si le visage était atteint, les mères se désolaient autour du berceau, à la mesure du dommage irréversible infligé par le sort.

« Odilon Bart a été généreux avec moi, et très aimable, pensa-t-elle une fois devant le portail. Que va-t-il penser si sa sœur lui raconte la façon dont je me suis comportée ? »

Sa seule crainte était de ne plus trouver Rozenn Bart dans la cabane. Alors qu'elle s'avançait pour traverser la cour, le chien surgit de sa niche, mais il n'aboya pas. Lara atteignit la porte dont la peinture grisâtre s'écaillait. Elle frappa deux petits coups.

— Madame ? Je suis désolée, je voudrais vous parler, dit-elle.

On brassait des ustensiles en fer à l'intérieur, et de l'eau coulait. Elle toqua encore.

— Entrez, puisque vous avez eu le courage de revenir ! lui cria-t-on. Je lave des casseroles, tournez la poignée et poussez fort, les gonds sont grippés.

De toute évidence, Rozenn Bart ne lui en voulait pas. Lara suivit ses conseils et pénétra dans un véritable capharnaüm, où flottait une subtile odeur de thym infusé, mêlée à une senteur de sucre chaud.

— Il y a un tabouret quelque part, mademoiselle, cherchez-le, dit la femme sans la regarder.

Des gerbes d'herbes séchées étaient suspendues par des ficelles aux poutrelles en bois soutenant le toit de tôles. Partout, on avait empilé des caisses, des barils en fer. Une étagère était remplie de fioles, de bocaux.

— Je tenais à vous demander pardon, madame, déclara Lara d'un ton humble. Ce n'est pas ce que vous croyez.

— Ah, et qu'est-ce que je crois ?

— Je n'ai pas eu peur de vous… Disons que j'ai été surprise, à cause des hallucinations dont je souffre depuis une grave chute à vélo.

Rozenn lui fit face, en respirant un peu fort. Elle parut sans âge à Lara, qui fut impressionnée par son allure digne, l'éclat tragique de ses yeux verts. Un foulard noir, noué sur la nuque, cachait en partie sa chevelure brune, mais argentée à hauteur des tempes.

— C'est bien de votre part de me présenter vos excuses, peu de gens le font, après m'avoir observée comme une bête curieuse. Oh, j'ai l'habitude, ça date de ma petite enfance. Dieu ne m'a guère épargnée. Mais qu'y faire ? Je suis venue au monde ainsi.

— Vous avez dû beaucoup souffrir, hasarda Lara, qui osa enfin attacher son regard à la figure pourpre de Rozenn.

— Mon frère m'a protégée sa vie durant. Nous avons cinq ans de différence, c'est lui l'aîné. Il a refusé de se marier pour se consacrer à moi. Je n'ai jamais manqué de rien, grâce à son dévouement. Seigneur, où est passé ce tabouret ?

— Peu importe, je peux rester debout, madame.

Son hôtesse fit non de la tête. Elle déplaça une des caisses, l'indiqua à Lara, puis elle alla se pencher au-dessus d'un évier en métal, posé sur des montants en brique.

— Je faisais du sirop pour la toux, expliqua-t-elle. Odilon prend froid chaque hiver et je le soigne avec des plantes. Mais vous m'avez parlé d'hallucinations, ça dure depuis votre accident ?

Lara retint un soupir agacé. Éric Malherbe avait dû raconter ici et ailleurs ce qui lui était arrivé à la pointe de Kerpenhir, son séjour à l'hôpital et les soucis d'argent de sa mère.

— Madame Bart, je crains de vous blesser si je vous avoue ce que je vois, répondit-elle après un silence. Je me suis confiée à maman, au curé, ça ne m'a pas beaucoup aidée. En fait, j'ai la conviction que ce ne sont pas de véritables hallucinations, plutôt des visions.

Un sourire mélancolique étira les lèvres minces de Rozenn. Elle se releva, les mains tendues.

— Me permettez-vous de toucher votre front et la zone où vous avez été blessée ? demanda-t-elle.

— Oui, bien sûr ! Je pense être rétablie, même si j'ai parfois des migraines.

Lara sentit bientôt les doigts de la femme effleurer le haut de son crâne, puis l'arrière, en procédant par touches hésitantes. Enfin, deux paumes chaudes enveloppèrent ses joues. C'était très doux, apaisant. Elle eut envie de pleurer de soulagement.

— Votre corps est guéri, pas votre esprit, annonça Rozenn d'une voix rauque. Trop de tourments, de chagrins, de questions sans réponses. Il faut renoncer à vous battre, pour le moment. Vous n'avez pas assez de force, mais ça viendra. Ne luttez pas contre le courant, c'est épuisant, laissez-vous porter et, un jour, vous toucherez au but.

Ces paroles énigmatiques trouvèrent un écho dans le cœur de Lara. Elle en comprit le sens, néanmoins elle protesta :

— Je n'ai pas le temps, mon bonheur est en jeu. On accuse du pire celui que j'aime. Je dois prouver son innocence.

— Ce sera à lui de le faire.

Rozenn, sur ces mots, se réfugia au fond de la cabane. Lara se leva à son tour. Les traits enlaidis par la large tache de vin ne la rebutaient plus. Pleine de compassion, elle aurait voulu dire à cette malheureuse combien elle la plaignait.

— Je n'aurais pas été si vilaine que ça, sans les caprices du destin, ou de la nature, ajouta alors celle-ci. Quand je suis allée à l'école, j'étais la risée de la classe, ou bien on me traitait de petite sorcière. Mes parents m'ont gardée à la maison, Odilon s'est chargé de m'apprendre à lire, à écrire.

Plus tard, si je sortais, je faisais fuir les passants, quant aux garçons de mon âge, ils détalaient en se moquant.

— Et j'ai réagi aussi bêtement, déplora Lara. Je dois vous dire pourquoi, ne m'en veuillez pas, je vous en prie.

Très vite, tout bas, elle évoqua la femme au visage voilé d'une étrange brume rougeâtre, qui semblait la poursuivre ou tenter de la guider.

— Je suis ridicule d'y attacher de l'importance, conclut-elle, gênée par son aveu.

— Non, je comprends mieux ce qui vous a troublée, affirma Rozenn. La coïncidence est surprenante, comme le prénom que m'a donné ma mère, paix à son âme ! Quand on m'a mise dans ses bras, juste après l'accouchement, elle a vu l'infirmité qui me défigurerait à jamais. Elle m'a embrassée, en disant à tous que je serais baptisée Rozenn, soit Rosa, en français. Elle me comparait à une fleur, sans doute pour vaincre sa peine.

— C'est une belle preuve d'amour, dit Lara, au bord des larmes.

Elles se sourirent, toutes deux émues par les confidences échangées.

— Si vous revenez, mademoiselle, n'hésitez pas à me rendre visite, maintenant que nous avons fait connaissance, implora presque Rozenn. Et, surtout, n'ayez pas peur de cette apparition. Malgré son aspect inquiétant, je suis sûre qu'elle ne vous veut aucun mal.

— Je vous remercie, madame. Je reviendrai le plus tôt possible, mais il faudra m'appeler Lara.

— C'est entendu. Au revoir, Lara. Dieu vous a offert la beauté, un cadeau à double tranchant. Soyez prudente, mon enfant.

Lara approuva d'un signe de tête. Sur le chemin du retour, elle eut une pensée pour Éric Malherbe. Il avait ses défauts, mais, sans son message, elle n'aurait pas rencontré Rozenn et Odilon Bart. Chacun, à sa manière, lui avait insufflé une précieuse espérance.

Locmariaquer, mardi 17 décembre 1946

Des bourrasques glaciales s'engouffraient sous le hangar où les employés de Paul Tardivel triaient les huîtres selon leur calibre, sur de larges tables en fer.

C'étaient en majorité des femmes, chaudement vêtues, équipées d'un tablier en épaisse toile grise.

— J'ai les doigts gelés, se plaignit l'une d'elles. Tout ça pour que les riches Parisiens se régalent pendant les fêtes !

Lara, concentrée sur son ouvrage, esquissa une grimace. Elle avait également les mains engourdies, malgré les gants en laine qu'Armeline lui avait tricotés.

— Le patron expédie les premières bourriches demain matin, précisa un homme qui les surveillait, une cigarette au coin de la bouche. Il faut s'activer !

Le travail consistait à ranger dans des casiers les huîtres les plus petites, qui seraient remises sur les parcs, mais aussi de laver celles dont la taille convenait pour une consommation les jours suivants.

— J'en ai ma claque, enragea celle qui avait fait allusion aux clients fortunés de la capitale. En plus, ça coupe, les bords de coquille.

— Si le boulot ne vous convient pas, vous serez vite remplacée, rétorqua le contremaître.

Cette fois, Lara releva le nez. Elle aperçut une jeune femme corpulente qui se cambrait, les poings derrière les hanches. Tout de suite, elle constata son état.

« Elle est enceinte ! Ce doit être pénible de rester debout du matin au soir, par ce froid, en plus. »

Pourtant le calme revint, émaillé par la rumeur de discussions à voix basse. L'odeur des algues, de l'eau de mer, plaisait à Lara. Après bientôt deux mois, ce dur labeur lui apportait une réelle satisfaction, celle du devoir accompli.

« Maman peut passer ses journées tranquille à la maison, se disait-elle. J'ai récupéré un vélo chez monsieur Odilon, pour Fantou, elle s'en sert pour aller à l'école. Et je gagne plus d'argent ici qu'en vendant quelques homards. »

Armeline semblait contente, elle aussi. Une période de paix relative s'était amorcée, après les incidents du mois d'octobre. Erwan Cadoret, obéissant à son père, était reparti pour Saint-Malo, en pleine reconstruction. Donatienne et Éric Malherbe avaient prêté peu d'intérêt à la démission de « cette pauvre Mme Fleury », comme ils la dénommaient. Mais le maire n'avait pas tenté une nouvelle visite.

Perdue dans ses pensées, Lara sursauta quand une sonnerie métallique annonça la pause de midi. Un brouhaha s'éleva aussitôt, tandis que le personnel se dirigeait vers un autre hangar où Paul Tardivel avait aménagé un réfectoire assez sommaire. On pouvait y manger sur des tables le repas, bien souvent frugal, apporté dans des cantines ou des paniers.

— Encore quatre jours à tenir, après c'est dimanche. Je ne ferai que dormir, on ne me sortira pas de mon lit, affirma une voix féminine derrière Lara.

— Tu ferais mieux d'y passer les derniers mois, Tiphaine, répliqua une autre fille, à l'accent vendéen. Comme ça, tu ne nous casseras plus les oreilles avec tes jérémiades.

— Si tu étais dans mon état, Béatrix, on t'entendrait aussi te plaindre !

— Mazette, ça n'risque pas de m'arriver, je n'couche pas avec n'importe qui.

— Répète un peu !

Une querelle couvait, qui perturberait l'instant bienfaisant du déjeuner. Lara se retourna vivement, afin de raisonner ses deux collègues.

— Allons, ça ne sert à rien de vous chamailler, déclara-t-elle de sa voix au timbre suave. Noël approche, il faut se montrer bon et patient envers les autres. Le Christ nous a enseigné l'amour de son prochain.

À sa grande surprise, la jeune femme enceinte éclata en petits sanglots enfantins. Béatrix s'éloigna avec une moue dédaigneuse.

— Je n'en peux plus, gémit Tiphaine Jouannic. Papa m'a obligée à venir travailler ici, parce que la coiffeuse chez qui je faisais mon apprentissage m'a renvoyée.

— Viens déjeuner à côté de moi, proposa Lara, en la tutoyant d'emblée, touchée par sa détresse.

Dix minutes plus tard, Tiphaine avait raconté son histoire à Lara, non sans renifler et grignoter une tranche de pain beurrée. Elles s'étaient installées sur une petite table, au fond du hangar.

— John n'a pas répondu à ma lettre, je n'ai plus d'espoir, dit-elle en conclusion. Il se fichait bien de moi. Ma tante Loïza s'est déplacée pour rien jusqu'à la base américaine.

— Pas tout à fait, tu as l'adresse de cet homme, il faut envoyer un autre courrier, commenta Lara. Imagine s'il n'a rien reçu.

— Tu es gentille, mais mon père me serine que je ne suis pas la première à m'être laissé embobiner par un GI. Tu veux voir sa photographie ?

— Oui, pourquoi pas.

Fébrile, Tiphaine extirpa de la poche de sa veste en laine un carré de papier rafistolé avec du ruban adhésif. Elle le tendit précautionneusement à Lara. Le major Russel était un beau garçon, cependant elle s'intéressa surtout à l'image de la jeune femme, qui était beaucoup plus à son avantage sur le cliché.

— J'étais coquette, à l'époque, ça plaisait à John. Là, je n'ai plus de goût à rien. Je voulais me teindre en blond platine, comme Jean Harlow, une actrice américaine qui jouait dans *La Belle de Saïgon.* J'ai vu le film il y a deux ans.

Apitoyée, Lara considéra les cheveux châtain clair rangés sous un bonnet de laine, le visage bouffi de Tiphaine, son teint cireux.

— Tu te sentiras sûrement mieux quand tu auras accouché, suggéra-t-elle. Et tu pourras redevenir coquette.

— Pour qui ? Tu ne sais pas la meilleure ! Mon père s'était mis dans la tête que je devais me marier avec un ami d'enfance, Malo Guégan. Il a osé aller lui parler, en octobre, et, crois-moi, il lui a tout dit sur moi, sur John, même pour le bébé. Eh bien, figure-toi que ce crétin de Malo était d'accord, il voulait m'épouser !

— Ne parle pas de lui comme ça, il doit t'aimer sincèrement, sinon il aurait refusé ! s'indigna Lara.

— Je n'avais pas envie de devenir la femme d'un gendarme d'Erdeven, d'habiter là-bas. Et même, une fois que l'enfant sera né, j'aurais dû passer à la casserole, ça non, je ne pourrais pas. Malo me déplaît. Heureusement, ma tante a pris ma défense.

Lara différa sa réponse, affamée. Fantou lui avait préparé une salade de pommes de terre aux oignons, mais elle n'avait pas osé y toucher pendant que Tiphaine lui confiait ses malheurs.

— La pause sera bientôt finie, dit-elle en matière d'excuse.

— Tu as de la chance, moi je n'avais qu'un œuf dur et du pain.

— Prends-en un peu, si ça te fait envie.

— Toi alors, tu es vraiment une chic fille. Je t'avais remarquée, parce que tu es jolie et bien élevée, mais je te croyais fière.

— Non, j'ai tendance à être réservée. Tu sais, moi aussi j'aime quelqu'un. Il se dit proscrit, pourtant je suis certaine qu'il n'a rien fait de mal. Il y a trois semaines, j'ai enfin pu sortir en mer pour essayer de le retrouver.

— Tu navigues, toi ? s'étonna Tiphaine, la bouche pleine.

— Mon père m'a tout appris, affirma Lara d'un air rêveur. Je me sens tellement bien en bateau. Tenir la barre, explorer le golfe. Je vais sur mon île, une très petite île, mais où j'ai l'impression d'être libre et vraiment chez moi.

— J'aurais peur, à ta place. Dans ma famille, on n'est pas des marins. Mes grands-parents cultivaient la terre. Mais je n'en reviens pas ! Montre tes mains, elles ne sont pas abîmées.

Amusée, Lara laissa Tiphaine examiner ses doigts, ses paumes lisses et roses.

— Comment fais-tu ? Les miennes sont gercées et sèches, j'ai même des crevasses sous les ongles, à cause de ces maudites huîtres, enragea Tiphaine.

— Une dame très sympathique m'a confectionné une pommade, en me conseillant d'en mettre chaque matin, expliqua Lara.

Elle songea à Rozenn Bart. Elle lui avait déjà rendu plusieurs visites.

— Il m'en faudrait, est-ce que ça coûte cher ?

Une sonnerie discordante empêcha Lara de répondre. Vite, elle rangea sa gamelle, tandis que Tiphaine ronchonnait :

— On pourrait avoir un quart d'heure de plus ! Je ne tiendrai pas longtemps, j'ai mal aux reins et au dos.

Lara lui adressa un sourire désolé. Elle l'aida à se relever en cherchant comment la réconforter.

— Demain, j'apporterai mon pot de pommade, tu pourras t'en passer sur les mains, proposa-t-elle.

— Et tu me diras à quoi ressemble ton amoureux !

— Peut-être. Allons, du courage.

Tout l'après-midi, elles travaillèrent côte à côte, mais sans trop discuter, en raison du bruit ambiant. Il faisait nuit lorsque le personnel de l'exploitation Tardivel quitta le grand hangar dévolu au tri des coquillages. Lara rentrait à vélo, mais Tiphaine devait attendre son père.

— Tu veux bien rester un peu avec moi, Lara ? supplia-t-elle. Je suis contente qu'on ait fait connaissance. J'ai trouvé ça moins pénible, grâce à toi.

— Je peux te tenir compagnie juste quelques minutes, si je tarde, maman s'inquiétera. J'ai failli te le dire tout à l'heure, en fait je t'avais déjà vue. C'était au lycée d'Auray, dans la cour, mais nous n'étions pas dans la même classe.

— Ah, pourtant je ne me souviens pas de toi. C'est comme cette pauvre Madalen, j'ai mis un petit moment à la reconnaître quand on l'a découverte dans le dolmen, John et moi.

Lara fit enfin le rapprochement entre sa collègue et le patronyme qui figurait dans un article de journal, où l'on évoquait avec grandiloquence l'assassinat de la jeune fille, native de Pluneret.

— C'était toi, alors, murmura-t-elle. Je suis désolée, je n'avais pas fait le rapprochement.

— Ne sois pas désolée, tu ne pouvais pas deviner, et puis j'évite d'en parler. Tiens, Béatrix, celle qui s'est fichue de moi à midi, elle m'en a posé, des questions. Le patron aussi. Je peux te dire que c'était affreux, j'en ai encore des cauchemars.

Un frisson courut le long du dos de Lara. Elle eut un élan de sympathie envers Tiphaine, en la prenant par l'épaule. Sa verve un peu gouailleuse, ses mimiques exagérées n'occultaient pas la profonde tristesse qui la rongeait.

— Je te plains de tout mon cœur, Tiphaine, lui dit-elle. J'espère que tu auras des nouvelles de John, aie confiance.

Une voiture noire approchait. Ses phares jaunes les éblouirent un instant, puis le conducteur se gara. Goulven Jouannic en descendit, penché en avant comme pour repousser les assauts du vent.

— C'est mon père, la brute au grand cœur, comme le surnomme en douce ma tante Loïza, chuchota Tiphaine. Au revoir !

Lara la regarda trottiner sur le goudron luisant d'humidité. Elle songea soudain à Olivier avec une douloureuse acuité.

« Il aurait pu m'arriver la même chose, me retrouver enceinte et sans nouvelles de l'homme que j'aime. Dieu soit loué, j'ai été épargnée. »

Une autre pensée lui vint, terrifiante. Elle aurait pu être la victime du criminel, être cruellement fauchée en pleine jeunesse.

« Madalen, Tiphaine et moi, nous avons le même âge. »

Jamais Lara ne roula aussi vite que ce soir de décembre, tenaillée par la peur de croiser la route du meurtrier.

Vannes, même soir

Les deux hommes se faisaient face. L'un fumait, le second tapait sur une machine à écrire, une Underwood, de fabrication américaine. Des volutes bleutées emplissaient le petit local où ils se trouvaient. Le bruit saccadé de la frappe mécanique ponctuait les phrases dictées par un troisième personnage, debout dans l'angle le plus sombre de la pièce, éclairée seulement par une lampe dite de banquier, à l'abat-jour vert, au pied en laiton.

Quand la missive fut terminée, le dactylographe occasionnel fit sortir la feuille, qu'il replia avec soin, avant de la glisser dans une enveloppe.

— Allez-y ! lui ordonna-t-on. Un peu de venin échauffera les esprits, il est temps.

Peu après, le planton qui gardait l'entrée du commissariat de Vannes vit approcher un individu en imperméable, le col relevé, le chapeau dissimulant son front. L'inconnu lui remit une enveloppe, puis il disparut à l'angle d'une rue voisine.

Commissariat de Vannes, même soir

L'inspecteur Nicolas Renan achevait de trier les paperasses qui encombraient son bureau. Le samedi précédent, il avait réussi à arrêter un des responsables du cambriolage ayant causé la mort d'un vieil homme.

— Une affaire vite bouclée, le type va nous livrer le nom de son complice, se dit-il à mi-voix.

Le commissaire Urvois avait daigné le féliciter, avant de lui rappeler son échec sur le terrain pour le crime d'Erdeven.

— J'aurais voulu l'y voir, maugréa-t-il.

Trois mois s'étaient écoulés, cependant le policier restait obsédé par la vision de Madalen Le Goff, exsangue, étendue sous une clarté crue, dans la chambre froide de la morgue. Souvent, pour se libérer de ce sinistre tableau, il pensait à Loïza Jouannic. Le désir s'éveillait en lui, lancinant.

Un de ses adjoints approcha, son imperméable sur le bras, son chapeau à la main.

— Je m'en vais, inspecteur, mes beaux-parents viennent dîner ce soir. Si je suis en retard, ma petite femme me servira la soupe à la grimace.

— Un problème que les célibataires de mon genre n'ont pas, plaisanta Renan. Bonsoir, Ligier !

— Tenez, on a donné un courrier pour vous au planton ! À demain.

L'enveloppe en papier kraft n'avait pas été timbrée et seul son nom figurait dessus. Le policier suspecta immédiatement une quelconque dénonciation. Pendant la guerre, il avait pu se faire une idée de la facilité de ses concitoyens à livrer des Juifs ou à accuser tel ou tel voisin des pires méfaits.

Cette fois, le message écrit à la machine était un peu différent, mais il le fit tressaillir de stupeur.

Inspecteur Renan, avez-vous vérifié l'alibi d'Erwan Cadoret, marin-pêcheur à Locmariaquer, et celui d'Olivier Hamon, fervent milicien sous l'Occupation ?

Il relut plus lentement, attentif à chaque mot. Sa colère fut prompte à éclater. Son adjoint, qui sortait, l'entendit jurer. Il fit demi-tour, intrigué.

— Bon sang, je ne pouvais pas interroger tous les types du Morbihan ! tempêtait Renan. Ligier, connaissez-vous un patelin appelé Locmariaquer ?

— Oui, inspecteur, ce n'est pas loin d'Erdeven, où le patron vous avait envoyé ! Il y a un port.

— Je m'en doute, si on me lâche le patronyme d'un marin-pêcheur. Qui m'a fait passer ça, ici, à Vannes ? Demain matin, venez à la première heure, Ligier. Je veux tous les renseignements sur ces deux types et un relevé des empreintes sur l'enveloppe et la lettre. Quand vous descendrez, envoyez-moi le planton. Il me décrira le commissionnaire.

— Bien, inspecteur, si vous voulez, je peux rester ce soir.

— Ce n'est pas la peine, rentrez chez vous.

Dès qu'il se retrouva seul, Nicolas Renan déplia une carte du département. En l'étudiant deux minutes, il se reprocha de ne pas avoir poussé ses investigations jusqu'à Locmariaquer. Ensuite, agacé, il fixa la feuille de papier posée devant lui. Il estimait le procédé employé détestable, mais il éprouvait un début d'exaltation.

— Le patron va relancer l'enquête, j'ai de fortes chances d'être expédié là-bas, et peut-être de revoir la belle Loïza.

De s'entendre énoncer à voix haute ce prénom le troubla. Il allumait une cigarette lorsque le planton se présenta.

6

Sur les eaux du golfe

Locmariaquer, chez Rozenn et Odilon Bart, dimanche 22 décembre 1946

Lara tirait de toutes ses forces sur le timon de la remorque, dont les roues striaient le sable humide. Elle aidait Odilon Bart avec une joyeuse énergie. Ils n'étaient pas trop de deux pour amener la barque jusqu'à l'eau mousseuse qui venait recouvrir la petite plage après chaque vague.

— Ne pars pas très longtemps, la mer est calme aujourd'hui, mais il faut se méfier, le vent peut tourner, lui recommanda le retraité. Je t'ai vue à l'œuvre la semaine dernière, quand nous sommes allés à la pêche. Tu es une championne pour barrer mais ça ne suffit pas toujours. Je t'aurais bien accompagnée cette fois encore.

— Ne vous en faites pas, monsieur Odilon, je vais relever mes casiers et je rentre, assura Lara.

J'espère rapporter des homards pour le dîner de Noël. Et chez Tardivel, tout le personnel a eu le droit de prendre des huîtres. Je suis contente, maman les adore.

— Et tu ne nous as pas oubliés, ma sœur et moi. Bon, ne perds pas de temps ! Tu as compris comment démarrer le moteur ?

— Oui, et c'est vraiment plus pratique pour naviguer qu'à la voile. Je ne vous remercierai jamais assez, monsieur Odilon.

— Bah, c'est notre maire que tu devrais remercier, répliqua-t-il en lui adressant un clin d'œil complice. Allez, à la prochaine grosse lame, tu pourras partir.

— D'accord, approuva Lara, radieuse.

Elle était habillée d'un vieux pantalon en toile épaisse qui appartenait à son père et d'un pull en laine bleu marine. Coiffée d'un bonnet de laine, on aurait pu la prendre pour un garçon sans la finesse de ses traits et la longue natte qui ornait son dos.

— Ne craignez rien, insista-t-elle.

Rozenn Bart apparut alors au sommet de la dune, enveloppée d'un châle bariolé à franges. Le regard de Lara fut comme happé par sa silhouette sombre. À cette distance, sous le ciel gris, on aurait pu croire qu'un voile rouge brouillait son visage.

— Voilà ta vague ! s'égosilla Odilon. On pousse un bon coup et tu démarres dès que tu t'es un peu éloignée. Lara, tu m'écoutes, au moins ?

— Oui, pardon !

La jeune femme se ressaisit et fit le nécessaire, malgré les battements désordonnés de son cœur.

« J'ai cru avoir encore une hallucination, moi qui n'en avais plus depuis des semaines, se raisonna-t-elle. Je suis sotte, ce n'est qu'une coïncidence. Rozenn est tellement gentille. »

Lara oublia vite l'incident. Elle était de nouveau sur les eaux vertes et puissantes du golfe du Morbihan, seule à bord de son ancien bateau, grâce à la générosité d'Odilon Bart et, elle en était consciente, grâce aussi à la discrète complicité d'Éric Malherbe.

Le bruit du moteur couvrit les exclamations exaltées qu'elle lança vers le ciel, en riant de bonheur.

— Merci mon Dieu, merci saint Pierre ! Et merci, monsieur le maire, pour m'avoir envoyée chez des gens comme Rozenn et Odilon Bart ! Surtout un grand merci de ne pas être revenu me voler un baiser ! J'ai déjoué votre plan, vous ne pouvez plus profiter de l'absence de ma mère pour tenter de me séduire. Il paraît que vous avez trouvé une autre proie à traquer !

Elle se tut un court instant, égayée, se moquant un peu d'elle-même et de ses discours que seules les mouettes pouvaient entendre. La plage rapetissait, réduite à un étroit cordon de couleur bistre, au loin.

— Je suis libre, libre ! hurla-t-elle tout en maintenant la barre à pleines mains. Si tu me voyais, maman ! Merci à toi aussi, ma chère petite mère !

Armeline s'était résignée quand Lara lui avait parlé d'Odilon Bart, désormais propriétaire du bateau de son mari, et du tour de passe-passe mis au point par le maire.

— Cette famille Bart, de Quiberon, a toujours eu une bonne réputation, avait-elle déclaré. Mon grand-père les estimait. Je te permets de sortir en mer, si ce monsieur Odilon t'accompagne.

— Pardon, maman, j'ai réussi à partir seule ce matin, ajouta Lara, en décidant d'avouer la vérité le soir même.

D'ici là, elle s'abandonna à l'ivresse de respirer l'air vif au parfum iodé, de savourer le choc des vagues contre la coque. La jeune femme se dirigeait droit vers l'îlot rocheux qui appartenait aux Fleury depuis deux générations. Le golfe du Morbihan en comptait des dizaines.

Elle distingua bientôt les bouées en liège, peintes en bleu et en orange, qui signalaient l'emplacement de ses casiers. Décembre n'était pas la meilleure saison pour prendre des homards, mais Lara avait tenté sa chance. Beaucoup plus loin, se devinait un bout de terre battu par les caprices de la marée haute.

— J'irai une autre fois, se dit-elle.

La robuste barque affrontait vaillamment la houle de plus en plus forte, se levant puis s'abaissant. Souvent éclaboussée, poissée par les embruns, Lara n'éprouvait aucune peur, juste une intense jubilation.

— Maintenant, la surprise, murmura-t-elle. Que valaient les *boëttes*[1] de monsieur Odilon ?

Elle coupa le moteur et laissa dériver le bateau qui tanguait. Debout, les pieds calés afin de bien garder l'équilibre, il lui fallait remonter ses pièges, lestés par un anneau en granit.

— Es-tu fier de ta fille, papa ?

La question posée au disparu fut emportée par une soudaine rafale. Lara scruta l'épais rideau de nuages. La mer avait pris une teinte plus sombre. Elle se hâta de relever ses casiers.

— J'en ai pris cinq, c'est mieux que rien. Je pourrai en offrir deux aux Bart, ils les mangeront le soir du réveillon.

Assise au fond de l'embarcation, Lara observait les crustacés d'un noir bleuté aux longues et larges pinces. Ils étaient tous d'une taille convenable.

— Eh bien, je n'ai plus qu'à rentrer, déplora-t-elle, en rêvant d'aller jusqu'à son île.

Un coup de vent tourbillonnant l'alerta. Une lame violente frappa le bateau, suivie aussitôt d'une autre. Lara avança vers la barre, penchée en avant. Un regard vers le sud la renseigna. Du

1. Nom donné dans l'Atlantique à l'appât placé dans un casier à crustacés.

côté de la passe entre la pointe de Kerpenhir et la presqu'île de Rhuys, qui ouvrait sur la baie de Quiberon, des nuées couleur de plomb grossissaient de minute en minute.

— Un grain à l'horizon, ça va secouer, dit-elle sans s'affoler.

Pourtant elle s'empressa de redémarrer le moteur et de virer de bord, afin de prendre la direction opposée aux nuages de pluie qui menaçaient. Quand un appel désespéré lui parvint, la jeune femme douta de sa réalité.

« C'était peut-être un cri d'oiseau, se dit-elle en scrutant la mer autour de sa barque. Ou un dauphin. »

Lara aurait dû regagner la côte au plus vite, mais elle en fut incapable. Un pressentiment l'assaillait. Elle avança au ralenti, attentive au moindre détail insolite. Enfin, une tache de couleur brune et beige lui apparut, dans le creux formé par deux grosses vagues.

— Il y a quelqu'un… Je vois des bras, une tête.

Elle n'hésita pas une seconde. C'était la règle en mer de se porter au secours d'un naufragé, même au mépris de sa propre vie. Après une habile manœuvre, Lara se rapprocha du corps en apparence inerte.

— C'est un homme, il a été blessé, murmura-t-elle, effarée.

L'inconnu semblait à bout de forces, cependant il vivait encore et c'était sûrement lui qui avait appelé au secours. Un linge détrempé, mais maculé de sang, entourait son front.

— Monsieur, appela-t-elle. Courage, je vais vous aider…

La voix de Lara baissa douloureusement, puis elle se pencha par-dessus bord, les bras tendus.

— Olivier ! Réponds-moi, Olivier ! Seigneur, qu'est-ce qu'on t'a fait ?

Sainte-Anne-d'Auray,
café-restaurant des Pèlerins, même jour

Loïza Jouannic paraissait très mal à l'aise, installée à une table d'un établissement où elle n'était jamais entrée, de surcroît assise en face de l'inspecteur Renan. Il l'avait convoquée là par le biais d'une lettre. Elle fixait le policier d'un air anxieux.

— Ne vous tourmentez pas, madame, dit-il d'un ton aimable. Je tenais à vous rencontrer en dehors de votre maison, de vos proches parents.

— Je cherche en vain pourquoi, depuis que j'ai reçu votre courrier, répliqua-t-elle avec dignité.

— Vous m'avez l'air d'une personne sensée, qui ne se laisse pas influencer, aussi votre avis m'intéresse, au sujet d'un élément nouveau dans l'enquête que j'ai menée dans la région, il y a trois mois, précisa-t-il. Que voulez-vous boire ?

— Rien, monsieur. Vous me mettez dans une situation très pénible. Que penseront les gens de ma paroisse, s'ils me voient attablée avec un étranger ?

— Allons, la moitié de la population sait qui je suis, de Sainte-Anne à Erdeven. J'étais aux obsèques de Madalen Le Goff, je me suis rendu plusieurs fois à Pluneret.

Il but une gorgée du café au lait qu'on lui avait servi pendant qu'il attendait Loïza.

— On se demandera pourquoi vous me rencontrez ici, et non chez moi. C'est ce que j'essaie de vous faire comprendre, ajouta celle-ci.

— Et alors, nous aurions pu sympathiser et être heureux de nous revoir, hasarda-t-il, un peu gêné d'être aussi direct.

Elle le dévisagea un court instant. Nicolas Renan lui présentait un physique ordinaire, mais il affichait une attitude désinvolte qui la fascinait, comme son élégance de citadin aisé.

— Parlez-moi tout de suite, exigea-t-elle. J'ai promis à ma belle-sœur de rentrer avant midi. Je consacre beaucoup de temps à ma nièce et au petit Luc.

L'inspecteur, très nerveux, alluma une cigarette. Il n'avait pas à faire cette démarche, encore moins à informer la belle Loïza de ce qui le tracassait. Mais cette femme l'obsédait et il avait trouvé ce moyen pour la revoir.

— C'est simple, commença-t-il. On m'a adressé un message, anonyme évidemment, en le confiant à l'agent qui garde l'entrée du commissariat. Ce dernier m'a décrit le porteur du courrier, mais ce n'était qu'un gars payé pour ça, une seconde main, si vous préférez. Il sera difficile de le retrouver pour qu'il nous mène à l'homme à l'origine de la dénonciation, car c'en est une.

— Tout cela ne me concerne en rien, inspecteur.

— Je vous l'accorde, mais il en est autrement des noms qu'on m'a jetés en pâture. Peut-être connaissez-vous les individus en question ?

Renan regarda autour de lui, une déformation professionnelle, puis il sortit une feuille de papier de la poche de son veston. Il eut un léger sourire en pensant à son supérieur, le commissaire Urvois, qui serait furieux s'il assistait à la scène.

— Ces noms ne me disent rien, et ce sont des patronymes fréquents en Bretagne, trancha Loïza, son sac à main sur les genoux, toujours vêtue de son imperméable beige, prête à se lever.

— C'est surprenant. Erwan Cadoret habite à Locmariaquer. Il est allé au lycée à Auray, comme votre nièce.

— C'est le cas de beaucoup de jeunes du pays, inspecteur.

— J'ai rendu visite à son père. D'après lui, son fils travaille en ce moment à Saint-Malo, que l'on reconstruit en toute hâte. Les bombardements ont fait beaucoup de dégâts sur le littoral. Mais je n'aurai pas à faire le déplacement, Erwan Cadoret rentre ce soir dans sa famille pour les fêtes.

Loïza, à ce mot de « fêtes », se radoucit. Son air sévère fut égayé d'un petit sourire.

— Et vous, inspecteur, comptez-vous passer Noël ici, seul dans une chambre d'hôtel ? s'enquit-elle.

— Mes parents vivent à Rouen, j'ai prévu de les rejoindre mardi soir, mais tout dépendra de ces deux hommes. Je verrai Cadoret demain matin. Quant au second, mon adjoint a trouvé des choses intéressantes sur lui.

Exaspérée, Loïza jeta un coup d'œil sur sa montre. Renan en fut déçu. Il espérait beaucoup de ce rendez-vous en tête à tête, avec la prétention innée de certains hommes. Comme elle lui plaisait, il pensait la séduire aisément.

— Menez votre enquête, inspecteur, décréta-t-elle d'un ton poli. Vous faites votre métier. Le mien, c'est d'être auprès de mes proches. Ma belle-sœur est fiévreuse, elle tousse beaucoup, ma nièce a pris froid elle aussi et garde le lit. Son père l'a obligée à travailler dans des conditions pénibles, alors qu'elle est enceinte.

— Vous parlez de Tiphaine ? s'étonna-t-il.

— Oui, je n'ai pas d'autre nièce. Elle attend un enfant de ce GI, John Russel. Goulven ne décolère pas. L'atmosphère se fait pesante, à la maison. Est-ce que je peux m'en aller, à présent ?

Le policier lâcha un « oui » dépité, avec une moue assortie. Son expression vexée eut le don d'amuser Loïza.

— Vous l'avez dit vous-même, je suis une personne sensée, qui ne se laisse pas influencer, murmura-t-elle, en se penchant un peu vers lui. J'ai également une certaine expérience à propos des messieurs souhaitant m'entraîner sur une pente où je refuse de glisser. Je me destinais au couvent, mais le prêtre de notre paroisse m'a indiqué une autre voie, servir ma famille. Ce que vous aviez à l'esprit en cherchant à me revoir ne m'intéresse pas du tout. Et si cela m'intéressait, vous ne seriez pas à mon goût. Je vous dis au revoir, inspecteur. Quand vous aurez vraiment besoin de m'interroger, convoquez-moi à la gendarmerie.

Renan était démasqué, humilié aussi. Il la salua d'un signe de tête, mais elle lui tendit la main qu'il serra nerveusement. Au seul contact de ses doigts tièdes, de sa paume douce, il éprouva un trouble sensuel.

« Quel imbécile je fais ! songea-t-il. Il faut qu'une aussi belle femme soit très pieuse. Je n'avais aucune chance. »

Golfe du Morbihan, même jour, même heure

Au prix de terribles efforts, Lara avait réussi à hisser le corps d'Olivier dans la barque. Tremblante d'épuisement, elle s'était laissée tomber près de lui, tout en le serrant encore dans ses bras.

— Je t'en prie, dis-moi quelque chose, supplia-t-elle.

Elle ne pouvait même pas se réjouir de l'avoir retrouvé, trop affolée par son état léthargique. Il semblait prêt à expirer.

— Réveille-toi, par pitié, gémit-elle.

La tête sanguinolente de son amant pesait au creux de son épaule. Ils étaient comme naguère, étroitement enlacés, mais sous une pluie battante, glaciale, sur une mer déchaînée qui se jouait de l'embarcation à la dérive.

— Que puis-je faire? se demanda Lara à mi-voix. Il faudrait un médecin. Mais où aller?

Olivier s'était confié à elle, au cours de l'été. Il avait un air dur lorsqu'il évoquait l'attitude des gens de Locmariaquer.

— Ce printemps, juste après notre rencontre, on m'a signifié de décamper, lui avait-il dit. Un peu plus, on brûlait mon voilier amarré dans le port. Si je dois m'acheter des provisions, je vais jusqu'à Saint-Pierre-de-Quiberon, où personne ne fait attention à moi.

Une lame secoua le bateau, se brisa sur le rebord et y déversa une eau bouillonnante. Trempée, Lara étreignit plus fort Olivier. Elle imagina un court instant qu'ils pourraient mourir ensemble et ne plus jamais être séparés. Cependant sa nature combative reprit vite le dessus.

Avec d'infinies précautions, elle écarta le jeune homme pour l'installer de son mieux, quittant sa veste en lainage qui servit d'oreiller. Elle entreprit ensuite de retourner à la barre et de démarrer le moteur.

— Ne me ramène surtout pas chez toi, ils me tueront, entendit-elle soudain.

Lara tressaillit de joie. Elle aimait tant la voix d'Olivier, grave, sonore, bien timbrée. Il chantait à merveille pour elle, quand il la rejoignait sur son île, leur île.

— Olivier, *ma faotrig koant*[1] !

La première fois qu'elle l'avait appelé ainsi, il s'était mis à rire sans comprendre, car il ignorait tout de la langue bretonne. Elle lui caressa la joue, tandis qu'il clignait un peu des yeux, gêné par le déluge.

— Lara, je n'ai pas rêvé, c'est toi, articula-t-il péniblement.

— Mais oui, je suis là, n'aie pas peur. Je vais te mettre à l'abri.

Elle se pencha davantage et l'embrassa sur la bouche. Il exhala un soupir comblé, avant de la regarder.

— J'étais revenu pour toi, Lara, chuchota-t-il.

Il replongea dans une demi-inconscience, les paupières mi-closes. Lara ne vit plus qu'une

1. « Mon beau chéri », en langue bretonne.

solution. Elle solliciterait l'aide d'Odilon Bart et de sa sœur.

« Rozenn pourra le soigner, se dit-elle, pleine d'espoir. Je n'ai qu'à cacher son identité, si par malheur eux aussi étaient au courant des accusations qui pèsent sur lui. Seigneur, sauvez-le, veillez sur nous ! On l'a frappé, j'en suis sûre. »

Rozenn et Odilon Bart guettaient le retour de Lara, tous deux très inquiets. Ils se tenaient par le bras, sous un grand parapluie noir. Les vagues se brisaient à quelques mètres de leurs pieds, dans un déferlement grondeur.

— Je lui avais pourtant recommandé d'être prudente, de ne pas s'attarder, marmonna le retraité. S'il lui arrive malheur, qu'est-ce que je dirai à sa pauvre mère ?

— Lara va rentrer, Odilon, j'en suis certaine. Tu me répètes sans cesse qu'elle navigue d'instinct, que c'est un don chez elle.

— Quel vieux benêt tu as pour frère ! déplora-t-il. Je me suis attaché à cette gamine. Bah, sans doute parce que je n'ai pas eu d'enfant.

— Je ne vaux guère mieux que toi. Je serais bien triste si Lara ne venait plus chez nous. Mais ce n'est plus une gamine, Odilon, alors ne te fais pas trop de souci.

— Regarde là-bas ! s'écria-t-il. Elle revient !

La barque n'était encore qu'un point de couleur claire parmi le fouillis verdâtre de la mer déchaînée. Bientôt, néanmoins, ils purent distinguer la forme du bateau, puis une silhouette à l'arrière, qui maintenait la barre dans la bonne direction.

— Hé, ça doit secouer, à bord ! s'exclama Odilon. Vois un peu comme elle se débrouille bien. Bon sang, elle n'a peur de rien.

Rozenn demeura silencieuse, pleine d'admiration pour leur protégée. Pourtant, d'interminables minutes plus tard, quand elle put observer le visage de la jeune femme, elle lut de l'angoisse sur ses traits harmonieux.

— Elle a eu des ennuis, Odilon, souffla-t-elle. Viens, je vais vous aider à tirer la barque sur la plage. La marée descend dans un quart d'heure, nous avons le temps de la remorquer.

L'ancien mareyeur acquiesça d'un air soulagé. Mais quand Lara lui lança le cordage qu'il réclamait, il aperçut le corps d'un homme au fond de l'embarcation, adossé aux casiers.

— Qui est-ce ? hurla-t-il pour se faire entendre malgré le vent.

— Un ami, il est blessé, répondit Lara. Je vous en prie, ne me posez pas trop de questions.

Tout de suite alarmée, Rozenn releva sa jupe et en passa le bas dans sa ceinture. Les jambes gainées de bas de laine, ses godillots déjà humides, elle entra dans l'eau, la main tendue vers Lara.

— Descends, petite, nous allons vite emmener ton ami au sec. Ne crains rien, je le soignerai.

Cabanon de Rozenn Bart, une heure plus tard

Rozenn et Lara avaient d'abord déshabillé Olivier, allongé sur un lit de camp qu'Odilon s'était chargé de dresser au milieu des caisses et des trésors hétéroclites de sa sœur.

— Il faut s'assurer qu'il n'a pas d'autres plaies, avait expliqué celle-ci.

Lara s'était détournée pendant que Rozenn ôtait le caleçon du blessé, totalement inconscient. Mais dès que le retraité avait couvert Olivier d'un plaid écossais en laine, elle s'était placée à hauteur de la tête de son amant, en le couvant d'un chaud regard effrayé.

— Je ferais bien d'aller préparer une bonne soupe, avait alors dit Odilon. Ce gars aura besoin d'un bouillon, en se réveillant.

Malgré ces propos compatissants, il n'était pas encore revenu de la villa. Rozenn, à présent, tenait la main du jeune homme, dont elle avait bandé le crâne.

— C'est lui que tu aimes, Lara, déclara-t-elle. Je le sens. Il y a un lien très fort entre vous deux.

— Oui, je l'aime.

— Et comme tu me l'as avoué le premier jour où tu es venue, tu veux prouver son innocence. Je ne te poserai pas de questions, puisque tu nous l'as demandé.

— On l'accuse à tort, Rozenn. Il a pu me parler, sur le bateau. Je n'ai pas bien compris, mais je crois qu'on a voulu le tuer.

— Il serait mort, Lara, si des esprits plus forts que nous, misérables humains, n'en avaient décidé autrement. Le hasard et le destin sont de vieux complices. Tu aurais pu ne pas sortir en mer aujourd'hui, renoncer à relever tes casiers à homards. Tout est écrit dans le ciel. Nous sommes guidés par de très mystérieuses puissances. Je devais naître la face marquée de rouge, et toi, ma belle petite, tu es sur terre pour réclamer justice au nom de tous les opprimés.

Lara eut envie de pleurer. Elle pensait que son étrange amie ne tiendrait sûrement pas ce discours si on lui apprenait les actes odieux dont on tenait Olivier pour coupable.

Chez Armeline Fleury, même jour,
deux heures plus tard

Fantou débarrassait la table, sous l'œil soucieux de sa mère. Au retour de la messe, Lara n'était pas là et, après l'avoir attendue un moment, elles avaient dû déjeuner sans elle, comme le dimanche précédent.

— Ta sœur ne respecte pas ses promesses, enragea Armeline. Je lui permets de sortir en mer avec ce M. Bart, mais, s'il est aussi mordu de navigation qu'elle, ils doivent oublier l'heure.

— Maman, est-ce si grave ? Lara travaille toute la semaine, elle a le droit de se distraire quand c'est son jour de congé. Je vais faire la vaisselle. Si nous allions nous promener, après ?

— Par ce temps ? Il pleut.

— Nous prendrons un parapluie, et le ciel peut se dégager. Nous pourrions aller jusqu'au grand menhir. Mon institutrice a dit en classe que c'était le plus grand du monde, car il mesure presque vingt mètres[1]. Et, en chemin, je cueillerai du houx.

— Qu'en ferons-nous, Fantou ?

— Je voudrais décorer un peu la maison pour Noël. Avant la guerre, tu faisais un petit sapin, c'était joli, ça sentait bon.

Armeline secoua la tête avec tristesse. Elle avait renoncé aux joies simples de son ancienne existence depuis la disparition de son mari. Louis lui manquait cruellement.

« Nous étions toujours contents de dormir l'un près de l'autre, se souvint-elle. Il me tenait par l'épaule, je nichais ma joue sur sa poitrine. Parfois on s'embrassait et ensuite... »

Un soupir lui échappa, au souvenir de leurs étreintes amoureuses, discrètes et tendres.

— D'accord, nous irons en balade, Fantou, concéda-t-elle. Tant pis pour Lara si elle ne trouve personne ici.

— Je suis sûre que ma sœur va nous rapporter des homards ou un gros crabe. Déjà, tu auras des

1. Véridique. Ce menhir est cassé en quatre morceaux depuis des siècles.

huîtres à déguster, mardi soir, après la messe. Il faut fêter la naissance de Jésus, notre Sauveur.

Fantou rayonnait d'une gaîté fervente. Elle était si charmante, si blonde, si lumineuse !

— Viens dans mes bras, mon petit ange, lui dit sa mère. Ton papa serait fier de toi.

— De Lara aussi, maman, rectifia la fillette. Il y a des choses que tu ignores sur ma sœur.

— Lesquelles ? s'inquiéta Armeline. Celles que je sais déjà me déplaisent.

— Chez M. Tardivel, Lara partage ses repas avec une jeune femme enceinte, celle qui a découvert le corps de la pauvre Madalen Le Goff. Il semble que son père l'oblige à gagner des sous à cause du bébé. Tiphaine Jouannic doit rester debout, alors qu'elle souffre du dos. Mais vendredi et hier, elle n'est pas venue. Lara est inquiète.

— Et ta sœur te raconte tout ça ? Pourquoi ne m'a-t-elle rien dit ? J'aurais doublé sa ration. Nous sommes peut-être pauvres, mais Jésus nous a enseigné la charité, la compassion.

Sur sa lancée, ravie d'intéresser sa mère, Fantou ajouta :

— Tiphaine avait des crevasses au bout des doigts. Lara lui a donné la pommade que prépare Rozenn Bart, la dame qui a une tache de vin sur toute la figure.

— Seigneur, une tache de vin, et sur tout le visage ! Lara s'est bien gardée de me l'avouer.

— Parce qu'elle n'y fait pas attention, maman. Elle m'a dit que Rozenn Bart était très gentille.

Armeline esquissa une moue de perplexité en songeant aux hallucinations dont se plaignait Lara après son accident. Mais, afin d'épargner la bonne humeur de Fantou, elle remit ce souci à plus tard.

Elle essuya les assiettes et les couverts, soigneusement lavés par sa fille. Ses pensées tournaient autour de la veille de Noël et du lendemain matin, où Fantou se précipiterait vers une vieille paire de sabots ayant appartenu à Henriette Fleury.

« Dieu merci, j'ai pu mettre un peu d'argent de côté, se dit-elle. J'achèterai ce bracelet en coquillage que nous avons vu dans la vitrine du bazar. Ma petite Fantou l'a admiré plusieurs fois. Pour Lara, peut-être un nouveau foulard. Non, c'est trop cher. »

Des coups frappés à la porte avec virulence la tirèrent de ses cogitations. Une voix rauque résonna aussitôt.

— Ouvre, Armeline !

— Entre donc.

C'était Yohann Cadoret. Il se rua dans la pièce, avec une expression tragique. Son ciré ruisselait, sa casquette était noire une pluie. Armeline s'affola tout de suite. Lara et Odilon Bart avaient pu avoir des ennuis, s'ils étaient en mer.

— Faut que je te parle, bougonna-t-il en jetant un regard gêné sur Fantou. Dis à la petite de décamper.

— En voilà, des manières ! se rebiffa Armeline. Je suis chez moi jusqu'à nouvel ordre.

Elle le défiait, mais son cœur cognait à grands coups. Fantou s'éclipsa d'elle-même, après avoir enfilé un manteau et pris le parapluie de sa mère.

— Je vais me promener un peu sur la lande, maman, annonça-t-elle. Bonjour, monsieur Yohann.

— Oui, c'est ça, bonjour, Fantou, grogna-t-il.

Il paraissait furieux à présent, et non désespéré. Armeline se rassura. Elle vérifia que sa fille traversait bien le jardin, puis elle fit face à son voisin.

— Tu me dois bien ça, commença-t-il. Je compte sur toi, Liline, au nom de l'amour que j'ai eu pour toi et qui me tracasse encore certains soirs.

— Je t'interdis de m'appeler ainsi, Yohann. C'était le surnom que me donnait Louis.

— Oui, mais quand je l'entendais, ça m'échauffait le sang, parce qu'on aurait dit que ton mari chantonnait. Je l'enviais : il t'avait, lui ! *Ma Doué*, je suis un brave homme, j'ai ravalé ma déception. Louis, c'était mon ami.

— Si tu t'expliquais, maintenant, répliqua-t-elle. Tu m'as fait peur, je croyais que Lara…

— Lara, c'est vrai ça, où est-elle ? Dans sa chambre ? On doit la prévenir.

Définitivement tranquillisée, Armeline fit non d'un signe de tête. Toujours en silence, elle servit un verre de cidre au visiteur.

— Je l'ai débouchée ce midi, précisa-t-elle. Une des dernières bouteilles du cidre que fabriquait Louis.

Cadoret but d'un trait, les yeux mi-clos. Il essuya sa moustache du revers de la main.

— Erwan revient ce soir de Saint-Malo, dit-il. Un inspecteur de police est venu chez nous, avant-hier. Il va attendre mon fils de pied ferme, tu peux me croire, pour l'interroger sur son emploi du temps la nuit où un salaud a égorgé cette gosse, à Erdeven. Va savoir pourquoi ! Armeline, tu sais que je ne t'ai jamais laissée tomber quand tu étais dans la misère. Je t'aiderai encore. Si ce fouille-merde décide de questionner les gens de Locmariaquer, s'il vient chez toi, il ne faut rien lui dire. Rien de rien. Lara n'a pas intérêt à raconter ce qui s'est passé sur la plage au mois d'octobre. Je connais les flics, ils vont accuser Erwan d'être l'assassin.

— Mais cet inspecteur n'a aucune raison de nous interroger !

— Par saint Pierre, tu le fais exprès ! enragea Yohann. Ce n'est pas ça que je veux, comme réponse, Armeline ! Tes filles et toi, vous devez vous taire, ou tu racontes qu'on est bons amis, bons voisins. Je suis prêt à vous dédommager.

— Tu me pousserais à faire un faux témoignage, Yohann ?

— Comment ça ? Il y a encore deux mois, tu étais d'accord pour que nos enfants se marient.

— Lara a refusé, alors j'ai renoncé. Tu le sais.

— Sûr, elle préfère coucher avec le fumier qui a envoyé son père et son oncle dans les camps de la mort ! Ce gars, Hamon, il ne me filera pas toujours entre les doigts. Il paiera, ça oui, il paiera !

Yohann Cadoret ferma son poing droit pour en frapper la paume de sa main gauche. Il frémissait de haine.

— Je suis la plus concernée, plaida Armeline. Au début, j'étais épouvantée, je ne pouvais même plus toucher Lara. Par la suite, nous avons beaucoup discuté toutes les deux. Je lui ai pardonné. Elle n'aurait jamais fréquenté ce garçon si elle avait su la vérité sur lui. Et, en écoutant ma fille le défendre, j'ai été troublée. On n'a pas de preuves contre Olivier Hamon, même le tribunal de Rennes l'a acquitté.

Furieux, Yohann poussa un cri de rage, assorti d'un juron ignoble. Armeline recula, effrayée.

— Calme-toi, tu as l'air d'un fou, gémit-elle.

— Je deviendrai toqué si mon gamin va en prison.

— Tu devrais avoir confiance en lui, Yohann. Nous savons tous les deux qu'Erwan serait incapable de tuer quelqu'un. Je connais ton fils depuis des années. Il a un bon fond, mais il a perdu la tête en s'en prenant à Lara. Sûrement car il s'échauffe aussi vite que toi. Nous n'avons pas besoin de raconter ça au policier.

— Merci, Armeline, merci bien. Je n'en ai pas dormi de la nuit.

Il eut un geste hésitant pour lui effleurer l'épaule, mais elle évita son contact.

— Rentre chez toi, dit-elle tout bas.

Chez Rozenn et Odilon Bart, même jour

Lara était restée assise plus d'une heure au chevet d'Olivier. Elle priait pour le voir se réveiller. Rozenn était sortie nourrir les poules et les canards qu'elle avait ramenés de Quiberon.

— Il dort, je lui ai donné à boire un mélange de plantes qui soulagent la douleur, avait-elle dit en franchissant le seuil du baraquement.

Odilon était venu apporter au rescapé un bol de bouillon, mais il ne s'était pas attardé. Lara avait perçu la contrariété du mareyeur en étudiant sa physionomie. Lui, d'ordinaire jovial, n'avait pas prononcé trois mots.

— Olivier, je vais devoir partir, murmura-t-elle. Nous sommes seuls, je t'en supplie, dis-moi ce qui t'est arrivé.

Elle lui tenait la main, étreignait ses doigts, sans obtenir de réaction.

« Comment faire ? se demanda-t-elle. Il finira par reprendre ses esprits et il se retrouvera confronté à des étrangers. Mais M. Bart l'a peut-être reconnu, ce qui expliquerait son attitude hostile. Je vais leur raconter la vérité, à Rozenn et à lui. »

La jeune femme s'apprêtait à se lever quand le retraité entra dans la cabane. Il toussota, gêné.

— Lara, j'ai discuté avec ma sœur, dit-il aussitôt. Nous tenons à toi, alors, d'accord, nous allons t'aider. Personne ne viendra chercher ton ami ici. L'heure tourne, ta mère doit s'inquiéter. Pars sans crainte, nous veillerons sur ce garçon.

— C'est très généreux de votre part à tous les deux, mais je ne pourrai pas revenir demain, je travaille à la vente des bourriches d'huîtres, sur le port. Si seulement j'avais un moyen de prévenir maman, je passerais la nuit ici.

Odilon pointa son index vers la cour.

— Dans ce cas, qu'est-ce qui t'empêche de faire l'aller-retour jusque chez toi ? Tu récupères des vêtements pour demain et tu reviens. J'ai déjà goûté aux préparations de ma sœur, ton ami n'est pas près d'ouvrir l'œil. Mais je suppose que tu seras obligée de mentir à ta mère.

— Hélas ! Si elle savait qui est là, sur ce lit de camp, elle serait capable de m'enfermer dans la remise, déplora Lara. J'y vais vite, merci de tout cœur, monsieur Odilon.

— *Ma Doué*, as-tu fini avec tes « monsieur » ? Appelle-moi donc par mon prénom ! Rozenn et moi, on t'a tutoyée au bout d'une semaine.

— Je suis désolée, je ne pourrai jamais, affirma-t-elle. Ce serait un manque de respect. Dans notre famille, il n'y a pas si longtemps, les enfants disaient encore « vous » à leurs parents[1].

Lara lui adressa un doux sourire. Elle enfila sa veste en laine, encore trempée, puis ses bottes en caoutchouc.

— Je vous le confie, monsieur Odilon, dit-elle en jetant un regard passionné sur Olivier.

Elle sortit et grimpa sur son vélo. Le gros chien blanc tira sur sa chaîne, en quête d'une caresse. Il n'aboyait plus ; au fil de ses visites, Lara avait réussi à l'amadouer.

Du poulailler, Rozenn la vit passer sur la route empierrée. Elle lança une dernière poignée de grains à ses volailles, puis elle se hâta de regagner le cabanon. Une peur insidieuse lui serrait le cœur.

En franchissant le seuil, elle eut un geste de supplication, car son frère était penché sur Olivier.

— Ne lui fais pas de mal, je t'en prie, dit-elle tout bas. Pense au chagrin qu'aurait Lara.

— Je pense surtout à notre chagrin ! rétorqua-t-il d'un ton amer. Que Dieu me damne, quand je l'ai reconnu, au fond de la barque, j'ai eu envie de l'achever ; mais tant mieux s'il souffre. Ce ne sera jamais assez.

— Odilon, je lui ai quand même donné un calmant, un cachet que j'ai pilé pour le mettre dans

1. Un usage très répandu en Bretagne.

la tisane, avoua sa sœur. C'est plus fort que moi. Je suis née marquée, mais avec le don de soulager la douleur.

— Je ne te reproche rien. Rozenn, tu as de quoi l'empoisonner sans qu'il s'en rende compte. On pourrait raconter à Lara qu'il est mort dans son sommeil. Il ne mérite pas d'être aimé par une jeune femme aussi charmante, aussi généreuse et charitable. Ce serait jeter des perles à un pourceau, comme on dit souvent.

— Elle prétend qu'il est innocent ! Odilon, si nous prenions la peine d'écouter sa version des choses quand il se réveillera ?

— Il mentira pour sauver sa peau, déclara tout bas son frère. Un type capable d'endosser l'uniforme des miliciens ne devrait pas avoir le droit à la parole. As-tu oublié ce qu'il a fait ? Il est entré dans la grange de notre cousine, son arme à la main. Les autres l'attendaient, garés dans la cour de la ferme. Nous avions élevé Élodie, elle était une fille pour nous. Tu as entendu le coup de feu, moi aussi. Après, ces saligauds ont fait brûler le bâtiment.

Rozenn étouffa un sanglot, à l'évocation de ces moments atroces où ils avaient été mis en face de la barbarie humaine dans toute son horreur.

— Nous nous sommes vite enfuis, Odilon, murmura-t-elle, et ça fait de nous des coupables également. Tu as refusé de retourner là-bas, pourtant je voulais enterrer la dépouille d'Élodie dans le cimetière, avec les sacrements d'un prêtre.

— Tu serais devenue folle, ma pauvre sœur, si tu t'étais imposé cette tâche abominable. Une question me ronge : pourquoi la cour de justice de Rennes, mise en place pendant l'épuration, a-t-elle acquitté cet assassin ? Pourquoi ? Il aurait dû être condamné au moins à la dégradation nationale.

— Je sais, je ne comprends pas non plus, affirma Rozenn. Mais ça plaiderait un peu en faveur de la conviction de Lara. Elle m'a confié son secret, mais j'estime nécessaire de trahir sa confiance. D'après sa mère et leur plus proche voisin, Olivier Hamon aurait dénoncé Louis Fleury, son père, et un de ses oncles. Ils ont été déportés et ne sont pas revenus. Si elle peut l'aimer encore, le ramener ici dans l'espoir de le sauver, il y a forcément une bonne raison.

Odilon Bart haussa les épaules. Son visage se durcit, tandis qu'il brandissait le poing.

— La raison est simple. Lara, malgré toutes ses qualités, a cédé à la belle gueule de ce démon incarné. Fais à ton idée, Rozenn, moi je sors de là pour ne pas être tenté de prendre mon fusil et de lui éclater la cervelle.

— Si nous l'exécutions en profitant de sa faiblesse, nous serions à notre tour des criminels, soupira-t-elle.

Son frère cracha par terre avant de se ruer dehors. La porte, faite de vieilles planches mal assemblées, faillit se disloquer tant il la claqua violemment.

Olivier maîtrisa le sursaut nerveux qui aurait pu le trahir. Il avait eu soin de garder les yeux fermés, de ne pas tressaillir et de modérer le rythme de sa respiration. Un immense découragement le prit. Partout où il irait, on chercherait à le tuer. Il devait trouver un moyen de partir à l'étranger.

« Et dire adieu à Lara, songea-t-il. Ou bien l'emmener avec moi. »

Sur la route du Guilvin, une heure plus tard

Lara cédait à une timide euphorie. Elle pédalait de toutes ses forces, pressée de rejoindre Olivier. Bien sûr, il avait fallu mentir à sa mère, inventer un prétexte cohérent. Mais Armeline, qui semblait préoccupée par des débats intérieurs, avait accepté sans discuter de la laisser repartir.

— Rozenn Bart a vraiment besoin de moi pour nettoyer une chambre, car ils reçoivent de la famille à Noël, avait-elle prétendu. Elle me paiera, ce sera toujours ça de gagné. J'irai directement travailler chez M. Tardivel demain matin, maman.

Fantou l'avait écoutée d'un air morose, tandis qu'elle débitait sa fable inventée pendant le trajet. Mais pour une fois, Lara ne s'était pas souciée des états d'âme de sa sœur. Seul comptait Olivier.

« Il est entre de bonnes mains, se disait-elle. Rozenn a soigné mes maux de tête, elle prépare des remèdes depuis des années. »

Une voiture arrivait en sens inverse. Elle roulait bien trop rapidement sur la route étroite. Lara anticipa la meilleure chose à faire, en l'occurrence s'écarter et s'arrêter sur le bas-côté, hérissé d'une herbe jaunâtre.

Malgré cette précaution, l'automobile, de marque américaine, pila à sa hauteur. Éric Malherbe était au volant. Le maire baissa la vitre de sa portière, un large sourire sur le visage.

— Ma chère Lara, je vous revois enfin, après des semaines à me morfondre ! Je me dirigeais vers chez vous, mais le hasard m'a comblé. En fait, j'étais gêné à l'idée de déranger votre mère un dimanche. Ainsi, je peux vous remercier de vive voix pour la carte de bons vœux que vous m'avez envoyée à la mairie.

— C'était normal, monsieur, grâce à vous, j'ai pu de nouveau utiliser le bateau de mon père. Et je me suis fait des amis.

— Vous parlez des Bart, je suppose. Ils sont sympathiques, je vous l'accorde, surtout lui, Odilon. Sa sœur n'a pas été gâtée par la nature.

— Tout dépend du point de vue où l'on se place, monsieur, se révolta Lara. Rozenn m'a beaucoup aidée, elle soigne les plaies du corps et celles du cœur.

Malherbe fit la moue, avant de sourire encore, le regard avide.

— Si je ne me trompe, vous allez chez eux, s'enquit-il. J'aurais bien envie de vous accompagner afin de leur présenter mes amitiés. Maintenant, ils sont sous ma juridiction, donc de futurs électeurs !

Saisie de panique, Lara devint livide. Elle devait à tout prix empêcher le maire de la suivre et de rendre visite aux Bart.

— Je vous conseille de changer d'idée, hasarda-t-elle, en lui souriant gentiment. Odilon est grippé, Rozenn se sentait un peu fiévreuse, je leur apporte de l'aspirine. Le docteur m'en avait prescrit, il me restait des sachets.

— Dans ce cas, je patienterai une grande semaine, s'effara-t-il. Je ne tiens pas à être malade pendant les fêtes. Nous recevons ma belle-famille au complet.

— En effet, ce serait dommage. Au revoir, monsieur.

Soulagée, Lara s'apprêtait à repartir, lorsque Éric Malherbe descendit de sa voiture sans couper le moteur.

— M'offrirez-vous un baiser ? demanda-t-il en s'approchant. Je ne vous ai pas importunée, durant tout ce temps. Et vous avez quasiment récupéré votre barque.

— Encore un dédommagement ? ironisa-t-elle en le fixant. Eh bien, pourquoi pas ?

Ravi de la voir céder, le maire se pencha pour s'emparer de sa bouche. Plus preste, Lara lui donna un petit baiser sur la joue, puis elle s'élança, pédalant en danseuse pour vite s'éloigner.

— J'aurais pu vous contaminer ! lui cria-t-elle.

Sidéré par sa malice, Malherbe se remit au volant. Au fond, il était enchanté. La jeune femme l'intéresserait déjà moins, si elle lui avait accordé ses adorables lèvres.

— Tu seras à moi, Lara, j'ai tout mon temps, et personne ne se mettra en travers de mon chemin, marmonna-t-il.

Son expression mielleuse s'était effacée. Les traits durcis, il arborait un rictus hargneux, celui que Donatienne, son épouse, connaissait trop bien.

7

Une nuit de tempête

Locmariaquer, chez Rozenn et Odilon Bart, même soir

Lara rangea son vélo sous le hangar des Bart, un vague sourire moqueur sur le visage. Elle avait toujours été d'un tempérament gai et frondeur. Les années de guerre en avaient atténué la virulence, mais là, heureuse d'avoir retrouvé Olivier, de l'avoir sauvé, elle savourait la façon dont elle avait éconduit le maire.

— Malherbe ne me fait pas peur, ce n'est qu'un bellâtre, un idiot de coureur de jupons, dit-elle à mi-voix.

La nuit tombait. Lara devina de la lumière par les interstices qui striaient les murs du cabanon. Tout de suite, l'angoisse et la joie firent battre son cœur plus vite. Elle appréhendait l'instant où elle serait obligée d'avouer à Rozenn et à Odilon ce que l'on reprochait à Olivier.

« On a voulu le tuer, alors qu'il a été jugé et acquitté, ils comprendront pourquoi je veux prouver son innocence. »

En traversant la cour parsemée de flaques d'eau, Lara prépara un début de plaidoyer. Elle évita d'approcher le chien, qui, le dos hérissé, grognait en montrant les crocs.

— Tu me reconnais, quand même ! lui dit-elle. Nérée, qu'est-ce que tu as ?

Il ne lui prêta aucune attention, sa lourde tête blanche obstinément tournée vers la baraque, d'où s'élevait une voix masculine que Lara identifia aussitôt.

— Olivier ! appela-t-elle en ouvrant la porte.

Elle s'attendait à le découvrir réveillé, encore faible sur le lit de camp, mais il était debout, enveloppé dans le plaid écossais, et il pointait un couteau sur la poitrine de Rozenn.

— Non, Olivier ! s'écria-t-elle. Que fais-tu ? C'est une amie !

— Une amie ? Cette femme croyait que je dormais, elle parlait toute seule, penchée sur son attirail de sorcière ! Je l'ai entendue, Lara ! Elle disait que son frère avait raison, que je n'avais pas le droit de vivre, mais que je m'en irais sans souffrir.

— Est-ce vrai, Rozenn ? interrogea Lara, très pâle.

— Oui, j'allais lui faire boire du poison à base de digitaline. Je suis désolée, petite, c'était aussi pour ton bien.

Olivier tremblait nerveusement, l'air affolé. La clarté blafarde de l'ampoule électrique jetait sur ses épaules dénudées des reflets d'ivoire.

— Quand elle s'est approchée de moi avec une tasse, j'ai pu me lever, ajouta-t-il. Je l'ai repoussée et j'ai pris ce couteau sur la table. Est-ce que tu m'as piégé, Lara, pour venger ton père et ton oncle ?

Lara eut l'impression de sombrer au fond d'un gouffre noir, car son espérance venait de voler en éclats. Son amour pour Olivier succombait sous l'aveu qu'il venait de proférer.

— Alors, c'était vraiment toi ? répondit-elle d'un ton horrifié.

Rozenn aurait pu désarmer son agresseur, qui grimaçait de douleur et regardait uniquement Lara, comme s'il n'y avait qu'elle au monde.

— Non, ce n'est pas ça ! protesta-t-il. Tout à l'heure, je les écoutais, son frère et elle. J'ai appris qu'on me faisait passer pour responsable de la déportation de ton père et d'un de tes oncles. Mais c'est faux, comprends-tu, il n'y a rien de plus faux ! Lara, aie confiance, je dois partir, aide-moi. J'ai besoin de vêtements, j'ai tout perdu. On a volé mon voilier.

Elle le fixait éperdument, attentive au son de sa belle voix de baryton, si douce parfois. C'était un supplice de revoir l'éclat de ses yeux sombres, la séduction de ses traits énergiques, de sa bouche.

— Pourquoi vouliez-vous le tuer, Rozenn ? demanda Lara, de nouveau indécise. Et s'il était innocent, si j'en apportais la preuve un jour, je n'aurais plus qu'à le pleurer ? Pourquoi décider de le tuer froidement ?

Les trois protagonistes de la scène étaient la proie d'une telle tension qu'ils ne perçurent pas le bruit derrière eux.

— Je vais te le dire, Lara ! clama Odilon, son fusil de chasse en position de tir, braqué sur Olivier. Il y a trois ans, cette ordure a abattu une femme, notre cousine Élodie. Je l'ai vu, lui, là, dans son uniforme noir de milicien, qui l'entraînait dans une grange. Les coups de feu résonnent encore dans mes pauvres os.

— Mais non, gémit Lara. Non !

Elle se jeta sur Olivier, qui lâcha le couteau. Folle de chagrin, de répugnance, elle le secoua en le maintenant par les bras, les ongles plantés dans sa chair dorée qu'elle avait tant embrassée.

— Je te hais ! hurla-t-elle. Tu me dégoûtes ! J'aurais dû te laisser mourir noyé, ce matin.

Il tituba, s'appuya d'une main à l'établi sur lequel Rozenn triait ses plantes. Lara le gifla, ivre de rage, en sanglotant. Odilon poussa un cri rauque, un doigt sur la gâchette de son arme.

— Non, ne tirez pas ! hurla Olivier. Vous êtes de la famille d'Élodie Bart, alors je peux vous parler. Votre cousine est vivante !

— Tu inventerais n'importe quelle fadaise pour sauver ta peau ! rétorqua Odilon. J'ai mis ses restes carbonisés dans une urne, que j'ai placée sur la tombe de ses parents, à Quiberon.

— Odilon, tu m'as caché ça ! s'indigna Rozenn. Je serais allée me recueillir là-bas, j'aurais porté des fleurs.

Lara s'était écartée d'Olivier. Il paraissait prêt à s'effondrer, pourtant il trouva la force d'argumenter.

— Vous pouvez avoir la preuve de ce que j'affirme, murmura-t-il. Dès demain matin. Si vous m'épargnez, je vous expliquerai tout. Je voudrais te dire la même chose, Lara, mais d'abord je dois découvrir qui m'a dénoncé il y a trois ans, et qui a tenté de me tuer aujourd'hui.

Odilon avança d'un mètre. Le canon de son fusil s'enfonça dans le cou du jeune homme, à l'endroit de la carotide.

— Tu es un assassin et un menteur, déclara le retraité.

Rozenn eut alors un geste surprenant. Elle repoussa le fusil du plat de la main.

— Laisse-le parler, Odilon. Il a le droit de se défendre. Je tiens à l'écouter. Je le crois sincère.

Lara retenait son souffle. Dehors le vent se levait, le terrible noroît[1] tant redouté des marins et des pêcheurs.

1. Vent soufflant du nord-ouest, souvent signe de tempête.

Locmariaquer, chez les Cadoret, même soir

L'inspecteur Renan était accompagné d'un gendarme de la brigade d'Auray. Ce dernier connaissait bien le dossier sur le meurtre de Madalen Le Goff.

— Erwan est en retard, lui avait débité Yohann Cadoret comme excuse, lorsque le policier s'était présenté à sa porte. Mais entrez donc, inspecteur.

Ils se tenaient tous dans une pièce aux allures de salon, avec un divan couvert d'un tissu pelucheux, trois cadres sur un seul mur, où étaient mises sous verre des images du port. Un maigre sapin s'ornait de guirlandes en papier doré et d'une étoile à sa cime.

— Je vous sers un verre de cidre, messieurs ? proposa Jeanne Cadoret, impressionnée de recevoir un inspecteur venu de Vannes.

— De l'eau me suffira, madame, répliqua Renan. J'apprécie le cidre à table, mais pas quand je suis en service.

Le gendarme approuva d'un signe de tête, en observant le benjamin de la famille, Denis Cadoret. L'adolescent semblait jubiler, assis au creux d'un fauteuil.

— Erwan revient en train avec un ancien camarade de lycée, annonça alors Yohann. Ils arrivent à la gare d'Auray où ils prennent un autobus.

Un temps de silence suivit. Jeanne domina sa timidité et posa la question qui la tenaillait :

— Pourquoi voulez-vous voir mon beau-fils ?

Surpris, Renan lança un regard intrigué du côté de Yohann. Il pensait que le marin-pêcheur aurait renseigné son épouse sur ce point.

— Une vérification, madame, dit-il néanmoins.

— Tiens, voilà le frangin ! claironna soudain Denis. J'ai reconnu sa façon de marcher, le pas lourd et traînant.

La remarque fit tiquer l'inspecteur, qui nota l'animosité larvée du garçon envers son aîné. Jeanne courut accueillir Erwan dans le vestibule. Tous entendirent l'exclamation du nouvel arrivant.

— Comment ça, la police ? Qu'est-ce qu'elle me veut ?

Erwan précéda sa belle-mère dans la pièce. Il toisa Renan et le gendarme de ses yeux étroits. Devant ce grand gaillard aux larges mâchoires, l'inspecteur éprouva un frisson d'excitation.

« Et si je tenais le meurtrier ? songea-t-il. Ce type n'a pas l'air d'avoir la conscience tranquille. »

— Bonsoir, messieurs, dit poliment le jeune homme. Je vous écoute.

— Bonsoir, inspecteur Renan. Monsieur Cadoret, je tiens à vous interroger, trancha le policier. Dans le cadre de l'enquête sur l'assassinat de Madalen Le Goff, j'ai été amené à me renseigner sur les personnes de la région qui se rendaient souvent à Erdeven, or on m'a appris que, durant l'été, vous guidiez des touristes sur le site de Carnac, mais aussi dans le secteur des dolmens de Mané-Bras et Mané-Croc'h.

— Et alors, il n'y a pas de mal ? On est encore en période de rationnement, je m'arrange pour gagner trois sous, histoire d'aider mes parents. Je fais ça les dimanches, car la semaine, on est à la pêche en haute mer, mon père et moi.

— J'y vais aussi, fanfaronna Denis, ce qui agaça Erwan.

— Tais-toi donc, freluquet ! s'emporta-t-il. Non, mais dites donc, inspecteur, vous ne comptez pas me mettre ce crime sur le dos ? Cette fille, je n'savais même pas qu'elle existait avant de voir son portrait dans le journal.

— Vous n'êtes accusé de rien, monsieur, dit Renan d'un ton froid. Et vous avez sûrement un alibi. Où étiez-vous le soir du lundi 9 septembre de cette année ?

Erwan préféra s'asseoir. Il ébouriffa ses cheveux blonds d'une main nerveuse.

— Est-ce que je me souviens, moi, bougonna-t-il. Faut que je réfléchisse, mais le lendemain matin, j'étais là, dans le garage. Je raccommodais un filet de pêche. Et puis Lara Fleury, notre voisine, est passée sur la route à vélo, avec une figure à faire peur, comme si elle avait le diable à ses trousses. Elle roulait trop vite. J'ai couru derrière elle, je la voyais de loin.

— Mon fils dit vrai, inspecteur, renchérit Yohann. La gosse a fait une mauvaise chute sur les rochers, à la pointe de Kerpenhir, sa roue avant a heurté une pierre. Sans Erwan, elle serait morte.

— C'est très louable de votre part, concéda le policier qui dévisageait le jeune homme. Mais je vous demande où vous étiez la veille, de 7 heures du soir à 1 heure du matin.

— Sans doute dans mon lit, hasarda Erwan. Ah si, je m'rappelle, lundi 9 septembre, je suis allé boire un coup au Café du Port, oui, ça y est, j'y suis. On fêtait l'anniversaire d'un camarade, Yvan Roudaut, un gars de Lorient. J'ai une dizaine de témoins, et le patron du café. On est rentrés chacun chez soi vers minuit. J'ai dû dormir comme une masse.

— Je confirme, j'ai dû te réveiller à cause du filet que ton père t'avait dit de réparer, intervint Jeanne.

— Et votre voisine, cette Lara Fleury, qu'est-ce qui l'avait effrayée à ce point ?

— En fait, elle s'était querellée avec sa mère, répondit Erwan.

— Mais quel âge a-t-elle ?

Denis répliqua, en devançant Erwan :

— L'âge de plaire à mon frangin. Il en pince pour elle.

Yohann Cadoret foudroya son fils d'un regard menaçant. Mais l'inspecteur Renan ne s'attarda pas sur l'anecdote.

— Bien, je vous laisse en famille. Je ne reviendrai pas si votre alibi est confirmé, dit-il en remettant son chapeau de feutre brun.

Le gendarme, resté muet durant tout l'entretien, poussa un bref soupir une fois à l'extérieur.

La maison à étage des Cadoret, comme celle des Fleury, donnait sur la baie de Quiberon, et non sur la rivière d'Auray et le golfe du Morbihan, où avait été établi le port de Locmariaquer.

— Le coin est un peu désert, fit remarquer Renan. Des dunes, la lande, des pans de falaise, et la mer, sous la tempête.

Son regard erra sur les énormes vagues qui se brisaient sur la grève, en bas du promontoire où ils se tenaient. Enfin il distingua une lumière jaune et la forme trapue d'une autre maison, basse celle-ci.

— Je présume que les Fleury habitent là-bas, ce sont les plus proches voisins des Cadoret. Autant leur rendre visite, sait-on jamais ?

— J'ai constaté que vous n'avez pas fait allusion à la lettre où l'on citait Erwan Cadoret et Olivier Hamon, inspecteur, dit le gendarme, un quadragénaire à la face burinée sous son képi.

— Non, pour ne pas attiser les braises et mettre le feu dans le pays. J'étais en poste à Paris pendant l'épuration. J'en avais la nausée, on se dénonçait à tour de bras, et la vindicte populaire servait de jury. Nous avons peut-être affaire à un individu qui veut semer la haine, la discorde. Allons, en voiture.

Nicolas Renan conduisit au ralenti jusqu'à la portion de route sur laquelle s'ouvrait un chemin, menant droit à la maison où Armeline et Fantou tricotaient au coin de la cheminée.

— Maman, on a frappé, s'étonna la fillette. Si c'était Lara qui revenait ? Tu as fermé à clef ?

— Non, j'ai entendu un bruit de moteur. Je vais voir, reste au chaud.

Le policier, debout sur le seuil, se trouva face à une jolie femme blonde, très mince. Il aperçut la danse des flammes dans l'âtre. La pièce, d'assez belles proportions, devait servir de cuisine et de salle à manger. Malgré la propreté du lieu, il devina que la famille était pauvre. Il montra sa carte de police.

— Bonsoir, madame, inspecteur Renan. J'enquête sur le meurtre commis en septembre dans les bois d'Erdeven. Puis-je entrer ?

Le gendarme, à ses côtés, salua en portant un doigt à la visière de son képi.

— Oui, bien sûr, messieurs, mais je doute de pouvoir vous aider.

Fantou se tourna vers les visiteurs. Pour se distraire, elle avait natté ses cheveux très blonds, en y entrelaçant des rubans bleus. La clarté du foyer se reflétait sur les courtes mèches folles autour de son front.

— Bonsoir, messieurs, dit-elle de sa voix flûtée.

Sa grâce souriante, son minois exquis touchèrent Renan. Il se sentit nostalgique tout à coup, comme s'il avait entrevu le charme fascinant d'un domaine qu'il s'était interdit.

— Est-ce que je pourrais parler à votre fille aînée ? demanda-t-il d'un ton radouci.

— Lara sera là demain soir seulement, elle dort chez des amis, répondit Armeline, dont la gêne était évidente. Que lui voulez-vous, en fait ? Elle était au lycée avec la victime, Madalen, mais pas dans la même classe. Elle ne lui avait jamais adressé la parole. Pourtant sa mort atroce l'a beaucoup émue.

— Je sors de chez vos voisins, les Cadoret, déclara l'inspecteur. Ils m'ont dit pour la chute qu'a faite votre fille, mardi 10 septembre, soit le lendemain du crime.

Armeline, effarée, joignit les mains pour les empêcher de trembler.

— Il n'y a aucun rapport, monsieur, répondit-elle très vite. Lara avait du chagrin, elle était en colère. L'argent manquait, alors j'ai vendu le bateau de mon mari. Il a été déporté, je n'ai pas eu de nouvelles depuis la fin de la guerre. Je me suis renseignée, mais on m'a fait comprendre de ne plus espérer, parce que Louis était sûrement mort dans un camp de prisonniers.

Renan et le gendarme eurent la même pensée. Cette femme, qui venait de leur confier la tragédie qui l'avait frappée, était blessée à jamais.

— Je suis désolé, madame Fleury, dit l'inspecteur.

— Moi je suis sûre que papa reviendra ! s'écria Fantou. Je prie beaucoup sainte Anne et la Vierge Marie, elles nous le rendront.

Les policiers baissèrent la tête, ébranlés par la ferveur qui semblait éclairer la fillette de l'intérieur. Renan ajouta, sans quitter Fantou des yeux :

— Madame, vous fréquentez forcément vos voisins. Il n'y a rien eu d'anormal dans l'attitude d'Erwan Cadoret, à l'époque du crime ? Et depuis ?

— Non, pas du tout. Vous faites fausse route, inspecteur ! s'indigna Armeline. Quand Lara est née, Erwan avait quatre ans. Il s'est occupé d'elle, il l'a toujours protégée. Et il l'a sauvée, après sa chute. J'ai oublié de le préciser, ma fille a séjourné plus d'une semaine à l'hôpital Saint-Julien. Je souhaite une chose, que ces deux-là se marient un jour. Lara aura un époux travailleur et honnête.

L'inspecteur Renan approuva d'un « sans doute » à peine audible. En quinze ans de carrière, il avait assez fréquenté de voyous, d'assassins, de femmes venues témoigner. Il en tirait deux conclusions : Erwan n'avait pas l'envergure d'un criminel, et Armeline Fleury mentait très mal.

— J'ai encore une question, ajouta-t-il. Connaissez-vous Olivier Hamon ?

Chez Rozenn et Odilon Bart, même soir

Olivier tenait à rester debout, afin de pouvoir regarder en face ceux qui l'entouraient. Lara était la plus proche de lui. Elle ne faisait pas un geste, figée par l'attente de ses explications. Rozenn s'appuyait à un pilier en bois du cabanon. Son aspect avait d'abord dérouté le jeune paria, cependant il s'en était déjà accommodé. Odilon avait baissé son fusil, sans le lâcher.

— On t'écoute, dit le retraité d'un ton haineux.

De leur abri ébranlé par le vent, ils percevaient tous les quatre la rumeur grondeuse de la tempête, le choc des hautes vagues sur les galets de la plage.

— J'étais en mission, commença Olivier. Le chef d'un réseau de résistance, à Rennes, avait accepté de m'intégrer à son groupe. Il doutait de moi, à cause de mon âge. Vous devez l'ignorer, mais votre cousine Élodie était un agent actif de ce réseau. Elle communiquait avec les Forces françaises libres, en Angleterre. Et elle avait sauvé des aviateurs parachutés dans son secteur.

— Seigneur, Élodie nous aurait caché ses activités ? se récria Rozenn. Je comprends mieux pourquoi elle refusait de nous recevoir, certains jours.

— Votre cousine savait beaucoup de choses, il fallait la mettre en sécurité. Nous avons mis au point un plan pour la conduire à Londres. Mais la milice, en service depuis le mois de janvier 1943, l'a soupçonnée, sans avoir de preuves. Le temps pressait, car Élodie était à la merci d'une dénonciation. J'ai eu l'idée de jouer les miliciens, pour mon plus grand malheur. Je ne regrette rien, puisque cette femme admirable a été épargnée.

Odilon fronça les sourcils, obstinément méfiant. Il prit sa sœur à témoin.

— On ne peut pas gober son histoire, Rozenn ! Élodie serait entrée en contact avec nous si elle était encore vivante. La guerre est finie depuis plus d'un an, nous n'avons eu aucune nouvelle. Elle nous considérait comme ses parents adoptifs, pourtant.

— J'ai su récemment que son état de santé avait nécessité une hospitalisation de longue durée, répondit Olivier. Une tumeur. Sinon elle vous aurait écrit à la Libération. Mais elle est en vie.

Rozenn respirait par saccades, comme prête à suffoquer. Lara la rejoignit et lui étreignit la main.

— Vous devez contacter votre cousine, Rozenn, dit-elle avec tendresse.

— Oui, on peut téléphoner à son compagnon, un professeur de français dans un collège de Londres, ajouta le jeune homme. Ou même à l'hôpital. Élodie pourra vous raconter ce qui s'est passé le soir de son prétendu décès.

La voix harmonieuse d'Olivier, son regard franc, eurent raison des doutes d'Odilon Bart.

— Je suppose que tu n'oserais pas inventer ça dans l'espoir de filer pendant la nuit, sain et sauf, hasarda-t-il. Quel a été ton rôle, si tu ne l'as pas tuée ? Et comment les miliciens ont-ils pu confier ce genre de mission à une nouvelle recrue ? Tu as sûrement dû faire tes preuves avant, en abattant ceux qui luttaient pour notre liberté !

La tête douloureuse, fatigué, Olivier fut tenté de s'asseoir. Il s'y refusa, en se redressant, très pâle.

— C'était précisément une épreuve censée prouver ma loyauté, monsieur Bart, répliqua-t-il. Je me suis porté volontaire, quand les miliciens ont décidé d'exécuter votre cousine. Ils prétendaient être dans leur bon droit car quelqu'un avait fini par témoigner contre elle, alléguant des visites suspectes, la nuit.

Bouleversée, Rozenn ferma les yeux. Elle revivait ce soir d'automne où Odilon et elle avaient pris l'initiative de rendre visite à Élodie, inquiets de ses silences, de la distance qu'elle avait mise entre eux.

« Nous étions à peine dans la maison qu'une voiture est arrivée à vive allure, se remémora-t-elle. Deux miliciens en sont sortis, dont ce garçon, qui portait un bidon d'essence. Ils étaient armés. Nous avons aperçu Élodie sur le seuil de la grange, ils l'ont poussée à l'intérieur. Ensuite il y a eu une détonation, non, deux détonations. Odilon m'a forcée à fuir. De loin, nous avons vu la grange brûler. »

— Mais comment avez-vous fait ? s'exclama son frère.

— Élodie m'a reconnu, elle a tout de suite compris que je venais la sauver. Je l'ai molestée, en braquant mon revolver sur elle, pendant que l'autre type de la milice répandait de l'essence sur la paille. Je lui ai murmuré, entre deux menaces, de me faire confiance, qu'un bateau à moteur nous attendait sur la côte. Tout s'est déroulé très vite ensuite, j'ai tiré deux coups sur l'homme. Votre cousine, avec sa vivacité d'esprit, a mis le feu elle-même, elle avait un briquet. Nous sommes sortis du bâtiment par une petite porte à l'arrière. Elle était bloquée par les ronces et le lierre, je l'ai défoncée de l'épaule. La nuit tombait, nous avons couru comme des fous.

— C'était une tentative vraiment risquée, et pourtant vous avez réussi ! s'extasia Rozenn.

— Je n'y croyais pas moi-même, une fois en sécurité. Les deux autres miliciens, dans la voiture, ont dû mettre un moment avant de se demander pourquoi on ne revenait pas. J'ignore la suite. Élodie et moi, nous avons pu atteindre le bateau. Peu après, nous étions sur un chalutier qui nous a conduits jusqu'à l'île de Jersey, de là nous avons réussi à gagner l'Angleterre.

Odilon déchargea son fusil de chasse et le posa dans un angle du cabanon.

— Si c'est la vérité, je te remercie, mon gars, marmonna-t-il.

Lara avait écouté ce récit dans un état second. Elle se disait qu'Olivier était d'un courage admirable, cependant il lui restait une épine dans le cœur.

— Et mon père, mon oncle Patrick ? interrogea-t-elle. Maman est persuadée que tu les as dénoncés. Des gens de Locmariaquer t'ont vu dans l'uniforme noir de la milice, et c'est en partie pour ça qu'ils t'ont chassé du port, au printemps.

— Je n'ai dénoncé personne, Lara, mais moi, j'ai été dénoncé de façon anonyme, bien sûr, affirma-t-il, l'air grave. Oui, on m'a vu ici, quand j'ai été enrôlé. Nous devions aller d'une ville à l'autre, pour repérer des résistants et des Juifs qui étaient censés être hébergés par la population. Dieu soit loué, je n'ai pas eu à participer à une expédition punitive. Mais j'ai malgré tout été appelé en cour de justice quand je suis rentré de Londres, après la Libération.

— On vous a acquitté, heureusement, déclara Rozenn.

— Grâce à l'intervention d'un grand nom de la Résistance, dont le témoignage m'a sauvé. De toute évidence, les pêcheurs de Locmariaquer ne sont pas au courant. Les journaux ont pourtant évoqué mon procès. Je suis obligé de me cacher à cause de ces enragés. Ce matin, on a tenté de me tuer. J'avais accosté à Port-Navalo pour m'approvisionner en eau potable. Je comptais aller sur ton île, Lara, et te guetter. Quand je t'ai écrit, j'avais l'intention d'accompagner mes parents en Belgique. Mais j'étais inquiet, anxieux aussi, comme si tu étais en danger. Alors j'ai décidé de revenir et de te voir à tout prix.

— Qui a voulu vous tuer ? s'enquit Rozenn.

— Je l'ignore. Je naviguais quand un type est sorti de la cabine de mon bateau, il avait dû se cacher pendant que j'étais amarré. Il m'a frappé à la tête avec une manivelle. J'étais sonné, pourtant je me suis défendu. L'homme a sorti un couteau de pêche et il a essayé de me le planter dans le ventre. J'ai préféré me jeter à la mer, car je savais que je serais vite emporté par le courant rapide de la passe. Au début, j'ai fait semblant de couler, comme si je me noyais. Une fois assez loin du bateau, je me suis laissé flotter. La mer était forte, les vagues assez hautes. On a dû me croire mort. J'ai vu mon voilier disparaître, au sud.

— Eh bien, tu dois être un fameux nageur ! s'étonna Odilon Bart.

— Le meilleur du monde, et le meilleur marin aussi ! s'émerveilla Lara. Et tu es innocent, j'en étais sûre, je le sentais au plus profond de mon cœur. Olivier, pardonne-moi d'avoir douté durant d'atroces minutes.

— Comment te le reprocher ? murmura-t-il. Le destin nous a réunis dans ce cabanon, toi et moi, avec Mme et M. Bart, qui sont de la famille d'Élodie. J'ai enfin pu leur parler.

— Bénissons le destin, alors, répondit Lara.

Ils s'enlacèrent, frémissants de joie, et échangèrent un baiser furtif. Odilon et Rozenn détournèrent le regard, tous deux sous le choc des révélations qu'ils venaient d'entendre.

— Il serait l'heure de prendre un bon dîner, décréta le retraité. Venez à la maison. C'est un soir de tempête, personne n'aurait l'idée de traîner dehors, ni de nous déranger. N'est-ce pas, Rozenn ?

— Oui, nous serons plus à l'aise dans la villa, renchérit celle-ci. Je vais ouvrir des huîtres et une bouteille de vin blanc. Seigneur, notre petite Élodie est vivante ! Merci, Olivier. Je le répète assez, mais, j'en suis convaincue, il n'y a pas de hasard. Tout est écrit.

Il n'était plus question de haine, de vengeance. Un pacte tacite avait été établi, par le biais de sourires et de poignées de main.

Trois heures plus tard, Lara et Olivier étaient couchés sur un lit double drapé d'une couverture, au milieu du bric-à-brac entassé dans une chambre inutilisée de la villa des Bart.

— Ce sont de braves gens, constata le jeune homme. Élodie m'avait parlé d'eux pendant le voyage vers Londres. Quelques mots seulement. Elle n'a pas fait allusion à l'infirmité de Rozenn.

— Est-ce une infirmité ? hasarda Lara. Sans doute, car Rozenn en a beaucoup souffert, surtout dans sa jeunesse.

Sa joue nichée au creux de l'épaule d'Olivier, elle savourait son immense bonheur. Elle caressait son torse, son ventre, une main glissée sous un gilet de corps en coton blanc qui avait dû appartenir à Odilon, lorsqu'il était plus mince.

— Lara, pourquoi n'étais-tu pas au rendez-vous, sur ton île, au mois de septembre ? lui demanda soudain Olivier. J'ai pensé que tu ne m'aimais plus, à cause de mon entêtement.

— Comment ça ?

— Nous étions si heureux à chacune de nos rencontres, je n'ai pas eu le courage de t'avouer mes soucis, déplora-t-il. J'estimais suffisant de te faire des recommandations, comme de ne pas donner mon nom de famille, de ne pas révéler ma présence.

— Et je t'ai obéi. Olivier, j'aurais pu te poser des questions, moi aussi, mais je refusais de gâcher les heures que nous passions ensemble.

— Par chance, tu n'as pas assisté à la scène sur le port, où tous ces hommes m'ont injurié, en m'ordonnant de décamper. Il y en a un qui a jeté des pierres sur les vitres de ma cabine. Lara, réponds-moi, je t'en prie. As-tu eu des ennuis ? J'ai eu peur pour toi aussi, quand j'ai appris qu'une fille de ton âge avait été assassinée dans la région.

Il la repoussa avec délicatesse pour se pencher sur elle et la contempler. Une bougie presque consumée éclairait la pièce, dispensant une atmosphère ouatée, intime. Lara scruta le visage d'Olivier, touchée de lui voir cette expression angoissée, mais vibrante de passion.

— Si je n'étais pas partie relever mes casiers, je ne t'aurais pas revu, jamais, se plaignit-elle.

— Ce n'est pas prouvé, je suis un dur à cuire, plaisanta-t-il avant de lui donner un léger baiser sur les lèvres. Je t'avais aperçue, à bord de ta barque. J'ai crié.

— Oui, et ça m'a incitée à chercher qui avait appelé.

— Dès que j'ai vu que tu te dirigeais vers moi, j'ai pris une grande aspiration et j'ai cessé de lutter.

— Dis plutôt que tu as fait un malaise. Un peu plus et tu te noyais.

D'un geste désinvolte, Olivier se débarrassa du bandage qui ceignait son front et ses cheveux. Lara leva la main pour effleurer les mèches brunes, à peine ondulées, qui étaient enfin libérées.

— Je t'aime tant ! Quand ma mère t'a accusé d'avoir livré mon père à la milice, j'ai refusé de l'admettre. Si tu avais été aussi mauvais, je ne t'aurais pas aimé à ce point.

Il l'embrassa encore, un baiser plus long, plus ardent, qui éveilla son désir.

— Olivier, le jour de notre rendez-vous, maman m'a annoncé qu'elle avait vendu le bateau de papa. J'étais furieuse, je perdais le seul moyen de te rejoindre. Je suis partie à vélo et j'ai eu un accident assez grave. Un traumatisme à la tête, des côtes cassées. On m'a gardée dix jours à l'hôpital.

— Pauvre petite chérie, souffla-t-il à son oreille. Quel idiot je suis ! Tu souffrais et je l'ignorais. Lara, je dois découvrir qui veut m'éliminer, qui débite d'ignobles calomnies sur moi. Si j'échoue, on ne pourra jamais se marier.

— Tu seras mon époux, dit-elle d'un ton solennel. S'il le faut, nous irons à l'étranger, mais je deviendrai ta femme, pour vivre à tes côtés, chaque jour de ma vie.

Il eut un sourire comblé en entreprenant de déboutonner le haut de la blouse en flanelle bleue qu'elle avait mise en guise de chemise de nuit.

— Non, tu es blessé ! protesta-t-elle. Et nous ne sommes pas seuls dans la maison.

— Nous pouvons être discrets, Lara. J'emporterai ce souvenir, demain, le plus précieux au monde, toi et moi faisant l'amour. J'ai tellement rêvé de te retrouver, tout ce que tu es, ta bouche, ton corps, ton sourire. Quand j'étais trop triste, je te revoyais sur le sable de ton île, toute nue au soleil, tes longs cheveux au vent.

— Fais ce que tu veux de moi, dit-elle, ensorcelée par sa voix chaude, par le simple contact de ses doigts sur sa peau. Demain, tu vas repartir demain, déjà ! Je travaille tôt chez M. Tardivel, à la vente des huîtres. Reste ici, je passerai le soir. Je voudrais tant fêter Noël avec toi.

— Je l'espérais aussi, je t'aurais emmenée sur mon voilier. Même si tu ne m'avais accordé que deux ou trois heures, je m'en serais contenté.

— Mais où iras-tu, sans ton bateau ? Il y a les trains, au départ de Vannes. Je peux te donner de l'argent, proposa Lara, le cœur serré.

— J'avais prévu de rejoindre mes parents, ils vont toujours au Mont-Saint-Michel à cette période de l'année. Nous possédons une maison de famille là-bas.

Olivier se tut, occupé à la déshabiller. Elle devint rêveuse, en imaginant le jour béni où il la présenterait à sa famille.

— J'ai vu des photographies du Mont-Saint-Michel, ça semble un lieu extraordinaire.

— Oh oui, lorsque la marée est haute, on a l'impression d'être dans une splendide forteresse où nul ne peut nous atteindre. Lara, je te promets que nous irons tous les deux, un soir de Noël, l'année prochaine peut-être. Tu dois m'aider, essaie d'observer les pêcheurs du port, fais-les parler de moi. L'un d'eux pourrait se trahir. Je te laisserai une adresse où m'écrire, cette fois.

Lara n'était plus guère en mesure de répondre. Les mains de son amant parcouraient sa chair tiède, des épaules aux seins, des hanches au ventre. Elle cédait au plaisir délicat que lui offraient ses effleurements légers, les compliments qu'il murmurait.

— Un baiser, encore un baiser, implora-t-elle tout bas.

Olivier savait la griser de ses lèvres veloutées, du jeu subtil de leurs langues, habiles complices de ces instants exquis qui précédaient la communion de leurs sexes. Il prit sa bouche et l'embrassa longuement, tout en la caressant entre les cuisses, là où il souhaitait être reçu et se perdre.

— Serre-moi fort, gémit Lara. Je voudrais me fondre en toi, comme ça, je ne te quitterais plus jamais.

Il l'enlaça, l'étreignit, en frottant son visage dans ses cheveux qu'elle avait dénoués. Bouche contre bouche, jambes entrelacées, ils s'enivrèrent de tendresse, de vœux renouvelés, comme pour retarder le moment de s'unir vraiment.

— Tu m'attendras, lui dit soudain Olivier. Ne désespère jamais, je reviendrai vers toi, même au péril de ma vie.

— Je t'attendrai des années s'il le faut, je te le promets, répliqua-t-elle en s'écartant un peu, pour mieux le regarder dans les yeux.

Il se remit à la caresser, d'abord le long du dos, sur l'arrondi de sa hanche, au creux de ses reins, comme s'il dessinait les courbes de son corps mince, mais plein de sève, aux muscles fins.

— Oublions tout ce qui nous effraie tant que nous sommes là, ensemble, Lara !

Elle fit oui d'un signe de tête, en songeant qu'il avait failli mourir le matin même.

— Tu n'as pas décrit l'homme qui t'a agressé, s'étonna-t-elle à mi-voix. Je dois le savoir, peut-être que je le connais et…

— Chut, n'y pensons plus, n'en parlons plus, coupa-t-il. Nous avons mieux à faire.

Il eut ce sourire enjôleur auquel Lara avait succombé dès leur première rencontre. Il faisait frais dans la pièce, pourtant elle rejeta le drap et la couverture qui la gênaient. D'un mouvement souple, elle s'agenouilla sur le lit, en remontant la masse soyeuse de sa chevelure.

— Que tu es belle, soupira-t-il.

Ses jeunes seins fermes pointaient, le galbe de ses bras levés était d'une grâce juvénile. Olivier respira plus vite, à la vue de son ventre plat, de son pubis orné d'une petite toison noire.

— Viens sur moi, supplia-t-il en s'allongeant sur le dos, les bras en croix.

Sur l'îlot où ils se retrouvaient, il y avait une petite grotte, sous un amas de blocs rocheux. Du printemps à la fin de l'été, ils s'y étaient aimés sans crainte d'être surpris, entièrement libres de rire, de crier, d'être nus. Ils se baignaient dès qu'il n'y avait aucun bateau à l'horizon. Leurs folles étreintes se pimentaient de jeux coquins, au mépris de toute pudeur.

— Viens vite ! insista Olivier, haletant. J'ai très envie de toi.

Lara, une expression lascive sur son ravissant visage, se plaça au-dessus de lui. Elle offrit à son sexe d'homme sa fleur de chair, soyeuse, délicieusement chaude. Il se cambra un peu, avec une plainte étouffée de plaisir, en la prenant par la taille, afin de l'inciter à s'empaler davantage sur lui.

— Oui, comme ça, oui, dit-il tout bas.

Elle se mordit la lèvre inférieure pour ne pas crier, car des ondes de pure volupté la menaient déjà au seuil de la jouissance.

— Tu m'as tellement manqué, avoua-t-elle, le souffle court.

Olivier se redressa alors pour déposer des baisers sur sa poitrine, puis ils roulèrent sur le côté et ce fut lui qui la domina, avec des mouvements plus vigoureux, plus amples. Lara ferma les yeux, uniquement soucieuse de sa propre extase, sachant que son amant le voulait ainsi.

— C'est de sentir ton corps en fête qui me fait jouir, lui avait-il confié une fois.

Il multiplia ses assauts, jusqu'à percevoir les spasmes de sa féminité comblée. Elle s'accrocha à lui, égarée, avec un murmure heureux. Olivier gémit à son tour, puis il se retira, hébété.

— Il ne faut pas que tu sois enceinte, ce serait trop compliqué pour nous deux.

Encore étourdie, en proie à une agréable langueur, Lara pensa néanmoins à Tiphaine Jouannic, qui portait l'enfant d'un GI l'ayant abandonnée sans scrupule.

— Tu as raison, il ne faut pas, admit-elle.

Il revint à ses côtés et l'embrassa sur la bouche. D'un geste câlin, il l'attira contre lui délicatement.

— J'aime t'avoir tout près de moi, Lara. Plus tard, quand nous aurons notre maison, nous pourrons rester ainsi, dans les bras l'un de l'autre, en écoutant tomber la pluie sur notre toit.

Ramenée à l'instant présent, Lara tendit l'oreille. Un véritable déluge s'abattait sur la villa, qui ne parvenait pas, cependant, à masquer la rumeur de la mer en furie.

— La tempête ne se calme pas, constata-t-elle. Olivier, tu devrais rester ici quelques jours. Je t'en prie.

— Peut-être, j'aviserai demain, dit-il d'une voix lasse.

Quelques minutes plus tard, il s'endormait.

La chambre de Rozenn jouxtait celle du jeune couple. De son lit, elle avait deviné, à certains bruits ténus, que Lara et Olivier s'étaient aimés.

« Mon Dieu, j'ai cinquante-sept ans, et je mourrai sans avoir su ce que sont la joie des cœurs et des corps, le plaisir, la passion qui dévorent ces deux tourtereaux, déplorait-elle en son for intérieur. J'aurais pu me faire nonne, car la chasteté m'a convenu toutes ces années. »

Rozenn scruta l'obscurité qui l'entourait avec soulagement. Elle éprouvait un sentiment de sécurité la nuit, les volets clos, dans le noir. Plus personne ne pouvait voir son visage pourpre, et elle-même ne devait plus fuir les miroirs, les vitres des fenêtres, qui, sous un certain angle, lui renvoyaient son image navrante.

« Je ressentais déjà ça jeune fille, se souvint-elle. J'avais hâte de me coucher, de me plonger dans les ténèbres. »

Elle avait tant souffert de son physique, à l'âge où l'on rêve d'amour, de rendez-vous clandestins, de lettres échangées et de baisers.

— Pourquoi remuer le passé? se reprocha-t-elle tout bas. Je n'ai pas à me plaindre, notre Élodie est vivante, et j'ai mon frère.

Un sourire amer lui plissa les joues, car un ronflement sonore venait de s'élever de la chambre d'Odilon. Mais contre son gré, Rozenn songea de nouveau à Lara, à Olivier. Confuse, elle se surprit à les imaginer nus, livrés à des ébats sensuels dont elle ignorait les mystères.

« Seigneur Jésus, vous que je chéris de toute mon âme, pardonnez-moi, pria-t-elle. J'allais tuer ce garçon, après l'avoir soigné le cœur serré par le chagrin et la répulsion. S'il était mort par ma faute, il n'aurait pas pu prouver son innocence, ni nous apprendre cette merveilleuse nouvelle. Élodie a survécu. »

Des images s'imposèrent à Rozenn. On leur amenait, à elle et à son frère, une poupée blonde de dix-huit mois dont les parents venaient de mourir de la redoutable grippe espagnole. L'enfant avait échappé de justesse à ce fléau qui ravageait l'Europe, tandis que la Première Guerre mondiale fauchait tant de vies.

— Tu es devenue notre fille, Élodie, et maintenant tu es malade, bien trop loin de nous, dit-elle tout bas. Si j'avais le courage de voyager, j'irais te retrouver et je ferais l'impossible pour te guérir.

Ma petite chérie, tu as vingt-neuf ans, tu dois profiter de l'avenir.

Des larmes coulèrent bientôt sur ses joues. Elle était incapable d'affronter les regards apitoyés ou apeurés des autres. Lara avait su gagner son affection, par la force des choses. Si leur première rencontre n'avait pas eu lieu à l'abri du cabanon, au bout de cette route déserte surplombant la mer, Rozenn se serait enfuie, honteuse de son apparence.

— Pardon Seigneur, pardon Élodie, je ne veux plus souffrir, soupira-t-elle.

Le sommeil la fuyait à cause du chaos de ses pensées et de la tempête qui sévissait dehors. Le vent secouait les cheminées sur la toiture, ébranlait les contrevents, sifflait et rugissait. Pourtant elle entendit leur chien aboyer avec fureur.

— Il y a quelqu'un autour de la maison, s'alarma-t-elle.

Presque aussitôt, on toqua à sa porte. Odilon entra, un bonnet de nuit sur ses cheveux blancs, vêtu d'un pyjama en pilou, une lampe à pile à bout de bras. Le faisceau lumineux balaya le parquet.

— Je descends voir ce qui se passe, Rozenn. Nérée est furieux, il aboie rarement aussi fort.

— Sois prudent ! Attends, je t'accompagne.

— M'est avis qu'on cherche notre invité, hasarda son frère. Peut-être le type qui a tenté de le tuer.

— J'ai eu la même idée, avoua-t-elle.

Peu après, ils s'aventuraient, au rez-de-chaussée sans bruit. Par une des baies du salon, dont les volets étaient juste crochetés, ils virent le rond jaune d'une torche électrique danser derrière la haie d'hortensias.

— Et flûte ! enragea Odilon. J'ai laissé mon fusil de chasse dans ta cabane. J'avais l'esprit à l'envers, avec tout ce micmac.

— Regarde, ils sont deux, précisa Rozenn. Un soir pareil, où il fait si mauvais, ils ne font pas une balade d'agrément.

— Bon sang ! jura soudain le retraité. Vois donc, le type qui tient la lampe, c'est un gendarme ! Que vient foutre la police par ici ? Crois-tu qu'ils cherchent Olivier ?

— J'en suis sûre, hélas, déplora sa sœur.

— On va régler ça immédiatement, trancha Odilon. Je te promets qu'ils feront vite demi-tour.

Sans hésiter, il alla actionner un interrupteur. Une vive clarté inonda la pièce. Au bout de deux minutes à peine, l'inspecteur Nicolas Renan et le gendarme se tenaient sur le perron.

8

Suspicions

Chez Rozenn et Odilon Bart,
même soir, même heure

L'inspecteur Renan s'inclina poliment en montrant sa carte de police à Odilon.

— Pouvons-nous entrer, monsieur ? demanda-t-il aussitôt, irrité par ces investigations menées sous une pluie battante, en plein vent.

— Bien sûr, mais c'est une heure tardive pour rôder autour du domicile d'honnêtes citoyens, fit remarquer le retraité. Un peu plus, je tirais en l'air pour vous faire déguerpir, je vous prenais pour des rôdeurs.

Un sourire grimaçant sur sa face sillonnée de rides, l'ancien mareyeur s'écarta et leur désigna le salon tout éclairé, dont la porte communiquait avec le vestibule où ils se trouvaient.

— Qu'est-ce qui vous amène aussi tard ? insista Odilon.

— Un voilier échoué près de chez vous, par le jeu des courants, expliqua le gendarme. L'inspecteur loge dans un hôtel sur le port, ici à Locmariaquer. On est venu le prévenir, car il y avait des traces de sang dans le bateau.

— Et alors, en quoi ça me concernerait ?

Odilon haussait le ton. Rozenn, qui s'était réfugiée dans la pénombre de la cuisine, écoutait avec inquiétude en se demandant si son frère allait garder son calme.

— Figurez-vous, monsieur, que je recherche activement un dénommé Olivier Hamon, afin de l'interroger dans le cadre d'une enquête criminelle, précisa Renan. Vous avez sûrement lu les journaux, en septembre ?

— Non, j'ai vu assez d'horreurs pendant la guerre, je me tiens à l'écart de mes contemporains depuis que je suis à la retraite. Je ne lis plus les journaux et j'ai donné mon poste de radio.

— Quand même, monsieur, l'affaire a secoué le pays, s'agaça le gendarme. Une fille de dix-neuf ans égorgée, qu'on a découverte sous les pierres du dolmen de Mané-Bras !

Rozenn tressaillit, sensible à ce pénible rappel d'une tragédie qui les avait consternés, son frère et elle. Ils en avaient entendu parler par le facteur.

— Ah, oui, en effet, concéda Odilon, vous auriez dû être plus précis tout de suite. Quel est le rapport avec cet Olivier Hamon ?

— Je m'efforce de l'établir, monsieur. Monsieur Bart, c'est bien ça ? riposta l'inspecteur Renan. Nous avons fouillé le voilier qui s'est échoué sur la plage en bas de chez vous, et, dans une mallette étanche, il y avait des papiers d'identité au nom de l'individu en question, notamment un passeport. La coïncidence m'a sidéré.

— Sans doute, et où est-il ce gars-là ? demanda Odilon.

— Je penche pour un accident, à cause de la tempête. Il se sera blessé et sera tombé à la mer. Le lieutenant Auffret, ici présent, a exploré en vain une grande partie de la grève, mais il n'y avait pas de corps.

— Rien ne dit qu'il n'a pas été emporté plus loin, hasarda le retraité. J'ai emménagé à Locmariaquer fin août et, à mon âge, je ne me promène pas souvent. Les rhumatismes et autres soucis de santé.

— Donc, vous n'avez rien noté d'anormal aujourd'hui ou au début de la soirée ? bougonna Renan.

On l'avait quasiment tiré du lit, à l'hôtel sur le port où ils avaient réservé chacun une chambre, le gendarme et lui. Leur expédition en pleine tempête avait pris des allures de cauchemar. Cependant, en mettant la main sur le passeport de l'homme qu'on lui désignait comme suspect dans la lettre anonyme, il avait décidé de suivre cette piste, toute la nuit si nécessaire.

— Non, inspecteur, affirma le sexagénaire d'un ton net.

Une quinte de toux résonna alors, en provenance du rez-de-chaussée. Renan quitta le salon et jeta un coup d'œil autour de lui. Rozenn, navrée de s'être trahie, demeura à sa place.

— C'est ma sœur, expliqua Odilon. Nous étions couchés quand le chien a aboyé, nous sommes descendus tous les deux, pour savoir ce qui se passait.

— Ne craignez rien, madame, dit le policier. Si nous n'avions pas vu la lumière s'allumer, je serais revenu demain matin vous interroger. Je suis désolé de vous avoir dérangés et effrayés.

— Je ne suis pas présentable, argumenta Rozenn. Mais vous avez eu raison de venir vous renseigner ici.

Renan apprécia la voix de la femme, posée et très douce. Il s'apprêtait à prendre congé.

— Monsieur Bart, vous avez une position privilégiée, de vos fenêtres et de votre jardin, dit-il. Si vous pouviez surveiller le rivage, les jours qui viennent. En cas de découverte macabre, alertez la gendarmerie la plus proche, je serai mis au courant.

— Volontiers, inspecteur, assura Odilon.

Un léger bruit de pas dans l'escalier les surprit tous. Lara, qui ne dormait pas encore, avait entendu des voix d'homme, inconnues de surcroît. Intriguée, elle était descendue à son tour, en ayant eu soin, auparavant, d'enfiler son pull et une culotte.

L'inspecteur ne put s'empêcher d'admirer d'emblée ses jolies jambes fuselées.

— Oh, pardonnez-moi, dit-elle, prête à remonter sur-le-champ en voyant le gendarme derrière Renan.

— Votre fille ? demanda celui-ci au retraité.

— Je voudrais bien, répliqua-t-il en souriant. Cette jeune personne fait le ménage chez nous. Il faisait tellement mauvais temps que nous lui avons proposé de dormir là, pour une fois.

— D'autant plus que j'embauche tôt demain matin, ajouta Lara. Je travaille aussi chez M. Tardivel, l'ostréiculteur.

Par chance, elle avait pu saisir quelques mots du policier, au sujet d'une « découverte macabre ». D'instinct, elle respecta la version d'Odilon Bart.

— Je suppose que vous habitez dans le coin ? s'enquit Renan, beaucoup moins pressé de partir.

— Pas tout à fait, répondit-elle, très gênée d'être jambes nues. Je vis sur la dune, du côté de la baie de Quiberon.

L'intuition que Nicolas Renan avait eue en voyant la jeune fille se confirmait.

— Votre identité, mademoiselle ?

— Lara Fleury.

— J'ai rendu visite aux Cadoret ce soir, à votre mère aussi, qui m'a raconté que vous couchiez chez des amis, précisa-t-il, sous le regard un peu anxieux d'Odilon.

— La sœur de M. Bart et maman entretiennent de bonnes relations, sinon elle ne m'aurait pas autorisée à passer la nuit ici.

— D'accord, je ne vous importunerai pas davantage. Mais j'aurais des questions à vous poser, mademoiselle, sur Erwan Cadoret, votre ami d'enfance. Je viendrai demain soir, chez votre mère.

— Il n'y a pas de problème, affirma Lara. Je serai rentrée vers 18 heures. Excusez-moi, je retourne au lit.

Dès que les deux policiers furent dehors, le lieutenant Auffret marmonna, après un petit rire :

— J'irais bien au lit avec la demoiselle !

— En voilà, des manières, pour un représentant de l'ordre ! le tança Renan. J'ai cru comprendre que vous étiez marié et père de famille.

— Je blaguais, inspecteur.

— Personnellement, ça ne me fait pas rire, rétorqua celui-ci. Surtout lorsque j'enquête sur la mort d'une fille du même âge qu'un type a égorgée sans pitié.

Le chien sortit de sa niche et grogna quand ils longèrent le grillage de la cour.

— Un fichu molosse, commenta encore le gendarme. Il n'a pas l'air commode.

L'animal laissait Renan totalement indifférent. Il songeait au voilier échoué, aux traces de sang.

— C'est bizarre, nota-t-il en s'asseyant au volant de sa voiture. Envisageons qu'Olivier Hamon se blesse et tombe à la mer. Le bateau a dû dériver, mais la houle était forte, il pleuvait. Le sang aurait dû être effacé par toute cette eau, pourtant il en restait sur le bastingage, suffisamment pour qu'on vienne nous chercher. Encore plus bizarre, l'homme qui est venu à l'hôtel savait où nous trouver. Il a prétendu avoir aperçu le voilier poussé par le courant, puis échoué à marée basse. Son nom, déjà ?

Le gendarme alluma la petite lampe intérieure qui surplombait le rétroviseur. Il sortit un carnet de sa poche et le feuilleta.

— Selon sa déclaration, l'individu s'appelle Martin Le Dru. Il n'est pas de Locmariaquer, mais de Lorient. Il bosse dans les parcs à huîtres depuis un mois. Il a donné comme raison à sa sortie nocturne son habitude de ramasser des coquillages et des crabes, surtout la nuit à marée basse.

— Un vrai sac de nœuds, cette histoire, conclut l'inspecteur Renan. Déjà Armeline Fleury a menti, j'en suis sûr, quand elle a prétendu ne pas connaître d'Olivier Hamon. J'ai le flair pour ça.

— Bah, si ce gars s'est noyé, ce n'est pas une grosse perte. Dans la lettre anonyme que vous avez reçue à Vannes, on dit qu'il était un fervent milicien. Si vous voulez mon avis, cette crapule a eu ce qu'elle méritait.

— Gardez vos commentaires pour vous, lieutenant Auffret. Je n'accorde pas vraiment foi à ce genre de dénonciation qui sent la vengeance. Bien, dès l'aube, il faudra inspecter soigneusement le voilier et le faire remorquer jusqu'au port. Je crois que je n'irai pas réveillonner chez mes parents cette année.

Lara s'était empressée de redescendre l'escalier. Elle faillit heurter Rozenn qui sortait enfin de la cuisine.

— Pourquoi la police est-elle venue ? questionna la jeune femme. Leur avez-vous parlé d'Olivier ?

— Mais non, ne te fais pas de souci, répondit Odilon. Pourtant, cet inspecteur le recherche.

Il lui répéta alors de façon précise ce qu'avait dit Renan. Lara hésita à se réjouir en apprenant que le voilier s'était échoué à proximité.

— Je vais réveiller Olivier, annonça-t-elle. Je voudrais son avis. Il aurait peut-être pu informer ce policier de la tentative de meurtre dont il a été victime. Ce serait la meilleure solution, demander l'aide de la justice.

— En es-tu sûre ? souffla Rozenn. Je n'ai pas l'impression que ton ami tienne à mêler la police à ses affaires.

— Pourtant il doit se disculper, surtout si on veut l'interroger au sujet de Madalen Le Goff, plaida Lara. C'est ridicule, à la date du crime, Olivier m'attendait sur l'île qui appartient à ma famille. On va finir par l'accuser de tous les maux de la terre ! J'en ai assez qu'il se cache, qu'on le dénigre. Si nous pouvions nous aimer au grand jour, je serais tellement heureuse. Dans deux jours, c'est Noël, et il ne pourra même pas rentrer auprès des siens, ni dîner chez moi.

Sa voix tremblait. Rozenn lui tapota gentiment l'épaule.

— Allons, sois courageuse, Lara. Il est sain et sauf, à l'abri. Ceux qui lui veulent du mal doivent avoir l'âme bien noire, mais, pour le moment, ils le croient mort.

Olivier, réveillé en sursaut, fixait Lara d'un air hébété. Il paraissait ne rien comprendre à ce qu'elle lui disait à voix basse. Un quart d'heure s'était écoulé depuis le départ de l'inspecteur Renan et du gendarme.

— Je t'en prie, écoute donc, répéta-t-elle. Je devais te prévenir. As-tu tout saisi ? Ton voilier s'est échoué près d'ici, la police a mis la main sur une mallette en fer où il y avait tes papiers d'identité. Et on te croit mort !

Il se redressa, se frotta le visage, en effleurant la plaie de son crâne. Ses yeux d'un bleu sombre, la couleur des profondeurs marines, se mirent à briller d'exaltation.

— Je n'aurai pas d'autre chance, décréta-t-il. Si on me croit mort noyé, et que mon bateau est à proximité, je dois m'en aller tout de suite. Il n'y a pas une minute à perdre !

— Réfléchis un peu, c'est de la folie, Olivier ! Le policier a dû garder ton passeport, et on ne sait pas dans quel état est le voilier, le mât a pu se briser. Je t'en supplie, reste là, en sécurité. En plus il fait nuit noire. On entend les vagues, la tempête continue.

— Je m'en tirerai, Lara. La marée va bientôt remonter, c'est l'occasion ou jamais. J'ai besoin de vêtements propres, d'un peu d'argent et d'une lampe électrique.

Un étau de chagrin broya le cœur de la jeune femme. En dépit des circonstances, elle avait espéré pouvoir passer du temps avec Olivier le jour de Noël. Amèrement déçue, elle répliqua d'un ton sec :

— Si j'avais ouvert à cet inspecteur, je lui aurais dit, moi, qu'on avait essayé de te tuer ce matin. Pourquoi ne vas-tu pas porter plainte à la gendarmerie ? Au fond, que peut-on te reprocher ?

— Tu ne me fais pas confiance ! s'indigna-t-il. Lara, si j'avais pu demander l'aide de la police, je n'aurais pas hésité. Sans les preuves que je cherche, ça ne servirait à rien.

— Mais ils veulent t'interroger au sujet d'un crime, celui qui a eu lieu dans les bois d'Erdeven, déplora-t-elle. Si tu prends la fuite, on te croira coupable de ce meurtre ignoble.

Olivier se leva sans daigner lui répondre. Il était entièrement nu. La vision de son corps athlétique, à la peau dorée, acheva de désespérer Lara. Elle le rejoignit d'un bond pour l'enlacer, le toucher.

— Où iras-tu, comment te dirigeras-tu dans le noir ? s'enquit-elle d'une voix radoucie.

— Sois tranquille, il ne m'arrivera rien si je m'éloigne d'ici, dit-il en l'embrassant sur le front. Quant à mon passeport, il ne m'est guère utile. C'est un faux. Mais si je laisse la police fouiller mon bateau, elle pourrait trouver la cachette où se trouve le vrai document. Je ne m'appelle pas Hamon, Lara.

— Ni Olivier ?

— Si, on m'a baptisé Olivier, je n'ai pas jugé utile de changer de prénom.

Il enfila le caleçon en lainage que lui avait prêté Rozenn. Lara le cramponna par l'avant-bras gauche.

— Et quand tu portais l'uniforme des miliciens, tu n'as vraiment commis aucun acte épouvantable ? Réponds ! Ces fauves ont exécuté un homme, devant son épouse et ses enfants, vers Plouharnel.

Il lui fit face, blême de tristesse, et la prit par les épaules.

— Lara, si j'avais été obligé de commettre un meurtre de sang-froid, afin de ne pas me trahir auprès des autres miliciens, je me serais supprimé tôt ou tard. Hélas, j'ai assisté à une scène atroce, du genre de celle dont tu parles. C'était insoutenable, j'ai baissé les yeux, en me promettant de réussir la mission qu'on m'avait confiée, celle de sauver Élodie Bart. Si tu ne me crois pas, autant ne jamais nous revoir.

— Mon Dieu, tais-toi ! Je te crois, Olivier, parce que je t'aime de tout mon être et je n'aimerai que toi.

Lara se jeta à son cou. Il l'étreignit avant de poser ses lèvres sur les siennes, pour un baiser passionné, qui leur offrit durant quelques secondes un parfum de paradis.

— Je vais avertir Rozenn et Odilon, murmura-t-elle ensuite, à bout de souffle et tremblante d'une joie fragile.

Lundi 23 décembre 1946, chez Armeline Fleury

Il était 7 heures du matin. Armeline fut toute surprise de voir entrer Lara, qui portait un casier où s'agitaient faiblement trois homards.

— Bonjour, maman. Je suis passée vous embrasser avant d'aller travailler. Voilà notre dîner pour demain soir.

— Ils sont beaux, admit sa mère. Je les remettrai dans de l'eau de mer, ils n'ont pas l'air vaillants. Tu as une petite mine, Lara.

— J'ai mal dormi. Qu'est-ce que tu fais, Fantou ?

Sa sœur lui tournait obstinément le dos. Elle était perchée sur un escabeau en bois à trois marches, et s'affairait à décorer le dessus du vaisselier.

— Attends, Lara, je vais te montrer ! s'écria-t-elle. Tu ne devais pas venir, aussi !

— J'ai encore un peu de temps, j'en profite pour changer de pantalon.

Dès que Lara se dirigea vers sa chambre, Armeline lui emboîta le pas et referma la porte derrière elle.

— Je suis vraiment la dernière des sottes, commença-t-elle. Hier après-midi, un inspecteur de police est venu, et je lui ai menti. Il voulait savoir si je connaissais Olivier Hamon. J'ai pensé à toi, ma pauvre enfant, amoureuse de ce triste individu.

— Ne tombe pas dans le mélodrame, maman ! s'insurgea la jeune femme. Olivier n'a rien d'un « triste individu ». Je peux tout t'expliquer maintenant, et c'est incompréhensible que ce policier veuille l'entendre à propos du crime d'Erdeven. On s'acharne sur lui. Nous en parlerons ce soir, d'accord ? Je ne voudrais pas être en retard, M. Tardivel est pointilleux sur les horaires.

Stupéfaite, Armeline leva les bras au ciel. Elle s'affola :

— Mais comment es-tu au courant ?

— J'ai rencontré l'inspecteur Renan hier, peu avant minuit. Un gendarme et lui se sont présentés chez les Bart. Je peux déjà t'assurer qu'Olivier est innocent. Il n'a pas dénoncé papa ni ton frère Patrick. Il me l'a juré.

Lara se tut, occupée à boutonner la ceinture de son pantalon en jersey de laine. Le cœur lourd, elle revivait l'instant éprouvant de la séparation.

« Dieu soit loué, la mer s'était calmée, le ciel était assez clair. Olivier semblait tellement content de retrouver son voilier. Monsieur Odilon lui a donné un caban bien chaud, un bonnet, une lampe torche à pile qui éclairait beaucoup, se disait-elle. Rozenn avait préparé de la nourriture dans un cabas et de l'eau potable. Ils vont au bureau de poste, ce matin, pour essayer de joindre leur cousine Élodie. »

Armeline l'observait, songeuse. Lara, en un an, était devenue une femme. On le devinait à ses gestes, à ses regards. Sa fille avait un amant, sans même s'être fiancée.

— Est-ce que tu as revu Olivier, Lara ? demanda-t-elle.

— Oui, maman, cette nuit. Je te le répète, je t'en dirai plus ce soir.

Lara ferma les yeux en brossant ses longs cheveux, afin de se remémorer Olivier prêt à partir. Il se tenait debout sur la plage, serrait la main d'Odilon Bart, celle de Rozenn. Puis il l'avait prise dans ses bras pour chuchoter à son oreille :

— Je te jure que je n'ai fait aucun tort à ton père, à ton oncle. Si je démasque ceux qui me calomnient, qui en veulent à ma vie, je trouverai également ceux qui les ont envoyés en déportation. Sois patiente, Lara, je t'aime plus que tout.

Sans l'irruption de Fantou, Lara aurait encore pensé au dernier baiser d'Olivier, à la mise à l'eau du bateau. Il était 2 heures du matin lorsque les trois témoins du départ avaient vu la voile d'un blanc écru s'amenuiser au loin, pour disparaître dans la nuit sans lune.

— Viens, Lara, c'était pour te faire plaisir ! s'écria sa sœur.

Elles retournèrent dans la cuisine en se tenant par la main. Très fière, Fantou désigna le buffet.

— Regarde comme c'est joli, dit-elle, en extase.

Un décor ornait le dessus du meuble. Une crèche en carton, peinte en marron, abritait les personnages de la Nativité, des figurines en argile datant du début du siècle.

— J'ai mis de la mousse là où sont les bergers et les moutons, précisa Fantou. Au retour de la messe, demain soir, on allumera les petites bougies. Jésus doit être content !

— J'en suis persuadée, mon petit korrigan, affirma Lara qui admirait aussi les bouquets de houx dans des vases en grès et les brins de lierre disposés sur les étagères contenant les assiettes, dans le corps supérieur du vaisselier.

— Maman a refusé qu'on décore un sapin, ou une branche de pin, se désola Fantou. Mais Noël est la fête la plus importante, avec Pâques.

Très émue, Lara cajola sa sœur et l'embrassa. Elle regrettait de ne plus pouvoir veiller sur elle, la journée.

— Je reviens vite, Fantou. Grâce à toi, nous avons un ravissant décor de Noël. Je suis navrée de vous avoir laissées seules ce dimanche, maman et toi. Je ne travaille pas demain, on fera un gâteau pour le réveillon.

Fantou s'illumina d'un sourire rêveur, à l'idée d'avoir Lara à ses côtés dès le réveil et jusqu'à l'heure tant attendue de se rendre à l'église, pour suivre la première messe célébrée en l'honneur du Sauveur, Jésus-Christ de Nazareth, pour qui elle avait une sincère vénération.

Port de Locmariaquer, même jour,
8 heures du matin

L'inspecteur Nicolas Renan ne décolérait pas. Il arpentait les pavés du quai d'une démarche saccadée, en fumant un cigare. Deux gendarmes, dont le lieutenant Auffret, le regardaient aller et venir. D'autres hommes guettaient le moindre de ses gestes, dont Yohann Cadoret et ses fils, depuis le pont de leur chalutier.

— Quand est-ce qu'il va nous foutre la paix, ce polichinelle ? bougonna Erwan. Il n'en a plus après moi, il a vérifié mon alibi hier soir, au bistrot.

— C'est à cause d'un voilier échoué où il y avait des traces de sang, annonça Denis. Les gars en discutaient, quand on est arrivés sur le port.

L'adolescent jubilait, excité d'être le premier renseigné. Son père lui décocha un coup d'œil furibond.

— Où as-tu traîné, encore ? Je n'écoute pas les ragots, fiston. Et depuis quand un flic s'intéresse à un voilier, échoué ou pas ? Celui-là enquête sur un meurtre, et il n'est pas bien malin, pour t'avoir soupçonné, Erwan.

Renan se tourna vers eux au même moment. Il prit la peine de les saluer d'un geste agacé. Enfin il s'approcha des gendarmes.

— Comment expliquez-vous ce qui est arrivé ? enragea-t-il. Le bateau d'Olivier Hamon a disparu pendant la nuit ! On l'a volé, c'est ça ?

— Je ne pense pas, inspecteur, répondit Auffret.

— Alors il s'est volatilisé ! J'aurais dû vous laisser là-bas, sur cette plage, à monter la garde. Ou bien Hamon était dans le coin et il a repris la mer, en renonçant à sa mallette, à son passeport, ce qui ne m'étonne guère, en fait.

— L'affaire est réglée, dans ce cas, inspecteur, hasarda le second gendarme. Le propriétaire du bateau ne s'était pas noyé, et il a dû mettre les voiles.

Une fourgonnette peinte en bleu clair se gara au bout du quai. Lara en descendit, ainsi qu'une seconde jeune femme, Béatrix, en ciré noir, ses courtes boucles blondes protégées par un foulard. Profitant de l'absence de Tiphaine Jouannic, elle faisait son possible pour se rapprocher à son tour de Lara.

Le chauffeur du véhicule ouvrit les portes à l'arrière. Nicolas Renan, intrigué, vit l'homme sortir des tréteaux de l'habitacle, puis des planches.

— C'est Tardivel qui envoie ses employées vendre des huîtres, commenta le lieutenant Auffret. Il baisse les prix, en prévision des fêtes. Je peux vous dire que ça fait enrager Malherbe, le maire de la ville.

— Pourquoi ? s'enquit Renan, tout en observant Lara et sa collègue.

— Éric Malherbe possède des hectares de parcs à huîtres. Il a hérité d'une partie, le reste, il l'a racheté. Ensuite il s'est encore agrandi. Si vous voyiez son manoir !

Lara avait remarqué les gendarmes et l'inspecteur. Le vent était froid, si bien qu'elle remonta le col de sa veste et ajusta son bonnet sur ses cheveux divisés en deux tresses. Peu après, la fourgonnette recula et braqua dans la rue menant au port.

« Qu'il vienne m'interroger sur Olivier, pensa-t-elle. Je lui fournirai un solide alibi pour la nuit du crime. Mais ce policier n'en saura pas davantage. »

Impassible, elle disposa les panières sur l'étal provisoire. Les coquillages tant appréciés étaient entourés d'algues brunes. Lara installa les étiquettes indiquant le prix et la qualité des huîtres.

— J'ai dit à ma grand-mère de venir en acheter, lâcha Béatrix. On mange avec elle, le jour de Noël.

— As-tu eu des nouvelles de Tiphaine ?

— Non, et je me fiche d'elle. On est plus tranquilles sans cette mijaurée dans les pattes.

— Tu es méprisante envers une femme enceinte, abandonnée par le père de son enfant. Iras-tu à la messe de minuit dans cet état d'esprit ?

Douchée par le reproche, Béatrix joua l'indifférence, en allumant une cigarette de marque américaine.

— Je m'en moque, de la messe, déclara-t-elle enfin. Grand-mère voudra me traîner à l'église, mais je refuserai. Mes parents lui suffiront. Tu sais, moi, les traditions !

— Eh bien, ma mère, ma sœur et moi, nous respecterons les usages. J'ai hâte de faire des crêpes, d'en manger en famille avant de partir pour l'office, expliqua Lara à mi-voix. Au retour, nous aurons des homards à déguster.

— Et ton père, il ne sera pas là ?

— Non, papa a été déporté. Je n'aime pas en parler. Tiens, peut-être un client !

Lara désigna d'un mouvement de tête l'inspecteur Renan. Il avançait à pas lents, les mains croisées dans le dos. L'air perplexe, il s'arrêta devant leur étalage.

— Bonjour, mademoiselle Fleury, dit-il. Si vous m'accordiez quelques minutes, ça m'éviterait de vous déranger ce soir.

Il salua quand même Béatrix, dont le fard à lèvres d'un rouge vif heurtait son sens du bon goût.

— Inspecteur Renan, ajouta-t-il. Bonjour, mademoiselle.

— Si c'est la police, vas-y, Lara, dit Béatrix. Je m'occuperai très bien des clients, s'il y en a. Rien ne bouge, ce matin.

Renan entraîna Lara à l'écart, à distance raisonnable des deux gendarmes qui patientaient.

— Hier après-midi, j'ai interrogé votre voisin, Erwan Cadoret. Je le suspectais dans l'affaire Madalen Le Goff.

— Ah ! Pour vous, une fille de mon âge égorgée n'est qu'une simple affaire, se révolta Lara.

— Je n'ai pas dit ça, j'emploie le jargon du commissariat. Je vous assure, mademoiselle, que je trouverai le coupable. Cadoret a un solide alibi, je cherche à présent du côté d'un dénommé Olivier Hamon.

Ils longeaient le quai. Aucun marin-pêcheur n'était sorti en mer, si bien que tous les bateaux étaient amarrés. Une eau grise clapotait contre la jetée.

— Excusez-moi, inspecteur, rétorqua Lara d'un ton dur, mais il était évident que vous faisiez erreur. Erwan peut se montrer violent, mais, de là à tuer une inconnue, je l'en crois incapable. Son alibi l'a confirmé.

Elle se tut un instant, en se souvenant qu'elle-même avait soupçonné son ami d'enfance.

— Quant à Olivier Hamon, il est innocent lui aussi, car je sais où il était le soir du crime. Il se trouvait sur son voilier, près d'une île qui m'appartient, dans le golfe. Il m'attendait, voyez-vous, car nous nous fréquentons depuis le printemps. J'ai une lettre qui le prouve.

— Excusez-moi également, mademoiselle Fleury, mais l'avez-vous vu sur votre île ? Étiez-vous avec lui la nuit du meurtre ? Et il me semble que, dès le lendemain, vous avez eu un accident à vélo, et qu'on a dû vous hospitaliser.

— Vous êtes bien renseigné.

— C'est mon métier. Dites-moi plutôt la dernière fois que vous avez vu votre amoureux, si le terme vous convient.

— Au début du mois de septembre. Le mercredi 4, en allant relever mes casiers. Mais, en aucun cas, Olivier ne peut être mêlé à ce meurtre abominable. Je voudrais vraiment savoir pourquoi vous le soupçonnez ! Il n'est pas d'ici, qui vous a parlé de lui ?

Elle avait touché un point sensible. Sans la lettre anonyme qu'on lui avait fait remettre à Vannes, Renan aurait ignoré l'existence du jeune homme encore longtemps.

Il considéra Lara attentivement, pour déduire qu'elle était très jolie, et de plus intelligente, volontaire.

— Peu importe, ce sont mes sources, trancha-t-il. Mais je suis au regret de vous apprendre que le voilier d'Olivier Hamon s'est échoué cette nuit, pas très loin de la villa des Bart, où vous étiez hébergée. Une coïncidence, sans doute ? Enfin, autant vous le dire, on penche pour un dramatique accident, et votre ami s'est peut-être noyé. Ou alors il vous a rendu visite avant de reprendre la mer. Cela étant, il aurait été en peine de partir sans aide.

Le cœur de Lara battait à se rompre. Elle parvint néanmoins à feindre l'incrédulité, puis l'angoisse.

— Et vous m'annoncez ça sans précaution, sans penser au mal que vous me faites ! s'enflamma-t-elle après un silence. Nous avions prévu de nous fiancer. Pourquoi se serait-il noyé ? Je ne veux pas, non, je refuse de vous écouter. Déjà, j'ai perdu mon père pendant la guerre. Vous êtes d'une cruauté affreuse.

Les larmes aux yeux, elle réprima un sanglot et s'écarta de l'inspecteur, qu'elle venait de réussir à duper avec un talent de tragédienne incontestable. Renan, impressionné par le visage pathétique qu'elle lui offrait, se sentit obligé de se justifier.

— Je suis désolé, mademoiselle. Je l'admets, j'ai été direct, mais, dans la police, nous procédons ainsi.

Lara demeura silencieuse, afin de mieux réfléchir à ce qu'elle devait dire ensuite.

— Il y a de fortes probabilités pour que votre ami ait récupéré son bateau. Je l'espère, car j'ai eu des informations sur lui, et elles penchent en sa faveur. S'il revient, incitez-le à me contacter. Je vous laisse mon numéro au commissariat de Vannes.

— Inspecteur, je vous en prie, je dois savoir pourquoi vous avez établi un rapport entre Olivier et ce crime, insista Lara, son regard noir étincelant de passion.

— Bah, après tout, il est peut-être préférable que je vous en parle, je l'aurais précisé à votre ami, si je l'avais rencontré, soupira-t-il. C'est à cause d'une dénonciation anonyme. Au revoir, mademoiselle Fleury. Soyez prudente, vous avez l'âge de Madalen Le Goff !

Lara, l'esprit en pleine confusion, retourna auprès de Béatrix qui servait un vieil homme tout de noir vêtu. Il lui adressa un sourire avant de payer.

— Vous ne seriez pas la fille de Louis Fleury ? demanda-t-il d'une voix éraillée. Dites, vous avez grandi, vous êtes une belle jeune fille maintenant.

— Je vous remercie, monsieur.

— Vous ne me reconnaissez pas, bien sûr ! Hé, je me fais vieux. Votre papa travaillait pour moi, à ses débuts. Un fin pêcheur au chalut, et un bon marin. Mes amitiés à votre maman.

Le vieillard s'éloigna, en s'appuyant sur une canne. Lara aurait voulu parler avec lui, mais elle était bouleversée par les propos équivoques de l'inspecteur de police.

« Je n'ai pas rêvé, songea-t-elle. Il semble savoir la vérité sur Olivier. »

Béatrix lui donna un coup de coude amical. Elle vérifiait la somme que lui avait remise le client.

— Oh, Lara, est-ce que ça va ? Tu es blanche comme un linge. Il t'a ennuyée, ce flic ?

— Non, il enquête sur la mort de Madalen Le Goff, or on lui a dit que j'étais au lycée avec elle et Tiphaine Jouannic, à Auray. En plus, il m'a conseillé d'être prudente, parce que j'ai le même âge que la victime. J'en ai froid dans le dos.

Elle exagérait un peu, dans l'espoir de convaincre sa collègue qu'il n'y avait rien d'autre.

— J'ai rudement peur moi aussi, quand je rentre à la maison à vélo, lui avoua Béatrix. Enfin, il doit être loin, l'assassin ; car tu es d'accord, ça ne peut pas être quelqu'un de chez nous. Tiens, voilà le plus beau ! Ce gars-là, j'en suis dingue.

Erwan Cadoret approchait de leur stand. Lara s'efforça de faire comme si c'était la première fois qu'elle le voyait. Elle dut admettre que son ancien camarade de jeu pouvait plaire. Il était grand, blond, bien bâti, et ses yeux clairs avaient une expression fière.

— Bonjour, mesdemoiselles, dit-il en soulevant sa casquette. Avec de jolies filles comme vous, les panières seront vides avant midi. Et toi, Lara, ça va ?

— Très bien, merci, répliqua-t-elle sèchement.

— On avait pensé vous inviter à dîner chez nous, demain soir, mais avant la messe de minuit. Ma belle-mère fera des crêpes et du vin chaud.

— Tu remercieras tes parents, mais nous tenons à passer la veille de Noël chez nous.

— Dommage ! Pourquoi l'inspecteur discutait avec toi ? C'est à cause du voilier de ce petit salaud, Hamon ? Il paraît qu'il s'est noyé.

Béatrix écoutait, sans cacher sa curiosité. Lara, tremblante de colère, leva son regard noir vers Erwan, qui la dépassait d'une tête et la toisait.

— Je n'ai plus rien à te dire ! trancha-t-elle. Si tu n'achètes pas d'huîtres, tu devrais t'en aller.

— Ma parole, tu n'es pas une grande sentimentale ! Tu ne l'aimais pas tant que ça, ton Olivier, sinon tu serais en train de pleurer.

Lara fut incapable de se dominer. Elle s'empara d'une des panières remplies à ras bord et la jeta de toutes ses forces à la figure d'Erwan. Il poussa un cri de rage et de douleur, car des coquillages l'avaient heurté au nez et à l'œil droit. Le reste s'était répandu sur les pavés.

— Sale petite peste ! gronda-t-il.

— Au moins, j'espère qu'après ça tu n'auras plus envie de m'épouser ! s'écria-t-elle.

La scène intéressa beaucoup Nicolas Renan, qui s'apprêtait à quitter le port en compagnie des gendarmes. Il esquissa un sourire ironique en croisant Erwan Cadoret, qui marchait d'un pas rapide vers le chalutier de son père.

— Quand je vous le disais, Auffret, marmonna l'inspecteur au lieutenant. Un vrai sac de nœuds, et tout ce monde ne fait que mentir. C'est décidé, je réveillonnerai ici, à Locmariaquer. J'ai l'intuition qu'il pourrait y avoir du grabuge, cette semaine.

Sainte-Anne-d'Auray, chez les Jouannic,
quelques heures plus tard

Loïza et Luc décoraient un petit épicéa qui trônait dans un angle de la vaste cuisine. C'était une coutume que la famille avait toujours suivie fidèlement, même pendant les années de guerre.

— Tu mettras tes sabots au pied de l'arbre, demain soir en te couchant, dit gentiment Paule à l'enfant. Explique-lui, Loïza.

— C'est inutile, il sait ce qu'il doit faire, répondit celle-ci. Tout à l'heure, je l'emmènerai à la basilique, pour voir la crèche. Elle est tellement belle, plus impressionnante que la nôtre.

— Je me souviens des Noëls, quand j'étais fillette, ajouta Paule avec un soupir. Ma grand-mère parlait mal le français, elle me montrait le sapin en répétant «*ar wezenn nedeleg*[1]». Et maman, qu'elle repose en paix, m'avait raconté que c'était une très ancienne tradition. Nos lointains ancêtres celtes ornaient des arbres au solstice d'hiver, pour fêter le jour où le soleil renaissait.

— Oui, ils le nommaient l'arbre de l'enfantement, précisa Loïza. Notre institutrice nous avait lu un texte sur ce sujet.

— C'est vrai que tu as ton certificat d'études, toi, soupira Paule. Moi, j'ai dû quitter l'école pour aider à la ferme.

Luc émit un son étouffé, qui équivalait à un rire. Il saisit la main de Loïza et désigna d'un signe de tête l'étoile en papier doré qu'il venait d'accrocher.

— C'est très joli, Luc ! Les guirlandes, maintenant, lui dit-elle en articulant bien.

Le garçon s'empara aussitôt des rubans argentés hérissés de filaments brillants. Loïza le félicita d'un sourire, pour avoir si vite compris. Elle le contempla tendrement. Il était plaisant à voir, en chemise blanche sous un gilet en gros coton rayé.

1. «Arbre de Noël», en breton.

Ses cheveux bruns étaient soigneusement coiffés et pommadés.

— Pauvre petit, soupira Paule. Qu'est-ce qu'il serait devenu sans nous ? Et plus tard, si nous ne sommes plus là, où ira-t-il ?

— Nous serons là encore longtemps, protesta Loïza, que les jérémiades de sa belle-sœur agaçaient souvent.

Elle lui tourna le dos pour accrocher aux branches des boules en verre, aux couleurs vives. Luc, lui, dénicha un ange en papier argenté, dans la caisse où étaient rangées les décorations.

— Vous auriez pu m'attendre pour décorer l'arbre ! s'écria alors Tiphaine, qui venait d'entrer dans la pièce.

La jeune femme s'approcha d'un pas traînant. Elle était en chemise de nuit, des bigoudis sur la tête. Son ventre très rond pointait sous le tissu rose.

— Et toi, tu aurais pu te lever plus tôt ! lui reprocha sa mère. Fais-toi présentable avant midi. Nous avons quelqu'un à déjeuner.

— Je m'en fiche, répliqua Tiphaine. De toute façon, je resterai dans ma chambre puisque je vous fais honte, que j'ai déshonoré les Jouannic !

Elle pleurait déjà, avec de brefs sanglots. Loïza la prit dans ses bras.

— Allons, calme-toi, ma chérie, lui dit-elle d'un ton câlin.

— J'aime bien quand tu m'appelles comme ça, tata. John me le disait souvent. Je n'peux pas croire que je ne le reverrai plus.

Paule secoua la tête, en observant sa fille d'un air navré. Elle avait toujours été fière de Tiphaine, car elle était jolie, coquette et bonne élève. La voir ainsi, le corps déformé, le teint brouillé, l'irritait au plus haut point.

« Quand le bébé sera né, je retrouverai ma Tiphaine, se disait-elle. Elle fera un apprentissage dans un autre salon de coiffure, ou dégotera une place de vendeuse. Loïza est d'accord pour s'occuper du petit. »

Cette perspective la mit de meilleure humeur. Elle alla vérifier le contenu fumant d'une marmite, sur la grosse cuisinière en fonte qui dispensait une agréable chaleur.

— Viens, Tiphaine, je vais t'aider à te préparer, proposa Loïza, qui fit un clin d'œil à sa nièce.

— Mais je n'ai pas pris mon lait chaud !

— Tu le boiras une fois prête.

Elle l'entraîna dans le couloir, où elle tapota la poche de son tablier en cotonnade fleurie.

— J'ai guetté le facteur ce matin, il y avait du courrier pour toi. Je me méfie de ta mère. Le mois dernier, elle me disait que, si John t'écrivait, il fallait qu'on brûle la lettre. Je connais Paule, elle se rend malade à l'idée que tu partes en Amérique.

— Ah bon, marmonna Tiphaine, hébétée.

Loïza, une fois dans la chambre, poussa la targette. Vite, elle tendit une enveloppe à la jeune femme.

— Tiens, ça vient des États-Unis, John t'a enfin répondu.

— Mon Dieu ! Sainte Anne a entendu mes prières, alors…

Terrassée par l'émotion, Tiphaine dut s'asseoir au bord de son lit. Un immense espoir la transfigurait.

— Si tu préfères, je te laisse seule pour la lire, lui dit sa tante.

— Non, reste, c'est grâce à toi que j'ai la lettre. Es-tu sûre que maman n'en a pas gardé une autre, avant celle-ci ?

— Mais oui, dépêche-toi de lire.

Tiphaine déplia bientôt une feuille d'un papier très fin, où quelques lignes, tracées d'un côté seulement, se devinaient en transparence. La joie délirante qui l'avait illuminée céda la place, en quelques secondes, à une expression tragique.

— Quelle horreur ! gémit-elle, le visage crispé par le chagrin. Lis, tata, lis ! Seigneur, je voudrais crever, là, tout de suite !

Loïza, effarée, imagina le pire. Elle s'empara de la lettre le cœur serré. Le major Russel devait être mort, soit pendant la traversée, soit d'un accident dans son lointain pays natal.

— J'veux mourir ! répétait sa nièce, qui respirait mal.

— Ne dis pas ça, Tiphaine, pense au bébé !

Cependant, dès qu'elle eut achevé de déchiffrer la courte missive, Loïza comprit la réaction de sa nièce. Elle céda à un sentiment d'indignation et de colère, en relisant une seconde fois. Ce n'était pas John Russel qui avait écrit, mais une autre personne.

Mademoiselle,

Ne cherchez plus d'ennuis à mon frère, qui aurait pu être tué pour sauver votre pays. Grâce à Dieu, il n'a pas eu votre lettre, que j'ai pu faire traduire par une amie, celle qui vous écrit en français, sous ma dictée.

John est fiancé à une jeune personne respectable qui l'a attendu pendant deux ans. Il est hors de question de troubler leur bonheur avec vos plaintes scandaleuses.

Comment savoir de qui est l'enfant que vous attendez ? Je doute fort que mon frère soit le seul à pouvoir en être le père.

Je vous somme de ne plus entrer en contact avec notre famille. Par chance, John n'habite plus à l'adresse que vous a donnée l'armée américaine encore en place en France.

Shirley Russel

— Seigneur, ma pauvre Tiphaine ! s'exclama Loïza. Vraiment, cette fille exagère. Ne pleure pas, je t'en prie.

— Mais elle me prend pour une putain, tata ! John était le premier, et il m'avait promis le mariage.

Loïza s'assit près d'elle pour lui caresser le dos. Elle était ulcérée par ce qu'elle venait de lire. De nature orgueilleuse, elle se sentait blessée, à l'instar de sa nièce.

— J'abandonnerai le bébé, tata, geignit soudain celle-ci. Tu as entendu, je ne veux pas le voir, tu l'emporteras à sa naissance.

— Chut, tu déraisonnes, Tiphaine. Tu aimeras ce petit dès que tu le tiendras dans tes bras. C'est l'enfant de John.

— Qu'ils crèvent tous, ces saletés de Ricains ! hurla-t-elle avant de sangloter éperdument. Tu sais quoi ? Je vivrai selon mes goûts quand je serai débarrassée de ce gosse. Tiens, si nous avons un invité, je vais me coiffer comme j'aime, avec une boucle sur le front, je serai maquillée et je porterai ma robe en velours, celle que tu as retouchée. Grâce à toi, je loge encore dedans. Tu as des doigts de fée, tata. Au fait, c'est qui, cet invité ?

— Malo Guégan, il a été muté à la gendarmerie d'Auray, pour se rapprocher de toi, paraît-il. Tu te doutes de ce que ton père a en tête.

— Bien sûr, je dois épouser Malo. Jamais ! Il ne me plaît pas. Jamais, tata, autant mourir.

Tiphaine pleura de plus belle, sous les yeux tristes de Loïza.

Locmariaquer, jeudi 26 décembre 1946

L'homme arpentait une étroite plage à quelques centaines de mètres du port de Locmariaquer. Il avait copieusement arrosé le jour de Noël et ce jeudi, grâce au pécule qu'il avait gagné. Fin saoul, il titubait sur l'étendue de sable grossier, mêlé de galets, en sifflotant un air de son invention. Avec un sourire béat, il décocha un coup de pied dans un tas de varechs.

Il ignorait qu'on le suivait, qu'on l'observait. Il ne vit pas non plus une silhouette surgir de l'ombre et se mettre à courir. Bientôt on lui donna une grande bourrade dans le dos.

— Non mais ! éructa-t-il. Ce n'sont pas des manières…

Avant d'avoir pu se retourner, il reçut un violent coup en plein crâne. Sonné, en perte d'équilibre, il agita les bras quand un deuxième coup lui fracassa la tête. Il s'écroula, inerte, mais on le frappa encore et encore, jusqu'à être assuré de sa mort.

9

Le manoir des Bruyères

Vendredi 27 décembre 1946, le matin

L'inspecteur Renan faisait les cent pas dans le hall du manoir des Bruyères, où l'avait introduit Martha, la bonne des Malherbe. Le décor luxueux lui laissait imaginer la fortune dont jouissaient les propriétaires du lieu.

« Trop de dorures, trop de plantes vertes, trop de statues, ça sent le parvenu, se disait-il, irrité d'attendre depuis cinq longues minutes. Et ce terme de "manoir", pour se faire mousser. Ce n'est qu'une grosse maison de maître du siècle dernier. »

Un bruit de talons hauts sur le carrelage noir et blanc se fit entendre. Une femme apparut, sortant d'une porte double peinte de couleur ivoire. Assez jolie, elle avait des cheveux d'un blond foncé, coupés aux épaules et ornés de crans réguliers. Son corps dodu était moulé par une robe en velours vert.

— Bonjour, monsieur, mon mari va vous recevoir très vite, dit-elle en lui tendant la main. Patientez encore un peu.

Le policier remarqua tout de suite l'ecchymose violacée qui marquait sa joue gauche et le pourtour de l'œil, atténuée par une couche de poudre. Donatienne Malherbe s'en aperçut.

— Les méfaits du champagne, dit-elle en riant. Nous avions de la famille à Noël, et j'avais un peu trop bu. Je me suis cognée à l'angle d'un mur. La valse, non, le charleston. Excusez-moi, monsieur l'inspecteur, j'ai des ordres à donner en cuisine. Nous recevons le préfet du département ce soir. Quel honneur, n'est-ce pas ?

Renan approuva d'un air perplexe, tandis que Donatienne traversait le hall pour disparaître par une autre porte.

« Mme Malherbe semble avoir déjà bu un verre, à 10 heures du matin, songea-t-il. Et je parie qu'elle s'est cognée à autre chose qu'un angle de mur, peut-être monsieur le maire est-il coléreux. »

Il n'eut pas le temps de réfléchir davantage à la question. Un homme lui apparut, qui semblait sortir de nulle part. De taille moyenne, bien coiffé, il était très élégant. Son regard brun étudia le visiteur avec un peu de dédain.

— On m'a annoncé un inspecteur, déclara-t-il. J'avoue que je suis surpris. Vous auriez pu me rencontrer à la mairie où je me rends d'ici un quart d'heure.

— Mais vous n'y étiez pas hier, ni aujourd'hui, aussi m'a-t-on indiqué votre adresse, rétorqua Renan.

— Très bien, et qu'est-ce qui vous amène ? Je dois veiller à l'organisation du bal de la Saint-Sylvestre, qui aura lieu le soir du mardi 31 décembre. Une idée que j'ai eue, afin d'apporter un peu de gaîté à mes administrés. Enfin, venez dans mon bureau, j'ai cinq minutes.

Irrité par l'attitude du maire, le policier le suivit dans une pièce où régnait une certaine sobriété. Un grand meuble en chêne sombre était disposé face à deux fenêtres qui avaient vue sur la mer.

— J'enquête depuis septembre sur le crime commis à Erdeven, commença Renan d'une voix neutre. De nouvelles informations m'ont conduit à Locmariaquer et, avec l'aval du commissaire Urvois, je vais séjourner dans le pays encore plusieurs jours. D'autant plus qu'il y a eu un nouveau meurtre.

Éric Malherbe se raidit tout entier, comme un chien aux aguets.

— Vous plaisantez ? s'écria-t-il.

— Pas du tout, monsieur le maire. Et je tenais à vous interroger, car le mort travaillait pour vous, sur vos parcs à huîtres. Un dénommé Martin Le Dru. J'ai eu affaire à lui, puisqu'il m'a signalé qu'un voilier s'était échoué près d'ici, dans la nuit de dimanche à lundi. Le bateau appartenait à Olivier Hamon, que je recherchais. Admettez que ça fait beaucoup de coïncidences.

— Sans doute, et alors ? marmonna Malherbe en jetant un coup d'œil sur sa montre. Mais il peut s'agir tout simplement d'un accident.

L'inspecteur fixait son interlocuteur, attentif au moindre rictus, au moindre clignement de paupières.

— Un accident ? Le Dru a eu la boîte crânienne défoncée à l'aide d'un outil en métal. Mes collègues de la police scientifique seront là vers midi, nous en saurons davantage.

— Faites votre métier, inspecteur, mais laissez-moi vous dire que des types comme Martin Le Dru sont souvent ivres. Des querelles éclatent, elles dégénèrent et il peut survenir ce genre d'accident.

Après un deuxième regard à sa montre, Éric Malherbe prit un porte-documents, en se dirigeant vers la porte de son bureau.

— Connaissiez-vous Olivier Hamon ? demanda Renan d'un ton plus sec. Il y a de fortes chances qu'il se soit noyé. Pourtant son voilier a disparu, une bizarrerie de plus. J'ignorais que votre commune abritait tant de mauvais sujets.

— Je suis désolé, inspecteur, je ne peux pas faire de miracles. On m'a parlé de cette histoire de voilier, c'est regrettable, mais on a dû le voler. Quant à Olivier Hamon, ce nom me dit quelque chose. Il a été jugé au tribunal de Rennes, pour son engagement dans la milice.

Le policier hocha la tête, en gardant une mine impassible. Il jaugeait Éric Malherbe, dont les petits soupirs pouvaient trahir un réel embarras.

— Jugé, certes, mais acquitté, grâce au témoignage du chef d'un réseau de la Résistance, répondit-il. Hamon avait été victime d'une dénonciation anonyme. Il y a eu des morts, à l'époque, pour des accusations jetées en l'air, ou des messages dont personne ne vérifiait la véracité.

— C'est du passé, trancha le maire. Excusez-moi, inspecteur, je ne vois pas le rapport avec la mort de Le Dru. Si vous avez besoin de moi, venez à la mairie, j'y serai jusqu'à 18 heures. Je vous reconduis.

Nicolas Renan évita de protester. Il prendrait son temps, mais il viendrait à bout des mensonges, des silences. Il lui fallait en priorité démêler les liens qui existaient entre les uns et les autres, à Locmariaquer. Éric Malherbe lui serra la main et se rua dehors, sans vérifier si le visiteur sortait également.

Donatienne se glissa alors hors de la cuisine, une cigarette au coin de sa bouche fardée.

— Mon mari est toujours pressé, murmura-t-elle. Désirez-vous un café, commissaire ?

— Non, madame, je vous remercie, et je ne suis qu'inspecteur. Vous me faites monter en grade en peu de temps.

— Pardon, je suis si étourdie. Heureusement, mes parents ont emmené mes fils à Paris. Ils sont mieux là-bas. J'ai grandi dans la capitale, savez-vous ? Je déteste la région, elle est d'un ennui mortel.

— Je ne vous le fais pas dire, madame, ironisa Renan. Je ferai un tour à ce fameux bal de la Saint-Sylvestre, nous nous y reverrons sûrement.

— Oh non ! s'esclaffa Donatienne. Je n'ai aucune envie de voir les maîtresses de mon mari, les anciennes et les nouvelles. Éric en fait collection, monsieur l'inspecteur.

— Je le déplore pour vous, ce doit être pénible, hasarda-t-il.

Elle eut de nouveau un léger rire pitoyable, en s'appuyant au mur tapissé d'un papier gaufré, ivoire et or.

— Je suis moins sotte qu'il ne le croit, ajouta-t-elle. Je vous donne un exemple, il y a deux ou trois mois, je ne sais plus, Éric m'a obligée à engager une Mme Fleury, qui avait de gros ennuis d'argent. Pourquoi ? Il visait sa fille, une beauté de dix-neuf ans, selon les ragots. Il voulait la trouver seule chez elle, pendant que la mère trimait pour moi ; or ça n'a pas marché, cette pauvre femme n'a pas tenu trois jours. L'idiot ! Pour arriver à ses fins, il avait même acheté le bateau du père déporté, puis un vieux lit clos que j'ai projet de faire brûler. Un beau feu de joie ! J'attendrai la Saint-Jean.

Donatienne s'approcha de Renan. Elle empestait l'alcool, mais il avait obtenu sans peine des renseignements intéressants. Sous ses allures mondaines, le maire dissimulait des pulsions viriles peut-être incontrôlables. Il revit Lara Fleury, farouche et digne, lorsqu'elle marchait à ses côtés, sur le port.

— Vous devriez vous reposer, madame, recommanda-t-il.

— D'accord, vous êtes un gentil policier, vous, minauda-t-elle.

L'inspecteur Renan prit congé, l'esprit en ébullition. Il était sûr d'avoir posé le pied dans un nid de vipères.

Chez Armeline Fleury, même jour

Il faisait sombre dans la pièce. Malgré l'heure matinale, le ciel était couvert de nuages d'un gris métallique. Fantou avait allumé les minuscules bougies qui éclairaient sa crèche de Noël, disposée sur le vaisselier. La fillette priait tout bas, en admirant l'enfant Jésus couché aux pieds de Marie et de Joseph.

— Je Vous rends grâce, Jésus-Christ, fils de Dieu, pour m'avoir accordé tant de joie. J'étais tellement heureuse de chanter à l'église, en l'honneur de votre venue sur terre. Je vous implore, ô Seigneur Jésus, redonnez-moi mon père, pour que maman retrouve son beau sourire, et que ma sœur ne soit plus obligée de travailler.

Lara, en train de balayer, saisit ces derniers mots. Elle tira sur une des nattes de Fantou, en douceur.

— Tout le monde doit gagner son pain, lui reprocha-t-elle. Je ne voudrais pas rester à la maison en me tournant les pouces. Ainsi, maman peut veiller sur toi, mon petit korrigan !

— Mais tu me manques, surtout en ce moment, pendant les vacances. Je suis pressée de retourner à l'école. L'institutrice est très savante, et elle nous raconte de si belles histoires !

— De quoi te plains-tu, alors ? Aujourd'hui, j'ai ma matinée, on devrait en profiter. Qu'est-ce qui te ferait plaisir ? Une balade sur la plage ou un tour à vélo à l'épicerie pour acheter des sucres d'orge ?

Fantou jeta un regard sur son décor. La mousse avait séché et les feuilles de lierre s'étiolaient.

— Je préférerais aller à l'église, Lara. Avec les sous des sucres d'orge, on fera brûler deux cierges, un pour le retour de papa, le second pour Olivier.

Elle avait chuchoté, afin de ne pas être entendue par leur mère, qui s'affairait dans une des chambres. Armeline continuait à douter de l'innocence du jeune homme, en dépit du récit détaillé de Lara. Ni le fait qu'Olivier avait été victime d'une tentative d'assassinat, ni ses exploits en tant que résistant n'avaient pu la fléchir.

— Qu'il vienne devant moi jurer sur la Bible, j'accorderai foi à ses paroles, avait-elle décrété. Mais il a pu te berner, Lara, comme il aura trompé ces gens, tes nouveaux amis, les Bart.

Lara caressa la joue de sa sœur, dont la ferveur religieuse la surprenait un peu. Elle s'en inquiétait aussi. La veille, dans leur lit, Fantou lui avait confié son grand désir d'entrer au couvent.

— Nous devrions plutôt faire une promenade sur la dune, dit-elle d'un ton enjoué. On pourra contempler la mer, les oiseaux, et puis, au fond, on peut prier n'importe où. Dieu est partout.

— Oui, tu as raison, Lara. Dieu nous voit et nous écoute, j'en suis sûre. Mais je crois aussi aux fées.

Les prunelles d'azur de Fantou étincelaient. Elle prit la main de sa sœur.

— Le dernier jour de classe, l'institutrice nous a lu une légende sur la création du golfe du Morbihan. Il serait né de toutes les larmes que les fées de la forêt de Brocéliande ont versées, quand elles en ont été chassées. Et s'il y a autant d'îles et d'îlots, c'est parce qu'elles ont jeté leurs couronnes sur l'eau.

— C'est très joli, admit Lara, charmée.

— J'ai même fait un dessin, le soir, mais je le trouvais vilain, alors je ne vous l'ai pas montré, à maman et toi, soupira Fantou.

Lara posa le balai pour prendre sa sœur dans ses bras. Elle l'aimait tant, jusqu'à la douleur, de peur d'en être séparée un jour.

— Mets ton manteau, lui dit-elle en déposant un baiser sur son front. Sa Majesté la mer nous attend.

— Non, Sa Majesté la baie de Quiberon, rectifia la fillette, rieuse.

Deux coups secs frappés à la porte d'entrée retentirent au même instant. Armeline réapparut aussitôt, l'air soucieux.

— Qui est-ce ? ronchonna-t-elle. Nous sommes en plein ménage, à cette heure-ci !

Elle entrouvrit le lourd battant avec circonspection. Lara aperçut l'inspecteur Renan, son chapeau à la main.

— Entrez, monsieur, dit Armeline, qui dénoua vite les cordons de son tablier.

— Je suis désolé, mais je devais vous parler, madame, à votre fille aînée également. Il vaudrait mieux éloigner cette enfant.

Il désignait Fantou d'un geste discret, étrangement content, néanmoins, de la revoir.

— Je vais dehors, annonça celle-ci. Est-ce que je peux marcher jusqu'à la dune, maman ?

— Bien sûr, mais ne va pas sur la plage, ordonna sa mère. Mets ton manteau et un bonnet.

Le policier patienta, tout en considérant la grande pièce où on le recevait. Comme il observait la crèche modestement illuminée, un détail attira son attention. Le mur chaulé, derrière le buffet, était d'une teinte plus claire. On voyait qu'un autre meuble avait occupé cet endroit, sûrement durant des années.

« Sans aucun doute le lit clos que Mme Malherbe veut brûler, songea-t-il. Les Bretons le plaçaient souvent près de la cheminée. »

— Que nous voulez-vous encore, inspecteur ? demanda Lara, après avoir refermé la porte derrière Fantou.

— J'aurais de nouvelles questions à vous poser, mademoiselle, ainsi qu'à votre mère.

Les deux femmes lui faisaient face, si différentes qu'il en conçut un vague étonnement. Armeline était très blonde, menue, les yeux clairs. Lara, très brune, dardait sur lui son regard noir. Sa robe en lainage révélait la beauté de son corps, d'une féminité épanouie.

— Je reviens du manoir des Bruyères, dit-il. J'ignorais, madame Fleury, que vous aviez été domestique là-bas.

— Seulement trois jours, inspecteur.

— Pourquoi ? On vous a congédiée, ou bien on vous traitait mal ?

— Ni l'un ni l'autre. Ma fille m'a conseillé de ne plus y aller, et c'est elle qui travaille désormais, chez Tardivel, l'ostréiculteur.

— Cependant, d'après Mme Malherbe, vous aviez de gros ennuis d'argent, insista Renan. C'est singulier de renoncer à cet emploi, même si votre fille travaille elle aussi. Deux salaires valent mieux qu'un.

— En quoi cela vous concerne, inspecteur ? s'insurgea Lara.

— J'ouvre une autre enquête, sur un crime ayant eu lieu la nuit dernière, mademoiselle, ce qui m'a amené à rencontrer le maire de Locmariaquer. Il employait la victime, Martin Le Dru.

Armeline et Lara échangèrent un coup d'œil intrigué. Renan devina que l'individu leur était inconnu.

— Cet homme m'avait signalé dimanche soir la présence du voilier d'Olivier Hamon, échoué sur la côte. Les traces de sang sur le bastingage, que la pluie et les vagues auraient dû effacer, l'avaient incité à alerter la police, en l'occurrence le lieutenant Auffret et moi-même.

— Et il est mort, dit Lara tout bas.

— Hélas, mademoiselle. Peut-être a-t-il été témoin d'une scène impliquant celui qui l'a tué par la suite. Autre chose, d'après Mme Malherbe, son époux aurait tenté de vous séduire, d'où sa volonté d'écarter votre mère de cette maison.

— Je ne suis ni la première ni la dernière à avoir eu droit à une cour assidue, inspecteur. Mais M. Malherbe a renoncé très vite, je vous assure.

Lara tenait à épargner le maire. Grâce à lui, elle avait navigué de nouveau, dans le bateau de son père, car il l'avait envoyée chez Rozenn et Odilon Bart.

« Je n'aurais pas pu sauver la vie d'Olivier sans le geste amical de Malherbe, songea-t-elle. C'est un simple coureur de jupons, il est inoffensif. Erwan a été plus brutal que lui. »

Sa mère offrit soudain une chaise à l'inspecteur Renan. Elle parut déçue lorsqu'il refusa de s'asseoir.

— Je ne veux pas vous déranger davantage, madame, précisa-t-il. On m'envoie un adjoint, il devrait arriver vers midi. J'espérais juste faire un lien entre les deux affaires que je suis chargé de résoudre.

— Acceptez au moins une tasse de café, proposa Armeline.

— Non, merci.

— Alors accordez-moi quelques minutes, inspecteur. En fait, j'aimerais savoir ce que vous reprochez à Olivier Hamon. Je serai franche, je vous ai menti, dimanche, quand vous m'avez interrogée à son sujet. C'était à cause de Lara, qui s'est entichée de lui. Aucune mère ne se réjouirait de savoir sa fille amoureuse d'un personnage abject. Je voulais la protéger, qu'elle ne soit pas mêlée aux méfaits de cet homme.

— Je comprends, madame. Cependant, Mlle Fleury m'a avoué ses liens avec Hamon, hier matin, sur le port.

Le policier décida de prendre le risque d'être trop explicite. Il avait l'impression d'agir pour le bien de Lara et de sa petite sœur, l'exquise fillette dont la vue l'émouvait tant.

— Madame Fleury, je tiens à vous dire qu'Olivier Hamon n'est pas celui que vous imaginez.

On m'a aiguillé sur sa piste par malveillance, car, en me renseignant sur lui, j'ai découvert qui il était vraiment. Un résistant courageux, ayant infiltré la milice afin de sauver une admirable combattante de l'ombre, Élodie Bart. J'ai reçu samedi un dossier où figuraient les pièces de son procès. Selon mes suppositions, des gens d'ici l'auraient accusé à tort, toujours par lettre anonyme, d'avoir dénoncé votre mari et votre frère Patrick. C'était faux, et ce sont forcément, à mon avis, les responsables de tout cela qui ont essayé de le tuer, parce qu'il revenait à Locmariaquer trop souvent.

— Oui, pour prouver son innocence ! s'écria Lara, exaltée par les propos de l'inspecteur. As-tu entendu, maman ? Je te disais la vérité, et Olivier aussi.

Armeline joignit les mains à hauteur de son cœur, comme pour en apaiser les battements désordonnés. Elle ignorait un point important. L'inspecteur présumait qu'Olivier s'était noyé, et Lara était allée dans son sens, en feignant le désespoir.

— Dans ce cas, qui a voulu nuire à Louis, à mon frère Patrick ? se lamenta-t-elle. Nous étions une famille bien tranquille, même en temps de guerre. Enfin, je suis soulagée, Lara, vous pourrez vous marier, ce garçon et toi.

— Je l'espère, maman, répondit celle-ci étourdiment.

— Donc il est vivant ! s'enflamma Renan, furieux. Vous méritez un prix de comédienne, mademoiselle Fleury, pour m'avoir dupé hier matin !

— Ne soyez pas en colère, inspecteur, protesta Lara. Je n'avais pas le choix, moi non plus. Et Olivier a pu mourir, depuis que je l'ai quitté.

Le souffle court, elle se remémora le départ de son amant, en pleine nuit. La mer était encore agitée, il n'avait qu'une lampe torche pour s'éclairer.

— Pourquoi ? s'enquit-il d'un ton sec.

— Ai-je besoin de vous donner des détails ?

— Bon sang, ayez confiance en moi ! enragea le policier. J'avais la conviction que les Bart et vous-même, vous aviez aidé Hamon à prendre le large, l'autre nuit. J'avais vu juste.

— Oui, en effet, concéda Lara en le défiant du regard. Mais je me répète qu'il a pu lui arriver malheur, en naviguant de nuit, juste après la tempête.

— J'en doute fort. Mademoiselle Fleury, avez-vous une adresse qui m'aiderait à le contacter ? C'est dans son intérêt. Martin Le Dru a pu voir quelque chose en rapport avec l'agression dont a été victime Hamon. Il devient urgent que je puisse lui parler.

— Une poste restante, à Dinard, inspecteur, au nom d'Olivier Kervella. Il a changé de patronyme pour préserver la sécurité de ses parents, pendant la guerre et même ensuite. Mais une de ses aïeules s'appelait Hamon.

— Je vous remercie, j'agirai au mieux, soyez sans crainte.

Lara approuva d'un signe de tête. Elle s'en voulait déjà.

— Attendez, inspecteur ! s'écria-t-elle, car il s'apprêtait à sortir. Quand j'ai conseillé à Olivier de solliciter l'aide de la police, il m'a répondu qu'il ne pouvait pas, sinon ce serait fait depuis longtemps.

— Mais qu'est-ce que ça signifie ? s'étonna Armeline.

— Je trouverai, affirma Renan. Au revoir, mesdames.

Il traversa le jardin sous une pluie fine, en se posant une foule de questions. Fantou, qui ne s'était guère éloignée, courait vers la maison.

— Je peux rentrer, puisque vous partez ?

— Oui, bien sûr, dépêche-toi, il pleut !

— Monsieur, comme vous êtes policier, vous ne pouvez pas retrouver mon père ? Je prie beaucoup pour qu'il revienne, mais ça ne suffit peut-être pas.

Désarmé par l'innocence de la fillette, Nicolas Renan hésita à répondre. Il aurait aimé promettre l'impossible, cependant il n'en fit rien.

— Je suis navré, ce n'est pas de mon ressort, petite.

— Essayez quand même, monsieur ! Je prierai pour vous aussi, car vous avez l'air triste.

Fantou lui adressa un sourire angélique, le laissant ébloui, mais encore plus amer.

Mairie de Locmariaquer, mardi 31 décembre 1946

Le bal de la Saint-Sylvestre avait lieu dans la grande salle de la mairie, aux murs drapés de tentures rouges. Un lustre d'une taille imposante, aux pampilles de cristal, éclairait le parquet ciré. Éric Malherbe avait fait venir un orchestre, installé sur une estrade.

— Mon mari offre une belle réception, commenta Donatienne, prenant à témoin la jeune femme qui se trouvait près d'elle. Le buffet vaut le déplacement. Avez-vous vu, il y a du champagne, du cidre, et plein de petits trucs délicieux !

— Oui, c'est assez réussi, répliqua Lara.

Le maire lui avait envoyé une invitation. Elle avait fait l'effort de venir, sur l'insistance de sa mère.

— Tu ne t'amuses jamais, vas-y au moins une heure, avait dit Armeline. Tu mangeras sûrement bien, pour une fois.

Maintenant, l'heure prescrite étant presque écoulée, Lara était pressée de s'en aller. Quelques couples, intimidés, dansaient la valse au milieu de la salle.

— En êtes-vous ? lui demanda soudain Donatienne, qui la regardait des pieds à la tête.

Lara eut une mimique désemparée. Elle étudia à son tour le visage fardé de l'épouse du maire, qu'elle n'avait jamais vue de près. Dans son souvenir, c'était une jolie dame habillée à la mode, qu'on apercevait parfois dans une boutique, ou assise sur la banquette arrière d'une voiture.

— Pardonnez-moi, madame, répondit-elle tout bas. Je ne comprends pas votre question.

— Chut, je n'ai rien dit, Éric regarde de mon côté. J'ai eu le droit de venir, à condition d'être sage, de ne pas boire un seul verre. J'ai triché, j'en suis à ma deuxième coupe de champagne. Mais je suis certaine que vous en êtes, malgré votre robe qui crie misère.

Tout de suite irritée, Lara s'écarta. Armeline avait arrangé pour l'occasion une de ses anciennes robes, en mousseline verte, d'une coupe démodée.

« Mme Malherbe a raison, je suis ridicule, déplora-t-elle. Je m'en vais. »

Elle se dirigea vers une pièce adjacente faisant office de vestiaire. L'inspecteur Renan en sortait, en costume trois-pièces.

— Bonsoir, mademoiselle, on dirait que vous vous enfuyez ! Dommage, vous êtes ravissante.

— On vient de me jeter à la figure que ma robe criait misère, avoua-t-elle dans un souffle.

— N'écoutez pas les idiots, ou les idiotes, car c'est bien d'une femme jalouse, ça, jeta-t-il.

— Oui, Mme Malherbe, précisément.

— Tiens, tiens, pourtant elle ne devait pas assister à la fête, nota Renan. Je dois la saluer. Elle redoutait d'être entourée par les conquêtes de son époux.

Lara comprit enfin le « En êtes-vous ? » de Donatienne Malherbe. Les joues en feu, elle fit demi-tour, déterminée à se présenter et à se justifier, surtout. En se frayant un passage parmi la foule des invités, des notables pour la plupart, elle reconnut Tiphaine Jouannic, au bras d'un homme.

— Tiphaine, que tu es chic !

— Merci, j'ai fait des efforts, j'avais tellement envie de voir du monde, de danser.

Ses boucles châtain clair brillaient sous l'éclat du lustre. Elle avait maquillé ses yeux et sa bouche. Vêtue d'une jolie robe bleue à taille haute, marquée d'un liseré brodé sous la poitrine, sa grossesse se devinait à peine.

— Je te présente mon cavalier, un ami d'enfance, Malo Guégan, susurra Tiphaine. Il est gendarme. Mon père m'a permis de sortir si ce charmant garçon m'accompagnait. J'avais lu dans le journal que le maire d'ici donnait un bal, ouvert à tous.

— Tu n'es plus malade ? hasarda Lara. Je me suis inquiétée pour toi. Je t'aurais bien écrit, mais je n'avais pas ton adresse.

— Ce que tu es gentille ! Malo, je te présente Lara Fleury, elle est employée chez M. Tardivel, comme moi.

— Bonsoir, mademoiselle.

— Tu l'inviteras à danser, Malo, moi je ne peux pas, dans mon état. Dis oui, Lara, tu as la toilette idéale, la jupe est très ample, elle volera autour de tes jambes.

— Peut-être, répondit Lara, égayée. Je suis contente que tu sois là !

Elle renonça à discuter avec Donatienne Malherbe, sûrement rongée par la jalousie, et différa même son départ, pour passer un peu de temps avec sa collègue. Le gendarme les laissa seules, en promettant qu'il leur rapporterait deux verres de cidre.

— Malo veut m'épouser, dit très vite Tiphaine. Ses parents étaient nos voisins, avant la guerre. J'ai prétendu que j'allais accepter, comme ça mon père me lâche la bride. Si tu savais, Lara, la sœur de John m'a écrit un torchon plein de mépris. Il n'a pas eu mon courrier, j'ai encore une chance, comprends-tu. Il peut regretter de m'avoir abandonnée et revenir.

— Je te le souhaite, tu l'aimes vraiment, murmura Lara. Oh ! non, le maire vient droit vers moi.

Éric Malherbe, en costume noir et chemise blanche, s'inclina devant les jeunes femmes. Il avait accroché une rose rouge à sa boutonnière.

— Ma chère Lara, m'accorderez-vous la prochaine valse ? dit-il en souriant. Vous êtes en beauté.

Elle hésitait, mais Tiphaine la poussa en avant, d'une main plaquée dans le dos. Tout de suite, le maire l'entraîna au milieu des autres danseurs.

— Ce chignon vous va à merveille, souffla-t-il à son oreille. Et ce petit collier doré ravive votre teint si pur.

— Il appartenait à ma grand-mère, répliqua-t-elle en détournant la tête, car il frôlait sa joue de son nez aquilin.

— Des perles seraient idéales sur vous, ajouta-t-il. Comment vont vos amis, les Bart ?

— Très bien, merci. Vraiment très bien, monsieur.

Elle leur avait rendu visite un soir. Rozenn et Odilon étaient d'excellente humeur, ayant pu obtenir une communication à Londres avec Élodie, cette cousine d'une trentaine d'années qu'ils avaient élevée. Lara, en les évoquant tous deux, l'air si heureux, suivit la musique avec plus de légèreté encore, et une grâce innée.

— Vous êtes une cavalière en or, plaisanta Malherbe.

— Mon père m'a appris à danser, soupira-t-elle. Louis Fleury, disparu du monde des vivants !

— Allons, pas d'idées noires ce soir ! protesta-t-il. Souriez, Lara, sinon on va croire que je vous importune.

L'inspecteur Renan les suivait des yeux. Il sirotait une coupe de champagne, debout près de Donatienne.

— Regardez mon cher mari, énonça-t-elle d'une voix pâteuse. J'ai repéré cette fille tout à l'heure. J'étais sûre qu'elle était la nouvelle maîtresse d'Éric. Il raffole de ce type-là, les brunes mal fagotées. Elles lui cèdent, par appât du gain, pour une belle robe ou un bijou.

— Madame, vous faites erreur, la demoiselle dont vous parlez tient la dragée haute à votre époux. De surcroît, son cœur est pris.

Donatienne eut un rire pathétique, en toisant le policier avec dédain. Elle lui tapota ensuite l'avant-bras.

— Mon mari se moque bien d'obtenir leur cœur, c'est autre chose qu'il convoite. Vous êtes un grand naïf, inspecteur.

Elle lui tourna le dos et s'éloigna d'une démarche incertaine. Renan fut rassuré en voyant Lara rejoindre un jeune couple.

« Mais c'est Tiphaine Jouannic, constata-t-il. Et l'homme, on dirait Guégan, le gendarme qui me secondait à Erdeven. »

Dans la foule, Il chercha du regard Loïza Jouannic, surpris de ressentir un pincement au cœur à la perspective de la revoir. Il n'avait jamais été vraiment amoureux, même adolescent.

« Qu'est-ce qui m'arrive ? se demanda-t-il. Ce n'est pas le moment de faiblir. Le commissaire compte sur moi. »

Renan n'avait aucune piste, en ce qui concernait le meurtre de Martin Le Dru. La gendarmerie penchait pour une querelle qui aurait dégénéré, entre deux hommes pris de boisson. Il restait persuadé, lui, qu'on avait fait taire un témoin gênant.

— Inspecteur, appela-t-on tout bas.

Il tourna la tête et découvrit Lara près de lui. Elle eut un petit sourire inquiet.

— Cette fois, je pars pour de bon, dit-elle. Avez-vous écrit à Olivier ?

— Oui, la lettre a été expédiée samedi matin. Comment rentrez-vous ? Il fait nuit noire et votre maison est très isolée.

— Je suis à vélo, et nous avons quand même des voisins.

— C'est imprudent, à mon humble avis, rétorqua-t-il tout bas. Qui est au courant de votre relation avec Olivier Hamon ?

— Ma mère, ma sœur, les Bart et la famille Cadoret, précisa Lara. Je fais le trajet matin et soir depuis des semaines. J'ai eu peur, parfois, mais plus maintenant. Bonsoir, inspecteur.

Ils échangeaient une poignée de main quand Yohann Cadoret, justement, s'immobilisa devant eux, entouré de ses deux fils, Erwan et Denis.

— Bonsoir, monsieur l'inspecteur, dit le pêcheur d'un ton aimable. Il y a tant de monde, je n'avais pas eu l'occasion de vous saluer. On part nous aussi, on ne voulait pas vexer le maire, mais les bals de ce genre, ça me déplaît. Lara, on peut te ramener en camionnette, en mettant ta bicyclette à l'arrière.

— D'accord, monsieur Cadoret, je serai plus vite chez moi.

La proposition tombait bien, car ils étaient à peine dans la rue que Donatienne Malherbe, complètement ivre, giflait une jeune fille coiffée d'un chignon brun. Elle l'avait confondue avec Lara. Les parents s'indignèrent, tandis que le maire, outré, emmenait son épouse dans son bureau, dont il ferma la porte à clef.

Yohann Cadoret conduisait doucement, en sifflotant. Denis, assis près de son père, fixait la route. Lara s'était placée du côté de la portière, car elle serait la première à descendre.

Gênée d'être serrée contre Erwan, elle regardait dehors, sans un mot. Il contemplait son profil, troublé de la sentir aussi proche. Soudain, sans réfléchir, il la prit par le poignet, avec délicatesse.

— Il y a longtemps que je voulais te demander pardon, Lara, dit-il à mi-voix. Je n'en ai pas eu l'occasion, je suis allé travailler à Saint-Malo. Je me suis très mal comporté sur la plage. Mais c'était terrible pour moi, depuis plus d'un an, de faire semblant d'être seulement ton ami. Je t'aime comme un fou.

Erwan s'enhardit à étreindre ses doigts, qu'il emprisonna dans les siens. Lara n'eut aucune réaction.

— Si tu ne m'avais pas dit, ce soir-là, que tu en aimais un autre, je n'aurais pas perdu la tête. Et puis, tu avais l'air de vouloir te jeter à la mer.

— J'étais malheureuse, oui, mais jamais je n'aurais abandonné ma sœur et ma mère, répliqua-t-elle enfin.

Yohann feignait de ne pas entendre leurs chuchotements. Il siffla un peu plus fort.

— Lara, faisons la paix, en souvenir de notre enfance, ajouta Erwan. Je t'attendrai le temps qu'il faudra. Il paraît que ce type, Olivier, il s'est noyé, alors peut-être qu'un jour…

Elle appuya son front contre la vitre, toute songeuse. Des images lui revenaient, de leur enfance sur la lande. Erwan avait quatre ans de plus qu'elle, pourtant il se pliait à ses jeux de fille, lui offrait des billes, des biscuits. Lorsque Fantou était née, ils s'étaient occupés d'elle ensemble, en prétendant parfois qu'ils étaient ses parents.

— Je te pardonne, affirma-t-elle d'un ton las. Si tu es mon ami, celui de jadis.

— Promis, j'vais essayer, Lara. Je me doute que tu as un gros chagrin, alors si tu as besoin de moi, je serai là.

Denis toussota, pendant que Yohann se garait à l'entrée du chemin menant chez Armeline. Personne ne vit le coup d'œil furibond qu'il lançait à son fils aîné.

Dinard, avenue de La Vicomté,
mercredi 1er janvier 1947

Madeleine Kervella feuilletait une revue de mode, assise sur le grand canapé tapissé de chintz de son salon. Des voix d'hommes, en provenance du vestibule, la tirèrent de sa lecture.

— Je crois que mon mari est rentré, Odette, dit-elle à sa bonne, occupée à garnir de charbon un superbe poêle en fonte émaillée.

— Je le crois aussi, madame, mais il n'est pas seul.

— Si c'était un des invités pour le déjeuner, il serait vraiment en avance. Ou bien…

Elle se redressa, sur le qui-vive. Un bruit de pas qu'elle aurait reconnu entre tous lui fit pousser un cri de joie.

— Mon Dieu ! Olivier !

Le jeune homme apparut sur le seuil de la pièce. Il n'était pas rasé, était vêtu d'un pantalon trop grand et d'un pull bleu marine. Madeleine se leva d'un bond pour se jeter dans les bras tendus de son fils.

— Maman, ma chère petite maman, dit-il à son oreille. Vous êtes toujours ravissante.

— Olivier, enfin tu me reviens, après tous ces mois d'absence !

— Eh oui, le retour de l'enfant prodigue ! s'exclama un homme d'une cinquantaine d'années, d'une sobre élégance, aux boucles coupées très court, d'une teinte argentée, comme sa moustache.

— J'ai croisé papa sur le trottoir, précisa Olivier. Nous avons pu discuter un moment.

— Où étais-tu ? se plaignit sa mère en le câlinant. Tu donnais si peu de nouvelles.

Il recula pour la dévisager. Madeleine Kervella, plus jeune que son époux, passait pour une beauté, même à quarante-deux ans. Sa chevelure noir de jais croulait sur ses épaules rondes en crans savamment entretenus au fer. Elle arborait une splendide robe en soie beige, brodée de strass à l'encolure et aux poignets.

— Je vous en parlerai plus tard, à papa et toi, trancha le jeune homme. Je suis affamé et je voudrais prendre un bain, m'habiller pour le déjeuner. Mes vêtements sont encore humides. En mer d'Iroise, j'ai affronté un sacré grain. Par chance, Daniel m'a hébergé une nuit.

— Dieu merci, soupira Jonathan Kervella. Ton ami de l'île de Molène se porte-t-il mieux ?

— Moralement, oui, mais les tortures qu'il a subies lui ont laissé des séquelles, papa. Sa gouvernante est très dévouée, si bien qu'il prétend être privilégié.

— Pauvre garçon, devenir aveugle à son âge ! concéda tout bas Madeleine. Changeons de sujet, Olivier, je suis si heureuse que tu sois là, avec nous, le jour de l'An en plus. Montons, tu vas te faire beau, ta fiancée et ses parents seront des nôtres à midi.

Olivier, qui avait pris le bras de sa mère, se figea aussitôt. Il répéta d'un ton soucieux :

— Ma fiancée ?

— Mais oui, Bénédicte ! Elle espérait tant ton retour. Je t'assure qu'elle a mené une vie monacale, depuis ton départ, en février dernier.

— Elle se considère peut-être comme ma fiancée, rétorqua Olivier, irrité, mais ce n'est pas le cas, je ne lui ai rien promis.

— Son père, mon associé au Grand Hôtel des Bains, pense le contraire, décréta Jonathan Kervella. Autant te le rappeler, je tiens à garder de bonnes relations avec lui.

— Je suis navré de te décevoir, papa, il faudra pourtant tenir compte de mes sentiments, de mes choix. J'ai rencontré une jeune fille, au mois de mars, Lara Fleury. Elle représente mon idéal féminin, et le terme est encore faible. J'ai l'intention de vous la présenter dès que ce sera possible, et de l'épouser, bien sûr.

Madeleine se cramponna au bras de son fils, qui tentait de s'éloigner. Elle lui vouait une adoration sans bornes.

— Nous nous arrangerons, sois tranquille, si tu en aimes une autre ! s'écria-t-elle. Que fait cette jeune fille ? Elle doit étudier. Où l'as-tu connue ?

— Peu importe, maman. La guerre a bousculé notre univers quotidien. Oubliez vos valeurs bourgeoises, papa et toi. Quand vous verrez Lara, vous comprendrez. Elle est belle, intelligente, courageuse. Il y a quelques jours, elle m'a sauvé la vie.

— Alors, je l'aimerai aussi ! s'enflamma sa mère. Mais, je t'en prie, tu devras annoncer la nouvelle à Bénédicte aujourd'hui même.

— Je le ferai, c'est promis.

Olivier se retrouva enfin dans sa chambre. Au fil des ans, la décoration avait été changée. Il en appréciait les murs en lambris, peints en gris clair, le mobilier rustique chiné chez un antiquaire, et surtout la vue qu'il avait des fenêtres du second étage. Des toitures d'ardoise, des cheminées, puis, au bout de l'avenue, la baie du Prieuré, l'océan.

— Tu viendras ici bientôt, Lara, murmura-t-il. Nous ne serons plus jamais séparés.

Il ôta son pull. En gilet de corps, il sortit de la poche de son pantalon la lettre qu'il avait reçue en poste restante, la veille, avant d'aller dormir dans une modeste pension de famille.

« Si mes parents savaient que j'étais déjà à Dinard hier soir », se dit-il, sans toutefois éprouver de remords.

Le jeune homme retourna l'enveloppe décachetée entre ses doigts. Elle était bien adressée à Olivier Hamon, cependant l'inspecteur Nicolas Renan, à l'intérieur, avait ajouté son vrai nom, Kervella.

— Pourquoi Lara lui a-t-elle confié ma véritable identité ? se demanda-t-il à mi-voix. Il y avait forcément une bonne raison. Après tout, ce policier me propose son aide, en toute discrétion. Je serais idiot de refuser, au point où j'en suis.

Une heure plus tard, Olivier Kervella descendait l'escalier en pierre, dont le tapis rouge étouffait ses pas énergiques. Rasé, ses épais cheveux bruns lavés et démêlés, il avait mis un costume trois-pièces, dédaignant néanmoins le port de la cravate.

Des bruits de voix, des éclats de rire résonnaient dans la salle à manger. Il y pénétra le cœur serré, soudain écrasé par le cadre somptueux où vivaient ses parents, dans lequel il avait grandi.

— Olivier, quel bonheur !

La jeune fille qui avait poussé cette exclamation abandonna sa place au coin de la cheminée, où la bonne avait allumé un feu de bois. Petite, très mince et blonde, elle lui sauta au cou.

— Bonjour, Bénédicte, tous mes vœux pour 1947, lui lança-t-il en souriant.

— Tu as dit exactement la même chose il y a un an, avant de disparaître on ne sait où, minauda-t-elle. Tu nous raconteras tes aventures à table.

— D'abord, je voudrais te parler, précisa-t-il. Allons dans le salon.

— Je suppose que nous allons fixer une date pour nos fiançailles officielles, mon chéri, répondit-elle, après l'avoir suivi dans la grande pièce, séparée de la salle à manger par un couloir.

— Bénédicte, si je t'avais aimée, penses-tu que j'aurais disparu, comme tu l'as dit, pendant tous ces mois ? Je suis désolé. Tu es d'une compagnie agréable, je l'admets. Mais nous nous sommes fréquentés seulement plusieurs semaines, rien de plus. Et je suis à peine de retour que ma mère t'appelle « ma fiancée » !

— Je ne te plais plus ?

— Ce n'est pas le problème, tu es ravissante et tu le sais.

Il se tut, afin de ne pas la vexer. Il avait failli avouer qu'il l'avait oubliée. Seule Lara existait pour lui, désormais.

— Quel est le vrai problème, Olivier ?

— Je me marierai par amour. Un amour dont peu de gens ont idée. Une communion totale des âmes, des cœurs, qui offre par l'union des corps la sensation d'être au paradis.

— Seigneur, tu as viré romantique, pendant ton absence ! Mes parents vont être très déçus. Notre mariage était aussi une façon de souder deux familles autour d'une entreprise de moins en moins rentable, le Grand Hôtel que nos pères gèrent de concert. Dinard a perdu sa réputation de station balnéaire privilégiée à cause des bombardements, et de la Côte d'Azur qui attire les touristes.

— Si je suis devenu romantique, Bénédicte, tu es toujours aussi matérialiste. Restons-en là, s'il te plaît. Autant dire ce qu'il en est avant le déjeuner, tant pis si nous gâchons l'ambiance.

— Très bien, trancha-t-elle. J'encaisse le choc, mais tu finiras par m'épouser, je pourrais le parier !

Bénédicte lui décocha une œillade furibonde, de ses yeux verts dessinés en amande.

« Tu le paieras cher, Olivier, se disait-elle. Je suis sûre que tu as rencontré quelqu'un. »

« Dieu merci, je n'ai pas couché avec cette peste, songeait-il. Elle en aurait profité pour crier au déshonneur. »

Il s'apaisa à l'évocation du visage de Lara, son regard noir et son sourire adorable. Il se promit de se battre pour elle, sans soupçonner qu'il la mettrait en danger.

10

Les pièges de l'hiver

Locmariaquer, vendredi 24 janvier 1947

Le froid devenait extrêmement pénible, sous le hangar ouvert à tous vents de l'entreprise ostréicole Tardivel. Des températures aussi basses étaient très rares en Bretagne. On s'inquiétait pour les naissains d'huîtres, et les hommes qui travaillaient sur les parcs, en bateau, revenaient avec des engelures aux doigts.

— Il paraît que les glaces envahissent le port de Nantes[1], dit Béatrix à Lara. C'est du jamais-vu !

— Oui, le facteur en parlait à ma mère hier, déplora-t-elle. Ma petite sœur est tombée malade,

1. Véridique, à la fin du mois de janvier 1947, une vague de froid exceptionnelle a touché toute la France, la côte Ouest également.

une grave bronchite. Nous avons du mal à nous chauffer.

Tiphaine, bien emmitouflée, triait les coquillages d'un air absent. Elle portait des gants en cuir, dont elle vanta les mérites.

— Ils protègent mieux que des mitaines en laine. Ma tante me les a achetés, contre l'avis de mon père. Celui-là, il s'en fiche de me voir souffrir. La semaine dernière, j'avais des crevasses aux deux pouces, et le dos des mains tout gercé.

— Tu devrais arrêter de venir ici ! s'indigna Lara. C'est mauvais pour ton bébé, que tu restes debout toute la journée.

Il régnait autour des trois jeunes femmes un brouhaha familier auquel elles étaient habituées. Cependant il les obligeait à hausser la voix pour discuter.

— Je dois accoucher au mois de mars, je veux tenir jusqu'à la mi-février, déclara Tiphaine. J'économise ce que je gagne car j'ai un plan. Après la naissance, je m'en irai en douce. Je voulais donner l'enfant à l'Assistance publique, comme je suis fille mère et mineure, mais, au fond, je peux bien le laisser à ma tante. Elle s'en occupera.

Béatrix et Lara échangèrent un regard scandalisé. Même si elles savaient que certaines mères abandonnaient leur bébé, l'entendre énoncer ainsi, sans gêne, les révoltait.

— Mais tu devrais peut-être épouser ce gendarme, Malo, qui a l'air très gentil, suggéra Lara à mi-voix.

— Gentil ? Un imbécile, oui ! persifla Tiphaine. Il m'a fait une grande déclaration, en prétendant qu'il serait un bon père pour mon enfant, et patati et patata. Je l'ai envoyé sur les roses. De toutes les façons, ce sont mes affaires, pas les vôtres.

— Moi, si j'étais dans ta situation, enceinte de l'homme que j'aime, je me ferais un devoir et une joie d'élever son enfant ! s'enflamma Lara. Tu racontes n'importe quoi.

La sonnerie annonçant la pause de midi retentit. Tiphaine leur tourna le dos et se dirigea le plus vite possible vers le réfectoire, afin de cacher les larmes d'amertume qui embuaient ses yeux.

— Quelle chipie, marmonna Béatrix. Je me suis renseignée sur elle. Son père tient un garage qui marche plutôt bien, à Auray. Sa famille possède une grande maison construite au siècle dernier. Encore des gens louches ! Ils ont dû s'enrichir pendant la guerre, grâce au marché noir.

— Le marché noir fonctionne encore, rétorqua Lara. Mais tu as tort d'accuser sans preuve les Jouannic. C'est si facile de lancer une rumeur, pour nuire à des innocents.

Béatrix haussa les épaules, avant de s'éloigner à son tour. Lara se retrouva seule dans le vaste hangar. Elle n'avait pas faim, obsédée par l'état de

Fantou. Le docteur était venu examiner la fillette la veille. Il semblait inquiet, indécis.

« Maman n'a pas osé me le dire, mais je sais qu'elle pense à la tuberculose, songea-t-elle, le cœur serré. Seigneur, si ce fléau me prenait ma sœur, je perdrais le goût de vivre ! »

Elle alla s'asseoir sur un banc en fer, le long d'un mur, pour sortir une petite boîte ronde en carton, contenant des bonbons à la sève de pin.

« Je me contenterai de ça, en guise de repas. Ce soir, j'achèterai de la viande, maman fera un bon bouillon. Nous avons reçu nos tickets de rationnement, Dieu merci[1] ! »

Lara tapa des pieds sur le ciment, dans le but de les réchauffer. Elle se frotta les mains, puis, ôtant ses gants en laine, souffla sur le bout de ses doigts. Des pensées lui vinrent, qui la harcelaient souvent.

« Où est Olivier maintenant ? J'ai eu une lettre de lui, au début du mois, expédiée de Dinard. J'ai répondu tout de suite, en espérant qu'il m'écrirait en retour. J'ignore ce qu'il fait, s'il a rencontré l'inspecteur Renan… »

Le policier et son adjoint, Ligier, avaient quitté Locmariaquer deux semaines plus tôt, sans avoir pu trouver de nouveaux éléments concernant le

1. Les tickets de rationnement ont disparu en 1949 seulement.

meurtre de Madalen Le Goff, ni élucider la mort de Martin Le Dru. Cette enquête-là était suspendue, les gendarmes ayant conclu à une querelle entre ivrognes qui aurait mal tourné.

— Mademoiselle Fleury ! appela-t-on.

Elle sursauta et se leva précipitamment. Le contremaître lui faisait signe, debout à l'entrée du bâtiment. Lara s'étonna de voir une silhouette féminine derrière lui, vêtue de noir, la face voilée de rouge.

« Mon Dieu, c'est la femme qui m'est apparue au seuil de la mort, se dit-elle. Je ne l'avais pas vue depuis longtemps ! »

— On vous demande au téléphone, mademoiselle Fleury, ajouta l'homme. Allez dans le bureau.

Muette de stupeur, Lara cherchait qui pouvait bien lui téléphoner. Un vertige la fit chanceler. Elle trébucha, fixa le sol un instant. Quand elle releva la tête, la mystérieuse apparition avait disparu.

« C'était une hallucination, rien d'autre, se persuada-t-elle. J'ai bu un peu de chicorée à l'aube, et hier soir je n'ai presque rien mangé. Je suis fatiguée, j'ai froid, tout est normal. »

Le contremaître l'escorta jusqu'à une petite pièce vitrée où il faisait délicieusement chaud. Lara aperçut un poêle en fonte dont la lucarne rougeoyait.

— Dépêchez-vous, mademoiselle, la pause est bientôt terminée.

Elle entendit la porte se refermer. Pleine d'appréhension, elle prit le combiné en Bakélite. C'était la deuxième fois de sa vie que Lara utilisait cet appareil.

— Allô, murmura-t-elle.

— Lara ? Il faut que tu rentres à la maison. Maintenant.

On aurait dit la voix d'Armeline, mais étouffée, comme brisée par la peur ou le chagrin.

— Maman, qu'est-ce qui se passe ? Fantou va plus mal ?

Un déclic indiqua que le correspondant avait raccroché. Lara, éperdue, se rua hors du bureau. Sans prévenir personne, elle courut vers l'abri en tôle où s'alignaient les vélos des employés. Peu après, la bouche sèche, à demi folle d'angoisse, elle s'élança en pédalant avec frénésie sur la route verglacée.

Rennes, même jour, même heure

Olivier avait donné rendez-vous à l'inspecteur Renan dans un des cafés de la ville. Ils s'étaient assis à une table, au fond de la salle. Il y avait peu de clients, mais suffisamment pour créer une rumeur permanente, assortie du bruit venant des cuisines.

Les présentations étant faites, les deux hommes s'observaient mutuellement.

— Pourquoi se rencontrer dans un lieu public, vous méfiez-vous de moi ? s'enquit le policier. Nous aurions pu discuter au commissariat, je n'avais qu'un coup de fil à passer pour disposer d'un bureau tranquille.

— Disons que je me méfie de tout le monde, inspecteur.

— Au moins, vous êtes direct. Et comment dois-je vous appeler, Hamon ou Kervella ?

— Ni l'un ni l'autre, c'est plus prudent. J'ai beaucoup réfléchi avant de vous contacter et je doute que vous puissiez m'être utile. Vous connaissez Lara Fleury, vous la citez dans votre lettre. Je lui ai demandé de m'aider, elle doit chercher des renseignements sur les gens de Locmariaquer.

Le ton péremptoire du jeune homme agaça Renan, autant que ce qu'il venait de lui apprendre.

— Vous avez eu tort, décréta-t-il sèchement. Mlle Fleury devrait se tenir à l'écart de vos histoires. Je vous l'ai dit, un homme est mort en décembre, ce Martin Le Dru dont je vous parlais par courrier.

— Je sais, le type qui vous a signalé la présence de mon voilier. Il s'agit sûrement d'une coïncidence.

— Je préférerais, mais j'en doute. Pendant mon enquête, j'ai découvert qu'il évoluait, semble-t-il, en eaux troubles. Et j'ai la conviction que vous êtes au centre d'une affaire complexe.

— J'en suis arrivé à la même conclusion, inspecteur. C'est pour cette raison que j'ai décidé de vous confier ma version des faits.

— Eh bien, je vous écoute, répliqua Renan, intrigué.

Le serveur leur apporta les bières qu'ils avaient commandées. Olivier attendit de le voir derrière le comptoir, avant de parler.

— Je ne m'étendrai pas sur le sauvetage d'Élodie Bart, puisque vous êtes au courant, ayant récupéré les dossiers de la cour de justice. J'ai accompagné cette femme en Angleterre, où je suis resté deux ans, engagé dans les forces françaises positionnées là-bas. C'était prévu ainsi. Je suis donc revenu en Bretagne au mois d'août 1945, chez mes parents, à Dinard. Ils m'ont accueilli avec bonheur, car ils me croyaient mort ou porté disparu.

Il se tut, le temps de boire une gorgée de bière. L'inspecteur l'étudia attentivement.

— Quel âge avez-vous ? demanda-t-il. La date de naissance de votre faux passeport est peut-être inexacte.

— Vingt et un an, pourquoi ?

— Si je compte bien, vous aviez dix-sept ans à l'époque où vous avez réussi à sauver la vie d'Élodie Bart, ça force le respect.

Olivier balaya la remarque d'un geste de la main. Il poursuivit :

— À mon retour, les violences engendrées par l'épuration et ses règlements de compte étaient quasi terminées, mais il y avait encore les procès pour faits de collaboration, et beaucoup de miliciens avaient déjà été exécutés. J'ai eu la mauvaise surprise d'être arrêté un soir, ici, à Rennes, alors que je séjournais chez un ami, ancien résistant lui aussi. La suite est simple, on m'a jugé puis acquitté, vous savez grâce à qui.

— En effet, concéda Renan.

— On m'avait néanmoins informé que j'étais victime d'une dénonciation anonyme, postée de Locmariaquer.

— Quant à moi, j'ai su que vous existiez à cause de ce chiffon.

L'inspecteur tendit à Olivier la lettre qu'on lui avait remise à Vannes. Il la parcourut d'un air songeur, sans perdre son calme.

— Pourquoi vouloir m'impliquer dans un crime aussi odieux ? dit-il en fronçant les sourcils. Cela doit venir de ceux qui ont essayé de me tuer sur mon voilier.

Le policier le considéra d'un air pensif. Il avait devant lui un très jeune homme aux nerfs d'acier.

« Et séduisant, se dit-il. Pas tout à fait beau garçon, mais ce n'est guère surprenant que Lara Fleury en soit amoureuse. »

— Inspecteur, on s'acharne à me nuire, reprit Olivier. Cependant, si vous souhaitez savoir où j'étais la nuit où on a assassiné cette malheureuse, je peux vous le dire.

— D'après Lara Fleury, vous vous trouviez sur l'île qui lui appartient.

— Oui, disons un îlot, où j'ai passé les meilleurs jours de ma vie. J'en reviens à cette machination dont je suis la cible. Certes, on m'avait vu parmi les membres de la milice qui traquaient des résistants, à Saint-Pierre-de-Quiberon, à Locmariaquer aussi. Et je portais ce nom, Hamon, emprunté à une aïeule. J'ai donc décidé de retourner dans la région. Je tenais à découvrir qui m'avait dénoncé et pourquoi.

— C'est une réaction normale, approuva Renan.

— J'avais jeté l'ancre dans le port de Locmariaquer depuis trois jours à peine, en restant discret, quand j'ai senti naître une animosité. On marmonnait sur mon passage, on me regardait avec mépris, hargne. Ensuite on a jeté des pierres sur mon bateau, des saletés. Finalement, un groupe de marins-pêcheurs m'a sommé de partir, menaces de mort à l'appui. Ils m'ont injurié, traité de salaud de milicien. Ils connaissaient mon nom, enfin celui de Hamon.

— Rien de bizarre là-dedans, protesta l'inspecteur. Je suppose que vous vous étiez signalé à la capitainerie, et les informations circulent vite dans les petites villes comme Locmariaquer.

— Oui, c'est ce que j'ai pensé. J'ai tenté de me justifier, de leur dire la vérité, mais l'un d'eux m'a frappé. Je n'ai pas insisté et j'ai repris la mer aussitôt. Pourtant j'avais croisé Lara à deux reprises sur le quai, et son visage, ses regards me hantaient. Le jour où je suis parti, elle allait relever ses casiers à homards. On s'est croisés de nouveau, chacun sur son bateau. Elle m'a invité sur son île. C'était son petit domaine, disait-elle. J'y suis resté presque tout l'été.

L'inspecteur Renan détourna les yeux, gêné par l'expression rêveuse d'Olivier.

— Le golfe du Morbihan est assez fréquenté, surtout l'été, la meilleure saison pour la pêche. Ces hommes, tous des marins, n'ont-ils pas pu voir votre voilier, qu'ils avaient dû bien observer dans le port ?

— J'étais dans la Résistance, inspecteur, ironisa Olivier. Lara et moi, nous avons fait en sorte de ne pas être découverts, grâce à certains subterfuges. Toujours est-il que, en septembre, je devais rejoindre l'île de Molène, pour veiller sur un ami malade. J'ai attendu Lara en vain.

— Et avant Noël, vous êtes revenu pour elle, sans l'avertir, conclut Renan. On devait guetter vos allées et venues en mer, car on a essayé de vous supprimer.

Soudain exaspéré, Olivier serra les poings, les traits tendus. Il déclara à voix basse :

— J'avais écrit à Lara, en septembre, pour lui dire que je ne reviendrais pas. Je voulais qu'elle soit libre, sans doute, car je n'avais plus envie de lutter. Je savais être en sécurité sur Molène, ou bien à Dinard, tout en prévoyant de partir vivre en Angleterre. Mais je n'ai pas pu renoncer à elle et j'ai failli en mourir. Aussi je vous pose la question, inspecteur ! Ceux que je dérange autant, ils ont bien dû apprendre mon innocence, les raisons de mon acquittement, alors pourquoi chercher à me nuire ? On a même fait croire à la mère de Lara que j'avais livré son mari et son frère à la milice ! Et avant de programmer ma mort, qui serait passée pour un accident, on m'a accusé de ce meurtre abominable ! Je me bats contre des ombres, et, à mon avis, ce sont des gens puissants qui tirent les ficelles. Comment pourrais-je épouser Lara, tant que je serai leur cible ?

C'était de toute évidence ce qui tourmentait le plus Olivier.

— Alors, croyez-vous encore pouvoir m'aider, inspecteur ? dit-il encore.

— Je ferai mon possible, affirma Renan. De votre côté, écrivez vite à Lara Fleury d'être prudente et, surtout, qu'elle n'interroge personne, qu'elle ne parle plus de vous.

— D'accord, je vous remercie. Sortons d'ici, un homme a souvent regardé de notre côté. Je ne me sens plus en sécurité nulle part.

Locmariaquer, même jour

Des flocons de neige, petits et durs, voltigeaient dans l'air glacé. Ils criblaient les joues de

Lara, qui poussait son vélo au bord de la route. Le pneu arrière était à plat.

« Seigneur, protégez notre Fantou, guérissez ma sœur adorée », priait-elle, réchauffée par la marche rapide qu'elle s'imposait, au risque de glisser sur une plaque de verglas.

Son regard erra sur les prés poudrés de blanc, une vision rare dans cette région au climat océanique. Mais la nature se jouait parfois des humains, en déchaînant les éléments à sa guise.

— Que c'est long ! Maman doit se demander pourquoi je tarde, déplora-t-elle.

Lara craignait un incident grave, car sa mère n'aurait jamais osé appeler chez Tardivel, sinon.

— Au fait, d'où a-t-elle téléphoné ?

Dans son affolement, la jeune femme n'avait pas réfléchi. Elle fut vite perplexe, puis anxieuse.

— Les Cadoret n'ont pas le téléphone, et, si Fantou va mal, maman ne sera pas allée au bureau de poste, en la laissant seule, raisonna-t-elle tout bas. Je n'ai pas rêvé, elle m'a bien dit de rentrer à la maison.

Une immense frayeur la submergea. Lara ne trouvait qu'une explication. Fantou était morte.

— Non, non ! cria-t-elle.

Une idée la rassura cependant. Jeanne Cadoret avait pu garder la petite malade pendant qu'Armeline prenait son vélo pour trouver un endroit d'où téléphoner. Elle avait dû rentrer aussitôt. Malgré ce nouveau raisonnement, Lara éprouvait un sentiment étrange. Elle se remémora la voix qu'elle avait entendue.

« Maman devait pleurer, être tellement émue, et ces appareils doivent déformer les sons », se dit-elle.

Un bruit de moteur dans son dos l'incita à pousser le vélo sur le talus. Elle patienta, certaine que la voiture allait la dépasser, mais en se retournant pour vérifier, elle vit une grosse automobile noire, les phares allumés. Il faisait jour, pourtant.

« Ce ne sont pas des gens d'ici, supposa-t-elle. Pourquoi roulent-ils aussi lentement ? Sans doute à cause de la neige, du verglas. »

Le puissant véhicule parvint à sa hauteur et s'arrêta. Lara aperçut d'abord une femme, devant, à la place du passager. Un homme était au volant. Elle était prête à les renseigner s'ils cherchaient leur chemin, car les dolmens et les menhirs de la commune attiraient beaucoup de touristes.

« Mais pas en hiver, par ce froid ! » s'étonna-t-elle, au moment où Donatienne Malherbe ouvrait la portière, descendait et se jetait sur elle, un petit revolver à la main.

— Sale catin, traînée, allumeuse ! hurla-t-elle en frappant Lara au hasard avec la crosse de l'arme. Tu seras moins jolie à voir quand j'en aurais fini ! Mon mari ne couchera plus avec toi, il a horreur des laiderons !

L'épouse du maire, survoltée, lui assena un coup en plein front, un autre sur la pommette.

Lara cria de douleur. Elle lâcha le guidon du vélo et se protégea de son mieux. L'attaque avait été si prompte que, tout d'abord, elle n'avait pas réagi.

— Vous êtes folle ! se rebiffa-t-elle. Je me fiche de votre mari et je n'ai jamais couché avec lui.

Les yeux exorbités, la bouche crispée par un rictus de haine, Donatienne s'en prit aux cheveux de sa prétendue rivale, dont elle arracha une mèche. De l'autre main, elle continuait à brandir le revolver par le canon, comme s'il s'agissait d'une massue, bien dérisoire.

— Monsieur, faites quelque chose, appela Lara. Je vous en prie !

Le conducteur alluma une cigarette, sans daigner la regarder. Un chapeau de feutre ombrageait sa longue figure.

— Assez, madame Malherbe, ça suffit, vous avez dû boire, je ne suis pas la maîtresse de votre mari ! cria-t-elle.

Essoufflée, le teint fiévreux, Donatienne grimaça. Elle pointa un index vengeur sur Lara.

— Tu mens, petite putain, articula-t-elle d'une voix basse. Une bonne âme m'a prévenue, Dieu soit loué. Je n'arrive jamais à savoir avec qui il me trompe. Toi, tu n'as pas eu de chance. Quelqu'un de confiance m'a dit que tu couchais avec Éric depuis trois mois. Tu lui as demandé de divorcer, de me chasser ! Tu t'imaginais installée au manoir ? C'est raté. Il y a une balle dans ce mignon pistolet que j'ai acheté rien que pour toi.

Lara sentait l'haleine alcoolisée de Donatienne Malherbe, qui avait cessé de la frapper.

— Madame, ce sont des calomnies, il faut me croire. Venez chez moi, ma mère vous dira que je suis dans mon lit du soir au matin, la journée je travaille chez Tardivel. Quand aurais-je l'occasion de rencontrer votre époux ? Je n'ai pas le don de me dédoubler. Donnez-moi ça, vous êtes ridicule.

Elle s'empara d'un geste rapide du revolver, sous les yeux hagards de Donatienne. Visant le ciel gris, elle appuya sur la gâchette. Il n'y avait pas de balle. Vite, elle jeta l'arme par terre.

— Je ne voulais pas vous tuer, juste vous faire peur, bégaya la femme du maire.

Un sanglot guttural lui échappa, tandis qu'elle se laissait tomber à genoux, sur la fine couche de neige tapissant le talus. Malgré son manteau de fourrure mordorée, ses jambes gainées de bas en soie, ses élégants escarpins, elle était pitoyable.

— Je ne peux pas aller en prison, j'ai mes petits garçons, se justifia-t-elle, en larmes.

— Qui vous a raconté de telles sottises à mon sujet ? interrogea Lara.

— Personne. Enfin, j'ai reçu une lettre tôt ce matin, tenez !

Elle sortit une feuille pliée en quatre de sa poche droite. Sa main gantée de cuir fin tremblait. Lara lut un tissu de mensonges qui faisait d'elle une affreuse dévergondée, amorale et avide d'argent.

— Il fallait montrer ce torchon à votre mari, madame ! Je suis sûre qu'il aurait pu jurer du contraire.

— Vous ne le connaissez pas, il m'aurait donné une correction, lâcha Donatienne tout bas.

— Oui, vous venez de l'avouer, je ne le connais pas. Est-ce vous qui m'avez demandé au téléphone, chez Tardivel ?

— Je ne pouvais pas attendre, je devais vous voir, vous faire payer, gémit-elle.

Lara fut si soulagée qu'elle se pencha pour aider Donatienne à se relever. L'état de Fantou ne s'était pas aggravé, c'était le plus important pour elle.

— Saviez-vous que ma jeune sœur était malade, que, pendant quelques minutes, je l'ai crue morte, madame Malherbe ?

Donatienne approuva avec une mine de gamine prise en faute, avant d'admettre, tête basse :

— Le docteur qui a examiné votre sœur est un de nos amis. Il dînait au manoir, hier soir, il a parlé de son cas à Éric. J'y ai vu une preuve de plus, comme s'ils complotaient contre moi.

— Vous devriez arrêter de boire, madame, et divorcer, puisque vous êtes aussi malheureuse en ménage. Je vous conseille de ne plus m'approcher, car je porterai plainte. Pour rien au monde, je ne voudrais être la maîtresse de votre mari, c'est compris ?

L'homme descendit de la voiture. Il jeta son mégot sur la route en dévisageant Lara. Elle fut saisie par son expression froide, teintée d'ironie.

— Venez, Madame, dit-il avec un léger accent étranger.

Donatienne, hagarde, monta sur la banquette arrière. Son chauffeur ramassa le revolver aux allures de jouet, puis il se remit au volant. Deux minutes plus tard, l'automobile noire s'éloignait. Lara s'aperçut alors qu'elle avait toujours la lettre à la main.

— C'est une histoire de fous, murmura-t-elle.

Il lui restait un kilomètre à parcourir pour arriver chez elle. Encore sous le choc de l'incident, elle redressa son vélo.

«Je ne peux pas retourner chez Tardivel à cause de ma roue crevée, je n'ai qu'à rentrer à la maison.»

Chez Armeline Fleury, même jour

Rozenn Bart était assise au chevet de Fantou. La mine grave et réservée, elle lui faisait boire à la cuillère de la tisane sucrée au miel.

— Encore une, mon enfant, l'encourageait-elle.

Armeline, son premier mouvement de répulsion passé, avait accueilli la visiteuse avec amabilité.

— Mon frère avait des achats à faire, avait expliqué Rozenn une fois entrée dans la maison. Comme Lara m'avait écrit que sa petite sœur était bien malade, je suis venue.

— Je vous remercie, madame Bart, ma grande fille m'a avertie. Lara pense que vous pouvez guérir notre Fantou, avait répondu Armeline. Excusez-moi, la maison est chamboulée, nous avons déplacé un des lits, dimanche. Ce n'était pas une mince affaire. Un voisin nous a aidées, Erwan, le fils aîné des Cadoret. Les deux chambres sont glaciales. Ici, il fait meilleur.

Elle avait désigné d'un geste la pièce où un maigre feu brûlait dans l'âtre. Rozenn, impassible, s'était tout de suite dirigée vers Fantou endormie, des couvertures remontées jusqu'au menton. Des quintes de toux la secouaient, sans la réveiller. Enfin, au bout de vingt minutes, elle avait ouvert ses yeux d'un bleu pur.

— Bonjour, petite demoiselle, avait dit Rozenn. J'ai préparé de la tisane, pendant que tu dormais. Il faut en boire, maintenant.

— Bonjour, madame, je suis très contente que vous soyez là, car Lara vous aime beaucoup. Moi aussi.

La conversation n'était pas allée au-delà, Rozenn ayant hâte de donner sa préparation à la malade. Fantou lui inspirait une vive tendresse, un sentiment d'admiration aussi.

« C'est une âme très pure, songeait-elle. Dieu l'a dotée de la beauté qu'on prête aux anges. »

Armeline s'affairait autour du lit, multipliant des tâches anodines pour apaiser son angoisse. Souvent, elle regardait la face pourpre de Rozenn Bart, qui servait d'écrin sinistre à ses prunelles d'un vert limpide.

« La pauvre femme, est-ce sa faute ? Naître ainsi, quel fardeau à porter ! Quand même, elle me fait peur. »

Elle soupirait, honteuse de ne pas surmonter le vague dégoût qui la prenait.

— J'ai vu quelqu'un par la fenêtre, affirma soudain Rozenn. C'est Lara, je crois.

— Vous vous trompez, madame Bart, ma fille débauche à 18 heures. Le temps de faire le trajet à vélo, elle arrive pour le souper.

Pourtant, ce fut bien Lara qui entra, les joues rosies par le vent, son bonnet constellé de flocons givrés enfoncé jusqu'aux sourcils afin de cacher l'ecchymose sur son front.

— Oh, merci mon Dieu, vous êtes là, madame Rozenn ! s'écria-t-elle.

— Tu es la seule personne à pouvoir me faire sortir de ma tanière, plaisanta celle-ci. Odilon m'a déposée, nous devions remplir le garde-manger, surtout par ce temps. Je crains le pire, les températures vont encore baisser.

— Que fais-tu ici, Lara ? s'inquiéta Armeline. On t'a renvoyée ? Mais tu as un bleu sur la joue !

— Je suis tombée de vélo, quand ma roue a crevé. Je te raconterai tout cela plus tard, maman. Comment te sens-tu, Fantou ?

— Mieux, parce que madame Rozenn est là, et toi aussi.

Enchantée de la réponse, Lara approcha de la cheminée pour ôter sa veste, ses bottillons et son écharpe. Elle remit une bûche sur les chenets. Sa mère économisait le bois, qu'elle achetait à un marchand, grâce au salaire de sa fille aînée.

— Je commanderai un stère de chêne dès demain, maman, précisa-t-elle devant la mine effarée d'Armeline. Et nous allons coucher toutes les trois ici, dans la cuisine. Je vais faire cuire des haricots pour ce soir.

Le cœur lourd, Lara regretta de ne pas rapporter un morceau de viande, comme elle l'avait prévu. Rozenn retint un soupir de compassion.

« Mme Fleury et ses deux filles vivent pauvrement, presque dans la misère, déplora-t-elle en silence. Lara ne nous en a rien dit. Si elle n'avait pas eu peur pour sa sœur, je ne l'aurais pas su avant longtemps. »

Fantou, revigorée par la boisson chaude au savoureux goût de miel, se redressa pour s'asseoir. Rozenn cala les oreillers dans son dos, afin de la soutenir.

— Donne-moi tes mains, petit ange, chuchota-t-elle.

— Oui, madame !

La fillette contemplait la singulière physionomie de Rozenn en souriant. Elle semblait indifférente à la coloration rouge de sa peau, comme si elle s'attachait uniquement à la véritable personnalité de la visiteuse.

— Mais que font-elles ? demanda très bas Armeline à Lara. Tu as vu, elles se regardent en se tenant par les mains.

— Aie confiance, maman.

Rozenn n'entendit rien, concentrée tout entière sur les ondes qui la traversaient, au contact des doigts graciles qu'elle étreignait doucement. Bientôt, des larmes perlèrent à ses yeux mi-clos.

— Est-ce que vous pleurez parce que je vais mourir ? lui dit Fantou.

— Seigneur, ma petite chérie, veux-tu te taire ? s'effara sa mère.

— Tu vas te rétablir, cher ange, déclara Rozenn. On verse aussi des larmes de joie, sais-tu ?

— Oh ! ça oui, je pleure parfois à l'église, car je suis heureuse de prier. J'ai toujours mon chapelet sur moi. Regardez ! C'est celui de ma grand-mère Henriette.

Fantou extirpa d'une manche de son gilet un chapelet noir qu'elle porta à ses lèvres.

— Je le lui ai offert l'année dernière, annonça Armeline. C'est une enfant très pieuse.

— La grâce divine l'a touchée dès sa naissance, madame Fleury. N'ayez pas peur, je vais la soigner. Il lui faudrait de la bonne nourriture, et qu'elle ait bien chaud. Sachant que ta sœur toussait, Lara, j'ai pris le nécessaire pour la soulager. Après la tisane, je dois lui poser un cataplasme de deux farines, lin et moutarde, à l'emplacement des bronches. Ce sera salutaire, car la toux épuise l'organisme.

— Madame Rozenn, comment vous remercier ? s'écria Lara. Je me tracassais tellement, ce matin, que j'ai décidé de rentrer, avec la permission de M. Tardivel.

— Ah, tu me rassures, avoua Armeline. Si tu perdais ce travail, nous serions dans un gros embarras.

Lara évita de lui répondre. Elle pouvait être congédiée dès le lendemain, pour avoir quitté son poste sans prévenir.

« Eh bien, je trouverai un autre emploi, pensa-t-elle. J'ai obtenu mon brevet d'études secondaires, je pourrais même postuler comme secrétaire. »

Cette idée la réconforta. Elle entreprit de ranger la pièce, tout en surveillant la cuisson des haricots, qui avaient trempé durant la nuit. Une heure s'écoula dans la bonne humeur, avant le retour d'Odilon Bart.

Manoir des Bruyères, même jour

Les coups de ceinturon pleuvaient sur Donatienne Malherbe, qui s'était recroquevillée au creux d'un fauteuil, dans le dérisoire espoir de se protéger. Son mari cognait au hasard sans lui arracher un cri.

— Tu as osé t'en prendre à Lara Fleury, pauvre folle, disait-il entre ses dents. Tu vas le payer cher.

Le couple se trouvait dans une des chambres réservées à leurs invités, suffisamment éloignée du palier du premier étage. La pièce, lorsqu'elle était inutilisée, était pour la maîtresse de maison le lieu où elle souffrait, en proie à la violence aveugle du maire.

— Sale garce, à quoi bon être jalouse, je ne te quitterai pas tant que j'aurai besoin du fric de beau-papa, ce vieil idiot !

Les bras repliés devant son visage, sa femme sanglotait. La douleur l'avait dégrisée. Elle attendait la suite, lorsqu'il lui faudrait demander pardon pour sa faute, nue et à genoux.

— Tu n'es qu'une affreuse pocharde, une ivrogne de la pire espèce, ajouta Malherbe, toujours sans hausser le ton.

Il frappa encore, exalté par sa toute-puissance. La boucle du ceinturon cingla l'épaule de Donatienne avec rudesse. Elle lâcha un faible cri. Il empoigna ses cheveux et l'obligea à le regarder.

— Pourquoi as-tu fait ça ? interrogea-t-il. Tu crois me garder pour toi toute seule, à ton âge ?

— C'est à cause de la lettre, balbutia-t-elle, terrorisée. Je l'ai reçue ce matin. On me disait que cette fille était ta maîtresse, que c'était du sérieux.

— Quoi ? Arrête de mentir !

— Je te dis la vérité, Éric. On m'annonçait même que tu voulais divorcer et l'épouser, car tu l'aimais vraiment.

Donatienne, larmoyante, les joues roses, renifla, puis elle étira ses jambes engourdies. Son mari la considéra d'un air cruel.

— Montre-moi cette lettre, ordonna-t-il.

— Oui, bien sûr.

Elle fouilla les poches de son manteau de fourrure, qui était posé sur le dossier du fauteuil. Elles étaient vides.

— Je ne l'ai plus ! Où l'ai-je mise ? Ah, que je suis sotte, Lara Fleury l'a gardée ! Je voulais lui faire peur, mais je n'ai pas réussi, je crois. Éric, demande à Martha, je revenais de conduire les enfants à l'école quand elle m'a remis le courrier.

Une gifle la fit taire, suivie d'une seconde, moins forte. Le rituel ne tarderait plus. Donatienne y était tellement accoutumée qu'elle déboutonna prestement son corsage en soie.

« Vite, je me déshabille, en le suppliant du regard. Tout sera comme d'habitude, se disait-elle. Il me prendra, à sa manière, au moins j'aurai droit à mon plaisir. »

— J'ai mal agi, murmura-t-elle, ses seins durs et lourds exposés à la vue de son mari, sous la dentelle rouge de son soutien-gorge. Je ne le ferai plus, Éric.

Il respirait fort, les poings serrés, debout au-dessus d'elle, qui se hâtait d'enlever sa jupe, ses bas, son porte-jarretelles et sa culotte en satin. Enfin elle fut entièrement nue.

— Tu me dégoûtes, déclara alors Malherbe. Je ne te toucherai plus. Mais tu peux intéresser mon chauffeur ! Il t'a obéi, ce crétin, il t'a aidée dans ton plan imbécile. Combien lui as-tu donné, hein ?

— Mais rien, je t'assure. Je n'avais aucune raison de le payer. Il fait son travail, comme quand il m'emmène à l'école, le matin et le soir.

— Dans ce cas, autant que tu le paies en nature.

Malherbe alla ouvrir la porte de la chambre. L'homme qui avait assisté sans broncher à l'agression de Lara se tenait là. Il eut un fin sourire avant d'entrer, tandis que son patron sortait.

— Non, c'est impossible, pas ça, gémit Donatienne.

Son cauchemar commençait.

Chez Armeline Fleury, même jour

Lara avait servi une tasse de chicorée à Odilon Bart, assis au coin du feu. Le retraité dissimulait, à l'instar de sa sœur, son désarroi, confronté à la pauvreté évidente qui régnait là.

« Il faudrait chauler les murs, repeindre ensuite, réparer le bas du vaisselier, sinon il finira par s'écrouler en avant, songeait-il. On sent pourtant que c'est bien tenu. »

Armeline recevait rarement. Les Cadoret étaient les seuls à lui rendre visite. Déjà, faire entrer l'inspecteur Renan avait été une épreuve pour elle.

— Je vois que monsieur Bart fait un état des lieux, dit-elle d'un ton faussement jovial.

— Pas du tout, madame, j'étais en train de penser que vous aviez la chance d'habiter une jolie maison, très propre.

Rozenn retint un soupir, gênée par la maladresse de son frère.

— C'était plus coquet avant la guerre, se défendit Armeline. Louis et moi, durant l'Occupation, nous avons dû vendre des bibelots qui nous venaient de nos grands-parents.

— Et quand papa a disparu, renchérit Lara, peinée pour sa mère, nous avons continué à brader tout ce qui pouvait rapporter un peu d'argent. Il fallait survivre.

Fantou écoutait les adultes, allongée dans le lit. Elle avait très peu toussé, après avoir supporté le cataplasme chaud, pendant de trop longues minutes à son goût. Une douce somnolence lui fit fermer les yeux.

— Repose-toi, mon petit korrigan, murmura Lara en se penchant pour l'embrasser. Dis donc, tu n'as plus de fièvre.

— La tisane a fait son effet, commenta Rozenn, installée sur une chaise près de l'enfant. Je te laisserai le sachet et le pot de miel, Lara, ta sœur doit en boire trois fois par jour. Les plantes ont de précieuses vertus.

— Vous pouvez lui faire confiance, se vanta Odilon.

— Je ne sais pas comment vous remercier, dit Armeline. Le médecin parlait d'une affection très grave.

— Je serai toujours prête à venir, au cas où l'une de vous trois serait malade, déclara Rozenn. Odilon et moi, nous te devons beaucoup, Lara, ainsi qu'à ton ami Olivier.

— Mais non ! protesta la jeune femme. C'est tout le contraire.

— Changeons de sujet, proposa Armeline. Il neige, je pourrais vous offrir des crêpes, j'ai ce qu'il faut.

Odilon se leva, un air malicieux sur son visage sillonné de rides. Il adressa un clin d'œil à sa sœur, qui approuva d'un signe de tête.

— Excusez-moi, mesdames, j'ai oublié quelque chose dans ma fourgonnette. Mais je suis partant, pour les crêpes.

Il revint chargé d'un cabas en cuir rebondi. Lara se précipita pour l'aider.

— Rozenn, ça te dirait qu'on s'invite aussi à dîner ? Madame Fleury, parole de Bart, j'ai eu les yeux plus gros que le ventre, en faisant les courses. On pourrait mettre un pot-au-feu à cuire, et déguster du fromage en dessert.

— Pourquoi pas, ce n'est pas de refus, balbutia Armeline, la gorge nouée par l'émotion. Le bouillon ferait du bien à Fantou.

Le retraité et sa sœur se tournèrent tous deux, d'un même élan, vers la fillette assoupie. Ils se sentaient enfin utiles, comme des années auparavant quand ils avaient pris sous leur aile la petite Élodie, devenue orpheline.

Sainte-Anne-d'Auray, chez les Jouannic, le soir

Tiphaine et son père venaient de rentrer. Goulven Jouannic, de très mauvaise humeur, aligna une suite de jurons en s'asseyant près de la cuisinière en fonte.

— *Ma Doué, skorned on, nag ur fal amzér*[1] !

— Dès que mon frère veut ronchonner, il oublie son français, se moqua Loïza.

— Tais-toi, et un conseil, tu ferais bien de parler notre langue, toi aussi, dans certains cas au moins.

— Je pourrais, Goulven, pendant la guerre ça m'a été bien utile, mais je n'en ai plus envie. Si tu

1. « Mon Dieu, je suis gelé, quel sale temps ! » en langue bretonne.

étais allé plus longtemps à l'école, comme moi, tu verrais les choses sous un autre angle. J'ai étudié de si beaux textes, en français.

— Tu me casses les oreilles ! hurla-t-il. Et celle-là, ma propre fille, elle n'a pas dit un mot du trajet. C'est bien la peine que je me décarcasse à jouer les chauffeurs.

— Je dois gagner ma vie, papa, tu me l'as assez répété ! cria Tiphaine, en se chauffant les mains près de la cheminée. Alors, tant pis si je crève de froid du matin au soir, je peux mettre des sous de côté.

Paule mettait le couvert d'un air résigné. Les querelles entre son mari et leur fille étaient quotidiennes.

— Si tu épousais Malo Guégan, tu n'aurais plus besoin de te geler à trier des huîtres, Tiphaine, renchérit Goulven. Il en vaut un autre. Tu auras un logement, et on ne te montrera plus du doigt. Après tout, personne ne sait vraiment qui est le père du bâtard !

Ulcérée, Loïza aurait volontiers jeté sur son frère la cruche d'eau qu'elle portait. Cependant elle croisa le regard apeuré de Luc, assis sur la pierre de l'âtre. Le garçon percevait avec acuité la tension qui régnait dans la cuisine.

— Évite de dire une telle chose, Goulven, ordonna-t-elle tout bas. Le bébé est innocent des erreurs de ses parents. Il est de ton sang, du mien, son foyer sera ici, sous le toit de ses ancêtres.

Son frère jeta un regard furieux à Tiphaine qui pleurait sans bruit.

— Tu as semé le désordre dans la famille ! Es-tu contente ?

— Oh ! non, papa, je ne suis pas contente, rétorqua-t-elle. Je donnerais cher pour être en Amérique en ce moment, avec John, et ne plus t'entendre hurler et m'insulter ! Je suis plus tranquille chez M. Tardivel, à trier des huîtres, même si j'ai mal au dos, si je ne sens plus mes pieds.

— Allez-vous cesser ? s'exaspéra Paule. La soupe est servie. Loïza le disait ce matin, nous avons de la chance, comparés aux miséreux qui meurent de froid partout dans le nord de la France, ou à Paris. Ils n'ont pas une bonne réserve de bois et de charbon, ni une cheminée et une cuisinière. Il fait bien chaud chez nous, le garde-manger est plein. Alors j'en ai assez de ces scènes !

Stupéfait, Goulven écoutait son épouse. Elle s'exprimait avec le soudain courage des timides, d'une voix tremblante.

— Qu'est-ce qui te prend, Paule ? s'étonna-t-il.

— J'étais heureuse, aujourd'hui. Gaël nous a écrit. Il se marie au mois d'avril. La cérémonie civile aura lieu à Paris, mais il y aura une bénédiction religieuse ici, à la basilique Sainte-Anne. Notre fils y tient, alors sa fiancée n'a pas voulu le contrarier.

— Je ne comprends rien à ce que tu racontes, cria Goulven.

— Sa fiancée a été baptisée toute petite, précisa Loïza. Hélas, elle a perdu la foi et se prétend athée.

Tiphaine sécha ses larmes, impatiente d'assister à la colère de son père, profondément croyant. Elle fut vite satisfaite. Il tapa d'abord du plat de la main sur la table, puis il balança son assiette par terre, la face crispée par l'indignation.

— Cette fille ne mettra pas les pieds chez nous ! vociféra-t-il. Comment Gaël peut-il épouser une mécréante ? Ayez des enfants, et ils vous cracheront à la figure ! D'abord toi, Tiphaine, ton frère maintenant ! *Tri mil c'hast*[1] !

Goulven repoussa sa chaise. Il se leva, l'air menaçant, le poing brandi, puis il vacilla avec une grimace de douleur. Une main sur le cœur, il s'affala sur les pierres plates du sol, vieilles de plus d'un siècle, sur lesquelles avaient vécu des générations de fervents catholiques.

1. « Trois mille putains », juron breton.

11

La menace des ombres

Locmariaquer, entreprise ostréicole Tardivel, mardi 18 février 1947

La vague de froid persistait. Il neigeait sur une grande partie de la France et les températures ne remontaient pas. Quelques jours de redoux avaient suscité un début de soulagement, vite brisé par le retour d'un vent âpre venu de Scandinavie.

— En Angleterre, ils ont encore plus de neige qu'ici, l'armée a dû intervenir, paraît-il, sûrement pour dégager des routes, disait Béatrix d'un ton exalté.

— Les naissains d'huîtres craignent le gel, professa une femme d'âge mûr, employée là depuis dix ans. Moi, hier matin, j'ai entendu M. Tardivel qui criait au désastre.

— S'il fait faillite, nous serons au chômage, fit remarquer Lara. Mais ça ne peut pas durer, le printemps va arriver. Le climat est doux, chez nous, il faut prendre notre mal en patience. Tiphaine, tu ne dis rien. Au fait, est-ce que ton père va mieux ?

— Il est toujours au repos, ordre du docteur, et il n'a plus le droit de boire de vin ni de cidre, expliqua-t-elle. Du coup, le garage est fermé. Ma tante voulait que je ne vienne plus travailler, mais je me sens obligée. Comme ça, je ramène des sous à la maison.

Elle portait une large cape en laine pour dissimuler son ventre, qui avait beaucoup grossi, ces derniers jours.

— Alors tu n'économises plus ? demanda Lara.

— Je n'ai pas touché à ce que j'avais mis de côté, je m'en servirai si c'est nécessaire. Quand j'ai vu mon père couché par terre, qui souffrait le martyre, j'ai eu des remords. On se querellait tous les soirs, et le matin, souvent. J'aurais été moins désagréable avec lui, mais je ne pouvais pas deviner qu'il avait le cœur malade. On n'en a qu'un, de père.

— Je suis d'accord, concéda Béatrix. Si je perdais le mien, le monde s'écroulerait.

— Ma petite sœur espère toujours le retour de papa, leur dit tout bas Lara. Moi, j'ai cessé de l'attendre. Et maman est certaine qu'il a dû mourir en déportation.

— Désolée, on a gaffé, déplora Tiphaine d'une voix changée. Vivement la pause, j'ai le dos en compote, aujourd'hui. Encore un quart d'heure, et j'pourrai me reposer.

De la buée se formait lorsque les jeunes femmes parlaient. Paul Tardivel avait fait accrocher des bâches en toile cirée aux portes du hangar, afin de couper le vent, mais quand une rafale les soulevait, le froid déferlait.

« Olivier m'a écrit de Londres, songeait Lara. Béatrix disait vrai, la situation est pire là-bas. Enfin, il ne s'en plaint pas. Au moins il est en sécurité, puisque l'inspecteur Renan affirme qu'on tentera peut-être encore de le tuer s'il revient en Bretagne. »

Le policier était de retour à Locmariaquer. Il avait contacté Lara dès son installation à l'Hôtel du Port. Mais par pudeur ou par orgueil, elle avait gardé secrète l'agression dont elle avait été victime à la fin du mois de janvier. Olivier et l'inspecteur en ignoraient tout. Quant à Donatienne et Éric Malherbe, ni l'un ni l'autre ne s'était manifesté.

« Fantou a pu retourner à l'école grâce aux soins de Rozenn, et maman est toute contente parce que monsieur Odilon nous a livré du bois gratuitement, songeait-elle. Il est si généreux. »

Le retraité avait trouvé un moyen d'aider Armeline Fleury sans la gêner ni blesser son amour-propre. Ils s'invitaient à déjeuner ou bien à dîner, Rozenn et lui, en fournissant le repas, toujours copieux. Ensuite Lara et sa mère accommodaient les restes de ces festins, au ravissement de Fantou, qui était rétablie.

— Oh ! ça me lance encore, gémit tout à coup Tiphaine, les mains sur les hanches.

— Tu devrais t'asseoir, conseilla Lara. Tu es pâle à faire peur.

— Ce sont des crampes, à force de me pencher, de me relever, ne t'inquiète pas. Plus que cinq minutes à tenir.

La sonnerie retentit enfin, au soulagement général, car il faisait meilleur dans le bâtiment servant de réfectoire. Tiphaine ôta ses gants en cuir, avant de se diriger d'une démarche pesante vers la sortie.

— Personne ne peut venir te chercher ? lui demanda Lara. Peut-être que tu vas accoucher !

— La bonne blague, le terme est dans trois semaines. Ma tante m'accouchera, elle nous a mis au monde, Gaël et moi. Si tu voyais comme elle veille sur mon père.

— Gaël, ton frère qui va se marier ?

— Hé, je n'en ai qu'un, Lara ! Maman est aux anges, dans sa dernière lettre, il nous annonçait qu'il rentrait au pays. Fini Paris. Je peux te le dire, je suis déçue, j'avais prévu de le rejoindre dans la capitale, de trouver un emploi. Gaël, c'est le préféré de mes parents. Mais papa a eu sa crise cardiaque à cause de lui, quand même.

— Je sais, parce que ton frère épouse une demoiselle qui se dit athée.

— Quand sa Parigote visitera notre basilique Sainte-Anne, elle retrouvera la foi, plaisanta Tiphaine.

Lara, amusée, lui prit le bras. Elles mangeaient à la même table que Béatrix et une fille de seize ans, Maïwenn, qui apportait une Thermos de café et leur en offrit gentiment un gobelet à chacune.

— On entend les vagues, nota Lara d'un air rêveur. C'est l'heure de la marée haute. Je suis pressée de pouvoir retourner en mer. Au printemps, je vous emmènerai toutes les trois sur mon île, dans le bateau qui appartenait à mon père.

— Ce sera sans moi, affirma Béatrix. Il y a eu trop de noyés dans ma famille ! Un aïeul, mon grand-oncle et un de mes cousins. Je n'épouserai jamais un marin-pêcheur.

— Je n'dis pas non, lâcha Tiphaine, qui respirait fort. Lara, ça revient, la douleur. Mon Dieu, ça fait mal. Tu as peut-être raison, je crois que le bébé arrive.

— Seigneur, il faut que tu rentres chez toi ! s'affola Maïwenn.

— Et comment ? Vous savez bien que papa a prêté la voiture à son apprenti, qui vient me chercher le soir. Je ne peux pas l'avertir.

Sur ces mots, elle se plia en deux, en poussant un cri. Lara courut jusqu'au bureau de leur patron. Le local était vide, la porte vitrée fermée à clef.

« M. Tardivel déjeune chez lui, à midi, se dit-elle. Tant pis, il y aura bien un homme parmi les employés qui pourra la raccompagner, toutes les plates[1] sont rentrées. »

Elle entra dans le réfectoire, prête à solliciter de l'aide, mais un attroupement s'était formé autour de leur table. Tiphaine poussait des plaintes déchirantes, rejetée en arrière sur le banc. Une des femmes la soutenait. Lara vit avec terreur une large tache de sang entre les cuisses de la future mère, salissant le pantalon en jersey qu'elle portait.

— Par la Madone, se lamenta Béatrix en se signant, le bébé va naître ici, par ce froid.

— Non, au secours ! geignit Tiphaine. Je veux tata Loïza ! J'ai peur, mon Dieu, j'ai peur !

Une clameur de bête blessée lui échappa, tandis qu'elle se tordait, les yeux révulsés.

— Où est le contremaître ? hurla une maigre quinquagénaire, à la tête couverte d'un foulard en laine. Si on le trouve, il ouvrira le bureau de m'sieur Tardivel, où il fait chaud.

— Il faudrait surtout un docteur, s'affola Lara. La naissance était prévue à la mi-mars ! Je vais téléphoner à l'hôpital d'Auray, ils enverront une ambulance.

1. En Bretagne notamment, bateau à fond plat utilisé pour naviguer sur les parcs à huîtres.

Elle repartit vers le local vitré, aux allures de véranda, où se trouvait le combiné du téléphone. Sans plus hésiter, elle s'empara du premier outil à sa portée, une pelle en fer, au manche en bois.

— Tant pis si je suis renvoyée, dit-elle entre ses dents.

De toutes ses forces, Lara cogna sur un des larges carreaux. Au troisième coup, le verre se brisa. Elle continua afin de dégager un passage suffisant. Le souffle court, les joues en feu, elle se glissa par l'ouverture et décrocha l'appareil.

— Ils vont venir la chercher, s'écria Lara dès qu'elle fut de retour dans le réfectoire. J'ai pu téléphoner à l'hôpital Saint-Julien d'Auray. Courage, Tiphaine !

— *Ma Doué*, elle n't'entend pas ! affirma une employée.

— Elle s'est évanouie, à cause d'une douleur très forte, lui confia Béatrix, entre deux sanglots de frayeur.

Mais Tiphaine reprit connaissance, comme électrisée par une violente convulsion de tout son bassin.

— J'vais mourir, se lamenta-t-elle. Aidez-moi.

Lara ordonna le tumulte de ses pensées. Elle avait sept ans lors de la naissance de Fantou, pourtant la sage-femme s'était empressée de la solliciter, en dépit des protestations gênées d'Armeline.

« Grand-mère Henriette nous avait quittés, et papa était en mer ce jour-là, se remémora-t-elle. J'ai fait chauffer de l'eau, j'ai disposé le nécessaire sur la commode, dans la chambre. Maman mordait un mouchoir, pour ne pas me faire peur en criant. Vers la fin, je suis restée, par curiosité, sans doute. J'ai vu ma mère se raidir, se cambrer. La sage-femme lui ordonnait de pousser, elle a crié que le bébé se présentait. »

Le masque de souffrance qui défigurait Tiphaine mit un terme à ses hésitations.

— Il faut l'allonger sur la table, décréta-t-elle. Béatrix, enlève son pantalon, Maïwenn, passe-moi ton foulard, vous aussi, madame Le Guennec. Restez autour de nous, ça fera une sorte de paravent. Que les hommes reculent !

Personne ne songea à récriminer, sous le feu noir du regard de Lara. Bientôt, Tiphaine se retrouva étendue sur sa cape, protégée par le cercle de ses collègues.

— Respire à fond, lui recommanda Lara.

— J'ai accouché ma belle-fille, je m'y connais, annonça alors Nina Le Guennec, du haut de ses soixante ans. Pousse donc, petite, et respire bien.

On ne sentait plus l'air glacial, on oubliait les engelures, les coupures, ainsi que l'œil sévère du contremaître. Tiphaine avait repris courage, cramponnée aux bras de Béatrix et de Maïwenn.

— Qu'est-ce qui se passe ici ? tonna la voix grave de Paul Tardivel. On a brisé une vitre de mon bureau. Le coupable sera renvoyé, les frais de la casse retenus sur son salaire de la semaine.

Un concert d'explications, de vociférations lui répondit, virulent et confus, si bien qu'il n'en comprit pas un mot. Mais il entendit distinctement le cri caractéristique d'un nouveau-né, d'abord pareil à la plainte d'un chaton, puis vigoureux, strident.

— Mlle Jouannic a eu son bébé, patron, vint lui dire une de ses plus anciennes employées.

— Ici, par ce froid ?

La nouvelle le sidérait. Il reculait, embarrassé, quand Lara se présenta devant lui.

— Je suis désolée, monsieur Tardivel, j'ai dû briser la vitre pour appeler l'hôpital d'Auray, qu'il envoie une ambulance. Je vous rembourserai, mais pourquoi me renvoyer ? Le contremaître était absent, alors qu'il est là d'habitude. Je n'ai pas eu le choix et j'ai besoin de cet emploi.

Il demeura silencieux ; à environ trois mètres d'eux, Tiphaine, toujours allongée sur la table, était infiniment soulagée de ne plus souffrir. Elle percevait à peine le chaos des conversations, des commentaires, des rires ébahis. On avait enveloppé son enfant dans une écharpe en laine. Elle le tenait sur sa poitrine, attentive à ses mouvements, aux petits bruits de bouche qu'il faisait.

— J'ai coupé le cordon après l'avoir lié aux deux bouts, se vantait Mme Le Guennec. C'est un beau garçon.

Un garçon. Le mot résonna dans l'esprit de la jeune mère. Elle songea à John, à ses baisers. Des larmes coulèrent sur ses joues.

« Il serait fier d'avoir un fils, j'en suis sûre, se disait-elle. Mon bébé, je ferai tout pour que tu connaisses ton père. »

Elle le contempla, subjuguée par la petitesse de son visage, de ses mains. Un sentiment d'amour immense, farouche, la prit d'assaut comme une vague dévastatrice, dont l'impact grisait et apeurait à la fois. Son ventre se durcit de nouveau.

— J'ai encore mal, s'affola Tiphaine.

— C'est le placenta, ne crains rien, après tu seras tranquille, marmonna l'efficace Nina Le Guennec.

La sirène d'une ambulance retentit sur le quai. Lara vit deux infirmières accourir.

— Ils ont fait vite, pourtant les routes sont glissantes, dit-elle tout bas.

Paul Tardivel la fixait pensivement. Lara était la fille de Louis Fleury, son camarade de l'école primaire, l'ami fidèle de son adolescence.

— Accompagnez Mlle Jouannic à l'hôpital, Lara, soupira-t-il. Vous reprendrez le travail demain matin.

— Merci de tout cœur, monsieur. C'est très généreux de votre part.

Auray, hôpital Saint-Julien, deux heures plus tard

Paule et Loïza Jouannic étaient assises de chaque côté du lit où était confortablement installée Tiphaine, le bébé au creux de son bras. La salle abritait trois autres patientes, dont l'intimité était préservée par des paravents de tissu blanc.

— Tu nous en as fait, des émotions, se plaignit sa mère. Quand Malo a frappé chez nous en uniforme, j'ai pensé qu'il y avait eu un malheur.

— C'était une idée de Lara Fleury, pour vous prévenir le plus vite possible. Du secrétariat de l'hôpital, elle a téléphoné à la gendarmerie pour demander à Malo d'aller à la maison.

— Il semblait aussi ému que si c'était lui le papa, ajouta Paule avec un sourire attendri.

— La naissance d'un enfant est une joie, une bénédiction du Seigneur, commenta Loïza.

— Tu dis vrai, tata, approuva Tiphaine. Au début, chez Tardivel, les autres filles et les femmes mariées me regardaient un peu de travers. Je ne valais pas cher, à leurs yeux. Un matin, Lara Fleury m'a défendue. Je crois même qu'elle a fait la morale à certaines. Mais à midi, comme bébé arrivait, tout le monde m'a aidée, rassurée. Après la naissance, j'entendais des bravos, on me souriait gentiment.

— J'écrirai à ton amie Lara pour la remercier, lui dit sa tante. Elle a pris le risque d'être renvoyée pour appeler l'ambulance.

— Surtout que tu as perdu beaucoup de sang, en route, déplora Paule. Comment feras-tu baptiser le petit ?

— Je chercherai un prénom demain, maman. Je suis fatiguée. Pour le moment, je l'appelle bébé. C'est dommage, Lara a dû partir, sinon je vous l'aurais présentée.

Les paupières de Tiphaine se fermaient contre sa volonté. Elle s'endormit tout d'un coup, avec un soupir de bien-être. Une sœur, une blouse d'infirmière sur sa tenue religieuse, prit le nouveau-né et le coucha dans le berceau, près du lit. Il somnolait lui aussi. Paule et Loïza entamèrent une discussion à voix basse.

— Goulven voudra donner à son petit-fils un prénom breton. Tu as de l'influence sur Tiphaine, Loïza, essaie de la convaincre de ne pas choisir un prénom à la mode.

— C'est son enfant, Paule. Ta fille a été très courageuse. Elle avait déjà des douleurs hier soir, mais elle est allée travailler.

— Seigneur, si elle m'en avait parlé, je lui aurais dit de rester à la maison, au chaud. Loïza, que deviendrons-nous, si Goulven ne peut plus tenir le garage ? Nous avons une bouche en plus à nourrir, maintenant.

Sa belle-sœur regarda Tiphaine, puis le berceau. Le cœur en fête, elle esquissa un sourire.

— Nous ne manquerons de rien, Paule, j'y veillerai. Demain, nous irons prier à la basilique. Sainte Anne aura pitié de nous.

Sur la route vers Locmariaquer, même jour

L'inspecteur Renan conduisait prudemment, car la route était verglacée par endroits. Il jeta un coup d'œil à Lara, dans le rétroviseur. Sa passagère, qui était montée à l'arrière de la voiture, observait avec obstination le paysage, où dominaient le blanc de la neige, le brun intense des troncs d'arbres, le gris du ciel.

— Le hasard fait bien les choses, affirma le policier. J'avais prévu de vous rendre visite en fin de journée et je vous croise dans le hall de l'hôpital.

— Vous auriez pu me parler là-bas, je serais restée un peu plus longtemps avec mon amie. Pendant le trajet en ambulance, elle a fait un malaise.

— Elle est entre de bonnes mains, à présent, trancha Renan. Et comment seriez-vous rentrée à Locmariaquer ?

— Il y a un bus, et j'avais de la monnaie.

Lara se tut, agacée par les manières autoritaires dont avait usé le policier. Elle étudia son profil au nez busqué, aux sourcils épais.

« J'aurais dû faire demi-tour, quand je l'ai reconnu à l'hôpital, songea-t-elle. Mais il m'a demandé de le suivre. Heureusement, j'ai pu remonter pour dire au revoir à Tiphaine. Qu'a-t-il de si important à me raconter ? »

Nicolas Renan la regarda encore. Il la devinait en colère. Pour l'amadouer, il usa du meilleur stratagème, du moins le pensait-il.

— Avez-vous eu des nouvelles d'Olivier Kervella, mademoiselle Fleury ?

— J'ai reçu deux lettres, inspecteur. Je préfère que vous l'appeliez Hamon, je ne m'accoutume pas à ce patronyme. Mais est-ce que je dois vous exposer le contenu de ces courriers ? Excusez-moi si je vous parais désagréable, mais je vous rencontre presque tous les jours, depuis votre retour. Sur le port, chez moi, maintenant à l'hôpital d'Auray, où je n'étais pas censée me trouver, et ça me donne l'impression d'être sous surveillance.

— Et si c'était le cas ?

— Olivier m'a demandé de ne plus me mêler de l'enquête qu'il menait, j'ai obéi. Je ne cours donc aucun risque, je n'ai pas besoin d'être protégée, se rebiffa Lara.

— Personne ne vous a causé d'ennuis, vous en êtes sûre ? insista Renan d'un ton suspicieux.

— Non, personne. Et si je vous interrogeais, moi, inspecteur ! Que faisiez-vous à l'hôpital Saint-Julien ? Un des criminels que vous recherchez en vain se cache-t-il parmi les sœurs ou les docteurs ?

Irrité, il freina brusquement. La voiture dérapa sur quelques mètres, à cause d'une plaque de verglas. Après s'être garé sur le bas-côté, le policier la dévisagea avec attention.

— Je me renseignais sur votre accident de vélo, mademoiselle Fleury, avoua-t-il d'une voix dure. Voyez-vous, la blessure à la tête qui vous a plongée dans le coma n'était peut-être pas due à votre chute. Selon le médecin, on a pu vous frapper pendant que vous étiez inconsciente et vous laisser pour morte. Il s'est écoulé un laps de temps entre le moment où vous êtes tombée et celui où Erwan Cadoret vous a découverte sur les rochers.

Lara ne perdit pas son sang-froid. Elle rétorqua :

— Dans ce cas, comme j'ai quitté la maison folle de rage, bien avant l'heure où je comptais me rendre au port et sortir en mer, on m'aurait épiée, suivie, afin de me tuer, alors que j'ai roulé sans réfléchir jusqu'à la pointe de Kerpenhir ? Je suis désolée, inspecteur, votre théorie ne tient pas debout.

— Mettons, admit-il. Autre chose, pourquoi m'avoir dissimulé l'agression dont s'est rendue coupable Donatienne Malherbe ? Ne vous fatiguez pas à nier, elle m'en a parlé hier soir. Il paraît aussi que vous avez gardé la lettre anonyme à l'origine de son coup de folie. Je dois faire analyser ce document. Il pourrait avoir été envoyé par la personne qui m'a cité pour suspects le fils Cadoret et votre ami Olivier.

— Je vous la donnerai, inspecteur, assura Lara, troublée par la véhémence de Renan. Mais qui peut commettre des actes aussi odieux ? Et surtout dans quel but ?

— Pour être franc, je me pose la même question. Seulement, cela va plus loin que le besoin pervers de nuire. Donatienne Malherbe aurait pu charger son revolver et vous tuer, puisqu'elle était ivre. J'ai la conviction que vous êtes menacée, et mon devoir est de vous protéger. Aussi ai-je une proposition à vous faire. Je vous préviens, elle vous déplaira.

Lara, intelligente et instinctive, considéra les événements de ces derniers mois sous un nouvel angle. Elle avait également perçu l'inquiétude sincère qui vibrait dans la voix du policier.

— Dites-moi, inspecteur, répliqua-t-elle.

Renan lui exposa son plan, avec concision et fermeté. Quand il se tut, Lara était furieuse.

— Comment osez-vous me demander ça ? s'indigna-t-elle. J'ai foi en Olivier, il reviendra bientôt et nous nous fiancerons. Vous avez l'esprit tordu !

— Peut-être, mais ce serait pourtant un bon moyen de pouvoir épouser un jour celui que vous aimez. Bon sang, je n'exige pas l'impossible ! Il suffirait de faire semblant, pendant plusieurs mois.

L'inspecteur alluma une cigarette, après avoir baissé la vitre de sa portière. Le vent glacé s'engouffra aussitôt à l'intérieur de la voiture.

— Faire semblant, répéta Lara, désemparée. Non, je ne peux pas accepter. Je suis désolée.

— Demandez ce service à un ami d'enfance, ou à un lointain cousin, insista Renan. On doit croire que vous n'êtes plus en relation avec Olivier Hamon, qu'il vous a quittée et que vous fréquentez un autre homme. Ainsi, je l'espère, on vous laissera en paix.

Il reprit la route, au ralenti. Lara, la tête appuyée au dossier de la banquette arrière, réfléchissait. Elle se pencha brusquement en avant :

— Je ne connais personne qui se prêterait à cette mascarade, dit-elle. Il y a quelques mois, j'aurais pensé à Erwan Cadoret, mais plus maintenant.

— Je vous l'aurais déconseillé, après tout c'est lui qui vous a trouvée après votre chute de vélo, insinua l'inspecteur. Ce type ne m'inspire pas confiance.

— J'ai deux cousins germains, les fils de mon oncle Patrick, qui a été déporté avec mon père, lâcha-t-elle. Mais je ne les ai pas revus depuis cinq ans. L'aîné était dans l'armée, le second s'est fiancé pendant la guerre. Il est instituteur en Vendée, et doit être marié, à présent.

— Cherchez bien, mademoiselle Fleury. Sans vouloir vous effrayer, j'avouerais que nous sommes peut-être confrontés à des gens puissants, capables de commanditer des meurtres comme celui de Madalen Le Goff. En fait, j'ai l'intime conviction que tout est lié, à savoir la mort de cette malheureuse fille, la tentative d'assassinat sur Hamon et le décès brutal de Martin Le Dru.

Un frisson parcourut le dos de Lara. Elle revit soudain la longue figure du chauffeur des Malherbe, son teint blafard, son regard vide de toute expression.

— Il faudrait pouvoir le prouver, inspecteur, rétorqua-t-elle. Je vais essayer de dénicher un faux prétendant parmi les jeunes gens du pays. Mais je ne ferai rien sans l'accord d'Olivier.

— Très bien, écrivez-lui vite.

Chez Rozenn et Odilon Bart, mardi 25 février 1947

Une semaine s'était écoulée. Un timide redoux s'annonçait, du moins dans le Morbihan, car le froid et la neige sévissaient encore en France. Lara en avait profité pour se rendre chez les Bart en quittant son travail.

— C'est moi, Nérée ! cria-t-elle au gros chien blanc qui s'était mis à aboyer, en l'entendant ouvrir le portail.

Tout de suite, l'animal manifesta sa joie, remuant la queue, tirant sur sa chaîne. Lara rangea son vélo sous le petit hangar en tôle qui abritait la fourgonnette d'Odilon.

— Rozenn ! appela-t-elle.

La porte du cabanon était fermée. Il n'y avait pas de lumière, malgré le jour déclinant. Lara en déduisit que Rozenn devait être près de son frère. Elle prit le temps de caresser le chien, puis elle poussa le portillon du jardinet qui entourait la villa.

Parvenue en haut du perron, d'où on avait vue sur la plage, une bande étroite parsemée de galets, la jeune femme contempla la mer, dont les vagues grises déferlaient, crénelées d'écume. Au loin, un bateau de pêche avançait en direction du port de Locmariaquer. Elle s'imagina à bord, le visage fouetté par les embruns, le corps en harmonie avec les mouvements de la houle.

— Bientôt, ce sera mon tour, murmura-t-elle.

Elle avait sonné. Un bruit de pas se fit entendre, suivi d'une quinte de toux. Enfin Odilon entrebâilla la porte. Il semblait accablé, les traits affaissés.

— Ah, c'est toi, Lara, entre vite.

— Est-ce que vous allez bien, monsieur Bart ?

— Bah, le moral n'est pas fameux. Et chez toi, comment vont ta maman et ta petite sœur ? On n'a pas pu venir vous voir, la semaine dernière,

Rozenn était enrhumée. Par ce temps, ce n'est guère étonnant. Et dimanche, on n'avait pas le cœur à bavarder.

Le retraité la précéda jusqu'au salon. Rozenn était assise dans un fauteuil, un mouchoir entre les mains. Elle leva son visage pourpre vers la visiteuse, qui devina des larmes embuant ses yeux clairs.

— Je crois que je vous dérange, tous les deux, je suis navrée, dit Lara. Maman s'inquiétait un peu, et moi, j'avais besoin de votre avis. Je reviendrai demain.

— Non, reste un peu avec nous, bougonna Odilon. Autant que tu le saches, nous avons reçu de mauvaises nouvelles.

— De tristes nouvelles, renchérit Rozenn. Notre chère petite-cousine Élodie est décédée. La tumeur dont elle souffrait s'est aggravée et les médecins n'ont pas pu la sauver. Nous avions prévu un voyage à Londres au printemps, mais nous n'irons même pas à ses obsèques. Elles ont eu lieu aujourd'hui.

— Je suis vraiment désolée, je vous présente mes plus sincères condoléances.

Elle les regarda tour à tour avec tendresse. Leur chagrin lui brisait le cœur.

— Ton ami Olivier lui a accordé un sursis de trois ans, précisa Odilon. Elle a été heureuse plusieurs mois, entourée d'amour par son compagnon. Il était veuf et souhaitait l'épouser.

— Que puis-je faire pour vous ? demanda Lara d'une voix douce.

— Nous changer les idées, ma chère petite, soupira Rozenn. Si tu as envie d'une tasse de café, sers-toi.

Elle désigna un pichet en émail et les tasses disposées sur un guéridon.

— Oui, raconte-nous ce qu'apprend Fantou à l'école, ou bien parle de ton travail chez Tardivel, suggéra Odilon en se rasseyant. Il n'y a pas eu trop de perte dans les parcs à huîtres ?

— La situation s'améliore, mais certains naissains ont été détruits par le gel. Sinon, il s'est passé un incident très particulier. Le bébé de Tiphaine Jouannic est venu au monde dans le réfectoire.

Lara s'appliqua à raconter la naissance imprévue de l'enfant, en mettant l'accent sur le soutien des autres employées, sur de légers détails pittoresques. Elle tut volontairement la peur générale qui s'était emparée du personnel, au moment où une des infirmières avait annoncé que Tiphaine perdait beaucoup de sang.

— Tu as eu raison de casser la vitre du bureau, commenta Rozenn. Sais-tu quel prénom ta collègue a choisi pour son fils ?

— Oui, sa tante Loïza m'a envoyé une gentille lettre. Le bébé sera baptisé Killian.

Rozenn parvint à sourire. Lara s'enhardit à lui prendre la main pour la réconforter.

— Et à quel sujet voulais-tu notre avis ? s'enquit Odilon.

— C'est sans importance, je refuse de vous ennuyer alors que vous avez tant de chagrin.

— Allons, dis-nous, Lara, tu ne nous ennuies jamais, protesta-t-il. Nous sommes bons amis.

Gênée, la jeune femme leur expliqua ce qu'exigeait d'elle l'inspecteur Renan.

— Il a même contacté Olivier, qui m'a envoyé un télégramme, pour me dire qu'il était d'accord sur le principe, conclut-elle. Je trouve cette idée farfelue et surtout humiliante pour moi et celui qui devrait jouer mon nouvel amoureux. Qu'en pensez-vous ?

— Avant la guerre, j'aurais été choqué par ce stratagème, admit le retraité. Mais, depuis, j'ai lu des articles relatant le combat des résistants, des maquisards. Ils étaient souvent obligés de feindre des relations de couple pour tromper l'ennemi. Si ce policier voit juste et que tu es en danger, il ne faut pas hésiter.

— C'est à l'encontre de mes valeurs morales, de mon amour pour Olivier aussi. Comment a-t-il pu accepter ça ?

— Sans aucun doute parce qu'il t'aime de toute son âme, Lara, lui répondit Rozenn. Il veut te protéger. S'il s'agit d'un garçon de confiance, tout se passera bien. Il ne faudrait pas le mystifier, ce serait vraiment pénible pour vous deux. Il doit être dans la confidence.

Désorientée, Lara eut un geste d'impuissance. Elle songeait qu'il y avait un fossé quasi infranchissable entre la théorie et la pratique, au sujet de ce plan extravagant.

— Je suis prête à suivre vos conseils, Rozenn, mais je ne connais personne susceptible de convenir. Si j'écris à mes cousins, ils me prendront pour une folle.

Odilon lui tapota l'épaule. Il paraissait moins abattu, revigoré par l'éventualité d'aider leur jeune amie.

— Ma sœur dit vrai, le hasard n'existe pas. Tu es venue nous rendre visite et j'en remercie la providence. Il se pourrait que j'aie la solution à ton problème. N'est-ce pas, Rozenn ?

— Peut-être bien, oui, si tu as eu la même idée que moi, Odilon.

Chez Armeline Fleury, même soir

Lara s'était décidée, ce qui impliquait de mettre au courant sa mère et Fantou. Une fois le repas terminé, elles s'installèrent toutes les trois près du feu, selon leur habitude. Armeline tricotait, ayant récupéré de la laine sur d'anciens chandails. Fantou se contentait le plus souvent d'admirer les couleurs vives des flammes, celles incandescentes des braises. Parfois, elle tisonnait les bûches afin de faire naître des myriades d'étincelles dorées.

— Je dois absolument vous parler, commença Lara d'un ton grave. Maman, je t'en prie, n'incrimine pas d'emblée Olivier, même s'il est question de lui.

— Eh bien, j'ai de quoi m'alarmer, déplora sa mère.

— L'inspecteur Renan veut qu'on me voie pendant quelques mois avec un jeune homme, comme si j'avais rompu avec Olivier. C'est pour ma sécurité. Je ne peux guère en dire plus, car j'ignore pourquoi il s'inquiète autant. Mais je vous assure, il était très sérieux.

— Tu serais vraiment menacée, Lara ? s'alarma Armeline. Mon Dieu ! ton cher Olivier doit tremper dans des affaires louches, voilà la vérité. Les honnêtes gens n'ont pas à se cacher, ni à fuir en Angleterre.

— Ah, tu en es sûre, maman ? Alors ceux qui ralliaient le général de Gaulle à Londres étaient des crapules ?

— Je n'ai pas dit ça, tu mélanges tout, ma pauvre Lara.

— Olivier n'a pas eu le choix, il fallait qu'il parte. Et moi je ferai le nécessaire pour aider la police.

— Je refuse que tu te compromettes ! cria sa mère. Tu n'as pas honte de débiter des sottises pareilles devant ta petite sœur ?

Fantou esquissa un sourire, car elle ne se considérait plus tout à fait comme une enfant.

— Maman, tu devrais écouter Lara, dit-elle d'un ton net. Je ne veux pas qu'on lui fasse du mal. J'aurai treize ans au mois de juillet, je ne suis plus un bébé.

— Seigneur, j'en ai assez de ces histoires ! Si encore Louis était là, se plaignit Armeline. Enfin, je suppose que mon opinion ne compte pas, Lara. Continue, qu'on puisse aller au lit, ensuite.

— J'ai beaucoup hésité avant de consentir à cette comédie, maman. Aussi, j'en ai parlé à monsieur Odilon ce soir. Je te l'ai dit tout à l'heure, sa sœur et lui étaient très affligés par la mort de leur cousine, mais ils ont trouvé une solution, malgré ça. Dans quatre ou cinq jours, ils accueilleront chez eux un résistant français, qui habitait chez le compagnon d'Élodie. Il a été grièvement blessé en sauvant un parachutiste britannique, un soldat. Sa convalescence s'achève et il a prévu de séjourner en Bretagne pour faire leur connaissance.

Armeline toisa sa fille aînée d'un air perplexe. Elle demanda tout bas :

— Et cet homme, quel âge a-t-il ?

— Je n'en sais rien, je m'en moque. D'après monsieur Odilon, il serait le seul qui pourrait convenir. Les gens d'ici verront en lui un nouveau résident, et son expérience de résistant lui sera utile. Pour moi aussi, ce sera plus facile.

Lara guetta la réaction de sa mère. Cependant celle-ci garda le silence un court instant. Elle envisageait la chose avec moins de répugnance.

« Si cet inconnu plaisait à Lara, s'ils se prenaient tous les deux au jeu, elle finirait par oublier Olivier, pensait-elle. Je serais tellement soulagée. »

— S'il s'agit de ta sécurité, je ferai ce que tu voudras, déclara Armeline à voix haute.

Fantou étouffa un cri de joie. Elle joignit les mains sur son cœur, avec un sourire radieux.

— Je suis contente, maman. La maison est moins triste, parce que monsieur Odilon et sa sœur viennent manger chez nous. Et le faux amoureux nous rendra visite lui aussi, ce sera bien obligé. Je suis pressée de le voir.

— Fantou, peut-être qu'il refusera, hasarda Lara. N'espère pas trop, mon petit korrigan. Sois patiente, le printemps approche, tu t'ennuieras moins, on ira se promener. Maintenant, au lit !

Une heure plus tard, incapable de s'endormir, Lara écoutait la respiration paisible de sa sœur, blottie contre elle. Armeline avait préféré réintégrer sa chambre, mais ses filles couchaient encore dans la cuisine bien chaude, dans le même lit.

« Qu'est-ce que j'ai fait ? s'interrogeait la jeune femme, les yeux fixés sur les poutres du plafond, que la lueur des braises laissait deviner. Si l'inspecteur Renan se trompe, je vais devoir m'accommoder d'un parfait inconnu, passer du temps avec lui, prendre son bras ou sa main. Je n'ai pas osé le suggérer, mais il y avait une autre solution, celle dont je rêvais. Rejoindre Olivier, vivre près de lui à Londres… Il aurait dû me le proposer. »

Lara s'aperçut qu'elle doutait parfois des sentiments de son amant. Le cœur serré, elle évoqua les plus beaux moments de leur merveilleuse idylle. Peu à peu, elle se rassura. Le regard bleu, étrangement sombre, d'Olivier n'avait jamais menti. Elle y avait lu de la passion, de l'adoration. Le sommeil la gagna, tandis que des pas feutrés froissaient les touffes d'herbe gelée de la lande, autour de la maison des Fleury.

Manoir des Bruyères, jeudi 27 février 1947

Donatienne Malherbe réagit à peine lorsque Martha déposa le plateau du petit déjeuner sur la table ovale de la salle à manger. La domestique, au service du couple depuis dix ans, ne l'avait encore jamais vue dans un tel état d'abattement.

— Madame, je vous sers du café ?

— Je me servirai, tu peux disposer, Martha, et même tu devrais rendre ton tablier et te sauver en courant.

— Allons, Madame, pourquoi dites-vous ça ? Je refuse de vous quitter. Ce sont vos garçons qui vous manquent ?

— Bien sûr, c'est cruel de la part de mon mari d'envoyer nos fils en pension, à Rennes. Jean aura neuf ans ce printemps, Paul vient de fêter ses sept ans. Le jeudi matin, ils étaient là, avec moi. Nous allions sur la plage, quand il faisait beau.

Un sanglot affreux lui coupa la parole. Le visage bouffi, les paupières gonflées par les larmes, Donatienne jeta un coup d'œil avide vers le service à liqueurs, dans un joli meuble en marqueterie à deux vitrines.

— Tu peux t'en aller, Martha, dit-elle d'un ton sec.

— Madame, je me permets de vous rappeler que Monsieur m'a chargée de veiller sur vous. Les bouteilles d'alcool sont sous clef. Buvez un bon café et mangez vos tartines, vous vous sentirez mieux. Vous reverrez les enfants pendant les vacances de Pâques.

— Vas-tu me réciter toi aussi les litanies du médecin, du curé, de mes parents, et celle de monsieur le maire ? Je la connais par cœur : « Donatienne, tu mets tes fils en danger, il faut les éloigner, si tu continues à boire, on devra t'hospitaliser, etc. » Mais oui, qu'on m'emmène dans un asile, je serai bien mieux qu'ici !

Du dos de la main, elle envoya le plateau par terre. La cafetière en porcelaine, la tasse et le sucrier se brisèrent. Le bruit de l'impact apaisa ses nerfs torturés, mais ce n'était pas suffisant. Elle se leva et s'empara d'une chaise.

— Ah, les alcools sont sous clef, Martha ? Tu vas voir !

Donatienne utilisa les pieds du siège pour casser les portes vitrées. Dès qu'il y eut une brèche suffisante, elle plongea la main pour attraper du whisky, se coupant le poignet au passage.

— Mais Madame, arrêtez ! s'égosilla Martha. Vous saignez ! Je vous en prie, ne buvez pas, sinon Monsieur vous frappera encore.

L'avertissement de la bonne fit son effet sur Donatienne, qui, hébétée, la dévisagea.

— Quoi, tu sais que mon mari me bat ? La cuisinière est au courant aussi, sûrement, et la repasseuse qui vient le lundi ? Tu n'as pas su tenir ta langue, sale idiote !

Martha recula prudemment, car sa patronne la menaçait en brandissant la bouteille.

— Il n'y a que moi, Madame, se défendit-elle. Pardi, je ne suis pas aveugle, j'ai bien vu les marques, certains jours.

Donatienne entra en rage. Elle déboucha le whisky et en avala une bonne rasade. Le sang coulait sur son avant-bras, gouttait à ses pieds.

— Soyez raisonnable, Madame, je dois vous soigner. Monsieur n'est pas parti pour la mairie, je l'ai aperçu dans le garage, avec le chauffeur.

— Ils sont là, dis-tu ? Pourvu qu'ils s'en aillent. Martha, je monte dans ma chambre, essaie de tout nettoyer. Et si monsieur me cherche, réponds que je suis partie me promener, d'accord ?

— Oui, Madame.

La bonne la suivit des yeux. Dès qu'elle fut seule dans la pièce, elle saisit la bouteille d'alcool et en répandit le contenu sur le parquet ciré, en arrosant également le tapis et un petit fauteuil. Enfin, par acquit de conscience, Martha renversa un des vases que la maîtresse du manoir avait garni des premiers narcisses de la serre.

Assise au bord de son lit, Donatienne ne pensait même plus à Martha. Elle éprouvait une terreur viscérale, dévastatrice.

— Si Éric m'a entendue crier, s'il revient, je vais le payer cher, murmura-t-elle. Pourquoi il me fait ça, pourquoi ? On dirait qu'il me hait, maintenant !

Elle sanglota tout haut, en jetant des plaintes rauques. Son dos la cuisait encore de la correction reçue la veille et trois brûlures marquaient son ventre, faites avec le bout incandescent d'une cigarette.

— Ce qu'ils me font, Seigneur ! Je ne peux plus l'endurer.

Quand son respectable époux lui avait annoncé que leurs fils seraient pensionnaires, Donatienne s'était résignée au pire. La présence des enfants l'avait souvent sauvée. Elle bénissait les vacances et les dimanches.

— Il ne se gêne plus, maintenant, ça se passe même en plein jour, dans cette fichue chambre d'amis, marmonna-t-elle. Et je ne peux pas m'enfuir, on ne me donne plus un sou, plus rien.

Ayant grandi dans la haute bourgeoisie parisienne, sans guère recevoir d'affection ni d'attention de la part de ses parents, elle avait eu hâte de se marier, pour vivre à sa guise. Un ami de son père, lors d'une réception, lui avait présenté Éric Malherbe, originaire du Morbihan.

— Il a bien caché son jeu, j'ai tout de suite été folle de lui, amoureuse à en pleurer, se rappela-t-elle tout bas. C'était il y a douze ans.

Un bonheur de convenance, bien orchestré par un jeune époux devenu très riche, avait servi de toile de fond à ses deux grossesses.

— Tout ce tralala qui aveugle les gens ! se révolta Donatienne. Les banquets à l'occasion des baptêmes, les dîners avec les notables, et puis une nuit, deux semaines après la naissance de Paul, celui qu'on aime ôte son masque.

Elle retint une clameur d'impuissance, de dégoût, car elle n'avait pas la force de lutter.

— Autant mourir ! De toute façon, il finira par me tuer. Mes comprimés, où ai-je mis mes comprimés pour dormir ?

Le tube de médicaments avait disparu du tiroir de sa table de chevet. Fébrile, Donatienne fouilla son armoire, regarda sous le lit. Son mari entra dans la chambre alors qu'elle se relevait.

— Tu as fait du joli, dans la salle à manger, dit-il calmement. Dieu merci, tu ne peux pas t'enfermer à clef.

— Toi, tu oses citer Dieu, riposta-t-elle. Vas-y, tape, cogne, je m'en fiche. Tout sauf le reste, ce que tu m'imposes à moi, la mère de tes enfants !

— Pas pour longtemps. Nous allons divorcer, à tes torts bien sûr. Un huissier arrive pour constater les dégâts que tu as causés. Il entendra aussi le témoignage du chauffeur, qui avouera votre liaison. Sous mon toit, Donatienne, chez moi. Tes parents te rejetteront, tant ils auront honte, j'aurai la garde de mes fils, et sais-tu ? Je vais faire la cour à Lara Fleury, jusqu'à ce qu'elle soit mon épouse. Ce sera une meilleure mère que toi, au moins elle a quelque chose dans la cervelle. Viens, descends.

Donatienne regarda la fenêtre. Ils étaient au premier étage. Si elle avait le temps de l'ouvrir, elle sauterait et ce serait terminé. Éric Malherbe la saisit par le bras.

— Pas de ça, pas de scandale, la menaça-t-il. Tu te suicideras plus tard, quand tu traîneras dans les rues de Paris. Je te suggère le métro ou la Seine.

Il l'obligea à le suivre, en broyant son poignet blessé. Elle était habituée à obéir, tant il l'effrayait.

— Je suis d'accord pour divorcer, Éric, dit-elle en tremblant.

Un faible espoir brillait dans son cœur. Même pauvre, même privée de ses enfants, elle n'aurait plus à subir ses exigences perverses.

— C'est dans ton intérêt, trancha-t-il.

Ils descendirent ensemble l'escalier. Personne à Locmariaquer ne devait revoir la femme du maire.

12

Un jeu dangereux

Locmariaquer, dimanche 18 mai 1947

Lara et Fantou couraient sur la lande, en se tenant par la main. L'air était doux, un franc soleil illuminait l'étendue d'herbe rase, parsemée de touffes de chardons et de fleurettes jaunes.

— Les filles exagèrent, elles pourraient nous attendre, dit Armeline d'un ton sévère. C'est déplaisant pour vous !

— Laissez-les profiter du printemps, madame, répliqua un jeune homme, qui portait un panier en osier. C'est notre premier pique-nique, il faut être de bonne humeur.

— Vous êtes conciliant, Gildas.

Gildas Sauvignon approuva d'un signe de tête. Grand et mince, d'une physionomie agréable, il passait désormais beaucoup de temps chez Armeline.

— Qu'est-ce que vous faites ? leur cria Lara. Venez vite, nous avons trouvé l'endroit idéal !

— Oui, dépêchez-vous, je suis affamée ! renchérit Fantou. Et d'ici on voit la mer.

Les deux sœurs désignaient l'ombre d'un cyprès, dont le tronc s'était courbé au fil de sa croissance, à force de subir les assauts du vent. Lara déplia la couverture qu'elle avait portée sur son bras. En robe de cotonnade fleurie, ses cheveux bruns relevés en chignon, elle rayonnait de santé et d'énergie.

— Quelle vue splendide ! nota-t-elle quand sa mère et Gildas les rejoignirent. La baie de Quiberon dans toute sa beauté, l'eau est turquoise, les vagues ourlées d'argent.

— Mais tu devrais écrire des poésies, Lara, affirma leur invité. Je le répète à M. Bart, tu as le don de dépeindre la nature.

— Non, j'ai dit ça sans réfléchir, se défendit-elle.

Elle jeta un regard perplexe sur son soi-disant prétendant. Le jour de son arrivée, le samedi 1er mars, Odilon Bart et elle l'avaient accueilli à la descente du bus.

« J'ai pensé en lui serrant la main qu'il était surtout châtain, les cheveux, la moustache, la barbe, les sourcils, les yeux d'un brun clair, assorti au reste, se remémora-t-elle, amusée. Et dès qu'il m'a dit qu'il connaissait Olivier, je l'ai jugé sympathique. »

Armeline, que la marche avait fatiguée, s'empressa de s'asseoir sur la couverture. Selon son habitude, elle étudia mine de rien le comportement de Lara et de Gildas. Ils faisaient preuve d'une familiarité amicale, les jours de détente comme ce dimanche, mais en ville ou bien sur le port, ils jouaient leur rôle d'amoureux.

— Qu'avez-vous préparé de bon, les filles? demanda Gildas. Moi, j'ai acheté des sablés au beurre et une bouteille de cidre.

— J'ai fait cuire des œufs durs, annonça Fantou, ceux que madame Rozenn nous donne. Et il y a de la salade de pommes de terre.

— Du pain frais et du pâté, aussi, ajouta Lara. Maintenant que j'ai été augmentée chez Tardivel, nous vivons dans l'opulence.

Elle ponctua ces derniers mots d'un grand sourire malicieux.

— Oh, écoutez-la! s'écria Armeline. Elle se réjouit d'aller en bateau travailler sur les parcs à huîtres, comme un homme. Je ne comprends pas pourquoi Paul Tardivel a autorisé ça.

Gildas s'était assis à son tour. Il repoussa de l'index la mèche souple qui dansait au milieu de son front pour observer Lara. De prime abord, il l'avait trouvée très jolie et spirituelle, ce qui l'avait poussé à accepter la singulière proposition d'Odilon Bart.

— Si vous croyez qu'ainsi je peux aider à protéger votre jeune amie, avait-il déclaré, je suis partant.

— Je vous remercie, avait répondu le retraité, soulagé d'obtenir si vite son accord. Les deux premières semaines, vous ferez connaissance, Lara et vous, mais de manière ostensible, on doit vous voir ensemble un peu partout.

Les jeunes gens avaient respecté la consigne, malgré leur gêne respective. Mais en fait Gildas s'amusait de la situation, lui qui craignait de s'ennuyer en Bretagne. Il révélait à la moindre occasion son passé encore récent de résistant, sans dissimuler la terrible cicatrice que lui avait coûtée son engagement. Une balafre boursouflée traçait une ligne de son oreille gauche à la naissance de l'épaule.

— Le plan de l'inspecteur Renan paraît fonctionner, se félicitait Odilon au fil des jours.

Peu à peu, une rumeur était née, pour se répandre de foyer en foyer. La gent féminine de Locmariaquer surveillait les faits et gestes de Lara et de Gildas, mais avec bienveillance.

Ce dimanche de mai, ils étaient même allés à la messe, en compagnie d'Armeline et de Fantou. Cependant, le pique-nique, prévu trois jours plus tôt, n'entrait pas dans la liste des faux-semblants.

— Savez-vous, madame Fleury, que je n'avais pas mis les pieds dans une église depuis environ deux ans ? déclara Gildas, tout en coupant du pain.

— Comment vous le reprocher, vous étiez en convalescence !

— Maman est très indulgente envers toi, fit remarquer Lara.

— Pas du tout, protesta Armeline. Parfois, j'ai manqué l'office, surtout pendant la guerre. Mais puisque nous sommes en petit comité, je tiens à remercier Gildas pour tous les services qu'il nous rend.

— Je vous en prie, madame, c'est bien naturel, dit-il tout bas.

— Non, rien ne vous obligeait à le faire. Je suis tellement contente quand je vois les murs chaulés et blanchis, le tas de bois dans la remise !

— Et tu as réparé le lit clos qui avait été cassé pendant le transport, ajouta Fantou, sincèrement admirative.

Tout de suite, Lara s'assombrit. Il était de notoriété publique que le maire avait divorcé, lassé des crises de son épouse, dont le penchant pour la boisson avait défrayé la chronique locale. Il s'était empressé de restituer le lit clos, sans rien exiger en contrepartie.

— Au moins, je suis débarrassée d'Éric Malherbe grâce à Gildas, lança-t-elle. S'il imaginait m'amadouer en nous rendant ce meuble, il se trompait. Dieu merci, il s'est découragé.

Ce fut au tour de Fantou de piquer du nez sur son œuf dur. Le retour du fameux lit clos, au milieu du mois de mars, avait semé la discorde entre sa mère et sa grande sœur.

Des larmes lui montèrent aux yeux.

— Moi, j'étais heureuse de le récupérer, plaida-t-elle. Mais tu as remboursé M. Malherbe, et maman était fâchée.

— Ne te soucie pas de ça, mon petit korrigan, dit Lara en la cajolant. C'est une affaire réglée.

— Parce que M. Bart t'a prêté la somme nécessaire, déplora Armeline. Tu t'es endettée sans réfléchir. Après tout, le geste du maire partait peut-être d'un bon sentiment.

— Madame Fleury, j'ai croisé plusieurs fois Éric Malherbe, et son attitude vis-à-vis de Lara était indécente, précisa Gildas. Si nous changions de sujet, Fantou est triste à présent, alors qu'elle se réjouissait de pique-niquer.

— Tu es gentil, Gildas, mais ne t'inquiète pas, en ce moment je ris et je pleure pour un rien, comme dimanche dernier, quand j'ai fait ma communion. C'était si beau, les grands cierges allumés, la musique, et ma robe blanche.

Lara considéra sa sœur avec passion. Elle se doutait de ce qui la rendait si émotive. Le corps de Fantou changeait, bientôt elle serait une adolescente, soumise au cycle de la lune, petite blessée innocente.

— Finissons de manger, conseilla-t-elle. Cet après-midi, nous allons sur la plage.

— Sans moi, je rentrerai à la maison, s'effara Armeline. J'ai de la couture à faire.

Une heure plus tard, Gildas entraîna Lara vers la dune. Il lui prit la main, au ravissement secret de Fantou, qui aidait leur mère à ranger le reste des provisions. La fillette savait que sa sœur aimait toujours Olivier, mais, pour elle, c'était un inconnu exilé en Angleterre dont elle n'avait jamais vu le visage, ni entendu la voix.

« Mon Dieu, écoutez ma prière, je voudrais que Gildas soit le vrai fiancé de Lara, implora-t-elle. Je le trouve beau, il est très gentil en plus. Maman aussi le voudrait, elle me l'a dit. »

Loin de soupçonner le vœu de Fantou, Lara contemplait la mer en rêvant de sa prochaine sortie en bateau. Elle sursauta lorsque son prétendu amoureux la prit par la taille. Vite, elle s'écarta.

— Tu n'es pas obligé de faire ça, Gildas, il n'y a aucun témoin par ici. Je suis désolée, mais nous étions bien d'accord.

— Je sais, je sais, soupira-t-il. Excuse-moi. Seulement à force de te prendre le bras dans les rues, de te tenir par la main quand je vais te chercher chez Tardivel, j'ai tendance à me montrer de plus en plus familier avec toi.

Elle le regarda fixement, un peu désemparée. Il se perdit un instant dans son regard noir, profond, mystérieux, avant de se ressaisir.

— Sois tranquille, Lara, je respecte tes conditions. Mais il faut être crédibles. Si j'avais l'air emprunté à tes côtés, sans oser te toucher, nous agirions en vain. Tu as même interdit les baisers sur la joue.

— Oui, et c'est tout à fait normal. Il y a des fiancés, en ville, jamais tu ne les verras s'embrasser devant tout le monde, s'indigna-t-elle.

Gildas s'écarta d'un mètre et ramassa une minuscule fleur jaune, au parfum pénétrant, presque iodé.

— Disons que je me prends au jeu, avoua-t-il. Parfois, c'est pénible. Veux-tu un exemple ? Tu nous as emmenés, Fantou et moi, relever tes casiers à homards, jeudi, mais il était hors de question d'aller jusqu'à ton île, qui pourtant appartient aussi à ta sœur. Au retour, tu m'as expliqué en chuchotant que c'était là que tu retrouvais Olivier, donc un endroit sacré ! Mais Fantou avait envie de faire un tour là-bas. Moi aussi ! Je me suis senti mis à l'écart, indigne de fouler les mêmes galets que ton grand amour !

— Pourquoi me reproches-tu ça, Gildas ? On dirait une scène de jalousie, s'insurgea Lara, stupéfaite.

— Mais non, simplement c'était vexant.

— Je suis désolée si je t'ai contrarié. Il faut me comprendre. Maman a toujours refusé que ma sœur m'accompagne en mer, c'était la première fois que Fantou avait le droit de monter en bateau. Je voyais qu'elle était un peu malade, j'ai préféré faire demi-tour. De plus, j'aurais pris des risques en accostant près de notre île, à cause de la marée basse. Tu n'y connais rien, tu l'as reconnu toi-même.

Le vent se levait. Exaspérée, Lara ajusta son chignon et noua un foulard sur sa tête. Elle se sentait impudique, soudain, le tissu de sa robe étant plaqué contre ses cuisses, ses seins.

— As-tu encore des reproches ? demanda-t-elle. Maman nous fait signe de revenir.

— Quelle mauvaise foi ! Ta mère se recoiffe, elle aussi, rétorqua-t-il. Lara, je refuse de me quereller. J'ai accepté cette comédie dans ton intérêt, mais le temps passant, je ne peux pas m'empêcher d'être troublé. Tu es belle, adorable. Si tu veux mon avis, Olivier devrait rentrer en France et prendre soin de toi, s'il t'aime vraiment.

— Il m'aime de tout son cœur, mais il ne peut pas revenir, pas encore, répondit Lara, choquée par les propos de Gildas.

— En es-tu sûre ?

— Tout à fait sûre. La dernière fois que j'ai rencontré l'inspecteur Renan, il m'a dit que c'était la même personne qui avait dénoncé Olivier comme suspect dans l'enquête sur la mort de Madalen Le Goff, et qui avait écrit à Donatienne Malherbe que j'étais la maîtresse de son mari. Le commissaire Urvois, le supérieur de l'inspecteur, en a tiré des conclusions identiques, quelqu'un cherche à nous nuire à tous les deux. Olivier doit se faire oublier et je continuerai à m'afficher avec toi. Gildas, tout fonctionne à merveille. Éric Malherbe ne s'intéresse plus à moi, c'est déjà bien.

— Ouais, sans doute, bougonna-t-il. J'aurai au moins servi à ça, que ce type te fiche la paix. Mais, au fond, je le comprends d'avoir tenté sa chance.

— Ah ça, il a usé des grands moyens ! décréta Lara d'un ton dur. Le retour du lit clos, avec une lettre enflammée, les bouquets de roses rouges, la broche sertie d'un rubis, cette robe en soie rouge, que je devais porter pour dîner avec lui dans un restaurant de Vannes. J'ai tout jeté ou réexpédié. Enfin, il s'est lassé car tu étais toujours près de moi.

En prononçant ces mots, elle étudia d'un air rêveur le visage émacié de Gildas, son nez un peu long, ses lèvres minces sous la moustache fine. L'image d'Olivier se superposa, comme si son amant venait par magie éliminer un possible rival.

— Tiens, quelqu'un vient, dit Gildas.

— C'est Erwan Cadoret, un voisin, murmura Lara. On ferait mieux de vite retourner près de ma mère.

— Pourquoi ?

— Je t'expliquerai plus tard.

Mais Erwan approchait au pas de course. Il leur fit signe de s'arrêter et leur barra le passage.

— Hé, bonjour Lara ! s'écria-t-il, essoufflé. Alors je bosse deux mois à Saint-Malo, et, dès que je rentre au pays, on m'annonce que tu fréquentes un étranger.

— Gildas séjournait dans la région et, par bonheur, nous nous sommes rencontrés, répliqua-t-elle avec un sourire. Est-ce que je devais t'écrire la nouvelle ?

Les yeux bleu vert d'Erwan avaient un éclat métallique. Il se contenait difficilement.

— Lara, mon père m'éloigne d'ici pour que je t'oublie, jeta-t-il d'une voix rauque. Cet hiver, la veille du jour de l'An, je t'ai demandé pardon, et on devait être bons amis, comme avant.

— Nous sommes toujours amis, Erwan, ce n'est pas ma faute si tu as du travail à Saint-Malo.

— J'ai pris ce boulot pour mettre des sous de côté, au cas où tu changerais d'avis, où tu accepterais qu'on se fiance. Lara, tu ne peux pas me faire ça !

— Tu t'es monté la tête tout seul, déclara-t-elle sèchement. Mais laisse-moi te présenter Gildas Sauvignon, qui était dans la Résistance. Il loge chez Odilon Bart.

Erwan ne daigna pas regarder Gildas. Il grimaça, furieux.

— Alors comme ça, tu as rayé Olivier Hamon de ta vie, d'un coup ? Et tu t'es entichée de ce gringalet ? Bon sang, j'aurais dû te forcer à m'épouser, ça m'aurait évité de t'voir te trémousser pour ce jean-foutre !

Gildas perdit patience. Il décocha une bourrade à Erwan, dont la stature ne l'impressionnait pas.

— Hé, vous ! Monsieur Cadoret, je crois ? Quitte à m'insulter, regardez-moi en face !

— Je n'vous cause pas ! hurla Erwan. Poussez-vous de là, sinon je cogne !

Lara était certaine qu'il avait bu. Elle tenta de le calmer, en se plaçant entre lui et Gildas.

— Si tu es mon ami, Erwan, dit-elle doucement, tu devrais être content que je sois heureuse. Olivier m'a quittée, j'ai préféré le chasser de mon cœur. Tu n'as aucune raison de t'en prendre à Gildas. Vois donc, ma mère s'inquiète, elle arrive. Va-t'en, je t'en prie.

— *Ma Doué*, tu me dégoûtes, Lara ! vociféra-t-il. Mon père a vu juste, tu ne vaux pas grand-chose, à passer d'un homme à l'autre.

Furieux, Gildas fonça. Il donna un coup de poing, puis un autre, montrant une vigueur et une agilité surprenantes, car il esquiva d'un bond la riposte pataude d'Erwan, terrassé peu après par une prise au cou qui le fit suffoquer.

— Évite d'injurier ma fiancée à l'avenir, lui souffla Gildas à l'oreille. Tu ne me fais pas peur.

Il relâcha son étreinte, tandis qu'Armeline accourait, affolée. Erwan tituba, toussa, le teint cramoisi. Enfin il dévala la dune, sans se retourner. L'humiliation qu'il avait subie devant Lara lui donnait des envies de meurtre.

— Tu t'es fait un ennemi, Gildas, se désola la jeune femme.

— Seigneur, qu'est-ce qui s'est passé encore ? interrogea sa mère. Erwan semblait très en colère ! J'ai cru qu'il allait vous réduire en poussière, Gildas ! Mais vous avez eu le dessus ! Où avez-vous appris à vous battre ?

— Dans le maquis, madame Fleury. Il faut pouvoir sauver sa peau, même si on a été désarmé. Je suis navré de vous avoir imposé ce spectacle, mais cet individu était trop grossier à mon goût.

— Erwan était ivre, nota Lara. C'est dommage, il gâche tous les bons souvenirs de notre enfance. Tant pis pour la balade sur la plage. Le soleil s'est caché, il y a beaucoup de nuages. On devrait rentrer à la maison.

Ils avancèrent de front vers le cyprès sous lequel attendait Fantou. La fillette avait assisté à la scène et tremblait de tout son corps, partagée entre l'anxiété et la fierté.

Gildas sentit la main de Lara se glisser dans la sienne. Il retint un léger sourire, certain d'avoir marqué un point dans le cœur de la jeune femme dont il était tombé amoureux.

Chez Rozenn et Odilon Bart, le soir

Rozenn et Lara s'étaient enfermées dans le cabanon, où se glissaient les rayons d'or pourpre du soleil couchant. Gildas avait regagné la chambre de la villa que les Bart avaient mise à sa disposition.

— Je ne m'attendais pas à ta visite, Lara, s'étonna Rozenn. Aurais-tu des soucis ?

— Oui et non. J'ai agi sur un coup de tête. Comme Gildas était venu chez nous en fourgonnette, on a emporté mon vélo. Je pourrai rentrer à la maison sans déranger personne.

Elles avaient pris place chacune sur une caisse en planches. Des herbes médicinales, en train de sécher au-dessus de leur tête, dégageaient un parfum agréable.

— Je te sens bouleversée, Lara. Donne-moi tes mains, ma chère enfant.

C'était devenu un rituel amical. Rozenn ferma les yeux, en lui étreignant les doigts.

— Tu es dans le doute, tu as peur, tu crains l'avenir, marmonna-t-elle comme si elle récitait une leçon. Lara, Gildas est-il en cause ?

— Peut-être, Rozenn. Aujourd'hui, il s'est comporté de façon bizarre. Je le crois jaloux d'Olivier.

Lara s'appliqua à résumer de manière efficace l'incident qui avait suivi leur pique-nique. Elle s'exalta en décrivant la fougue de Gildas, lorsqu'il s'était attaqué à Erwan.

— C'était courageux de sa part, admit Rozenn. Je perçois chez le fils aîné des Cadoret une tendance à la violence. Tu dois t'en méfier. Il cherchera à se venger. Lara, veille bien sur l'amour que tu portes à Olivier, ton cœur hésite, en ce moment.

— Pas du tout, mais c'est difficile de passer autant de temps près d'un autre, surtout quand cette personne a beaucoup de qualités. Gildas m'achète des livres, me parle philosophie, politique, poésie. Je m'instruis beaucoup grâce à lui. Fantou l'adore, maman chante ses louanges chaque jour.

— C'est un jeu dangereux, professa Rozenn, je le savais. Sois patiente, il ne t'est rien arrivé depuis que vous êtes considérés comme de vrais amoureux.

Un détail d'importance revint soudain à l'esprit de Lara. Elle jeta un regard angoissé à son amie.

— Je tenais à vous parler d'une chose. Au début, je n'y ai pas pris garde, ensuite ça m'a tourmentée. En fait, je suis venue pour en discuter avec vous.

— Dis-moi, ma petite, tu as les mains glacées, maintenant, ce doit être sérieux.

— Rozenn, ne le prenez pas mal, car vous êtes concernée.

— Rien ne peut me blesser, venant de toi.

— Voilà, je faisais allusion, devant Gildas, aux tentatives de séduction d'Éric Malherbe. Je me revois citant les bouquets de roses rouges, le rubis monté sur broche, la robe en soie rouge qu'il m'a envoyée par la poste, avec un carton d'invitation à un dîner. Pourquoi la couleur rouge ? Comme cette brume étrange qui voile les traits de la femme de mes visions !

— Et comme mon visage, c'est ça qui t'a effrayée la première fois que tu m'as rencontrée, conclut Rozenn.

— Oui, en effet. Mais sans le maire, je ne serais pas venue chez vous. Ne m'en veuillez pas, vous êtes la meilleure personne que je connaisse, je ne vous mets pas en cause, je souhaite seulement trouver une explication logique à ces coïncidences.

— Qui n'en sont pas vraiment, affirma Rozenn. Tu me donnes à réfléchir. Le rouge est le symbole de la passion amoureuse, du feu aussi, de l'ardeur, sans oublier le danger, peut-être même le crime.

Terrifiée, Lara regarda autour d'elle, en proie à un sentiment d'insécurité.

— L'inspecteur Renan avait raison, j'étais menacée et je le suis encore. Comment faire pour me protéger ?

— Surtout, ne cède pas à la panique, Lara. Elle affaiblit et égare. Tu es sur la bonne piste, il me semble. Si le maire est lié aux ennuis que tu as eus, à ceux d'Olivier, tu te retrouves en position de force. Il faudrait prévenir ce policier au plus vite.

Lara hésitait, car il lui manquait une preuve flagrante. Les yeux vert clair de Rozenn étincelèrent d'une subite ferveur.

— Malherbe fait peut-être semblant, lui aussi, de ne plus s'intéresser à toi. Si Gildas s'en allait, il recommencerait sûrement à te harceler.

— Mais Gildas ne partira pas, s'alarma la jeune femme. Il a prévu de rester à Locmariaquer jusqu'au début de l'hiver.

— Cela dépendra de toi, ma petite Lara, uniquement de toi. Si tu veux le retenir, tu devrais lui parler, je l'ai senti excédé par la situation, le rôle qu'il joue et qui n'en est plus un.

Vannes, chez l'inspecteur Nicolas Renan,
lundi 19 mai 1947

La fenêtre de la chambre ouvrait sur la façade d'un vieil immeuble à colombages, qui semblait tout proche, en raison de l'étroitesse de la rue. On apercevait aussi la flèche du clocher de la cathédrale Saint-Pierre. Nicolas Renan avait été séduit par la proximité de la place des Lices, le cœur de Vannes, l'antique cité fortifiée au fond du golfe du Morbihan.

— Tu dois vraiment t'en aller dans une heure ? demanda-t-il à la femme étendue contre lui, la tête nichée au creux de son épaule.

— Je suis là depuis midi, je ne peux pas rester davantage.

Il déposa un baiser sur sa chevelure dont la senteur chaude l'enivrait. Puis ce fut au milieu de son front, enfin sur la bouche.

— Je pourrais te garder prisonnière, plaisanta-t-il. Tu me rends fou, complètement fou.

Renan repoussa le drap pour se rassasier de la vision du beau corps de sa maîtresse. Il se pencha d'un mouvement souple et mordilla ses mamelons, les agaça en les serrant un peu entre ses doigts. Elle gisait sous lui, docile, un masque de volupté sublimant ses traits harmonieux.

— Ne pars pas tout de suite, je te veux encore une fois, dit-il, le souffle court. Je te voudrai toujours.

Fébrile, il frotta son visage entre ses seins un peu lourds, mais durs, superbes. Il l'embrassait au hasard, repris par un désir dont la violence le surprenait chaque fois.

— Je te veux, je te veux, répéta-t-il tout bas. Quand je pense à toi, entre tes visites, mon sexe devient dur, même au bureau. C'est un peu gênant, crois-moi.

Elle eut un léger rire en grelot, avant de le regarder d'un air suppliant. D'un geste câlin, elle l'attira plus près. Il se cambra et la pénétra un peu rudement, ravi de l'entendre gémir. En trois rendez-vous, Nicolas Renan avait appris comment la satisfaire. Elle n'appréciait guère les préliminaires, refusait d'essayer certaines positions trop fantaisistes à son idée.

— Oh ! c'est bon d'être en toi, murmura-t-il. Tellement bon !

Le policier parlait souvent, même au paroxysme du plaisir, tandis qu'elle était silencieuse, concentrée sur sa propre jouissance.

— J'aime ça, moi aussi, avoua-t-elle d'une voix faible.

Il redoubla d'ardeur, la fouaillant à grands coups de reins. C'était par envie de la posséder à jamais, de la faire crier de joie. D'un geste impérieux, il lui releva les jambes pour pouvoir s'enfoncer au plus profond de sa chair brûlante, si douce. Il la vit mettre son poing fermé sur sa bouche, sans doute afin d'étouffer une plainte lascive, et, frénétique, il libéra sa semence en poussant un grognement hébété.

— Si je me doutais, ma beauté, bon sang, si je me doutais que tu viendrais, que je t'aurais rien que pour moi, lâcha-t-il, de nouveau couché à ses côtés. Mais, tu pleures ?

— Tu m'as rendue très heureuse, Nicolas.

Attendri, il sécha ses larmes avec des petits baisers. Elle demeurait alanguie, splendide dans sa nudité. Il songea qu'il avait rarement vu une aussi belle femme.

— Tu prétends être stérile, dit-il gentiment, mais je vais te confier une chose. Si, les jours qui viennent, tu m'annonçais que tu étais enceinte, je serais fier et comblé.

L'inspecteur Renan ferma les yeux un instant, le temps d'évoquer Fantou Fleury, cette jolie fillette qui avait éveillé en lui la fibre paternelle.

— Je t'épouserai, ajouta-t-il. Je t'emmènerai à Paris, loin de ta famille qui t'accapare beaucoup trop.

— Il ne faut pas rêver, je ne les quitterai jamais, répondit Loïza en lui souriant. C'est impossible, Nicolas, surtout maintenant. Mon frère n'est plus le même, depuis sa crise cardiaque. Je dois m'occuper de ma nièce et de son bébé. Ma pauvre belle-sœur est vite débordée. Mais j'ai le droit de m'échapper et de te rejoindre.

— Sous le prétexte d'aller chez le dentiste, car celui d'Auray ne te convient pas. Que leur raconteras-tu dans un mois ou deux ? En plus, tu as des dents magnifiques.

— Personne à la maison n'a demandé à vérifier, plaisanta-t-elle en lui caressant la joue. Je trouverai une idée, ne t'inquiète pas. Il faut profiter de ce que nous vivons, sans penser à l'avenir.

Il alluma une cigarette, un bras derrière la tête. La reddition de Loïza, un mois auparavant, lui avait paru miraculeuse.

« Je traversais la place des Lices quand je l'ai reconnue, se souvint-il. Elle portait un imperméable, parce qu'il pleuvait. J'ai éprouvé un choc au cœur, alors je suis allé la saluer. J'étais ému comme un collégien en l'invitant à boire un café. Elle a dit oui, elle semblait contente de me revoir. »

Loïza respectait son silence, mais elle se leva, après avoir enfilé un peignoir en lainage, qui appartenait au policier.

— Je reviendrai mardi prochain, le 27. Dimanche, c'est la Pentecôte, nous suivrons la messe en famille, justement. Mon neveu Gaël sera là avec sa jeune épouse. Ils habitent Pluneret, dans un modeste logement.

Nicolas Renan approuva d'un air distrait. Il reprit le cours de ses pensées.

« Nous avons discuté longuement, dans la brasserie. Il y avait quelque chose dans ses yeux, comme un appel. Elle me souriait, elle n'était plus froide ni méfiante. J'ai foncé, je lui ai proposé de venir chez moi. »

En se remémorant le côté volcanique de leur toute première étreinte, Renan sentit son désir se réveiller. Il préféra se lever et ne plus songer au ventre, aux cuisses rondes de Loïza, à ses seins.

— Iras-tu à confesse ? lui demanda-t-il, debout derrière la porte du cabinet de toilette, où elle procédait à des ablutions minutieuses.

— Bien sûr, je dirai ce qu'il en est au prêtre, répliqua-t-elle. Je suis célibataire, toi aussi, nous ne faisons de mal à personne. Tu me plaisais déjà, quand tu nous rendais visite, à Sainte-Anne. Mais je n'osais pas te le montrer. Ici, à Vannes, j'étais plus libre, alors je me suis décidée.

Elle réapparut, sa chevelure de cuivre sombre coiffée en chignon bas sur la nuque. Ses vêtements bruns, une jupe et un gilet ample, dissimulaient la splendeur de ses formes.

— Tu caches bien tes trésors, chuchota-t-il à son oreille. Loïza, demain, je pars pour Locmariaquer, où j'ai quelqu'un à voir. On pourrait se retrouver à mon hôtel sur le port ? Jeudi, peut-être, ça nous ferait moins long à attendre !

— Non, ma nièce travaille là-bas, chez un ostréiculteur, je te l'ai déjà dit. Elle y va quatre jours par semaine, à cause de son bébé, et c'est du mercredi au samedi. Je ne peux pas prendre le risque de la croiser. Tant pis, j'attendrai que tu reviennes à Vannes. Je sais combien ton métier compte pour toi. Tu m'écriras la date à laquelle je pourrai te revoir.

— D'accord, ce ne sera pas long, de toute façon.

Il l'enlaça, comme pour se faire pardonner. Elle se laissa embrasser dans le cou, sur les lèvres.

— Je vais rater mon train, dit-elle en riant. Nicolas, tu vas me manquer. Je t'ai raconté les deux aventures amoureuses que j'ai eues en quinze ans, mais avec toi, c'est différent. J'aurais voulu te rencontrer quand j'étais jeune.

— Mais tu es toujours jeune, Loïza, et belle à faire damner un saint, souffla-t-il en la serrant plus fort. Patiente deux secondes, je m'habille. Je t'accompagnerai jusqu'à la gare en voiture, nous serons plus longtemps ensemble.

Loïza n'eut pas le courage de refuser. Pendant qu'il se préparait, elle s'accouda à la fenêtre, les yeux brillants de larmes.

Chez les Jouannic, même jour,
deux heures plus tard

Tiphaine était assise sur le divan qu'elle avait acheté récemment, avec ses économies. Son bébé dans les bras, elle regardait sans le voir le biberon vide posé sur une chaise.

— Tu aurais pu allaiter ton fils, déplora Paule. Tu dépenses des sous pour du lait en poudre. Je vous ai nourris, ton frère et toi, jusqu'à vos premiers pas.

— Fiche-lui la paix, ronchonna Goulven, attablé devant un grand verre d'eau. Pour une fois que j'ai quitté le garage de bonne heure, je n'ai pas envie d'entendre tes jérémiades. *Ma Doué*, si elle lui donnait le sein, au petit, elle ne pourrait pas travailler.

— Papa a raison, renchérit Tiphaine. Mais quand tata s'absente, je suis bien embarrassée, parce que tu refuses de t'occuper de Killian, maman.

— Je le garderai d'ici un mois ou deux, là il est trop petit, se récria Paule. Déjà, je dois veiller sur Luc. Sans Loïza, ce pauvre gosse erre comme une âme en peine.

Son mari secoua la tête en riant sans bruit. Il avait aperçu Luc dans le pré derrière la maison, qui gambadait, tout joyeux, suivi par le chien de la famille.

— Ne te bile pas, ma fille, dit-il. Ton fiston pousse bien, il a de bonnes joues. Un beau gaillard ! Tiens, passe-le-moi un peu, ce *babig*.

La jeune mère, enchantée, se leva et confia l'enfant à son grand-père qui le cala au creux de son bras droit. Le bébé, au crâne couvert d'un fin duvet blond, esquissa une grimace avant de sourire au rude visage penché sur lui.

— Tu as vu ça, Paule ? s'extasia Goulven. Il me reconnaît !

— Je m'en doutais, que tu serais gâteux avec ce petit, soupira-t-elle. Pouponne donc, je dois mettre la soupe à cuire et étendre le linge.

— En voilà une affaire, se moqua-t-il. Loïza aurait déjà fini d'éplucher les légumes et le linge serait sec.

Sa femme lui décocha un regard vexé, mais elle ne répliqua pas. Tiphaine alla se percher sur le rebord de la fenêtre grande ouverte. Elle respira à pleins poumons l'air tiède du dehors, en songeant qu'un an plus tôt John Russel était entré dans sa vie.

« Il traversait Auray en Jeep, avec d'autres soldats. Il roulait au ralenti et moi, sur le trottoir, je ne voyais que lui, si blond, si beau ! Il m'a souri et il m'a lancé un paquet de cigarettes. Je n'ai plus pensé qu'à lui, à lui seul. »

Elle avait de nouveau croisé la route du GI au mois de juin, mais, cette fois, ils avaient bavardé une heure, au soleil.

« J'étais folle amoureuse, j'adorais son accent américain, son grand corps, ses yeux bleus, se dit-elle encore. Je vivais un rêve. »

Des coups frappés à la porte principale la ramenèrent sur terre. Elle courut ouvrir pour se trouver en face de Malo Guégan, un bouquet de tulipes roses à la main.

— Bonsoir, Tiphaine, tu n'as pas oublié, au moins ? Je t'emmène au cinéma à Auray. On devait aller à la séance de 17 heures, comme la semaine dernière.

Il s'inquiéta, car elle était vêtue d'une robe élimée, les cheveux en pagaille.

— Si, j'avais oublié, Malo. Le bébé a pleuré cette nuit, alors j'ai mal dormi. Mais je vais me préparer, ça ne se refuse pas, de voir un film.

— Surtout un western, *Duel au soleil*, avec Gregory Peck et Jennifer Jones !

— Chic, j'adore Gregory Peck ! Va saluer mon père, j'en ai pour cinq minutes à peine.

Le jeune gendarme se rendit dans la grande cuisine, où il s'approcha d'un pas timide de Goulven, toujours en extase devant son petit-fils.

— Hé, salut mon futur gendre ! s'écria le garagiste. Regarde le *babig*, il n'y en a pas de plus beau dans le pays ! Killian, fais une risette à ce gentil gars !

Très gêné, Malo serra d'abord la main de Paule, qui, pour faire bonne figure, s'était placée près de la chaise de son mari.

— Veux-tu prendre le bébé dans tes bras ? proposa-t-elle.

— Pourquoi pas, j'ai l'habitude, je me suis occupé de mes petits frères, et, sait-on jamais, si Tiphaine se décidait, je deviendrais son papa, à ce joli *babig*.

Malo s'installa sur le banc. Il eut bientôt Killian contre lui. D'instinct, il commença à le bercer. Paule et Goulven, ravis, le contemplaient. Ils complotaient discrètement afin de parvenir à leur but, un mariage qui effacerait le déshonneur.

— Votre sœur s'est absentée, remarqua Malo. Dites, ça ne lui arrive pas souvent.

— Loïza joue les bourgeoises, elle va se faire soigner les dents à Vannes, ironisa Goulven. *Ma Doué*, elle souffrait, paraît-il !

— Oui, paraît-il, insista sa femme. Ma belle-sœur n'a jamais eu de souci depuis des années, et tout à coup elle prétend avoir un problème de ce côté-là. Il y a anguille sous roche !

— Tais-toi donc, Paule. Elle ne s'accorde jamais de répit, alors si ça l'amuse de se balader, tant mieux.

Tiphaine réapparut au même instant. Elle avait brossé ses boucles mordorées, enfilé une jupe ample et un corsage.

— Je suis prête, Malo, on y va ? Oh ! tu tenais Killian, méfie-toi, il vomit souvent son lait.

— Ton fils est magnifique, soupira-t-il. Je vous le redonne, monsieur Jouannic ?

— Bien sûr, mon gars.

— Il faut le coucher, maman, recommanda Tiphaine. Tu peux le laisser pleurer, il finit toujours par s'endormir. Au revoir.

Elle prit ostensiblement la main de Malo pour quitter la pièce. Ils remontèrent l'allée du jardin ainsi, épiés par Paule qui se tenait à la fenêtre.

— Ils rient ensemble, elle a même appuyé sa tête contre son épaule, Goulven, indiqua-t-elle tout bas. Seigneur, ils feront un beau couple !

Pourtant, dès que le gendarme fit démarrer sa voiture, Tiphaine changea de comportement. Elle alluma une cigarette, un coude appuyé à la portière, dont la vitre était baissée.

— Je te préviens, n'essaie plus de m'embrasser, Malo, dit-elle d'un ton sec. On est bien d'accord, je sors avec toi, mais en amis. Mes parents me mèneraient la vie impossible s'ils savaient la vérité.

— Je suis d'accord si tu tiens ta promesse, Tiphaine. Pour ma part, duper ta famille me déplaît.

— Oh ! la barbe, tu es vraiment un flic, toi ! De quoi tu te plains ? Si John ne répond pas à ma lettre d'ici Noël, on se fiance.

— Je croyais qu'une de ses sœurs avait intercepté tes courriers !

— Oui, mais là, elle ne pourra pas. J'ignore comment ma tante s'est débrouillée, en tout cas, elle a obtenu une autre adresse auprès du colonel de la base américaine. C'était moins une, les soldats s'en vont, le camp sera désert dans trois mois.

Malo constata qu'elle avait relevé sa jupe, peut-être dans l'intention de le tenter. Il considéra, muet d'amour, le galbe de ses cuisses à la peau nacrée. Tiphaine était souvent vulgaire, sans pitié, mais il l'aimait.

— Baisse ta jupe, supplia-t-il. Si on était mariés, je caresserais tes genoux.

— Que tu es sot, profite de la vue ! se moqua-t-elle.

Le chagrin, l'amertume la rendaient mauvaise. La jeune femme en était consciente, cependant elle cédait au besoin de torturer ce brave garçon, prêt à tout pour l'avoir un jour dans son lit.

— Nous sommes arrivés, soupira-t-il en se garant le long du trottoir.

— Tu m'offriras des caramels, à l'entracte ?

— Deux sachets, si tu veux, tu en rapporteras à Luc.

Tiphaine aperçut la première une automobile noire, stationnée de l'autre côté de la rue. Au volant, elle reconnut aussitôt l'inspecteur Renan qui l'avait interrogée plusieurs fois.

— Regarde, Malo, c'est le policier que tu escortais l'année dernière. Il y a une femme à côté de lui.

— Je ne savais pas qu'il revenait par ici. Mais, on dirait ta tante Loïza.

— Qu'est-ce qu'elle fabrique ? s'étonna Tiphaine en dissimulant son visage d'une main.

Normalement, tata revient de Vannes en train et elle récupère son vélo.

— Il y a forcément une explication, prôna Malo. L'inspecteur l'aura croisée à Vannes et raccompagnée.

Loïza sortit de la Rosengart, la mine effarée. Elle craignait d'être vue en compagnie de son amant et s'éloigna d'un pas rapide. Renan, pour grappiller une heure en sa compagnie, avait insisté pour la ramener jusqu'à Auray.

— Ne m'impose plus jamais ta volonté, lui avait-elle dit. Je n'ai pas envie qu'on jase sur mon compte.

Médusée, sa nièce la suivit des yeux. Loïza tourna dans une rue perpendiculaire et disparut de son champ de vision.

— Tata laisse son vélo au garage de papa, c'est tout près, confia-t-elle à Malo. Maman avait peut-être raison, elle prétendait que c'était louche, ses rendez-vous chez le dentiste.

La situation embarrassait beaucoup le gendarme Guégan, qui n'osait pas descendre de son véhicule. Il jeta un coup d'œil sur sa montre.

— On ne peut pas attendre, la séance débute dans cinq minutes, déplora-t-il. Pourquoi l'inspecteur reste là, sans couper son moteur ?

Nicolas Renan, contrarié par les reproches de Loïza, regrettait son emportement irréfléchi. Les doigts crispés sur le volant, il alignait une suite de « si », confronté à l'irrémédiable.

« Si je l'avais laissée partir seule à la gare, elle ne serait pas en colère, si j'étais capable de me contrôler, je ne l'aurais pas obligée à refaire l'amour, sans même la déshabiller. Je l'ai effarouchée, je me suis montré trop passionné ! Ensuite elle a eu peur de rater son train, et j'ai fait la bêtise de la ramener en voiture. Quel crétin, elle n'a pas dit un mot du trajet… »

Perdu dans ses pensées, il tourna machinalement la tête. Tout de suite, son regard capta au milieu de la rue un visage et une silhouette masculine qui lui étaient familiers. Une jeune femme se tenait près de l'homme, en costume de toile.

— Nom d'un chien, bougonna-t-il entre ses dents. C'est Guégan et Tiphaine Jouannic. Quelle tuile, ils ont dû nous voir ! Loïza ne me le pardonnera jamais. Je ferais mieux de leur parler, d'inventer un prétexte.

Il sortit de sa voiture, après avoir adressé un signe amical au jeune gendarme qui s'avança, la main tendue.

— Bonsoir, inspecteur, je suis surpris que vous soyez déjà là. Hier soir, j'étais de garde quand a appris la nouvelle. C'est le brigadier qui a téléphoné au commissariat, à Vannes, mais on lui a dit que vous étiez en congé aujourd'hui, comme moi.

— Bonsoir, mademoiselle, bonsoir, Guégan ! De quelle nouvelle parlez-vous ? Je vais à Locmariaquer.

— Ah ! Mon chef pensait que vous iriez directement à Erdeven, où a eu lieu l'accident.

Renan n'y comprenait rien. Malo le devina et entra dans les détails, tandis que Tiphaine scrutait les traits rudes du policier.

— On dirait que personne ne vous a prévenu, inspecteur. Le maire de Locmariaquer est mort dans un accident, les freins de son Oldsmobile ont lâché. Ces grosses bagnoles américaines, on ne peut guère s'y fier. Bref, Éric Malherbe a raté un virage et la voiture a violemment percuté un mur à la sortie d'Erdeven.

Chez les Jouannic, même soir,
cinq heures plus tard

La vieille demeure de la famille Jouannic était plongée dans l'ombre et le silence lorsque Tiphaine rentra plus tard que prévu d'Auray, ses chaussures à la main pour ne pas faire de bruit. Elle se glissa dans sa chambre, sans prendre garde au rai de lumière qui filtrait sous la porte.

— Où étais-tu passée ? lui demanda Loïza, assise au bord du lit. Killian avait des coliques, je le berce depuis des heures.

Le ton irrité de sa tante surprit Tiphaine. Elle avait prévu de lui tendre un piège, pour plaisanter un peu, mais, désorientée, elle s'excusa à voix basse.

— Je suis désolée. En fait, Malo et moi, on a manqué le début de la séance, alors il m'a invitée à dîner, le temps d'attendre le film du soir qui me plaisait bien, *La Belle et la Bête*, avec Jean Marais.

— Ce n'est pas sérieux, Tiphaine. Ton bébé a dû boire du lait mal préparé, pour souffrir du ventre comme ça. Je l'ai un peu massé.

— Pardon, tata, mais je me suis tellement amusée, ce soir.

Loïza céda à la mine penaude de sa nièce et lui adressa un sourire attendri. Ce sourire s'effaça en quelques secondes, quand Tiphaine ajouta d'un air malicieux :

— Et toi, l'inspecteur Renan t'a ramenée de Vannes en voiture, parce que tu avais manqué ton train ! Tu ne nous as même pas vus, Malo et moi, on était garés presque en face de vous.

Vite, Loïza se pencha sur le berceau de Killian, dans l'espoir de cacher ses joues en feu.

— Crois-moi, je n'étais pas fière, Tiphaine, mais ce policier tenait absolument à me raccompagner car il allait lui aussi à Auray. Je ne voulais pas être impolie, j'ai fini par accepter.

— Tu dois lui plaire, tata !

— Veux-tu te taire ! Même si je lui plaisais, il ne m'intéresserait pas. J'aime ma vie telle qu'elle est, en famille.

— Oh ! je connais la chanson, on n'en parle plus. Si tu as envie de mourir vieille fille, ça te regarde.

Tiphaine ôta sa jupe, son corsage, puis elle déambula dans la chambre en culotte et soutien-gorge.

— Figure-toi, tata chérie, que l'inspecteur n'était même pas au courant d'un grave accident. Malo le savait, lui, mais il est tenu au secret professionnel, donc il ne m'avait rien dit. Le maire de Locmariaquer, M. Malherbe, il est mort !

— Ah, et en quoi ça nous concerne ? répliqua sa tante.

— D'après Malo, on aurait peut-être trafiqué les freins de sa voiture, une Américaine décapotable. Je le voyais souvent, le maire, quand je travaillais chez Tardivel. Il courait après Lara, tu te souviens, ma collègue que j'aime bien ? Mais elle a su le décourager, et maintenant elle fréquente un ancien résistant, Gildas.

— Tu me raconteras tout ça demain matin, Tiphaine. Je suis vraiment lasse et, en plus, j'ai mal à la dent qu'on m'a soignée. Je vais avaler un cachet d'aspirine et dormir.

— Ma pauvre tata ! Sois tranquille, je donnerai un biberon d'eau sucrée à bébé s'il se réveille. Repose-toi.

Loïza se leva pour l'embrasser. Elle sortit de la pièce avec un dernier sourire, l'air épuisé. Une fois seule, Tiphaine se mit nue, dédaignant sa chemise de nuit, pliée sur son oreiller. Allongée entre ses draps, elle se revit un peu plus tôt, soumise aux baisers timides de Malo, à ses gestes tremblants.

« C'était d'un drôle, se disait-elle. Pauvre garçon, il était tout excité quand je l'ai autorisé à me toucher les seins. On retourne au cinéma jeudi soir, je vais encore m'amuser avec lui. C'est ta faute, John, tu m'as abandonnée, les autres hommes paieront à ta place. »

L'horloge de la cuisine sonna onze coups argentins. Tiphaine s'endormit apaisée, tandis que Loïza priait, agenouillée sur le parquet de sa chambre.

13

Présomptions

Locmariaquer, manoir des Bruyères,
le lendemain matin, mardi 20 mai 1947

L'inspecteur Renan monta les trois marches du perron à 7 heures. Le manoir des Bruyères semblait désert. Deux gendarmes d'Auray escortaient le policier, le lieutenant Auffret et Malo Guégan. Martha, la bonne, leur ouvrit, alertée par un coup de heurtoir vigoureux à la porte principale.

— Messieurs, qu'est-ce qui se passe ? demanda-t-elle.

— Je viens interroger le personnel, expliqua Renan.

Ils entrèrent d'autorité dans le hall. Tout de suite, ils virent trois valises rangées le long d'un mur. Quant à Martha, elle avait troqué sa tenue noire et son tablier blanc contre une robe à fleurs et un chapeau.

— Vous comptiez partir ? s'étonna l'inspecteur.

— Je n'ai plus rien à faire ici, plaida-t-elle, l'air gêné.

— Réunissez les autres employés, je vous prie. Un homme m'a répondu hier soir au téléphone, et j'avais exigé que personne ne s'en aille aujourd'hui. Une enquête est ouverte, vous serez tous cités comme témoins.

— Pourquoi une enquête, puisque M. Malherbe s'est tué en voiture ? protesta Martha. Je voulais prendre le bus de 10 heures.

— Auffret, Guégan, allez me chercher tous ceux qui sont encore ici, ordonna Renan.

Les nerfs à vif, il flairait quelque chose d'anormal, autant dans le décès du maire que dans le comportement des domestiques. Il décida de perquisitionner le domicile des Malherbe, s'il obtenait l'accord du commissaire Urvois et, en amont, celui du procureur.

— Ce n'est pas respectueux pour notre pauvre Monsieur, lui fit remarquer Martha tandis qu'il avançait dans le salon, en quête du téléphone.

— Je me fiche de votre opinion, laissez-moi à présent, rétorqua-t-il.

La bonne recula, puis elle se dirigea vers le hall, non sans maugréer des imprécations en sourdine. Quelques minutes plus tard, l'inspecteur la rejoignit, satisfait d'avoir toute latitude de fouiller le manoir.

Les gendarmes ramenèrent bientôt le jardinier, le chauffeur et la cuisinière, Irène, elle aussi en toilette de ville. Renan précéda les quatre employés dans le grand salon, où les interrogatoires débutèrent.

— Moi, j'viens le matin et j'repars le soir, précisa le jardinier, un homme d'environ trente ans, bien bâti, très brun.

Sa casquette entre les mains, il paraissait extrêmement impressionné par la situation. La mort de son patron l'effrayait par sa soudaineté.

— Vous n'avez jamais rien vu de singulier, pendant la journée ? lui demanda Renan. Du jardin, vous deviez assister aux allées et venues de vos patrons, des visiteurs.

— Non, j'fais mon travail, c'est tout. M. Malherbe me payait bien, j'vais regretter la place.

Il détourna les yeux, affolé, sachant qu'il ne devait surtout pas révéler ses passages dans la chambre d'amis, où il abusait de Donatienne Malherbe.

« De quoi a-t-il peur ? songea l'inspecteur. La police fait cet effet à bien des gens. Lui, il a le type même du serviteur docile, comme dans l'ancien temps. »

La cuisinière, très digne, sa forte poitrine en avant, prit un air offensé pour répondre aux questions qu'on lui posait. Mais, à l'instar du jardinier, elle disait n'avoir jamais rien vu ni entendu de particulier.

— Madame et Monsieur étaient un couple uni, conclut-elle. Ils aimaient leurs deux fils de tout cœur. Ils recevaient beaucoup, ce qui est nécessaire dans leur position. Toujours des notables, le médecin, le député du Morbihan, le notaire et son épouse.

— Un couple uni, ironisa Nicolas Renan. C'est un peu bizarre, non ? Pourquoi ont-ils divorcé si brusquement, dans ce cas ?

— Madame buvait avec excès, elle ne pouvait plus veiller sur les enfants, que Monsieur a mis en pension pour leur sécurité.

— C'est l'unique motif de la séparation ?

— Monsieur supposait que Madame avait un amant, déclara Martha, ce qui lui valut un coup d'œil furieux de la cuisinière.

— Un amant ? répéta l'inspecteur. Malherbe avait-il des preuves, un nom ? Auffret, il faudra interroger l'avocat en charge du divorce.

Le chauffeur, hautain, les bras croisés sur la poitrine, attendait son tour. Auffret, qui avait noté l'identité exacte des employés sur un calepin, l'observa avec attention.

— Inspecteur, le chauffeur est de nationalité belge, dit-il tout bas. Engagé par le maire il y a trois ans, soit à la fin de la guerre.

— D'accord, merci, lieutenant. Monsieur Barry, en tant que chauffeur, pourquoi n'avez-vous pas hier matin emmené votre patron là où il se rendait ?

— M. Malherbe sortait souvent seul et chaque fois il prenait la voiture américaine, qu'il ne m'autorisait pas à conduire. J'utilisais la Panhard.

L'accent traînant du dénommé Barry irrita le policier, déjà mal à l'aise en face de cet homme au teint blafard, au regard vide.

— Savez-vous où allait votre patron hier matin ?

— Non, je n'étais pas au courant de certains déplacements de Monsieur, et je respectais les consignes, à savoir être discret, rester à ma place. Mais, du temps de Madame, c'était différent, elle avait fréquemment besoin de mes services.

Il se fendit d'un imperceptible sourire sur ces derniers mots. L'inspecteur le constata et perdit patience.

— Et quand votre patronne essayait de supprimer une de ses rivales, qu'elle la frappait à l'aide d'un revolver, cela faisait partie de vos attributions de ne pas intervenir ? hurla-t-il. Donatienne Malherbe s'est rendue coupable d'une agression sur la personne de Lara Fleury, et vous étiez témoin.

— Je savais que l'arme n'était pas chargée, décréta le chauffeur d'un ton neutre. Madame m'avait ordonné de ne pas sortir de la voiture. Je tenais à garder ma place.

— Vous obéissez toujours aussi aveuglément ? reprit Renan. Et si elle avait vraiment voulu tuer cette jeune fille, vous n'auriez pas bougé non plus ?

— Bien sûr que si, monsieur l'inspecteur.

La nuance de mépris qui vibrait dans la voix de l'énigmatique individu n'échappa pas aux gendarmes, encore moins à Renan.

— Si par chance Mlle Fleury avait porté plainte, je vous aurais placé en garde à vue pour complicité ! cria-t-il, hors de lui.

Il s'adressa ensuite à Irène, la cuisinière, qui lui paraissait plus honnête que la bonne.

— Je suppose que vous avez prévenu Mme Malherbe du décès de son ex-mari ? s'enquit-il sèchement.

— Non, j'ai averti sa famille, mais ils ignoraient où la joindre.

— Nous n'en savons rien nous non plus, trancha Martha. Est-ce que je peux m'en aller, maintenant ?

— Non ! hurla Renan. Aucun de vous ne quitte Locmariaquer jusqu'à nouvel ordre. Guégan, Auffret, faites le tour des pièces. Si vous découvrez quelque chose de significatif, n'y touchez pas, appelez-moi.

Le chauffeur leva les bras au ciel, la mine offensée. Il eut un geste vers le hall en demandant :

— M. Malherbe a été victime d'un accident de voiture. De quel droit vous nous retenez ici, inspecteur ?

— Parce qu'il s'agit d'un meurtre ! rétorqua celui-ci. Les freins ont été sabotés. Alors vous êtes consignés ici, tous les trois.

Locmariaquer, chez les Fleury,
samedi 24 mai 1947

Lara s'était habillée sobrement, avec une jupe noire et un corsage beige au col brodé. Fantou venait de tresser ses longs cheveux bruns, pour en faire une natte dans le dos.

— Pourquoi je ne peux pas venir avec toi, Lara ? Pour une fois que tu ne travailles pas le samedi !

— Il y aura beaucoup trop de monde à l'église, et les obsèques du maire ne te concernent pas. Tu seras mieux à la maison, avec maman et notre nouveau pensionnaire.

Sa sœur considéra en souriant le chaton tigré que lui avait donné Gildas, une semaine auparavant. Le petit animal s'était couché en boule sur le lit.

— Tu reviendras vite, quand même ! Tu n'aimais pas M. Malherbe, tu n'as pas besoin d'assister à son enterrement.

— J'ai mes raisons, déclara Lara. Je me dépêche, monsieur Odilon et Gildas m'attendent dehors.

Armeline entra sans frapper dans la chambre que les sœurs partageaient. Elle apprécia d'un regard soucieux la tenue de sa fille aînée.

— Tiens, Lara, j'ai cueilli un bouquet, annonça-t-elle. Des iris et des fleurs de rhododendrons. Tu le mettras près de la tombe. Ce n'était pas un si mauvais homme, notre maire.

— Je sais, maman. La mort est toujours cruelle, ses petits garçons n'ont plus de père, répondit la jeune femme. Je serai là pour dîner, ou un peu avant.

Elle compléta sa toilette d'un foulard noir, qui avait appartenu à sa grand-mère Henriette. Armeline trouva enfin un détail à corriger.

— Enlève ces boucles d'oreilles en or, Lara, ça te donne une allure inconvenante.

— Mais c'est un cadeau d'Olivier, maman. Elles sont très jolies. Je n'avais pas de bijou, à part la gourmette en argent que papa m'a offerte pour ma communion.

— Tu vas déjà t'exhiber au bras de Gildas, alors ôte-moi ces anneaux ! s'écria sa mère.

Lara fit non de la tête en sortant de la pièce. Le paquet était arrivé la veille de Londres. Il y avait un petit écrin en cuir bleu à l'intérieur, ainsi qu'une lettre passionnée, pliée en six.

« Dieu veille sur notre amour, avait-elle pensé. J'avais des doutes, mais je n'en ai plus du tout. »

Le ciel se couvrait. Lara longea le chemin jusqu'au bord de la route, où était garée la fourgonnette des Bart. Gildas était au volant, en costume gris et cravate. Odilon, en complet brun à fines rayures, avait également fait des efforts. Elle s'installa près du retraité, contre la portière.

— Il va pleuvoir, nota-t-il. Rozenn m'a obligé à prendre un parapluie. Tu es charmante, Lara.

— Merci, monsieur Odilon, pourtant je ne suis pas très à l'aise, avoua-t-elle. J'assiste aux obsèques parce que l'inspecteur Renan me l'a demandé, sans me donner de raison précise.

— Un individu tourmenté, ce policier, affirma Gildas. J'étais curieux de le rencontrer, j'ai été déçu. Il n'est pas à la hauteur de sa tâche, à mon humble avis.

— Tu le juges bien vite ! riposta Lara. Il m'est sympathique et je lui fais confiance. Un autre inspecteur n'aurait peut-être pas eu l'idée de me protéger. C'est un homme bien, épris de justice, comme moi.

Gildas évita de répondre. Depuis le pique-nique sur la dune, il l'avait très peu vue et il la sentait sur la défensive. Il roula sans dire un mot jusqu'à l'église. Odilon, pensif lui aussi, respecta le silence des jeunes gens. Ce fut difficile de se garer, la place et les alentours étant envahis par la foule.

— Eh bien, on l'appréciait, ce M. Malherbe, commenta Gildas. Tu prétendais qu'il avait de nombreuses maîtresses, Lara. On pourra s'amuser à les repérer parmi les femmes en larmes.

— C'est stupide de dire ça, on ne peut pas plaisanter sur n'importe quel sujet ! s'indigna-t-elle.

— Ne te fâche pas, soupira-t-il, un peu vexé.

Odilon marchait devant eux. Lara prit le bras de Gildas pour se diriger vers l'entrée de l'édifice, d'où s'élevait la musique d'un harmonium.

— Pourquoi es-tu si désagréable avec moi ? s'enquit-il à mi-voix.

— Je n'en sais rien, je suis désolée.

Elle se rappelait les paroles de Rozenn, qui l'avait mise en garde. Tant qu'Olivier serait loin, Gildas devait rester à Locmariaquer.

— Il paraît que tu voudrais t'en aller, dit-elle tout bas. Je l'ai su dimanche soir, par Rozenn.

— J'y ai fait allusion, admit-il. Souvent, je doute d'être utile, notamment si ce policier se trompe. Dans tous les cas, le maire ne t'importunera plus.

Elle estima la remarque de mauvais goût.

— Éric Malherbe se comportait en séducteur invétéré, murmura Lara, mais je n'oublierai jamais qu'il m'a permis de connaître Rozenn et Odilon Bart, de pouvoir ainsi utiliser le bateau de mon père.

— C'était encore un stratagème pour te conquérir, bougonna-t-il. Ou il agissait dans un autre but.

Un groupe de gens très huppés les dépassa au moment où ils essayaient de franchir le porche voûté de l'église. Lara aperçut soudain un visage familier, celui de Tiphaine, qui avait dû reculer. Malo Guégan, dans son uniforme de gendarme, se tenait près d'elle.

— Ohé ! Lara, l'interpella sa collègue en se précipitant pour lui faire la bise, une seule, selon la tradition bretonne.

— Qu'est-ce que tu fais là, Tiphaine ? Je pensais que tu profiterais de ta journée de congé pour rester à la maison.

— Je pourrais te dire la même chose, pouffa celle-ci. Comme tu le vois, j'ai retrouvé Malo ici. On reste discrets, car il est de service.

— Moi, je te présente officiellement Gildas Sauvignon, dont je te parle souvent.

— Enchanté, mademoiselle, dit-il avec un sourire en coin.

— Bonjour, monsieur ! Je vous aperçois de temps en temps, quand vous venez chercher Lara chez Tardivel.

— Oui, j'ai le bonheur d'avoir conquis le cœur de la plus jolie fille de Locmariaquer, répondit Gildas. Mais il faudrait y aller, ma chérie.

Lara reçut ce « ma chérie » mielleux en se crispant. Elle parvint néanmoins à feindre une joie discrète qui parut sincère à Tiphaine.

— Entrons, recommanda Malo. L'inspecteur Renan est déjà à l'intérieur avec le lieutenant Auffret.

La cérémonie sembla interminable à Lara, qui s'était assise au bord de l'allée centrale. Au début, elle avait fixé le cercueil drapé de noir, couvert de gerbes de fleurs, en imaginant le corps du maire gisant là, le corps broyé par le froissement des tôles, défiguré par l'éclatement du parebrise.

« D'après l'inspecteur, c'est un crime déguisé en accident, songeait-elle à présent, tout en écoutant le discours d'un des notables de la ville. Pourquoi le tuer ? Seigneur, j'ai honte, dimanche je me félicitais d'être débarrassée de lui ! »

Debout près d'un pilier en pierre, Nicolas Renan se posait la même question. Il avait étudié la physionomie des personnes se tenant sur les trois premières rangées, précisément celles dont l'identité et le statut social l'intéressaient.

« Le lieutenant Auffret pense à la vengeance d'un mari jaloux, songea-t-il. Mais j'en doute, car la réputation de coureur de jupons qu'on prêtait à Malherbe me semble exagérée. »

Depuis trois jours, le policier se torturait l'esprit à cause du brusque décès du maire, en qui il avait pressenti un suspect d'une réelle envergure.

— J'étais sur une piste sérieuse, avait-il confié au brigadier d'Erdeven la veille. J'ai la conviction que Malherbe était mêlé à la mort de Madalen Le Goff et à celle de Martin Le Dru. Sous ses allures mondaines, beaucoup le savent à Locmariaquer, ce type alignait les conquêtes féminines. Et c'était un violent, son épouse semblait en faire les frais. Il était riche, ça a pu lui faciliter les choses, s'il était devenu un assassin. Mais je n'ai aucune preuve.

Il avait cependant gardé pour lui ses soupçons au sujet de la tentative d'assassinat dont avait été victime Olivier Hamon. Une fois encore, en observant le gracieux profil de Lara Fleury, Renan tenta d'établir un lien entre ces trois affaires.

— Je n'ai que des présomptions, aucune preuve, marmonna-t-il.

— Et ce n'est pas suffisant, je suppose, souffla son voisin, qui l'avait entendu.

C'était Odilon Bart. Le retraité avait préféré rester debout, afin d'assister avec un peu de distance aux funérailles. Il s'était rapproché volontairement de l'inspecteur.

— Bonjour, monsieur Bart. Disons qu'une de mes théories bat de l'aile, lâcha le policier sans réfléchir.

— Lara m'a dit que vous lui aviez demandé de venir. Était-ce vraiment nécessaire ?

— Oui, je n'ai pas à vous donner de précisions.

L'inspecteur, morose, avait espéré en vain que Donatienne Malherbe ferait son apparition, car ses parents n'avaient toujours aucune nouvelle d'elle. Ils s'étaient empressés de récupérer leurs petits-enfants, mais ils affirmaient ignorer où se trouvait leur fille.

— Monsieur Bart, vous êtes au courant de l'incident survenu à la fin du mois de janvier, n'est-ce pas, dont le chauffeur des Malherbe a été témoin ?

— Vous parlez du jour où l'épouse du maire a agressé Lara, en la menaçant d'un pistolet ?

chuchota Odilon. Nous l'avons su très récemment, ma sœur et moi, car, pendant un repas chez nous, elle en a parlé à Gildas Sauvignon. Mais Mme Fleury n'en sait rien.

— Exactement. Figurez-vous que ce chauffeur, un dénommé Barry, de nationalité belge, a disparu dans la nature, alors que je l'avais assigné au manoir des Bruyères. On le recherche, même si je n'ai rien contre lui.

Nicolas Renan retint un soupir exaspéré. Pour la première fois de sa carrière, il fut tenté d'envoyer au diable son engagement dans la police, pour enlever Loïza et l'aimer jusqu'à la fin de ses jours.

Au retour du cimetière, Lara marcha à côté de l'inspecteur. Elle avait scrupuleusement déposé le bouquet d'Armeline près de la croix en pierre qui surplombait la tombe.

— Est-ce que je vous ai été utile ? interrogea-t-elle tout bas, car Odilon et Gildas les suivaient d'assez près.

— En fait, j'espérais un coup d'éclat de Donatienne Malherbe, si elle vous avait vue parmi la foule, confessa-t-il. Hélas, elle n'est pas venue. Depuis le divorce, ses parents prétendent n'avoir eu aucune nouvelle d'elle. Cette femme s'est comme volatilisée. Il faut croire que la cuisinière du manoir disait vrai. Il devait y avoir un amant, d'où la séparation rapide du couple.

— Si je comprends bien, vous vouliez que je sois responsable d'un esclandre en public ! s'insurgea Lara. Décidément, vous les hommes, vous ne respectez rien.

Renan pensa à la colère affolée de Loïza, au début de la semaine, quand il l'avait contrainte à monter dans sa voiture pour la ramener à Auray.

— Sans doute, répondit-il d'un ton amer. Je vous présente mes excuses, mademoiselle Fleury. Et je dirai comme votre ami Olivier, je me bats contre des ombres. D'ici peu le procureur classera l'affaire et des criminels continueront à courir en toute impunité.

— En quoi le petit scandale que vous aviez imaginé vous aurait aidé ? s'intéressa-t-elle.

— Je n'en ai aucune idée, ronchonna-t-il. Peut-être à faire sortir le loup du bois ! De là où j'étais, dans l'église, j'aurais pu voir la réaction des personnes rassemblées là, sur les bancs des notables. Par ailleurs, j'ai été surpris de l'absence des Cadoret. Je pensais que le père viendrait, mais non.

— Nos voisins ont eu des ennuis. Erwan buvait de plus en plus. Il a voulu sortir en mer seul et il a endommagé le chalutier de Yohann. C'est triste. Je n'aurais jamais cru que ce garçon, mon ami d'enfance, tournerait aussi mal. Ce sont les méfaits de l'alcool. Du coup, il est reparti immédiatement sur un chantier, afin de rembourser les dégâts.

Gildas, agacé de saisir seulement des bribes de leur discussion, les rattrapa et se plaça à côté de Lara, qu'il saisit par la taille. Elle renonça à se dégager, à cause de tous les gens qui les entouraient.

— Vous prenez votre rôle très à cœur, monsieur Sauvignon, murmura Renan, témoin de son geste tendre.

— Dans la Résistance, je n'ai jamais connu d'échec, répliqua-t-il. Et, à ce propos, je vous remercie, inspecteur, grâce à votre idée, je passe des jours vraiment agréables en Bretagne. C'est un plaisir de veiller sur une adorable jeune femme, si douce et si fragile.

D'abord contrariée, Lara eut envie de rire, amusée par la mimique qu'avait faite Gildas, en disant ce léger mensonge sur son caractère. Pourtant, elle tenait à poser d'autres questions au policier et finit par repousser délicatement son prétendu amoureux.

— Monsieur Odilon et toi, vous goûtez à la maison, lui dit-elle en matière de consolation. Accorde-moi quelques minutes.

Nicolas Renan comprit et il l'entraîna vers le trottoir où il avait garé sa voiture. Elle le regarda droit dans les yeux.

— Inspecteur, soyez sincère, pensez-vous que je sois encore en danger ? Et Olivier, avez-vous de nouveaux éléments qui lui permettraient de rentrer en France ?

— Avec la mort de Malherbe, je reviens au point initial, déplora-t-il. Mais je n'ai pas changé d'avis, le maire était impliqué en ce qui concerne votre ami en exil.

Elle devina qu'il évitait de citer un nom. Soudain inquiète, elle scruta les environs. Hormis deux vieilles femmes dont la coiffe blanche oscillait à chacun de leur pas, personne ne pouvait les écouter.

— Sinon, je suis certain que mon plan a fonctionné, ajouta-t-il. On ne cherche plus à vous nuire, grâce à Sauvignon. J'en déduis que j'avais raison. En s'attaquant à vous, on tentait d'atteindre votre ami, soit pour le faire souffrir, soit pour le forcer à se montrer.

— Qui échafauderait de telles manigances ?

— Des gens malintentionnés, grisés par la puissance qu'ils ont acquise et qu'ils emploient à nuire, à torturer.

Lara détourna la tête, embarrassée. Elle jugeait l'hypothèse du policier peu crédible. Elle n'osa pas protester, craignant de le froisser.

— Vous me jugez stupide, je le sens, je le lis dans votre regard, déclara-t-il. C'est dommage !

— Je suis navrée, inspecteur. Ne m'en veuillez pas, je suis incapable de concevoir autant de noirceur chez des êtres humains.

Il commençait à pleuvoir, une pluie fine, d'une fraîcheur marine.

— Rentrez chez vous, mademoiselle Fleury, soupira Renan. Je vais continuer à me creuser la cervelle en quête d'une solution. J'ai une priorité, découvrir qui a supprimé Malherbe et pourquoi.

— Au revoir, je vous souhaite bonne chance, dit Lara en lui souriant gentiment.

— Dans la police, on est confrontés aux pires penchants des uns, aux malheurs des autres. Soyez prudente.

Lara s'éloigna, le cœur serré par un regain d'angoisse. Elle fut soulagée de trouver Tiphaine Jouannic en train de bavarder avec Odilon Bart et Gildas, tous trois à l'abri d'un large parapluie.

— Si nous allions boire un verre de cidre à l'hôtel Lautram ? Je vous invite, proposa Gildas. Mademoiselle Tiphaine, auriez-vous égaré le gendarme qui vous escortait ? Il a eu tort de vous abandonner !

Tiphaine, émoustillée par le clin d'œil qu'il lui adressait, éclata de rire, mais elle refusa, bien à regret.

— Je dois rentrer en bus, il passe dans dix minutes. Je vous remercie, ce sera pour une autre fois. Je cours, sinon je serai toute trempée.

Elle les quitta en trottinant, après un salut amical de la main. Ses formes épanouies tendaient la cotonnade de sa robe, ses boucles châtain clair s'agitaient au rythme de ses pas.

— Une gentille jeune femme, commenta Odilon.

— Oui, je l'aime beaucoup, affirma Lara. J'espère qu'elle finira par épouser Malo Guégan. Son enfant aurait un père, au moins.

Gildas connaissait l'histoire de Tiphaine, mais dans les grandes lignes. Il eut un air dur pour ajouter :

— Les GI se sont permis de séduire beaucoup de filles à la Libération et les mois suivants. Ils avaient le beau rôle. Le fils de ton amie, Lara, aura nombre de petits camarades de classe illégitimes d'ici quelques années. C'est révoltant.

Elle approuva en silence, subitement émue par la véhémence de Gildas et par la cicatrice de son cou. Mieux que des mots, cette longue balafre rose évoquait les souffrances qu'il avait endurées en luttant contre l'ennemi. Dans un élan spontané, elle lui prit la main.

Locmariaquer, dimanche 27 juillet 1947

Gildas retournait une parcelle du jardin où il avait prévu de planter des choux et des poireaux. Armeline tricotait, assise sur un banc qu'il avait fabriqué avec une planche et deux tronçons d'arbre. Fantou, étendue sur une couverture à l'ombre d'un rhododendron, lisait un roman, *Mémoires d'un âne*. Elle avait reçu en cadeau, pour son anniversaire, trois ouvrages de la comtesse de Ségur.

— Comme tout est paisible, nota Lara, occupée à désherber un massif entouré de galets, dans lequel elle avait fait pousser des capucines d'un orange flamboyant.

— Méfie-toi, ma fille, c'est peut-être le calme avant la tempête, hasarda Armeline. Yohann Cadoret m'a annoncé à la sortie de la messe qu'Erwan rentrait de Saint-Malo aujourd'hui. J'ai peur qu'il s'en prenne à Gildas, pour se venger de l'autre fois.

— Qu'il vienne, je lui donnerai une deuxième leçon, décréta celui-ci.

— Oh non, je déteste quand les hommes se battent ! s'écria Fantou. J'aimais beaucoup Erwan, avant. Il a changé depuis ton accident à vélo, Lara.

— Ne gâchons pas la journée avec de mauvais souvenirs, mon petit korrigan, répliqua sa sœur.

— Tu ne devrais plus m'appeler ainsi, je suis grande, j'ai eu treize ans.

— Mais en taille, tu es encore petite, alors j'ai le droit.

Lara lui jeta en riant une touffe d'herbe, que Fantou lui renvoya aussitôt. Le chaton sautilla en l'air, dans l'espoir de saisir au vol le mystérieux projectile, ce qui amusa Armeline.

— Ah ! si nous pouvions vivre longtemps ainsi, sans gros soucis d'argent, en famille, avec un homme à la maison, dit-elle dans un soupir rêveur.

— Personnellement, cette existence me convient aussi, avoua Gildas. Je serais enchanté si je devenais votre gendre, madame Fleury, mais ce serait dans un autre univers, où votre fille daignerait m'aimer.

Il était en chemisette et en short. Le grand air avait hâlé son teint. Lara le regardait, envahie d'un trouble insidieux. Elle s'accoutumait à sa présence quotidienne. Le jeu dangereux qu'ils avaient joué pendant presque cinq mois les poussait l'un vers l'autre, au fil des jours d'un été tiède et fleuri.

« Olivier ne m'a pas écrit depuis trois semaines, se désola Lara. Dans sa dernière lettre, il projetait un voyage en Autriche en compagnie de ses parents. J'aurai sûrement une carte postale, mais ce n'est pas ça que je voudrais. Il pourrait revenir, même l'inspecteur Renan pense qu'il n'y aurait pas grand risque s'il me rencontrait à Vannes ou à Lorient. »

D'un geste devenu une sorte de rite, elle toucha les boucles d'oreilles qu'Olivier lui avait offertes, l'une après l'autre. Elle les considérait comme un gage d'amour.

— J'entends des voix, signala alors sa mère. Des gens sont devant la maison, ils vont sans doute faire le tour.

L'écho d'une discussion animée se rapprochait. Gildas posa la bêche et rejoignit Lara. Deux minutes plus tard, Erwan et Denis Cadoret apparaissaient derrière la haie de troènes, précédant une silhouette féminine coiffée d'un large chapeau de paille.

— Qu'est-ce que j'avais dit ? murmura Armeline, qui rangea son tricot dans une panière.

— Ne crains rien, maman, Erwan n'est pas seul, souffla Lara. S'il venait chercher querelle, il n'y aurait pas son frère et une inconnue.

— Bonjour, tout le monde ! claironna l'aîné des Cadoret. Dites, c'est bien entretenu, votre jardin.

Fantou se releva vite, son chat dans les bras. Denis, ravi de la revoir, lui fit un large sourire ébloui.

— N'ayez pas peur, reprit Erwan, qui avait conscience d'un malaise général. Je viens faire amende honorable, en bon voisin. Monsieur Sauvignon, je vous présente mes excuses, je me suis conduit en imbécile la première fois que je vous ai vu.

Il serra la main à Gildas qui le fixait d'un air froid, mais il embrassa Fantou et Armeline. Quant à Lara, il lui tapota l'épaule.

— Je filais un mauvais coton, avoua-t-il. Mon père avait beau me raisonner, me menacer, je buvais à en perdre la tête. C'est fini, tout ça. Viens, Léa, que je te présente.

La jeune fille, une jolie rousse aux yeux gris et or, au corps délié, se réfugia près de lui tout en lançant un timide bonjour.

— On s'est connus à Saint-Malo, précisa Erwan. Elle était serveuse dans la pension où je logeais. Mais Léa est de Ploemel ; ses parents, les Bertho, y habitent. On se fiancera l'an prochain. Vous pouvez me croire, elle m'a remis sur le droit chemin.

Erwan semblait sincèrement heureux. Il était sobre, et, de toute évidence, très amoureux.

— Comme dit ma belle-mère, il faut savoir tourner la page, déclara-t-il. J'ai suivi ton exemple, Lara, en ouvrant mon cœur à Léa, la femme de ma vie ! Je suis un nigaud, je la croisais tous les jours, l'hiver dernier, sans faire attention à elle.

— Moi, je t'avais remarqué, dit Léa de sa voix fluette. Je te trouvais beau, avec tes cheveux blonds, tes yeux clairs. Mais tu étais ivre tous les soirs, alors je t'évitais.

— Mais Dieu, dans sa miséricorde, a mis de l'ordre dans ma caboche, s'esclaffa Erwan. Pendant un déjeuner, alors que je n'avais pas encore avalé une goutte, un marin débarque dans la salle. Léa passe à côté de lui, il la pince à la taille, avant de lui taper sur les fesses, pardonnez-moi, madame Armeline, mais c'est la vérité. Quand j'ai vu ça, je me suis levé et le gars a regretté d'être entré dans le restaurant.

— J'ai remercié Erwan, poursuivit Léa. On était les yeux dans les yeux, et ce grand dadais a bégayé, en me promettant de ne plus boire, si je me promenais avec lui le lendemain sur les remparts.

— Et depuis je ne touche plus à l'alcool, ça vous rend fou, cette saleté. Léa va s'installer ici, on se verra tous les jours, elle et moi. Papa va lui trouver du travail. Elle rentrera à Ploemel quand elle sera en congé. Ma belle-mère veut bien la loger.

— Je suis enchantée pour vous deux, répondit Lara, secrètement soulagée. Il ne pouvait rien t'arriver de mieux, Erwan. Mais il fait chaud, vous prendrez bien une boisson fraîche ?

Elle se tourna vers Gildas, pour poser une main sur sa poitrine, un geste affectueux qui fit battre plus vite le cœur du jeune homme.

— Pourrais-tu rapporter une bouteille de limonade du cellier ? J'en ai acheté hier. Fantou, veux-tu servir des biscuits, je te prie ?

— Tout de suite, et je les mettrai sur une belle assiette.

Armeline s'affola. Il fallait des chaises pour leurs invités. Denis alla en prendre deux dans la cuisine, à laquelle on accédait par une étroite porte vitrée. Léa et Erwan s'assirent sur le banc.

— Je suis désolé, Lara, marmonna ce dernier. Je t'ai insultée, ce dimanche sur la dune, au mois de mai.

— C'est oublié, répliqua-t-elle.

— Ton père doit être content, ajouta Armeline.

— Ça, oui, papa jubile. Je lui ai donné de l'argent, pour finir de réparer le bateau, et puis quand il a vu Léa à mon bras, il était rayonnant. Hein, ma petite chérie ?

— On m'a très bien accueillie, admit-elle. J'en avais assez de cet emploi à Saint-Malo. Je suis enfin de retour au pays. Mes parents me manquaient tant.

Les futurs fiancés échangèrent un regard fervent, sans oser s'embrasser. Lara songea à Olivier. Elle aurait tellement voulu être ici avec lui, et parler de leur avenir. Fantou l'appela par la fenêtre.

— Excusez-moi, je reviens, dit-elle en souriant.

Sa sœur, debout devant le vaisselier, étudiait chaque assiette d'un air dépité. Lara la prit par l'épaule.

— Eh bien, qu'est-ce qui t'ennuie, Fantou ?

— En fait, il n'y a pas de belle assiette. J'ai cassé la dernière aux décors bleus, l'autre jour. La dernière pièce du service de grand-mère Henriette.

— C'est sans importance, puisque nous pouvons offrir des sablés au beurre ; une blanche fera l'affaire.

Attendrie, Lara déposa un léger baiser sur les cheveux d'or pâle de la fillette. Soudain, elle eut l'impression d'une présence dans la pièce. Oppressée, elle tourna la tête. La femme au visage nappé d'une brume rouge se tenait dans un angle sombre, forme hiératique, vêtue de noir.

« Que voulez-vous ? Partez, je vous en prie ! pensa-t-elle de toute son âme. Nous sommes heureux ! »

Lara ferma les yeux une seconde, saisie d'un vertige. Ses doigts se crispèrent sur le bras de sa sœur.

— Tu me fais mal, protesta Fantou.

— Pardon !

Elle scruta l'endroit où se tenait l'apparition. Il n'y avait plus rien, juste un coin de mur blanc, où Armeline accrochait depuis son mariage un cadre qui représentait Jésus-Christ dans Sa gloire, vêtu de bleu ciel, un doux sourire sur Ses saintes lèvres.

Locmariaquer, chez Rozenn et Odilon Bart, dimanche 3 août 1947

La chaleur était étouffante dans le cabanon en planches où Rozenn recevait le plus souvent Lara, quand la jeune femme souhaitait lui parler en tête à tête. Toutes deux s'étaient assises sur les caisses qui leur servaient de sièges.

— Je n'ose pas laisser Nérée dehors, même dans sa niche, il souffre de la chaleur, commenta Rozenn qui caressait l'énorme chien blanc. Dieu merci, il y aura un orage ce soir, je le sens.

— C'est inévitable, l'air est brûlant, soupira Lara. Après cet hiver glacial, maintenant on endure une véritable canicule. Il faisait meilleur en mer.

Elle revenait d'une longue promenade en bateau. Odilon Bart ayant équipé d'un moteur la grosse barque de Louis Fleury, elle pouvait parcourir les eaux du golfe et la baie de Quiberon plus aisément que jadis.

— Si je naviguais comme papa, à la voile, je ne serais pas allée loin, il n'y avait pas un brin de vent, ajouta-t-elle.

— As-tu emmené Gildas sur ton île ?

— Nous l'avons contournée, mais j'ai refusé d'accoster. Rozenn, je voulais vous parler, car je n'en peux plus. Cette comédie a assez duré. Je m'attache à Gildas d'une façon dangereuse. Aussi ai-je pris une décision. Je vais écrire à Olivier, pour lui demander de l'argent, le minimum, de quoi le rejoindre en Angleterre. Je n'ai pas l'intention de rester là-bas, mais d'y séjourner deux ou trois semaines. Si je ne le revois pas, je ferai une bêtise. Je suis franche, j'ai parfois envie d'être dans les bras de Gildas. Il est amoureux de moi, follement amoureux, il me l'a avoué aujourd'hui.

Rozenn hocha la tête. Son visage purpurin semblait tuméfié par la chaleur.

— C'était un risque prévisible, Lara. Tu es belle, désirable, et intelligente, généreuse. Quel homme ne tomberait pas à tes pieds ?

— Olivier me suffirait. J'ai besoin d'être avec lui pour ne plus douter de mes sentiments. Si Gildas pouvait partir pendant mon absence, ce serait préférable. Il m'oubliera. Je prends l'exemple d'Erwan, qui disait m'adorer. Maintenant il aime

Léa, et je vous assure qu'il est sincère. Ils sont très heureux et bien accordés, ça se voit tout de suite.

— Dans ce cas, il pourrait t'arriver la même chose, prêcha son amie. Tu es attirée par Gildas, qui sait si tu n'es pas amoureuse de lui, toi aussi ?

La supposition de Rozenn indigna Lara. Elle eut un regard éperdu, prête à pleurer de détresse.

— Non, il me plaît, il me distrait, il me charme, mais ce que j'éprouve envers Olivier est mille fois plus fort, plus évident.

Elle se tut, les yeux baissés sur les fleurettes qui ornaient le tissu de sa jupe.

« Je ne peux pas tout vous dire, Rozenn, songea-t-elle. J'ai découvert le plaisir, la passion, avec Olivier. Vous n'avez pas connu les joies de l'union charnelle, si extraordinaires quand le cœur y prend part. Je me languis de cette fête de tous mes sens, et, si je cédais à Gildas, ce serait par frustration, par faiblesse. »

Rozenn eut alors un léger sourire mélancolique. Elle prit une des mains de Lara et l'étreignit doucement.

— Je devine ce que tu penses, ma chère enfant, murmura-t-elle. Ton jeune corps se morfond, privé d'amour. Tu n'oses pas te confier, car tu me juges incapable de comprendre, moi, une vieille fille endurcie, condamnée au célibat par la nature.

Stupéfaite, Lara la fixa d'un air soucieux. Souvent, Rozenn semblait lire dans son esprit.

— Comment faites-vous ? lui demanda-t-elle.

— Je me suis patiemment entraînée. Mes doigts perçoivent les lésions internes, les zones touchées par une maladie, mais ils me renseignent également sur les tourments de l'âme. Pourtant, je connais l'échec quand j'affronte une personne suffisamment forte pour dissimuler ses sentiments, bons ou mauvais.

— Ce qui n'est pas mon cas, de toute évidence, déplora Lara.

— Parfois, tu te défends bien, plaisanta Rozenn. Ne crains rien, je sais garder un secret.

— Pas moi ! s'enflamma Lara. Jeudi soir, je vous ai raconté la visite d'Erwan et de Léa, sa jolie promise, et de Denis. Mais je vous ai caché une chose. Pendant qu'ils étaient là, dehors, avec maman, j'ai rejoint Fantou dans la cuisine, et ce mystérieux personnage, cette femme étrange, elle était là, au fond de la pièce, toujours en noir, toujours les traits masqués par cette brume rougeâtre. Elle m'avait laissée en paix, ces derniers mois, pourquoi est-elle revenue ?

— Je l'ignore, ma petite.

— J'étais tellement troublée que j'ai tout raconté à Gildas, le soir, après le départ de nos visiteurs. Il n'était pas au courant, puisque je vous avais priée de ne pas lui en parler.

— Et Odilon et moi, nous avions respecté ton souhait. Qu'en a-t-il déduit ? C'est un jeune homme rationnel, très instruit.

— Gildas, comme le curé et maman, prétend qu'il s'agit d'hallucinations, la conséquence de mon traumatisme au crâne.

— Ils font erreur, Lara, affirma gravement Rozenn. Quelle que soit son apparence, cette femme te protège, comme le ferait un ange gardien. Son allure bizarre, qui t'effraie un peu, voile une autre vérité. Je le ressens ainsi, lorsque tu l'évoques. Ma chère petite, je n'ai pas osé te le dire tous ces mois, mais le mal rôde, le Mal avec une majuscule. Des puissances redoutables rôdent autour de toi et d'Olivier, peut-être autour de nous tous, de ta famille.

— L'inspecteur Renan tient le même discours, Rozenn. Vous me faites peur.

Le gros chien se mit à gronder, le poil hérissé. Gildas avait entrebâillé la porte de la cabane. Nérée ne s'habituait pas à la présence du jeune homme.

— Monsieur Odilon a préparé du thé, annonça-t-il. Il m'envoie vous le dire. Venez, il fait meilleur dans la villa.

Rozenn et Lara se levèrent et le suivirent.

Commune d'Erdeven, mercredi 10 septembre 1947

Alan Tevarzec promenait son chien, un petit ratier noir qui gambadait devant lui. Le vieil homme, âgé de quatre-vingts ans, savourait la fraîcheur du petit matin. Il était 7 heures. Après des jours de canicule, qui lui avaient paru vraiment pénibles à supporter, l'ancien marin retrouvait avec soulagement le vent venu de la mer.

— *Ma Doué*, ça fait du bien, ce bon air, marmonna-t-il.

Il logeait dans le hameau de Kerihuel, à une centaine de mètres de là. Comme il en avait l'habitude, il marchait jusqu'au tumulus de Run-er-Sinzen. Depuis qu'il ne naviguait plus, il s'intéressait aux nombreux mégalithes que de très lointains ancêtres avaient dressés sur les landes du Morbihan.

D'un regard satisfait, il étudia les grosses pierres qui gisaient sur le sol, puis les vestiges des deux dolmens. L'un était en partie écroulé, le second tenait encore debout, composé d'une énorme dalle de couverture, soutenue par cinq supports en granit.

— Quand je pense que c'étaient des chambres funéraires, se souvint-il à voix basse.

Le chien aboya tout à coup, figé sur place à un mètre du dolmen. Alan Tevarzec le rappela, mais un détail le frappa, une touche de couleur parmi les teintes grises et jaunes du paysage.

— *Ma Doué !* Qu'est-ce que c'est ?

Il approcha, s'appuyant sur sa canne. Sa vue baissait, aussi plissa-t-il les paupières.

— Viens ici, Youyoule, ordonna-t-il, le cœur serré.

Le vieillard, tout tremblant, regarda la jeune fille couchée sous la dalle. Elle paraissait dormir, vêtue d'une longue chemise blanche, pieds nus, mais elle avait la gorge tranchée. Du sang maculait sa chevelure rousse.

14

Désespoir sur la lande

Erdeven, tumulus de Run-er-Sinzen,
mercredi 10 septembre 1947,
deux heures plus tard

L'inspecteur Renan observait le corps sans vie de la victime. Des gendarmes l'entouraient, silencieux, sidérés. Le ciel gris pesait sur eux, moins cependant que ce nouveau meurtre.

— Le crime a eu lieu exactement un an plus tard, enragea le policier. Dans la nuit du 9 au 10 septembre ! On a égorgé cette malheureuse. Même mode opératoire, même tunique blanche. Le légiste nous dira à coup sûr qu'elle a été droguée, comme Madalen Le Goff.

— Donc nous avons affaire au même assassin, conclut le lieutenant Auffret, très pâle.

— J'en mettrais ma main au feu, rétorqua Renan. Tant que j'y pense, l'un de vous ira prendre des nouvelles de M. Tevarzec. Notez bien sa déposition, on ne va pas lui demander de se déplacer. Il a dû être secoué, à son âge.

— Oui, ça se comprend. On a bien cru qu'il ne se remettrait pas de la grosse émotion qu'il a eue, commenta Malo.

Alan Tevarzec, après la sinistre découverte qu'il avait faite, s'était reposé à l'écart, sur une des grandes pierres jonchant le sol. Ensuite, chancelant, effaré, il était retourné chez lui. Là, son épouse avait alerté un voisin qui s'était empressé d'aller à vélo prévenir la gendarmerie d'Erdeven. Le brigadier avait pu joindre l'inspecteur au commissariat de Vannes, avant d'appeler en renfort ses collègues d'Auray. Le policier venait d'arriver.

— Qui peut identifier cette jeune fille ? interrogea l'inspecteur.

— Moi, je la reconnais, déclara un des gendarmes, au bord des larmes. Elle s'appelle Léa. Ses parents, les Bertho, habitent Ploemel, c'est à cinq kilomètres d'ici.

Sous son apparente maîtrise, Nicolas Renan avait l'impression de faire un cauchemar. Il devait pourtant garder la tête froide.

— Brigadier Huet, emmenez Guégan et allez annoncer le décès de leur fille à ces pauvres gens. J'attends le médecin légiste. Le commissaire Urvois l'accompagne.

— Bien, inspecteur !

Malo jeta un dernier regard plein de compassion sur le cadavre de Léa. L'odeur du sang lui avait donné la nausée quand ils étaient arrivés sur les lieux, à 9 heures. Il s'éloigna, le cœur lourd, d'un pas hésitant.

— Cette fois, on dirait que le criminel n'a pas cherché à bien dissimuler le corps, hasarda Auffret. La route départementale passe tout près, au nord du tumulus, et nous sommes entre le hameau de Kerihuel, au sud-est, et celui des Sept-Saints, au sud-ouest. D'ailleurs, certains nomment l'endroit le tumulus des Sept-Saints, d'autres tiennent à l'appellation de Run-er-Sinzen.

— Je m'en contrefiche, Auffret, de votre tumulus ! Je n'ai pas une vocation d'archéologue ! cria Renan. Je suis flic, enfin peut-être plus pour longtemps, si je n'arrête pas le salopard qui tue ces innocentes !

— Je suis désolé, inspecteur.

— Quelle tragédie ! lança ce dernier d'une voix enrouée. Elle était jolie, on lui a volé sa vie, son avenir.

Il se détourna pour ne plus voir le fin visage couleur de cire, les cheveux roux poissés de sang, les pieds nus dépassant de la longue chemise blanche. Un hurlement d'impuissance grondait au creux de sa poitrine, qu'il contenait, par pudeur.

— Une cigarette, inspecteur ? proposa Auffret.

— Merci, j'ai oublié mon paquet à l'hôtel.

Renan revécut l'instant où le patron de l'établissement avait frappé à la porte de sa chambre pour lui dire qu'on le demandait au téléphone.

— Faites vite, ça m'semble sérieux, avait précisé l'homme.

Quelques minutes plus tard, en peignoir et chaussons, il avait entendu le brigadier-chef d'Auray lui parler d'un autre crime, identique à celui de l'année précédente.

« Moi qui cherchais à élucider la mort de Malherbe, à trouver qui en voulait à Olivier Hamon, se reprocha-t-il. Il faut instaurer plus de vigilance dans la région, alerter les familles. »

Un frisson le traversa, à la perspective d'autres jeunes mortes, que nul n'aurait découvertes, ou bien que l'on découvrirait le lendemain, les jours suivants.

Le commissaire Urvois arriva au bout d'une heure qui avait paru interminable à Nicolas Renan, miné par la présence de la jeune victime, à quelques mètres de lui. Il salua son supérieur et le médecin légiste d'un air accablé.

— Il n'y a aucun doute, commissaire, c'est le même assassin, dit-il d'un ton ferme.

— Il faut absolument le coincer, Renan. Le procureur m'envoie dans ce but.

Les trois gendarmes qui étaient restés auprès de l'inspecteur observaient le vieux policier, grand et maigre, les cheveux ras et grisonnants. Urvois portait un costume impeccable, mais, selon une de ses manies, il gardait son chapeau de feutre brun à la main.

— Nous savons déjà qu'il s'agit de Léa Bertho, de Ploemel, précisa l'inspecteur.

— Quel gâchis, marmonna le commissaire, en approchant du dolmen.

Le légiste s'était mis au travail aussitôt, afin d'établir un premier constat. Il se releva après une dizaine de minutes.

— J'en saurai davantage quand j'aurai pratiqué l'autopsie, dit-il. Mais le décès a dû survenir vers minuit, comme c'était le cas pour Madalen Le Goff. Sans doute la même arme très effilée, un rasoir. L'expression paisible de la victime prouve qu'elle n'a pas souffert. On a dû la droguer comme…

— J'ai compris, trancha le commissaire. Comme Madalen Le Goff. Je suppose aussi qu'on ne trouvera aucun indice.

— En effet, déplora Renan. Les vêtements ont disparu et, si la jeune fille disposait d'un vélo, on le retrouvera dans un taillis, au bord d'une route.

— Qu'on emmène le corps à la morgue de Vannes, ordonna Urvois, ça épargnera aux parents de voir ce triste tableau.

Cependant des gens du hameau de Kerihuel s'aventuraient à prudente distance du tumulus. Une vénérable aïeule avança sans hésiter, tout de noir vêtue, la figure sillonnée de rides sous la petite coiffe en dentelle du pays.

— Un Ankou ! s'égosilla-t-elle en agitant les bras. *War ma fé, eman zo un Ankou drouk*[1] !

— Dites à cette vieille femme et aux autres de rentrer chez eux ! s'exaspéra l'inspecteur Renan. Qu'est-ce qu'elle raconte ?

— Elle faisait allusion à une légende, expliqua Auffret. L'Ankou serait le serviteur de la mort. Elle disait que celui-ci était très méchant.

Le commissaire approuva d'un hochement de tête, car il avait compris lui aussi. Il jeta un bref regard méprisant sur Renan, qui n'était pas un Breton, mais un Parisien.

— Si vous étiez né dans les monts d'Arrée, lui dit-il à voix basse, vous auriez entendu tout gosse parler de l'Ankou et des âmes des trépassés qui hantent les marécages, les coins obscurs.

Les nerfs à vif, l'inspecteur haussa les épaules. Il rétorqua d'un ton amer :

— Pendant mon enquête, en septembre dernier, on a voulu me faire croire à un meurtre rituel, à un sacrifice, lugubre héritage des pratiques druidiques, mais j'ai la conviction que l'assassin déguise ses crimes volontairement.

— Qu'il les déguise ou non n'est pas le plus important à mon avis, Renan, trancha son supérieur. Il

1. « Sur ma foi, celui-ci est un Ankou méchant ! »

faut comprendre pourquoi il tue de cette manière, comment il choisit ses victimes. Je vais m'y atteler, quelque chose a dû vous échapper.

Une rafale de vent, soufflant du sud-est, apporta des sons étouffés. Néanmoins, les deux policiers, le légiste et les gendarmes discernèrent le mot que répétait la vieille femme, en chemin vers le hameau : « Un Ankou ! »

« La mort, toujours la mort, déplora Renan. La mort qui massacre l'amour, toujours. »

Il serra les poings pour ne pas hurler de rage et de chagrin.

Locmariaquer, chez Paul Tardivel,
même jour, en fin d'après-midi

Les employés qui étaient allés sur les parcs à marée basse venaient de rentrer, ramenant à quai les barges à fond plat faciles à manœuvrer, même en eau peu profonde. Pendant plusieurs heures, ils avaient retourné et nettoyé les lourdes poches en grillage contenant les huîtres de plus de dix-huit mois. Lara avait sauté la première sur le ponton.

— Je suis pressée, ce soir ! cria-t-elle à un de ses collègues, un vétéran aux traits burinés, aux boucles blanches.

— Ton promis t'attend, je parie, répliqua-t-il avec un clin d'œil.

La jeune femme, ravie de travailler au grand air, éclata de rire. Le simple fait d'être près d'une embarcation, de respirer l'air iodé, d'entendre le clapotis des vagues sur une coque la comblait d'une joie enfantine.

— Lara ! Seigneur, Lara, si tu savais !

La très jeune Maïwenn courait vers elle, le visage livide. Béatrix la suivait de près, une expression tragique sur le visage.

— Vous me faites peur, que se passe-t-il ? demanda Lara.

Déjà elle pensait au pire. Un malheur avait frappé Fantou ou leur mère. La bouche sèche, elle respirait à peine.

— Une autre fille a été tuée, débita Béatrix. La gorge tranchée, comme Madalen Le Goff. On a retrouvé son corps sous un dolmen, près d'Erdeven, au tumulus de Run-er-Sinzen. M. Tardivel vient de nous l'annoncer, il l'a appris par le nouveau maire.

— Mon Dieu, quelle horreur ! gémit Lara. Mais c'est à la même date aussi, le 10 septembre.

— Tu as raison, s'étonna Maïwenn, je n'y avais pas pensé.

— En plus, tu la connais, insinua Béatrix. C'est Léa Bertho, qui fréquentait ton voisin, Erwan Cadoret. Moi, je l'ai vue une fois, ici, dans le bureau du patron, quand elle cherchait une place. Finalement, elle a été embauchée au Café du Port.

— Léa Bertho, répéta Lara. Comment est-ce possible ? Erwan va être fou de chagrin. Ils sont venus dimanche à la maison, Léa et lui, ils se tenaient tout le temps par la main. J'avais fait des crêpes. Seigneur, je dois vite rentrer chez moi !

Bouleversée, elle embrassa en tremblant la fragile Maïwenn et la robuste Béatrix pour la première fois. Elles se mirent à pleurer, de nervosité, mais aussi touchées par cette preuve d'affection.

— Faites bien attention à vous, ce soir, recommanda Lara. Nous sommes toutes menacées.

Elle les quitta, en proie à une véritable panique. L'inspecteur Renan l'apostropha au moment où elle s'apprêtait à monter sur son vélo. Il la rejoignit à grandes enjambées. Il devait être très ému, car il l'appela par son prénom.

— Lara, je vous supplie d'être très prudente, déclara-t-il d'une voix tendue.

— C'est à cause du nouveau crime ? balbutia-t-elle, effarée par son expression désespérée. M. Tardivel en a parlé à tous ses employés. Je viens de l'apprendre, et Léa Bertho…

— Oui, Léa Bertho ! J'en suis malade, la coupa-t-il. Mon supérieur, le commissaire Urvois, est venu mener l'enquête. Je le seconderai, bien sûr. Nous venons de constater une chose. Les deux victimes ont un point en commun avec vous.

— Lequel ?

— Elles sont nées au mois de septembre, la même année, entre le 1er et le 15. Vous avez le même âge à quelques jours près. Nous allons consulter les registres d'état civil de toutes les communes avoisinantes. Il nous faut l'identité et l'adresse des autres jeunes filles en danger, et vous en faites partie.

— Je vous promets d'être vigilante, inspecteur. Je suis désolée, je dois partir. Vous m'avez interrompue, je voulais vous dire que je connaissais Léa Bertho. Elle devait se fiancer avec Erwan Cadoret au printemps prochain.

— Quoi ?

— Ils se sont rencontrés à Saint-Malo, mais elle était revenue à Ploemel, chez ses parents. La semaine, comme Yohann Cadoret lui avait trouvé un emploi sur le port, elle logeait dans une petite chambre sous les toits qu'avaient aménagée Erwan et Jeanne, sa belle-mère.

— Nom d'un chien ! jura Renan. Apparemment, le nouveau maire l'ignorait, sinon il l'aurait précisé.

— Erwan, Denis et leur père doivent être partis en mer, à la pêche, déplora Lara. C'est affreux, inspecteur ! Erwan ne buvait plus du tout, il était heureux, tellement amoureux. Je redoute sa réaction, aussi voulais-je prévenir Jeanne.

— Je vous emmène, décida le policier. Grimpez dans ma voiture et laissez votre vélo, j'irai avertir Gildas Sauvignon qu'il passe vous chercher demain matin avec la fourgonnette des Bart.

Lara ne songea pas à refuser. L'inspecteur Renan paraissait affolé, presque égaré. Elle avait lu au fond de ses yeux le reflet de l'atroce vision dont il peinait à se remettre.

« Seigneur, accueillez l'âme de Léa, pria-t-elle en silence, de tout son cœur. On l'a fauchée en pleine jeunesse, en plein bonheur. »

Elle osa imaginer, pendant quelques secondes, le funeste tableau d'un joli corps allongé sous la dalle d'un dolmen, le cou tranché, pareil à un agneau sacrifié par la cruauté d'un être malfaisant.

— Inspecteur, croyez-vous qu'il y a eu d'autres victimes, depuis un an ? interrogea-t-elle subitement.

— Je le crains. Si c'est le cas, où ce monstre les a-t-il exécutées ? Il faudrait fouiller les sites mégalithiques moins exposés, or ils sont nombreux dans le Morbihan et en Bretagne.

— Mais si des jeunes filles ont disparu, leur famille l'aura signalé aux gendarmes ?

— Tout à fait. Vous raisonnez bien, mademoiselle Fleury. C'est précisément pour cela que nous comptons étendre le champ des recherches.

— Vous pouvez m'appeler Lara, comme tout à l'heure, dit-elle à mi-voix.

— Entendu, ça en étonnera certains, mais je m'en fiche, décréta Renan entre ses dents.

Chez les Cadoret, dix minutes plus tard

Lara aperçut tout de suite une voiture et une camionnette de gendarmerie, garées devant la maison des Cadoret.

— Le commissaire est déjà là, dit l'inspecteur. On a dû le renseigner sur le port. Vous souhaitez venir quand même ?

— Bien sûr, sauf si ma présence dérange la police.

— Urvois va peut-être tiquer, mais, au point où j'en suis, ça m'est égal. De toute façon, il m'attend au tournant. À la moindre erreur, je serai renvoyé à Paris ou dans un trou perdu, à classer des dossiers.

— Alors, je resterai dehors, je ne tiens pas à vous causer des ennuis.

— Mais non, accompagnez-moi, insista-t-il.

Ils étaient à peine en haut du perron qu'ils perçurent de gros sanglots convulsifs. Renan frappa à la porte. Jeanne Cadoret, en larmes, leur ouvrit immédiatement.

— Oh ! tu es venue, Lara, c'est bien aimable, dit-elle sur un ton plaintif. Entrez, bonsoir, monsieur l'inspecteur. Erwan est au courant, le pauvre garçon.

Elle les précéda dans la grande pièce faisant office de salon et de salle à manger. Le commissaire Urvois, entre deux gendarmes, hochait la tête, tout en considérant froidement le jeune homme dont les pleurs spasmodiques étaient entrecoupés de courtes phrases confuses.

— Pourquoi… Léa, ma petite… Non, non, pas toi… Léa, ma poupette…

Lara recula pour se dissimuler derrière l'inspecteur Renan. Le désespoir de son ancien ami d'enfance la terrassait. Elle regretta de se trouver là, aux premières loges, comme si elle se rendait coupable de voyeurisme.

Assis sur le divan, Yohann observait son fils aîné, qui s'était effondré au creux d'un fauteuil. Denis avait les yeux humides, mais il se tenait debout, près d'une fenêtre.

— Je compatis à votre chagrin, monsieur Cadoret, déclara enfin le commissaire. Mais j'aimerais vous poser les questions d'usage, ayant appris vos relations avec la victime.

— Veux-tu un verre de calvados, Erwan ? Ça te fera du bien, proposa Jeanne.

— Non, donne-lui de l'eau ! s'insurgea son mari, le teint cramoisi.

— J'peux vous répondre, ça va, ça va, bégaya le jeune homme. Dites, quand est-ce que j'pourrai la voir, Léa ? Lui faire mes adieux ?

— Son corps sera rendu à ses parents après l'autopsie, précisa Urvois, imperturbable. Il faudra avoir leur accord.

La froideur hautaine du vieux policier indigna Lara. Elle eut pitié d'Erwan, qui, bouche bée, semblait ne rien comprendre et scrutait le commissaire. Soudain il se leva et il la vit.

— Lara ! Lara, approche !

Elle lui obéit, embarrassée d'être le point de mire de toutes les personnes présentes.

— Je suis sincèrement désolée, dit-elle. Il va te falloir beaucoup de courage, Erwan.

Comme halluciné, il l'enlaça et, se penchant, cacha sa tête au creux de son cou. Elle vacilla sous son poids, car il s'abandonnait complètement et pleurait encore.

— Dis-moi que ce n'est pas vrai, Lara, hoquetait-il. Dis-le, toi, je te croirai ! Je vais la voir entrer, Léa, toute jolie dans sa robe verte, avec ses beaux cheveux, brillants comme du cuivre.

Lara le soutenait tant bien que mal. Des larmes trempaient son corsage, un souffle chaud passait sur sa nuque.

— Bon, ça suffit, maintenant ! clama le commissaire. Reprenez-vous, monsieur Cadoret.

Yohann s'en mêla. Il obligea son fils à lâcher Lara et le fit se rasseoir sur une chaise.

— Tentons d'établir les faits, reprit Urvois d'une voix dure. J'ai rendu visite aux parents de Léa Bertho avant de venir ici, ce sont eux qui m'ont informé de vos relations, d'où la raison de ma présence. Mais j'ai également pris la déposition d'un témoin, un client du Café du Port, où travaillait la victime. Selon lui, vous seriez le dernier à l'avoir vue vivante. Est-ce exact ?

— Je n'en sais rien, bredouilla Erwan, hébété.

— Mais si, vous savez ! s'irrita Urvois. Dimanche, Mlle Bertho est restée à Locmariaquer alors qu'elle avait l'habitude de rentrer à Ploemel.

— Oui, ils n'avaient que le dimanche pour se balader, et, le soir, Léa a dîné et couché chez nous ! s'écria Jeanne Cadoret.

Le commissaire la foudroya d'un regard noir, puis il poursuivit d'un ton âpre :

— Hier, mardi, Mlle Bertho a travaillé toute la journée au Café du Port. Le patron, que nous avons interrogé, lui a donné congé pour le mercredi, soit aujourd'hui. Elle a donc décidé de rentrer chez ses parents, en cyclomoteur, un engin que vous avez acheté à crédit pour elle, monsieur Cadoret.

— Et alors ? On dirait que vous lui reprochez ça ! Mon fils avait le droit, non ? s'emporta Yohann, excédé. Ma future bru était bien contente, elle pouvait circuler plus vite qu'à vélo.

— Je vous conseille de ne pas m'interrompre, monsieur, sinon je demanderai aux gendarmes de vous conduire à l'extérieur, rétorqua Urvois. Je reprends, Léa Bertho s'est mise en route, après vous avoir dit au revoir non loin du café. Le même témoin affirme qu'il y a eu une sérieuse querelle entre vous.

Il pointa l'index sur Erwan, qui le fixait.

— Une querelle, oui, mais ce n'était rien du tout, répondit-il. Un client l'avait ennuyée, à midi. Je voulais savoir qui, pour mettre en garde le type. Léa a refusé, alors ça m'a agacé. Je lui ai dit qu'on devrait se marier le plus vite possible, qu'elle n'irait plus travailler comme serveuse. Elle a promis d'en parler à ses parents le soir. On n'était plus fâchés, on s'est embrassés. Votre témoin a dû vous le dire.

— Hum, hum, toussota le vieux policier, afin de bien montrer qu'il doutait. Saviez-vous que Mlle Bertho avait appelé ses parents du café ? Le patron me l'a confirmé. Ils l'attendaient pour le dîner, mais elle n'est jamais arrivée. Et vous, Cadoret, qu'avez-vous fait après son départ ?

L'inspecteur Renan assistait à l'interrogatoire sans intervenir. Il en tirait profit, étudiant à loisir les mimiques effarées d'Erwan, le tremblement de ses larges mains. Lara, à côté de lui, faisait de même, mais pleine de compassion.

— Ce que j'ai fait ? murmura le jeune homme. Je dois avoir un alibi, hein ? Votre collègue, là, il m'a demandé la même chose, après la mort de Madalen Le Goff. J'étais suspect à ses yeux.

— Je suis au courant, j'ai le dossier à Vannes, trancha le commissaire. Aussi je vous pose de nouveau la question. Qu'avez-vous fait après le départ de la victime ?

— Arrêtez de l'appeler comme ça ! hurla Erwan. Son petit nom, c'est Léa. Je l'aimais, mon Dieu, je l'aimais.

— Je vous somme de répondre ! insista Urvois, furibond.

— Hélas, j'aurais mieux fait de la suivre, ma petite Léa. Je m'en voulais de notre dispute, je suis allé sur notre chalutier, qui est amarré sur le port, avoua Erwan en ébouriffant ses cheveux blonds d'un geste nerveux. Là, j'ai fumé une cigarette, puis une autre. Après je suis entré dans la cabine, car il pleuvait un peu. J'y ai dormi, jusqu'à l'aube.

— Quelqu'un peut le confirmer ?

— Non, j'étais seul.

— Pas d'alibi, une crise de jalousie qui tourne au vinaigre. Moi, j'ai mon idée, décréta le commissaire. Vous avez suivi cette malheureuse et vous l'avez tuée ! Un crime passionnel, le plus fréquent. Mais, une fois votre forfait accompli, de peur d'être soupçonné, pourquoi ne pas maquiller le meurtre ? Ainsi la police pensera qu'elle a affaire au tordu qui a égorgé Madalen Le Goff.

— Commissaire, je suis navré, vous vous trompez ! protesta Renan, outré par ce qu'il venait d'entendre. Où Erwan Cadoret aurait-il trouvé la même chemise de nuit ancienne que la précédente victime ? Comment aurait-il pu respecter la mise en scène établie par le véritable coupable ?

— Nous le saurons rapidement, Renan ! Monsieur n'a pas d'alibi, il a la réputation d'abuser de la boisson et on le dit violent. Auffret, Guégan, on l'embarque en garde à vue au moins vingt-quatre heures.

Hors de lui, Yohann bondit de son siège, les yeux exorbités, les mâchoires crispées. Il poussa un cri de rage.

— Attendez ! s'exclama Lara. Monsieur le commissaire, vous n'avez interrogé personne dans cette pièce. Hier soir, en quittant mon travail, je suis passée à vélo près du quai. Le Café du Port fermait son rideau de fer. Moi, j'ai vu Erwan sur le chalutier. J'ai hésité à aller discuter un peu avec lui, car nous sommes de bons amis d'enfance. Et il m'a sauvé la vie l'an dernier.

— Quelle heure était-il, mademoiselle… ?

— Lara Fleury, une voisine.

— L'heure, mademoiselle Fleury ?

Urvois l'examinait attentivement, sondant son regard noir, soudain pensif.

— Laissez-moi réfléchir, murmura-t-elle. Les bâtiments de M. Tardivel sont à deux kilomètres de Locmariaquer. Je suis d'abord passée à la boucherie, puis à la boulangerie. Le soleil se couchait. Il devait être presque 19 h 30.

— Et le témoin a vu Mlle Bertho partir en vélomoteur deux heures avant, indiqua le lieutenant Auffret. Je l'ai noté, or il y a dix-sept kilomètres entre Ploemel et Locmariaquer. La jeune fille aurait dû arriver chez ses parents au bout d'une heure à peine, même peut-être moins, ça dépend de la marque du cyclomoteur.

— C'est un Motoconfort Poulain[1], de cette année. Papa m'a aidé pour le premier versement du crédit, décréta Erwan.

Mis en échec, le commissaire toisa Lara d'un air suspicieux. Il fit signe aux gendarmes de sortir.

— Méfiez-vous, mademoiselle Fleury, un faux témoignage peut vous envoyer en prison, surtout en cas de meurtre, lui dit-il tout bas. D'abord, pourquoi êtes-vous venue ici ?

— J'ai appris cette tragédie à mon travail, alors j'ai voulu apporter mon soutien à mes voisins et amis. Ma mère et moi, nous avons encore reçu Léa et Erwan dimanche, justement. Ils faisaient des projets pour leurs fiançailles.

Lara affronta sans sourciller l'œillade exaspérée du vieux policier, qui la dépassait d'une tête.

— Vous restez tous à la disposition de la police ! ordonna-t-il avant de se ruer dehors, en entraînant l'inspecteur Renan.

— J'ai ma voiture, commissaire, je vous suis, affirma ce dernier.

— Nous allons à la gendarmerie d'Auray, dépêchez-vous.

Jeanne retint un soupir de soulagement en claquant la porte. Lara demeura au milieu de la pièce, à deux pas de la chaise où Erwan était prostré.

---

1. Vélomoteur produit en 1947, qui faisait environ du 25 ou 30 km/heure.

— Dieu soit loué, heureusement que tu as vu mon fils hier soir, Lara, dit aussitôt Yohann. Ce flic est un abruti ! Tu lui as cloué le bec. Comme si ce gros malheur ne suffisait pas…

— Oui, Léa était bien gentille, se lamenta Jeanne. Je l'aimais déjà, je lui répétais qu'elle serait la fille que je n'avais pas. Il faut être aveugle pour accuser ce pauvre Erwan, dans l'état où il est.

— J'ai beaucoup de chagrin moi aussi, confessa Lara. Vous dites vrai, jamais l'inspecteur Renan ne se serait comporté ainsi. J'ai eu l'impression que ce commissaire tenait à boucler l'enquête coûte que coûte.

— Et tu as menti pour me sauver la mise, bougonna Erwan. Papa, j'étais sur notre bateau, je n'en ai pas bougé. Je te le jure. Jamais je n'aurais fait de mal à Léa, jamais !

Denis, à bout de nerfs, sanglotait sans bruit. Il s'était attaché à Léa, sa future belle-sœur.

— On était si bien dimanche, chez vous, Lara, dit-il en reniflant. J'ai fait sauter des crêpes avec Fantou, ta mère a chanté un refrain en breton. Pauvre Léa.

L'adolescent gesticula, éperdu d'incompréhension, de douleur, avant de s'élancer dans l'escalier.

— Il va dans sa chambre, commenta Jeanne, très pâle. Seigneur, tu as fait un faux témoignage, Lara !

— C'était risqué, renchérit Yohann. Il ne fallait pas se précipiter. Je suis sûr qu'un gars du port t'a aperçu, fiston. Demain, j'irai discuter avec les autres pêcheurs.

Il tapota le dos voûté de son fils, qui lui saisit la main et la couvrit de baisers.

— Merci de me croire, papa ! Merci à toi, Lara. Si tu n'avais pas parlé au commissaire, je dormirais en cellule cette nuit.

— Je dois rentrer à la maison, répliqua la jeune femme. Maman et Fantou vont finir par s'inquiéter. Courage, Erwan. Je n'aurais pas menti si je t'avais soupçonné une seule seconde, mais je sais que tu adorais Léa, et que tu n'es pas un criminel.

Lara sortit à son tour, malgré les protestations des époux Cadoret qui voulaient la retenir encore un peu. Elle respira l'air frais du crépuscule, où s'exhalaient les parfums ténus des frêles fleurs sauvages. Au moment de s'engager sur le sentier qui menait chez elle, un homme surgit d'une haie.

— Mon Dieu, vous m'avez fait peur ! protesta-t-elle.

Nicolas Renan lui barrait le passage. Ses yeux bruns reflétaient les ultimes lueurs du couchant.

— Lara, à quoi rimait votre faux témoignage ? enragea-t-il. Admettez-le, vous inventiez au fur et à mesure.

— Tant que votre supérieur y a cru, je ne regrette rien ! riposta-t-elle, sans chercher à le duper. Vous êtes d'accord, Erwan ne jouait pas la comédie, il était vraiment anéanti. Ce vieux policier ferait mieux de prendre sa retraite ! Il est cruel, borné, il abuse de sa fonction. Il se moque de la justice, pas moi !

L'inspecteur ne put s'empêcher de sourire, devant autant de véhémence.

— Je n'apprécie guère les méthodes du commissaire, admit-il. Mais c'est un excellent policier, dont la carrière est exemplaire. Il a résolu des enquêtes difficiles, souvent épineuses. Si Urvois était borné, il n'aurait pas pris en compte la situation de votre cher Olivier. Un conseil, prenez toujours le temps de peser le pour et le contre. J'en conviens, Erwan Cadoret est désespéré. Mais s'il avait tué la femme qu'il aime, il serait dans le même état. Coupable ou innocent, il peut se mettre en danger, tenter de se supprimer. Le commissaire le sait. En cellule, sous surveillance, c'est plus compliqué de se suicider.

— Votre supérieur voulait l'arrêter pour protéger Erwan de lui-même ?

— Je le suppose, Lara. Cependant l'assassin court toujours.

La nuit tombait. Tous deux jetèrent un regard inquiet sur les dunes désertes à cette heure-ci.

— J'ai garé ma voiture un peu plus loin, je vous ramène chez vous, décréta Renan.

La fourgonnette des Bart était au bord du chemin. En la voyant, Lara retint un soupir de dépit. Elle avait envie d'être seule avec sa mère et Fantou.

— Gildas Sauvignon vous a rendu visite, marmonna l'inspecteur.

— Ou bien c'est monsieur Odilon. Franchement, je préférerais.

— Votre faux amoureux transi vous importune tant que ça ?

— Oui, j'en ai assez. J'avais l'intention de vous prévenir, j'ai décidé de séjourner quelques jours à Londres. J'attends une lettre d'Olivier. Il ne me refusera pas cette joie.

— Pourquoi partir ? s'étonna Renan.

— Gildas est vraiment amoureux de moi, inspecteur. Par chance, je ne l'ai pas revu depuis dimanche. Excusez-moi, nous en reparlerons, je suis épuisée. J'espère aussi que maman et ma sœur ignorent encore la mort de Léa.

— C'est fort possible, si vous n'avez pas de radio. La nouvelle a été diffusée vers 17 heures. Au revoir, Lara. Demandez à Sauvignon de vous emmener au travail demain matin.

Elle acquiesça en silence en sortant de la Rosengart. Renan démarra, fit demi-tour.

« Seigneur, faites que Fantou ne sache rien, songea Lara. Je voudrais la préserver, au moins ce soir. Heureusement que l'école n'a pas encore repris[1]. »

Dès qu'elle pénétra dans la grande pièce égayée par le feu, la jeune femme se rassura. Armeline et

1. En 1947, la rentrée des classes était le 1er octobre.

Odilon bavardaient au coin de la cheminée. Fantou jouait avec son chaton.

— Saute, saute, plus haut, chantonnait-elle, toute rieuse.

Elle avait attaché un bouchon au bout d'une ficelle, et le petit animal faisait des bonds prodigieux afin d'attraper cette proie lui échappant sans cesse.

— Bonsoir, dit Lara d'une voix douce.

— Tu es en retard, lui reprocha sa mère.

— Je suis navrée, j'ai dû rentrer à pied. Mon vélo était crevé, encore une fois.

— J'en étais sûre, triompha Armeline. Je commençais à me tracasser. M. Bart voulait partir à ta rencontre, au cas où tu aurais fait une mauvaise chute.

— Ou que tu aurais eu un pneu crevé, et c'était le cas, ajouta le retraité. Enfin, tu es là, tant mieux. Je vous ai apporté cinq kilos de pommes de terre. Gildas les a récoltées hier matin, avant que je le conduise à la gare. Il s'absente une semaine, pour rendre visite à ses parents, en Normandie.

— Il ne nous en a jamais parlé, remarqua Lara.

— Tu as raison, il reste très discret à propos de sa famille, constata Armeline. Je lui aurais bien posé des questions, mais ce n'est pas poli.

— Après tout, quelle importance, maman. Dis, ça sent bon !

— Nous avons préparé un ragoût de légumes, avec une tranche de lard, car monsieur Odilon nous en a donné un gros morceau aussi, annonça Fantou.

— Rozenn y tenait, elle m'a mis au régime à cause de mon vieux cœur, plaida leur bienfaiteur. Plus de graisse, plus de vin.

Lara couva de son regard noir le décor familier qui lui était cher, puis elle contempla tour à tour sa sœur, sa mère et Odilon. Elle les aimait tous les trois, de façon plus ou moins intense. La palme revenait à Fantou, son joli korrigan, ensuite venait Armeline, suivie du sympathique M. Bart.

« Je t'aime de tout mon être, Olivier, se dit-elle. Mais c'est un amour différent, tu le sais, l'amour qui existe entre un homme et une femme. »

Ses pensées revinrent à Erwan, à la gracieuse jeune fille qui, à cette heure, devait être allongée sur une table en métal, entre les murs glacés de la morgue.

« Qui sera la prochaine victime ? s'interrogea-t-elle. Pas moi, ni Fantou, je ferai ce qu'il faut pour échapper à ce monstre. »

Armeline nota l'expression anxieuse de sa fille aînée. Elle la mit sur le compte du départ inattendu de Gildas et s'en réjouit. En toute bonne conscience, son cœur de mère espérait que les jeunes gens se fianceraient tôt ou tard et qu'un mariage à son goût la débarrasserait enfin d'Olivier Hamon.

Odilon Bart prit congé, en promettant de passer au petit matin pour emmener Lara chez Tardivel. Pendant le dîner, Fantou se montra joyeuse, intarissable.

— Je suis pressée de retourner en classe, disait-elle. La maîtresse nous donnera sûrement une rédaction sur ce que nous avons fait pendant les vacances. Je raconterai ma promenade en bateau et j'expliquerai que Gildas m'a offert un chaton tigré.

La fillette évoqua ensuite le certificat d'études, auquel elle était persuadée d'être reçue.

— Quelle pipelette, s'amusa Armeline lorsque Lara revint de la chambre. Tu devrais cesser de lui lire une histoire, le soir, ta sœur est trop grande.

— Au moins, elle s'est endormie avant la fin, maman. J'avais hâte que Fantou soit couchée. J'ai une terrible nouvelle à t'annoncer. Un grand malheur est survenu, qui touche les Cadoret.

— Quoi donc ? demanda sa mère à voix basse.

— Léa, on l'a découverte morte, égorgée, comme Madalen. Sous un dolmen du tumulus de Run-er-Sinzen, près d'Erdeven.

Armeline fit non de la tête, tout en se signant. Elle devint livide en quelques secondes.

— Dieu nous abandonne, gémit-elle avant de pleurer sans bruit.

Sainte-Anne-d'Auray, chez les Jouannic,
même soir

Goulven Jouannic éteignit la radio. Il se tint figé, à un pas du poste de TSF qu'il avait installé sur le buffet de la cuisine. Son épouse, le visage caché entre ses mains, respirait fort.

— *Ma Doué*, j'aurais mieux fait de me casser une jambe le jour où j'ai acheté cet appareil, bougonna son mari. Pour entendre ce que je viens d'entendre ! Tiphaine, tu n'iras plus chez Tardivel. Le garage tourne bien, tu viendras travailler avec moi. Tu n'es point sotte, tu t'occuperas de la paperasse, de répondre au téléphone. Je ne veux plus que tu sois dehors la nuit.

— Par sainte Anne, si on te retrouvait la gorge tranchée, toi aussi, ma chérie ! gémit Paule.

Elle s'approcha de sa fille et l'embrassa. Toutes deux se penchèrent sur le landau où dormait Killian. Le bébé, âgé de bientôt sept mois, leur sembla le symbole même de l'innocence.

— Je ne me plaindrai plus de mon sort, affirma Tiphaine, la gorge nouée par l'émotion. Tant qu'on est en vie, que demander de plus ? C'était une jolie et gentille fille, Léa Bertho. On l'a croisée sur le port, vendredi dernier, Lara et moi. Elle servait des gens à la terrasse du café. On a discuté cinq minutes, surtout de son amoureux, Erwan Cadoret. Ils voulaient se fiancer et se marier d'ici un an. Seigneur, quel malheur !

Luc, assis à sa place favorite, sur la pierre de l'âtre, essayait de lire sur leurs lèvres le sujet de la conversation. Il s'y exerçait chaque jour, encouragé par Loïza.

— Où est ma sœur ? rugit tout à coup Goulven. *Ma Doué*, ça me serre le cœur, cette histoire !

— Mais papa, tu perds la tête ? Tata repasse du linge à l'étage, le renseigna Tiphaine. Je l'entends marcher.

— Appelle-la ! Je vais prendre des mesures pour le bien de notre famille, décréta solennellement son père. D'abord, on fait poser le téléphone, pour se tenir au courant, entre le garage à Auray et la maison. Je veux aussi que Gaël et Agnès, sa petite femme, viennent déjeuner tous les dimanches, après avoir suivi la messe à la basilique. On doit se serrer les coudes face aux mauvaises choses.

Loïza fit son apparition à cet instant précis, alertée par les cris de son frère. Elle portait une blouse de ménage à manches courtes. Ses cheveux auburn étaient soigneusement dissimulés par un foulard noir.

— Qu'est-ce que tu as, Goulven ? demanda-t-elle. J'ai cru que tu t'en prenais à Tiphaine, alors je suis vite descendue.

— Papa écoutait Radio France, tata, s'empressa d'expliquer sa nièce. Ils ont parlé d'un nouveau crime. Une jeune fille du pays, Léa Bertho, a été retrouvée égorgée sous un dolmen, ce matin. La police enquête, bien sûr.

— Ce serait le même assassin, je veux dire celui qui a tué cette pauvre Madalen ? hasarda Paule.

Luc bondit sur ses pieds et courut se réfugier dans les bras de Loïza, dont le visage blême lui causait une peur confuse. Il avait aussi compris trois mots : égorgée, police et tata. Ce dernier terme était facile à deviner aux mouvements brefs et similaires de la bouche.

— Tout va bien, mon petit, le consola-t-elle. Goulven, Tiphaine, il fallait l'épargner, me l'envoyer là-haut, au lieu d'évoquer une telle horreur devant lui !

— Pour moi, il est sourd, je ne fais pas attention, se défendit son frère. Que veux-tu, aussi, on l'a appris il y a dix minutes, alors oui, on en parlait. Moi, il me faut un verre.

— Que font les gendarmes, les policiers de Vannes ? se lamenta Paule. S'ils avaient arrêté le coupable l'année passée, cette fille serait encore vivante.

Goulven s'était servi un doigt d'eau-de-vie. Il s'affala sur un des bancs, la mine sombre sous sa couronne de mèches couleur carotte.

— Ils ne l'attraperont pas, ce saligaud ! C'est un malin, pour sûr, pas du genre à faire la moindre erreur. Loïza, voilà que tu pleures ! Tu m'étonnes, ça vous remue jusqu'au tréfonds, la mort d'une malheureuse gamine.

— Léa Bertho n'est pas allée au lycée d'Auray, nota Tiphaine. Pourtant elle a le même âge que Lara et moi.

— C'est affreux, atroce, inimaginable, dit Loïza en serrant Luc plus fort. Demain, nous irons prier à la basilique pour l'âme de cette jeune fille. Je déplore de plus en plus souvent de ne pas avoir pris le voile. Le monde actuel est répugnant. Nous avons assisté au pire pendant la guerre, maintenant il y a ces crimes qui me terrifient.

— Sois tranquille, on va s'organiser. Personne ne touchera à un cheveu de Tiphaine ! s'enflamma Goulven. Faut penser aussi à l'épouse de Gaël. Elle est employée à la poste d'Auray, et, matin et soir, elle fait le trajet à vélo.

— Mon Dieu, papa, Gaël et Agnès habitent Pluneret, comme Madalen Le Goff ! s'affola Tiphaine.

— J'ai une idée, proposa Loïza. Leur loyer est trop cher, pour le logement qu'ils ont. Je pourrais nettoyer la chambre de nos parents, Goulven. Ils viendraient chez nous. Gaël serait content, il y avait songé, à son retour de Paris. Il voulait même nous payer une petite pension, pour la nourriture.

— J'étais sûr que tu trouverais une solution ! s'écria son frère. Loïza, tu en as dans la tête, toi.

Le repas qui suivit fut consacré à échafauder des plans, afin d'accueillir au mieux le jeune couple. La famille Jouannic en était au dessert, de la compote de pommes, quand la sonnette au timbre aigrelet retentit dans le couloir.

— Je vais voir qui c'est, dit Loïza.

— Si c'est Malo Guégan, fais-le entrer, on en saura peut-être davantage, suggéra Paule.

Tiphaine se surprit à espérer la visite du gendarme. Elle avait renoncé à le tourmenter en le provoquant, car, petit à petit, Malo faisait sa conquête. Mais Loïza ne s'étonna pas de voir Nicolas Renan, lorsqu'elle ouvrit la porte.

— Bonsoir, murmura-t-il. Est-ce que je te dérange ?

— Nous sommes à table, répliqua-t-elle tout bas. Nicolas, tu n'as aucun motif pour nous rendre visite. Je viens d'apprendre qu'il y avait eu un nouveau crime, près d'Erdeven, mais en quoi il nous concernerait ?

— Je t'en prie, sors un moment, Loïza. Invente un prétexte, supplia l'inspecteur. Mon supérieur, le commissaire Urvois, est en train de dîner avec le maire d'Auray, ensuite nous tiendrons une réunion de crise à la gendarmerie. Je vais rester dans le coin pendant plusieurs jours. Allons, fais un effort.

— Personne ne me croira, si je raconte n'importe quoi.

— Mais depuis ce fameux lundi, au mois de mai, tu es venue à Vannes seulement quatre fois. J'en deviens fou. Tu me manques, Loïza, ma chérie.

— Chut, s'affola-t-elle. Bon, attends-moi dans ta voiture. Si je ne ressors pas dans dix minutes, va-t'en !

Elle referma la porte. Renan, rongé par le chagrin, l'amour et le désir, suivit l'allée du jardin d'un pas pesant. Il se répétait qu'il n'avait jamais eu de chance avec les femmes.

« Bon sang, si je me doutais que c'était aussi douloureux, d'aimer vraiment, se disait-il. Elle ne reviendra pas, je la connais un peu, à présent. »

Pourtant Loïza le rejoignit au bout de cinq minutes. Il était resté assis sur le capot de sa Rosengart, garée sous un vénérable marronnier.

— J'ai raconté qu'une voisine me demandait de l'aide parce qu'une de ses chèvres mettait bas. Ils ne vérifieront pas, car ils la détestent. Au pire, je la préviendrai, nous nous entendons bien. Nous avons une heure.

Le policier l'entraîna d'abord dans l'ombre de l'arbre, à l'écart du faible halo d'un réverbère. Il l'enlaça, fébrile, couvrit son visage de baisers, dévora sa bouche chaude.

— Merci, Loïza, merci, murmurait-il. Tu comprends, ce matin, j'ai dû rester des heures près du cadavre de cette malheureuse jeune fille. Je sentais l'odeur du sang. J'ai échoué l'an dernier, j'aurais pu empêcher ça ! Je n'en peux plus, ma belle, ma douce, mon petit cœur.

Il appuya son front contre le sien, avant d'éclater en sanglots nerveux. Loïza avait rarement vu un homme pleurer. Touchée, elle le berça en lui caressant les cheveux.

— Embrasse-moi, geignit-il. J'ai besoin de toi, de tes lèvres, de ton corps.

L'inspecteur touchait ses seins, ses hanches, envahi par un désir impérieux. En quête d'oubli, du plaisir fulgurant que Loïza lui offrait, il glissa une main entre ses cuisses.

— Non, pas ici, on pourrait nous surprendre. Je sais où aller, Nicolas, mais il faut prendre ta voiture.

Renan lui obéit, frémissant d'impatience. Elle lui indiqua bientôt un chemin au milieu d'un bois. Il aperçut une grange, près d'une clairière.

— Ça nous appartient, à mon frère et moi, précisa Loïza, le souffle court. Dépêchons-nous.

Ils se glissèrent dans le bâtiment, où il faisait très sombre. Il alluma son briquet, tandis que sa maîtresse étendait une toile rayée sur le sol tapissé de foin jauni. Elle déboutonna sa blouse en cotonnade, sous laquelle il aperçut ses sous-vêtements.

— Éteins vite, recommanda-t-elle en s'allongeant.

Il ne perdit pas de temps, tomba à genoux, dégrafa sa ceinture et son pantalon. Son bas-ventre lui semblait en feu, mais la sensation, presque pénible, s'estompa dès qu'il enfonça son sexe dans la chair intime de Loïza. Elle l'exhorta à mi-voix, prise à son tour d'un délire sensuel.

— Tu m'aimes, dis ? bégaya-t-il. Tu n'as jamais été comme ça, chez moi.

— J'ai moins honte dans le noir, répliqua-t-elle. Viens plus fort, viens en moi, encore, toujours.

Il se déchaîna, cédant à une brutalité qui le grisait. Loïza noua ses jambes autour de ses reins, entièrement investie, pâmée. Quand elle cria, une clameur langoureuse, impudique, Renan se cambra pour l'ultime soubresaut, dicté par sa propre jouissance.

— Tu m'aimes ? insista-t-il, haletant. Si tu m'aimes, je serai courageux, je tiendrai le coup.

La vision de Léa Bertho le hantait de nouveau. Le répit avait été bien court. Il serra les dents, les poings, après s'être couché à côté de Loïza.

— Mais oui, je t'aime, avoua-t-elle dans un souffle. Sinon je ne serais jamais allée chez toi, à Vannes, et je ne t'aurais pas entraîné ici. On pourra s'y retrouver, maintenant tu connais le chemin.

Au comble du bonheur, l'inspecteur Renan déposa un baiser sur le front de sa maîtresse.

15

Les silences d'Olivier Kervella

Dinard, samedi 13 septembre 1947

Olivier était assis en tailleur sur son lit. Il tournait entre ses doigts la lettre qu'il avait trouvée à son retour d'Autriche. La seule vue de l'enveloppe bleue, où figurait l'écriture fine de Lara, sur le plateau en argent du hall, lui avait fait battre le cœur douloureusement.

— Lara, si tu savais combien tu me manques, déplora-t-il.

La jeune femme lui demandait de l'argent, afin de séjourner à Londres pendant deux semaines, près de lui. Olivier en était stupéfait, incapable d'imaginer Lara loin de ses dunes, des eaux du golfe du Morbihan ou de la baie de Quiberon. Il pesait le pour et le contre, sachant au fond de lui que le contre allait l'emporter.

On frappa à sa porte. Il cria d'entrer d'un ton morose, guère étonné de voir apparaître le visage félin de Bénédicte.

— Salut ! lança-t-elle en se glissant dans la chambre. Papa m'a dit que vous étiez de retour, alors je suis passée. Dis-moi, est-ce que les traditionnelles vacances en Autriche ont été aussi ennuyeuses que jadis ?

— Elles étaient différentes, et tout m'a semblé plus grandiose, plus beau. Nous n'étions pas partis là-bas depuis l'été 1938.

Bénédicte traversa la pièce, regarda par la fenêtre ouverte, puis elle s'assit sur le rebord et alluma une cigarette américaine.

— Et qu'avez-vous fait, tous les trois ? demanda-t-elle.

— Nous logions dans la même hôtellerie, où rien n'avait changé. Maman lisait sur la terrasse la moitié du temps, papa et moi, nous avons repris nos excursions en montagne, débita Olivier d'un ton distrait.

— Eh bien, vous avez eu tort de ne pas m'emmener, au moins tu te serais amusé ! J'ai une autre question, pourquoi es-tu resté cinq mois à Londres ?

Agacé, il se leva pour ranger la lettre de Lara sur une étagère de son armoire. Soucieux d'être poli, ayant été bien éduqué, il tolérait la présence de la jeune fille, qu'il rêvait pourtant de congédier.

— Est-ce un interrogatoire en bonne et due forme ? ironisa-t-il. Ce sont mes affaires, je ne te dois aucune explication. Si tu veux en apprendre davantage, descends bavarder avec maman. Sur le sujet de l'Autriche, elle sera intarissable et te montrera même des photographies.

— Mais Madeleine ne dira rien à propos de l'Angleterre !

— Tout à fait, puisqu'elle ignore ce que je faisais à Londres. Si ça t'intéresse vraiment, je peux te raconter comment j'ai dégagé des routes et des chemins enneigés, cet hiver, pour prêter main-forte à de braves soldats. J'ai aussi servi de la soupe chaude à des habitants défavorisés des faubourgs.

Elle ouvrit grand ses yeux verts, enchâssés entre la chair un peu épaisse de ses paupières taillées en amande.

— Ma parole, tu vas bientôt te faire curé ! pouffa-t-elle. Sais-tu que mes parents ont été vraiment vexés par ta conduite ? Ils ne l'ont pas montré au jour de l'An, mais ensuite j'ai entendu parler de toi pendant deux semaines. Ma mère avait déjà prévu en détail la cérémonie du mariage, en juin 1948.

— Tais-toi ! ordonna-t-il. Ne viens pas me jouer ton numéro de la fiancée abandonnée ! J'ai pas mal de choses à régler avant de repartir.

— Tu n'es qu'un mufle, Kervella, mais j'aime ça, susurra-t-elle en se jetant à son cou. Tant pis pour le tralala, la robe blanche et le champagne, on pourrait s'amuser, nous deux ?

Il repoussa rudement Bénédicte au moment où elle tentait de l'embrasser, debout sur la pointe de ses escarpins, car elle était vraiment de petite taille.

— Vas-tu comprendre que j'aime une femme de toute mon âme, de tout mon cœur ? Nous sommes séparés, cependant ça ne durera pas. Je me suis promis de l'inviter dans notre maison du Mont-Saint-Michel, à Noël. Et je lui offrirai la bague qui scellera nos fiançailles.

— Tu n'es qu'un imbécile ! jeta-t-elle en le giflant, envahie d'une fureur disproportionnée, sans rapport avec la situation.

— Qu'est-ce qui te prend ? hurla-t-il, indigné. Sors d'ici, et ne remets plus les pieds dans cette maison !

Bénédicte prit une expression pathétique. Elle s'efforçait de pleurer et y parvint.

— Pardonne-moi, Olivier, je n'aurais pas dû te frapper, mais je t'aime. Je suis jalouse de cette fille, sans même la connaître.

Olivier la considéra sans aucune compassion. Il se reprocha d'avoir cédé quelques semaines à ses allures de poupée blonde, toujours élégante, qui l'entraînait dans des soirées huppées, mais en fait lui accordait rarement ses lèvres.

— Toi, jalouse ? Désolé, ça ne marche pas. Tu mens et, pour être franc, l'unique personne que tu aimes, c'est toi. Qui t'oblige à jouer cette déplorable comédie ? Ton père ? Je sais combien il voulait unir nos deux familles, afin de redorer le blason du Grand Hôtel en exhibant un jeune couple dynamique.

— Pense ce que tu veux, si tu repars à Londres, je te suivrai. Il y a des boutiques de mode dont on vante le chic.

— Tu oublies les quartiers entièrement détruits par les bombes, les gens relogés qui ont tout perdu !

— Je l'avoue, père Olivier, pardon pour mes péchés.

Elle éclata d'un rire aigu qui vrilla les nerfs du jeune homme. Il commença à éprouver un malaise indéfinissable, tandis qu'une sonnette d'alarme résonnait en lui.

« Quand j'ai rendu visite à mon ami Daniel et que je lui ai tout expliqué de mes problèmes, il m'a affirmé que j'avais la manie de la persécution, se souvint-il. C'est peut-être vrai, maintenant je soupçonne Bénédicte de vouloir me nuire. Mais si elle disait la vérité, si elle m'aimait ? Non, non, c'est faux. »

La jeune fille demeurait à deux pas de lui, dans une attitude provocante, les mains sur les hanches, la poitrine bombée sous la soie d'un chemisier en dentelle.

— Je t'ai dit de sortir, insista-t-il. Va jeter ton dévolu sur un autre type. Surtout ne t'avise pas de me suivre à Londres. Lara va m'y rejoindre à la fin du mois.

— Lara, elle s'appelle Lara ? Comme c'est mignon ! Où vit-elle, cette merveille de la nature ? Laisse-moi deviner, sûrement à Locmariaquer, dans le Morbihan.

Cette fois, il dévisagea son ancien flirt avec méfiance, en la saisissant par un poignet qu'il serra très fort.

— Qui t'a renseignée ? Réponds ! Je n'ai dit à personne où habitait Lara.

— Lâche-moi, tu me fais mal ! enragea Bénédicte. Figure-toi que votre bonne, Odette, m'apprécie. Elle me fait entrer régulièrement, comme pendant vos vacances en Autriche. J'ai droit à une tasse de thé dans le salon, et, comme je suis une vilaine curieuse, au passage, je regarde votre courrier. J'ai vu la ridicule petite enveloppe bon marché, et, au dos, l'adresse d'une certaine Lara Fleury, à Locmariaquer.

— C'est inconvenant de ta part. As-tu décollé l'enveloppe à la vapeur pour lire la lettre ?

— L'idée ne m'a pas effleurée, dommage, minauda-t-elle. J'ai des vestiges d'éducation. Olivier, soyons sérieux, cette fille serait comme un cheveu sur la soupe, ici, dans la belle demeure de tes riches parents ! Sincèrement, tu la vois, assise sous les lustres, entre Madeleine et Jonathan Kervella, présentée à leurs amis de la meilleure société ?

L'allusion blessa d'autant plus Olivier qu'il s'était posé la question. Il lui lâcha le poignet pour la prendre par les épaules et la mener ainsi vers la porte.

— Oui, je la vois surtout dans mes bras, devenue ma femme, pour l'éternité des jours, et des nuits, bien sûr.

Il avait eu envie de faire souffrir Bénédicte, en aiguisant sa jalousie, si elle existait. Pourtant, les traits soudain impassibles, elle sortit dans le couloir sans protester.

— Je te donne un conseil, Olivier, par amitié, souffla-t-elle à mi-voix. Oublie Lara, ne lui écris plus. Et va bien plus loin que Londres, pars en Amérique, au bout du monde.

— Pourquoi ? Pourquoi tu dis une chose pareille ? demanda-t-il d'un ton froid.

— Je n'en sais rien, ça m'est venu d'un coup, répliqua-t-elle avant de lui tourner le dos et de se diriger, presque en courant, vers la cage d'escalier.

Olivier claqua la porte. Il frotta tout de suite son front douloureux, sa tempe gauche où battait une veine.

— Encore ces maux de tête, soupira-t-il. Je ferais mieux de prendre l'air.

Il ferma les yeux un instant, se remémora l'océan, la houle, le vent, le ballet des mouettes dans le ciel. Son univers, celui de Lara. Dès le lendemain matin, à bord de son voilier, il mettait le cap sur la petite île de Molène, où son ami Daniel, désormais aveugle, espérait toujours sa visite.

Dans son sac de voyage, Olivier avait mis en premier la lettre de Lara, pliée en quatre dans l'enveloppe bleue.

Gendarmerie d'Auray, lundi 15 septembre 1947

Il était 8 heures du matin. Le commissaire Urvois, debout face à l'inspecteur Renan et à tout l'effectif de la gendarmerie, faisait le point sur l'enquête en cours. Sa voix grave, sonore, avait des accents de colère.

— Rien, on n'a rien ! déclara-t-il. Le cyclomoteur introuvable, ainsi que les habits de la victime, qui portait, selon les témoins entendus, une jupe bleu marine, un chemisier rose, des sandales en toile beige avec des semelles de corde. Mme Bertho a précisé que sa fille avait un pendentif, avec chaîne et médaille de baptême en argent représentant sainte Anne. Le bijou a disparu aussi, tout comme les sous-vêtements.

Malo Guégan et le lieutenant Auffret échangèrent un regard soucieux, empreint de découragement. Depuis quatre jours, sous la férule du vieux commissaire, les brigades d'Auray et d'Erdeven avaient fouillé un large périmètre autour du tumulus, puis les sous-bois environnants, les hameaux voisins.

— Quant au rapport d'autopsie, inutile de vous le relire. Je tiens à rappeler néanmoins que la victime a bien été droguée avant d'être égorgée, qu'elle n'était plus vierge, et qu'elle aurait eu un rapport consenti le mardi 9 septembre, soit quelques heures avant son décès. De nouveau interrogé, Erwan Cadoret a avoué qu'il avait effectivement « couché », comme on dit, avec Léa Bertho ce jour-là, dans l'après-midi, profitant d'une pause d'une heure dont bénéficiait la jeune femme. Ils seraient allés s'isoler dans la remise d'un hangar, sur le port.

Nicolas Renan approuva en silence. Il se sentait bizarrement faible, démuni de l'énergie qui l'avait si souvent tenu éveillé pendant de longues planques, à Paris ou à Vannes.

Il scruta les traits émaciés de son supérieur, toujours élégant, en complet trois-pièces, cravaté, rasé de frais.

— On poursuit les investigations, disait le commissaire. Autre chose, l'alibi de Cadoret repose sur la déclaration de Lara Fleury, son amie de longue date. Je vais la convoquer demain à 14 heures, afin d'établir la véracité de ses allégations. Lieutenant Auffret, allez avec Guégan chez les Bertho pour interroger encore une fois le père de la victime. Les voisins de ces gens affirment qu'il avait de fréquentes querelles avec son épouse et sa fille, depuis le retour de celle-ci au bercail. Renan, venez dans mon bureau.

Urvois désignait ainsi une petite pièce servant de salle d'archives à la gendarmerie et qu'il avait réquisitionnée d'emblée pour son usage personnel. Le brigadier-chef s'était démené, et le vieux policier disposait d'un appareil téléphonique, d'une table et d'un fauteuil.

— Est-ce que je devrais vous écarter de l'enquête, inspecteur Renan ? demanda-t-il assez bas, dès qu'ils furent enfermés dans le local. Quand vous avez débarqué de Paris, au vu de vos brillants résultats, j'ai pensé que vous me succéderiez, après avoir obtenu vos galons de commissaire. C'était une question de deux ou trois ans encore, un examen à Rennes, et tout était réglé.

— Je l'ignorais, répondit-il, avec le sentiment de ne pas être concerné.

— Bien sûr, je suis resté discret, le temps de vous voir à l'œuvre. Vous aviez du mordant, des nerfs d'acier, sans montrer trop de cette sensibilité parfois incompatible avec notre métier. Nom d'un chien, je ne vous reconnais plus, Renan !

Sur ces mots, il prit place dans le fauteuil, en fait une large chaise paillée à accoudoirs. Là, il tapota du bout des doigts le bois maculé de taches d'encre de la table.

— Je suis désolé de vous décevoir, c'est sans doute le manque de vitamines, jeta l'inspecteur d'un ton acerbe.

— Ne le prenez pas de haut ! riposta Urvois. Mais franchement, en un an, à compter de l'affaire Madalen Le Goff, quels résultats avez-vous obtenus ? Les cadavres s'accumulent, la gamine, ensuite Martin Le Dru, Éric Malherbe, sans oublier la disparition inquiétante de l'épouse de ce dernier. Maintenant, il y a le cas de Léa Bertho. Pour chaque mort, rien, pas un indice, pas l'ombre d'une présomption.

— J'ai pourtant fait mon possible, affirma Renan. Je n'ai pas changé d'avis, tout est lié, même la tentative d'assassinat sur Olivier Kervella. Je me bats contre du vent, dans ce pays. On ne lâche pas une information solide, et, si on consent à parler, ce sont le plus souvent des mensonges.

— Je ne vous le fais pas dire ! éclata Urvois. Un exemple, cette jeune femme, Lara Fleury, elle a maintenu son témoignage, même ici, en face de moi, avant-hier, le jour où les Bertho enterraient leur fille. Si elle protège Cadoret, je finirai par le savoir.

— J'ai la conviction qu'il est innocent, commissaire ! Vous étiez au cimetière de Ploemel, comme nous tous. Le pauvre gars tenait à peine debout. Il s'est couché sur le cercueil, à l'église.

— Précisément, c'était un peu théâtral. Renan, ressaisissez-vous, prouvez-moi que vous êtes encore efficace.

— Et comment ? s'écria celui-ci. Je vous le répète, on est tombés sur un sacré nid de vipères.

On court après des ombres dix fois plus organisées que la police.

— Fichez le camp ! ronchonna Urvois. Reprenez la direction des recherches et ramenez-moi quelque chose de concret.

Renan salua et sortit. Le vieux policier retint un soupir d'irritation. Au fond, il pensait en partie comme l'inspecteur.

Locmariaquer, chez Armeline Fleury,
même jour, 10 heures du matin

Lara avait eu droit à deux jours de congé, sans se douter qu'elle serait obligée de se rendre à la gendarmerie d'Auray le lendemain, comme l'attestait le télégramme qu'un préposé du bureau de poste venait de lui remettre.

— Pourquoi la police te convoque-t-elle encore ? s'alarma sa mère. Déjà, je trouvais idiot que tu prennes ton lundi et ton mardi ! Si c'est pour dépenser des sous en autobus, je suis encore plus contrariée.

— Accompagne-moi, maman, tu ne sors jamais de la maison, enfin si, tu vas dans le jardin et à la messe le dimanche.

— Tant que tu fais nos courses, je n'ai pas besoin de bouger. Je te ferai remarquer que j'ai assisté à l'enterrement de cette pauvre Léa. Mais ça me tracasse, cette histoire de convocation.

— Sûrement une formalité, répliqua Lara. Je suis déçue, je voulais partir à la pêche avec monsieur Odilon, demain après-midi.

— Dis plutôt que tu allais chez eux au cas où Gildas serait de retour, insinua Armeline, pleine d'espoir.

— Je t'en prie, maman. Arrête de penser à lui comme à ton futur gendre ! Je l'apprécie, il fait le maximum pour vous plaire, à Fantou et à toi, mais je ne l'épouserai jamais. J'aime Olivier, ce sera lui mon mari, personne d'autre.

— Ah, ton cher Olivier qui oublie de t'écrire ! Tu n'as même pas reçu une carte postale de son prétendu séjour en Autriche. Un homme amoureux aurait pris le temps de gribouiller trois mots, à mon humble avis.

L'argument porta. Lara répondit malgré tout, le cœur serré :

— Le courrier ne circule pas encore très bien, entre les pays étrangers et la France. Et puis zut à la fin, j'en ai assez de tes remarques, maman ! J'étais contente de rester à la maison, mais, à cause de toi, je regrette de ne pas travailler. Chez M. Tardivel, au moins, mes collègues sont sympathiques.

— Tant mieux, en attendant, tu peux commencer le repassage ! rétorqua sa mère. Je m'occupe de préparer le déjeuner.

Armeline Fleury, très digne, continua à éplucher les pommes de terre que leur avait données

Odilon Bart. Elle revoyait, avec une légère pointe de remords, le petit feu qui avait failli consumer les deux cartes postales en provenance d'Autriche. La première de Vienne, la seconde d'Innsbruck, au Tyrol, comme le précisait Olivier dans les quelques lignes tracées au dos. Malgré ses présomptions envers le jeune homme, elle avait renoncé à les détruire, se contentant de les cacher soigneusement.

« Il n'a pas osé signer de son nom, c'est quand même louche, songeait-elle. Qui ferait ça ? Un honnête homme ne cache pas son identité. Il a marqué "ton ami londonien" ! »

Curieusement, les pensées de Lara, tandis qu'elle maniait le fer chauffé sur le fourneau à bois, étaient centrées sur Gildas Sauvignon. Il ne lui manquait pas, loin de là, mais elle venait de constater un hasard qui la troublait.

« Gildas est parti sans m'avertir, précisément mardi dernier, pour rendre visite à des parents dont il ne nous a jamais rien dit. Léa a été tuée dans la nuit de mardi à mercredi, calculait-elle. Non, je délire, je suis folle de penser ça. Je voudrais tellement qu'on découvre le criminel. »

Pourtant elle s'efforça de se remémorer le comportement de Gildas envers Léa. Entre la fin juillet et le début de septembre, les quatre jeunes gens s'étaient rencontrés souvent.

« On s'est promenés sur la plage les dimanches, on a goûté ici, un soir Erwan nous a même invités au restaurant. Fantou était triste, car maman lui avait interdit de venir avec nous. »

Des images lui revinrent. Gildas plaisantait et taquinait Léa, en toute cordialité, mais il avait eu la même attitude en présence de Tiphaine Jouannic, aux obsèques d'Éric Malherbe. Une scène plus ancienne s'imposa à son esprit.

« Gildas a terrassé Erwan sans aucun mal, au mois de mai. Il disait avoir appris à se battre dans le maquis. Je le crois capable d'être très violent. Non, je perds la tête. En tout cas, il n'aurait pas pu tuer Madalen, à l'époque il était hospitalisé en Angleterre. »

Lara souleva le fer de justesse, car le tissu qu'elle lissait dégageait une vague odeur de brûlé.

— Maman ? Je réfléchissais à la mort atroce de Léa. Un article, dans *Ouest-France*, prétend que son meurtrier a pu imiter l'autre crime, celui de Madalen Le Goff, pour brouiller les pistes. J'ai lu ça au travail, où M. Tardivel laisse le journal à notre disposition. Si c'est la vérité, ça doit être quelqu'un de très intelligent.

— Sans doute. Mais, l'année dernière, on avait droit à tous les détails, par la presse notamment. Seigneur, ce n'est pas si difficile de faire pareil, nota Armeline. Je veux bien en discuter avec toi, Lara, tant que Fantou est sur la plage. Ta sœur a été très secouée, elle en a perdu l'appétit.

— Je sais, elle a tellement pleuré. Depuis, Fantou prie à longueur de temps, pour Léa et sa famille, pour Erwan aussi. J'irai la chercher à la sortie des classes quand l'école reprendra. Les gendarmes recommandent à tout le monde la plus grande prudence.

Armeline se leva brusquement. Elle dévisagea Lara d'un air anxieux. Enfin, elle la serra sur son cœur de mère.

— Je ne supporterais pas de vous perdre, gémit-elle. Vous êtes ma seule richesse sur terre, Fantou et toi, Lara. Je ferais n'importe quoi pour vous, pour votre bonheur, entends-tu ?

— Mais oui, maman.

Elles s'embrassèrent, ce qui ne leur arrivait qu'au jour de l'An et à l'occasion des anniversaires.

Chez les Cadoret, même jour, même heure

Lara n'était pas la seule qui finissait par soupçonner même un ami sûr, à force de chercher désespérément un coupable. La mort atroce de Léa, sacrifiée aux penchants pervers d'un mystérieux personnage, agitait tous les esprits, dans la plupart des communes voisines.

— Voyez-moi ça, déplorait Yohann, attablé devant un pichet de cidre. Les journaux n'ont pas honte, tous les matins, en première page, il y a une photographie de cette pauvre gosse.

Il prenait à témoin son épouse Jeanne, Denis et Erwan, qui était étrangement calme, grâce à des sédatifs que le médecin lui avait prescrits le jour où ils avaient appris la terrible nouvelle. Yohann avait pris peur, confronté aux crises de rage, de révolte et de chagrin qui rendaient son fils aîné comme fou.

— Hier, il y avait encore des reporters autour de la maison, précisa Denis, d'un air outragé.

— Ils rôdent dans le pays, comme si nous n'avions pas assez de malheur, se lamenta Jeanne. L'épicière m'a raconté qu'une vingtaine de journalistes sont allés fouiner autour du tumulus de Run-er-Sinzen, et dans le hameau où habite Alan Tevarzec, le vieil homme qui a découvert le corps.

— Ne dis pas ça ! s'égosilla Erwan, tiré de son mutisme, en pointant un index accusateur sur sa belle-mère. Léa n'est pas réduite à ça, un corps froid, sous une dalle. Elle existe dans mon cœur, elle vit toujours, là-dedans !

Il bondit de sa chaise et commença à se marteler la poitrine de violents coups de poing.

— Je l'aimais, je l'aimerai toujours, vous entendez ?

— Mais oui, fiston, on t'entend, assura son père qui le prit par l'épaule. La police va trouver le salaud qui a fait ça, aie confiance.

— Ah oui, parce qu'ils l'ont trouvé, y a un an ? Dis, papa, la prochaine, ce sera qui ? Peut-être bien Lara, ou Fantou !

— Tais-toi ! hurla Denis, devenu écarlate. Fantou, c'est un ange, Dieu la protégera.

— Moi, je crois que le criminel, il vit dans le coin, on le croise, on le connaît, et j'en suis malade, avoua Yohann. Tiens, samedi, quand on était au cimetière, à Ploemel, je regardais bien toutes les figures autour de nous, en me répétant qu'on avait peut-être ce fumier sous les yeux.

— Mais qu'est-ce qu'ils fabriquent, les policiers ? gémit Jeanne.

— Ils font leur boulot, rétorqua son mari. Je les ai vus, sur le port, mercredi et jeudi. Ils ont interrogé tous les gars, et ils font la même chose à Erdeven, à Ploemel, à Auray.

— Et si l'assassin ne venait dans la région qu'une fois par an ? suggéra Denis. Il arrive en train, plutôt en voiture, ensuite il repart. Les flics auraient dû y penser.

— Et alors, ils ne t'ont sûrement pas attendu pour avoir la même idée ! brailla Yohann. Tu te prends pour qui ? Quand tu auras du poil au menton, tu auras droit à la parole. Là, tu fatigues ton frère. Monte dans ta chambre.

— J'ai eu seize ans, papa, se rebiffa l'adolescent. Quand Erwan avait mon âge, tu le traitais en égal. Il sortait même le chalutier en mer, tout seul.

Exaspéré par les cris des uns et des autres, Erwan se rua vers la porte d'une démarche incertaine. Il ouvrit à la volée et se heurta à Gildas, qui était sur le perron.

— Bonjour, je viens te présenter mes sincères condoléances, dit-il aussitôt en le saisissant par les bras, car le jeune homme titubait. Enfin, à toi et à ta famille. J'ai appris la nouvelle à la radio, chez mes parents. Je suis venu dès mon retour.

— Entrez, monsieur, entrez ! s'écria Jeanne, soulagée d'avoir de la visite.

— Je ne voudrais pas déranger, ajouta Gildas.

— Tu étais parti, toi, balbutia Erwan en faisant demi-tour. Viens, on va t'offrir du cidre. Je n'y ai pas droit, je suis bourré de cachets. Des calmants.

Gildas était en chemise, sa veste pliée au creux du coude. Il adressa un sourire respectueux à la photographie encadrée de Léa qui trônait sur le buffet de la salle à manger, entourée de fleurs. Une bougie brûlait devant le portrait.

— C'est une terrible tragédie, murmura-t-il. J'ai eu la chance de faire la connaissance de Léa, un vrai rayon de soleil.

— Oui, un rayon de soleil, le mien, acquiesça Erwan. Gildas, tu étais dans la Résistance. Aide-moi à retrouver l'ordure qui l'a tuée. Je ne tiens plus à rester enfermé ici. Si on mène notre enquête, dans le dos des flics, ça me donnera une raison de tenir debout.

— Refusez, monsieur Sauvignon ! s'exclama Yohann. Mon gars, tu n'es pas en état de courir à droite et à gauche. Le docteur t'a recommandé de dormir le plus possible.

— Pendant que le type qui a tranché la gorge de Léa se la coule douce, papa ? Non et non ! Gildas, tu acceptes ?

— On peut essayer, Erwan. Je reviendrai ce soir, d'accord ? Là, je dois rentrer chez les Bart, poser mon sac de voyage.

Fébrile, ranimé par l'idée de traquer le tueur, Erwan serra la main que lui tendait Gildas.

Gendarmerie d'Auray, le lendemain,
mardi 16 septembre 1947, 14 h 30

Lara patientait depuis une trentaine de minutes, assise sur un banc étroit, dans la salle où il ne restait qu'un gendarme, chargé de garder les lieux. Elle tenait le télégramme entre ses mains, comme pour justifier sa présence si on l'interrogeait.

« Si seulement c'était Malo Guégan, bloqué ici, nous aurions pu discuter un peu, songea-t-elle. J'ai l'impression que le commissaire n'est pas là, en plus. Je vais peut-être l'attendre jusqu'à ce soir. »

Elle était de mauvaise humeur, le ventre douloureux à cause d'une indisposition très naturelle. Le matin, elle avait guetté en vain le passage du facteur ; il n'y avait toujours pas de lettre d'Olivier.

La pendule murale faisait un petit bruit sec, crispant. Lara poussa un soupir exagéré, afin d'attirer l'attention du gendarme, mais il demeura le nez penché sur un dossier. L'instant suivant, il fit pivoter sa chaise tournante et se mit à taper à la machine.

— Monsieur, appela-t-elle. Je comptais prendre le bus de 16 heures pour Locmariaquer. Si le commissaire m'a convoquée pour rien, autant que je parte tout de suite.

Une porte vitrée, équipée de stores à lamelles, s'ouvrit sur sa gauche. La haute et maigre silhouette d'Urvois apparut.

— Entrez, mademoiselle Fleury, dit-il d'un ton sec.

Dès qu'ils furent seuls dans le bureau provisoire, le vieux policier la toisa d'un air ironique.

— Avez-vous eu le temps de réfléchir ? Je vous aurais bien laissée poireauter encore une demi-heure, cependant vous êtes du genre à faire un esclandre. Je me trompe ?

— Oui et non, monsieur.

— On dit « commissaire », ou bien « monsieur le commissaire » !

— Peu importe, est-ce légal d'essayer vos méthodes douteuses sur moi ? J'ai signé une déposition samedi, et par votre faute je gâche un jour de congé.

L'aplomb de la jeune femme lui plaisait. Urvois détestait les faibles natures, les lâches, les peureux. Cette ravissante personne aux yeux noirs avait tout d'une pasionaria. Il comprenait mieux l'intérêt que lui portait l'inspecteur Renan.

— Je tenais à revenir sur votre témoignage, mademoiselle, dit-il sans tenir compte de ses reproches. En fait, l'alibi d'Erwan Cadoret repose uniquement sur vos déclarations spontanées, le soir du mercredi 10. Les gendarmes ont donc dûment interrogé tous ceux qui auraient pu se trouver sur le port la veille, à l'heure où vous prétendez avoir observé votre ami d'enfance, qui aurait été à bord du chalutier de son père.

— Et je n'en démords pas, répliqua très vite Lara.

— Pourtant, ce soir-là, deux hommes se trouvaient dans le port. Le lieutenant Auffret a eu de la chance, il a pu leur parler hier matin, très tôt, alors qu'ils s'apprêtaient à prendre la mer.

Le cœur de Lara cognait à grands coups saccadés. Elle n'en montra rien.

— Des gens dignes de confiance, en l'occurrence un ancien aumônier de la marine militaire et son matelot. Ils avaient une légère avarie sur leur bateau, une goélette à trois mâts, et s'étaient arrêtés à Locmariaquer pour la faire réparer. Or, à l'heure que vous m'avez indiquée, ils étaient sur le pont et ils n'ont pas vu Erwan Cadoret. Ni sur le quai, ni montant à bord du chalutier.

— Il faisait nuit, alors à quelques minutes près…

— Non, mademoiselle, ils sont formels. La goélette était ancrée à une cinquantaine de mètres du chalutier des Cadoret.

— Très bien, vous avez gagné, j'ai menti.

— Mesurez-vous la gravité de ce mensonge ?

— Tout à fait, je ne suis pas idiote. J'ai agi selon ma conscience, par sens de la justice aussi. Erwan était follement amoureux de Léa. Il ne lui aurait jamais fait de mal.

— Vous venez de le dire, « follement » ! Tant de crimes sont commis au nom de l'amour fou, mademoiselle Fleury. Et, à votre avis, si Cadoret n'était pas sur le port, où était-il ?

— Commissaire, je l'admets, je n'ai pas vu Erwan, puisque je ne suis même pas passée par là, mardi dernier, mais il a juré à son père qu'il était sur le chalutier, il l'a juré en pleurant. L'explication est simple, il a dû rentrer tout de suite dans la cabine. Ces deux hommes ont pu être distraits quelques minutes.

— Vous serez inculpée et jugée pour faux témoignage dans une enquête criminelle, trancha Urvois. Tenez-vous à la disposition de la justice.

— Quelle justice ? s'enflamma Lara, hors d'elle. C'est facile, vous m'avez sous la main, pendant que l'unique coupable se joue de votre police !

— N'aggravez pas votre cas, mademoiselle Fleury. Outrage à fonctionnaire dans l'exercice de ses fonctions, vous alourdissez votre peine ou votre amende.

— Et si quelqu'un d'autre témoignait en faveur d'Erwan, ça ne changerait rien ? hasarda-t-elle, calmée par la menace.

— Ne tentez pas de m'amener un individu gagné à votre cause, qui vous rejoindra en prison lui aussi ! s'emporta le commissaire en se levant. Au revoir.

Mais Lara resta assise, très droite. Sa chevelure d'un brun intense était coiffée en un chignon natté. Vêtue d'une robe neuve en flanelle d'un vert pastel, Lara serrait son sac à main sur ses genoux. Les anneaux d'or, à ses oreilles, lui conféraient une allure d'infante espagnole.

— Pour le moment, vous êtes libre. Sortez, j'ai du travail, maugréa Urvois.

— L'inspecteur Renan m'a confié que j'étais née exactement à la même période du mois de septembre que les deux victimes, dit-elle. Et la même année. Madalen et Léa avaient toutes les deux fêté leur anniversaire juste avant leur mort, j'aurai vingt ans dans deux jours. Je suis en danger, aussi je reste ici jusqu'à l'heure de reprendre le bus.

La stupeur du vieux policier n'eut d'égale que sa colère. Il étouffa un juron, en se demandant quelle mouche avait piqué Renan.

Un brouhaha, dans la salle voisine, coupa court à l'entretien. Il s'élevait un concert de voix de diverses tonalités, mais dans toutes vibraient de la nervosité et de l'exaltation. Lara crut distinguer un mot qui revenait souvent : cyclomoteur. La porte s'ouvrit et heurta une étagère, sous la poussée de l'inspecteur Renan, le chapeau de travers.

— On a retrouvé le cyclomoteur de Léa Bertho, commissaire, dans un étang, annonça-t-il avant d'apercevoir la jeune femme.

— J'arrive, Renan ! Mademoiselle Fleury, la plaisanterie a assez duré, je vous somme de quitter mon bureau et la gendarmerie.

Lara obtempéra avec un petit sourire, cependant elle éprouvait une vive angoisse à la perspective des ennuis qui la guettaient. Elle chercha à capter le regard de l'inspecteur, mais il détourna la tête.

— Au revoir, messieurs, dit-elle bien haut.

Un peu d'animation égayait la rue. Les commerçants, à la faveur du soleil, avaient déballé leurs marchandises sur des étals. Des couples se promenaient, bras dessus, bras dessous. Un bref sifflement modulé attira l'attention de Lara. Tout de suite, elle aperçut Tiphaine sur le trottoir d'en face, qui poussait un landau.

— Ohé, Lara !

Elle traversa, toute contente de rencontrer sa collègue et amie.

— Pour une fois, le hasard fait bien les choses, Tiphaine !

— Ce n'est pas un hasard, je t'attendais. J'ai su par Malo que tu étais convoquée aujourd'hui, à 14 heures, alors j'en ai profité pour faire une balade avec bébé. Mon frère m'a déposée, papa lui prête notre voiture. Gaël emménage chez nous, mais ça ne va pas être rose tous les jours. Ma belle-sœur, Agnès, est une vraie peste.

Tout en l'écoutant, Lara se pencha sur le superbe poupon niché dans des draps blancs brodés, protégé par une couverture en laine jaune.

— J'me suis dit que, comme ça, tu verrais enfin Killian !

— Il a beaucoup changé depuis sa naissance, il était temps que je le revoie, en effet. Qu'il est beau, il sera blond !

— Il ressemble à son papa, admit la jeune mère, flattée. Là, il dort, mais il a des yeux bleus magnifiques. Marchons un peu, sinon il va se réveiller.

— Pourquoi tu n'es pas venue travailler, la semaine dernière ?

— Mon père a téléphoné à m'sieur Tardivel pour lui expliquer. Il m'aime fort, papa, même s'il crie beaucoup. Je ferai office de secrétaire au garage, j'ai commencé, déjà. Finalement je m'y sens bien. Au moins, je suis assise presque toute la journée.

Elles rirent en sourdine, complices au souvenir des plaintes de Tiphaine, révoltée de passer des heures debout.

— Tu vas me manquer, déplora Lara. Mais je risque de ne plus travailler là-bas très longtemps. J'ai fait un faux témoignage, pour fournir un alibi à notre voisin, Erwan Cadoret, cet ami d'enfance dont je t'avais parlé. Le commissaire était furieux.

Je vais être inculpée et jugée, peut-être que je devrai faire de la prison. Si maman l'apprend, la pauvre, elle sera désespérée.

— Fichtre ! tu es dans de sales draps, s'affola Tiphaine. Qu'est-ce qui t'a pris, Lara, toi qui es si sérieuse, si honnête ?

— J'avais la certitude qu'Erwan est innocent, et je l'ai encore, voilà tout.

— Ne te bile pas, il voulait peut-être t'intimider, ce flic. Je te paie un verre de limonade, en terrasse. Ensuite, je t'accompagnerai à la station des bus. Si tu poussais le landau ? Ça t'entraînera pour l'avenir. Et, à ce propos, comment va ton petit ami, Gildas ?

Tiphaine la gratifia d'un clin d'œil lourd de sous-entendus. La réponse de Lara devait la laisser bouche bée.

— Il s'est absenté une semaine, et j'étais ravie, il devient trop pressant à mon goût. Hier, pendant un bon moment, je l'ai même soupçonné d'être l'assassin de Léa.

— Par sainte Anne, tu perds la boule, Lara !

— Oui, c'est ce que j'ai pensé, après réflexion. En fait mardi dernier, sans m'avertir, il est parti dans sa famille, dont j'ignore tout. Ça m'a paru suspect. Pour être franche, je n'ai pas envie de le revoir.

— Eh bien, toi, alors ! s'écria Tiphaine. Tu vas vite en besogne, et les sentiments ne t'étouffent pas !

— Si, crois-moi, parfois ils me coupent le souffle, répliqua Lara, qui songeait au silence d'Olivier.

Gendarmerie d'Auray, même jour, même heure

Le cyclomoteur de Léa Bertho était appuyé à un pan de mur, dans la salle principale de la gendarmerie. L'engin, couvert de vase, faisait l'effet d'un triste symbole à tous les policiers présents, ce qu'exprima le commissaire Urvois.

— Il y a quelques jours, une jeune fille l'utilisait pour se rendre à son travail et auprès de ses parents. J'imagine qu'elle était fière de posséder un cyclomoteur, une nouveauté tellement pratique. Madalen Le Goff roulait à vélo, Léa Bertho avait l'avantage d'être motorisée. Mais ça ne l'a pas sauvée. Inspecteur, je vous écoute.

— Nous explorions les taillis, les buissons, dans une vaste zone marécageuse, environ à trois kilomètres au nord-est du tumulus de Run-er-Sinzen, déclara Renan. Le lieutenant Auffret faisait le tour d'un étang quand il a remarqué un éclat métallique sous l'eau, car le soleil brillait à cet endroit-là. Peu après, nous avons pu remonter l'engin. Il n'y avait guère de doute, la marque correspondait à celui de Léa Bertho, et l'état neuf aussi. Mais après un séjour d'une semaine dans l'eau, ce sera impossible de relever des empreintes.

Urvois opina de la tête, le visage tendu. Le lieutenant Auffret prit la parole, en s'avançant un peu.

— Il y a un point favorable, commissaire, dit-il. J'ai vu des empreintes dans la terre humide. Bien sûr, les gens des hameaux voisins doivent venir chasser le gibier d'eau par là, ou pêcher. Mais je n'ai constaté qu'une sorte de traces, faites par des chaussures d'homme, du genre godillots militaires. Tenez, je les ai dessinées sur mon carnet.

— Hum, hum, fit Urvois en étudiant les croquis. S'il s'agit des chaussures portées par l'assassin, on tient un début de piste. Il faudra interroger tous les magasins appropriés de la région, et les cordonniers. Néanmoins, vous avez peut-être raison, Auffret, on dirait bien des croquenots de l'armée.

— Si nous avons affaire à un ancien soldat, l'arme employée pour tuer, une lame tranchante, pourrait se justifier, argumenta Renan, stimulé par la découverte du cyclomoteur. Dans certains commandos, on enseigne aux recrues la défense à l'arme blanche.

— C'est bien vu, inspecteur, concéda le vieux policier. Déjà, on retourne chez les Cadoret, vérifier les chaussures de la famille. Un criminel avisé s'en serait débarrassé, mais dans le contexte d'un acte passionnel, le coupable a pu oublier les précautions élémentaires. Lara

Fleury ayant reconnu qu'elle avait fait un faux témoignage, l'amant de la victime redevient le premier suspect. On va placer Erwan Cadoret en garde à vue.

— Est-ce que je peux vous parler, commissaire ? demanda Renan tout bas.

Les deux hommes s'enfermèrent dans le bureau. Urvois ne daigna pas s'asseoir.

— Je sais d'avance ce que vous allez me dire, inspecteur. Vous comptez plaider la cause de Mlle Fleury. Nom d'un chien, je n'aurais pas cru ça de vous, Renan ; au fond, vous êtes un sentimental !

— Disons que je le deviens en fréquentant les gens d'ici, enfin ceux de Locmariaquer notamment. Les privations de la guerre ont beaucoup éprouvé ces familles de la côte, qui vivent surtout de la pêche. Les agriculteurs ont été privés de leur bétail. Oui, tant pis si vous me jugez ridicule, mais je tiens à défendre Lara Fleury. Son père a été déporté, et il en est sans doute mort, mais Mme Fleury ne peut pas prétendre au statut de veuve. Ces femmes sont très pauvres, c'est Lara qui rapporte le seul salaire de la maison.

— Et alors ? On n'a pas davantage souffert en Bretagne que partout en France, Renan ! trancha Urvois. Combien trouveriez-vous de Lara si vous visitiez la province, et même Paris ? La loi est la loi, on doit l'appliquer. En plus, la demoiselle me parlait de haut, ne regrettait pas ses mensonges, au nom de la justice ! Ne vous en mêlez plus, inspecteur, c'est un avertissement. Faites votre métier, et faites-le bien, de préférence. Allez chez les Cadoret et ramenez-moi le suspect.

Nicolas Renan quitta la petite pièce en fulminant. Le sourire du jeune Malo Guégan le réconforta.

— Venez avec moi, Guégan, lui dit-il. Vous aussi, lieutenant Auffret. On a un sale boulot sur les bras.

Ils s'apprêtaient tous trois à partir quand des gendarmes de la commune d'Erdeven arrivèrent. Le brigadier portait un sac en toile d'où gouttait encore un peu d'eau boueuse.

— Inspecteur, on est venus aussitôt, on a fait une trouvaille en fouillant le bord d'une mare, derrière une ferme abandonnée, décréta-t-il d'un ton satisfait.

Le commissaire approcha, intrigué. Il bouscula Malo au passage, pour être le premier à examiner le contenu du sac en toile de jute.

— Des chaussures usagées de l'armée française, pointure 44, énonça le brigadier. Elles étaient attachées ensemble par les lacets.

— Et alors ? Dans nos campagnes, les mares servent souvent de dépotoir, grogna Urvois, déçu.

— Je suis d'accord avec vous, admit le gendarme, mais là c'est différent. Il y avait ça au fond de la chaussure gauche.

Il extirpa presque solennellement d'une enveloppe une chaînette et un médaillon en argent, à l'effigie de sainte Anne.

— Au dos, vous verrez l'inscription gravée, « Léa Bertho, 8 septembre 1927 », commissaire, ajouta-t-il. Le bijou a séjourné dans l'eau croupie, on n'aura pas d'empreintes digitales.

Urvois évitait de se montrer grossier, afin d'être fidèle à son rang dans la police. Pourtant, cette fois, il lança un juron retentissant, avant d'ordonner, le teint blafard :

— Comparez immédiatement les semelles de ces godillots avec celles des deux croquis faits par Auffret. Inutile d'aller chez les Cadoret pour l'instant. J'irai moi-même demain matin.

L'inspecteur Renan annonça cinq minutes plus tard que le dessin des semelles correspondait aux chaussures jetées dans la mare.

— Le meurtrier a commis une première erreur, donc il se hâtait, peut-être pris de panique, car s'il les avait jetées au milieu de la mare, on ne les aurait pas retrouvées, se réjouissait Urvois. Ni le médaillon, une fameuse pièce à conviction.

— Ou bien c'est voulu, insinua Renan froidement. Dans tous les cas, je vois mal Erwan Cadoret se prêter à ce jeu lugubre. Nous avons affaire à un type décidé à nous faire courir d'un bout à l'autre du pays.

— Toujours votre imagination débordante ! riposta le vieux policier, qui détestait être contredit. Si le fils Cadoret chausse du 44, demain soir il dormira en cellule.

Chez Rozenn et Odilon Bart, même jour, en fin d'après-midi

Lara n'avait pas eu le courage de rentrer chez elle. Comme elle avait laissé son vélo sous un hangar du port, l'autobus s'arrêtant à proximité, elle était allée rendre visite à Rozenn.

— Je suis soulagée de vous trouver dans votre cabanon, lui dit-elle d'emblée. Je me sens perdue, j'avais besoin de vous, et je suis plus à l'aise ici qu'à la villa.

— Qu'est-ce qui te met dans un état pareil ? s'étonna celle-ci, après lui avoir pris les mains. Tu es très nerveuse.

— Tout va de travers, résuma la jeune femme. Olivier n'a pas répondu à ma dernière lettre, il ne m'a pas envoyé de cartes postales d'Autriche. Je me fais des idées, alors qu'il a pu mourir loin de moi, n'importe où.

— Pourquoi tu n'essaies pas de téléphoner à ses parents ? Ils doivent être dans le Bottin.

— Je n'oserai jamais. Et puis il y a la mort horrible de Léa, aussi épouvantable et injuste que celle de Madalen, il y a un an.

— Assieds-toi, je vais te préparer une infusion de camomille et de tilleul sucrée au miel, ça te requinquera, prôna Rozenn. Nérée, sors de ta cachette et câline un peu notre amie, elle en a besoin.

L'énorme chien blanc, qui était couché derrière une tenture, fit son apparition. Il posa sa lourde tête sur les genoux de Lara. Elle le caressa, vite apaisée par l'affection qu'il lui montrait.

— Vous ne l'attachez plus du tout, Rozenn ?

— Non, la nuit, Nérée est en liberté dans la cour, une fois le portail cadenassé. Odilon et moi, ça nous rassure.

— Pourtant Gildas dort au même étage que vous, et, j'en ai eu la preuve, il sait se battre. De quoi avez-vous peur ?

— Je préfère ne pas en parler, ma chère Lara. Au fond, ce ne sont que des intuitions, des sensations de danger.

— Pour ma part, j'ai tendance à foncer tête baissée vers les ennuis. Votre frère m'avait mise en garde, quand je lui ai dit avoir fait un faux témoignage.

Elle s'empressa de raconter son entretien désastreux avec le commissaire Urvois.

— Que j'aille en prison ou que j'aie une lourde amende, le résultat sera le même, maman et Fantou seront condamnées à la misère. Non, Rozenn, ne dites rien, je refuse que vous les aidiez, je vous dois déjà une grosse somme à cause du lit clos que j'ai eu la bêtise de vouloir rembourser à Éric Malherbe.

— C'est étrange, déclara tout à coup Rozenn. Lorsque tu as prononcé son nom, une voix intérieure m'a soufflé que cet homme n'était pas mort.

— J'ai assisté à ses obsèques, protesta Lara. L'inspecteur Renan m'avait précisé que le maire était défiguré, à cause de la violence du choc, mais ils ont procédé à une autopsie. Souvent, on exige l'avis d'un dentiste, de son médecin.

Rozenn surveillait l'eau qu'elle avait mise à bouillir sur un réchaud à alcool. Elle esquissa un sourire de confusion.

— Pardonne-moi, Lara, de te confier ainsi mes idées, qui la plupart sont saugrenues. Odilon n'en peut plus. Pendant l'absence de Gildas, j'ai avoué à mon malheureux frère que j'éprouvais un malaise, quand je serrais la main de notre pensionnaire ou s'il me touchait l'épaule.

— Un malaise? Comment vous le décririez, Rozenn?

— Non, je suis sotte. Éric Malherbe est bien mort et Gildas est un ancien résistant, qui s'est battu pour sa patrie. Ce soir, il dîne chez tes voisins, les Cadoret, pour soutenir Erwan. Maintenant, je vais surtout m'inquiéter pour toi, ma petite Lara, car même si nous voulions t'aider à payer ton amende, nous n'en aurions plus les moyens.

— J'aviserai plus tard, quand je saurai quelle peine j'encours. D'ici là, je ne dirai rien à maman, elle en serait malade.

— Ta mère vit dans la crainte, admit Rozenn. Je t'approuve, ne lui en parle pas. Lara, il y aura d'autres jeunes filles tuées, je le sens, là, dans mon cœur. Rentre vite chez toi, avant la nuit. La mort rôde sur la lande.

Lara se força à finir sa tisane, impressionnée par ces paroles énoncées d'un ton tragique.

« Qui êtes-vous vraiment, Rozenn ? songea-t-elle. À l'instant, dans la vapeur qui montait de votre tasse, avec votre visage pourpre, j'ai cru revoir cette mystérieuse femme, qui m'a interdit de rejoindre la lumière, une si merveilleuse lumière. »

16

Des cœurs révoltés

Locmariaquer, samedi 20 septembre 1947

Lara se sentait très lasse. Elle n'avait toujours pas reçu de lettre d'Olivier. Son découragement, ses doutes s'ajoutaient à sa fatigue et au chagrin qu'elle éprouvait en pensant à Erwan. Malgré la violence dont il avait fait preuve à son égard, un an plus tôt, sur la plage, rien ne pouvait effacer les bons souvenirs de leur enfance, où il avait été un ami précieux, patient, dévoué.

Ce soir-là, en quittant son travail, elle était passée à vélo devant la terrasse de l'Hôtel du Port, dans l'espoir d'y trouver l'inspecteur Renan.

« Il doit être là, il y a sa voiture. »

Indécise, elle attendit un peu et en fut récompensée. Malo Guégan, en uniforme, sortit de la salle de restaurant, suivi par le policier. Ils semblaient tous les deux très soucieux.

— Lara, qu'est-ce que vous faites ici ? s'écria Renan. Vous ne saurez rien de plus, ni sur les charges vous concernant, ni sur votre ami Erwan.

— Dites-moi simplement s'il va bien, inspecteur ? Se retrouver en cellule car on chausse la même pointure que tous les hommes de grande taille, c'est une injustice ! Dans ce cas, arrêtez aussi tous ceux qui font du 44 ici, dans le Morbihan.

Gêné, Malo s'éloigna de quelques pas. Lara avait déjà cherché à l'interroger, en téléphonant à la gendarmerie d'Auray. Il avait répondu qu'il ne pouvait en aucun cas la renseigner.

— Venez par là, marmonna Renan en entraînant la jeune femme par le coude. Ne faites pas de scandale, Lara. Nous n'avons pas mis Cadoret en prison à cause de ces vieux godillots. C'était, selon les témoignages recueillis, un type brutal, jaloux, qui n'avait pas d'alibi. Le matin où le commissaire est allé chez lui, sa belle-mère a pris la mouche pour clamer ensuite que Gildas Sauvignon et Erwan comptaient enquêter de leur côté, dans le dos de la police. Urvois et trois gendarmes les ont cherchés partout, en vain. Comprenez donc que ça avait des allures de fuite.

— Gildas a voulu rendre service, protesta Lara. Erwan l'avait supplié d'accepter.

— Peut-être, mais quand nous avons retrouvé Cadoret le soir, à la nuit tombée, il était seul sur les lieux du crime, assis près du tumulus de

Run-er-Sinzen, avec un foulard appartenant à Léa Bertho entre les mains. D'où sortait-il ce foulard ? Le patron du Café du Port a confirmé que la victime l'avait sur les cheveux, en partant sur le cyclomoteur. Votre attachement pour Erwan vous aveugle, Lara, en plus il va vous coûter très cher. Urvois est intraitable, il vous enverra au tribunal.

— Tant pis ! Il est innocent, je le sens, là, dans mon cœur.

— Bien sûr, comme ces filles de Locmariaquer qui sont venues devant la gendarmerie crier à l'erreur judiciaire, jeudi après-midi. Tout ça parce qu'il est beau gosse ?

Lara fixa intensément l'inspecteur. Il eut du mal à soutenir son regard noir, étincelant.

— Si vous meniez cette affaire sans le commissaire, vous n'auriez pas arrêté Erwan, par manque de preuves, affirma-t-elle. J'ai la conviction que vous pensez la même chose que moi.

— Fichez le camp ! rétorqua-t-il, furibond, car elle avait raison.

— Pourquoi égorger froidement la femme qu'on aime, qu'on veut épouser ? dit-elle encore. Admettez que ça ne tient pas debout ! Et même si c'était lui le coupable pour Léa, qui aurait tué Madalen Le Goff ?

Nicolas Renan se retourna. Il vit Malo Guégan près de la Rosengart. Le jeune homme lui faisait signe de se hâter.

— Excusez-moi, je suis très pressé, Lara. Je viens de recevoir un appel d'Urvois.

— Un nouvel élément, dites-moi ? insista-t-elle, alarmée par la profonde angoisse qu'elle venait de lire dans les yeux du policier.

— Très bien, capitula-t-il, de toute façon, un journaliste a pu soutirer des informations en dupant un des gendarmes. Ce sera dans le journal demain matin. Erwan Cadoret a fait une tentative de suicide, vers midi. Il a réussi à s'ouvrir les veines à l'aide d'un couvert qu'il avait caché et affûté pendant la nuit, sans doute. On l'a transporté à l'hôpital Saint-Julien, mais il vient de décéder.

La nouvelle frappa Lara en plein cœur. Livide, elle recula d'une démarche vacillante, en luttant pour ne pas tomber.

— Le pauvre garçon, murmura-t-elle. Votre commissaire n'est qu'un assassin, vous lui transmettrez de ma part ! Un abruti, un criminel.

— J'aurais mieux fait de me taire, bougonna Renan en la laissant au milieu du trottoir, malade de colère, de révolte.

Après un moment de confusion, Lara se domina. Elle courut derrière l'inspecteur, le rattrapa au moment où il ouvrait la portière de sa voiture.

— Et son père, vous avez pensé à son père ? dit-elle d'une voix tremblante. Il adorait son fils.

— Je vous en prie, écartez-vous, mademoiselle ! ordonna Malo.

— Non, emmenez-moi à Auray, je veux dire adieu à Erwan, et, quand sa famille arrivera, je pourrai les soutenir. Je vous rappelle aussi que, sans lui, je serais morte l'année dernière, il m'a sauvé la vie.

Avant de connaître et d'aimer Loïza Jouannic, l'inspecteur Renan se serait débarrassé avec rudesse de Lara, à qui, par ailleurs, il n'aurait pas accordé autant de sympathie. Mais sa belle et sensuelle maîtresse, de manière involontaire, l'avait changé. Il considérait désormais les femmes, les enfants, sous un angle différent, plus tolérant, et il était devenu plus sensible à leur charme.

— Montez derrière, Lara, et plus un mot, lâcha-t-il.

— Mais, inspecteur ! protesta Malo Guégan, interloqué.

— Quoi ? Vous connaissez un texte de loi qui s'y oppose ? La requête de Mlle Fleury part d'un sentiment louable.

Pendant le trajet d'environ quatorze kilomètres, Lara ne versa pas une larme. Elle éprouvait une trop grande colère. Une fois dans le hall de l'hôpital, Renan lui recommanda de patienter. Du banc où elle s'était assise, Lara aperçut plusieurs gendarmes au fond d'un couloir, et parmi eux la silhouette du commissaire, en imperméable noir, son chapeau sur la tête.

« Qu'est-ce qu'ils ont, à s'agiter autant ? se dit-elle. Il y a le lieutenant Auffret, c'est lui que j'entends crier. »

Deux sœurs, dans leur tenue d'infirmière, la saluèrent d'un sourire discret. D'interminables minutes s'égrenèrent, mais Lara n'osait pas bouger. Elle laissait des pensées fugaces la traverser.

« Maman va s'inquiéter, mais elle commence à s'habituer à mes retards, songeait-elle. Ce n'est pas encore ce soir que je rapporterai un sachet de caramels à Fantou, pour la récompenser de ses bonnes notes… Pourquoi Gildas n'est pas venu me chercher chez Tardivel ? On avait pourtant convenu, hier, qu'il emprunterait la fourgonnette de monsieur Odilon. Mon Dieu, comme j'ai eu honte, quand j'ai avoué à Gildas que je l'avais soupçonné d'être l'assassin de Léa ! »

La scène avait eu lieu le mercredi matin, après l'arrestation d'Erwan. L'ancien résistant, ulcéré, était venu frapper à 6 heures chez Armeline Fleury, pour leur annoncer que leur voisin avait été emmené, menotté, à la gendarmerie d'Auray.

« Je lui ai jeté à la figure que la police se trompait, que lui, Gildas, n'avait pas été suspecté une seconde, en sa qualité sans doute de combattant des Forces libres, durant la guerre. Il était très pâle, puis il m'a dévisagée d'un air incrédule, presque horrifié. Quand je lui ai expliqué pourquoi j'avais eu des doutes, il m'a crié l'adresse de ses parents, en brandissant sous mon nez ses billets de train poinçonnés par le contrôleur. Ensuite il est parti sans m'accorder un regard. Heureusement, nous nous sommes réconciliés le soir même, sous le hangar des Bart, car j'étais allée implorer son pardon. Mon Dieu, du coup, il m'a embrassée sur la bouche, longtemps ! J'ai trahi Olivier. »

Lara fut tirée de ses songeries par l'irruption bruyante d'un homme qui s'était rué dans le hall en clamant des injures. Elle reconnut Yohann Cadoret, escorté par Denis.

— Bande de salauds, fumiers de flics ! vociférait-il. Vous paierez cher la mort de mon gamin ! Très cher !

Le marin tituba un instant. L'inspecteur Renan avançait vers lui, les traits défaits.

— Monsieur Cadoret, nous sommes sincèrement désolés, ce n'était qu'une mesure provisoire, déclara-t-il.

— Fermez-la, écartez-vous, je veux voir mon fils, hurla-t-il en guise de réponse. Ah ! Elle est belle, vot'justice !

Des religieuses et un médecin accoururent, dans l'espoir de régler la situation. Lara se précipita également, à l'instant où Yohann, une force de la nature, repoussait l'inspecteur à pleines mains, avant de lever le poing pour le menacer. Les gendarmes s'en mêlèrent, maîtrisant sans peine le père désespéré.

— Lâchez-moi ! criait-il, hébété. Je veux voir mon gosse, et vous ne salirez pas sa mémoire, parole de Cadoret ! J'vous connais, demain on lira dans le journal que mon fils s'est suicidé, pris de remords pour son crime. L'enquête sera bouclée, et notre famille souillée à jamais.

Tremblante, Lara assistait à ce sinistre tableau. Elle avait la bouche sèche, les jambes molles. Pourtant le pire restait à venir. Le commissaire les avait tous rejoints, tandis que les sœurs, affolées, observaient les uns et les autres.

— Monsieur Yohann Cadoret, commença Urvois d'une voix grave et sonore, au nom de la police nationale et du procureur de la République, je vous présente mes plus sincères excuses. Ce sont des incidents de parcours, dus à la faiblesse de nos moyens. Votre fils était innocent, le lieutenant Auffret, ici présent, nous en a informés tout à l'heure, avant votre arrivée. C'est un terrible concours de circonstances, mais, soyez sans crainte, *Ouest-France* publiera un article en ce sens, et je ferai personnellement mon *mea culpa* par le biais de la presse.

D'abord sidéré, Yohann mesura la portée des paroles qu'il avait écoutées dans un état second. La rage l'envahit.

— Je m'en contrefiche, de votre *mea culpa* ! s'égosilla-t-il. Maintenant vous dites que mon gamin était innocent et vous me présentez vos excuses ! Il s'est tué à cause de vous ! Croyez-moi, ça ira loin, cette affaire ! Je vais me plaindre, je vendrai la maison, mais j'aurai un avocat, vous serez révoqué, flic de mes deux !

Sans les agents qui le maintenaient encore, Yohann aurait foncé sur le vieux policier. Mais, brusquement, il s'effondra dans leurs bras, la figure cramoisie, la respiration sifflante. Lara, saisie d'épouvante devant la cruauté du destin, fut prise d'un vertige. Une jeune religieuse la conduisit vers le banc le plus proche.

— Il était innocent, ma sœur, je le savais, murmura-t-elle. Mon Dieu, il avait vingt-quatre ans, il devait se fiancer. Son père dit vrai, c'est la faute du commissaire.

— Seriez-vous la sœur d'Erwan ? demanda la sœur, apitoyée. Il s'est éteint sous mes yeux, je l'ai aidé à prier. Je lui ai tenu la main jusqu'à la fin, mademoiselle.

Les tempes bourdonnantes, Lara la remercia d'une petite voix.

— Croyez-vous, ma sœur, qu'il a retrouvé Léa ? ajouta-t-elle. Si je pouvais les savoir ensemble, dans un paradis qu'ils ont bien mérité, je serais moins affreusement malheureuse.

— Venez le voir, mademoiselle, juste deux minutes, pendant que ces messieurs s'agitent sans respecter la consigne de silence.

Elles entrèrent bientôt dans une chambre du rez-dechaussée où il n'y avait qu'un lit. Des cierges brûlaient, les rideaux étaient tirés sur le crépuscule.

— Vous n'aurez pas d'ennuis par ma faute ? s'inquiéta Lara, sans oser regarder la forme étendue sous un drap blanc.

— Mes uniques référents sont Dieu et notre Seigneur Jésus-Christ, répliqua-t-elle. Ils ne me reprocheront pas de vous laisser prier pour ce pauvre jeune homme.

La religieuse sortit sans bruit. Lara marcha comme dans un cauchemar, d'un pas pesant, vers le haut du lit. Erwan paraissait dormir, sa tête blonde posée sur un oreiller. Elle ne lui avait jamais vu un teint aussi pâle, car il était toujours hâlé par le soleil et tanné par le vent du large.

— Je suis désolée, gémit-elle. Tellement désolée.

Les larmes jaillirent enfin, libératrices. Leur flot tiède, salé, soulageait la douleur de Lara, sans vaincre le sentiment de révolte qui la faisait vibrer d'amertume, confrontée à l'inéluctable.

— Comme tu es tranquille, on dirait que tu souris aux anges, chuchota-t-elle en lui caressant les cheveux. As-tu vu cet étrange tunnel sombre, puis la sublime lumière où l'on a envie de se perdre ? Est-ce que Léa t'a accueilli ? Je voudrais tant en être sûre, Erwan, mon ami, mon frère.

La porte s'ouvrit. L'inspecteur Renan accompagnait Yohann et Denis. L'adolescent sanglotait sans retenue, effaré à l'idée de voir son demi-frère mort.

— Lara ? Tu es là, toi ? bégaya Yohann.

— Oui, je souhaitais dire adieu à Erwan. Monsieur Cadoret, toutes mes condoléances. Je vous laisse.

— Ne pleure pas, petite, soupira-t-il. Tu n'y es pour rien. Mais je suis content de te trouver là, près de lui. Mon gamin aussi doit être content.

Le marin tendit la main et effleura la joue de Lara. Elle eut le courage de sourire. Nicolas Renan la suivit dans le couloir.

— Quelle poisse ! décréta-t-il entre ses dents. Si j'adhérais à des croyances d'un autre temps, j'en viendrais à penser que ce pays est victime d'une malédiction !

Sur ses traits tirés se lisait une immense détresse. Lara renonça à l'accabler, consciente qu'il l'était suffisamment.

— Comment avez-vous eu la preuve de l'innocence d'Erwan ? lui demanda-t-elle.

— Très simplement. Un des employés de la capitainerie du port avait obtenu un congé spécial, car son épouse accouchait par césarienne, à Lorient. Le type qui le remplaçait abuse de l'alcool. Quand Auffret l'avait interrogé, il a dû confondre les dates dont on lui parlait. Mais l'autre homme, qui suivait notre affaire dans les journaux, s'est présenté spontanément à la gendarmerie d'Erdeven, en début d'après-midi. Il voulait témoigner, car le soir du mardi 9, il avait bien vu le fils Cadoret longer le quai et monter sur le chalutier. De la cabine vitrée, il pouvait observer tout ce qui se passait. Comme le déclarait votre ami Erwan, il était réellement dans la cabine du bateau, où il a fumé une cigarette, et s'est reposé avant de rentrer chez lui à l'aube.

— Mon Dieu ! Pourquoi cet homme n'a pas témoigné hier, ou ce matin ? Inspecteur, est-ce que vous vous rendez compte ? Erwan a préféré mourir, alors qu'il était innocent, sans avoir les moyens de le prouver. Je suis écœurée, révoltée, indignée !

— Je vous comprends, c'est une tragédie.

— Les Cadoret pleuraient déjà Léa, leur future belle-fille, à présent ils vont enterrer leur fils, insista Lara. Je veux rentrer chez moi, voir Fantou.

— Je vous ramène, répondit Renan.

— Merci.

Ils se dirigèrent vers le hall, illuminé par des suspensions en cuivre, équipées d'ampoules électriques. Lara aperçut Gildas, qui discutait avec un médecin en blouse blanche.

— Ce ne sera pas la peine de vous déranger, inspecteur, lâcha-t-elle d'un ton neutre.

L'instant suivant, elle se réfugiait dans les bras de Gildas, qui l'enlaça et la cajola. Le jeune couple sortit et disparut dans la rue envahie de nuit et de brouillard.

Chez Armeline Fleury,
dimanche 28 septembre 1947

Fantou et Denis jouaient au jeu de l'oie, sur la table de la cuisine. Il pleuvait depuis deux jours. Lara, qui préparait de la pâte à crêpe, évoqua l'enterrement d'Erwan, dans le cimetière de Ploemel. En raison des circonstances exceptionnelles entourant le décès des jeunes gens, à quelques jours d'écart, les parents de Léa s'étaient arrangés avec la famille Cadoret.

« Leurs tombes sont côte à côte, se dit-elle. Et, Dieu soit loué, le curé a consenti à célébrer des obsèques religieuses, car il a attribué le suicide à une violente crise de désespoir, pareille à un accès de folie. »

Armeline tricotait au coin du feu. Un vieux châle en laine protégeait ses épaules des courants d'air. Parfois, elle jetait un œil au-delà de ses aiguilles et de ses mailles.

— Quel malheur, Seigneur, quel grand malheur ! soupirait-elle tout bas.

Denis se crispait lorsqu'il l'entendait. L'adolescent lançait un regard triste autour de lui, ramené au présent, à la dure réalité. Grâce au sourire de Fantou, à sa voix flûtée, il réussissait à oublier pendant quelques minutes le décès de son frère, mais Armeline sapait ces brefs instants de paix.

— Maman, tu n'es pas obligée de répéter ça, lui reprocha Lara. Nous le savons tous. Denis se sent bien chez nous, comprends-tu ?

— Je ne le fais pas exprès, plaida sa mère. Je pense sans cesse à ce qui est arrivé, alors les mots me viennent aux lèvres.

Fantou jeta ses dés, déplaça son pion, la mine sérieuse. Elle avait envie d'exprimer son opinion, cependant elle hésitait, soucieuse de ne pas peiner davantage Denis.

— Il suffit d'avoir la foi, dit-elle enfin d'un ton ferme, plein de sérénité. Pour nous, sur cette terre, oui, c'est un grand malheur de perdre ceux que l'on aime. Mais les Évangiles nous disent : « Tu ne sais ni le jour ni l'heure ! » Si Léa et Erwan ont été rappelés par Dieu, s'ils sont heureux dans la vie éternelle, nous devons penser à eux sans trop souffrir. Ils sont jeunes et beaux à jamais, au paradis et dans nos cœurs. Je prie pour eux, mais je ne pleure pas, car les larmes empêchent les âmes de s'envoler.

Ce petit discours, énoncé bien haut, stupéfia Armeline, Lara et Denis, qui dévisagea Fantou. Elle lui parut nimbée de lumière. D'un geste délicat, il caressa ses mains blanches, posées à plat sur le plateau du jeu.

— Je voudrais que mon père t'ait écoutée, Fantou, il devient fou de chagrin, confia-t-il. Maintenant il parle de vendre le chalutier et la maison pour faire un procès au commissaire.

Déjà, il s'est endetté à cause de l'avocat qui est venu de Rennes. Ce dernier promet à papa d'obtenir des dommages et intérêts, mais ses honoraires sont exorbitants.

— Oublie tout ça, lui conseilla Fantou, on finit la partie, après on mangera des crêpes.

— La pâte doit reposer un peu, précisa Lara. Je vais chercher du bois dans la remise, il faudra un bon feu pour avoir une poêle très chaude.

— Je peux y aller, proposa Denis, qui, bizarrement, se sentait vraiment réconforté.

— Non, reste ici, je n'ai pas besoin d'aide.

Lara désirait surtout prendre l'air, se griser du bruit assourdi des vagues, respirer l'odeur du sol mouillé, offrir son front à la pluie. Ces derniers jours, déçue par le silence d'Olivier, meurtrie par la lourde faute de la police et ses funestes conséquences, elle avait accordé à Gildas d'autres baisers.

« Quand il me serre contre lui, je suis rassurée, et moins triste, se disait-elle en enfilant un ciré et des bottes. Comment ai-je pu le soupçonner d'avoir tué Léa ? Il m'a obligée à téléphoner chez ses parents, pour que je n'aie plus aucun doute. »

Elle poussa la porte du petit bâtiment contigu à la maison, où étaient empilés des fagots et des bûches de chêne. À peine fut-elle entrée qu'un homme surgit dans son dos. Il l'attrapa par la taille en lui fermant la bouche d'une main. Elle entendit un léger rire, puis une voix qui chuchotait son prénom.

— Lara, c'est moi, n'aie pas peur !

— Olivier ! Tu es là ? Olivier, c'est bien toi ! s'émerveilla-t-elle en se tournant vers lui.

Une joie immense naquit en tempête dans chaque fibre de son corps, tandis que son cœur s'emballait. Elle se mit à rire aussi, tout bas, en se jetant à son cou.

— Tu es revenu, mon amour, gémit-elle. Merci, mon Dieu ! Tu me manquais tant, si tu savais !

Ils s'embrassèrent avec ardeur, étroitement enlacés. Olivier reprit son souffle pour s'expliquer.

— Je me cache là depuis une heure. Je n'osais pas frapper à la porte. J'ai réussi à jeter un œil par la fenêtre, j'ai vu que vous aviez quelqu'un. Pardonne-moi, je préférais te voir avant de me présenter chez vous. Et tu es enfin sortie.

— C'est Denis Cadoret qui est là, son frère Erwan s'est suicidé. Seigneur, j'ai tellement de choses à te raconter ! Plus tard, laisse-moi te regarder, te toucher !

Lara le contempla, ravie. Son cœur continuait à battre si fort qu'elle en percevait les coups désordonnés dans tout son corps. Du bout des doigts, elle effleura les joues, le front, les lèvres de son amant retrouvé.

— Pourquoi tu ne m'as pas écrit, Olivier ? Même pas une carte postale d'Autriche ! Je n'en pouvais plus d'être sans nouvelles. Dans ma dernière lettre, je te demandais de m'envoyer de l'argent, j'avais décidé de séjourner à Londres, près de toi.

— Je l'ai reçue, et je t'ai répondu par retour du courrier, Lara, s'étonna-t-il. Je te donnais tous les détails nécessaires pour encaisser le mandat que je joignais à ma lettre. Je te disais de me rejoindre à Dinard, jeudi dernier, car, avant de repartir en Angleterre, j'ai passé quelques jours sur l'île de Molène, où je veille sur le moral d'un ami, Daniel. Tu es toujours aussi belle, et bien vivante, Dieu merci !

Olivier lui toucha le front, les joues, le nez, la bouche. Au contact de ses doigts sur ses lèvres, Lara ferma les yeux et reçut le baiser espéré.

— J'étais prêt à faire voile sur Dinard, mercredi, quand je suis tombé sur un journal, dans l'unique épicerie de l'île. Un article en première page racontait ce qui s'était passé ici, le nouveau crime, prétendument rituel, le suicide de ton voisin, Erwan, dont tu m'avais souvent te parlé. Alors je suis venu, depuis Molène. Il fallait que je te voie, que je te prenne dans mes bras. Seigneur, ça aurait pu être toi, la victime !

Il la serra contre lui, la couvrit de baisers fous. Lara, infiniment heureuse, l'étreignit à son tour.

— Olivier, je te promets que je n'ai rien reçu. Je m'inquiétais beaucoup, mais je t'en voulais aussi. J'avais l'impression que tu m'abandonnais, que tu ne m'aimais plus.

— Ne plus t'aimer ? Lara, mets-toi bien en tête une chose. Je t'aimerai jusqu'à ma mort. Pendant le voyage en mer, j'ai pris une décision. J'en ai assez de me méfier de tout le monde. C'est fini, je vais faire en sorte de communiquer la vérité, par la presse ou en organisant une conférence à la mairie.

— Non, je t'en prie ! Et si on tente encore de te tuer ?

— Cette fois, je solliciterai l'aide de la police. Nous serons fiancés à Noël, ma petite chérie.

— J'en rêve, mais tu ne voudras peut-être plus de moi si je te dis ce que j'ai fait.

Très vite, sans le quitter des yeux, Lara confessa les courts instants de tendresse qu'elle avait accordés à Gildas Sauvignon, et les chastes baisers échangés.

— J'avais aussitôt des regrets, car je n'ai aucun sentiment pour lui. Je me sentais tellement seule, affaiblie par tes silences. Je préfère te l'avouer tout de suite. Il est tombé amoureux de moi, à cause de ce plan stupide élaboré par l'inspecteur Renan. J'ai pensé que ça se passerait bien, parce que tu connaissais Gildas, que vous vous étiez rencontrés à Londres, après la guerre. Mais il a été jaloux, il t'a dénigré, il m'a répété que tu ne me méritais pas.

Lara se tut, malade d'appréhension. Elle s'attendait à une explosion de colère, d'indignation, à des reproches acerbes. Pourtant, même si

Olivier la rejetait, elle était prête à se défendre, à lui prouver qu'il était son seul amour.

— Je suis fautive, pardonne-moi, insista-t-elle. Mais cet homme n'a aucune importance.

— Je crois que si, justement, répliqua-t-il d'un ton dur.

L'irruption d'Armeline dans la remise mit fin à la discussion. Elle scruta l'étranger, en le menaçant du tisonnier qu'elle brandissait en l'air.

— Qui êtes-vous ? Laissez ma fille tranquille !

— Maman, rentre au chaud, protesta Lara. C'est Olivier. Nous allions venir à la maison.

— Olivier ? Seigneur, je ne pouvais pas deviner. J'ai eu peur pour toi, j'entendais des voix. Alors comme ça, vous êtes Olivier Hamon ?

— Oui. Bonjour, madame, dit ce dernier en s'inclinant un peu, en apparence d'un grand calme. Je suis navré de faire votre connaissance dans une remise à bois, en tenue de marin, mais le destin a tranché. Madame, je me présente, Olivier Kervella, qui espérait devenir votre gendre.

Lara tressaillit, touchée en plein cœur. Les derniers mots étaient explicites. Elle avait perdu l'homme qu'elle adorait.

Chez les Jouannic, même jour, même heure

Tiphaine mettait du vernis à ongles sur ses orteils, avec un soin scrupuleux. L'opération requérait toute son attention. En peignoir de satin, des bigoudis sur la tête protégés par une résille rose, elle se tenait penchée en avant. Agnès, sa belle-sœur, assise à la grande table de la cuisine, écrivait une lettre à une de ses amies.

— Nous sommes en famille, Tiphaine, mais tu pourrais quand même surveiller ta tenue. On voit tes seins, dans cette position.

— Et alors ? On est entre femmes, non ? Tu es bien prude ! En plus, ça ne choquerait ni papa ni Gaël. Mon frère m'a déjà vue en sous-vêtements.

— Ce n'est pas une raison, déplora Agnès.

Elle était née dans le XIe arrondissement de Paris, mais, ses parents ayant déménagé après sa naissance, elle avait grandi sur les hauteurs de Montmartre. Un de ses oncles était peintre, plus précisément portraitiste, son frère aîné était musicien. Issue d'une famille de libres-penseurs, la jeune femme se sentait en terrain étranger chez les Jouannic.

— Fais un petit effort, Tiphaine, conseilla Loïza. Agnès doit se sentir à l'aise ici.

— Si je la dérange, tata, qu'elle monte dans sa chambre ! Les plus gênés s'en vont.

— Veux-tu te taire ? se récria Paule. Toi aussi, tu pourrais te peinturlurer les orteils dans ta chambre ! On ne sentirait pas l'odeur de ton vernis. Ne l'écoutez pas, Agnès, ma fille a mauvais caractère, un caractère de cochon, oui.

— Merci, maman ! s'exaspéra Tiphaine.

Les joues en feu, elle referma son flacon de vernis, se leva et sortit de la pièce en claquant la porte. Aussitôt, le bébé, qui dormait dans son landau, s'agita avant de pousser des cris aigus. Vite, Loïza le berça.

— Petit coquin, fais encore dodo, ce n'est pas l'heure de ton biberon, chantonna-t-elle.

— Ça se passe toujours comme ça, chez vous, les dimanches ? interrogea Agnès. Les maris partent s'amuser, et les épouses doivent rester à la maison ?

— Goulven a ses habitudes, il aime pêcher dans la rivière, avec son casse-croûte pour midi, précisa Paule. Gaël l'accompagnait toujours, gamin.

— Ils ont emmené Luc, c'est gentil, ajouta Loïza.

— Mais il pleut, fit remarquer la jeune Parisienne.

— Un Breton se moque de la pluie, Agnès, vous vous en rendrez vite compte, affirma sa belle-mère. Allons, qu'avez-vous donc ? Voilà qu'elle pleure. Loïza, je n'ai rien dit de mal, tu es d'accord ?

Agnès sanglotait tout haut, le visage caché entre ses mains. Elle se plaisait encore moins à Sainte-Anne-d'Auray, dans la vieille demeure des Jouannic, que dans le petit logement de Pluneret.

« Là-bas, au moins, j'avais Gaël pour moi toute seule, le soir, le dimanche, se désolait-elle. Je voudrais tant rentrer à Paris ! »

— On est tous ensemble, pourtant, renchérit Paule. Mon mari vous a proposé d'habiter là par souci d'économie, mais surtout pour votre sécurité, Agnès.

— Ah, qu'est-ce que ça change ? Je vais souvent me balader à vélo, si ce criminel qui rôde veut me trancher le cou, il le fera, rétorqua celle-ci en hoquetant, les joues humides.

— Soyez raisonnable, intervint Loïza. Goulven vous conduit en voiture à Auray le matin et vous ramène le soir, ainsi que Tiphaine, depuis qu'elle travaille au garage. C'est plus pratique et moins risqué. Et le pays est si beau, l'air plus sain qu'à Paris.

— Quand vous aurez un bébé, vous ne regretterez plus la capitale, prêcha sa belle-mère. Dites, on a fêté vos vingt ans, il serait temps de penser à nous faire un petit ! Ce sera le cousin ou la cousine de notre Killian.

Paule Jouannic se réjouissait d'avoir ses deux enfants sous son toit. Aussi les états d'âme d'Agnès lui importaient-ils peu. Elle avait confié à son mari, dans l'intimité du lit conjugal, combien elle trouvait leur bru capricieuse.

— Le plus grave, Goulven, c'est son manque de piété. Il n'y a pas moyen de la faire venir à la messe.

— Ne la brusque pas, Gaël ficherait le camp, avait-il répondu. Ils se sont mariés à la basilique, c'est le principal.

Loïza se disait du même avis que son frère. On ne devait pas obliger une personne à suivre l'office à contrecœur. Agnès lui était reconnaissante de l'avoir défendue ouvertement. La tante de Gaël avait fait sa conquête dès la première fois qu'elle l'avait vue.

— C'est une femme vraiment charmante, polie, dévouée, elle a de l'instruction, elle est très jolie, avait-elle expliqué à son jeune époux. Je me demande pourquoi elle ne s'est pas mariée.

— Je suis sûr que Loïza a eu un grand chagrin d'amour, car elle voulait entrer au couvent avant ma naissance, avait avoué Gaël. Mais elle a choisi de veiller sur nous tous.

Agnès avait davantage admiré Loïza, dont l'humeur égale, la discrétion, la force de caractère la séduisaient. Ce dimanche-là encore, elle lui adressa un appel au secours, à travers ses larmes de détresse.

— Ne soyez pas aussi triste, ma chère enfant, déclara Loïza de sa voix chaude, caressante. Je comprends votre chagrin. Pour un jeune couple amoureux, c'est très pénible de manquer d'intimité. Jadis, les familles vivaient ainsi, mais les temps changent. Et vous avez le droit de ne pas aimer la campagne. J'ai une solution. Si ça peut vous consoler, je vous monterai le repas du soir dans votre chambre. C'est la plus grande de la maison. Il y a une table, deux chaises. Vous dînerez là-haut avec Gaël, en tête à tête. Je peux vous prêter un réchaud à alcool pour vous préparer de la chicorée le matin.

— Oh ! ce serait tellement romantique, s'exalta Agnès. J'y avais pensé, mais je craignais de déplaire à mon beau-père, et à vous, belle-maman. L'escalier est raide, je me chargerai de porter les plateaux.

— A-t-on jamais vu une chose pareille ? s'insurgea Paule. Moi qui suis si contente d'avoir mon fils à table ! J'ai dû me priver de Gaël pendant deux ans, maintenant il mangerait à l'étage !

— Ne sois pas égoïste, lui reprocha Loïza. Qu'un jeune homme quitte le nid familial, c'est le lot commun dans la plupart des familles. Gaël est revenu. Continue ainsi, et il pourrait bien repartir.

— Sans doute, je te fais confiance, concéda Paule, effarée par une telle perspective.

Ravie, Agnès rangea vite son bloc de correspondance et son stylo plume. Elle avait des mouvements vifs, une grâce de faon, car elle était très mince, élancée. Ses cheveux noirs, raides et coupés au carré, servaient d'écrin à ses traits fins, à son teint de pêche.

— Il ne pleut plus. J'irai promener Killian avec vous, Loïza, s'écria-t-elle. Je sais que vous estimez nécessaire de sortir un bébé tous les jours.

— Volontiers, Agnès. Je vous montrerai un chemin très agréable.

« Ma belle-sœur a le chic pour mettre tout le monde dans sa poche, enragea Paule en silence. Mais qu'est-ce qu'on ferait sans elle ? »

Une huitaine de kilomètres plus loin, entre les murs de la gendarmerie d'Auray, un homme ressassait également les qualités de la belle Loïza. Fumant cigarette sur cigarette, Nicolas Renan relisait encore une fois la lettre de rupture qu'elle lui avait envoyée, et qui la veille lui avait brisé le cœur.

Chez Armeline Fleury, même jour, même heure

Armeline étudiait la physionomie d'Olivier Kervella d'un œil suspicieux. Elle se sentait un peu ridicule, le tisonnier à la main. Lara regarda tour à tour sa mère et son amant. La situation lui parut insupportable.

— Maman, pourrais-tu nous laisser seuls ? implora-t-elle. Nous étions en train de discuter, Olivier et moi. Je ne l'ai pas vu depuis des mois, et il s'est passé beaucoup de choses. Rentre à la maison, je t'en prie.

— Qu'est-ce que je raconte à ta sœur, à Denis ? demanda sa mère d'un ton irrité. Tu devais rapporter du bois, mais j'ai compris, c'était un prétexte, tu attendais monsieur.

— Pas du tout. Olivier n'osait pas frapper, il s'était mis à l'abri de la pluie. Prends deux petites bûches, ça suffira pour le moment. Dis à Fantou que je suis avec quelqu'un.

Lara souffrait le martyre. Elle avait tellement rêvé du jour où elle présenterait Olivier à sa sœur comme son futur mari.

« J'ai tout gâché, se dit-elle. C'est ma faute ! »

Elle fut soulagée quand Armeline tourna les talons, après leur avoir lancé un coup d'œil réprobateur. Olivier dit simplement :

— Mes rapports avec ta mère commencent mal, c'était à moi de porter ces bûches. Je lui déplais, de toute évidence.

— Est-ce si grave, puisque tu ne veux plus m'épouser ? répliqua Lara dans un souffle. J'ai été honnête, j'ai refusé de te mentir. Je t'explique que Gildas n'a aucune importance à mes yeux, tu n'en tiens pas compte. J'ai cru mourir de chagrin quand tu as dit à maman que tu avais espéré devenir son gendre. Tu me quittes, c'est ça ?

Elle lui lança un regard éperdu. Olivier ébaucha un sourire mélancolique. Soudain, il lui ouvrit les bras.

— Tu as tout compris de travers, petite folle, chuchota-t-il à son oreille. Je veux toujours être ton mari. Quand je t'ai précisé qu'à mon avis Gildas Sauvignon avait de l'importance, ce n'était pas dans le sens que tu pensais. Sans l'arrivée de ta mère, tu l'aurais su aussitôt. Lara, je n'ai jamais rencontré ce type à Londres. Jamais ! Mon Dieu ! ça ne finira pas. Vous avez tous été manipulés. Je mentirais si je prétendais me moquer des baisers que tu as accordés à cet individu, mais je ne peux pas t'en vouloir. L'heure n'est pas à la jalousie. C'est grave, Sauvignon avait un rôle, nous séparer, m'atteindre en plein cœur.

— Non, tu fais erreur. Les premiers mois, il a été très correct, très serviable. Je le déplorais souvent, car maman et Fantou vantaient ses louanges du matin au soir, comme s'il était l'homme idéal pour moi.

— C'était le but ! décréta-t-il, blanc de fureur.

— Je t'avais écrit pour te soumettre le plan de l'inspecteur, censé me protéger, se souvint Lara. Tu étais d'accord. Je crois même, dans une autre lettre, t'avoir donné le nom de Gildas.

— En effet, tu parlais de lui comme une relation des Bart, un résistant qui avait été blessé pendant la guerre. Si tu m'avais précisé qu'il était censé être un ami de James, le compagnon d'Élodie, j'aurais tout de suite compris que tu avais affaire à un imposteur.

— Je suis désolée, Olivier. L'hiver était si rude, je t'ai surtout raconté ma vie quotidienne, comme la naissance du bébé d'une de mes collègues, sous un hangar. Ensuite, j'évitais de te parler de Gildas, de crainte que tu sois jaloux.

— Une chose est sûre, répondit-il avec véhémence, je ne connais pas cet homme. J'ignore par quels stratagèmes, mais il a été envoyé ici avec une mission bien définie. Te conquérir, t'amener à la faute, car je n'aurais pas pu te pardonner, Lara, si tu avais couché avec lui.

— Jamais je ne me serais abaissée à ça, je t'aime trop ! cria-t-elle en l'étreignant de toutes ses forces. Je ne l'aurais pas laissé m'embrasser si seulement j'avais reçu tes cartes postales ou une lettre. Les femmes sont jalouses aussi, Olivier. Parfois, j'avais peur que tu sois en danger, le plus souvent, je t'imaginais avec une autre, faisant l'amour. Tu ne m'as pas trompée, dis ?

Lara avait posé la question d'une voix faible, tout en le fixant d'un air inquiet.

— Le plaisir pour le plaisir ne m'intéresse pas. Je suis fidèle de nature. Tu n'as aucune crainte à te faire. Je ne peux pas en dire autant, plaisanta-t-il.

— Que je suis sotte, encore une fois, pardonne-moi, Olivier, je me demande comment j'ai pu me laisser attendrir par ses façons mielleuses. Mais j'en reviens à Gildas. S'il jouait les amoureux, je t'assure que c'est un excellent comédien. Dans l'hypothèse où je lui cédais, où je t'oubliais pour lui, qu'aurait-il fait ? Est-ce qu'il aurait osé m'épouser ?

— Il a pu tomber vraiment amoureux, Lara. On le lui demandera dès ce soir. Il habite encore chez Odilon et sa sœur ?

— Oui, bien sûr, seulement on ne peut pas prendre ce risque, s'il veut te nuire ! Crois-moi, il sait se battre.

— Moi aussi, et je préfère mille fois un combat réel, face à face, plutôt que ces menaces larvées, ces actions sournoises. Je ne fais plus confiance à personne, chaque inconnu dans la rue éveille mes soupçons. C'est difficile à exprimer, Lara, mais j'ai eu fréquemment la sensation d'être épié, suivi, surveillé. Il faut que ça cesse.

— On devrait téléphoner à l'inspecteur Renan, il viendrait avec nous, proposa-t-elle. Maintenant, il y a plus urgent, je voudrais que tu effaces les affreux baisers de Gildas sous les tiens.

Il l'étreignit en souriant franchement, cette fois-ci. Il effleura ses lèvres des siennes, avec délicatesse.

— Nous sommes réunis, murmura-t-il. Nous serons les plus forts, tu verras.

Un léger bruit de pas, dehors, sur la terre humide, les fit s'écarter l'un de l'autre. Une radieuse apparition se dessina dans l'encadrement de la porte. Fantou, auréolée de ses longs cheveux lisses, d'un blond lumineux, s'arrêta net pour les observer de ses yeux très bleus.

— Voici mon petit korrigan, ma sœur adorée, dit Lara. Fantou, je te présente Olivier. Il est de retour.

Il y avait dans ces derniers mots une fervente douceur, un aveu de bonheur. L'adolescente eut un rire en grelot, charmant à entendre.

— Bonjour, sois le bienvenu chez nous, Olivier, déclara-t-elle d'un ton un peu solennel. Venez vite, tous les deux. Il serait temps de manger des crêpes, Lara. Il faudrait plus de bois, aussi.

Le jeune homme, désorienté, hésitait. Il avait envie de faire la bise à Fantou, mais il estima que c'était peut-être trop familier, lors d'une première rencontre.

— Je me charge des bûches, annonça-t-il. Je peux en fendre, si ça vous arrange.

— Non, c'est inutile, protesta Lara. Nous allons faire une belle flambée en ton honneur. Je suis si heureuse de t'accueillir enfin sous le toit des Fleury !

En deux heures à peine, Olivier avait su abolir les a priori d'Armeline envers lui. Elle s'était tout de suite étonnée de le trouver aussi sympathique, d'une parfaite éducation, et très chaleureux. Il avait de plus une voix particulière, basse et avec un beau timbre.

— J'aime votre maison, madame, avait-il dit à peine entré. Elle possède une âme émouvante, celle des vieilles pierres de notre pays. Ces dalles de granit, sur le sol, on en voit de moins en moins.

Armeline sentait qu'il était sincère. Fantou s'était empressée de lui montrer son chaton tigré, ainsi que ses livres de la comtesse de Ségur. Lara, au comble de la joie, avait garni le feu pour se lancer, rieuse, dans la cuisson des crêpes.

Néanmoins, Denis Cadoret, les présentations faites, avait voulu s'en aller. Il était déçu de partager le goûter promis avec un visiteur, surtout le méprisable Olivier Hamon.

— Je ferais mieux de partir, avait-il marmonné.

— Pourquoi, Denis ? s'était étonnée Fantou.

Olivier avait deviné, à l'expression butée du garçon.

— Si tu t'en vas à cause de moi, laisse-moi te dire une chose. Je suis innocent de tout ce que tu as pu entendre à mon sujet. Des gens de Locmariaquer m'ont calomnié, accusé sans preuve. J'ai l'intention de rétablir la vérité. Il paraît notamment que j'aurais dénoncé à la Gestapo Louis Fleury, le père de Lara, ainsi que son oncle Patrick. C'est faux. J'ai lu les journaux, on a jeté ton frère en détention, car on lui attribuait un crime abominable. Il en est mort et j'en suis navré. Moi, on a tenté de me tuer, sans doute pour m'empêcher de démasquer ceux qui ont menti. Reste avec nous, Denis.

Le regard d'un bleu profond, étrangement sombre, d'Olivier, avait plaidé pour lui. Denis était resté, ébranlé par ces paroles où vibraient une insolite douleur et une évidente loyauté.

Plus tard, les crêpes dégustées, la pièce éclairée par un feu généreux, Armeline se repentait, honteuse de sa conduite. Elle comprenait pourquoi Lara aimait tant Olivier, dont la présence, les sourires, les gestes sobres avaient si vite effacé l'image de Gildas.

— Nous devons rendre visite à Rozenn et Odilon, maman, lui dit soudain Lara qui mettait son ciré. Nous irons à vélo.

— Attends ! Je voudrais vous parler à tous les deux, mais pas ici, répliqua sa mère, l'air gêné.

Fantou et Denis disputaient une partie de dames. Les jeunes gens, intrigués, suivirent Armeline dans sa chambre où sévissait un froid humide, en comparaison de la délicieuse chaleur de la cuisine.

— J'ai très mal agi, leur avoua-t-elle en ouvrant son armoire. Je pensais le faire pour ton bien, Lara. J'avais des préjugés à l'encombre d'Olivier, tu le sais. Je rêvais que tu te fiances avec Gildas, pourtant tu me répétais que tu ne l'aimais pas.

Ces mots achevèrent de réconforter Olivier. Armeline extirpa d'une pile de draps deux cartes postales et deux enveloppes.

— Comme tu travaillais tôt le matin, c'est à moi que le facteur les a données, ajouta-t-elle. Je ne t'ai pas remis ton courrier, Lara, et j'ai failli le brûler. Quand même, j'avais honte, je n'ai pas osé.

Stupéfaite, Lara tourna entre ses doigts les cartes et les lettres qui n'avaient pas été décachetées. Elle jeta un regard ulcéré à sa mère.

— Tu aurais pu tout gâcher entre Olivier et moi, maman ! Je ne comprends pas, un matin où j'étais en congé, j'ai interrogé notre facteur car je m'inquiétais de n'avoir rien reçu ! Il a haussé les épaules, puis il s'est vite éloigné.

— Le pauvre homme, il était dans la confidence, je lui ai dit qu'un individu malfaisant te harcelait, que je ne te remettrais pas ses lettres, pour te protéger. Il a tiqué, il n'était pas content, mais on se connaît depuis l'enfance, il ne m'a pas trahie.

— Toi, tu m'as trahie, maman ! Tu voyais très bien que j'étais malheureuse, inquiète, mais ça t'était égal, tu faisais tout pour me jeter dans les bras de Gildas, tu m'as laissée me désespérer. Je te déteste, entends-tu ? Je n'aurai plus jamais confiance en toi ! Un jour, Tiphaine Jouannic m'a raconté que sa mère avait prévu de jeter les lettres de John Russel, le père de son bébé, s'il lui écrivait des États-Unis. J'étais indignée, et je me suis écriée que ma mère ne ferait jamais une chose pareille. Que je suis naïve, au fond !

— Pardon, Lara, pardon, gémit Armeline. Je croyais vraiment bien faire. Je vous présente mes excuses à vous aussi, Olivier. Ne me jugez pas trop sévèrement, si mon mari était encore là, il m'aurait raisonnée.

Il la considéra avec perplexité, ne sachant pas, en fait, quelle attitude adopter.

— Je vous dois le respect, aussi je ne vous jugerai pas, madame, dit-il enfin. Pour être honnête, je désapprouve votre geste, qui aurait pu avoir de fâcheuses conséquences. Cependant, je conçois votre réaction. Sûrement, à votre avis, il valait mieux pour votre fille un homme en apparence bien sous tous rapports, qui vous rendait service, plutôt qu'un parfait inconnu, décrié par malveillance. Mais j'ai des torts. J'aurais dû venir chez vous bien avant, me disculper, vous dire à quel point j'aimais Lara.

— Viens, Olivier, partons, supplia la jeune femme en lui prenant la main. Tu es vraiment indulgent, pas moi.

— Lara, aie pitié, gémit sa mère. Pourquoi allez-vous chez les Bart ? Gildas sera bien triste s'il te voit en compagnie d'Olivier.

— C'est le dernier de mes soucis, maman ! Tu sauras bientôt pourquoi.

17

La ronde des soupçons

Locmariaquer, dimanche 28 septembre, un peu plus tard

Leur expédition à vélo, face au vent contraire, avait réussi à calmer la colère de Lara. En tournant un peu la tête, elle voyait Olivier qui pédalait à ses côtés, une vision qui la ravissait.

«Nous n'avions encore jamais fait ça, une balade à bicyclette tous les deux, se disait-elle. Dès que nous sommes ensemble, j'ai l'impression d'être à ma place et de ne l'avoir jamais quitté. Mon Dieu, je suis tellement heureuse qu'il soit revenu, faites qu'il reste quelques jours près de moi.»

Le ciel s'était dégagé, lorsqu'ils empruntèrent l'étroite route du Guilvin. Lara aperçut bientôt la villa de ses amis.

— J'espère que le chien te fera bon accueil ! cria-t-elle à Olivier. Il s'appelle Nérée, nous sommes amis, maintenant.

Elle se souvint alors du comportement singulier de l'animal, quand Gildas s'approchait de Rozenn ou d'elle. Le gros chien grognait, le poil hérissé.

« Est-ce qu'il percevait ses mauvaises intentions ? se demanda-t-elle. J'ai encore du mal à croire qu'il nous a tous bernés. Il était pourtant gentil, instruit. »

Ils s'arrêtèrent cinq minutes plus tard devant le portail. La cour paraissait déserte, il n'y avait pas de lumière derrière la fenêtre du cabanon, ni à celles de la maison.

— Nérée devrait être là, en liberté. Rozenn préfère le détacher, le soir, et je vois sa chaîne sur le ciment, fit remarquer Lara. C'est bizarre, la fourgonnette n'est pas sous le hangar.

— M. Bart est peut-être sorti, et le chien a pu s'échapper, hasarda Olivier. Entrons. Si nous avons de la chance, nous pouvons nous trouver seuls avec Gildas. Dans ce cas, présente-moi sous un autre nom, invente n'importe lequel. J'aimerais savoir s'il me reconnaît malgré tout ou s'il tombe dans le piège.

— Il y aura au moins Rozenn, elle sera surprise et elle pourrait protester.

— Regarde-la bien dans les yeux à ce moment-là, pour qu'elle comprenne et se taise. Nous serons vite fixés, Lara. De toutes les façons, je ne reculerai pas. Je veux démasquer ce type, lui soutirer des aveux.

Lara, anxieuse, ouvrit un des battants en fer forgé du portail. Ils traversèrent la cour en silence, ce même silence qui pesait sur les lieux.

— Olivier, il s'est passé quelque chose, j'en suis certaine, chuchota la jeune femme.

Il lui serra plus fort la main. Parvenus au pied du perron, ils virent une masse poilue étendue sur le paillasson.

— Nérée, appela Lara à mi-voix. Nérée ?

L'animal n'eut aucune réaction. Elle grimpa les marches et se pencha sur le chien.

— Il est chaud, mais on dirait qu'il est mort ! Oh non, pauvre Nérée !

Olivier l'avait suivie. Il examina la grosse bête blanche en écartant ses paupières, puis ses babines.

— On l'a drogué, conclut-il. Je t'en prie, attends-moi ici, Lara.

— Pas question, je reste avec toi.

— D'accord.

Il ouvrit la porte. Dès qu'ils furent dans le vestibule, une plainte étouffée s'éleva, venant du salon, où ils découvrirent un tableau pathétique. Rozenn gisait sur le sol, un bâillon sur la bouche, les mains attachées derrière le dos, les chevilles liées.

Lara se précipita sur elle et la débarrassa du bâillon, tandis qu'Olivier s'empressait d'allumer le plafonnier.

— Où est M. Bart ? s'écria-t-il, terriblement inquiet.

— Je l'ignore, mais je crains qu'il lui soit arrivé un malheur, balbutia Rozenn. Gildas voulait emprunter la fourgonnette, qui d'après lui ne démarrait pas. Ils sont sortis tous les deux. Après un moment, j'ai guetté par la fenêtre de la cuisine, et, là, Gildas est revenu. Je l'ai trouvé bizarre, il avait une expression méprisante. Il m'a jetée par terre avec rudesse, il m'a ligotée et bâillonnée.

— Comment a-t-il osé ? s'enflamma Lara, furieuse.

— Je l'ai vu fouiller les meubles, puis il est monté dans les chambres, reprit Rozenn. Quand il est redescendu, il m'a brandi sous le nez des liasses de billets de banque, une partie de nos économies. Seigneur, quelle déception ! Moi qui pensais discerner le mal et le bien chez autrui ! Il m'était arrivé de ressentir un certain malaise en sa présence, mais jamais je n'aurais cru ça de lui.

— Mon Dieu ! comme vous avez dû avoir peur, gémit Lara. Olivier, cours chercher un couteau, je suis incapable de défaire les cordes, les nœuds sont trop serrés.

Il lui tendit son canif, puis, sans avoir dit un mot, il se rua dehors, à la recherche d'Odilon Bart.

— Je remercie le Seigneur que tu sois venue, Lara, soupira Rozenn. Comment avons-nous pu être aussi aveugles ? On ne s'est pas méfiés, Odilon et moi, pas une seconde. Ah ! j'oubliais, j'ai entendu un moteur, celui de notre fourgonnette. Gildas a dû la voler.

Lara avait envie de pleurer, car son amie faisait peine à voir. On lui avait enduit le visage d'une pâte blanche, qui sentait un peu la menthe.

— C'est mon dentifrice, expliqua Rozenn. Gildas m'en a couvert la figure, en m'insultant, en disant qu'il ne supportait plus ma sale face rouge. Je l'ai maudit de toute mon âme, à voix haute, avant qu'il m'enfonce ce foulard dans la bouche. Pendant cinq mois, nous l'avons hébergé, nourri, mais c'était un serpent venimeux que nous abritions sous notre toit. Dis-moi, Lara, est-ce qu'il a tué mon chien ?

— Non, Nérée dort profondément. Olivier pense qu'il a été drogué. C'est fini, nous sommes là, près de vous, et je ne vous quitterai pas, affirma Lara qui avait fini de détacher ses chevilles et ses poignets.

Elle était bouleversée par l'odieux barbouillage qui souillait sa malheureuse amie. Quelques mèches de cheveux avaient subi le même sort.

— Je suis sincèrement désolée, Rozenn, ajouta-t-elle en l'aidant à se relever. Asseyez-vous sur le sofa, je vais vous apporter un verre d'eau.

— Donne-moi aussi un dé à coudre de calvados, je te prie, j'en ai bien besoin, lui dit-elle, secouée de longs frissons. Quand je me sentirai mieux, je monterai me laver. Je ne veux pas que mon frère me voie comme ça, s'il m'est rendu sain et sauf.

— Reposez-vous, je m'en occupe. Ne perdez pas espoir.

Lara courut à l'étage remplir une cuvette d'eau tiède dans la salle de bains. Elle prit un gant de toilette et dévala l'escalier. Vite, elle commença à laver le visage de Rozenn.

— Sais-tu à quoi je rêvais tout éveillée, quand j'étais fillette ? avoua celle-ci, les yeux mi-clos. Je me persuadais qu'il existait un pays lointain où l'on saurait m'opérer de ma disgrâce. Je faisais le voyage et je rentrais chez mes parents, très fière, avec de jolies joues pâles, un front bien blanc. Je me voyais à l'école, enfin acceptée, jouant comme les autres enfants. Mais ce n'était qu'un beau rêve.

— Comme vous avez souffert, la plaignit Lara, au bord des larmes. Dieu merci, votre frère ne vous a jamais abandonnée, il vous aime, et je vous aime aussi. Vous êtes une seconde maman pour moi.

Des voix sur le perron les firent sursauter. Olivier et Odilon entrèrent dans la pièce. Le retraité, qui cramponnait le bras du jeune homme, avait le haut du crâne en sang.

— Dieu soit loué, tu es vivant ! s'écria Rozenn. Mon pauvre frère, ce bandit t'a frappé !

— Par traîtrise, en plus, ronchonna Odilon. J'étais penché sur le moteur de la fourgonnette, quand j'ai reçu le coup. Tout est devenu noir, j'ai dû tomber en arrière.

Une rage impuissante suffoquait Olivier. Il déambula de long en large dans le salon avant de s'immobiliser devant la large baie vitrée qui avait vue sur la mer. Il puisa courage et réconfort dans le spectacle des vagues ourlées d'écume grise, que survolaient des nuées d'oiseaux.

— Je suis désolé pour ce calvaire que vous avez tous deux enduré par ma faute, déclara-t-il. Je suis responsable, pardonnez-moi.

— Que voulez-vous dire, Olivier ? s'étonna Odilon, assis près de sa sœur qui lui étreignait les mains.

— Gildas Sauvignon n'aurait jamais mis les pieds chez vous si je n'existais pas, ou bien si j'étais mort noyé en décembre dernier. Ce type devait séduire Lara, soit pour me briser le cœur, soit pour que je revienne en Bretagne, où l'on tenterait encore une fois de me supprimer.

— En êtes-vous sûr ? demanda Rozenn. J'admets que sa conduite de ce soir était ignoble, mais il en voulait surtout à notre argent, sans doute. Il aurait pu nous tuer, dans ce cas, et abattre le chien.

— Madame, vous venez de mettre le doigt sur un point capital. Gildas Sauvignon n'allait pas se salir les mains, endosser un meurtre, ou bien il n'avait pas reçu d'ordre en ce sens. Plus j'y réfléchis, plus j'ai la certitude d'être sur la bonne voie. Je n'ai pas affaire à des criminels ordinaires, non, il s'agit d'autre chose, d'encore plus effroyable.

— Peu importe, Olivier, il faut avertir l'inspecteur Renan, uniquement lui, puisqu'il souhaitait t'aider, décréta Lara d'un ton ferme. Il loge dans un hôtel à Auray depuis quelques jours. Quel dommage qu'on ne puisse pas lui téléphoner tout de suite ! Si tu allais l'appeler du Café du Port ? Le dimanche, le patron ferme plus tard. Pendant ce temps, nous soignerons monsieur Odilon.

— Est-ce bien prudent de vous laisser seuls, si ce type revenait ?

— Soyez tranquille, Olivier, Lara va me donner mon fusil de chasse, elle connaît l'endroit où je le cache. Mais cet énergumène doit déjà être loin, il y a le plein d'essence dans mon fourgon.

— Si vous pouviez rentrer Nérée dans la maison, avant de partir, implora Rozenn. Je voudrais vérifier qu'il va bien. Qu'est-ce que je deviendrais, sans mon frère et mon chien ?

Un sanglot sec lui coupa le souffle. Apitoyé, Odilon attira sa sœur sur son épaule.

— Nous sommes vivants, Rozenn, calme-toi.

— As-tu mal ? murmura-t-elle.

— Ma foi, j'ai l'impression d'avoir la tête fêlée, mais, si c'était le cas, je ne serais pas en train de te parler. Allons, ressaisis-toi, nous devons éclaircir cette histoire.

Lara accompagna Olivier sur le perron, pour l'aider à traîner le gros chien dans le vestibule. Quand ce fut fait, ils s'enlacèrent fiévreusement.

— Sois très prudent, supplia-t-elle. Peut-être que je ferais mieux d'y aller à ta place. Gildas a pu te tendre un piège. Il n'oserait pas me faire de mal ! Mon amour, je ne veux pas te perdre.

— Je reviendrai indemne, Lara. Reste avec tes amis, ils ont été très éprouvés. Et, pour être franc, je pense que tu serais plus en danger que moi si Sauvignon traîne dans le coin.

Olivier s'arracha des bras de la jeune femme et dévala les marches.

Auray, Hôtel des Halles, même soir

L'inspecteur Renan, étendu sur son lit, fixait obstinément le plafond de la chambre qu'il occupait depuis une semaine, pour être plus proche de la gendarmerie. Il venait de relire les dossiers concernant les meurtres de Madalen Le Goff et de Léa Bertho, sans découvrir le moindre élément intéressant.

— Chienne de vie, jura-t-il entre ses dents. Qu'est-ce qui se trame dans ce pays ? Ça tourne à l'hécatombe. Ces deux pauvres gamines, Malherbe, le fils Cadoret !

Il s'épuisait à chercher des réponses, sans la moindre piste sérieuse, sans aucun indice. L'essentiel, pour l'instant, était de ne pas penser à Loïza, à cette lettre de rupture qu'il avait déchirée, mais qu'il savait par cœur.

— Tant pis, le métier d'abord, dit-il pour s'en convaincre. Je suis le dernier des crétins, d'être tombé amoureux d'une bigote. Qu'elle retourne à ses bondieuseries !

Soit afin de se torturer encore l'esprit, soit par désir de ridiculiser Loïza, il récita à voix haute les quelques lignes censées mettre fin à leur liaison :

— « Cher Nicolas, j'espère que tu ne souffriras pas trop à cause de ma décision, mais c'est la seule possible. Je refuse de te revoir, et, si tu m'aimes un peu, respecte ce choix. J'ai commis un grave péché envers Dieu, je ne veux plus bafouer mes convictions religieuses. Oublie ce que nous avons vécu. Je prierai chaque jour pour toi, sois-en certain. Loïza. »

Il se leva, les poings serrés, et marcha jusqu'à la fenêtre qui donnait sur la place des Halles.

— Je m'en fiche que tu pries pour moi, maugréa-t-il. Tu veux la vérité, sainte Loïza ? Tu appréciais beaucoup trop nos rendez-vous, tu as eu honte de prendre autant de plaisir !

Furieux, malade d'amertume, Nicolas Renan faillit briser une des vitres. Il recula, ébouriffa ses cheveux à pleines mains.

— Et je suis seul à enquêter, en plus, marmonna-t-il. Urvois est parti plaider sa cause auprès du procureur. Qu'on nous envoie un autre commissaire, bon sang ! Pas ce vieux type borné.

Il ne digérait rien, ni la mort de Léa Bertho, ni le suicide d'Erwan Cadoret une semaine auparavant, ni l'attitude de sa maîtresse, qui lui préférait Dieu.

— Bon, c'est l'heure du dîner, se dit-il en regardant sa montre. Encore un repas dans une salle à moitié vide, où on va me servir du ragoût et des nouilles. Le menu des pensionnaires ne varie guère.

Il enfilait sa veste et ajustait sa cravate lorsqu'on frappa à la porte.

— Inspecteur, on vous demande au téléphone ! C'est urgent.

Le policier reconnut le timbre nasillard de la serveuse, une plantureuse créature d'une vingtaine d'années.

— Merci, je descends.

En quittant sa chambre, il supposa que l'appel émanait de la gendarmerie. La perspective d'une découverte intéressante le fit marcher plus vite. Tout plutôt que d'endurer cet ennui poisseux qui lui pesait tant, chaque soir.

La serveuse l'attendait près de la cabine en bois, équipée de vitres dépolies. Elle souriait, les bras derrière le dos, ce qui faisait ressortir sa poitrine opulente.

— Je vous remercie, mademoiselle, dit-il assez gentiment.

Le combiné en Bakélite était posé sur une petite étagère. Renan s'en empara et jeta un « allô » autoritaire. Il identifia tout de suite la voix d'Olivier Kervella, grave et saisissante.

— Bonsoir, inspecteur, pourriez-vous nous rejoindre, Lara et moi, chez les Bart ? J'appelle du Café du Port, à Locmariaquer, je préfère ne pas m'attarder. C'est sérieux, je compte sur vous.

— Je serai là-bas dans un quart d'heure environ.

— Surtout, venez seul, sans les gendarmes.

— D'accord.

Olivier raccrocha. Le policier alluma une cigarette. Par acquit de conscience, il remonta dans sa chambre prendre son arme de service.

— Je ne dîne pas ici ce soir, précisa-t-il à la serveuse, qui semblait l'attendre, debout à côté du bar de la salle de restaurant.

La ville, sous une pluie fine, parut soudain moins triste à Nicolas Renan. Les pavés séculaires de la place des Halles luisaient sous la lumière des réverbères. Il avait garé sa Rosengart à quelques mètres de la devanture illuminée d'une épicerie.

« Au moins, je reverrai Mlle Fleury, la pasionaria, comme la surnommait le commissaire, songea-t-il, revigoré par cet imprévu. Je devais lui parler, ce sera l'occasion. »

Il roula vite, malgré la route glissante et les voiles de brume qui conféraient au paysage nocturne une atmosphère singulière, presque fantasmagorique. Ce fut avec un réel soulagement qu'il coupa le moteur, à proximité de la villa des Bart. Toutes les fenêtres étaient éclairées.

L'inspecteur entra dans la cour, tenaillé par la curiosité et une vague angoisse.

— Que s'est-il passé encore, pourquoi Kervella est-il de retour ? murmura-t-il. J'en connais un qui n'a pas dû apprécier, le faux amoureux de Lara… Amoureux pour de bon, selon elle.

Il s'interrogeait toujours, debout sur le perron, après avoir frappé deux coups énergiques. Un aboiement sourd y répondit, enfin le verrou tourna. Olivier ouvrit, en s'efforçant visiblement de sourire.

— Inspecteur, merci d'être venu, entrez. Nous sommes dans le salon. Lara a préparé le repas, car nous vous avons dérangé à l'heure du dîner. Je vais tout vous expliquer.

Une demi-heure plus tard, Renan connaissait l'essentiel sur l'agression dont avaient été victimes Rozenn et Odilon Bart. Olivier s'était chargé de détailler les faits, d'une manière sobre et précise.

— C'est une histoire de fous ! lâcha-t-il, les sourcils froncés. J'ai rencontré Gildas Sauvignon deux ou trois fois. Il avait l'air d'un type bien, et même sympathique.

— Une belle crapule, oui ! fulmina Odilon en portant la main au pansement qui enserrait son crâne. Mais je voudrais bien savoir comment il a pu nous berner !

Rozenn, assise sur le sofa à côté de son frère, était restée dans le salon, cependant elle souffrait d'être exposée au regard de tous, sous la lumière vive du plafonnier. Si Nicolas Renan était déjà venu chez eux, il ne l'avait jamais vue. Elle percevait sa gêne dans la façon dont il évitait de la regarder.

— Inspecteur, une chose m'étonne beaucoup, dit alors Lara. C'est vous qui avez eu l'idée de cette comédie ! Je devais faire semblant de fréquenter un autre homme qu'Olivier, pour ma sécurité. Après une dizaine de jours, je parle de votre plan à mes amis, j'en informe Olivier par lettre, et Gildas Sauvignon entre en scène, comme par hasard !

— Est-ce que vous me soupçonnez d'être son complice, Lara ? s'insurgea le policier.

— Non, mais admettez que c'est étrange, une telle coïncidence. Selon Olivier, Gildas avait pour mission de me séduire pour nous séparer. Par quel prodige est-il arrivé au bon moment, en accord avec votre idée ?

— On s'est posé la question en vous attendant, inspecteur, renchérit Odilon. Lara nous a exposé votre fameux plan alors que nous avions reçu l'avant-veille un courrier de James Sullivan, le compagnon de notre cousine Élodie. Il nous demandait d'accueillir un jeune résistant français, à qui l'air marin serait bénéfique après une longue convalescence. Nous étions ravis de rendre service et d'égayer notre solitude. Quand Lara nous a confié son souci, car elle ne voyait personne de son entourage susceptible de jouer le rôle, ma sœur et moi avons pensé à notre invité.

— Oui, parce qu'il avait été dans la Résistance, donc rodé à certains subterfuges, insista Lara. Et, à peine descendu du bus, Gildas Sauvignon m'a expliqué qu'il connaissait Olivier, qu'ils se voyaient à Londres. J'ai été rassurée.

— Je vois ce que vous voulez dire, rétorqua Renan. Ce n'est pas un hasard, effectivement. Vu sous cet angle, je vous l'accorde, je pourrais paraître impliqué.

— Ces gens sont très organisés, ceux qui s'acharnent sur moi depuis bientôt trois ans, argumenta Olivier. Ils ont dû découvrir ce que vous aviez prévu, inspecteur, et agir en conséquence.

— Comment ? Dites-moi comment ! s'exaspéra celui-ci. Je l'ai suggéré à Lara dans ma voiture, sans aucun témoin. Auparavant, j'avais mis le commissaire Urvois au courant de votre situation, Kervella, mais en lui téléphonant de mon domicile. J'étais tenu d'en rendre compte à mon supérieur, si je voulais vous aider et enquêter sur la tentative d'assassinat dont vous avez été victime en décembre. Il a validé nos décisions, celle de votre exil provisoire en Angleterre et celle de brouiller les pistes en faisant croire à vos ennemis que Lara avait rompu et en aimait un autre.

— Quoi ? Le commissaire Urvois était dans le secret ? s'écria Lara, toute surprise.

— Oui, vous ne l'appréciez pas, je sais pourquoi, ajouta Renan, cependant, c'est un excellent flic. Il a pris l'affaire au sérieux.

— Vous n'auriez pas dû l'en informer, s'irrita Olivier. Et si ça venait de lui ?

— Là vous délirez, Kervella ! Je vous rappelle que vous étiez d'accord pour avoir le secours de la police. Je sais ! On nous a mis sur écoute, un procédé illégal mais infaillible.

Rozenn, l'air accablé, cacha soudain son visage entre ses mains pour murmurer :

— Je vais monter me coucher, je ne me sens pas bien du tout.

— Vous avez faim, sûrement, s'écria Lara. Allez vous allonger, ma chère Rozenn, je vous porterai un plateau.

— C'est gentil, ma petite.

— Venez, je vous accompagne en haut.

Une fois seuls, les trois hommes échangèrent un regard navré. Ils se heurtaient à une nouvelle énigme, qui leur donnait la pénible impression d'être manipulés.

Lara aida Rozenn à se mettre en chemise de nuit. Elle tapota son oreiller, alluma sa lampe de chevet. Pleine de compassion, elle ne savait cependant que faire pour la réconforter, lui prouver son affection.

— Je laisse votre peignoir au bout du lit, si vous devez vous relever, dit-elle quand Rozenn fut bien installée. J'ai fait de la soupe au vermicelle, des œufs durs et j'ai ouvert un bocal de haricots blancs. Qu'est-ce qui vous ferait plaisir ?

— Un bol de soupe et une tisane de sauge me suffiront, Lara. Je suis encore choquée. Je revois sans cesse le visage de Gildas, pendant qu'il me ligotait. Ce n'était plus le même. Comment ce genre de choses peut-il être possible ? Au nom de quoi ? Mais, il y a pire, j'ai eu un pressentiment, tout à l'heure, dans le salon. J'ai cru voir du brouillard dans la pièce qui voilait la lumière, il était sur vous deux. Ma chère petite, à présent je suis malade de peur pour Olivier et toi.

— Ce doit être vos nerfs, la fatigue, hasarda la jeune femme. Nous allons tout dire à la police, demain. Il vous faut du repos, Rozenn. Ne craignez rien, nous dormirons ici, pas dans la chambre de Gildas, ça non, plutôt dans celle où nous étions au mois de décembre.

— Qui nous sert toujours de débarras, déplora Rozenn. Odilon y entasse tellement de bricoles. Mais ta mère va s'inquiéter si tu ne rentres pas chez toi !

— Elle sait que nous sommes ici, et en fait j'avais l'intention de passer la nuit avec Olivier, n'importe où. Je me sens mieux là, car ma mère s'est rendue coupable d'un acte honteux, indigne d'elle.

— Vraiment ? Armeline me paraît pourtant une personne très pieuse, discrète.

— Ah ça, discrète, le terme convient ! Maman me cachait les courriers que m'envoyait Olivier, les cartes postales d'Autriche, deux lettres aussi. Nous en reparlerons, je descends vite préparer votre plateau, Rozenn.

Lara, de retour au rez-de-chaussée, s'étonna du silence qui régnait dans le salon. Elle s'apprêtait à regarder ce que faisaient les trois hommes, lorsque Nérée se mit debout avec effort. Le chien s'était réveillé sans réussir à lever la tête. En fidèle gardien, il avait néanmoins aboyé à l'arrivée du policier.

— Nérée, ça y est, tu tiens sur tes pattes, le félicita-t-elle. Tu dois avoir soif.

Elle lui apporta de l'eau dans une petite cuvette, puis se hâta de préparer le plateau de Rozenn. Olivier la rejoignit dans la cuisine, pour l'embrasser délicatement sur la bouche.

— Nous t'attendons, Lara. M. Bart croit savoir pourquoi Sauvignon a dû s'enfuir.

— Je me dépêche, répondit-elle avec un sourire très doux. Je vous servirai le dîner dans le salon, sur la table basse.

— Lara, tu es en danger à cause de moi, je ne le supporte plus.

— Cette nuit, je serai dans tes bras, je me moque du reste. Nous sommes en sécurité pendant quelques heures, il faut savourer ce temps béni.

Olivier la contempla tendrement. Lara avait le don si précieux de l'apaiser, de l'enchanter. La promesse du bonheur fou qu'ils se donneraient au creux d'un lit, un peu plus tard, lui aurait presque fait oublier les mystérieux ennemis acharnés à sa perte.

Pendant ce temps, l'inspecteur Renan se penchait sur la correspondance des Bart, qu'Odilon venait de lui confier. Les lettres dépliées, classées par date, étaient soigneusement rangées dans une chemise cartonnée.

— Je garde les enveloppes à part, indiqua le retraité, car je fais une collection de timbres.

— Les deux premiers courriers de James Sullivan sont rédigés à la main, au stylo plume, nota le policier, mais la lettre où il vous demande d'accueillir un valeureux résistant, qui a été blessé à la fin de la guerre, est tapée à la machine. Monsieur Bart, il faut éclaircir un autre point. Vous avez dû répondre dans un sens favorable.

— Oui, bien sûr.

— Donc, insista Renan, vous avez écrit à James Sullivan, pour lui dire que vous étiez d'accord.

— Tout à fait. Ensuite j'ai reçu un télégramme m'annonçant la date à laquelle Sauvignon arriverait.

— Et depuis ? Je suppose qu'il y a eu d'autres échanges. Si je mets à la place de Sullivan, j'aurais souhaité avoir des nouvelles de mon « protégé », j'emploie ce mot afin d'être plus explicite.

Odilon Bart eut une mine contrite. Il haussa les épaules, jeta un coup d'œil soucieux autour de lui.

— Ma sœur a dû écrire deux fois, moi ça me barbe, la prose, inspecteur ! Nous n'avions pas de réponse, mais ça nous a paru normal. James Sullivan faisait son deuil, puisque tout cela est survenu après le décès de notre cousine, sa compagne.

— Kervella a raison, nous avons affaire à un réseau organisé, secondé par des sous-fifres ici et là, cependant très malins, qui parviennent à détourner des courriers, à distribuer des lettres anonymes.

Lara et Olivier s'approchèrent d'eux, main dans la main. L'inspecteur Renan esquissa un vague sourire.

— Vous voilà, dit-il d'un ton radouci. Nous avançons un peu dans cette fichue toile d'araignée !

— Comment va ma sœur, Lara ? s'enquit Odilon.

— Rozenn est confortablement installée, ne vous inquiétez pas. Ma soupe au vermicelle était à son goût.

— Je te remercie, Lara. Maintenant je te résume ce que nous avons établi, déclara le retraité. Je n'y ai pas pensé aussitôt, à cause du coup que j'ai reçu. Et puis j'avais eu si peur pour ma sœur. Mais dès que l'inspecteur m'a posé des questions, ça m'est revenu à l'esprit. Hier, j'ai pris le courrier dans la boîte aux lettres en milieu d'après-midi. Qu'est-ce que je trouve ? Une enveloppe grise, postée d'Angleterre il y a une semaine environ. James Sullivan nous annonçait sa visite lundi, soit demain. Je l'ai dit à Rozenn. Nous étions contents, vous vous doutez ! Gildas s'était absenté toute la journée, je lui avais prêté la fourgonnette. Quand il est rentré, vers 21 heures, je me suis empressé de lui apprendre la bonne nouvelle.

— Nous en avons conclu, trancha Renan, que Sauvignon ne s'attendait pas à cette visite qui contrariait ses plans. Sullivan ne l'aurait pas reconnu, d'où des complications. Afin d'éviter ça, il a décidé de disparaître dans la nature, après avoir fait main basse sur vos liquidités, monsieur Bart.

— Il m'a également volé des napoléons en or que je lui avais montrés un soir. Je les rangeais dans un tiroir de mon secrétaire. Que voulez-vous, j'avais une entière confiance en Gildas !

Odilon Bart poussa un gros soupir. Il trottina vers le sofa où il s'assit, les traits marqués par l'épreuve qu'il venait d'endurer.

— Nous ferions bien de dîner, suggéra Lara. Monsieur Odilon doit être affamé et épuisé. Au fait, Olivier, tu as forcément rencontré James Sullivan, pendant ton séjour à Londres, même à l'époque où Élodie Bart était hospitalisée ?

— Oui, bien sûr, mais à la fin de la guerre. Par la suite, je l'ai croisé en ville, nous avons déjeuné ensemble une ou deux fois. Dès qu'Élodie est tombée malade, elle a refusé de recevoir qui que ce soit. C'était une jeune femme pudique et fière.

— Une belle personne, approuva Odilon d'une voix tremblante.

L'inspecteur Renan fut sensible à l'émotion du retraité. Il s'empressa de faire diversion.

— Nous en saurons plus demain, donc, décréta-t-il. Sullivan pourra nous renseigner sur ce convalescent qu'il hébergeait. On cherche des solutions à tâtons, cependant on s'égare peut-être. Je pense comme vous, Kervella, vous êtes au centre du problème. Il ne faut plus se demander comment, mais pourquoi !

La remarque était si judicieuse que Lara se reprocha de ne pas y avoir songé auparavant.

— Vous dites vrai, inspecteur ! s'enthousiasma-t-elle. Nous en débattrons après le repas.

Olivier la seconda pour servir le dîner, qu'elle avait concocté en improvisant avec les moyens du bord, de son propre aveu. Ce fut pour tous les quatre un agréable moment, convivial, presque familial.

Nicolas Renan devait en garder longtemps le souvenir, qui le soutiendrait quand il serait près de perdre tout espoir en l'espèce humaine. Ce soir-là, à demi-mot, il évoqua son enfance solitaire, après le décès de son unique sœur, son aînée de deux ans.

— Qu'est-ce qui vous a poussé à entrer dans la police ? s'enquit Lara, pendant qu'elle proposait des biscuits et du café.

— Le désir utopique de servir la justice, de vaincre les méchants, plaisanta-t-il d'un ton amer. J'ai souvent été déçu et mis en échec.

— Ne baissez pas les bras, vous finirez sûrement commissaire, car je suis certain que vous avez eu votre lot de réussites, avança Odilon avec sympathie.

— Heureusement, sinon j'aurais rendu mon arme et ma carte, pour prendre un poste administratif. Cependant, j'ai peu de chances de succéder au commissaire Urvois si je ne découvre pas l'assassin de ces deux jeunes femmes.

Tout de suite, Olivier se crispa. Il fixa le policier d'un regard inquisiteur.

— On m'a désigné comme suspect lors du premier meurtre, rappela-t-il. Croyez-vous qu'il y ait un rapport entre ces crimes abominables et ceux qui m'en veulent ?

— Ce serait envisageable, répliqua Renan. Revenons-en à la question que j'ai soulevée tout à l'heure. Pourquoi s'en prendre à vous ? Parlez-moi de vous, de vos parents. Il pourrait s'agir d'une vengeance !

Lara savait bien peu de choses sur Olivier. Elle l'écouta avec passion évoquer sa famille, son existence à Dinard.

— Mon père, Jonathan Kervella, jouit d'une grosse fortune, par héritage mais aussi grâce à son sens du profit. Il gère depuis des années un hôtel de luxe en bord de mer, ainsi qu'un autre établissement sur la côte normande. J'ai grandi choyé par ma mère, Madeleine, une femme exquise. J'ai fait mes études dans une école religieuse. Rien de particulier, en somme. Adolescent, j'ai suivi le chemin des jeunes de la haute société, le tennis, la voile, les réceptions où il fallait danser, pérorer, se montrer.

— Tu aurais pu me le dire, s'affola Lara d'une petite voix. Je me doutais que tu étais d'un milieu aisé, mais pas à ce point.

— Qu'est-ce que ça change ? répondit Olivier. Sois tranquille, je ne m'y suis jamais senti à ma place, d'où mon engagement dans la Résistance, au grand désespoir de mes parents. Je tenais à fuir mon cadre de vie, mes relations sans intérêt et me rendre utile, lutter pour la liberté, pour ma patrie.

— Ce qui est tout en ton honneur, mon cher garçon, le félicita Odilon. Je te serai toujours reconnaissant d'avoir évité une mort atroce à Élodie, même si ma petite-cousine était condamnée par la maladie, à plus ou moins brève échéance.

Olivier acquiesça tout bas. Il prit la main de Lara, assise près de lui, car il était conscient du trouble qu'elle ressentait.

— Enfin, il y a eu cette mission difficile, reprit-il, infiltrer la milice. J'ai passé la fin de la guerre en Angleterre, dont plusieurs mois dans le Yorkshire, à travailler. Autant résumer, j'en viens au procès où j'ai été acquitté après avoir été dénoncé anonymement comme milicien. Par qui, je tenais à le découvrir, c'était la raison principale de mon séjour à Locmariaquer et dans trois autres communes où on avait pu me voir dans cet odieux uniforme noir.

— Allons, Kervella ! s'écria soudain l'inspecteur Renan. Si vous avez participé à une expédition punitive sous cet uniforme-là, il serait judicieux de l'avouer. Dans ce cas, on en reviendrait à un règlement de comptes, une vengeance.

Furieux, Olivier se leva et se mit à faire les cent pas dans le salon. Il était livide, les poings serrés.

— Non, je n'ai rien fait de tel, clama-t-il, hors de lui. J'en étais incapable, je me serais tué si on m'y avait obligé. J'ai déjà assez souffert d'avoir assisté à une scène de barbarie, à l'arrière d'une boutique. Hélas, je n'ai pas eu le choix, sinon je me trahissais.

— Soit, je vous crois, affirma Renan.

— Mais qui se vengerait de cette manière, après trois ans ? ajouta Olivier. C'était plus simple, quand même, d'en finir avec moi une bonne fois pour toutes. Une balle, un coup de couteau en plein cœur, et au moins j'aurais eu la paix ! Non, on me fait payer je ne sais quoi par des intrigues de bas étage.

— Néanmoins, on a essayé de vous supprimer en décembre. Sans Lara, vous seriez mort noyé, Kervella !

— Pitié, arrêtez de scander mon nom de famille, s'exaspéra le jeune homme. Appelez-moi Olivier, vous appelez bien Lara par son prénom.

— Hum, hum, fit Odilon Bart. Un petit verre de calva s'impose pour détendre l'atmosphère.

— Un instant, je vous prie, déclara Renan. Je viens d'avoir une idée. Quand je vous ai rencontré à Rennes, je vous ai interrogé sur votre agresseur, mais vous ne l'aviez jamais vu, n'est-ce pas ?

— En effet, tout s'est passé si vite, le coup de manivelle sur le crâne, la lutte pour éviter son couteau de pêche !

L'inspecteur prit sur ses genoux la mallette en cuir qu'il avait apportée et l'ouvrit. Elle contenait un carnet et de nombreux documents dactylographiés.

— J'ai ici des photographies d'identité de différents individus. Regardez-les bien, Olivier, et dites-moi si vous en reconnaissez un. Je les pose sur la table, prenez votre temps.

Un bref aboiement attira l'attention générale. Le chien pointa sa lourde tête blanche dans l'entrebâillement de la porte.

— Il veut sortir, indiqua Odilon Bart. Nérée est habitué à rester dehors.

— Je vais lui ouvrir, proposa Lara, les nerfs à vif.

Elle suivit l'animal en bas du perron, puis dans le jardin d'agrément qui surplombait la grève. La marée était haute. De longues vagues crénelées de blanc déferlaient sur le sable mêlé de galets et d'algues.

— Le vent a chassé les nuages, se dit-elle à mi-voix, en tendant son visage vers le ciel où brillait la lune, ronde et argentée.

Une prière lui monta aux lèvres, qui exprimait son angoisse et son espérance.

— Mon Dieu, veillez sur tous ceux que j'aime ! Accordez-nous, à Olivier et a moi, quelques jours de paix. Ayez pitié de lui, je vous en supplie.

Lara récita tout bas le Notre Père et l'Ave Maria, puis elle se signa, en fermant les yeux. Lorsqu'elle contempla de nouveau la mer irisée par la clarté lunaire, une silhouette lui apparut. C'était la femme de ses visions. Toujours vêtue de noir, un voile rouge enveloppant sa tête, elle marchait dans l'eau, un bras tendu en direction de l'immense horizon. Une seconde plus tard, il n'y avait plus rien, la plage était déserte.

« Cette fois, j'ai aperçu son profil, s'étonna Lara, le cœur serré. Qu'est-ce que ça signifie ? »

Bouleversée, Lara siffla Nérée et le prit par son collier dès qu'il la rejoignit. Elle se hâta de regagner la villa et l'asile chaud et lumineux du salon, où Olivier l'attendait.

— Lara, viens vite, lui dit-il dès qu'elle apparut sur le seuil de la pièce.

— Nous savons qui a tenté de tuer Olivier ! s'exclama tout de suite Odilon. C'était Martin Le Dru, l'homme qui avait signalé la présence du voilier échoué près de chez nous.

— Olivier l'a reconnu sur la photographie que j'avais de lui, prise avant d'envoyer son corps à la morgue, précisa le policier. Je suis quasi sûr que Le Dru avait ramené lui-même le voilier jusqu'ici. Ensuite, il a couru nous alerter, le lieutenant Auffret et moi. Si j'ai pu constater des traces de sang, c'est sans doute car il les avait faites en se mutilant, car les analyses ont confirmé que c'était bien du sang humain. On a dû payer cher ce pauvre gars pour cette besogne, mais il n'a pas profité de l'argent, on l'a supprimé quelques jours plus tard pour s'assurer qu'il ne parlerait jamais.

Olivier attira Lara contre lui. Il avait besoin de la sentir toute proche.

— Et selon vous, inspecteur, qui aurait chargé cet homme de ce sale boulot ? demanda-t-elle.

— J'en reviens toujours au maire, Éric Malherbe. Quand je l'ai interrogé au sujet de Martin Le Dru, il était mal à l'aise et m'a presque congédié, or ce type travaillait depuis peu sur ses parcs à huîtres. Je m'étais renseigné, son « pedigree » ne plaidait pas en sa faveur. Le Dru avait commis des vols, il était bagarreur, âpre au gain.

— Mais Éric Malherbe ne dira plus rien, il est mort et enterré, conclut Olivier, découragé. J'avais essayé d'obtenir un rendez-vous avec lui lorsque je suis arrivé à Locmariaquer, en mars de l'année dernière, sans résultat. J'ignorais à quoi il ressemblait, avant que vous me montriez sa photographie ce soir, inspecteur.

Songeuse, Lara se servit un verre d'eau. Elle évoqua en silence ses rencontres avec le maire, le baiser qu'il lui avait volé, la danse qu'elle lui avait accordée lors du bal de la Saint-Sylvestre.

— Rozenn m'a confié récemment une chose bizarre, déclara-t-elle sans réfléchir. Elle a l'impression qu'Éric Malherbe n'est pas mort. Je suis désolée, c'est difficile à croire.

— Fichtre ! ma sœur ferait mieux de se taire, parfois, marmonna Odilon d'un air contrarié. Si elle avait des dons de voyance, elle aurait deviné les manigances de Gildas !

— J'ai vraiment ressenti ça, fit une voix, depuis le vestibule.

Nul n'avait prêté attention à l'attitude du chien, qui s'était levé et était allé accueillir sa maîtresse en bas de l'escalier. Rozenn s'avança dans la clarté, en robe de chambre et chaussons.

— Gildas Sauvignon m'a dupée, je l'admets, ajouta-t-elle. Mais j'avais quand même deviné son attrait pour Lara, puis l'amour qui naissait en lui. Il était de plus très habile à jouer les braves garçons, peut-être car il l'avait été, jadis. Un individu corrompu peut garder l'empreinte de son innocence d'enfant, qui le submerge de nouveau, sous le coup d'un sentiment sincère. Il n'aurait jamais fait de mal à Lara, j'en suis certaine.

— Excusez-moi, madame Bart, tout dépend du point de vue où on se place, protesta Olivier. Certes, vous dites vrai, Sauvignon à mon humble avis était disposé à épouser Lara. En quoi était-ce embarrassant pour lui, puisqu'il en était épris ? Il aurait joint l'utile à l'agréable. J'aurais cédé au désespoir, à la fureur. Elle aurait souffert malgré tout, lorsque je serais venu régler mes comptes avec son mari de pacotille !

Il s'écarta brusquement de Lara et sans un mot, le visage durci par la colère, il se précipita dehors. La porte claqua.

— Revenons-en à Malherbe, dit l'inspecteur Renan. Madame Bart, vous m'intéressez. Figurez-vous que moi aussi j'ai eu des doutes sur le décès brutal du maire. Brutal et spectaculaire. Je le soupçonnais d'être responsable du meurtre de Le Dru, de façon indirecte, ce n'est pas le genre d'homme à se salir les mains.

— Assieds-toi avec nous, Rozenn, conseilla gentiment Odilon à sa sœur. Je suis navré de t'avoir critiquée alors que je te pensais à l'étage.

— Je te comprends, tu es dans tous tes états, avec ce qui nous arrive, concéda-t-elle. Et tu disais la vérité, car au fond je ne suis sûre de rien.

Lara en profita pour courir retrouver Olivier. Il fumait une cigarette, assis sur le banc du jardin. Elle passa les doigts dans ses cheveux bruns, épais, aux crans souples.

— Je n'aurais jamais accepté d'épouser Gildas, même si tu t'étais marié avec une autre femme, dit-elle en le prenant dans ses bras. Je t'aime de toute mon âme, Olivier.

— Prouve-le !

— Comment ?

— J'en ai assez de ces débats, des craintes et des soupçons des uns et des autres. Un jour, tu m'as demandé pourquoi je refusais l'aide de la police. Je t'ai répondu de façon évasive, mais en fait je tenais à préserver mes parents. Ils tremblaient pour moi quand j'étais résistant, ensuite ils ont été durement éprouvés lorsque j'ai dû passer en cours de justice, étant accusé d'être un milicien. Dieu soit loué, on m'a réhabilité. La guerre était finie, je voulais leur épargner de nouvelles sources d'angoisse. D'où ma volonté d'enquêter seul, par mes propres moyens. C'est fini, je déclare forfait.

— L'inspecteur Renan va découvrir les coupables, j'en ai la conviction, affirma Lara qu'il avait attirée sur ses genoux pour mieux la cajoler. Quelle preuve d'amour veux-tu, mon cœur ?

— Pars avec moi, demain ou après-demain au plus tard. La fuite de Sauvignon nous accorde un peu de répit. Nous irons en bateau sur l'île de Molène. Là-bas, nous pourrons vivre ensemble plusieurs semaines, sans danger. Imagine un peu ! Dormir dans le même lit, prendre le petit déjeuner, se promener au grand jour. Nous habiterons chez mon ami Daniel.

— Tu as entièrement confiance en lui ? s'inquiéta-t-elle.

— Daniel est plus qu'un frère, répliqua Olivier. Il m'a sauvé la vie vers la fin de la guerre, Lara. Sais-tu pourquoi il est devenu aveugle ? Il s'est sacrifié pour moi, la Gestapo l'a arrêté et torturé parce qu'il m'a repoussé, dissimulé sous une bâche, quand une patrouille nous traquait. On lui a brûlé les yeux.

— Par quel miracle a-t-il survécu ?

— Tu l'as dit, c'était un miracle, dont je rends grâce à Dieu. Ce serait long à t'expliquer. Nos camarades du maquis ont fait une tentative désespérée pour le libérer et elle a réussi, par un formidable concours de circonstances dont Daniel et moi nous nous étonnons encore. Il te le racontera quand nous serons chez lui. Lara, j'ai repeint mon voilier, je lui ai donné un autre nom ; si nous partons par la mer, très tôt, personne ne nous repérera.

— Comment peux-tu en être aussi convaincu ?

— J'ai jeté l'ancre dans le petit port de La Trinité-sur-Mer. Nous nous y rendrons en bus.

— Mais Olivier, je travaille chez Tardivel ! Si je m'en vais, ma mère et ma sœur n'auront plus aucune ressource. Fantou sera très triste sans moi.

— J'y ai déjà songé, l'argent n'est pas un souci, j'en laisserai suffisamment à ta mère.

— Je la connais, elle refusera. Et il n'y a pas que l'argent, maman et Fantou se sentiront tellement seules.

Olivier étreignit Lara, chercha sa bouche. Il lui donna un long baiser passionné par lequel il révélait son besoin d'elle et la force de son amour.

— Il faudrait tout dire à maman si j'acceptais de te suivre, ajouta-t-elle, haletante. Accorde-moi un peu de temps, je t'en prie.

L'inspecteur Renan sortit à son tour de la villa. Il aperçut le couple sur le banc, grâce au clair de lune. Au bruit de ses pas, ils se levèrent précipitamment.

— Je rentre à Auray, annonça-t-il en s'approchant d'eux. Vos amis sont fatigués. Ils ont eu beaucoup d'émotions aujourd'hui. Je vous recommande de dormir ici, pour les rassurer et pour que je sois tranquille à votre sujet à tous les deux. Je reviens demain matin.

— Inspecteur, je sais que vous enquêtez sur la mort de Léa Bertho, déclara Olivier. Cependant je suis prêt à vous fournir tous les éléments en ma possession, afin que la police puisse faire son travail en ce qui me concerne.

— Enfin, ce n'est pas trop tôt ! se réjouit Renan. Nous avons bien avancé ce soir. Je vais fouiller dans le passé de Malherbe, et, si j'obtiens des informations importantes, je pourrai demander l'exhumation du corps. Le commissaire Urvois me soutiendra auprès du procureur.

Lara, qui rêvait de suivre Olivier sur l'île de Molène, poussa un bref cri de dépit. Un obstacle de taille se dressait soudain devant elle, plus redoutable que les plaintes d'Armeline ou le chagrin de Fantou.

— J'avais oublié, murmura-t-elle. Inspecteur, je présume que je ne dois pas quitter Locmariaquer, étant inculpée pour faux témoignage ? Mais j'ignore la date de mon procès, je n'ai reçu aucun papier officiel en ce sens.

— Urvois regrette sincèrement son erreur, il porte le poids du suicide d'Erwan Cadoret, qu'il a placé en détention provisoire de façon expéditive, avoua Renan. Tant et si bien que vous ne serez pas poursuivie, votre déposition confirmant en fait celle du témoin de dernière heure.

— Merci, inspecteur, je suis infiniment soulagée !

Olivier n'était pas au courant de l'initiative de Lara, qui avait essayé d'innocenter Erwan. Il nota cependant le léger sourire du policier quand il les salua avant de s'éloigner.

— Renan t'apprécie beaucoup, chuchota-t-il à son oreille. Je finirai par être jaloux de tous les hommes de la terre.

Elle l'embrassa follement en guise de réponse. La nuit à venir leur appartenait, où ils oublieraient dans son ombre complice le reste du monde.

18

Les amants de l'océan

Locmariaquer, chez Rozenn et Odilon Bart, nuit du dimanche 28 au lundi 29 septembre 1947

Allongée près d'Olivier, Lara entendit sonner la pendule du palier. Il était 1 heure du matin. Ils s'étaient couchés vingt minutes auparavant et n'avaient fait que discuter de leur expédition vers l'île de Molène. Depuis plusieurs minutes, le jeune homme, qui lui tournait le dos, ne prononçait plus un mot.

— Tu dors, mon amour ? chuchota-t-elle. Tu dois être fatigué.

Lara avait espéré une étreinte passionnée, dès qu'ils seraient seuls, mais elle était disposée à le laisser dormir.

— Repose-toi, dit-elle tout bas. Nous aurons d'autres nuits tous les deux. Je t'aime, mon chéri, c'est doux de t'appeler ainsi.

Elle remonta le drap sur son épaule nue, qu'elle embrassa du bout des lèvres à travers le tissu. Olivier se redressa et s'assit.

— Je réfléchissais, Lara, déclara-t-il. Je ne peux pas t'imposer d'aller à Molène en voilier, c'est beaucoup trop dangereux. Nous ferions mieux de prendre un train pour la Suisse.

— Non, je rêve de ce voyage sur la mer, tous les deux.

— C'est vraiment risqué en cette saison, tu ignores tout des passes là-bas, des courants violents.

— Tu les connais, toi, Olivier.

Anxieux, il rejeta ses cheveux en arrière, à pleines mains. Lara repoussa le drap, exhibant ses beaux seins ronds, sa taille déliée.

— On devait oublier nos soucis, se plaignit-elle en se plaçant en face de lui.

— Lara, je fais le bilan de ce que j'ai raconté à l'inspecteur ce soir. Plus j'y pense, plus j'ai la conviction de ne pas avoir été assez méfiant. J'aurais dû interroger Bénédicte, lorsqu'elle m'a donné son drôle de conseil.

— Qui est Bénédicte ?

— Je t'en ai parlé, il me semble.

— Pas du tout, rétorqua Lara, déjà agacée.

— Papa est associé depuis longtemps avec son père. Je la voyais souvent quand nous étions enfants, ensuite ses parents l'ont envoyée dans un pensionnat huppé, en Suisse justement. Je l'ai fréquentée deux mois, à mon retour d'Angleterre, avant mon procès.

— Comment est-elle ? Je veux le savoir, Olivier.

Le cœur serré, Lara regagna sa place et dissimula sa nudité sous les draps.

— Une jolie fille, plus petite que toi, très mince, blonde, adepte du maquillage et des talons hauts. Des yeux bizarres, on dirait un chat parfois. Au premier de l'An, nos deux familles avaient prévu des fiançailles, dans mon dos en fait. J'ai mis les choses au point. Bénédicte était folle de rage et a juré de se venger, disons de me le faire payer.

— Elle est sûrement très belle, bien habillée, séduisante ?

— Très belle, ce serait difficile, dans son cas. Elle est surtout matérialiste, autoritaire, perverse ! Je l'ai revue récemment, et elle m'a fait un vrai numéro de cinéma. Sur le moment, j'étais exaspéré, et je l'ai mise à la porte. Mais ensuite, je viens de m'en souvenir, elle a changé d'expression, de voix même.

Lara écoutait, mal à l'aise, jalouse malgré sa volonté de ne pas l'être.

— C'est bizarre, ça aussi, continua Olivier. Bénédicte prétendait avoir examiné ta lettre, elle savait ton nom et l'endroit où tu vivais.

— Quel culot, j'espère qu'elle ne l'a pas ouverte !

— Elle m'a affirmé que non, mais j'en reviens à l'instant dans le couloir. J'étais horripilé, pourtant la voici tout à coup plus simple, naturelle, amicale. Elle me conseillait de t'oublier, de ne plus t'écrire, de fuir au bout du monde. Je me demande à présent pourquoi elle s'est comportée ainsi.

— Olivier, on s'en moque, ne pense plus à rien, c'est notre nuit.

Une veilleuse en verre coloré contenant une bougie les éclairait. Lara noua ses bras autour du cou de son amant. Il sentit ses mamelons effleurer son dos.

— Si, je veux penser à toi chaque seconde, souffla-t-il à son oreille, en la renversant en travers du lit.

Elle s'étira, lascive, son jeune corps superbe exposé au regard d'Olivier. Il s'étonna encore de lui trouver une telle perfection de formes.

— Qui t'a créée ? s'émerveilla-t-il. Tu es la plus belle femme du monde.

— Comment fais-tu pour comparer ? insinua-t-elle. Pour moi, tu étais le premier, mon amour. Mais tu as plus d'expérience, n'est-ce pas ?

— La curiosité est un vilain défaut, que l'on fait taire d'un baiser, riposta-t-il.

Il s'étendit à ses côtés avant de l'embrasser doucement, sans hâte ni fébrilité. Peu à peu, le jeu de leurs bouches complices éveilla le désir de

Lara qui l'attira sur elle. Ses mains caressèrent les reins puis les cuisses d'Olivier.

— Je t'aime, j'ai tellement envie de toi, avoua-t-elle quand il reprit son souffle. Viens vite, je t'en prie.

— Non, pas tout de suite, ma précieuse sirène !

Il rendit hommage à ses seins, qu'il couvrit de baisers, à son ventre. Lara, éperdue de joie, cambrée, les jambes ouvertes, lui offrit son sexe chaud et moite. Olivier se rassasia de sa chair intime, au parfum musqué, puis, au comble du plaisir, il se releva pour l'investir, la pénétrer d'un élan fougueux.

Jamais il ne s'était montré aussi ardent, concentré sur sa propre jouissance d'homme. Lara, exaltée de le sentir emporté par un délire sensuel, ne songea plus qu'à elle. Des plaintes lui échappaient, des aveux impudiques.

— Oh ! oui, viens, encore, viens, je t'aime à en mourir, disait-elle en l'encourageant dans ses mouvements cadencés. Je te veux toujours en moi, toujours.

Hébété, Olivier roula sur le flanc, sans la lâcher. Lara sut ce qu'il souhaitait. Elle s'empala sur lui avec volupté et se balança d'avant en arrière, échevelée, en proie à des sensations encore plus intenses. Lorsque des spasmes délicieux naquirent au creux de son ventre, elle se pencha pour retrouver les lèvres de son amant. Il se raidit tout entier, en geignant d'extase.

— Nous avons peut-être conçu un enfant, dit-il, haletant.

— J'en serais heureuse, mon amour.

Ils se sourirent, en joignant leurs mains. Jusqu'à l'aube, ils épuisèrent leur besoin l'un de l'autre, pour s'endormir enlacés, joue contre joue.

Chez Armeline Fleury, mercredi 1er octobre 1947

Un véritable branle-bas de combat agitait la maison où Lara et Fantou étaient nées, avaient grandi. Armeline, les joues en feu, affolée, entrait et sortait de sa chambre, traversait la cuisine un cabas à bout de bras, courait d'un bout à l'autre de la grande pièce. Sa vie d'épouse amoureuse avait commencé là, entre ses murs chaulés, sous le toit jadis en chaume, mais couvert d'ardoises depuis une trentaine d'années.

— Seigneur, je ne peux pas le croire ! se lamentait-elle, partagée entre l'exaltation et l'appréhension que provoquaient la rupture soudaine de ses habitudes et l'imminence d'un changement, extraordinaire à ses yeux.

— Lara, es-tu bien sûre que Nérée ne fera pas de mal à mon chat ? s'inquiéta Fantou. Tu voudrais peut-être que je le laisse ici, puisque Gildas me l'a donné !

— Mon korrigan adoré, tu as entendu Rozenn ? Elle t'a promis que son chien se montrait amical avec n'importe quel chat. Il se moque même des poules quand elles picorent près de lui. Et ce petit animal n'est responsable de rien.

— Je suis tellement heureuse ! renchérit l'adolescente. Je rêvais d'avoir un gros chien. Bon, Nérée est à madame Rozenn, mais je pourrai m'occuper de lui. Tu l'as vu faire, hier soir, il me suivait partout.

— Tu l'as caressé sans arrêt, alors il t'a adoptée, hasarda Lara, touchée par la joie de sa sœur.

Rozenn et Odilon Bart, informés du projet d'Olivier, avaient eu l'idée d'accueillir Armeline et Fantou pendant l'absence des jeunes gens, Lara ayant décidé de partir sur l'île de Molène et d'y séjourner jusqu'à Noël.

— Je n'aurais pas dû accepter de quitter mon foyer, se lamenta Armeline, qui pliait son tablier pour le ranger dans un second cabas.

— Maman, c'était la meilleure solution, insista Lara. Fantou et toi, vous serez nourries et logées en échange du ménage, mais ça, c'était ta condition, car Rozenn et son frère ne l'auraient jamais proposé. Ils voulaient vous traiter en invitées, toutes les deux. Je crois qu'ils ont besoin de compagnie, ils se sentent souvent très seuls.

— Nous avons prévu beaucoup de choses, Mme Bart et moi, annonça Fantou, dont le regard bleu brillait d'impatience. Nous ferons des gâteaux le dimanche, je vais apprendre la recette du kouign-amann et j'en apporterai un en classe.

— Parlons-en, de l'école ! pesta sa mère. Le trajet à vélo est plus long.

— Non, maman, la distance est pratiquement identique, à cent mètres près, fit remarquer Lara. Et, s'il pleut, monsieur Odilon ira chercher Fantou. Il était si content d'avoir pu récupérer sa fourgonnette.

Armeline s'immobilisa tout à coup au milieu de la cuisine. Elle considéra d'un air mélancolique le décor familier qui lui était si cher, mais où elle avait espéré en vain le retour de son mari.

— Je me plains, pourtant je sais que c'est une excellente idée, dit-elle en souriant à Lara. Je pensais à Gildas à l'instant. Il était vraiment habile à endormir son monde. Comme j'ai été déçue ! Pourvu qu'il soit loin, très loin !

— L'inspecteur Renan nous l'a assuré. Grâce aux recherches effectuées par les gendarmes, il s'est avéré que ce triste individu a acheté un billet de train pour Rennes, à la gare, en laissant le véhicule des Bart à proximité. Il devait être très pressé.

Fantou, lasse d'entendre parler de Gildas, décida de vérifier si elle n'oubliait rien dans sa chambre. Armeline saisit l'occasion pour prendre Lara par les épaules.

— *Ma merc'h*, tu semblais l'apprécier, ce jeune homme, mais je regrette de t'avoir poussée vers lui, insinua-t-elle tout bas. J'ai honte de ce que je t'ai fait, chanter les louanges de Gildas, voler ton courrier, et dénigrer Olivier. Il me plaît, ton grand amour ; si je l'avais rencontré plus tôt, je ne t'aurais pas causé tous ces soucis. Comme tu vas me manquer, Lara, ma belle petite. C'est un dangereux et long périple que vous entreprenez. Soyez prudents, la mer d'Iroise est souvent très mauvaise. Les tempêtes sont fréquentes, il y a des récifs, ton père redoutait de naviguer là-bas. Je ne saurai même pas si vous êtes arrivés sains et saufs sur l'île de Molène.

— N'aie pas peur, maman. Je pense que nous pourrons envoyer un télégramme. Et tu dis vrai, moi aussi j'ai été dupée, parfois séduite par Gildas. Quant aux lettres, je te pardonne, tu croyais agir pour mon bien. En plus tu me laisses partir, alors que je ne suis pas majeure ni mariée avec Olivier.

— La seule chose importante, Lara, c'est ton bonheur. J'ai assez souffert d'être séparée de Louis. Au moins, sur Molène, tu ne seras pas menacée par le fou qui égorge ces pauvres jeunes filles.

— Oui, je ne risquerai rien là-bas, ni Olivier. Je trouverai un moyen de te donner des nouvelles, c'est promis.

Lara, très émue, serra sa mère dans ses bras. Elles demeurèrent ainsi jusqu'au retour de Fantou, encombrée d'une pile de livres.

— Finalement, j'emporte tes romans de Jules Verne, Lara, dit-elle. Je ferai la lecture à madame

Rozenn et à monsieur Odilon. Ce seront un peu mes grands-parents d'adoption. Il ne faut pas oublier mon cartable. Je ne tenais pas en place pendant la classe, car je savais qu'on s'installait ce soir à la villa.

— Je comprends, c'est l'attrait de la nouveauté, prêcha Lara d'un air malicieux. Si tu m'aidais à boucler ma valise ?

Les deux sœurs s'enfermèrent dans la chambre qui les avait vues couchées l'une près de l'autre, en train d'échanger mille paroles à voix basse. Il y faisait déjà froid.

— Vous aurez chaud chez les Bart, Fantou. Monsieur Odilon a fait réparer le chauffage central que les précédents propriétaires avaient installé. Il y a des radiateurs partout.

— Chic alors ! Dis, Lara, je n'ose pas trop poser de questions à maman, mais est-ce vrai que Gildas voulait te séparer d'Olivier ? Qu'il était venu pour vous faire du mal à tous les deux ? C'est triste, car je l'aimais beaucoup, moi. J'espérais qu'il t'épouserait et deviendrait mon beau-frère.

Lara différa sa réponse. Dépitée, elle considérait sa pauvre garde-robe. Enfin, elle haussa les épaules.

— Là où nous allons, je serai plus à mon aise en pantalon et gros pull, conclut-elle.

— Pourquoi tu ne me réponds pas ? soupira sa sœur. Déjà, je prenais Erwan pour notre meilleur ami, presque un frère. Ensuite il a changé et je vous ai surpris, sur la plage. C'était affreux, je savais bien ce qu'il voulait. Maintenant il est mort.

— Gildas a brutalisé madame Rozenn, Fantou, et il a volé de l'argent à monsieur Odilon. C'était un voyou, un menteur. Lundi et hier, j'ai discuté avec James Sullivan, un Londonien qui est venu rendre visite aux Bart. Quand l'inspecteur Renan lui a montré la photographie de Gildas Sauvignon, car j'en avais pris une de lui avec son appareil, en juillet, ce distingué professeur l'a reconnu. Sais-tu où il l'avait vu ?

— Non, dis-moi !

— Dans sa rue, à Londres, et même dans son immeuble, mais habillé en facteur, qui parlait parfaitement la langue anglaise. Il l'espionnait. Je n'ai pas envie de m'étendre sur le sujet, tu ne serais plus gaie du tout. Et Olivier, comment le trouves-tu, mon korrigan chéri ?

— Tu l'avais très bien décrit, Lara. Il est assez beau, ses yeux sont vraiment d'une couleur rare, bleu foncé mais lumineux. Tu avais oublié quelque chose !

— Quoi donc ?

— On sent tout de suite qu'il est très gentil, qu'il a un grand cœur. Et il a un sourire charmeur. C'est un véritable gentleman, comme dit maman.

Un coup de Klaxon, à l'extérieur, les fit se hâter. Leur mère tambourina à la porte de la chambre.

— Monsieur Odilon est arrivé, Denis aussi, il faut charger la fourgonnette, les filles !

L'entrain d'Armeline ne dura pas. Yohann Cadoret entra dans la cuisine, après avoir bousculé son fils Denis et le retraité. Il la prit par le coude pour l'entraîner dehors.

— Non mais dites donc, monsieur ! se récria Odilon. En voilà une manière de traiter Mme Fleury !

— Tout va bien, monsieur Bart, assura celle-ci. Yohann est un vieil ami.

Lara et Fantou se précipitèrent pour accueillir leurs deux déménageurs. Denis était rouge de confusion.

— Je suis parti en douce à vélo, et papa m'a suivi sur la bicyclette de maman, avoua l'adolescent. Il m'a rattrapé et j'ai dû lui expliquer que je vous aidais à emporter vos affaires chez les Bart.

— Il n'y a rien de grave, Denis, le réconforta Fantou. Regarde, j'ai enfermé mon chaton dans un carton, avec de la ficelle, mais il fallait des trous pour qu'il puisse respirer.

Denis consentit à sourire. Il admira le profil délicat de Fantou, ses cils dorés, son nez fin.

— Tu n'es pas grande, pour treize ans, déplora-t-il.

— Quelle importance, ça me plaît de rester petite ! Le docteur prétend que je pousserai d'un coup, je ne sais pas quand.

Lara et Odilon Bart commencèrent à transporter les valises sur le chemin. Des éclats de voix leur parvenaient, en provenance de la remise à bois, où Yohann exprimait son chagrin et sa colère.

— Tu aurais quand même pu me mettre au courant, Armeline ! enrageait-il. Tu fiches le camp alors que je viens d'enterrer mon fils aîné, mon pauvre Erwan ! *Ma Doué*, pourquoi tu quittes ta maison ? J'étais content, le soir, de voir de la lumière sur la dune, de mes fenêtres ! Avec ce gros malheur, je ne dors plus.

— Hélas, je ne peux rien faire pour toi, Yohann ! Je ne me plais plus ici. Je tiendrai propre la villa des Bart, on sera nourries et logées, mes filles et moi. Il y a même l'eau chaude à l'évier et dans la salle de bains. J'ai droit à un peu de confort.

Armeline retint un soupir. Elle avait failli citer seulement Fantou, alors qu'il fallait garder secret le départ imminent de Lara et d'Olivier.

— N'empêche, quand Denis m'a annoncé ça, je voulais savoir ce qui se passait, insista son voisin.

— Nous reviendrons au printemps, Yohann. Tu as ton épouse et Denis, prends soin d'eux. Je me doute que tu souffres, mon pauvre ami ! J'ai beaucoup pleuré Erwan.

Les prunelles d'un bleu très clair de l'homme fixaient la bouche d'Armeline avec insistance. Le désir qu'il avait refréné pendant des années le submergea. Il aimait et convoitait cette femme si menue, si blonde.

— J'peux divorcer, un mot de toi, et Jeanne déguerpit, bégaya-t-il en l'enlaçant. J'te veux, Liline, j'ai plus rien à perdre, va !

Elle se débattit, mais Cadoret, taillé en colosse, la maîtrisait sans peine. Il plaqua ses lèvres épaisses sur sa bouche pâle, força le barrage de ses dents d'une langue dure, gourmande. Suffoquée, Armeline lui empoigna une mèche de cheveux et tira, révulsée, cambrée en arrière.

— Arrête tout de suite, tu as bu ! dit-elle quand il poussa un cri de douleur. Va-t'en, Yohann ! Ne m'approche plus, entends-tu, plus jamais !

Il recula en titubant et sortit de la remise, tête basse, dégrisé, au moment où Lara accourait. Elle vit sa mère se recoiffer, les joues en feu. Son expression pathétique suffit à la renseigner sur la scène qui venait d'avoir lieu.

— Partez, monsieur Cadoret ! ordonna-t-elle. Sans vouloir offenser la mémoire d'Erwan, comme lui vous pensez qu'une femme doit se plier à vos désirs. Il devait prendre exemple sur vous.

— La ferme, péronnelle ! jeta-t-il d'un air mauvais. Ta mère, à une époque, elle ne disait pas non !

— Yohann, je t'interdis de dire ça ! hurla Armeline. Seigneur, pour quelques baisers, avant que je rencontre Louis. Tu me dégoûtes, disparais de ma vue !

Le marin cracha par terre et contourna la maison d'un pas pesant.

— Est-ce que ça va, ma petite maman ? murmura Lara, choquée par l'incident.

— Oui, ce n'est pas la première fois qu'il me manque de respect, confessa-t-elle. Yohann était sobre, jeune, mais là il commence à boire. Dépêchons-nous de partir, Lara. Je serai mieux chez tes amis. Crois-moi, je me rendrai utile.

— Veille bien sur ma petite sœur, elle le cache, mais je sais qu'elle est triste.

— Sois tranquille, Fantou sera bien entourée.

Chez les Jouannic, même jour, même heure

Tiphaine passait désormais la plupart de ses soirées dans sa chambre, dont le joyeux désordre lui plaisait et la consolait de son existence monotone. Elle avait pratiquement tapissé les murs de nouvelles photographies découpées dans les magazines de cinéma qu'elle continuait à acheter. Sa coiffeuse débordait de produits de beauté bon marché, son linge traînait un peu partout.

— Killian s'est endormi, annonça Loïza qui venait d'entrer dans la pièce après avoir frappé un petit coup discret, leur signal à toutes les deux.

— Tu es la meilleure nounou du monde, tata, viens t'asseoir, qu'on bavarde !

Sa tante s'occupait du bébé comme si c'était le sien. Elle préparait ses biberons, lui donnait le bain, le promenait et, à ses heures de loisir, elle confectionnait de jolis vêtements à sa taille.

— Tu es une vraie fée du logis, tata, ajouta Tiphaine.

— Dis donc, j'ai droit à des compliments, ce soir, plaisanta Loïza en prenant place au bout du lit.

— Ils sont mérités ! Tu fais tout dans cette maison, mais Agnès en profite. Elle abuse de ta gentillesse. J'ai envie de l'écharper quand je la vois minauder en te demandant tel ou tel menu, pour leurs dîners en amoureux.

— C'était la meilleure solution pour ta belle-sœur et ton frère. Maintenant ils ont droit à leur intimité et ils sont heureux.

Tiphaine enroula une mèche de cheveux autour de son index, avec une moue étudiée.

— Tout le monde est content ici, sauf moi, tata. J'ai promis à Malo Guégan que, si je n'avais pas eu de lettre de John à Noël, on se fiancerait. Le temps passe vite, il ne reste plus que trois mois.

— Ce brave garçon comprendra si tu changes d'avis. Il t'aime.

— Il m'aime, crois-tu ? Il cache bien son jeu, oui ! Au fond, il pense comme papa sur beaucoup de points.

— Lesquels, ma chérie ? Dis-moi.

— Si je deviens sa femme, Malo ne voudra pas que je me teigne en blond platine, il me l'a fait comprendre gentiment. Ensuite je devrai arrêter de travailler pour jouer les bonnes petites ménagères.

— John Russel aurait peut-être exigé la même chose de toi, suggéra Loïza.

— Oui, sans doute, mais au moins j'aurais vécu en Amérique, près de lui, soupira Tiphaine. Tu te souviens de Lara, ma collègue chez Tardivel ?

— Bien sûr, celle qui a appelé l'ambulance quand tu venais d'accoucher.

— Elle en a, de la chance. Hier, elle m'a téléphoné au garage, pour me dire au revoir. Lara part à Lyon, puis en Italie. Je lui ai posé des questions, mais elle était pressée et ne m'a pas donné de détails. Moi, si j'épouse Malo, un simple gendarme, je passerai le reste de mes jours à Auray.

Les larmes aux yeux, la jeune femme effleura du bout des doigts un portrait sur papier brillant de l'acteur Gregory Peck.

— Est-ce qu'il te plaît, tata ? Je le trouve tellement beau. Il avait un grand rôle dans *Jody et le Faon*, le dernier film que j'ai vu au cinéma.

— Grâce à Malo qui t'invite dès qu'il n'est pas en service, pour te faire plaisir. Il serait un mari attentionné, j'en suis certaine. Et tu pourrais le convaincre de briguer un poste dans une grande ville, même à Paris, affirma Loïza en cajolant sa nièce.

Tiphaine considéra cette perspective en souriant, puis elle se rembrunit, la mine chagrine.

— Tata, j'ai laissé Malo m'embrasser, me caresser, mais je ne pourrai pas coucher avec lui, je suis encore amoureuse de John. Et si, par miracle, il revenait en France, il m'en voudrait, parce que je l'aurais trompé.

Loïza hocha la tête. Elle se releva d'un mouvement souple, sortit de la pièce, entra de nouveau, un plateau à la main, sur lequel fumaient deux tasses.

— J'avais oublié notre tisane, expliqua-t-elle. Du tilleul et de la menthe avec du miel. Tiphaine, je prie chaque jour à la basilique pour ton bonheur. Un matin, j'ai même monté à genoux, en pénitence, l'escalier que prennent les pèlerins.

— En pénitence de quoi, tata ? Tu mènes une vie de religieuse.

— Non, ma chérie, j'ai eu récemment une liaison coupable, et je me le reproche sans cesse.

Stupéfaite, Tiphaine dévisagea sa ravissante tante, dont les traits semblaient ciselés dans l'ivoire, auréolés de sa chevelure dénouée aux reflets de feu. Ses grands yeux gris, piquetés d'or brun, la fixaient d'un air désespéré.

— Tu es si belle, tata, ce serait idiot de te priver, hasarda-t-elle tout bas. Dis, je le connais ? C'est un voisin ? Il te plaisait ?

— Mais oui, il me plaisait. Il m'a même parlé mariage, et c'est pour cette raison que je l'ai quitté. Je ne veux rien changer à mon existence actuelle. Je suis heureuse près de vous. Et maintenant il y a Killian. Il me comble de joie, c'est un magnifique poupon.

— Je ne suis pas d'accord, tu n'aurais pas dû te sacrifier encore une fois ! protesta la jeune femme, indignée.

— Au fond, ce n'était pas un grand sacrifice, je commençais à me lasser de lui. Tu garderas le secret, Tiphaine, sinon je vais au couvent et je me consacre à Dieu.

— Je te le jure, personne n'en saura rien. Oh, allez, sois gentille, dis-moi qui c'était !

— Non, je ne peux pas.

Une scène revint à la mémoire de Tiphaine. C'était au mois de mai, à Auray, près du cinéma Le Rex. Malo et elle avaient vu Loïza descendre de la voiture de l'inspecteur Renan. Sa tante s'était littéralement enfuie dans une rue transversale. Elle se rappela aussi des journées où elle allait à Vannes en train, sous le prétexte de consulter un dentiste.

— J'ai deviné, tata, chuchota-t-elle. Le policier, celui qui m'a empêchée d'avaler des cachets quand j'étais si malheureuse. Je ne t'ai jamais raconté ce qui s'est passé à Erdeven. J'avais décidé de mourir, car j'étais enceinte. L'inspecteur venait revoir le lieu du crime, le dolmen de Mané-Bras. Je voulais prendre tout le tube de somnifères et puis m'allonger sous les pierres, comme Madalen. Il m'a raisonnée, avant de me ramener ici. Il avait mis mon vélo dans la malle arrière de sa Rosengart.

— Seigneur, cet homme t'a sauvé la vie ! s'effara Loïza. Je n'ai même pas eu l'occasion de le remercier.

— Mais c'était lui, ton amant ? insista Tiphaine. Je t'en prie, dis-moi, tata. Il n'est pas mal du tout, un peu bourru, mais viril. J'ai soupçonné quelque chose entre vous.

— Bon, tu as gagné, c'était l'inspecteur Renan. Oublie ça, j'ai rompu et je suis vraiment soulagée.

Ravie d'être la seule dans la confidence, Tiphaine harcela Loïza de questions souvent impudiques, cependant sa tante les éluda toutes. Elles veillèrent tard, plus complices que jamais.

La Trinité-sur-Mer, jeudi 2 octobre,
7 heures du matin

Lara contemplait le voilier d'Olivier. Le bateau dansait sur les vagues qui envahissaient le modeste port de La Trinité-sur-Mer. Elle luttait contre une sourde tristesse, hantée par le moment des adieux, dans la villa des Bart.

« Fantou m'a serrée le plus fort possible dans ses bras, elle retenait ses larmes, se disait-elle. Mon petit korrigan adoré, je l'abandonne. Mais elle aura Nérée comme compagnon, le chien ne la quitte plus. »

Le soleil se levait. Ses rayons d'or rouge se reflétaient sur la coque des autres embarcations amarrées le long du quai. L'église de la ville égrena sept coups sonores. La mer était d'une couleur turquoise, le vent sifflait dans les mâts aux voiles repliées.

— Partez vite, c'est plus prudent, recommanda Nicolas Renan. Il n'y a encore personne pour examiner de près votre matelot, Olivier.

Le policier désigna Lara, travestie en garçon, vêtue d'un pantalon et d'un large caban ayant appartenu à Odilon, une casquette de marin dissimulant ses cheveux relevés.

— Je ne sais pas comment vous remercier, inspecteur, déclara Olivier, lui aussi attifé de manière à être presque méconnaissable.

Un bonnet en laine cachait son front, il ne s'était pas rasé et portait un pull à col roulé, ce dernier remonté sur son menton.

— Restez sains et saufs, tous les deux, ça me suffira, lâcha Renan d'un ton grave. Pendant ce temps, je continue à enquêter. Et, on est d'accord, on ne communique plus par téléphone, mais par télégramme.

Les deux hommes échangèrent une poignée de main. La gorge nouée, Lara leur adressa un faible sourire en franchissant la passerelle du voilier.

— Je t'embrasserais volontiers, ma petite chérie, mais ce n'est pas indiqué, on me prêterait des mœurs répréhensibles si je donnais un baiser à mon matelot, dit Olivier à Lara quand il la rejoignit à bord.

Elle acquiesça sans comprendre à quoi il faisait allusion. La voiture de l'inspecteur Renan s'éloignait déjà.

— Je ne lui ai pas dit au revoir, se désola-t-elle. C'était aimable de sa part de nous conduire jusqu'ici. En bus, on serait arrivés plus tard.

— On s'en va, Lara, s'enthousiasma Olivier en guise de réponse. On prend la mer, tous les deux ! Mon rêve se réalise enfin. Je t'enlève, ma bien-aimée.

— J'avoue que la situation est assez romantique, plaisanta-t-elle.

La tension de ces dernières heures retombait peu à peu, comme s'estompaient les images qui la faisaient souffrir, Rozenn et Odilon se tenant par le bras en haut du perron, très émus, sa mère en pleurs, dans son tablier fleuri, Fantou lumineuse, malgré sa peine.

— Des pêcheurs approchent, murmura soudain Olivier. Vite, aide-moi.

Ils accomplirent rapidement les manœuvres nécessaires. La voile hissée claqua au vent, le bateau, qui était en bout de jetée, s'avança tout de suite vers la sortie de la rade. Lara se tenait accroupie, feignant de bricoler à l'entrée de la cabine, sur les conseils de son amant.

— Nous allons traverser la baie de Quiberon, précisa-t-il, assis à la barre. Après la pointe de la presqu'île, nous passerons près de l'île de Groix. Nous naviguerons à distance des côtes, pour doubler les pointes de Penmarc'h et de Plogoff.

— Pour l'instant, je fais le compte de nos provisions, capitaine, annonça-t-elle. Voyons ça, Rozenn a rempli un sac de victuailles. C'est bien au matelot, n'est-ce pas, de vérifier les vivres ? Alors, nous avons une bouteille Thermos de café, de l'eau potable, des bocaux de pâté, des pommes, du pain, des galettes au beurre, du fromage et du jambon sec. Un vrai festin.

— Nous pourrons en partager une bonne part avec Daniel, une fois à Molène. Lara, lorsque tu apercevras le phare d'Ar-Men, sur la chaussée de l'île de Sein, tu découvriras l'océan, le somptueux et terrible océan Atlantique.

— Mais non, nous atteindrons la mer d'Iroise, rectifia-t-elle.

— La mer d'Iroise n'est qu'une division de l'Atlantique, ce sont des noms que les hommes donnent à leur gré. Pour moi, nous serons sur l'océan, le bel océan fougueux et immense.

Elle le regarda, éblouie. Olivier paraissait différent, apaisé et exalté. Il tendait son visage vers le ciel, sillonné par des nuées d'oiseaux, qu'il suivait des yeux avec un grand sourire.

— C'est le plus beau jour de ma vie, avoua-t-elle d'une petite voix bouleversée. J'ai l'impression qu'on vient de se marier et qu'on part en voyage de noces.

— Et, comme il se doit, tu avais envie de pleurer en quittant ta famille, répliqua-t-il. Lara, moi, je t'ai épousée la première fois où on a fait l'amour. J'ai su que tu serais l'unique, mon âme sœur. Viens là, plus personne ne peut nous surveiller. Si le vent ne change pas, ce soir nous dormirons à Molène.

Lara se lova contre lui. Il déposa un baiser sur sa joue, l'enlaça de son bras libre. Le voilier filait sur la mer, sous un ciel d'un bleu limpide. Les amants offraient leurs visages à l'air vif du large, tous deux infiniment heureux.

Auray, Hôtel des Halles, une heure plus tard

Nicolas Renan était rentré directement à Auray. Il souhaitait se rafraîchir et changer de vêtements avant d'aller travailler sur ses dossiers à la gendarmerie. Il s'accorda un café au comptoir du bar, dans la grande salle du rez-de-chaussée. La serveuse qui lui faisait les yeux doux n'avait pas pris son service, le patron de l'établissement le servit.

— Alors, rien de neuf, inspecteur ? demanda-t-il.

— Non, mais on attend du renfort, répondit le policier d'un ton laconique, excédé d'être fréquemment interrogé, alors qu'il ne pouvait livrer aucune information, en règle générale.

Il s'empressa de monter dans sa chambre, afin d'échapper au regard inquisiteur de l'hôtelier. Parvenu sur le palier, il vit une silhouette féminine au fond du couloir, près de sa porte. Son cœur manqua un battement en reconnaissant Loïza, sanglée dans son imperméable beige, un foulard noir sur la tête.

— Toi, c'est toi, tu es là, vraiment ? s'étonna-t-il à mi-voix.

— Ouvre vite, Nicolas. Je n'ai qu'un quart d'heure devant moi. Mon frère m'a déposée en ville, j'ai prétendu avoir besoin d'une pommade pour Killian. Je repars en bus.

L'inspecteur donna un tour de clef, poussa Loïza à l'intérieur de sa chambre.

— Je tenais absolument à te remercier, dit-elle. Hier soir, ma nièce m'a appris que tu lui avais sauvé la vie, l'année dernière, par hasard, bien sûr. Le hasard ou la grâce divine ? Si tu n'étais pas allé près du dolmen de Mané-Bras ce jour-là, Tiphaine et l'enfant qu'elle attendait seraient morts. Dieu a guidé tes pas, Nicolas. Je les aime tant tous les deux, ils sont ma raison de vivre, disons de vivre en famille. J'aspire tellement à me réfugier sous l'aile du Seigneur.

— Tu es venue pour ça, me remercier ! riposta-t-il, amèrement déçu. Tu me parles encore de Dieu, du Seigneur ! Loïza, ta lettre de rupture m'a démoli, le mot est faible. J'avais envie de renoncer à ma carrière, à ce métier que j'ai choisi adolescent.

— C'est normal que je veuille te remercier, Nicolas. Pourquoi tu ne m'en as jamais parlé quand on se retrouvait à Vannes ?

— Qu'est-ce que ça aurait changé ? Tu m'aurais quitté un peu moins tôt, ou tu te serais montrée moins prude au lit ? jeta-t-il entre ses dents.

Il voulait la blesser, afin de résister à l'émotion qui le ravageait. Elle était tout près de lui, sa bouche charnue entrouverte, ses joues de satin rosies par l'air matinal.

— C'était à ta nièce de te le dire, ajouta-t-il. Et tu n'avais qu'à m'écrire tes fichus remerciements, au lieu de me rendre visite. Je pouvais aussi m'absenter jusqu'à ce soir, je suppose que tu ne m'aurais pas attendu !

— En effet, je m'accordais encore dix minutes avant de courir à l'arrêt du bus. Nicolas, je refuse de te faire du mal. Pardonne-moi, tu ne me reverras plus.

Loïza recula en direction de la porte. Il lui barra le passage, ayant perçu son trouble, son regard caressant.

— Tu n'as aucune envie de partir, dit-il. Reste avec moi, je te ramènerai à Sainte-Anne-d'Auray en voiture. Encore une fois, oublie Dieu et ses saints, Loïza.

Renan la ceintura, chercha ses lèvres en la serrant contre lui. Elle capitula immédiatement, tout son beau corps irradié par un désir viscéral, ce feu intérieur dont elle avait toujours eu honte.

— Tu me manquais, avoua-t-elle. Prends-moi, vite, vite !

Il la débarrassa de son imperméable, de son foulard, puis la renversa en travers du lit. Presque brutal, il releva sa jupe, baissa sa culotte en satin qu'il fit glisser le long de ses jambes gainées de bas en Nylon. Impatient, proche du délire, il la pénétra en étouffant un cri rauque.

— Enfin, je suis enfin en toi, là où je voudrais mourir de plaisir, chuchota-t-il, après avoir enfoui son visage au creux de son cou. Tu me rends fou, Loïza.

Elle gémit et vibra de plaisir sous ses assauts frénétiques. Il lui fit l'amour deux fois, incapable de se rassasier d'elle, de son ventre de femme, chaud et animé d'une vie propre à l'instant crucial de la jouissance.

— Tu reviendras ? implora-t-il lorsqu'elle se leva et se rhabilla.

— Je te le promets. Le péché de chair n'est pas le plus grave, si on est amoureux.

Nicolas Renan reçut cet aveu comme une bénédiction. Il se sentit soudain plus fort, et même invincible.

En mer d'Iroise, quelques heures plus tard

Le trajet de La Trinité-sur-Mer jusqu'aux alentours de l'île de Sein s'était déroulé sans problème, même si la houle était forte et le vent capricieux. Lara avait pu constater à quel point Olivier était un excellent marin.

— Je te savais très doué, mais tu es encore meilleur navigateur que je ne le pensais ! s'était-elle écriée à deux reprises, lors d'une passe difficile, au large du phare d'Ar-Men.

— Tant qu'une jolie sirène ne me distrait pas ! avait-il répliqué en riant.

Lara, satisfaite de son accoutrement masculin, était loin de se voir comme une envoûtante sirène, néanmoins le compliment lui avait plu. Ils avaient déjeuné de bonne heure, tenant la barre à tour de rôle.

— Nous devrions accoster à Molène avant la nuit si ce temps-là se maintient, déclara Olivier en scrutant le ciel d'un air inquiet. Mais j'en doute fort.

La jeune femme constata également l'avancée rapide d'une barre nuageuse sombre, métallique. Les vagues se faisaient plus amples, plus profondes.

— On aura droit à un grain avant d'arriver, Olivier, dit-elle. J'ai senti des gouttes sur mon front.

— S'il s'agit d'un simple grain, on sera chanceux, Lara. Ici, au large, en mer d'Iroise, une tempête peut se déclarer très vite. Si ça se gâte, tu t'abriteras dans la cabine.

— Non, je resterai avec toi.

Elle était consciente de son inexpérience en haute mer, ayant essentiellement navigué dans le golfe du Morbihan et dans la baie de Quiberon.

— J'ai affronté quelques tempêtes, même sur les eaux du golfe, insista-t-elle.

— Seule ?

— Avec mon père, admit-elle. Mais je n'ai pas peur, je pourrai t'aider, Olivier.

— D'accord, à condition d'enfiler un gilet de sauvetage tout de suite, par précaution. Je vais en mettre un moi aussi.

Il lui adressa un grand sourire d'encouragement, auquel Lara répondit par un baiser.

— Je t'aime, dit-elle. Et je suis heureuse, mon capitaine !

Une fois équipés des gilets, ils étudièrent le cap à suivre, sous une pluie fine. Olivier, en apparence très calme, confia la barre à Lara pour inspecter la cabine. Il serra dans sa main droite la croix du chapelet qu'il avait suspendu au-dessus de sa couchette.

— Jésus de Nazareth, notre Sauveur, protège-nous, murmura-t-il. Si je dois mourir, accorde la vie sauve à la femme que j'aime de toute mon âme.

Il se signa et ressortit, tout de suite fasciné par la vision de Lara, assise en plein vent, le visage perlé d'humidité, une mèche brune échappée de sa casquette. Elle riait de joie, intrépide, prête à affronter les colères de l'océan. Il s'empressa de la remplacer.

— Il va falloir s'accrocher ! lui cria-t-il.

Le bruit des vagues s'était amplifié, ainsi que leur hauteur. Les lames déferlaient sur eux, grises et vertes, de plus en plus violentes. Elles se brisaient sur la coque en déversant sur le bastingage une eau mousseuse à chaque impact. Les deux voiles claquaient, trempées, soumises au jeu des bourrasques.

— Lara, je t'en supplie, va dans la cabine. Une vague peut te jeter par-dessus bord ! hurla Olivier. Le mât peut se briser.

— Pas si on replie les voiles, protesta-t-elle. Je m'en occupe.

— Non, on risquerait de dériver beaucoup trop loin de l'archipel de Molène. Il faut tenter le coup. Mais, si tu es en danger, je vais perdre mes moyens.

Lara le fixa, désarmée, hésitante. Le spectacle de fin du monde que leur présentait la mer déchaînée avait de quoi effrayer. Le bateau plongeait à présent dans des creux bouillonnants, puis remontait au sommet d'un mur liquide, pour redescendre encore.

— On dirait qu'il fait déjà nuit, remarqua-t-elle. Olivier, rien ne doit nous séparer, ne m'oblige pas à m'abriter dans la cabine pendant que tu luttes seul.

Il l'entendait à peine, ce qu'il exprima d'une mimique explicite. Lara s'installa à ses côtés.

— Tu as voulu résoudre seul tes soucis, depuis deux ans, mais c'est fini, je suis là, avec toi, ajouta-t-elle en forçant sa voix. Que ce soit maintenant ou bien à l'avenir, on ne se quittera plus.

Une énorme vague les aspergea. Ruisselants, ils se redressèrent pour supporter l'assaut de la suivante.

— Je n'ai pas peur ! s'égosilla Lara qui noua ses bras autour de sa taille. Comme ça, on est ensemble, bien serrés. Je voudrais un baiser, mon amour !

Olivier s'extasiait de son courage. Ses craintes s'envolèrent et il lui donna le baiser demandé. Leurs lèvres au goût salé s'unirent avec fièvre. En dépit de leur situation périlleuse, ils sentirent le désir s'éveiller, les pousser à s'étreindre encore plus étroitement.

— Petite folle adorée, dit-il en retrouvant sa lucidité, à cause d'une secousse brutale du voilier. Un peu plus, et je t'emmenais dans la cabine pour te faire l'amour.

— Mais ce serait vraiment trop risqué ? hasarda-t-elle.

— Hélas oui, répondit-il, rieur. Tiens-toi bien, Lara, voici la dernière vague, la plus dangereuse !

Elle s'accrocha à lui, cédant enfin à la frayeur face à la paroi verdâtre qui les dominait, menaçante. D'instinct, elle ferma les yeux.

« Si nous coulons, au moins nous serons tous les deux, pensa-t-elle. Je ne le lâcherai pas. »

— Je t'aime ! clama-t-elle une seconde avant l'impact.

Le choc fut tel qu'il les assomma presque. Le mât craqua, la plus petite voile se déchira. Sonné, Olivier cramponna la barre par réflexe. Lara, la tête blottie au creux de son épaule, émit une faible plainte.

— C'est terminé, le pire est passé, ma chérie, balbutia-t-il.

Hébété, il contemplait l'océan encore tumultueux, mais déjà plus calme. Un pan de ciel d'un jaune pâle surplombait l'horizon, où ne se dessinait plus aucun nuage. La cohorte noire, lourde de pluie, poursuivait sa course vers le Finistère, la rade de Brest et peut-être le grand port sardinier de Douarnenez.

— Lara, regarde, insista-t-il. Lara ?

Olivier la secoua doucement, affolé par son silence. Il l'écarta un peu de lui, pour l'embrasser, la ranimer si elle s'était évanouie. Il découvrit, terrifié, qu'elle avait une partie du visage en sang.

— Lara, ma petite chérie, mais pourquoi… Qu'est-ce qui s'est passé ?

Il vit soudain un morceau de bois, hérissé de clous rouillés. De nombreux débris flottaient à la surface de la mer. Celui-ci, porté par la gigantesque vague, avait dû frapper Lara de plein fouet.

— Seigneur, non, non, pitié ! gémit-il.

Locmariaquer, chez Rozenn et Odilon Bart, même soir, même heure

Fantou se tenait debout près de la baie vitrée qui dominait le jardin et la grève sablonneuse, parsemée de galets. Les vagues s'y brisaient, ourlées de blanc. Un vol de mouettes se posa au bord de l'eau.

Le soir tombait sur ce paysage qui ravissait l'adolescente, tout en l'attristant davantage. La couleur grise du ciel, le cri rauque des oiseaux, la lumière déclinante s'accordaient à son humeur anxieuse.

— Tu te fais du souci pour ta grande sœur, lui dit Rozenn en allumant les lampes du salon.

— Oui, madame. Toute la journée, j'allais bien, mais là, j'ai le cœur lourd. Nérée le sait, regardez, il a posé sa tête sur mes pieds.

Le gros chien au poil neigeux ouvrit un œil en entendant son nom. Il vouait à Fantou une affection totale qui intriguait un peu Rozenn.

— Nous sommes tous bons amis, ici, soupira-t-elle. Ta maman se démène en cuisine. Elle tient à nous préparer un gratin de poisson. Odilon accroche des rideaux neufs dans ta chambre. Nous la retapisserons bientôt.

— Ne vous donnez pas tant de mal pour moi, protesta Fantou. J'aime beaucoup votre villa. Elle a dû coûter cher.

— Pas tant que ça, ma mignonne. Nous l'avons achetée un prix raisonnable à la famille qui habitait là avant la guerre. Mon frère a travaillé dur et il a pu faire des économies.

— Mais Gildas vous les a volées !

— Ne te tracasse pas, nous sommes loin d'être sur la paille, assura Rozenn.

En quelques heures de cohabitation, elle avait noté combien la charmante Fantou s'inquiétait au sujet de l'argent, en posant des questions discrètes sur la valeur de tel ou tel objet, en refusant de manger à sa faim, aussi, de peur de les léser, Odilon et elle.

— Je suis vraiment heureuse de vous avoir ici, ta mère et toi, déclara-t-elle d'une voix enjouée. Je n'ai pas eu d'enfant, alors je serai contente de t'aider à faire tes devoirs, de t'apprendre la couture et le tricot.

— Madame, ne vous vexez pas, je préférerais connaître le secret des plantes, comme vous, et aller dans votre cabanon. Lara m'en a souvent parlé. Elle me décrivait les herbes qui séchaient, les pots en terre cuite sur les étagères.

Fantou tendit son exquis minois vers la femme marquée par des rougeurs disgracieuses. Sous la lumière dorée des lampes, ses fins cheveux blonds scintillaient, son regard bleu brillait, pur et innocent.

— Ce sera avec joie, mon petit ange, répondit Rozenn. Non, ne pleure pas.

— Ma sœur me manque tellement, madame. C'est l'heure à laquelle elle rentrait. Je l'attendais, et, dès qu'elle arrivait, je lui sautais au cou. Mais il n'y a pas que ça. J'ai peur pour elle, comme si elle était en danger. En plus, on n'aura peut-être pas de ses nouvelles, maman me l'a dit.

Attendrie, Rozenn caressa les joues lisses de Fantou, tout en essuyant ses larmes.

— Je te l'accorde, il y a souvent du danger en mer. Aie confiance en Olivier, il a voyagé de nuit à bord de son voilier, d'ici à l'île de Molène. Ne crains rien, tu retrouveras Lara, elle est forte et courageuse. Les fées des vieilles légendes de notre pays ont dû se pencher sur votre berceau, à ta sœur et à toi, déclara-t-elle d'une voix très douce.

— Merci, madame Rozenn. Est-ce que vous voulez bien prier avec moi ? Dieu n'exauce pas tous mes souhaits, mais là, Il doit protéger ma sœur chérie. Je prie beaucoup, savez-vous ? Surtout Jésus et la Sainte Vierge.

— Lara me l'a confié. Je veux bien prier avec toi, Fantou.

Elles fermèrent les yeux, les mains jointes dans une attitude de parfait recueillement. Ce fut au tour de Rozenn de pleurer en silence, émue par la foi infinie de l'adolescente, qui émanait de tout son jeune être et l'envahissait, lui communiquant des ondes de joie et de sérénité.

« Merci Seigneur, d'avoir envoyé cette enfant sous mon toit, merci. Je Vous rends grâce pour ce cadeau. »

Fantou se réfugia alors dans ses bras, privés si longtemps de tendresse, malgré l'affection d'Odilon. Rozenn, émue, la garda contre elle en la berçant un peu. L'aridité de sa vie passée fut balayée et, pour la première fois, elle eut un large sourire, où se mêlaient la joie et une timide sensation de bonheur.

19

Un sombre automne

Sur l'île de Molène, jeudi 2 octobre 1947

Olivier avait réussi à entrer dans le port de Molène avant la nuit, ce qui était un véritable exploit en raison des nombreux récifs qui entouraient l'île. Mais il connaissait les lieux et savait éviter ces pointes de roche granitique où nombre de bateaux, par le passé, s'étaient échoués.

— Merci mon Dieu, dit-il en jetant l'ancre, tout de suite le point de mire d'un groupe de pêcheurs occupés à nettoyer leurs casiers à homards.

Ils lui firent des signes d'amitié, accoutumés à le rencontrer lors de ses séjours sur Molène.

— Quelqu'un peut aller chercher le docteur ? cria-t-il. J'ai un blessé à bord. Envoyez-le chez Daniel Masson.

L'état de Lara le tourmentait tellement qu'il se rua aussitôt dans la cabine. La jeune femme, allongée sur la couchette, était plongée dans une léthargie inquiétante. Olivier avait nettoyé sa plaie à la tête, sans pouvoir prendre le temps d'essayer de la ranimer.

— Pardonne-moi, ma petite chérie, murmura-t-il. J'ai dû te laisser seule, sinon nous ne serions pas arrivés ici. Dieu est bon, le vent était favorable, après la tempête.

Il se pencha et l'embrassa sur les lèvres, avant de la soulever. Il réussit à porter son précieux fardeau jusqu'à la jetée, aidé par deux hommes accourus à la rescousse.

— Il y a eu du mauvais temps, leur expliqua-t-il. Un bout de bois clouté dans une lame l'a heurtée en haut du front.

Olivier n'avait pas loin à aller. La maison séculaire de la famille Masson, les ancêtres de son ami Daniel, se dressait face à l'anse qui abritait le port, à côté de l'unique hôtel-restaurant.

— Madame Katell a dû te voir par la fenêtre, la porte s'ouvre, indiqua un des Molénais qui l'escortait.

La gouvernante apparut sur le seuil, la mine soucieuse. Katell Rocher approchait de la soixantaine, cependant on la croyait souvent plus âgée, à cause de ses cheveux blancs et de son visage sillonné de rides.

— Entrez vite, Olivier, dit-elle. Pauvre petite, elle fait peine à voir ! Installez-la sur le divan du salon.

La pièce était chauffée par un poêle en fonte émaillée, dont la lucarne rougeoyait. Un homme d'une trentaine d'années occupait un confortable fauteuil en cuir, près d'un piano droit.

— Qu'est-ce qui se passe, Katell ? demanda-t-il. Je t'ai entendu parler d'Olivier !

Des lunettes en verre fumé dissimulaient les yeux éteints de Daniel Masson. Il eut un geste d'impatience.

— Oui, oui, votre ami Olivier est là avec une jeune demoiselle blessée, précisa la gouvernante. Et voilà le docteur !

Le médecin logeait à une centaine de mètres. L'île était petite, d'une superficie d'environ soixante-quinze hectares. Presque toutes les habitations étaient rassemblées autour du port et de l'église Saint-Ronan.

— Excuse-moi, Daniel, dit très vite Olivier, Lara a pris un mauvais choc à la tête.

L'aveugle fit signe qu'il comprenait la situation. Il espérait la visite des jeunes gens et déplorait l'accident qui le privait d'un accueil plus détendu.

Le docteur Isard, après les salutations d'usage, ausculta Lara.

— Je dois recoudre la plaie, déclara-t-il, tout en prenant le pouls de sa patiente. Depuis combien de temps votre amie est-elle inconsciente ?

— Plusieurs heures, affirma Olivier. C'est un coma ?

— Je ne peux pas me prononcer, elle aurait dû se réveiller, la blessure n'est guère profonde et a priori il n'y a pas de fracture. A-t-elle eu des vomissements ?

— Non, je m'en serais aperçu.

— Bien. J'ai un appareil radiographique dans mon cabinet, je vérifierai quand elle aura repris connaissance. Hélas, ça peut aussi se révéler plus sérieux.

— Seigneur ! c'est ma faute, je ne pouvais pas rester près d'elle, je devais mener le voilier à bon port, se reprocha Olivier.

— Et si je lui faisais boire une goutte d'alcool ? proposa Katell. C'est une vieille méthode, mais elle en a ranimé plus d'un.

— Je n'y vois pas d'inconvénient, lâcha le médecin, perplexe.

La gouvernante triompha en silence lorsque Lara entrouvrit les yeux, ayant avalé une gorgée d'eau-de-vie.

— Où suis-je ? articula-t-elle péniblement.

— Lara, ma chérie, j'ai eu si peur ! s'écria Olivier, agenouillé près du divan. Nous sommes à Molène, chez Daniel.

— La tempête est finie ?

— Oui, je te le promets. Tu es en sécurité.

Elle écarquilla les paupières, tandis que son beau regard noir reprenait tout son éclat.

— J'ai beaucoup dormi, je crois, s'étonna-t-elle.

— Oui, mais au moins tu étais à l'abri dans la cabine. Lara, le docteur Isard t'a examinée, il faut recoudre ta blessure.

Katell s'approcha, toute souriante, pour mieux observer la nouvelle venue.

— Bonjour, mademoiselle, vous êtes jolie comme un cœur. Je veille sur monsieur Daniel. Maintenant que vous êtes remise d'aplomb, je vais préparer le dîner.

Olivier prit la main droite de Lara, qu'il couvrit de petits baisers. Le médecin sortit des instruments de sa sacoche.

— Il va vous falloir un peu de courage, mademoiselle. Je dois désinfecter la plaie avant de me mettre à la couture, plaisanta-t-il.

— Je ne suis pas douillette, docteur, réponditelle. Allez-y.

Daniel Masson, de son fauteuil, les écoutait discuter. Il perçut une faible plainte de Lara, les mots rassurants d'Olivier, les commentaires du praticien.

— Une bonne nuit de repos, et de l'aspirine en cas de douleur, préconisa celui-ci. Je reviendrai demain matin.

La jeune femme le remercia d'un sourire. Elle vit Olivier sortir de la pièce avec le docteur, entendit avec soulagement des bruits de vaisselle, sans doute en provenance de la cuisine.

— Avez-vous souffert, Lara ? interrogea Daniel, attentif au rythme un peu rapide de sa respiration.

— Non, vraiment, ou bien à peine, dit-elle. Je suis surtout désolée de causer autant de dérangements. J'étais censée vous rencontrer dans des circonstances plus agréables.

— Je suis très content de vous accueillir, Olivier et vous, mais je déplore qu'il y ait eu cet accident.

— Je serai vite rétablie, soyez tranquille. Si j'avais obéi à mon cher capitaine en me réfugiant dans la cabine, je n'aurais pas été blessée.

Daniel médita sur l'expression « mon cher capitaine », par laquelle lui était révélée l'intimité amoureuse du couple, nuancée d'une touche d'humour.

— Vous m'êtes déjà très sympathique, Lara, avoua-t-il.

— C'est gentil, vous aussi, répliqua-t-elle en se tournant un peu vers lui.

Olivier était de retour, accompagné de la gouvernante qui prenait des airs de conspiratrice.

— Katell va te montrer notre chambre, Lara. Je vais récupérer nos sacs sur le voilier. Tu pourras faire un brin de toilette et te coucher.

— Non, je veux dîner avec vous, je suis affamée en plus, fit-elle remarquer en s'asseyant.

— Nous en parlerons tout à l'heure, insista-t-il en l'aidant à se lever. Est-ce que tu as des vertiges ?

— Je me sens tout à fait normale, Olivier.

Il l'embrassa sur la joue et ressortit. Lara suivit Katell au fond d'un étroit couloir qui donnait sur une cour carrée envahie d'une végétation exubérante et ceinturée de murets couverts d'orpins et de mousses.

— La chambre est là, indiqua la gouvernante qui montrait de la main une porte vitrée, aux contrevents bleus. Monsieur Olivier loge ici, quand il vient. C'est son petit domaine, comme il dit. Le matin, le soleil entre à flots. Vous serez bien. Attendez, j'allume le plafonnier.

Sous la lumière électrique[1], la pièce séduisit immédiatement Lara, avec ses murs bas, peints en blanc cassé, ses rideaux en macramé et ses tableaux représentant l'île de Molène et des paysages bretons. Le lit double aux montants de bois sculptés avait dû abriter d'autres couples, des décennies auparavant.

— Nous ne sommes pas encore mariés, avoua-t-elle à Katell. J'espère que ça ne vous choque pas trop ?

— Savez-vous ce qui me choque en ce bas monde, ma petite demoiselle ? Le manque d'amour, la barbarie, la bêtise. Pour moi, deux personnes qui s'aiment sincèrement sont unies au regard de Dieu, un Dieu moins sévère que le prétendent certains.

— Vous avez raison, madame.

1. L'électricité est parvenue sur l'île de Molène en 1938.

— Oh ! pas de ça, il faut m'appeler Katell. S'il fait beau les jours qui viennent, vous verrez comme l'île est belle. Il n'y a pas d'arbres, mais beaucoup d'arbustes à fleurs, des hortensias, des fuchsias, des rhododendrons. Je me promène souvent le long des ruelles, si étroites qu'on peut toucher les murs des maisons de chaque côté, en tendant les bras. Ah, il faudra monter jusqu'au sémaphore[1], on dirait une ancienne tour. La vue est magnifique.

— Vous êtes née sur l'île ? hasarda Lara.

— Non, je suis de Brest, mais j'avais des cousins ici, alors je venais en vacances, à votre âge. J'étais présente le jour du raz-de-marée, au mois de janvier 1924 ! Quel spectacle terrifiant ! Par chance, il n'y a pas eu de victimes. Je bavarde, et monsieur Daniel doit s'impatienter, il dîne plus tôt d'habitude. Je vous laisse.

Une fois seule, Lara s'assit au pupitre qui devait servir de bureau à Olivier. Elle en caressa le bois lustré, fit semblant d'écrire avec le porte-plume. Ses pensées voletaient autour de la joie qu'elle ressentait à l'idée de vivre là des semaines auprès de son amant. Soudain une image la traversa.

« Je me souviens, pendant que j'étais inconsciente, j'ai revu cette femme, se dit-elle, troublée. Comme c'est étrange ! »

---

1. Poste de défense érigé en hauteur sur les côtes et les îles, pour surveiller l'approche de navires ennemis.

Olivier la fit sursauter en entrant dans la chambre. Elle lui jeta un regard rêveur, presque absent.

— Lara, ma petite chérie, tu es toute pâle. Mets-toi au lit, je t'apporterai à manger.

— Je ne suis pas fatiguée, j'ai juste un peu mal au front. Je voudrais te parler. Ce matin, quand nous naviguions dans la baie de Quiberon, je t'ai enfin raconté les visions que j'ai eues après ma chute à vélo.

— Oui, tu as vu ta grand-mère, ton arrière-grand-père et une femme aux traits cachés par une sorte de brume rouge, qui, selon toi, t'a empêchée de mourir ! J'étais très impressionné, je le suis encore, puisque tu m'as dit que cette femme t'était apparue dans d'autres circonstances, même hier soir, au bord de la mer, chez les Bart.

— Eh bien, aujourd'hui, durant mon sommeil ou ma perte de connaissance, je l'ai revue, s'enflamma Lara. C'était différent, car elle me fixait. Ce que je décrivais comme une brume rouge, on aurait dit un voile très fin, rouge bien sûr. Mon Dieu, qu'elle était belle ! Rozenn pense à un ange gardien, malgré ses habits noirs et la couleur carmin. Et sa voix m'apaisait, tout en m'attirant. Je me souviens très bien de ça, j'avais envie de la rejoindre, de me blottir dans ses bras. Olivier, est-ce que je suis folle ? Le curé de Locmariaquer m'a confié avoir écouté des récits similaires, du moins au sujet de la merveilleuse lumière au bout du tunnel obscur, de la présence de disparus ! Mais moi je vois cette femme dont le visage m'est étranger, enfin je crois…

Olivier l'enlaça, déposa un baiser aérien sur sa joue. Il la sentit trembler.

— Comment ça, tu crois ? Lara, explique-toi, ma chérie !

— Je ne peux pas, c'est confus dans mon esprit, et je suis vraiment affamée, ce qui n'arrange rien.

— Affamée, trempée, échevelée, ajouta-t-il en riant. Il faut remédier au problème.

Il la déshabilla avec dextérité. Dès qu'elle fut entièrement nue, il s'empara d'un grand flacon d'eau de Cologne et d'un gant de toilette qu'il avait sortis d'un placard vitré.

— Le traitement réservé aux matelots récalcitrants, précisa-t-il en la frictionnant sur tout le corps de façon énergique.

Le carré de linge humide, au parfum discret, manié par le jeune homme, s'attarda un instant sur les seins aux mamelons bruns, sur le ventre plat, sur l'arrondi charmant des fesses, au creux du dos. Lara se laissait faire, ravie.

— Maintenant, une jolie robe, suggéra Olivier.

— J'en ai emporté une en lainage noir, avec un col blanc, c'était la plus convenable pour la saison. Elle est roulée dans mon sac, il y a des bas aussi.

Ils se souriaient, s'embrassaient, divinement heureux d'être ensemble. Lara brossa sa chevelure encore un peu humide, la divisa en deux nattes sombres et luisantes.

— Tu es superbe en noir, nota-t-il. Et ce col blanc te donne un air d'étudiante. Ne sois pas surprise si je décris ta tenue à Daniel, ainsi il peut imaginer ce qu'il ne voit pas.

— D'accord. Je plains de tout cœur ton ami. C'est vraiment affreux de perdre la vue. Le monde est tellement beau.

Olivier soupira en la serrant très fort. Il chuchota à son oreille d'un ton amer :

— J'estime que c'est un devoir sacré de lui tenir compagnie le plus souvent possible, Lara. Il est devenu aveugle par ma faute. Daniel te soutiendra le contraire, ou bien qu'il aurait agi de la même manière pour n'importe quel autre résistant de notre groupe, mais je sais qu'il ment. Il voulait à tout prix me sauver.

— Allons vite le rejoindre, j'ai hâte de mieux le connaître.

Le couvert était mis dans une petite salle à manger au décor pimpant, qui communiquait avec le salon. Le jeune couple trouva Daniel à table, ses boucles blond doré brillant à la clarté d'un lustre en verroterie.

« C'est un bel homme, songea-t-elle. Le pauvre, à cause de son infirmité, il se condamne à vivre coupé du monde. »

Katell les invita à s'asseoir, une soupière en porcelaine à bout de bras, dont Olivier la débarrassa aussitôt.

— Elle pèse lourd, lui reprocha-t-il. Vous ferez appel à moi, désormais.

— Voilà qu'on veut me voler mon travail, blagua-t-elle.

— Est-ce que vous vous sentez mieux, Lara ? s'inquiéta Daniel. Hum… D'où émane ce délicat parfum d'eau de Cologne ?

— Du traitement vigoureux que m'a imposé Olivier, dit-elle en riant. J'avoue que c'était efficace.

— Quel rire adorable, s'extasia l'aveugle. Des grelots, non, le tintement du cristal.

— Mon ami est un poète, Lara, commenta Olivier. Poète et musicien. Il joue du piano comme un maestro.

— Je serai enchantée de vous écouter, Daniel. Je tiens aussi à vous remercier pour votre accueil.

— Ce serait à moi de vous dire merci, la maison me paraît déjà beaucoup plus gaie, lui répondit-il en souriant.

Le repas se déroula dans une chaleureuse ambiance. Katell cuisinait à merveille. Après la soupe de poisson, elle servit un gratin de pommes de terre, de la langouste poêlée, puis en dessert une tarte aux prunes, le tout arrosé de vin blanc.

— C'était un festin, Katell, affirma Lara à la fin du dîner. Mais je vais vous aider à débarrasser et à faire la vaisselle.

La gouvernante poussa une clameur indignée, néanmoins elle céda bien vite, afin de pouvoir bavarder un peu. Cette fois, il fut question de la famille Masson.

— Les parents de monsieur Daniel sont morts en 1918, de la grippe espagnole. Il avait six mois ! Ce qui l'a sauvé, c'est d'être en nourrice. Le destin vous joue de ces tours ! Bien sûr, ses grands-parents du côté de son père, les Masson, l'ont élevé. Ils lui ont légué cette maison et beaucoup d'argent. Le grand-père, M. Paul Masson, était armateur à Brest, mais il aimait séjourner à Molène, où ses ancêtres s'étaient établis.

Lara, très lasse, se contentait d'approuver sans interroger la prolixe Katell qui rinçait les assiettes et les couverts en lui jetant des coups d'œil réguliers.

— Vous tombez de sommeil, ma petite demoiselle, finit-elle par constater. Il faut me faire taire.

— Pourquoi ? C'est très intéressant, ce que vous me dites. Je vais me plaire ici, Katell, j'en suis certaine. Quand je serai moins fatiguée, je vous parlerai de ma sœur Fantou, qui a eu treize ans cet été. Elle me manque déjà. Je l'appelle « mon petit korrigan ».

Sa voix se brisa sur ce dernier mot. Olivier fit irruption à temps dans la cuisine pour l'empêcher de céder à un trop-plein d'émotions.

— C'est l'heure d'aller se coucher, Lara, dit-il en la prenant par la taille. Demain, si le docteur n'y voit pas d'inconvénient, je te ferai visiter l'île de Molène, notre refuge.

Gendarmerie d'Auray,
lundi 10 novembre 1947, 16 heures

L'inspecteur Renan sifflotait en compulsant le dossier que lui avait apporté Malo Guégan. Le jeune gendarme, qui affichait un air morose, nota la bonne humeur du policier.

— On avance, Guégan. Le patron a repris ses fonctions, après avoir écopé d'un blâme. Il sera là demain matin.

Ce n'était pas dans les manières de Nicolas Renan d'appeler ainsi son supérieur, le commissaire Urvois. Ce terme inusité de « patron » s'accordait au sourire aimable du policier.

— Vous êtes satisfait, on dirait, inspecteur, fit remarquer le lieutenant Auffret qui venait d'entrer dans le bureau.

— Oui, je suis content, admit-il. Nous avons enfin une amorce de piste, grâce à vous tous. Avec la brigade d'Erdeven, vous avez fait du bon boulot. Et d'un, nous savons que l'assassin a acheté ces godillots de l'armée dans une brocante de Rennes, et de deux, le vendeur a fourni une description assez précise de ce type. Il faut persévérer, et même passer à la vitesse supérieure. On doit traquer un homme d'une quarantaine d'années, grand, barbu, les yeux clairs, vêtu d'un caban de marine à boutons dorés. Certes, il y a sûrement des dizaines d'individus correspondant à ce signalement.

Auffret et Guégan approuvèrent d'un même mouvement de tête. Renan décida de les inviter à dîner s'ils n'étaient pas de garde ce soir-là.

— Est-ce que ça vous dirait de manger des huîtres et un rôti d'agneau ? demanda-t-il. Le restaurant de mon hôtel propose ce menu. La table est bonne. J'ai déjà engraissé !

— Je vous remercie, inspecteur, je suis partant, répondit Malo. Je devais emmener Tiphaine au cinéma, mais elle vient de me téléphoner pour remettre à mardi prochain.

— Mlle Jouannic vous fera tourner en bourrique, Guégan ! lui lança Renan d'un ton compatissant.

— Bah, c'est la vie, marmonna celui-ci.

— Moi aussi, j'accepte volontiers votre invitation, dit Auffret. Je dois juste prévenir mon épouse que je rentrerai plus tard.

— Très bien, on se retrouve à mon hôtel vers 19 heures.

Les deux gendarmes le saluèrent et sortirent. Nicolas Renan esquissa un sourire amusé.

« Ils doivent se poser des questions, s'amusa-t-il. Ils m'ont connu distant, froid, irritable, et maintenant j'ai un moral d'acier. S'ils savaient à qui en revient le mérite ! »

Ce changement spectaculaire était en grande partie dû à ses rendez-vous clandestins avec Loïza. Elle venait le retrouver dans sa chambre deux fois par semaine, selon son emploi du temps à lui. Sa belle maîtresse lui accordait une heure ou davantage, sans plus jamais se lamenter sur son statut de pécheresse.

— Je te suis très attachée, avait-elle avoué la veille. Tu es un homme bien.

Renan la revit, à moitié nue, allongée sur le lit, sa chevelure cuivrée répandue autour de son visage si doux et le long de son dos, ses seins dorés qu'il aimait embrasser, mordiller.

« Bon sang, je suis fou d'elle, songea-t-il en se frottant le front comme pour effacer l'image de Loïza. Je l'épouserai coûte que coûte. »

Il se leva, ferma la porte du petit local avant de prendre un autre dossier dans le tiroir de la table, muni d'une serrure et d'une clef dont il ne se séparait pas. Aucun nom ne figurait sur la chemise cartonnée qu'il ouvrit d'un geste impatient.

— Voyons où j'en suis de l'affaire Kervella, murmura-t-il. Là aussi on avance, Urvois et moi. J'espère que les tourtereaux profitent de leur exil sur Molène.

Un télégramme qui lui était personnellement destiné avait été expédié du Conquet[1], le vendredi 3 octobre, dans lequel on lui donnait un message à décoder : « Oncle et tante bien arrivés à Lyon. »

Lara Fleury étant désormais censée habiter et travailler dans cette ville, l'inspecteur n'avait eu aucun doute. Le dimanche qui suivait, il était allé chez les Bart pour confier à Armeline et à Fantou que la jeune femme et Olivier avaient pu atteindre Molène sans encombre.

— Je récapitule, dit-il tout bas, le nez sur une page noircie de lignes dactylographiées. Gildas Sauvignon est toujours recherché pour vol et agression. L'individu semble s'être volatilisé, mais son signalement a été communiqué dans toutes les gendarmeries de Bretagne, et même au-delà. Nous sommes d'accord sur un point, Urvois et moi, l'ancien maire, Malherbe, trempe dans ce méli-mélo.

Renan consulta une autre feuille, où il avait lui-même noté des renseignements obtenus auprès des parents d'Olivier, qu'il était allé rencontrer à Dinard.

— Les Kervella sont de grands bourgeois, très riches, et ils ne s'en cachent pas, ironisa-t-il. Une

1. Commune du Finistère dont dépendait administrativement Molène, la plus proche aussi de l'archipel de Molène.

famille irréprochable. Mais ils ignoraient les gros soucis de leur fils unique. Pas plus que lui, ils n'ont d'explications à ce propos. J'ai respecté la décision d'Olivier, je ne leur ai pas dit où il se trouvait actuellement.

Le policier songea à la ravissante Madeleine Kervella, la mère du jeune homme. Elle lui avait d'abord offert du thé puis du whisky, un bourbon savoureux.

— Je trouverai la solution, conclut-il en tapotant le bois de la table. Et si on écoute nos communications téléphoniques, au commissaire et à moi, on a octroyé un répit considérable à Olivier.

Une cigarette au coin des lèvres, il se remémora un des appels volontairement truqué qu'il avait échangé avec Urvois.

« On insistait tous les deux sur la fragilité psychologique de ce pauvre garçon, souffrant à coup sûr d'un syndrome de persécution dû aux tourments endurés pendant la Résistance. On affirmait lâcher l'enquête qu'il avait exigée de nos services avant son départ pour la Suisse ou l'Autriche, ce qu'il refusait de préciser, évidemment, de peur d'être victime là-bas de ces prétendus ennemis, imaginaires à notre avis. Pourvu que la ruse ait pris. »

On frappa à la porte, que le lieutenant Auffret entrebâilla sans avoir eu de réponse. Renan boucla vite la chemise en carton.

— Inspecteur, Yohann Cadoret voudrait vous parler !

— Cadoret ? Et flûte, il a déposé une plainte le mois dernier. Il réclame justice pour son fils, mais il n'obtiendra pas gain de cause. Faites-le entrer, lieutenant, je vais tenter de le raisonner.

Le marin-pêcheur était à peine reconnaissable. Depuis le suicide d'Erwan, il avait beaucoup maigri. Les traits affaissés, le teint couperosé car il buvait trop, il pénétra dans le bureau d'un pas incertain. Seules ses prunelles bleues paraissaient vivantes.

— Monsieur Cadoret, bonjour, asseyez-vous, dit Renan d'un ton neutre. Que puis-je faire pour vous ?

Yohann, sa casquette entre les mains, jeta un regard inquiet vers le gendarme qui restait debout près de la porte.

— Laissez-nous, lieutenant, demanda l'inspecteur.

— Oui, vaut mieux qu'on soit tous les deux, pas besoin de témoin, maugréa le visiteur. J'vais me foutre en l'air, alors je devais vous parler.

— Allons, monsieur Cadoret, pensez à votre épouse, à votre fils Denis. Il ne faut pas dire ça. Je sais que vous traversez une terrible épreuve.

— J'ai tout perdu, mon gamin, ma future bru, mon honneur, et même l'amitié de ma voisine, Mme Fleury. Quand j'vous dis que j'vais me foutre en l'air, c'est sérieux. En sortant d'ici, je roulerai jusqu'à la pointe de Kerpenhir et j'me tirerai une balle. J'ai emporté mon fusil.

— Et vous venez me l'annoncer, peut-être dans le but que je vous place en cellule ? Demain matin, vous aurez dégrisé et vous aurez les idées plus claires, trancha Renan.

— Bordel, j'n'ai pas bu une goutte ! De toutes les façons, si je n'le fais pas, eux, ils me régleront mon compte.

Le policier fixa avec un vif intérêt Yohann Cadoret, dont les derniers mots lui parurent inespérés.

— Qui ça, « eux » ? Soyez plus précis, sinon je ne pourrai pas vous aider.

— La clique de bandits que l'ancien maire dirigeait.

— Il s'agit bien d'Éric Malherbe ?

— Eh oui, un fichu salaud, de mèche avec d'autres fumiers, lâcha Cadoret à mi-voix. J'n'étais pas mécontent d'apprendre sa mort, inspecteur.

— Pourquoi donc ? Que vous a-t-il fait ? Vous ne m'en dites pas assez.

Renan s'était exprimé calmement, afin de ne pas brusquer cet homme brisé, hagard. Il avait l'intuition qu'il s'apprêtait à découvrir des faits d'une extrême importance.

— Une cigarette, monsieur Cadoret ? proposa-t-il.

Il accepta et la fuma les paupières mi-closes. Dès qu'il écrasa le mégot dans le cendrier, il commença un récit aux allures de confession.

— Tout jeune, j'étais amoureux fou d'Armeline Guillemot. Mes parents la trouvaient à leur goût, les siens voulaient bien de moi comme gendre. Mais elle fréquentait un gars, Louis Fleury, un grand brun, que les filles reluquaient toujours. On aurait pu le prendre pour un Espagnol. Lara lui ressemble, ça oui. Enfin, le mariage s'est fait, et j'ai dû l'encaisser. On est devenus voisins, j'ai fini par apprécier Louis, surtout que j'avais épousé une jolie femme, la mère d'Erwan.

— Mais vous n'avez pas cessé d'aimer Armeline, insinua Renan.

— Voilà, je l'aimais toujours, et je devais me contenter de la croiser, de lui faire la bise au jour de l'An. Elle était heureuse, je me répétais ça. Moi, ma femme est morte des suites d'une fausse couche. Erwan avait quatre ans. Pauvre gosse, je l'ai placé chez mes parents, je n'avais pas le temps de m'en occuper. J'ai trimé dur, je sortais le chalutier dans n'importe quelles conditions, quitte à y rester. J'aurais mieux fait… Mais on s'entête à vivre, inspecteur. J'ai épousé Jeanne en secondes noces, elle avait de l'argent, un legs de son oncle. On a agrandi la maison, on a eu Denis. J'avais repris Erwan, bien sûr, pourtant il a vite été jaloux de son petit frère. Enfin, cahin-caha, notre famille tenait bon.

— Vos fils étaient amis avec Lara et Fantou Fleury, il me semble.

— *Ma Doué!* C'est sûr, ils en ont fait, des bêtises, tous les quatre, ça, ils étaient toujours à jouer, à bavarder.

Les yeux de Yohann s'emplirent de larmes, qu'il essuya d'un geste confus.

— C'était le bon temps, j'aurais dû le comprendre, dit-il. Non, je pensais à Armeline, je jouais le brave type, j'offrais du poisson, des pommes de terre, mais, un jour, Louis m'a demandé d'arrêter mon manège. Son beau-frère Patrick et lui m'ont pris à partie sur le port, en me conseillant de ne plus courir après Armeline, qu'ils me casseraient la figure si je continuais. Le ton est monté, on s'est battus. Je suis rentré chez moi avec un coquard et l'épaule en compote.

L'inspecteur Renan s'efforçait d'être patient. Il tournait son stylo entre ses doigts, hochait la tête.

— Je l'ai haï après ça, je n'avais qu'une idée, me venger et lui prendre Armeline, rien qu'une fois s'il le fallait, reprit Cadoret. Qu'il porte des cornes, Fleury ! Il était bel homme et pas moi, meilleur marin, meilleur pêcheur. Ses gamines faisaient sa fierté, tandis qu'Erwan travaillait mal à l'école, se battait à la moindre occasion.

— En bref, vous étiez envieux, jaloux, concéda Renan.

— Oui, ça me rongeait de l'intérieur. Et puis il y a eu la guerre, les restrictions, tout le bazar. C'était difficile de partir à la pêche, on n'avait guère d'argent de côté. Un matin, je suis allé à la mairie pour les tickets de rationnement, parce que Jeanne, ma femme, ne voulait jamais y aller, elle crevait de peur à cause des soldats allemands. Deux fois de suite, j'ai parlé au maire, je le trouvais gentil et à l'écoute, Malherbe. Il m'a embauché sur ses parcs à huîtres.

— Venez-en au fait, monsieur Cadoret, suggéra le policier, qui ne s'attendait pas à un discours pareil, marmonné, sans grand intérêt.

— J'en suis arrivé à raconter mes soucis au contremaître de l'époque, Barry. Il me poussait à lui en dire plus, chaque fois qu'il me payait un verre de blanc, dans le hangar à bateaux. J'ai parlé de Louis Fleury, d'Armeline.

— Une minute, vous avez cité le nom de Barry ! C'était le chauffeur de Malherbe. Je l'ai interrogé après l'accident du maire, mais il a disparu peu après alors que je l'avais sommé de rester à disposition de la police.

— Pardi, il a senti le vent tourner, maugréa Cadoret. Malherbe l'a engagé comme chauffeur il n'y a pas si longtemps. Ce type, il donnait froid dans le dos parfois. C'est lui qui m'a proposé de me débarrasser de Louis, et même de Patrick Guillemot. Il disait qu'il avait des renseignements, grâce à Malherbe, et que tous les deux faisaient partie d'un réseau de résistants. Il prétendait aussi que la Gestapo les soupçonnait et que des gens de Locmariaquer seraient pris en otages et fusillés, si ça continuait. J'ai tout gobé, inspecteur. Au fond, je m'en fichais, de démêler le vrai du faux.

Le marin-pêcheur haussa les épaules, le regard absent. Renan lui offrit une deuxième cigarette.

— Celle du condamné, jeta Yohann d'un ton morne.

— Je crois deviner, hasarda l'inspecteur. Vous avez dénoncé votre rival et son beau-frère par lettre anonyme. Il y en a eu des centaines, pendant l'Occupation.

— Barry a tapé la lettre sur une machine à écrire. On a fait ça dans son bureau. Rien ne manquait : un poêle à bois, une cafetière, une réserve d'alcool, du bon. Moi, ça me tracassait quand même de dénoncer Louis. Je pensais à Armeline, qui aurait tant de chagrin. Comme j'hésitais, Malherbe s'en est mêlé, il m'a proposé une grosse somme d'argent, de quoi acheter un meilleur chalutier et assurer le quotidien de ma famille pendant au moins cinq ans. Il y a mis deux conditions : mon silence, en me menaçant de mort si je le trahissais, ensuite je devais faire croire à tout le monde dans le pays que c'était un jeune gars, Olivier Hamon, qui était responsable de la dénonciation. Je n'avais jamais entendu ce nom-là, le maire et Barry répétaient que c'était un fumier de milicien. J'aurais été un crétin de refuser.

L'inspecteur Renan retint un soupir de satisfaction. Enfin, un point capital de l'affaire Kervella s'éclaircissait. Il tenait deux suspects, Barry et l'ancien maire.

« L'un en cavale, le second peut-être mort et enterré, mais ça reste à prouver, se dit-il. Cadoret doit faire une déposition. Cette fois, j'obtiendrai une exhumation et des analyses plus minutieuses du corps de Malherbe. »

— Si Armeline apprend que j'ai envoyé son mari en déportation, elle ne me pardonnera jamais, déplora alors Yohann. J'n'en peux plus de la vie, inspecteur. Avant d'en finir, il fallait que je vide mon sac. Croyez-moi, j'ai mis le paquet, pour accuser Olivier Hamon. J'ai monté mes collègues du port contre lui quand il s'est pointé en voilier, sous mon nez.

— Comment saviez-vous que c'était lui ? Vous ne l'aviez jamais vu, s'étonna le policier.

— Barry m'avait montré une photographie, un portrait, et il m'avait donné le nom de son voilier, l'*Orion*.

Renan pensa qu'Olivier avait eu une riche idée en rebaptisant son bateau *Le Rhuys*, un terme local attribué à une presqu'île de la baie de Quiberon.

— Monsieur Cadoret, un des gendarmes va consigner votre témoignage, à partir de votre rencontre avec Barry. Ce sera inutile de détailler votre passion contrariée pour Mme Fleury. Et promettez-moi de renoncer à votre projet de suicide, sinon je vous boucle en cellule. Malherbe et son acolyte, Barry, vous ont manipulé. Ils vous ont utilisé sans aucun scrupule. Je ne peux pas vous en dire plus, mais, dans la mesure du possible, je ferai en sorte de ne pas ébruiter votre rôle dans une affaire beaucoup plus complexe que vous ne l'imaginez.

— J'ai réfléchi, pendant ces dernières années, inspecteur. Me filer autant de fric, ce n'était pas très catholique !

— Je ne vous le fais pas dire, approuva Renan. Olivier Hamon était innocent. Il avait pris le risque d'intégrer la milice afin de sauver une admirable résistante. Une femme dont le dévouement et le courage ont contribué à la survie de nombreux enfants juifs.

Honteux, le marin-pêcheur piqua du nez. Il considéra ses mains noueuses, tannées par l'eau de mer et le soleil.

— J'veux bien témoigner, si ça m'cause pas d'ennuis, déclara-t-il. J'ai votre parole ?

— Vous l'avez, rétorqua l'inspecteur en le déplorant. Je ferai au mieux. J'appelle le lieutenant Auffret.

Yohann Cadoret plongea une main dans la poche de son caban. Il en sortit un chapelet en buis, qui datait de toute évidence de nombreuses années.

— C'était à Erwan, précisa-t-il, il le tenait de ma mère, Alvina. Peut-être que mon fils a payé pour mes fautes.

— Je l'ignore, trancha Renan. Mais je peux vous assurer une chose, Erwan voudrait sûrement que vous viviez pour veiller sur votre épouse et son demi-frère. Je vous remercie d'être venu, monsieur Cadoret.

— Pourquoi ça ? marmonna celui-ci.

— Vous le saurez un jour.

Cinq minutes plus tard, l'inspecteur Renan prenait la route du manoir des Bruyères, placé sous scellés depuis six mois.

Chez les Jouannic, même jour, même heure

Goulven Jouannic avait accordé son lundi à Tiphaine, car elle se plaignait d'une migraine tenace. Il n'en était rien, mais, plus complaisant qu'il ne le laissait croire, le garagiste était parti sans sa fille à Auray.

— Nous sommes tous les deux, mon bébé, chantonna-t-elle penchée sur le parc en bois dans lequel était assis son fils, sur une couverture pliée en quatre et jonchée de joujoux bon marché.

Killian émit une suite de gazouillis joyeux en souriant à sa mère. Il exhibait ses minuscules dents blanches, deux en haut et deux en bas.

— Mais tu es content d'être avec ta maman, s'étonna la jeune femme. Moi aussi, parce que tu es très mignon. Mamie Paule et tata Loïza sont parties à la basilique Sainte-Anne avec Luc. Ne crains rien, je ne t'emmènerai jamais à la messe le soir, surtout quand il pleut.

Depuis deux semaines, Tiphaine s'occupait davantage de son enfant, qui aurait neuf mois dans une semaine et un jour. De l'avis général, c'était un superbe poupon, très blond, aux yeux d'un bleu de porcelaine, aux joues bien rondes.

— On est tranquilles tous les deux, affirma-t-elle. Tonton Gaël et sa chipie d'Agnès rentreront tard. Si on mettait un peu de musique à la radio ?

Elle alluma le poste et tomba aussitôt sur une station qui diffusait un air de jazz. Killian écouta, tout en suivant les pas de danse qu'improvisait sa mère.

— J'ai bien fait d'annuler la séance de cinéma, dit-elle, les mains sur les hanches. Tant pis pour Malo ! Killian, mon bébé, Malo c'est un monsieur qui voudrait devenir ton papa, mais ta maman n'en a pas envie.

Tiphaine éprouvait une sensation de liberté, d'exaltation. Elle courut s'admirer dans le miroir au cadre métallique accroché entre les deux fenêtres de la grande cuisine. Son reflet la charma.

— Je suis vraiment mieux en blonde ! s'exclama-t-elle en riant.

Sans se soucier de l'opinion de ses parents, elle était allée dans un salon de coiffure d'Auray où on lui avait décoloré ses cheveux châtains pour faire ensuite une teinture d'un blond très clair. Elle était toujours maquillée avec soin, d'après ses modèles, les vedettes de cinéma américaines. Là encore, elle tendit ses lèvres rouges pour imiter une moue provocante.

— Au diable, Malo, et même John Russel, il y a tant d'autres hommes sur terre ! Quand j'irai travailler à Paris, je rencontrerai peut-être Jean Marais ou Gérard Philipe. Quand je pense que Malo n'a pas voulu m'emmener voir *Le Diable au corps*[1] à cause du titre. Quel imbécile ! Au diable, Malo !

Ses exclamations faisaient rire Killian. Le bébé avança à quatre pattes pour se cramponner aux barres en bois de son parc et se lever, tout fier de son exploit.

— Tu es un vrai petit chou, minauda Tiphaine. Viens danser avec maman, mon bébé.

Elle souleva son fils et esquissa une valse désordonnée. Sa large jupe en jersey virevoltait autour de ses jambes gainées de bas en Nylon.

— Qui vient nous déranger ?

En dépit de la musique, elle avait entendu frapper à la porte principale. Juchée sur ses talons hauts, la jeune femme suivit le couloir, Killian dans les bras.

— Si c'est Malo, il ne sera pas déçu, je vais lui mettre les points sur les i, quand je dis non, c'est non, marmonna-t-elle, agacée, avant d'ouvrir.

---

1. Film de Claude Autant-Lara sorti en 1947, avec Micheline Presle.

Un homme de haute taille s'abritait sous l'auvent vitré du perron. En imperméable au col relevé et chapeau ruisselant de pluie, il posait sur elle et l'enfant un regard bleu intrigué.

— Mon Dieu ! gémit Tiphaine. John !

L'Américain était parti depuis plus d'un an, pourtant elle l'avait reconnu immédiatement.

— Est-ce que je peux entrer ? demanda-t-il, comme intimidé. Il fait mauvais temps.

— Oui, enfin non, oui bien sûr, bégaya-t-elle, saisie de stupeur. Je suis seule, entre.

— C'est le bébé ? Il est déjà grand !

Killian observait l'étranger entre les doigts écartés de ses menottes, jouant les timides.

— Excuse-moi, je dois le remettre dans son parc, il pèse lourd, ajouta Tiphaine.

Elle craignait de faire un malaise, sous le coup de l'émotion. Son cœur n'avait jamais battu aussi vite, et elle pouvait à peine articuler.

— Donne-le-moi, je vais le porter, proposa John Russel. C'est mon fils. Il me ressemble beaucoup.

— S'il était brun aux yeux noirs, tu dirais sans doute que ce n'est pas le tien, comme ta sœur, répliqua Tiphaine en éteignant le poste de radio.

— Je suis désolé, Shirley a eu tort de t'écrire ça.

— J'ai failli en mourir de chagrin, John. Maintenant, explique-moi vite ce que tu fais ici, en France. Tu n'es pas en uniforme ?

Le GI la contempla, sans lâcher Killian, ravi d'être si haut perché. Il lança d'une voix tendre :

— Tu es en beauté, poupée ! J'aime bien ta couleur de cheveux, on dirait Jean Harlow !

Secrètement flattée, Tiphaine resta sur la défensive. Elle ne parvenait pas à croire à la présence de John, là, sous le toit de ses parents, mais c'était vraiment lui.

— Tu n'as rien d'autre à me dire ? s'écria-t-elle. Tu imagines ce que j'ai enduré ? Tu es parti sans un signe, sans un mot, pas un au revoir, pas une lettre, rien ! Moi qui attendais ta visite, car tu devais me demander en mariage. Et, après tout ça, ta sœur m'envoie un torchon plein d'insultes, en m'apprenant que tu as une fiancée là-bas ?

— Je suis désolé, répéta-t-il. Warren et moi, on a dû embarquer plus tôt que prévu, ordre de notre colonel. Je refuse de mentir, Tiphaine, une fois chez moi, dans le New Jersey, j'étais sûr de t'oublier. Tu avais été une amourette, un flirt.

— Merci, ça fait plaisir, répliqua-t-elle. Un flirt poussé, quand même, Killian en est la preuve. Et j'étais vierge, tu es bien placé pour le savoir. C'est ton fils !

John installa le bébé dans le parc pour ôter son imperméable et son chapeau. Tiphaine était fascinée par sa carrure, son port de tête, son élégance désinvolte. Elle le voyait pour la première fois en civil, ses cheveux blonds moins courts, en costume et chemise blanche.

— Je pensais souvent à toi, avoua-t-il. Plus les mois passaient, plus je regrettais d'être parti si vite. Quand j'ai reçu ta lettre avec la photographie du bébé, j'ai tout de suite été ému et j'ai eu des remords.

Elle lui tourna le dos, pour ne pas se jeter à son cou. Il parlait très bien français, même mieux qu'auparavant, mais avec cet accent si particulier qu'elle avait adoré.

— Tu parlais de la réponse de Shirley, dans ce courrier, alors j'ai interrogé ma sœur, ajouta-t-il. J'étais en colère. Je voulais revenir, c'était difficile, car j'étais toujours soldat. Maintenant, je suis libre. Tiphaine, regarde-moi.

La jeune femme lui fit face, encore furieuse et bouleversée. John avança vers elle et sortit de sa poche de pantalon un petit écrin en cuir noir.

— Qu'est-ce que c'est ?

— Ouvre, s'il te plaît, souffla-t-il.

Une sublime bague scintillait sur de la soie beige, un saphir serti d'une couronne de petits diamants.

— Tu te moques, ce n'est pas possible, murmura-t-elle.

— Tiphaine, je te demande pardon. Veux-tu m'épouser ? Je t'aime, ma poupée. Je légitimerai notre enfant.

Elle ferma les yeux un instant. Son rêve devenait réalité. Un flot de joie et de gratitude la submergea. La voix de sa tante Loïza résonna dans son esprit émerveillé.

« Tata m'a dit qu'elle avait monté à genoux les marches des pénitents, à la basilique, se souvint-elle. Elle a prié sans cesse pour mon bonheur ! »

John patientait, la tête penchée sur le côté, sans oser sourire. Il avait franchi l'océan pour elle, Tiphaine, pour leur fils aussi. Le miracle inespéré avait eu lieu.

— Tes parents veulent bien d'une Française ? insista-t-elle d'un ton inquiet.

— Ma mère a vu la photographie du bébé, elle avait envie de pleurer, tellement il me ressemble.

— Ah, c'est Killian qui les intéresse, se rembrunit-elle. Je pourrais parier que tu ne serais pas là, s'il était mon portrait ou celui de mon père, un rouquin.

— Chérie, c'est faux, protesta John. Je suis arrivé en France avant le premier anniversaire de notre fils. J'ai acheté la bague à New York et un cadeau pour lui.

Incapable de lutter plus longtemps, Tiphaine éclata en sanglots convulsifs. Russel en profita et passa la bague à l'annulaire de sa main gauche. Puis il l'enlaça et chercha sa bouche. Leur baiser s'éternisa, abolissant les mois de séparation, les doutes et les chagrins.

— Alors, c'est bien vrai, tu es là, tu vas m'épouser ? demanda-t-elle quand ils reprirent leur souffle.

Déjà elle le désirait, affolée par le contact de son grand corps d'athlète, grisée par ses baisers dont elle se languissait.

— Embrasse-moi encore, John, mon John chéri ! J'ai eu si mal au cœur, je voulais mourir, je te dis la vérité.

Il l'étreignit, effleura ses boucles blondes du bout des lèvres, caressa ses seins lourds, ses hanches, son dos, puis il reprit sa bouche.

Paule et Loïza les trouvèrent dans les bras l'un de l'autre, indifférents au reste du monde. Killian, impassible, secouait son hochet. Les deux femmes furent d'abord muettes de surprise.

— Seigneur, qui est-ce, Tiphaine ? s'alarma enfin Paule. Tu n'as pas honte, devant ton petit ?

Loïza avait compris. Elle conduisit Luc jusqu'au coin de la cheminée. Le garçon tremblait de nervosité, impressionné par la présence d'un homme inconnu.

— N'aie pas peur, Luc, c'est le papa de Killian, lui expliqua-t-elle en joignant les gestes à la parole.

Tiphaine, radieuse, tenait serrée la main de John. Elle défia sa mère d'un regard triomphant.

— Maman, je te présente le major John Russel. On va se marier.

Elle montra alors sa bague de fiançailles à Paule, qui se contenta d'approuver d'un air ébahi.

— Bonsoir, madame, je suis enchanté de vous rencontrer, dit poliment son futur gendre. Si vous me permettez d'attendre votre époux ici, je voudrais m'entretenir avec lui.

— Bien sûr, monsieur.

Sous son sourire de convenance, Paule Jouannic cédait à sa plus grande peur. L'Américain allait emmener sa fille de l'autre côté de l'océan, et jamais elle ne reverrait Tiphaine, ni Killian. Seul Luc s'aperçut de l'expression pathétique de Loïza, quand elle souleva le bébé et le cajola. Le tout petit enfant comblait sa frustration de ne pas être mère, comme Nicolas Renan apaisait les désirs de son beau corps avide d'amour.

Manoir des Bruyères, même soir, même heure

L'inspecteur Renan avait choisi Malo Guégan pour l'escorter jusqu'à Locmariaquer. Ils se garèrent dans la cour située derrière le manoir des Bruyères, sur laquelle donnaient deux garages. La pluie battante captait la lumière des phares, qu'il avait dû allumer dès son départ d'Auray tant il faisait sombre.

— Pourquoi vous teniez à venir ici ? s'étonna le jeune gendarme. Il n'y a plus personne depuis le mois de juin. Les domestiques sont partis, le chauffeur a disparu dans la nature.

— Je suis au courant, merci, Guégan. Bientôt vous allez me dire que la perquisition, après la mort du maire, n'a rien donné, ou bien que j'aurais dû coffrer le dénommé Barry. Non ?

— Pas du tout, inspecteur ! Je posais juste la question.

— Je vous réponds, dans ce cas. Je suis mon intuition en ce qui concerne le meurtre de Martin Le Dru, non élucidé à ce jour.

— On avait conclu à une bagarre entre ivrognes, indiqua Malo d'un ton bougon.

— Descendez, je veux m'assurer de quelque chose. J'ignore si l'électricité est coupée, prenez ma lampe torche dans la boîte à gants, je vous prie.

Malo obéit. Il tiqua néanmoins lorsque Renan examina son arme de service, qu'il garda sur lui une fois hors de la voiture. Tous deux contournèrent la demeure, dont les volets clos étaient peints d'un rouge foncé.

— Les scellés ont été arrachés, constata le policier, qui avait grimpé au pas de course les trois larges marches en granit du perron. Quelqu'un est entré, un carreau a été cassé.

La double porte vitrée du hall était restée entrebâillée. Une odeur répugnante les assaillit aussitôt. Malo se boucha le nez du dos de la main.

— Nom d'un chien, quelle puanteur ! se plaignit-il.

L'inspecteur actionna en vain l'interrupteur, avant d'avancer en direction du salon, en s'éclairant de sa lampe. Au bout de deux mètres à peine, le faisceau lumineux révéla un corps gisant sur le carrelage noir et blanc.

— En fait, Gildas Sauvignon n'avait pas quitté le pays, déclara calmement Nicolas Renan. On l'a tué, et sa mort doit remonter à la date à laquelle il s'est enfui. Guégan, il y a un téléphone dans le salon, avec un peu de chance la ligne doit encore fonctionner. Appelez le commissariat de Vannes, il me faut le légiste et le photographe.

— Vous êtes certain que c'est Sauvignon, inspecteur ?

— Absolument certain. Dépêchez-vous, ensuite on sortira prendre l'air.

Malo s'exécuta. Selon les prévisions de Renan, le téléphone fonctionnait. Ils se retrouvèrent dehors avec soulagement. La pluie avait cessé.

— J'en ai profité pour prévenir le lieutenant Auffret, annonça le gendarme. Notre brigadier-chef arrive.

— Très bien. Je ne vous inviterai pas ce soir à déguster des huîtres, Guégan. Mes hypothèses se confirment. Martin Le Dru a dû être assassiné par Barry, l'homme de main du maire. Ce sale type se planque quelque part, et j'ai la conviction qu'il a réglé son compte à Sauvignon aussi.

— Mais pourquoi, inspecteur ? Excusez ma franchise, ça ne tient pas debout, toute cette histoire. Le chauffeur de Malherbe n'avait aucune raison de supprimer ces deux gars.

— Je dirais plutôt que nous ignorons la véritable raison de ces meurtres. Je dois la découvrir, ça devient urgent.

L'inspecteur Renan alluma une cigarette. Il songea à Olivier Kervella, à Lara Fleury, en espérant qu'ils étaient vraiment en sécurité sur l'île de Molène.

20

L'île de Molène

Molène, chez Daniel Masson,
samedi 22 novembre 1947

Une douce chaleur régnait dans le petit salon, éclairé par un lampadaire à l'abat-jour en parchemin. Le jour était sombre et gris derrière les vitres de la fenêtre. Lara, assise près du poêle en fonte, écoutait Daniel jouer une sonate de Chopin au piano. La musique la charmait et berçait ses rêveries.

La gouvernante mit fin à cet instant de sérénité en faisant irruption dans la pièce.

— Est-ce que monsieur Olivier déjeunera ici ? demanda-t-elle d'un ton abrupt. Il n'est pas loin de midi, je vais bientôt mettre le couvert.

— Ne vous ennuyez pas, Katell, je m'en chargerai, répondit Lara. Olivier est parti tôt, il ne devrait pas tarder.

Daniel referma le piano, irrité d'avoir été interrompu, ce qu'il exprima sur-le-champ.

— Ma chère Katell, tu m'es très dévouée, je le sais, mais tu as le don de me déranger dès que j'essaie d'interpréter un morceau sur ce pauvre instrument mal accordé !

— Ne dites pas ça, Daniel ! protesta Lara. C'était tellement beau ! Ce piano me semble en bon état.

— Monsieur, je vous ai laissé tranquille un sacré bout de temps, rétorqua Katell, fidèle à son caractère bien trempé. Il ne pleut pas, vous auriez pu vous promener avec mademoiselle Lara. Vous êtes toujours cloîtré ici.

— Je ne tiens pas à sortir, c'est ainsi ! trancha l'aveugle. Si j'ai envie de prendre l'air, la cour et le jardinet me suffisent.

— Bon, je ferais mieux d'aller chercher Olivier, je lui dirai que le déjeuner sera servi sous peu.

— Mais oui, allez-y, Lara, soupira Daniel.

Katell, vexée, retourna dans la cuisine où ils l'entendirent marmonner de contrariété.

— J'ignore de quelle manière se comporte une gouvernante attitrée, cependant la vôtre me fait plutôt l'effet d'une tante vigilante ou d'une mère poule un brin autoritaire, plaisanta Lara en s'enveloppant d'un châle en laine.

— Elle est entrée jeune fille au service de mes grands-parents. Au fond, elle fait partie de la famille. Je lui dois beaucoup, mais parfois elle m'exaspère, comme avec sa manie de me donner du « monsieur » après trois ans de cohabitation amicale.

— Je suis désolée pour vous, Daniel, je veux dire à propos du piano. Je vous assure, j'ai trouvé ce morceau magnifique. Cependant mon jugement n'a peut-être aucune valeur. Avant de vous rencontrer, j'entendais surtout de la musique à l'église. Nous n'avons ni électrophone ni radio à la maison.

La voix mélodieuse de Lara, au timbre un peu bas, apaisa les nerfs à vif de l'infirme.

— Courez rejoindre Olivier, répliqua-t-il. Peut-être qu'il guette l'arrivée du ferry. Il doit recevoir les pièces pour réparer son voilier.

Un ferry, l'*Enez Eussa*, assurait depuis plus de vingt ans les liaisons des îles d'Ouessant et de Molène avec le continent. Le bateau à vapeur pouvait abriter deux cent cinquante passagers l'hiver et une centaine de plus en été[1].

— J'aime bien assister à l'arrivée du ferry, avoua Lara. Même si, la dernière fois, il n'a pas pu approcher du port. C'était assez pittoresque.

— Vous faites allusion à la vedette à moteur qui va chercher les marchandises et les gens ? Quand la mer est mauvaise, ce n'est plus un spectacle distrayant.

1. D'abord baptisé le *Celuta*, il fut mis en service en 1925.

— Oui, vous avez raison, approuva-t-elle, un peu gênée. Je suis désolée, j'ai parlé étourdiment.

— Ne vous excusez pas, Lara, et pardonnez-moi mon humeur morose. Il y a des jours où c'est intolérable d'être condamné aux ténèbres. On se rattrape sur les odeurs, les sons, mais l'amertume demeure.

— Daniel, Olivier se sent responsable de votre état. Il me l'a dit à plusieurs reprises. Selon lui, vous vous êtes sacrifié pour le sauver. Je n'ai pas osé aborder le sujet, de crainte de raviver votre chagrin.

— Seigneur, ça, c'est Olivier tout craché ! s'emporta l'infirme. J'aurais agi ainsi pour n'importe quel membre de notre réseau de Résistance. Néanmoins j'admets avoir été horrifié à la perspective de le voir arrêté. On l'aurait torturé lui aussi. Comprenez, Lara, il était tellement jeune, d'un courage exemplaire, généreux, loyal et prêt à mourir pour notre cause. Je pense que vous ignorez une grande partie des exploits de votre fiancé.

— Il répugne à évoquer cette période.

— La clef de l'énigme est peut-être là, dans la personnalité ma foi exceptionnelle d'Olivier. Les gens de bien s'attirent la haine de ceux qui prônent le vice, les perversions. Des héros ont été tués et persécutés, pendant la guerre, mais les attentats contre Hitler ont tous échoué.

— Vos paroles ne me rassurent pas, murmura-t-elle. Croyez-vous que nous sommes à l'abri ici ? Et si nous vous causions de graves ennuis ?

— Au point où j'en suis, je ferai front et je vous aiderai. Lara, je suis heureux de vous avoir tous les deux. Nous passons d'agréables soirées, à échanger nos souvenirs, nos expériences. Hier soir, quand vous parliez de votre petite sœur, j'ai cru être transporté à Locmariaquer et voir votre Fantou en train de prier devant la crèche qu'elle avait élaborée seule, afin de vous faire une surprise.

— Fantou me manque ! Si au moins je pouvais lui écrire, ou recevoir une lettre d'elle, déplora Lara.

— Hélas, la situation s'y oppose, admit Daniel avec tristesse. Je suis vraiment confus d'avoir soupçonné Olivier d'exagérer ses soucis. Pourtant il disait vrai, on lui en veut, on cherche à le faire souffrir, à l'éliminer.

— Mais qui, et pourquoi ? Je me pose cette question au moins une fois par jour, à mon réveil en principe.

Elle eut un léger sourire. Olivier avait soin de la réconforter si elle lui confiait ses angoisses. Leurs matins étaient souvent l'occasion de partager une douce étreinte, pleine de tendresse. Elle ne concevait plus la vie sans la joie de dormir à ses côtés, de le sentir tout proche, de l'embrasser à sa guise.

— Qui et pourquoi ? répéta l'aveugle. Je m'interroge également. Mais je vous retiens, Lara, partez vite.

— C'est la première fois que nous en discutons tous les deux, fit-elle remarquer. J'en avais besoin. Merci, Daniel.

Lara quitta le salon pour enfiler des bottes en caoutchouc dans l'étroit vestibule. Elle fut soulagée de se retrouver dehors, malgré le vent froid qui lui cinglait le visage. Un voisin la salua gentiment, un pêcheur de langoustes et de homards comme la plupart des hommes de l'île.

Le bruit des vagues heurtant la jetée du port, les cris aigus des mouettes enchantaient toujours la jeune femme, comme l'odeur du goémon, le parfum vif des embruns. Elle y était accoutumée depuis l'enfance, cependant, sur Molène, tout lui paraissait plus puissant, plus intense. L'océan et la mer d'Iroise n'étaient en fait qu'une même masse d'eau salée, agitée de hautes lames vertes ce matin-là.

Le Rhuys dansait sur les flots tumultueux. Lara vit tout de suite Olivier, debout au milieu du voilier, qui inspectait le mât. Elle courut sur la jetée en lui adressant un signe de la main.

— Je viens ! hurla-t-il.

Une minute plus tard, il sautait dans la petite barque amarrée à la coque de son bateau. Lara ne se lassait pas de le regarder. Chacun de ses gestes la ravissait. Pendant toutes ces semaines qu'ils avaient vécues ensemble, elle avait découvert d'autres traits de son caractère, notamment son extrême gentillesse, son dévouement, et son talent de chanteur.

— Lara, quelle bonne surprise ! lui cria-t-il en accostant.

Il la rejoignit au bord du quai et la serra dans ses bras.

Câline, elle se blottit contre lui.

— Le ferry a du retard, j'ai attendu en vain.

— Katell s'inquiétait pour le déjeuner, alors je suis venue te chercher.

— L'église n'a pas encore sonné midi, nota Olivier. En plus, j'ai mangé comme quatre ce matin. Si nous allions faire un tour sur la lande, enfin à travers les champs ?

— Oh ! oui, je pourrai caresser l'agneau qui est né si tard dans la saison. On dirait un jouet, plaisanta Lara.

— La pêche, le goémon, le seigle et les moutons, en somme, les uniques sources de revenus des Molénais depuis des siècles, professa le jeune homme en riant. Sauvons-nous vite, ma petite chérie, une escapade nous ouvrira l'appétit. L'*Enez Eussa* finira bien par arriver.

Olivier la prit par la taille. Lara portait la robe en laine noire qu'elle avait mise pour son premier dîner sur l'île. Lavée la veille et séchée devant la cheminée de la cuisine, elle lui tenait bien chaud. Quant au châle qui couvrait ses épaules, Katell l'avait déniché dans une des armoires de l'étage.

— Tu es de plus en plus belle, lui chuchota son amant à l'oreille. Daniel est séduit, je le sens. Il tressaille quand tu éclates de rire, ou s'il effleure ta main par mégarde. S'il te voyait à cet instant, avec tes longs cheveux au vent, ton teint de pêche et tes yeux noirs, il serait encore plus fasciné.

Ils montaient d'un bon pas vers le sémaphore, après avoir longé une ruelle étroite, dont les pavés glissaient.

— Qu'est-ce que tu insinues, Olivier ? se rebiffa-t-elle. Selon toi, ton ami est troublé, parce que je suis là, sous son toit ?

— Katell était jusqu'alors la seule représentante du sexe féminin à l'approcher. Maintenant il y a toi ! Daniel perçoit à sa manière ton charme envoûtant, ta douceur, ton parfum.

— Mon parfum ? La bouteille d'eau de Cologne est presque vide, j'en mets rarement.

— Je faisais allusion à un parfum différent, Lara, celui de ta peau, de ta chevelure, de ton corps.

— Tu vas gâcher notre promenade, si tu prononces un mot de plus, se plaignit-elle. Je suis heureuse à Molène, nous sommes logés dans une des plus grandes maisons, et surtout nous partageons tout, toi et moi. Pas une seconde je n'ai pensé que Daniel était perturbé par ma présence. Tu aurais mieux fait de te taire, Olivier. Je serai mal à l'aise, à présent.

— Ne te fâche pas, Lara, je t'en prie, dit-il tout bas. Daniel aime toujours Rébecca, son épouse. Ils ont été mariés deux mois, et peu après a eu lieu la rafle du Vélodrome d'Hiver, à Paris. Rébecca n'a pas pu s'échapper, elle est morte à Dachau.

— Mon Dieu, c'est terrible ! déplora-t-elle.

— Il serait mécontent s'il savait que je te l'ai dit. Ne lui en parle surtout pas.

Ils atteignirent le sommet du tertre sur lequel avait été érigée la tour de garde. Olivier enlaça Lara et désigna d'un geste le paysage qui s'étendait sous leurs yeux.

— Regarde, ma chérie, comme c'est beau, la mer, le ciel, et là, vers Ouessant, la lande, les murets de pierre, les bruyères roses, les chardons ! Un univers en miniature. J'aperçois un phoque, sur les galets de Ledenez Vraz[1]. La marée descend, ses congénères vont se reposer eux aussi sur la plage.

— C'est là-bas que tu m'as emmenée avant-hier pour ramasser des coquillages, répliqua Lara.

---

1. Très petite île reliée à Molène par un passage de galets, à marée basse.

Olivier se tourna vers elle. Le vent du large ébouriffait ses cheveux noirs, la clarté voilée de ce jour gris faisait paraître ses singulières prunelles bleues encore plus foncées.

— Tu me plais infiniment, mon amour, murmura-t-elle.

Il déposa un baiser sur ses lèvres, auquel Lara répondit avec fièvre. Le son étouffé d'une sirène de bateau les sépara.

— Le ferry ! s'écria Olivier. Nous avons bien fait de rester dehors. Et, à coup sûr, Katell va sortir pour arpenter le port, afin de participer à l'animation générale. Le déjeuner sera retardé. Viens, on redescend.

Ils dévalèrent le chemin main dans la main. Lara scruta la silhouette massive du bateau à vapeur. Déjà des embarcations de toutes tailles se dirigeaient vers lui. Olivier s'arrêta à une dizaine de mètres de l'hôtel-restaurant.

— Jadis, les gens d'ici se chauffaient avec du goémon et de la bouse de vache séchés, expliqua-t-il à la jeune femme. Il n'y avait qu'un puits, l'eau était le plus souvent saumâtre. Des épidémies ont ravagé la population de Molène, au cours des siècles, le typhus, le choléra[1]. Tout a changé. On se fait livrer du bois de chauffage et du charbon, des citernes d'eau potable.

---

1. Véridique.

Lara appréciait ce que lui racontait Olivier. Elle prenait même des notes dans un cahier, lorsque Daniel et lui évoquaient le lointain passé de l'île. Katell les surprit en pleine conversation.

— J'ai eu raison d'ôter mon ragoût du feu ! bougonna-t-elle. Tant pis, on mangera plus tard. J'ai commandé des conserves sur le continent, on va sans doute me les livrer aujourd'hui. Au cas où, j'ai emporté mon cabas et un panier.

Les enfants qui sortaient de l'école accoururent, excités à l'idée de pouvoir observer le déchargement des marchandises, des colis, et le débarquement des passagers du ferry. En cette saison, au milieu de l'automne, ils n'étaient guère nombreux.

On criait, on riait, on appelait les commis du ferry en les interrogeant sur le continent, les uns et les autres avides d'avoir des nouvelles de l'actualité, ou d'un proche parent. Lara, que la liesse générale amusait, vit un homme descendre de la vedette à moteur.

— Olivier, j'ai l'impression de le connaître, murmura-t-elle sans quitter le visiteur des yeux.

Il était vêtu d'un long ciré noir, d'où dépassait un pantalon en toile. Chaussé de grossiers bottillons, une casquette enfoncée jusqu'aux sourcils, il avança droit sur le jeune couple.

— Il nous sourit, constata Lara. Mon Dieu, Olivier, mais c'est l'inspecteur Renan !

Sainte-Anne-d'Auray, Hôtel des Pèlerins,
même jour, même heure

John Russel avait invité Tiphaine à déjeuner, dans le restaurant de l'hôtel où il logeait. Loïza lui avait recommandé cet établissement, dont le principal atout était d'être situé à un kilomètre à peine de leur maison. Il pouvait venir voir son fils tous les jours, ce dont il ne se privait pas.

— Comment vont les choses avec ton père ? s'enquit-il en fixant la jeune femme d'un air inquiet.

— Il n'a pas changé d'avis, il s'oppose toujours à notre mariage, ça devient ridicule, se désola Tiphaine. Et maman ne fait que pleurer à l'idée que je te suive dans ton pays. Mon frère m'a promis de se renseigner auprès de la mairie. Gaël affirme que papa ne peut pas m'empêcher de partir. J'ai eu un enfant de toi, je suis majeure dans un an.

— Mais il faut le consentement de tes parents. Je cherche une solution, ma poupée. Si je trouvais un emploi dans une des bases américaines encore en fonction, je pourrais peut-être passer plusieurs mois en France. Ou bien autre chose !

— John, c'est tellement injuste ! L'année dernière, papa était d'accord, ou alors il faisait semblant.

Le serveur leur apporta un plateau de hors-d'œuvre et une bouteille de vin rouge. Tiphaine essuya le coin de ses yeux, afin de cacher les larmes qui les embuaient.

— Ne sois pas triste, chérie, ne pleure pas. Un des GI de ma division a épousé une Française. Il a dû partir, mais il est revenu au bout d'un an. Finalement, la famille l'a accepté. Sa femme et lui tiennent une brasserie à Rennes.

— Mais toi, John, tu désires vivre chez toi, dans le New Jersey !

Elle écorcha le nom de l'État, en le prononçant si mal que Russel éclata de rire. Il redevint vite sérieux.

— Ma mère t'accueillerait à bras ouverts, déclara-t-il. Mon père serait plus froid, au début. Mais je le connais, il aimera Killian.

— Et toi, est-ce que tu l'aimes ?

— C'est mon *baby* ! se récria-t-il. Bien sûr, je l'adore.

— Ma tante sera malheureuse quand nous l'emmènerons. John, je veux vivre avec toi. Je te l'ai avoué le soir de ton retour, dans le jardin, j'avais perdu l'espoir de te revoir. Papa me forçait à fréquenter Malo, un ancien voisin qui est gendarme.

— As-tu été sage, ma poupée ? Je te préviens, je suis jaloux. En débarquant au Havre, je pensais beaucoup à toi. Ta lettre datait de longtemps, j'avais peur de te trouver fiancée ou mariée.

— Je m'étais donné jusqu'à Noël pour répondre à Malo Guégan, qui voulait m'épouser.

— Alors, j'ai bien fait de revenir.

Tiphaine grignota un radis. Elle n'avait pas faim, déçue de ne pas être aussi heureuse qu'elle l'imaginait. Tant de fois elle avait rêvé du retour de son grand amour, de l'instant émouvant où elle lui présenterait leur enfant.

« Je me voyais pendue à son cou, presque évanouie sous ses baisers, songeait-elle. On aurait tout de suite trouvé un endroit tranquille pour faire l'amour. »

Ce point précis la préoccupait. John se montrait respectueux, tendre, galant, mais il n'avait rien tenté depuis l'instant inoubliable où ils s'étaient embrassés follement, dans la cuisine.

Pendant qu'elle réfléchissait, Russel faisait honneur au pâté de lapin, aux carottes râpées et aux radis.

— On montera dans ta chambre, après le repas ? hasarda-t-elle. J'ai tout mon après-midi de libre. Enfin, papa exigeait que je vienne travailler au garage, j'ai refusé, c'est samedi.

— Non, ce ne serait pas correct, répondit-il avec un sourire gêné. Tu es ma fiancée, ma mère m'a fait promettre de ne plus faire de sottises.

— Quoi ? Si on ne peut pas se marier, on ne couchera plus ensemble, tous les deux ! se révolta Tiphaine. J'aurais dû céder à Malo, qui en crevait d'envie, lui.

Un homme, assis à une table toute proche, la dévisagea d'un air goguenard. Un couple âgé, en train de siroter une liqueur, émit un jugement à voix basse sur la jeunesse actuelle aux mœurs honteuses.

— Parle moins fort ! ordonna John. Et ne dis plus jamais une chose pareille. Tu es une maman, tu m'as donné un fils, tu dois bien te conduire.

Excédée, Tiphaine jeta sa serviette par terre. Elle se leva, prit son sac à main. Le serveur, qui voulait débarrasser leurs assiettes, recula précipitamment. La jeune femme, en robe de velours vert foncé, enfila sa veste en faux cuir, achetée la veille, ainsi que les escarpins assortis.

— Tu peux finir de déjeuner, moi je vais prendre l'air, dit-elle en secouant ses boucles blondes.

Russel la regarda s'éloigner sur le trottoir, conscient d'être épié par les autres clients. Tout chez lui trahissait sa nationalité sa haute taille, son accent, son teint hâlé et ses vêtements d'une coupe très moderne. Il préféra sortir à son tour, après avoir demandé au serveur de mettre le repas sur sa note.

Sur l'île de Molène, même jour, même heure

Lara peinait à admettre la réalité, pourtant l'inspecteur Renan se tenait bel et bien devant eux, sous l'accoutrement qu'il avait choisi dans l'espoir de passer inaperçu. Il lui serra la main, salua Katell, car elle avait pris le bras de la jeune femme, comme pour la protéger, enfin il échangea une vigoureuse poignée de main avec Olivier.

— Je prends une chambre à l'hôtel, précisa le policier, ensuite, indiquez-moi votre adresse, je vous rendrai visite. Je suis navré de vous déranger, mais je n'avais pas le choix.

Il parlait très bas, en jetant des coups d'œil autour de lui.

— Il n'y a pas de souci, et vous n'aurez pas à aller loin, mon ami habite cette maison, le renseigna Olivier. Venez tout de suite, j'irai retenir une chambre plus tard.

— Si je comprends bien, vous serez quatre à table, soupira la gouvernante avec affectation, secrètement enchantée de recevoir un étranger.

— Vous avez tout compris, Katell, la taquina Lara.

L'arrivée imprévue du policier la surprenait, mais elle était heureuse de le revoir. Ils avaient noué des liens d'amitié au cours de l'année écoulée.

— Le trajet a dû être pénible ? s'enquit Olivier dès qu'ils furent dans le vestibule de la maison.

— Je dirais proprement épouvantable, admit l'inspecteur. Je n'avais jamais pris le bateau. Quelle équipée ! Ça tanguait tellement que j'avais l'estomac retourné.

— Dans ce cas, je vous sers un verre de calvados, annonça Katell, il n'y a rien de tel pour retrouver ses esprits. Monsieur Olivier, avertissez monsieur Daniel, il doit nous entendre et ça le rend anxieux de ne pas savoir ce qui se passe.

— Vous avez raison, je vais lui expliquer.

Lara demeura à côté de Renan tandis qu'il se débarrassait du ciré et de la casquette, pour apparaître en pull bleu marine, ses courtes mèches brunes en pagaille. Il arrangea ses cheveux du bout des doigts.

— J'ai apporté un complet veston et une cravate, confia-t-il à la jeune femme. Je pense avoir réussi à vous rejoindre incognito.

— C'est si bizarre que vous soyez là, habillé ainsi, avoua Lara. Avez-vous des nouvelles de maman, de Fantou, de Rozenn et de son frère ?

— Mieux que ça, j'ai joué les facteurs. Vous aurez de la lecture, tout ce petit monde vous a écrit. N'ayez aucune crainte, je me suis montré prudent. Mais j'ai aussi du nouveau dans l'affaire d'Olivier, et du lourd. Je tenais à vous en parler le plus vite possible. Autant vous le dire, j'en ai également informé votre mère, Lara, et les Bart. Sommes-nous entre personnes de confiance ?

— Absolument, inspecteur. Daniel Masson est au courant de nos problèmes, sa gouvernante également. On peut compter sur leur discrétion et leur aide.

— Très bien. Mais faites un effort, Lara, évitez de m'appeler « inspecteur », durant mon séjour. Je compte repartir lundi.

— D'accord, Nicolas, répliqua-t-elle avec malice.

Il ne put s'empêcher de sourire, bizarrement satisfait de la revoir, d'être là après un périple épuisant.

— Si nous déjeunions, d'abord ? proposa Olivier qui les avait rejoints. Il est tard, mon ami Daniel nous attend à table.

— Volontiers, répondit Renan. Dans ce cas, je peux remettre tout de suite sa correspondance à Lara. Ne vous inquiétez pas, on m'a confié tout ceci en mains propres, sans intermédiaires.

— Oh oui, merci, inspecteur ! Pardon, Nicolas.

Elle reçut trois enveloppes. Il y en avait une en papier kraft, dont l'épaisseur la surprit un peu. Son prénom y était tracé en majuscules élégantes, ornées de fleurettes dessinées à la plume. Elle reconnut l'écriture de Fantou.

Une fois dans la salle à manger, Lara considéra avec ennui les couverts et la corbeille à pain.

— Commencez sans moi, je ne peux pas attendre pour lire mon courrier, dit-elle, la gorge nouée.

— Faites à votre guise, Lara, répliqua Daniel. Personne ne vous en tiendra rigueur.

La jeune femme alla s'isoler dans la chambre qu'elle chérissait désormais, grâce à toutes les nuits de tendresse passionnée qu'ils avaient vécues là, Olivier et elle.

Lara examina chaque enveloppe, les larmes aux yeux.

— Je lis en premier la lettre de maman, ensuite celle de Rozenn, et en dernier celle de mon petit korrigan.

Armeline se disait très contente. Elle appréciait beaucoup le confort de la villa des Bart, affirmait être en bons termes avec Rozenn et son frère Odilon.

… Nos amis vantent mes talents de cuisinière. Quant à moi, j'ai dû prendre quelques kilos, exhortée à finir les plats et à faire de la pâtisserie deux fois par semaine. Ce sont vraiment des gens charmants. Bien sûr, tu me manques, ma merc'h, *ma grande fille. Mais je sais que tu es en sécurité et sans doute très heureuse auprès d'Olivier…*

Sa mère évoquait également les brillants résultats scolaires de sa sœur, les visites de Denis Cadoret, les facéties du chaton tigré, le mauvais temps. Lara replia la feuille et passa à la prose de Rozenn, soit deux pages dédiées exclusivement à Fantou, qui était pour elle un cadeau de Dieu, une âme pure, un ange venu sur terre, mais aussi une enfant espiègle, serviable, amusante et affectueuse.

— Eh bien, murmura Lara. On dirait que ma chère Rozenn voue un culte à mon korrigan. Rien d'étonnant.

Elle étouffa un sanglot, en songeant à sa sœur adorée, qui avait toujours une silhouette enfantine malgré ses treize ans et s'en prétendait ravie.

— Tu n'as pas envie de grandir, Fantou, dit-elle tout bas.

Lara ouvrit avec précaution la grosse enveloppe beige. Un cri de joie lui échappa, quand elle en sortit des photographies et plusieurs feuillets, numérotés dans l'ordre, à dater du jour de son départ, le 2 octobre. Fantou lui avait écrit quelques lignes tous les soirs, sur des pages d'un cahier d'école.

— Ma petite sœur chérie, gémit-elle. J'aurais dû faire comme toi, te raconter ma vie ici.

Elle essuya ses yeux humides afin de pouvoir regarder les photographies. Un cliché montrait Fantou assise sur les marches du perron de la villa, qui serrait Nérée dans ses bras. Le chien paraissait poser. Sur le deuxième figuraient Armeline, Rozenn et Odilon, tous trois debout dans la cour. Il y avait aussi un portrait de Fantou, sûrement pris chez un professionnel, comme en attestaient le décor, la lumière sur la chevelure blonde de sa sœur, vêtue d'un chemisier blanc qu'elle ne lui connaissait pas.

— Que tu es belle, soupira Lara.

Un léger coup à la porte vitrée précéda l'entrée d'Olivier, un plateau entre les mains.

— J'ai pensé que tu serais contente de déjeuner là, seule avec tes lettres, déclara-t-il. Katell prépare du café. Si tu pouvais nous rejoindre sans trop tarder, l'inspecteur Renan semble impatient de nous parler, à tous les deux. Enfin, pour l'instant, Daniel et lui échangent leurs souvenirs de guerre.

— Merci, c'est si gentil de ta part, en fait je suis affamée. Je fais vite, Olivier.

Il se pencha et l'embrassa sur les lèvres, tout en jetant un œil intéressé sur le portrait de Fantou.

— Ta sœur sera une très belle femme, plus tard, dit-il d'un ton songeur. Elle est si lumineuse, ça m'a frappé la première fois que je l'ai vue.

— Oui, j'imagine les fées à son image, soupira Lara. Finalement, je crois que je lirai ce soir tout ce qu'elle m'a écrit. Si l'inspecteur s'est donné la peine de venir jusqu'à Molène, ce doit être assez important.

Lara rangea ses lettres dans le tiroir du bureau. Elle mordit dans une tranche de pain, s'empara du plateau et ressortit avec Olivier. Une pluie glacée s'abattait dans la cour, sur les rosiers et les fuchsias.

Sainte-Anne-d'Auray, même jour, même heure

John Russel avait suivi Tiphaine à distance, de sa démarche rapide et cadencée de soldat. Il hésita lorsqu'elle entra dans la basilique Sainte-Anne par une porte latérale. De confession protestante, il évitait de mettre les pieds dans une église. Mais il se décida, soucieux d'arranger les choses.

Le décor somptueux de l'intérieur le subjugua, autant que les dimensions considérables. Le sanctuaire dédié à la mère de la Vierge Marie était une merveille d'architecture religieuse, avec ses magnifiques vitraux, ses immenses piliers de pierre blanche, la hauteur de sa nef, les ornements de l'autel et des chapelles latérales. L'odeur des cierges qui se consumaient, mêlée à la senteur de l'encens, lui causa une émotion insolite.

Il aperçut Tiphaine, assise au bout d'un banc. Elle avait mis un foulard de soie sur ses boucles blondes. John, impressionné par le silence, s'installa à ses côtés.

— Je suis désolé, chérie, chuchota-t-il en prenant sa main. J'ai voulu être sérieux, à cause de ton père. Il m'a accusé d'avoir sali son nom, d'avoir gâché ta vie, alors que tu portes une bague de fiançailles. Il devrait accepter notre mariage.

— Ce n'est pas une raison pour me repousser. Peut-être que tu es revenu par honnêteté, à cause du bébé, et que tu ne m'aimes pas tant que ça.

— Et si c'était toi qui ne m'aimais plus comme avant ? hasarda-t-il. Viens, sortons, je ne suis pas à mon aise, ici.

— Pourtant, moi, je m'y sens bien. C'est le lieu parfait pour avouer ce qu'on a dans le cœur. J'ai beaucoup prié avec ma tante Loïza après ton départ. Je ne pouvais pas croire que tu m'avais abandonnée sans un mot, sans un adieu. Quand j'ai compris que j'étais enceinte, le monde s'est écroulé. Papa m'a frappée. Sans tata, il m'aurait battue encore plus fort.

— Quoi ? Il n'avait pas le droit !

— Il était furieux, mais il ne sait toujours pas que j'ai voulu me suicider. J'allais le faire, près du dolmen où nous avons trouvé le corps de Madalen. C'est l'inspecteur de police qui m'a sauvée.

— Seigneur, tu voulais mourir ! Tiphaine, je te demande pardon et je te promets que je t'aime. Je vais être sincère, l'an dernier, je m'amusais un peu avec toi quand je te faisais de belles promesses, et j'étais soulagé d'embarquer, de rentrer aux États-Unis. Mais je n'ai pas pu t'oublier, et il m'a fallu tout ce temps pour me rendre compte de mes sentiments.

John lui étreignit la main, avant de la porter à ses lèvres pour la couvrir de baisers.

Un bruit de pas derrière eux les fit se retourner. Ils virent approcher Loïza, vêtue de noir, un petit chapeau sur son chignon d'un roux sombre.

— Tata, qu'est-ce que tu fais là ? interrogea Tiphaine à mi-voix. Tu nous cherchais ? Killian n'est pas malade, au moins ?

— Non, rassure-toi. Je marchais vers la basilique et j'ai reconnu John qui y entrait. J'avais besoin de venir prier.

— Mais qui garde le bébé ? demanda l'Américain.

— Paule, sa grand-mère, et Agnès. Vous avez l'air malheureux, tous les deux.

Loïza s'assit sur le banc, près de sa nièce, dans une attitude austère.

— Goulven voudrait vous parler, John, ajouta-t-elle. Mon frère est borné, intolérant, mais il y a moyen de le raisonner. J'ai dû lui faire avouer pourquoi il refusait de donner son consentement. Vous n'y avez pas pensé, ni l'un ni l'autre ?

— Non, tata, dis-nous !

— Tu es catholique, Tiphaine, et John est protestant. Ton père craint que son petit-fils, aux États-Unis, soit élevé dans une autre religion que la nôtre. Il désapprouve aussi l'idée d'un mariage civil, le seul qui vous soit permis.

— Ce n'est que ça ? s'insurgea Tiphaine. Papa exagère, je m'en moque, moi ! Killian aura ses parents, il sera légitimé, le reste, je m'en fiche !

— Comment oses-tu, dans ce lieu saint ? protesta sa tante. Sortons, je ne suis pas d'accord avec toi, c'est un problème qui a son importance.

Vexée, Tiphaine quitta la basilique au pas de course. John Russel, par politesse, marcha posément à côté de Loïza, dont la dignité et la beauté l'impressionnaient beaucoup.

— Je voudrais entendre votre opinion sur ce sujet délicat, lui dit-elle. Nous sommes une famille très pieuse, même mon frère, sous ses airs bourrus.

— Madame, je suis de l'avis de Tiphaine. Le fait que nous soyons de confession différente ne me gêne pas. J'espère pouvoir l'épouser très bientôt, une union civile qui légitimera mon fils. Je ne suis pas pratiquant. Vous savez, quand on a vu ce que j'ai vu, pendant le débarquement et plus tard… Je crois en Dieu, mais pas à votre façon.

— Toujours est-il que Killian a reçu un baptême catholique. Si vous l'emmenez en Amérique, il ne pourra pas suivre de leçons de catéchisme, ni faire sa communion.

— Mais si, bien sûr, il y a des lieux de culte catholiques là-bas.

Ils se retrouvèrent sur la grande place devant la basilique. Le ciel s'était dégagé, un timide soleil se refléta sur les cheveux de Tiphaine qui les attendait à mi-chemin de la fontaine de Ker-Anna, dont l'eau était réputée miraculeuse. Deux vieilles femmes vêtues de noir recueillaient de l'eau dans des bouteilles, leurs coiffes blanches soigneusement empesées, d'un blanc immaculé.

— Allons à la maison, lui dit Loïza. Je vous soutiendrai, le plus urgent est de vous marier, donc de faire publier les bans à la mairie.

— Madame Jouannic, Tiphaine, j'aimerais vous dire une chose, déclara John. En fait, j'ai le choix. Soit je rentre dans mon pays avec ma femme et mon fils, soit je m'installe en France. Mon père m'a accordé un prêt, j'ai de l'argent pour un projet. Je me plais dans cette région, aussi, j'ai prévu de m'établir en Bretagne, d'ouvrir un commerce.

— Quel genre de commerce ? demanda Loïza, décontenancée.

— Un café américain, un bar-restaurant en bord de mer. Tu te plaignais, chérie, parce que je ne passais pas beaucoup de temps avec toi, mais je cherchais un endroit qui conviendrait. Je crois l'avoir trouvé, à Erdeven.

Tiphaine devint toute rouge, puis très pâle. Son cœur cognait dans sa poitrine, elle avait envie de pleurer.

— John, c'est bien vrai, on vivrait là, toi et moi ? Mon Dieu, je n'oublierai jamais cette journée, la plus belle de ma vie ! Je devrais remercier notre sainte patronne !

Elle désigna l'édifice en granit ouvragé au sommet duquel trônait la statue de sainte Anne, portant la Vierge Marie enfant dans ses bras. Des milliers et des milliers de pèlerins avaient défilé au pied de la fontaine, où s'étaient produits des miracles incontestés.

— Tu es heureuse ? Je pensais que tu serais déçue de ne pas aller dans le New Jersey. Alors je n'osais pas en parler.

— Je suis folle de bonheur, John !

Elle se jeta à son cou, sous le regard ravi de Loïza, qui s'était désespérée en secret d'être séparée de sa nièce et de Killian.

— Tout s'arrange, affirma-t-elle aux amoureux.

Une heure plus tard, Goulven Jouannic capitula devant les arguments conjugués de sa sœur et de John Russel. Il renonça même au mariage religieux, tout content de garder sa fille et son petit-fils à quelques kilomètres de là. On trinqua avec du cidre, puis on arrêta une date, le samedi 13 décembre.

Sur l'île de Molène, même jour, même heure

Nicolas Renan appréciait l'atmosphère paisible du petit salon où ils étaient réunis, Lara, Olivier, Daniel Masson et lui. Le lampadaire dispensait une douce clarté, le poêle garni de bois faisait entendre des crépitements ténus, entrecoupés de ronronnements discrets.

« Je vais briser la paix de cette maison, songea-t-il. J'ai trop tardé, déjà. »

Katell était montée faire une sieste dans la chambre qu'elle occupait au premier étage. Auparavant, la gouvernante leur avait servi le café, en laissant la bouteille de calvados à disposition.

— Nous vous écoutons, inspecteur, dit Olivier.

— Je vais essayer de tout raconter dans l'ordre, marmonna le policier. Je n'avais guère avancé dans l'enquête vous concernant, Olivier, jusqu'au jour où Yohann Cadoret est venu de son plein gré à la gendarmerie d'Auray. L'homme souhaitait me parler avant de se suicider. Il se disait incapable d'endurer le deuil de son fils.

— Mon Dieu, M. Cadoret est mort ? s'écria Lara.

— Non, on l'a incarcéré. Ne m'interrompez pas, je vous prie, sinon on n'en finira jamais, bougonna Renan.

— Pardon, je suis désolée, s'excusa-t-elle.

— L'affaire m'est apparue un peu plus claire à partir des aveux de Cadoret. Je préfère résumer sa longue confession, afin que vous saisissiez l'essentiel. Pendant la guerre, il avait des soucis d'argent et il a travaillé sur les parcs à huîtres d'Éric Malherbe, or à l'époque Barry y faisait office de contremaître, avant son emploi de chauffeur. En bref, ayant assisté aux lamentations de Cadoret sur son dépit amoureux et une prise de bec avec votre père et votre oncle, Lara, le type a dû voir en lui une proie facile.

— Je ne comprends pas, Yohann était un grand ami de papa ! protesta Lara.

— Non, il aimait votre mère, qui en a choisi un autre, Louis Fleury. Barry, en bonne crapule, lui a proposé d'éliminer son rival en toute impunité. Il suffisait de le dénoncer, ainsi que son beau-frère Patrick, à la Gestapo, par une lettre anonyme, tout en faisant porter le chapeau à un autre. Je suis navré de vous l'apprendre si brutalement, Lara.

— C'était lui, le responsable ? s'indigna-t-elle. Mon Dieu, jamais je ne l'aurais soupçonné ! Maintenant plus rien ne m'étonne. Il venait très souvent chez nous, il nous offrait du poisson, des légumes.

La jeune femme revit la scène qu'elle avait surprise dans la remise à bois entre sa mère et Cadoret.

— Il a envoyé mon père et mon oncle en déportation pour se venger, ajouta-t-elle, sidérée. C'est un acte ignoble !

Olivier prit sa main pour la réconforter, concevant les ravages que lui causait cette révélation.

— Je vous l'accorde, Lara, dit l'inspecteur. Mais c'est plus complexe encore, car ça ne s'arrête pas là. Malherbe est entré en jeu, et, pour vaincre la réticence de Cadoret, il lui a proposé une grosse somme d'argent, à condition qu'il s'engage à ne rien dévoiler, puisqu'il devait vous faire passer pour l'auteur de la lettre anonyme, Olivier. Votre nom, Hamon, ne lui évoquait rien, il n'a pas hésité et il a empoché un joli magot. Ensuite, on l'a obligé à vous dénoncer en tant que milicien, toujours de façon anonyme. Il ignorait que vous étiez en réalité un résistant et qu'on vous accusait à tort.

— Quelle odieuse machination ! s'exclama le jeune homme.

— Quand vous avez accosté à Locmariaquer, Cadoret, averti de votre présence par Barry, a monté une cabale contre vous auprès des marins-pêcheurs.

Olivier se mit à frémir d'incompréhension et de rage. Les poings serrés, les mâchoires crispées, il sentait la haine l'envahir.

— Maman était convaincue elle aussi de la culpabilité d'Olivier, donc Yohann Cadoret lui avait servi la même fable, supposa Lara.

— Bien sûr, et il a dû s'acharner sur ce coupable idéal, répondit l'inspecteur d'un ton amer. Cadoret est désespéré à l'idée que votre mère apprenne le rôle qu'il a joué dans l'arrestation de votre père et de votre oncle.

— J'aimerais pouvoir le dire tout de suite à maman, elle qui lui faisait confiance et méprisait Olivier.

Daniel, témoin de leur entretien, n'avait encore fait aucune remarque. Il se décida.

— Cet homme, Malherbe, devait avoir ses raisons d'accuser Olivier d'un acte particulièrement ignoble. Peut-être une rancœur personnelle, s'il le considérait comme un milicien ?

— J'y ai songé, après avoir écouté les aveux de Cadoret. Ce serait tellement plus simple, en effet, répliqua l'inspecteur Renan. Mais ce n'était pas le cas, j'en ai eu la preuve très vite.

Lara et Olivier se tenaient par la main, la même expression de détresse infinie sur le visage.

Le policier termina sa tasse de café avant de reprendre son récit.

— Ce jour-là, j'ai laissé Cadoret avec le lieutenant Auffret, mais j'avais donné pour consigne de le placer en cellule, car j'étais sûr qu'il en savait davantage. Je suis allé immédiatement au manoir des Bruyères, qui était sous scellés. Quelqu'un y avait pénétré, cependant. Et là, Guégan et moi, nous avons trouvé le cadavre de Sauvignon. Le légiste a été formel, il est mort le lendemain de sa fuite. On l'a étranglé. Je tenais mes suspects, Malherbe et Barry, son homme à tout faire.

Renan se tut un instant, car Lara semblait suffoquer, ébranlée par la nouvelle. Gildas avait fait partie de son quotidien durant plus de six mois. Elle s'était amusée avec Fantou et lui au cours des pique-niques, des balades sur la plage. Ils s'étaient embrassés.

« Gildas a été tué, se dit-elle. Il appartenait à ceux qui veulent tant de mal à Olivier. Pourtant c'était quelqu'un d'instruit, très gai, aimable, insoupçonnable en fait. »

Nicolas Renan l'observait. Daniel, sensible au soudain silence, perçut également la respiration oppressée de la jeune femme.

— Sauvignon a-t-il pu être manipulé lui aussi ? hasarda-t-il. Votre avis, inspecteur ? Au fait, vous pouvez fumer, si vous en avez envie.

— Comment le savez-vous ? Je grillerais bien une cigarette, j'ai les nerfs à vif.

— La cécité développe les autres sens, je vous ai entendu toucher votre paquet au fond de votre poche, et, pour être franc, Lara m'a prévenu tout à l'heure que vous fumiez à l'occasion, comme mon ami Olivier.

— Eh bien, merci, monsieur Masson, mais je boirai d'abord une goutte de calva, lui confia le policier.

— Je vous en prie, vous êtes mon invité. J'ai rarement autant de compagnie et j'en suis ravi.

L'intermède était bienvenu. Il permit à Lara de se ressaisir et à Olivier de se calmer.

— La découverte du corps de Sauvignon s'est révélée capitale, poursuivit Renan. J'ai obtenu du procureur l'exhumation d'Éric Malherbe. Rozenn Bart et moi avions vu juste, ce n'était pas lui, le défunt enterré au mois de mai. Cette fois, des analyses plus approfondies ont été effectuées. Par chance, nous avons pu retrouver un dentiste qui avait gardé une radiographie du maire, un praticien de Rennes. La dentition ne correspondait pas. Le type inhumé à sa place avait été défiguré avant l'accident. Il portait les vêtements, la chevalière et la montre de Malherbe. Ses papiers d'identité étaient dans la poche intérieure de sa veste. Une mascarade soignée, je l'admets.

— Donc Malherbe court toujours, ainsi que son chauffeur, Barry, conclut Lara d'une voix faible. Mais que reprochent-ils à Olivier ? C'est vraiment une histoire de fous.

— Des fous bien organisés et intelligents, qui ont commis peu d'erreurs, précisa l'inspecteur. Cependant rassurez-vous, Malherbe est mort pour de bon. J'ai réussi à le retrouver, grâce à Cadoret que j'ai pu faire parler, sans user de la violence, je tiens à le dire, ce ne sont pas mes méthodes. Bref, il s'est souvenu du nom approximatif d'un manoir, pendant une discussion entre le maire et Barry, qu'il avait surprise par hasard, du temps où il travaillait sur les parcs à huîtres. Le manoir du Dormeur, nous répétait-il. Le lieutenant Auffret a rectifié, avançant le manoir de Tromeur, près de Sérent, à quelques kilomètres de Vannes. Cadoret a confirmé.

— Excusez-moi, Nicolas, l'interrompit Lara. Yohann Cadoret est-il toujours en prison ? Vous disiez l'avoir placé en cellule ?

— On l'a transféré à Rennes, il sera jugé en janvier prochain, pour faux témoignage et complicité de meurtre.

— Complicité de meurtre ? s'étonna Olivier. Pourquoi ?

— Il était au courant pour l'assassinat de Martin Le Dru, le triste individu qui a tenté de vous tuer à bord de votre voilier.

Le débat passionnait Daniel. Lara constata qu'il se penchait en avant dans son fauteuil, en pianotant du bout des doigts sur les accoudoirs.

— Pardonnez-moi, inspecteur, dit-il enfin, ce point de l'affaire me préoccupe. Olivier s'est réfugié ici, l'an dernier, après cette agression. Je connais toute l'histoire dans les moindres détails. Si la théorie de mon ami était juste, on chercherait à lui infliger des tortures morales, à lui nuire, mais sans attenter à sa vie, comme le prouve le manège honteux de Sauvignon auprès de Lara.

— Je comprends, rétorqua Renan. Selon vous, ça ne colle pas.

— Exactement, concéda l'aveugle.

— Peut-être qu'une décision a été prise en urgence, afin de se débarrasser de moi de manière plus expéditive, suggéra Olivier. Seigneur, tout cela me paraît tordu, pardonnez le terme.

— J'aurais pu résoudre ce casse-tête si Malherbe ne s'était pas suicidé sous mes yeux, déclara le policier. Nous avons monté une expédition, le commissaire Urvois, six gendarmes et moi, pour fouiller le manoir de Tromeur, un monument à l'abandon, d'après nos renseignements. J'avais bon espoir de débusquer l'ancien maire là-bas, de l'arrêter et de comprendre enfin ce qu'il manigançait. Mais l'opération s'est déroulée de travers, j'en suis encore malade de colère et de regrets.

Cette fois, personne n'osa poser de questions à l'inspecteur. Il les regarda tour à tour.

— Je suis vraiment navré, avoua-t-il. Ce que je vais vous dire maintenant sera lourd de conséquences, pour tous les deux.

Nicolas Renan considéra d'un air accablé le jeune couple assis l'un près de l'autre, toujours la main dans la main. Ils étaient beaux, amoureux et rêvaient de liberté. Le policier savait qu'il devrait les confronter à un choix douloureux. Il baissa la tête et s'apprêta à reprendre son récit.

21

Le Noël de Fantou

Sur l'île de Molène, chez Daniel Masson, même jour, samedi 22 novembre 1947

L'inspecteur Renan était mal à l'aise, Lara le devina. Elle l'avait vu successivement se frotter le menton, lisser ses cheveux poissés par les embruns, triturer son stylo. De toute évidence, il aurait préféré se taire.

— Je n'étais pas d'accord avec le plan mis au point par mon supérieur, le commissaire Urvois, déclara-t-il enfin. Il a voulu laisser quatre de nos gendarmes en planque à l'extérieur du manoir de Tromeur, au cas où Éric Malherbe et ses éventuels complices tenteraient de fuir. Mais nous ignorions encore s'ils étaient là ou non. De plus, dans cette hypothèse, ceux que nous cherchions connaissaient mieux les lieux que nous. Je vous épargne nos multiples tergiversations.

Une fois sur place, nous avons pu entrer par l'arrière du bâtiment, Urvois, le lieutenant Auffret, Guégan et moi. Tout paraissait abandonné, sale, vétuste, il y avait des meubles cassés et des vitres brisées éparpillés un peu partout. Nous avons visité le rezde-chaussée, les étages, les combles, rien.

— Et il n'y avait personne ? ne put s'empêcher de demander Lara, impatiente d'en savoir davantage.

— Si, dans une cache souterraine. Je crois que je n'ai pas besoin de tout relater en détails, admit le policier. Ce serait un peu long. En fait, nous avons pu surprendre Malherbe et Barry, qui étaient fort bien installés dans une crypte, un véritable quartier général, digne d'un état-major. Des lampes à gaz, une table, un émetteur radio, des divans confortables, sûrement des provisions en abondance. Tellement certains de leur impunité, ils n'avaient même pas verrouillé la porte. Ces types se sentaient hors d'atteinte. L'un censé être enterré, le second en cavale. De plus, en raison de sa nationalité belge, on pensait que Barry avait passé la frontière.

— Pourtant ils auraient dû s'enfermer, par simple précaution, s'étonna Daniel Masson.

— Je vous l'accorde. C'est le jeune Guégan qui a découvert un escalier étroit, taillé dans le roc. Il menait à la porte de la crypte. Nous avons tout de suite entendu des voix. J'en suis venu à me demander si, ce jour-là, ils n'attendaient pas quelqu'un.

— Ils ont dû avoir une très mauvaise surprise en vous voyant apparaître, dit Olivier.

— Oui, je me souviendrai longtemps de l'expression ébahie de Malherbe quand il m'a reconnu, nota Renan. Barry a poussé un cri de rage, puis il s'est jeté sur son arme. Tout s'est déroulé tellement vite, c'est presque impossible à décrire. Urvois a tiré, Barry aussi, Guégan a été touché. Il hurlait de douleur. C'était cauchemardesque. Le réflexe bien naturel du lieutenant Auffret a été de s'occuper de Guégan. Barry a profité de l'occasion, il s'est rué sur le commissaire, l'a frappé avec la crosse de son arme. Urvois s'est écroulé et, à une vitesse surprenante, le type s'est élancé dans l'escalier. J'ai tiré sur lui, je pense lui avoir touché la jambe gauche, mais ça ne l'a pas arrêté.

— Mon Dieu, ce devait être épouvantable ! déplora Lara. Qu'a fait Éric Malherbe ?

— C'était ça le plus déroutant, il n'a pas bougé, précisa le policier. Il semblait assister à une scène qui ne le concernait pas. J'ai sorti ma paire de menottes, et, craignant une tentative de fuite de sa part, je l'ai attaché à un tuyau en fer qui courait le long du mur, juste derrière lui. Une grossière erreur de ma part. Bien sûr, je me suis empressé de l'interroger sur sa prétendue mort, d'abord, puis sur Le Dru et Sauvignon. J'avais en face de moi un homme au masque ironique, qui me toisait d'un air supérieur. Je vous répète ses paroles : « Pourquoi vous dire quoi que ce soit, inspecteur, ce serait au-delà de vos capacités intellectuelles et de votre conception du monde ! »

— Vraiment, ce type est fou, commenta Olivier.

— Il n'en donnait pas l'impression, répondit Renan. Ensuite il m'a dit que ce crétin de Le Dru avait été puni à la mesure de sa faute, que toute erreur se payait cher.

— Mais quelle faute ? s'écria Lara.

— La réponse m'a perturbé, avoua l'inspecteur. Le Dru a été supprimé car il avait essayé de vous tuer, Olivier.

— Qu'est-ce que ça signifie ? s'exaspéra celui-ci.

— Je l'ignore. Malherbe débitait de courtes phrases d'une voix impersonnelle. Il a déclaré aussi que Gildas Sauvignon n'était qu'un pion sur l'échiquier. Je l'écoutais, tout en jetant un œil sur le commissaire, qui semblait reprendre ses esprits, sur ce pauvre Guégan, atteint au ventre. Jamais je ne m'étais retrouvé dans une situation aussi affolante. Le seul point positif, je croyais tenir Malherbe et je l'interrogeais, dans le but de comprendre le pourquoi de tout ceci. Quand je lui ai parlé de la disparition inquiétante de Donatienne, son épouse, il m'a rétorqué d'aller la chercher dans les bordels de Shanghai, si j'avais le temps nécessaire et assez d'argent. J'avais envie de le frapper. Pourtant j'ai vu une faible lueur de panique dans ses yeux quand je lui ai demandé s'il se souciait du bonheur de ses deux enfants. Mais, très vite, il est redevenu froid, un bloc de glace.

— Il ne s'est pas expliqué sur la prétendue faute de Martin Le Dru ? demanda Olivier, très pâle.

— Non, hélas ! Selon moi, Malherbe lâchait ce qu'il voulait, afin de bien brouiller les pistes, déplora Renan. Et puis Urvois s'est relevé, il m'a rejoint, la mine furibonde, son arme de service à bout de bras. Il était hors de lui à cause du coup reçu, de l'état de Malo Guégan. Le drame s'est joué à cet instant. Malherbe a décrété : « Ils triompheront tôt ou tard ! Au revoir, messieurs, c'est le moment. » Et là, en deux secondes, il a porté sa main libre à sa bouche, avalé quelque chose. C'était une capsule de cyanure, dans laquelle il a mordu. La mort a été rapide. J'ai vu sa peau se colorer en rose, tout de suite il a manqué d'air en convulsant. Quand j'ai ôté les menottes, il est tombé sur le sol avec un dernier râle, et c'était fini.

Un silence pesant suivit les derniers mots du policier. Lara serra nerveusement la main d'Olivier, qui avait baissé la tête.

— La méthode de suicide des nazis lorsqu'ils ont compris qu'ils avaient perdu la guerre et qu'ils devraient assumer leurs crimes, fit remarquer Daniel Masson.

— Bon sang, j'aurais pu empêcher ça ! enragea Renan. Je n'ai pas songé à le fouiller, il paraissait tellement distant, calme. Je l'ai sous-estimé, je pensais qu'il se croyait vaincu et s'apprêtait à collaborer. Sans ma sottise, nous aurions eu Malherbe vivant et il aurait parlé.

— J'en doute fort, soupira Olivier.

— Comment va Malo Guégan ? Je le connais un peu, s'enquit Lara, secouée d'un frisson nerveux.

— On l'a opéré à Rennes. Il est hors de danger, mais il l'a échappé belle, précisa Renan. Quant à Barry, les gendarmes en planque autour du manoir ne l'ont ni vu ni entendu. Il s'est volatilisé encore une fois, ce qui m'inquiète beaucoup.

Olivier se servit un petit verre d'eau. Il avait la bouche sèche, l'esprit en ébullition. Lara, éperdue, tentait de rassembler ses idées.

— J'ai deux questions, inspecteur, dit-elle soudain. Pourquoi Éric Malherbe m'a-t-il envoyée chez les Bart, tout en sachant que je pourrais me servir du bateau de mon père ? Et pourquoi s'est-il fait passer pour mort ?

— Je n'ai pas de réponses, Lara. J'en suis désolé. Olivier, ces événements se sont passés il y a dix jours. Sans vous concerter, j'ai cru utile de rencontrer vos parents à Dinard, et je leur ai tout raconté.

— Comment avez-vous osé ? s'emporta le jeune homme. Nous étions d'accord, mes parents ne devaient pas être mêlés à ça ! Ils se sont suffisamment tourmentés pour moi pendant la guerre, à l'époque de mon procès.

— Gardez votre calme, je vous en prie, recommanda le policier.

— Ah oui ? Non, là, je ne peux pas rester calme ! Réfléchissez, inspecteur, on cherche à me nuire ! Déjà, on a envoyé Sauvignon pour séduire Lara, maintenant ils peuvent s'en prendre à ma mère, à mon père, pour me briser le cœur, car je me sentirais coupable s'il leur arrivait malheur.

— J'ai tenu le même raisonnement, et une évidence m'est apparue, Olivier, répondit Renan. Vos parents, depuis deux ans, n'ont eu à pâtir d'aucun ennui, pas le moindre, d'aucune menace. Les affaires de votre père sont prospères, il m'a avoué qu'il disposait d'une solide fortune. Quant à votre mère, elle mène une vie agréable, entourée de ses amies. Franchement, ça ne vous semble pas un peu bizarre ?

Olivier, livide, se leva et alla se poster à la fenêtre. Il observa deux hommes occupés à vérifier l'état de leurs casiers, sur la jetée du port. La colère et l'indignation le faisaient frémir.

— Non, ça ne me semble pas bizarre, décréta-t-il. Dieu merci, on a laissé mes parents en paix. Je ne vois là rien de bizarre, et je n'apprécie pas vos insinuations. C'est d'autant plus cruel de votre part que je suis dans l'incapacité de les voir, de leur parler, inspecteur Renan !

— Je vous assure que j'ai agi dans votre intérêt et celui de Lara, insista celui-ci. Votre mère m'a remercié et votre père souhaite vous aider. Ils étaient bouleversés, certes, mais contents de vous savoir en sécurité sur Molène, chez votre ami. Tenez, ils m'ont chargé de vous remettre cette lettre, qu'ils ont écrite après notre entretien.

Lara se leva et sortit de la pièce. Elle était à bout de nerfs et se sentait oppressée. La cuisine lui servit de refuge, où elle put réchauffer ses mains glacées au-dessus du gros fourneau à bois. C'était un lieu réconfortant, avec l'odeur du feu, l'éclat des casseroles en cuivre, la clarté dorée de la suspension en cuivre et opaline.

« Est-ce que nous serons tranquilles un jour ? se dit-elle. Qui sont ces gens, ceux qui triompheront tôt ou tard ? »

Elle songea alors à l'énigmatique apparition dont le message l'obsédait depuis plus d'un an. La femme vêtue de noir, voilée de rouge, au beau visage de statue antique, lui avait signifié de vivre pour rendre justice.

— Qu'est-ce que je peux faire ? demanda-t-elle tout bas.

Olivier la rejoignit. Il était blême, fébrile, et s'empressa de la serrer contre lui.

— Lara, mon père m'annonce une triste nouvelle. Je t'ai parlé de Bénédicte, la fille de son associé ?

— Oui, bien sûr, je m'en souviens.

— Elle est morte, renversée par une voiture, en Belgique. La malheureuse, elle avait dix-huit ans.

— Je suis désolée, Olivier. C'est bien triste, en effet.

— Tout est lié, Lara. Bénédicte ne m'a pas conseillé par caprice de partir au bout du monde, elle savait quelque chose.

— Mais elle t'avait dit aussi de m'oublier !

— Justement, si je renonçais à toi, on ne pouvait plus me faire souffrir ni chercher à t'atteindre. Seigneur, je vais devenir fou si je n'ai pas d'explications très vite. Daniel suggère qu'il s'agit d'un complot. Soit, et alors ? Au nom de quoi ? Je n'ai rien fait de répréhensible. Enfin, si Bénédicte est morte par ma faute, je suis en partie coupable.

— C'est absurde, Olivier ! protesta Lara.

— Pas tellement, mon père me confie que Bénédicte lui a rendu visite une semaine avant l'accident qui l'a tuée. Elle aurait insisté auprès de lui pour que je quitte la France pendant un certain temps et, surtout, que nous n'allions pas au Mont-Saint-Michel à Noël. Il m'avoue combien il l'a trouvée anxieuse, changée aussi. Bénédicte a refusé de lui en dire plus. Elle est partie et, sept jours plus tard, une voiture l'a percutée dans une rue de Bruxelles. Le chauffard s'est enfui.

— Et tu crois qu'on l'a assassinée ? Ce serait affreux, ignoble.

— J'en ai la conviction. Ce n'est guère surprenant si les propos de Renan ont sérieusement alarmé mes parents.

Lara enlaça Olivier, en nichant sa tête au creux de son épaule.

— J'ai peur, je ne me sens plus en sécurité ici, avoua-t-elle. Serre-moi fort, je t'en prie. Ne me quitte plus jamais.

— Je te le promets. Viens, nous devons retourner dans le salon. Du coup, j'ai présenté toutes mes excuses à l'inspecteur qui se démène pour nous aider.

Nicolas Renan les attendait avec impatience, la mine sombre. Olivier lui avait donné à lire la lettre de Jonathan Kervella, ce qui avait achevé de l'accabler.

— Je ne vois plus qu'une solution, déclara-t-il au jeune couple.

— Laquelle ? demanda Lara, méfiante.

— Il faut suivre les conseils de l'amie d'Olivier, Bénédicte. Sa mort a été déguisée en accident. J'essaierai d'en savoir plus. Je suis déjà en contact avec nos collègues belges au sujet de Barry. Je le soupçonne d'être le chauffard qui a tué cette jeune fille.

— Inspecteur, est-ce que vous estimez nécessaire d'envoyer Olivier à l'étranger ? s'enquit Daniel d'un ton affolé.

— Ce serait plus prudent tant que je n'ai aucune piste valable. Nous en avons beaucoup discuté, et je suis de l'avis de Mme et M. Kervella. Ils sont prêts à tout pour protéger leur fils unique. Je suis chargé de vous exposer leur projet et de vous convaincre d'y adhérer, Olivier.

— Très bien, je vous écoute, inspecteur.

Lara se sentit alors dépossédée du fragile bonheur qu'elle avait connu sur la petite île de Molène. Jonathan et Madeleine Kervella allaient la séparer d'Olivier et elle serait privée de lui des mois encore. Désespérée, elle s'assit au piano, près du fauteuil de Daniel qui tendit la main pour effleurer son bras.

— Ne craignez rien, lui chuchota l'aveugle. Ne dit-on pas que l'amour est plus fort que la mort ?

Locmariaquer, chez Rozenn et Odilon Bart,
lundi 8 décembre 1947

Armeline préparait une matelote de poisson, suivant une recette qu'elle avait trouvée dans une revue. Un tablier bleu noué à la taille, les manches de son gilet retroussées, elle s'affairait, toute contente à l'idée de la soirée à venir. Odilon était parti chercher Fantou à l'école.

— Nous formons presque une famille, à présent, murmura-t-elle, un sourire sur les lèvres.

Le chien, couché dans le vestibule, aboya. Nérée avait une voix grave et puissante, assortie à sa stature imposante. Aussitôt, Rozenn entra dans la cuisine, l'air affolé.

— Je vous en prie, Armeline, il y a des gens devant le portail, débita-t-elle, haletante. J'étais dans mon cabanon, mais j'ai pu rentrer ici en courant. J'ai caché ma figure avec mon foulard. Ils ont dû me prendre pour une folle. Si vous pouviez aller leur demander ce qu'ils veulent.

— Quelle sorte de gens, Rozenn ? On ferait peut-être mieux de lâcher votre chien dans la cour, ils déguerpiront.

— Non, quand même, ça ne serait pas correct. Il s'agit d'un jeune couple bien habillé qui doit visiter la région. Certains touristes s'égarent sur cette route.

— Des touristes au mois de décembre ? Bon, j'y vais, si ça vous rend service. Je me lave les mains, d'abord.

— Je vous remercie, Armeline, vous savez bien que je suis gênée de parler à des étrangers.

— Mais oui, je vous comprends. Restez ici, je m'en occupe.

Rozenn contempla la mince silhouette de cette jolie femme, qui, à quarante-cinq ans, arborait un corps gracieux et de souples cheveux d'un blond très clair.

— Mettez un châle, le vent est froid, lui recommanda-t-elle.

Armeline préféra enfiler son manteau, car elle était frileuse. Elle descendit les marches du perron, puis traversa la cour. Le couple patientait toujours. La jeune femme, en veste de fourrure, lui fit signe.

— Madame Fleury ? appela-t-elle.

— Oui, bonsoir ! Comment connaissez-vous mon nom ?

— On est d'abord allés chez vous avec mon fiancé, mais la maison était fermée. Une voisine m'a dit que vous logiez là, chez M. et Mme Bart. Oh ! excusez-moi, je suis Tiphaine, une collègue de Lara.

— Tiphaine Jouannic ! s'exclama Armeline.

— Oui. Je vous présente mon fiancé, John Russel. On se marie samedi, et je voulais inviter Lara à la noce, si elle était de retour. Je lui ai envoyé un faire-part, mais à votre adresse.

— Je suis navrée, mademoiselle, ma fille ne rentrera pas pour les fêtes. Elle a travaillé dans une administration, à Lyon, ensuite elle est partie en Italie.

L'inspecteur Renan avait laissé des consignes qu'Armeline respectait scrupuleusement. Il lui en coûtait un peu de mentir, comme ce soir-là, confrontée à la mine dépitée de Tiphaine.

— C'est dommage, j'aurais été heureuse de la revoir. On vous a dérangée pour rien, madame Fleury. Enfin, quand vous lui écrirez, dites-lui que John est revenu et qu'il adore son fils. Lara comprendra, elle sera contente pour moi.

— Bien sûr, je le ferai, affirma Armeline. Je suis désolée, je ne vous propose pas d'entrer, car la personne qui nous héberge, ma fille cadette et moi, n'apprécierait pas.

John Russel approuva d'un signe de tête. Il prit sa fiancée par les épaules afin de l'entraîner vers la voiture noire garée un peu plus loin.

— Je comprends, vous n'êtes pas chez vous, soupira Tiphaine. Si c'est la dame que j'ai aperçue, elle fait peur, avec sa figure toute rouge. Elle se cachait, mais pas assez. Bon, on s'en va, madame Fleury. Lara me parlait souvent de vous et de sa sœur, Fantou. Peut-être que ça l'amuserait, votre fille, de venir au mariage ?

— Non, je vous remercie. Fantou n'a pas l'âge de sortir.

— Tiphaine, viens, marmonna l'Américain. Au revoir, madame Fleury, excusez-nous.

Le couple s'en alla, sous le regard intéressé d'Armeline. Elle nota la haute taille et l'élégant manteau de Russel, qui était fort bel homme, puis détailla la toilette très chic de la future mariée, perchée sur des talons pointus, en jupe droite, ses boucles d'un blond platine couronnées d'une toque en velours.

« On dirait des vedettes de cinéma, pensa-t-elle, toute rêveuse. Finalement, tout s'arrange pour cette jeune maman. »

Armeline vit l'automobile démarrer et s'éloigner au ralenti. Elle n'eut pas le temps de regagner la villa, car la fourgonnette d'Odilon Bart arrivait dans l'autre sens, le retraité empruntant souvent la piste empierrée qui longeait la côte. Vite, elle ouvrit les battants du portail.

— Maman, qu'est-ce que tu fais dehors ? lui cria Fantou par la vitre légèrement baissée.

Sa fille affichait un grand sourire radieux. Elle descendit avant la manœuvre que devait effectuer Odilon pour garer son véhicule sous le hangar.

— Tu aurais pu attendre, lui reprocha sa mère. Seigneur, comment es-tu attifée ?

Fantou, sa longue chevelure blonde au vent, son béret de travers, n'avait pas boutonné son manteau. Le vêtement dévoilait son tablier maculé de taches multicolores.

— On a fait de la peinture à l'école, annonça-t-elle, rieuse.

— Et qui va devoir laver ton sarrau ? Votre maîtresse pourrait nous prévenir, je t'aurais donné une vieille blouse !

— Maman, l'inspecteur Renan est là, caché dans l'habitacle, lui confia l'adolescente en guise de réponse. Il m'a donné une lettre de Lara, rien que pour moi.

Stupéfaite, Armeline jeta un regard intrigué en direction de la fourgonnette, dont Odilon entrebâillait les portes arrière.

— Il n'y a personne en vue, sortez, inspecteur, dit-il tout bas.

Nicolas Renan apparut, en pantalon de velours, pull marin et casquette. Il s'était aussi rasé la moustache, ce qui le changeait beaucoup.

— Bonsoir, madame Fleury, lança-t-il avant de marcher d'un pas rapide vers la villa.

Odilon Bart alla verrouiller le portail, sans oublier de sourire à Armeline. Fantou chuchota :

— Il vient nous annoncer des choses très importantes, maman.

— Est-ce qu'il dînera avec nous ?

— Sans doute ! Tu te rends compte, il a vu Lara et Olivier, sur l'île de Molène !

— J'espère que ce sont de bonnes nouvelles. Dépêchons-nous, je dois mettre ma matelote sur le feu.

— Je t'aiderai, maman ! Je suis si contente, parce que Lara va bien, et puis l'inspecteur est tellement gentil. Il m'a offert un beau coquillage qu'il a ramassé là-bas, à Molène.

— Oui, pour un policier, il est sympathique, concéda Odilon qui les écoutait discuter. Rentrons, il fait froid.

Rozenn était désormais habituée à la présence épisodique de l'inspecteur Renan. De son côté, il s'était accoutumé à son visage pourpre et lui témoignait une franche amitié. Ils se trouvaient dans le salon lorsque Fantou s'y glissa, débarrassée de son manteau et de son tablier.

— Désirez-vous du thé ? minauda-t-elle, les joues rosies par le vent.

— Si vous voulez, demoiselle, répliqua Renan, toujours charmé par la beauté juvénile de Fantou. Mais, pour être honnête, je préférerais un petit verre de calvados, ça me réchaufferait.

— D'accord !

Armeline et Odilon prirent place peu après sur le sofa. Leur complicité, teintée d'affection, causait du tourment à Rozenn. Elle avait même mis son frère en garde quelques jours plus tôt.

— Ne t'attache pas trop à Armeline. À ton âge, ce serait idiot de tomber amoureux.

Odilon avait haussé les épaules, vexé, car sa sœur avait deviné les sentiments qu'il commençait à éprouver.

— Puisque nous sommes réunis, autant vous expliquer tout de suite ce que nous avons décidé, avec Lara et Olivier, déclara l'inspecteur. Un plan compliqué, mais rendu possible grâce à la fortune des Kervella. Madame Fleury, Fantou, ce sera pénible à entendre pour vous deux.

— Mon Dieu, auraient-ils encore des ennuis ? s'écria Armeline. Nous devions passer Noël chez les parents d'Olivier, au Mont-Saint-Michel, et les fiançailles étaient prévues à cette date. Nous avons déjà nos billets de train pour Dinard.

— Il n'en est plus question, trancha l'inspecteur. Je conçois votre déception, je n'ai pas pu vous prévenir avant. Quand j'ai quitté l'île de Molène, je suis parti aussitôt en Belgique, de façon officieuse, mais avec la caution de mon supérieur. Un voyage inutile, à mon grand regret, car je n'ai récolté aucune information sur Barry, l'acolyte de Malherbe, ni sur le décès suspect d'une amie d'Olivier, la fille de l'associé de son père.

— Fantou, tu ferais mieux de monter dans ta chambre et de faire tes devoirs, ordonna brusquement Armeline.

— Pourquoi, maman ? Je ne suis plus une petite fille, j'ai treize ans et demi.

— Elle peut rester ici, madame, assura Renan. Je suis capable de peser mes mots, en sa présence.

— Bien, je vous fais confiance, inspecteur.

— Voilà, en fait, avant-hier j'étais à Dinard, où j'ai eu un autre entretien avec M. Kervella, qui organise le départ de son fils pour le Venezuela. Muni de faux papiers jusqu'à son arrivée là-bas, Olivier aura de quoi acquérir une maison confortable. Personne n'ira le traquer de l'autre côté de l'Atlantique.

— Je le lui souhaite, approuva Odilon.

— Olivier, que j'ai mis au courant de ce projet lors de ma visite sur Molène, consent à partir, mais à une seule condition : Lara doit l'accompagner. Sur ce point, il est intraitable. Votre fille n'a pas hésité longtemps, madame Fleury. Elle a accepté de le suivre.

— Mais… mais ils ne sont même pas mariés ! s'indigna Armeline. Enfin, c'est totalement insensé !

Lara est mineure, je m'oppose à son départ. Qu'elle revienne à la maison, nous reprendrons notre vie toute simple. Je suis certaine que M. Tardivel voudra bien lui redonner du travail.

Rozenn et Odilon gardèrent le silence, tandis que Fantou se rebellait.

— Maman, il faut laisser Lara partir. Je serai encore plus triste que toi, mais au moins elle ne sera pas en danger.

— Tais-toi, Fantou ! s'exaspéra sa mère. Ta sœur agit en dépit du bon sens. Et pourquoi serais-tu encore plus triste que moi, tu n'es pas dans mon cœur de mère, ma pauvre enfant !

— Non, je suis dans mon cœur et je veux le bonheur de Lara.

— Fantou, ne sois pas insolente, déplora Rozenn qui ignorait cet aspect véhément du caractère de sa petite idole.

— Madame Fleury, reprit Nicolas Renan, si vous tenez à votre fille aînée, considérez ce départ comme une bénédiction. Sans chercher à vous effrayer, je vous assure qu'elle est menacée, autant qu'Olivier Kervella. Je m'engage à faire le maximum pour élucider cette affaire pendant l'absence des jeunes gens.

L'inspecteur se tut, le temps de siroter son verre d'alcool. Il méditait sur une étrange impression qu'il avait eue, lors de sa première rencontre avec les parents d'Olivier.

« Ils n'avaient pas l'air vraiment surpris, se remémora-t-il. Je m'attendais à une réaction plus violente, plus affolée. Bah, peut-être que ces gens ont un sacré sang-froid ! Mais il y a eu ce regard de Madeleine Kervella à son mari, où j'ai lu un reproche, et de la peur, quand même. »

Armeline luttait pour ne pas se mettre à pleurer. Elle avait protesté tout en sachant que rien n'empêcherait Lara de suivre Olivier au Venezuela.

— Si vous pouviez au moins nous en dire plus sur les gens qui en veulent à ce jeune homme et donc à ma fille, gémit-elle, les yeux brillants.

— J'aimerais vous renseigner, madame, et je le ferai dès que j'aurai trouvé un indice, un suspect, ce Barry notamment. S'il ne nous avait pas échappé, je serais plus serein, et il aurait parlé, croyez-moi, répondit Renan, les traits durcis.

— Ou bien il se serait supprimé, comme Malherbe, hasarda Odilon. Armeline, je comprends votre chagrin d'être séparée de Lara, cependant il faut penser avant toute chose à sa sécurité, à son bonheur.

— Je sais, Odilon, je sais bien… Oui, qu'ils s'en aillent tous les deux, se résigna-t-elle. Mais j'aurais voulu pouvoir embrasser ma fille avant son départ.

— Vous pourrez l'embrasser, madame Fleury, affirma Renan. Le repas de fiançailles aura lieu, la veille de Noël, sur l'île de Molène, chez Daniel

Masson, l'ami d'Olivier. Vous êtes invitée, avec Fantou, ce qui vous permettra de faire la connaissance des Kervella.

Fantou poussa un cri de joie, mais Armeline devint toute pâle.

— C'est de la folie, s'insurgea-t-elle. Je n'ai jamais pris le bateau, mon mari me le reprochait souvent. Et c'est trop loin. Non, non, je n'irai pas, nous avions prévu de réveillonner entre nous, n'est-ce pas, Rozenn ?

— Armeline, vous devez aller dire au revoir à Lara ! Ne vous préoccupez pas de nous, répliqua celle-ci.

— Et si nous étions suivies, Fantou et moi, inspecteur, puisqu'à vous écouter, des ennemis invisibles rôdent ? s'écria sèchement Armeline. À cause de vos consignes, j'ai dû être impolie tout à l'heure avec une ancienne collègue de Lara, Tiphaine Jouannic. Son fiancé l'accompagnait.

Nicolas Renan tressaillit à l'énoncé de ce patronyme qui, pour lui, était surtout lié à Loïza, sa merveilleuse maîtresse.

— Tiphaine Jouannic est venue vous voir ? s'étonna-t-il. J'ai su que son GI était de retour et l'épousait, en effet.

— Je ne l'ai même pas félicitée, déplora Armeline. Elle désirait inviter Lara à son mariage. Une démarche cordiale dans un monde ordinaire, dans la vie simple de jadis, que je regrette tant.

Ne faites pas cette mine, j'ai menti, en prétendant que ma fille était en Italie.

Fantou prit une expression dépitée. Lara lui avait si souvent parlé de Tiphaine, du bel Américain qui l'avait abandonnée. Elle aurait aimé les rencontrer, les observer.

— Avait-elle son bébé, maman ? demanda-t-elle.

— Mon Dieu, non, heureusement ! On ne sort pas un petit enfant quand il fait si froid. Mais nous avons des choses plus graves à débattre. Inspecteur, comment irons-nous jusqu'à l'île de Molène ? Je suppose que nous ne devrons pas attirer l'attention.

Rozenn retint un soupir de soulagement, sans remarquer la contrariété évidente de son frère.

— Vous faites le bon choix, Armeline, insista-t-elle. Pensez à la joie de Lara, de fêter la Nativité avec vous et son petit korrigan !

— Oh, merci, Rozenn, j'adore que vous m'appeliez comme ça ! s'extasia Fantou. Bon, je sais le plus important. Je monte dans ma chambre, lire la lettre de ma sœur.

L'adolescente bondit de son siège et grimpa l'escalier, le chien sur ses talons. Nérée avait maintenant tous les droits, malgré les remontrances d'Odilon.

— Votre Fantou est ravie, constata Renan.

— Bien sûr, elle rêve d'aventure, de grands voyages, rétorqua Armeline.

— Lara vous a écrit, madame Fleury, ainsi qu'à vous, Rozenn, et à vous, monsieur Bart, précisa le policier en sortant trois enveloppes de la poche intérieure de son veston.

Il les déposa sur la table basse d'un geste mesuré, avec un léger sourire. Armeline s'empara immédiatement de sa lettre qu'elle garda entre les mains.

— Revenons-en à votre trajet, dit le policier. Vous prendrez le train pour Dinard, ce point-là ne change pas. Je vous emmènerai jusqu'à la gare de Rennes. Les Kervella se rendent sur Molène un peu plus tard que vous. Je réserverai un taxi, il vous attendra à la gare de Dinard et vous conduira à Brest où vous monterez à bord du ferry qui dessert Molène, l'*Enez Eussa*.

— Un taxi, mais qui le paiera ? Il y a deux cents kilomètres environ ! protesta le retraité.

— M. Kervella s'en acquittera la veille de leur arrivée à Dinard, trancha l'inspecteur.

— Ce sont des gens riches, les Kervella, nous aurons l'air de quoi, Fantou et moi ? Je n'ai même pas de toilette convenable. Quel jour devrons-nous partir ? s'affola Armeline.

— Le dimanche 21, précisa le policier. Ne vous souciez pas du statut social des parents d'Olivier. Ils sont très sympathiques, madame Fleury.

— Je l'espère. Ciel, ma matelote, je ne l'ai pas mise à cuire, ce ne sera jamais prêt !

Elle avait trouvé ce prétexte pour s'enfermer dans la cuisine et pleurer à son aise. Ce fut peine perdue, car Rozenn vint la rejoindre. Apitoyée par ses sanglots, celle-ci posa une main apaisante sur son épaule en tentant de la consoler.

— Allons, ne vous tourmentez pas ainsi, ma pauvre amie. Je suis sûre que vous nous reviendrez enchantée de votre séjour auprès de Lara.

— Mais je me tracasse tellement, Rozenn. Déjà c'était dur de savoir ma grande fille sur cette île, entourée d'une mer réputée dangereuse, hébergée par un inconnu, et de surcroît vivant maritalement avec Olivier, ce qui va à l'encontre de tous mes principes. Seigneur, son père serait outré ! Louis était très pieux, je peux vous dire qu'il ne m'a pas touchée avant la noce. Enfin, quelques baisers, rien de sérieux.

— Votre époux vous manque beaucoup, Armeline, je le sens.

— Oh oui ! Si encore j'étais veuve, si j'avais pu me recueillir sur sa tombe, la fleurir, j'aurais fait mon deuil. Mais il a disparu sans laisser de traces.

— Certains prisonniers de guerre réapparaissent encore, je l'ai lu dans un journal. Ils ont du mal à rentrer dans leur pays s'ils étaient captifs en Russie, ou en Sibérie. Ne perdez pas espoir ! affirma Rozenn d'un ton exalté.

— Mon Dieu, je serais si heureuse de revoir Louis, de le serrer dans mes bras ! Lara lui ressemble beaucoup, savez-vous ?

— Oui, elle me l'a dit. Séchez vos larmes. Demain matin, je vous montrerai mes trésors. Odilon m'achetait souvent des bijoux. Ils ne valent pas une fortune, mais ils sont jolis. Mon frère essayait de me réconforter, du temps de ma jeunesse. Moi aussi j'ai rêvé d'amour.

Confuse, Armeline comprit l'allusion. Elle avait eu un mari, deux enfants, des nuits de tendresse et de passion pendant des années. La disgrâce physique de Rozenn l'avait privée de toutes ces joies.

— Je suis désolée, dit-elle. J'ai eu mon temps de bonheur, je ne devrais pas me plaindre.

— Oublions ça ! Je suis habile couturière, je pense avoir une robe en velours que je pourrai ajuster à votre taille.

Elles se mirent à bavarder en surveillant le contenu de la marmite où doraient des tranches de colin et de cabillaud, agrémentées d'oignons émincés et de sauce tomate.

Dans le salon, Nicolas Renan sirotait un second verre d'alcool, en fumant une cigarette. Odilon Bart, quant à lui, tirait sur sa pipe. La précoce nuit de décembre bleuissait la large baie vitrée.

— On entend les vagues, la mer est forte, ce soir, commenta le retraité. Dites, inspecteur, avez-vous une idée de ce qui se trame autour d'Olivier ?

— Aucune, juste des suppositions, des théories aberrantes dont je ne me vante pas.

— Et est-ce que vous enquêtez encore sur le meurtre de Léa Bertho, cette malheureuse jeune fille ?

— Oui, je mène tout de front. Mais je vous fais une confidence : l'an prochain, en avril, je serai nommé commissaire, Urvois, mon supérieur à Vannes, ayant obtenu un poste dans le Midi. J'aurai un jeune inspecteur sous mes ordres, il m'assistera. Je le connais ; à nous deux, on mettra la main sur le tueur.

— Que Dieu vous aide ! Ça ne doit pas se reproduire. J'en suis malade, d'imaginer cet homme capable d'égorger ses victimes, de leur enfiler une tunique blanche. Rozenn pense à des crimes rituels, un genre de sacrifice. J'en deviens idiot, j'emmène Fantou à l'école et je la ramène pour ne pas la savoir seule à vélo, sur la route.

Nicolas Renan se crispa. Pas une seconde, il n'avait songé que la radieuse fillette pouvait tomber entre les griffes de l'assassin. Fantou dévala l'escalier au même instant, fit une entrée sautillante dans la pièce, escortée par le gros chien blanc. Elle tenait la lettre de Lara à la main.

— Ma sœur m'a décrit l'île de Molène, leur annonça-t-elle. J'ai hâte d'y être, ça semble un endroit extraordinaire. Ce sera mon plus beau Noël, enfin, le plus beau depuis la disparition de papa.

Les deux hommes lui sourirent, ensuite ils échangèrent un regard plein d'angoisse, comme si l'angélique Fantou pouvait disparaître soudainement, en les laissant orphelins de sa lumière, de son exquise innocence.

Sur l'île de Molène,
dimanche 21 décembre 1947

Lara quitta l'église Saint-Ronan dans un état de joyeuse fébrilité. Elle avait allumé un cierge, en priant de toute son âme pour sa mère et sa sœur, qui devaient être sur le ferry, à cette heure de la journée.

— Fantou, maman, je vais enfin vous revoir, vous embrasser, murmura-t-elle. Pourvu que le bateau arrive vite !

Elle tendit son beau visage vers le ciel d'un bleu pastel, sillonné par un vol de goélands. Il faisait un froid sec, qu'un pâle soleil tempérait. Par habitude, comme si elle vivait sur l'île depuis des années, la jeune femme scruta la mer immense, d'un bleu métallique, parsemée de vagues douces, frangées d'argent.

— Des pêcheurs de langoustes sont sortis, se dit-elle en suivant des yeux quelques barques au loin.

Un appel retentit, en provenance d'une ruelle voisine. Olivier accourait, tout souriant.

— Lara ! appela-t-il. Où étais-tu passée, sans rien me dire ?

Il la saisit par la taille et lui donna un baiser. Elle noua ses bras autour de son cou et le contempla.

— Je suis allée prier à l'église, Olivier. En me réveillant, ce matin, j'ai imaginé le pire. L'*Enez Eussa* coulait, à cause d'une tempête, je perdais maman et Fantou. Ensuite, les préparatifs de Noël m'ont occupé l'esprit, mais, plus le temps passe, plus je suis angoissée.

— Ma petite chérie, pourquoi le ferry coulerait-il pile le jour où ta mère et ta sœur le prennent ? J'espère que tu ne disparaîtras pas ainsi, quand nous serons installés au Venezuela ! Ici, je peux facilement te retrouver, mais là-bas…

— Là-bas, j'aurai si peur que je te suivrai partout comme un petit chien, tu verras, plaisanta-t-elle. Déjà, je ne connais pas un mot d'espagnol.

— Je t'apprendrai la langue. Je la parle couramment, ainsi que l'anglais.

Lara lui décocha un regard admiratif. Olivier possédait une solide instruction. Il semblait doué dans beaucoup de domaines, le chant, le dessin, la natation, la navigation, le bricolage.

— Je me fais l'effet d'une ignorante, comparée à toi, avoua-t-elle. Tes parents vont être déçus en me rencontrant.

— Ne dis pas de sottises, ils seront conquis par ta beauté, ton intelligence, ton courage, affirma-t-il. Viens à la maison, Daniel se tracasse pour des vétilles. Il craint que nos invités n'aient pas assez chaud dans les chambres, qu'ils jugent le cadre austère.

— Cher Daniel, il me fait tant de peine, déplora Lara. Hier, il a joué du piano toute la soirée, des airs magnifiques de Chopin, de Schubert. Il me raconte la vie de ces compositeurs, ça me plaît.

Ils se dirigèrent, toujours enlacés, vers le port. La maison les accueillit, briquée de fond en comble par Katell, qui s'affairait en cuisine. La gouvernante exultait de recevoir du monde, comme elle le répétait du matin au soir.

— Ah, vous voici, je m'ennuyais un peu ! leur lança l'aveugle, qui les avait entendus discuter dans le vestibule. Je dois me faire une raison, bientôt, Lara et toi, vous serez partis, mais je vous devrai les meilleurs moments de mon existence d'infirme.

Olivier ôta sa veste et se précipita vers son ami, dont il prit la main, dans un élan de compassion.

— Je suis navré de te laisser seul, Daniel. Et si tu venais, toi, avec nous ? Tu ne verras rien des paysages d'Amérique du Sud, mais tu auras les parfums, les chants d'oiseaux, les musiques, et je te décrirai tout ce qu'il y aura autour de nous. Pourquoi resterais-tu enfermé là, soumis à un climat rigoureux, sans aucune compagnie ?

— Olivier, tu ne changeras donc jamais, constata Daniel. Tu es la générosité même, capable de te dévouer corps et âme pour plus malheureux que toi. Et si c'était ton cœur d'or qui te perdait un jour ?

Lara, témoin de la scène, fut troublée par les paroles de leur ami, qui la ramènerait à une singulière hypothèse, avancée par Daniel, justement.

« Il nous a suggéré qu'on voudrait rendre Olivier mauvais, cruel, haineux, le pervertir, se souvint-elle. Qui et dans quel but ? On en revient toujours aux mêmes questions. »

Elle décida de ne plus y songer, afin de se concentrer sur son bonheur présent et son rôle occasionnel de fée du logis, ainsi que l'avait surnommée Katell ces dernières heures.

— Daniel, dit-elle, sentez-vous l'odeur délicieuse du sapin ?

— Oui, Lara, la senteur forestière du premier arbre de Noël sous ce toit, à mon humble avis, répliqua-t-il. Bravo, Olivier, tu as réussi à te faire livrer un sapin.

— L'école en a reçu un également, précisa le jeune homme.

— Fantou va être éblouie, se réjouit Lara.

— Votre chère petite sœur, énonça Daniel. Appréciera-t-elle les guirlandes en papier doré, les boules en verre, rouges et or, vertes et jaunes, givrées autour de leur attache ? Il y a aussi une étoile à la cime de l'arbre, des personnages en carton bouilli, des anges, des lutins.

— Mon Dieu, mais vous vous souvenez de tout !

— Parce que vous avez eu la patience et la gentillesse de tout me dépeindre, de me faire toucher les décorations, Lara.

— Je voulais que vous participiez à la préparation de Noël.

Elle ne put rien ajouter, car un brouhaha s'éleva à l'extérieur, assorti de cris. Katell fit irruption dans le salon, en gesticulant.

— Le ferry approche, Lara, ils démarrent la vedette. Dépêchez-vous ! Monsieur Olivier, surtout, récupérez la caisse de vins que votre père envoie.

— Bien sûr, Katell.

Tremblante d'émotion, Lara vérifia chaque détail du décor que découvriraient sous peu sa mère et sa sœur, puis elle enfila son manteau, ses bottes.

— Vas-y, je te rejoins, dit Olivier, qui enfilait un ciré et mettait sa casquette de marin.

Il y avait foule sur le quai et sur la jetée. Les Molénais, adultes et enfants, se pressaient pour apercevoir les passagers de l'*Enez Eussa.* Certains attendaient de la famille, d'autres des courriers, en cette période où l'imminence de Noël resserrait les liens, poussait à envoyer une carte de bons vœux.

Lara, le cœur en fête, piétinait sur les pavés, afin de réchauffer ses pieds glacés. On la bousculait parfois, ou bien on lui souriait. Dans ses vêtements sombres, un foulard sur les cheveux, elle ne différait guère des autres femmes de l'île.

— La mer est calme ces temps-ci, on a de la chance, ce n'est pas fréquent en cette saison, nota Katell, qui était venue se poster à ses côtés.

Seulement drapée de son châle en lainage gris, la pétulante gouvernante savourait l'animation qui régnait sur le port, tout en jetant des œillades curieuses autour d'elle.

— Maman aura peut-être été malade sur le ferry, elle n'a jamais fait de bateau, lui confia Lara, survoltée. Dieu merci, vous avez raison, Katell, la mer est clémente, un petit miracle de Noël !

Olivier se faufila parmi la foule pour se placer près de Lara, qu'il étreignit avec passion.

— J'ai apporté ma paire de jumelles, annonça-t-il. Si tu veux regarder le vapeur, tu verras mieux les passagers, ma chérie.

— Non, je ne pourrai pas, avoua-t-elle, les yeux pleins de larmes d'émotion.

— De toute façon, ça ne servirait à rien, je les vois, elles sont déjà à bord de la vedette. La marée est haute, ce sera facile d'accoster.

— C'est vrai, je les vois moi aussi, admit Lara d'une voix faible.

Elle doutait encore de la réalité présente. Dans quelques instants, sa mère et sa sœur seraient là, dans ses bras. Haletante, elle serra la main d'Olivier.

— Viens, dit-il. Allons les accueillir.

Fantou posa la première ses bottines neuves sur le quai de Molène. Elle rayonnait de bonheur, ravissante, en manteau bleu à boutons dorés, un béret de même couleur sur sa chevelure blonde, divisée en deux longues nattes.

— Mon korrigan adoré, balbutia Lara en l'enlaçant. Mais tu t'es changée en demoiselle de la ville !

— Rozenn m'a acheté des habits, tenta d'expliquer l'adolescente, qui recevait une pluie de baisers sur les joues et le front.

Armeline, le teint cireux, des cernes olivâtres sous les yeux, accepta l'aide d'Olivier pour se hisser hors de la vedette. Elle le remercia d'un signe de tête qu'il estima un peu hostile.

— Mais il y a des maisons, une église, murmura-t-elle. Mon grand-père, Loïc Guillemot, était venu ici, jeune, aider un de ses camarades à la récolte du goémon. Il nous avait raconté que c'était une terre désolée, où les gens habitaient de misérables cahutes.

— C'était il y a longtemps, sans doute, hasarda Olivier.

— Maman, tu n'as pas l'air bien, se désola Lara en serrant sa mère contre elle. Tu vas pouvoir te reposer et boire un bon thé chaud. La vie sur Molène est plus facile que jadis, tu t'en rendras compte.

— Pour le moment, j'ai besoin de m'allonger. J'ai souffert du mal de mer pendant toute la traversée, se plaignit Armeline.

— Allons vite à l'abri, proposa Fantou. Moi, j'ai bien supporté le roulis. Lara, nous irons en balade, avant la nuit, s'il te plaît ? Je voudrais voir l'agneau dont tu me parles dans ta lettre, et les vaches, le sémaphore, la lande couverte de bruyères.

— Nous ferons tout cela, je te le promets, répondit Lara, qui se demandait comment elle avait pu être séparée de sa sœur durant presque trois mois.

« Et je m'apprête à l'abandonner, se reprocha-t-elle. Pour un an, peut-être davantage. »

Olivier perçut la brusque détresse de Lara. Il en fut affligé, conscient des sacrifices qu'il exigeait d'elle. C'était sans compter sur la belle âme de Fantou. Elle lui sauta au cou.

— Désormais, tu es mon grand frère, Olivier ! décréta-t-elle. Je vous en prie, ne soyez pas tristes de partir, c'est indispensable, on me l'a dit et redit. J'ai mes propres projets, je vais travailler dur à l'école, puis au lycée, pour devenir médecin. Et maman va louer notre maison à un couple, des employés de M. Tardivel, ça nous fera un peu d'argent. Vous comprenez, Rozenn et monsieur Odilon veulent nous garder. Alors tout est bien ainsi.

Lara ne put s'empêcher de rire, éblouie par la détermination et le charme de sa sœur. Olivier se sentit plus léger. Il leur restait à passer Noël en famille, sans aucune ombre au tableau.

Chez Daniel Masson,
mercredi 24 décembre 1947

La salle à manger, brillamment éclairée, résonnait du bruit de plusieurs conversations. Le repas de Noël s'achevait, servi par Katell, qui paraissait ignorer le sens du mot «fatigue».

— J'apporte le dessert et le champagne, monsieur Daniel, dit-elle en débarrassant un saladier vide et un plat où subsistaient des pommes de terre sautées et un bout de viande.

Madeleine Kervella esquissa un sourire amusé, car la brave gouvernante s'adressait uniquement au maître de maison, assis à sa gauche. Daniel Masson, pour l'occasion, avait mis des lunettes noires, tant il craignait de laisser voir ses yeux morts s'il gardait ses verres fumés.

— Je me suis vraiment régalé, déclara Jonathan Kervella, en tamponnant doucement sa bouche du coin de sa serviette. La bisque de homard était une réussite.

— Oui, Katell est un véritable cordon-bleu, approuva Lara, très à l'aise avec les parents d'Olivier, arrivés le matin.

Elle s'était préparée à endurer vaillamment le dédain larvé d'un couple de riches bourgeois, mais, à sa grande surprise, elle avait été tout de suite embrassée, cajolée par Madeleine, félicitée par Jonathan, prodigue en compliments.

— La perle du Morbihan ! s'était écrié celui-ci, en la couvant d'un regard amical. Je suis flatté d'être votre beau-père, même si vous n'êtes pas mariés, tous les deux, cela ne tardera pas.

Armeline et Fantou, l'une intimidée, la seconde toute gaie, avaient fait la conquête des Kervella. Et à présent, autour de la table, chacun se réjouissait de la chaleureuse ambiance, du café que l'on dégusterait au salon, près du sapin.

Olivier était le plus silencieux. Il aimait écouter, observer. Lara demeurait son sujet de prédilection. Ce soir-là, il la trouvait d'une beauté idéale, ses cheveux sombres répandus sur ses épaules moulées par la soie beige de son corsage. Ses yeux noirs étincelaient, ses lèvres roses, à la courbe sensuelle, le faisaient rêver de baisers interminables, dans leur chambre.

« Armeline est une jolie femme, songeait-il. Fantou possède aussi la beauté de sa sœur, et sa vivacité. »

Il étudia mieux sa future belle-mère, dont le corps mince était mis en valeur par la robe en velours bleu foncé que Rozenn lui avait prêtée. Son collier de perles ornait un plaisant décolleté, et son cou rond révélé par ses cheveux blonds coiffés en chignon. Elle riait souvent.

« Pourquoi ne peut-on pas vivre comme les autres gens ? se demanda-t-il. Je voudrais me marier ici, en Bretagne, avoir une modeste maison, recevoir la famille les dimanches, dormir près de Lara jusqu'à la fin de nos jours. »

Madeleine Kervella, peut-être par souci de modestie, portait une toilette en lainage rose, de minuscules boucles d'oreilles en or. Elle capta l'attention de son fils, en agitant la main, à sa façon enfantine.

— Olivier chéri, dit-elle aussitôt, je sais que tu ne souhaitais pas évoquer votre départ pendant ce dîner de fête, cependant, papa voudrait donner les détails à Armeline, car elle s'inquiète. Nous en parlons maintenant, après nous serons débarrassés.

Fantou, toute contente de sa nouvelle robe en tissu écossais à col blanc, acquiesça à mi-voix.

— Oui, ce serait mieux, ensuite nous ouvrirons les cadeaux, tu es d'accord, Olivier ? Et toi, Lara ?

— Tout à fait, répliqua sa sœur.

— Très bien, je serai bref, commença Jonathan. J'ai orchestré minutieusement chaque point de votre périple. Comme vous le savez, mon épouse et moi sommes venus à Molène en bateau, un excellent bâtiment malgré ses dimensions raisonnables, et qui m'appartient, ce qu'ignorait mon fils.

— En effet, c'était une surprise, papa, concéda Olivier.

— J'ai entièrement confiance en mon personnel, recruté en Angleterre et ne connaissant pas un mot de français.

— Alors vous leur parlez en anglais, nota Fantou, intriguée.

— Exactement, une précaution supplémentaire. Le 26, soit après-demain, nous voguerons vers Douvres, une ville côtière du comté de Kent. De là, je vous conduirai à l'aéroport de Londres, d'où vous vous envolerez pour le Venezuela. Madeleine vous a préparé des valises à double fond. Les caches contiendront des bolivars, l'argent local, et vos vrais papiers d'identité. Vos faux passeports sont sur le bateau, dans un coffre-fort.

— Seigneur ! s'exclama Daniel. Vous auriez pu être un espion, ou un agent secret. Je suis sidéré par cette organisation, en si peu de temps, quand on y pense.

— Trois semaines m'ont suffi, rétorqua Jonathan Kervella. J'ai agi au mieux pour protéger mon unique enfant et la jeune femme qu'il aime. Dès que nous avons échafaudé ce plan, l'inspecteur Renan et moi, j'ai eu la certitude que Lara suivrait Olivier. Ne soyez pas surpris, Daniel. Si ma fortune peut sauver mon fils, je suis prêt à l'utiliser jusqu'au dernier centime.

— Lara va traverser l'océan en avion, s'effara Armeline. Mon Dieu, les accidents sont fréquents ! Ils auraient pu partir pour un pays étranger plus proche, en Suisse ou en Italie.

— N'aie pas peur, maman, soupira Fantou, que l'expédition enchantait.

Elle aurait aimé s'envoler avec sa sœur.

— Mais oui, tout se passera bien, renchérit Lara. Je trouverai un moyen de vous prévenir que je suis saine et sauve, une fois là-bas.

— Vous atterrirez à Caracas, ajouta Kervella. Au bord de la mer des Caraïbes. Ensuite, ce sera à vous de jouer, de choisir un lieu agréable et de vous installer. Tes mystérieux ennemis n'iront pas te tourmenter à une telle distance de la France, Olivier.

— Comment en es-tu si sûr, papa ?

— Tu n'as eu aucun souci pendant ton long séjour à Londres, il me semble. Je suis de l'avis de ce policier, Renan. La menace vient du sol français. Reconnais que même ici, sur cette île, tu t'es toujours senti en sécurité.

— En effet, aussi insensé que ce soit, concéda Olivier. Je vous remercie tous les deux, mes chers parents, d'avoir tout mis en œuvre pour Lara et pour moi. J'aspire à un peu de sérénité, après ces mois d'anxiété, d'interrogations souvent absurdes. Si je peux trouver la paix au Venezuela, je pars volontiers.

— Et je t'accompagne avec joie, dit tout bas Lara.

Katell était de retour, présentant d'un air satisfait une large assiette où trônait une pile de crêpes.

— La veille de Noël ou le jour de Noël, il ne faut pas d'un autre dessert, se vanta-t-elle. C'est une tradition que je suis fidèlement. Il n'y a rien de meilleur. Mademoiselle Fantou, à vous l'honneur, puisque vous êtes la plus jeune. Je vais chercher le sucre et le beurre à la cuisine.

Malgré sa légitime tristesse, Armeline fit bonne figure, aidée par la dégustation d'une coupe de champagne.

« Lara, ma fille, *ma merc'h*, va prendre l'avion, vivre loin de nous, pensait-elle. Que Dieu veille sur elle, sur eux. »

Une heure plus tard, ils avaient investi le salon et déballé les paquets décorés de fil doré, de rubans rouges. Fantou s'était assise sur un pouf en cuir, au pied du sapin illuminé par une guirlande électrique. Elle aurait voulu pouvoir contempler l'arbre scintillant la nuit entière.

Contre toute attente, Madeleine et son mari lui avaient offert six livres reliés de la comtesse de Ségur, précisément ceux qui manquaient à sa collection. Armeline avait eu du parfum, Lara un superbe nécessaire de toilette, en ivoire et argent. Olivier avait apprécié son briquet en or, d'une marque réputée, tandis que Daniel, ravi, entrait en possession d'un électrophone moderne et d'une dizaine de disques de musique classique.

— Ma broche est magnifique, se rengorgea Katell, conviée à boire le café en leur compagnie.

— J'espère que mes cadeaux vous ont plu, s'inquiéta soudain Fantou.

Elle s'adressait à tous, de sa voix flûtée, son fin visage empli de doute.

— Ce sont les plus précieux, assura Olivier. Tu as dû te donner beaucoup de mal, petite sœur.

La réponse apaisa les craintes de l'adolescente, et le tendre qualificatif de « petite sœur » faillit la faire pleurer.

— Tu as eu une adorable attention, charmante enfant, insista Jonathan.

Tous les soirs précédant son départ en train pour Dinard, avec l'aide de Rozenn, Fantou avait confectionné des confiseries, des caramels, des pâtes d'amandes, des truffes au cacao. Ensuite elle avait emballé ces douceurs dans du papier de soie coloré, avant de les répartir dans huit sachets ornés de dessins par ses soins et noués d'un ruban argenté.

— Une chose m'intrigue, lui demanda Daniel, par quel miracle savais-tu combien nous serions ce soir, chez moi ?

— Il n'y a pas de miracle, s'esclaffa-t-elle. J'ai un grand ami inspecteur de police, il m'a renseignée.

Tout le monde éclata de rire. Rose de plaisir, Fantou se leva et esquissa un pas de danse.

— Vous m'avez promis de jouer du piano, monsieur Daniel, dit-elle en s'approchant de l'instrument.

Le jeune aveugle attirait toute sa compassion. Ils avaient souvent discuté ensemble, et Fantou avait réussi à l'emmener en promenade, soucieuse de lui décrire le paysage, les nuances de la mer, la forme des nuages.

— Que désirez-vous écouter, mademoiselle ? s'enquit-il en s'asseyant devant l'instrument.

— *Douce nuit*, car nous sommes la nuit de Noël, et puis l'*Ave Maria* de Schubert, parce que vous m'avez dit que c'était votre préféré. S'il vous plaît !

Un silence religieux se fit, pendant que les doigts de Daniel effleuraient les touches, les parcouraient, avec talent et passion. La musique, comme sublimée, sut apaiser les peurs d'Armeline et de Madeleine, balayer les doutes d'Olivier et de son père. Peu à peu, elle libéra Lara de sa tristesse, car elle souffrait de quitter sa sœur et sa mère. Katell versa une larme, pleine de tendresse pour le pianiste, qu'elle avait connu enfant.

Seule Fantou éprouva un sentiment étrange, une exaltation nouvelle qui accélérait les battements de son cœur et lui donnait envie d'embrasser le monde entier. Elle en remercia Dieu dans le secret de son âme, pure et fervente.

— Mon petit korrigan, tu resplendis, chuchota Lara à son oreille, en lui prenant la main. Si nous sortions, toutes les deux, quelques minutes ? Demain, nous irons à la messe, mais, ce soir, j'ai envie de contempler la mer avec toi.

Les deux sœurs se glissèrent dans le vestibule, où elles mirent leurs manteaux. On s'était aperçus de leur sortie discrète, mais nul n'eut l'idée de les retenir.

— Regarde comme c'est beau ! s'extasia Lara une fois dehors. La lune est presque ronde, ses reflets font briller les vagues.

— Et il y a des nuées d'étoiles, remarqua Fantou.

Elles allèrent marcher le long du quai, serrées l'une contre l'autre. Le vent du large fouettait leur visage, les décoiffait, mais elles s'en moquaient, infiniment heureuses.

— J'aurais aimé t'emmener, ma sœur chérie, déplora Lara. Ne m'en veux pas de te laisser, je t'en supplie. Je penserai à toi sans cesse, je te raconterai ma vie, dans un cahier, que tu pourras lire à mon retour.

— Jamais je ne t'en voudrai ! protesta Fantou. Tu vas découvrir une terre étrangère, d'autres paysages, avec Olivier, que tu aimes tant. Je serai rassurée de te savoir là-bas, Lara. Sois tranquille, je suis bien, très bien même, chez Rozenn et monsieur Odilon. Maman aussi. Nous sommes comme en famille, dans une maison où il fait chaud, où rien ne manque. Et j'ai Nérée, que j'appelle mon chien, en cachette.

— Alors je peux m'en aller sans trop de chagrin, mon petit korrigan ?

— Bien sûr, il le faut, Lara. On ne sera jamais vraiment séparées, toi et moi. Tu vas t'envoler, tout là-haut, loin de ceux qui veulent tant de mal à Olivier. Je n'ai pas osé te le dire avant, nous étions si heureuses de nous retrouver, mais, Rozenn en est persuadée, des puissances néfastes rôdent en Bretagne. Vous êtes en danger, elle l'a senti ces derniers jours, et je la crois.

Lara frissonna. Elle étreignit farouchement Fantou, en lançant un regard de défi vers le continent, vers son Morbihan natal.

— Nous serons les plus forts, dit-elle à voix haute. Le bien triomphera, tôt ou tard.

Les deux sœurs restèrent immobiles un instant, bercées par la rumeur lancinante de la mer, grisées d'air glacé. Enfin elles repartirent vers la maison, dont les fenêtres éclairées évoquaient un asile bienveillant. Le clocher de l'église Saint-Ronan sonna les douze coups de minuit, en prélude au jour de Noël de l'année 1947.

Table

Prologue. Soir de brume 7

1. Une macabre découverte 13
2. Le venin de la peur 42
3. Les secrets de Lara 75
4. Faux témoignages 107
5. Renoncements 140
6. Sur les eaux du golfe 174
7. Une nuit de tempête 206
8. Suspicions 237
9. Le manoir des Bruyères 270
10. Les pièges de l'hiver 302
11. La menace des ombres 334
12. Un jeu dangereux 367
13. Présomptions 401
14. Désespoir sur la lande 433
15. Les silences d'Olivier Kervella 467
16. Des cœurs révoltés 503
17. La ronde des soupçons 537

18. Les amants de l'océan. 572
19. Un sombre automne. 608
20. L'île de Molène 646
21. Le Noël de Fantou 681

De la même autrice
aux éditions Calmann-Lévy :

L'Orpheline des neiges, 2010
Le Rossignol de Val-Jalbert, 2011
Les Fiancés du Rhin, 2012
Angélina. Les mains de la vie, 2013
Les Soupirs du vent, 2013
Angélina. Le temps des délivrances, 2014
Les Marionnettes du destin, 2014
Angélina. La force de l'aurore, 2015
Les Portes du passé, 2015
Le Val de l'espoir, 2016
L'Ange du lac, 2016
Le Scandale des eaux folles, 2016
Les Amants du presbytère, 2017
Les Sortilèges du lac, 2017
La Galerie des jalousies (3 vol.), 2017
Amélia, un cœur en exil, 2017
Abigaël messagère des anges (6 vol.), 2018
Astrid, la reine bien-aimée, 2018
L'Orpheline de Manhattan (3 vol.), 2019

Les Fiancés du Rhin, 2019
Le Cachot de Hautefaille, 2019
Lara. La ronde des soupçons, 2020
L'Amour écorché, 2020
Lara. La valse des suspects, 2020
Lara. La danse macabre, 2020
Les Feux de Noël, 2020

55/5844/1

PAPIER À BASE DE FIBRES CERTIFIÉES

Le Livre de Poche s'engage pour l'environnement en réduisant l'empreinte carbone de ses livres. Celle de cet exemplaire est de :
650 g éq. CO_2
Rendez-vous sur
www.livredepoche-durable.fr

Composition réalisée par Lumina Datamatics, Inc.

Achevé d'imprimer en octobre 2022 en Espagne par
Liberdúplex - 08791 Sant Llorenç d'Hortons (Barcelone)
Dépôt légal 1re publication : février 2022
Édition 04 - octobre 2022
LIBRAIRIE GÉNÉRALE FRANÇAISE
21, rue du Montparnasse – 75298 Paris Cedex 06